La sustancia del mal

Luca D'Andrea

La sustancia del mal

Traducción del italiano de Xavier González Rovira

ALFAGUARA

Título original: *La sostanza del male*
Primera edición en Estados Unidos: septiembre de 2017

© 2016, Luca D'Andrea
Primera publicación en Italia por Giulio Einaudi, Turín, en 2016
Esta edición ha sido publicada mediante acuerdo con Piergiorgio Nicolazzini Literary Agency (PNLA)
© 2017, Xavier González Rovira, por la traducción
© 2017, Penguin Random House Grupo Editorial, S. A. U.
Travessera de Gràcia, 47-49. 08021 Barcelona
© 2017, de la presente edición en castellano:
Penguin Random House Grupo Editorial USA, LLC
8950 SW 74th Court, Suite 2010
Miami, FL 33156

© Diseño: Penguin Random House Grupo Editorial,
inspirado en un diseño original de Enric Satué

Imagen de cubierta: © Pepe Medina

Printed in USA

ISBN: 978-1-945540-63-9

Penguin
Random House
Grupo Editorial

Para Alessandra,
brújula de mis mares tormentosos.

Siempre es así. En el hielo, uno primero oye la voz de la Bestia, y luego muere.

Grietas idénticas a aquella en la que me encontraba estaban llenas de montañeros y escaladores que habían perdido las fuerzas, la razón y, finalmente, la vida por culpa de esa voz.

Una parte de mi mente, esa parte animal que conocía el terror porque había vivido en el terror durante millones de años, comprendía lo que la Bestia silbaba.

Ocho letras: «Márchate».

No estaba preparado para la voz de la Bestia.

Necesitaba algo familiar, humano, que me arrancara de la cruda soledad del glaciar. Levanté la mirada por encima de los bordes de la grieta, allá arriba, en busca de la silueta roja del EC-135 del Socorro Alpino de los Dolomitas. Pero el cielo estaba vacío. Una saeta desportillada de un azul cegador.

Fue eso lo que me derrumbó.

Empecé a balancearme adelante y atrás, con la respiración acelerada, con la sangre vacía de toda clase de energía. Igual que Jonás en el vientre de la ballena, me encontraba solo ante la presencia de Dios.

Y Dios gruñía: «Márchate».

A las dos y diecinueve minutos de ese maldito 15 de septiembre, del hielo surgió una voz que no era la de la Bestia. Era Manny, con su uniforme rojo destacando en todo aquel blanco. Repetía mi nombre, una y otra vez, mientras el cabestrante lo iba bajando lentamente hacia mí.

Cinco metros.

Dos.

Sus manos y sus ojos estaban buscando heridas que explicaran mi comportamiento. Sus preguntas: cien y mil cosas a las que no podía dar una respuesta. La voz de la Bestia era demasiado fuerte. Me estaba devorando.

—¿No lo oyes? —murmuré—. La Bestia, la...

La Bestia, hubiera querido explicarle, aquel hielo tan antiguo, consideraba intolerable la idea de un corazón caliente sepultado en sus profundidades. Mi corazón caliente. Y también el suyo.

Y ahí estábamos: las dos y veintidós minutos.

La expresión de sorpresa en la cara de Manny que se transforma en puro terror. El cable del cabestrante que lo levanta como a una marioneta. Manny que sale disparado hacia arriba. El rugido de las hélices del helicóptero que se convierte en un grito estrangulado.

Por último.

El grito de Dios. El alud que destruye el cielo.

¡Márchate!

Fue entonces cuando vi. Cuando me quedé solo, más allá del tiempo y del espacio: vi.

La oscuridad.

La oscuridad total. Pero no morí. Oh, no. La Bestia jugueteó conmigo. Me dejó vivir. La Bestia que ahora susurraba: «Te vas a quedar conmigo para siempre, para siempre...».

No estaba mintiendo.

Una parte de mí todavía sigue allí.

Pero, como habría dicho mi hija Clara con una sonrisa, esa no era la *z* al final del arcoíris. No era el final de mi historia. Al contrario.

Ese fue solo el inicio.

Con seis letras: «Inicio». Seis letras: «Bestia».

Las mismas que: «Terror».

(We Are) the Road Crew

1.

En la vida, como en el arte, solo hay una cosa que importa: los hechos. Para conocer los hechos, los que se refieren a Evi, Kurt y Markus y a la noche del 28 de abril de 1985, es esencial que lo sepáis todo sobre mí. Porque no se trata solamente de 1985 y de la masacre del Bletterbach. No se trata solamente de Evi, Kurt y Markus, sino también de Salinger, Annelise y Clara.

Todo está relacionado.

2.

Hasta las dos y veintidós del 15 de septiembre de 2013, es decir, hasta el momento en que la Bestia estuvo a punto de matarme, se me había definido como el cincuenta por ciento de una estrella en ascenso en un ámbito, el de los documentales, que más que estrellas tiende a producir minúsculos meteoritos y flatulencias devastadoras.

A Mike McMellan, el otro cincuenta por ciento de la estrella en cuestión, le gustaba decir que aun aceptando que fuéramos estrellas fugaces en rumbo de colisión con el planeta llamado Fracaso Total, habríamos tenido el privilegio de desaparecer en la hoguera reservada a los héroes. A partir de la tercera cerveza me manifestaba de acuerdo con él. Aunque fuese el único motivo, era una excusa óptima para un brindis.

Mike no era solo mi socio. También era el mejor amigo que podéis tener la suerte de conocer. Era irritante, vanidoso, egocéntrico tanto y más que un agujero negro, obsesivo hasta extremos insostenibles, y dotado de la misma capacidad de concentración en un único tema que un canario cargado de anfetaminas. Pero también era el único artista de verdad que había conocido.

Fue Mike —cuando aún no éramos más que la combinación de medios talentos menos *cool* de la Academia de Cine de Nueva York (curso de Dirección para Mike, de Guion para el que suscribe)— quien se dio cuenta de que si nos empeñábamos en seguir nuestras ambiciones hollywoodenses acabaríamos con el culo aplastado a base de patadas, amargados y farragosos como el maldito profesor «Llamadme Jerry» Calhoun, el exhippie que más había disfrutado torturando nuestras primeras y tímidas creaciones.

—Que le den por culo a Hollywood, Salinger —dijo Mike—. La gente está hambrienta de realidad, no de gráficos por ordenador. La única manera que tenemos de hacer surf en este *Zeitgeist* de mierda es alejarnos de la ficción y dedicarnos a la amada, vieja y sólida realidad. Cien por cien garantizada.

Enarqué una ceja:

—*Zeitgeist*?

—Tú eres el teutón, socio.

Mi madre era de origen alemán, pero no había nada de qué preocuparse, estaba a años luz de sentirme discriminado por Mike. Al fin y al cabo, yo había crecido en Brooklyn y él, en el Medio Oeste de mierda.

Consideraciones genealógicas aparte, lo que Mike pretendía decir en ese húmedo noviembre de hace tantos años era que iba a tener que tirar mis (pésimos) guiones y, junto a él, ponerme a filmar documentales. Trabajar con instantes dilatados para transformarlos en un relato que discurriera bien desde el punto *a* hasta el punto *z*, según el evangelio del difunto Vladimir Jakovlevič Propp (uno

12

que sabía tanto de historias como Jim Morrison de paranoias).

Un auténtico lío.

—Mike... —resoplé—. Poseo ejemplares del *National Geographic* que se remontan a 1800. Solo existe una categoría de personas peores que quienes quieren triunfar con las películas: los documentalistas. Muchos de ellos tienen antepasados que murieron en busca de las fuentes del Nilo. Llevan tatuajes y bufandas de cachemira al cuello. Es decir: son unos capullos, pero unos capullos liberales, y por eso se sienten absueltos de todos los pecados. Por último, pero no por esto menos importante: tienen familias cargadas de pasta que subvencionan sus safaris por todo el mundo.

—Salinger, a veces eres muy, pero que muy... —Mike negó con la cabeza—. Déjalo estar y escúchame. Necesitamos un tema. Un tema fuerte para un documental que haga saltar la banca. Algo que la gente ya conozca, algo familiar, pero que nosotros dos vamos a mostrar de una manera nueva, diferente a todo lo que se haya visto hasta ahora. Estrújate el cerebro, piensa y...

No sé cómo y no sé por qué, pero mientras Mike me estaba mirando con esa jeta suya de asesino en serie, mientras un millón de razones para rechazar esa propuesta se arremolinaban en mi cabeza, oí que un gigantesco clic me estallaba en el cerebro. Una idea absurda. Demencial. Incandescente. Una idea tan idiota que amenazaba con funcionar rematadamente bien.

¿Qué había más electrizante, potente y sexi que el *rock and roll*?

Era una religión para millones de personas. Un latigazo de energía que unía a las generaciones. No había ni un alma en este planeta que nunca hubiera oído hablar de Elvis, de Hendrix, de los Rolling Stones, de Nirvana, de Metallica y de todo ese tren chispeante de la única y auténtica revolución del siglo xx.

Fácil, ¿verdad?

No.

Porque el *rock* también eran esos grandes y fornidos guardaespaldas vestidos de oscuro, parecidos a armarios de dos puertas y con la mirada de un pitbull, a los que se paga por alejar a listillos como nosotros. Algo que de buena gana hasta harían gratis.

La primera vez que intentamos poner en marcha nuestra idea (Bruce Springsteen en un bolo de calentamiento previo a la gira en un local del Village) salí bien librado, con algún empujón y un par de cardenales. A Mike le fue peor. La mitad de su cara se parecía a la bandera escocesa. La guinda del pastel: nos libramos de una denuncia por un pelo. A Springsteen le siguió el concierto de los White Stripes, el de Michael Stipe, el de los Red Hot Chili Peppers, el de Neil Young y el de los Black Eyed Peas, que en esa época estaban en la cima de su fama.

Coleccionamos un montón de moratones y muy poco material. La tentación de rendirse era fuerte.

Fue en ese momento cuando el dios del *rock* miró en nuestra dirección, vio nuestros patéticos esfuerzos para rendirle homenaje y con una mirada benévola nos mostró el camino del éxito.

3.

A mediados de abril conseguí hacerme con un contrato doble para montar un escenario en el Battery Park. No era para un grupo cualquiera, sino para la más controvertida, diabólica y denostada banda de todos los tiempos. Señoras y señores: con todos ustedes, Kiss.

Trabajamos como aplicadas hormiguitas concienzudas; luego, mientras los obreros se marchaban, nos escondimos en una montaña de basura. Silenciosos como francotiradores. Cuando llegaron las primeras berlinas oscuras, Mike pulsó el botón Rec. Estábamos en el séptimo cielo. Era nuestra gran oportunidad. Y, como es natural, todo se precipitó.

Gene Simmons salió de una limusina tan larga como un transatlántico, se desperezó y ordenó a sus lacayos que soltaran la correa de su querido cuatro patas. En cuanto se sintió libre, el caniche blanco y horroroso, de expresión luciferina, empezó a ladrar en nuestra dirección igual que uno de los sabuesos del infierno que cantaba Robert Johnson (*«And the day keeps on reminding me, there's a hellhound on my trail / Hellhound on my trail, hellhound on my trail»*). En dos saltos, el chucho se me vino encima. Apuntaba a la yugular, el muy cabrón. Esa bola de pelo quería matarme.

Grité.

Y algo así como doce mil energúmenos que no habrían hecho un mal papel en el Salón de la Fama de los degolladores nos agarraron, nos patearon, nos golpearon y nos arrastraron hacia la salida, con la intención —gruñeron— de arrojarnos de cabeza al océano. No lo hicieron. Nos dejaron magullados, abatidos y cansados en un banco rodeado de desechos, reflexionando sobre nuestra condición de Coyote tras el Correcaminos. Permanecimos allí, incapaces de aceptar la derrota, escuchando el eco del concierto que iba apagándose. En cuanto terminaron los bises, seguimos con la mirada a la multitud que comenzaba a disgregarse, y justo cuando estábamos a punto de regresar a nuestra guarida unos tipos grandotes con barbas de Ángeles del Infierno y rostros patibularios empezaron a cargar altavoces y amplificadores en los camiones Peterbilt de la banda. En ese preciso instante, el dios del *rock* se asomó desde el Valhala y me mostró el camino.

—Mike —murmuré—. Nos hemos equivocado completamente. Si queremos hacer un documental sobre el *rock*, sobre el auténtico *rock*, debemos apuntar la cámara hacia el otro lado del escenario. El otro lado, socio. Esos tipos son el auténtico *rock*. Y —añadí sonriendo— no hay *copyright* sobre ellos.

Esos tipos.

Los *roadies*. Los que hacen el trabajo sucio. Los que cargan los ocho ejes, los conducen de una punta a otra del país, los descargan, montan el escenario, preparan el equipo, esperan el final del *show* de brazos cruzados y, nuevamente, como dice el poema: «Millas por recorrer antes del sueño».

Oh, sí.

Dejadme que os lo diga, Mike estuvo *increíble*. Dando coba, desplegando espejismos de dinero y de publicidad gratuita, persuadió a un aburridísimo mánager de la gira para que nos autorizara rodar algunas tomas. Los *roadies*, en modo alguno acostumbrados a toda esa atención, nos protegieron bajo sus alas. No solo eso: fueron los barbudos quienes convencieron al mánager y a los abogados de que nos permitieran ir con ellos (con ellos, no con la banda; y fue este as en la manga lo que los persuadió de verdad) a lo largo de toda la gira.

Fue así como vio la luz *Nacidos para sudar: Road Crew, el lado oscuro del rock and roll*.

Nos dejamos la piel, creedme. Seis semanas de locura, migrañas, resacas de trabajo y sudor, al final de las cuales habíamos destrozado dos cámaras, coleccionado varias intoxicaciones alimentarias, un esguince de tobillo (me subí al techo de una *roulotte* que se reveló frágil como una galletita de té; estaba sobrio, lo juro) y aprendido doce maneras diferentes de pronunciar *fuck you*.

El montaje duró un verano a cuarenta grados sin aire acondicionado, que pasamos despellejándonos ante un monitor que iba fundiéndose, y a principios de septiembre de 2003 (año mágico, si es que alguna vez hubo alguno) no solo habíamos terminado nuestro documental, sino que también estábamos satisfechos con el resultado. Se lo mostramos a un productor llamado Smith, que de mala gana nos había concedido cinco minutos, solo cinco. ¿Podéis creerlo? Le bastó con tres.

—Un *factual* —sentenció Mister Smith, emperador supremo del Canal—. Doce episodios. Veinticinco minutos cada uno. Lo quiero para principios de noviembre. ¿Podéis hacerlo?

Sonrisas y apretones de manos. Al final, un autobús apestoso nos llevó de regreso a casa. Atontados y un tanto aturdidos, verificamos en la Wikipedia qué demonios era eso de *factual*. La respuesta era la siguiente: una mezcla entre serie de televisión y documental. En otras palabras, teníamos menos de dos meses para volver a montarlo todo de nuevo y crear nuestro *factual*. ¿Imposible?

Sin bromas.

El 1 de diciembre de ese mismo año, *Road Crew* salió en antena. Y fue un éxito de audiencia.

De repente estábamos en boca de todo el mundo. El profesor Calhoun llegó a fotografiarse con nosotros mientras nos hacía entrega de lo que parecía un bodrio parido por Dalí, pero que era, en cambio, un premio que se otorgaba a los estudiantes meritorios. Lo subrayo: meritorios. Los blogs hablaban de *Road Crew,* la prensa escrita hablaba de *Road Crew.* MTV emitió un especial presentado por Ozzy Osbourne, quien, con gran disgusto de Mike, no se comió ningún murciélago.

Pero no todo fue de color de rosa.

Maddie Grady, del *New Yorker,* nos destrozó con un hacha poco afilada. Un artículo de cinco mil palabras con el que me estuve estrujando el cerebro durante meses. Según *GQ*, éramos misóginos. Según *Life*, éramos dos misántropos. Según *Vogue*, encarnábamos la redención de la Generación X. Y esto, la verdad, nos hirió de muerte.

En marzo del año siguiente, 2004, Mister Smith nos hizo firmar un contrato para una segunda temporada de *Road Crew.* Teníamos el mundo en un puño. Luego, un poco antes de salir para el rodaje, sucedió algo que sorprendió a todos, a mí el primero.

Me enamoré.

4.

Y, por extraño que parezca, el mérito fue de «Llamadme Jerry» Calhoun. Organizó una especie de proyección del primer capítulo de *Road Crew,* seguida por el inevitable debate para sus estudiantes. «Debate» apestaba a emboscada, pero Mike (que tal vez esperaba tomarse la revancha hacia nuestro viejo maestro y hacia el mundo en su totalidad) insistió en aceptar, y yo me limité a ir tras él, como siempre que a Mike se le metía algo en la cabeza.

La criatura que hizo mella en mi corazón estaba en la tercera fila, semioculta tras un tipo de unos ciento cincuenta kilos y con una mirada a lo Mark Chapman (un admirador de la blogosfera, supuse de inmediato), en la temida aula 13 de Calhoun, esa a la que algunos estudiantes de la Academia de Cine de Nueva York llamaban «el Club de la Lucha».

Al finalizar la proyección, el gordinflón fue el primero que quiso expresar su opinión. Lo que dijo en treinta y cinco minutos de perorata puede resumirse así: «Mierda por aquí, mierda por allá, ¡mierda en todos los rincones de la ciudad!». Entonces, satisfecho, se limpió un hilillo de baba, se sentó y se cruzó de brazos, con una expresión de desafío en esa cara de pizza que llevaba puesta.

Estaba a punto de vomitarle encima una larga (larguísima) serie de consideraciones poco correctas sobre los gordos presumidos, cuando sucedió lo imposible.

La chica rubia pidió la palabra y Calhoun, que permanecía de pie, se la concedió. Se levantó (era realmente agraciada) y dijo, con un fortísimo acento alemán:

—Me gustaría preguntarle. ¿Cuál es la palabra exacta para *Neid*?

Me eché a reír y en mi interior le di las gracias a mi querida *Mutti* por su obstinación en enseñarme su lengua materna. De pronto, esas horas pasadas autoflagelándome la lengua contra los dientes, aspirando vocales y redondeando la *r* como si tuviera un ventilador atascado en la boca, adquirían una luz completamente distinta.

—*Mein liebes Fräulein* —empecé mientras gozaba de un sonido similar al del descorche de año nuevo, producido por el abrir de ojos de esa masa de estudiantes erectos (gordinflón incluido)—. *Sie sollten nicht fragen, wie wir «Neid» sagen, sondern wie wir «Idiot» sagen.*

Querida señorita, no debe preguntar cómo decimos «envidia», sino cómo decimos «idiota».

Se llamaba Annelise.

Tenía diecinueve años y estaba en los Estados Unidos desde hacía poco más de un mes para unas prácticas. Annelise no era ni alemana, ni austriaca, ni suiza. Venía de una minúscula provincia del norte de Italia, donde la mayoría de la población hablaba alemán. Alto Adigio/Tirol del Sur, tal era el nombre de ese extraño lugar.

La noche antes de salir para la gira hicimos el amor mientras que de fondo Springsteen cantaba «Nebraska», y esto me reconcilió, al menos un poco, con el Boss. La mañana fue difícil. Pensé que nunca volvería a verla. No fue así. Mi dulce Annelise, nacida entre los Alpes, a ocho mil kilómetros de la Gran Manzana, transformó las prácticas en un permiso de estudios. Sé que suena como una locura, pero tenéis que creerme. Me quería y yo la quería a ella. En 2007, mientras Mike y yo nos estábamos preparando para filmar la tercera (y última, como nos habíamos prometido) temporada de *Road Crew,* en un pequeño restaurante de Hell's Kitchen le pedí a Annelise que se casara conmigo. Aceptó con tal arrobamiento que rompí a llorar de un modo muy poco viril.

¿Qué más podría desear?

El 2008.

Porque el 2008, mientras Mike y yo, agotados, nos tomábamos un descanso después de la emisión de la tercera temporada de nuestro *fuck-tual,* en un día cálido de mayo, en una clínica de Nueva Jersey rodeada de verde, nació Clara, mi hija. Y a continuación: olorosas montañas de pañales, homogeneizados para decorar ropa y paredes, pero sobre todo horas y horas dedicadas a observar a Clara, que aprendía a descubrir el mundo. ¿Y cómo olvidar las visitas de Mike con la novia de turno (que duraba entre dos y cuatro semanas, con un pico máximo de un mes y medio, aunque se tratara de Miss Julio), en las que intentaba de todas las maneras posibles enseñarle a *mi* hija *su* nombre antes de que Clara consiguiera pronunciar la palabra «papá»?

En el verano de 2009 conocí a los padres de Annelise, Werner y Herta Mair. No sabíamos que el «cansancio» con el que Herta justificaba mareos y palidez era una metástasis en una fase muy avanzada. Murió pocos meses después, a finales de año. Annelise no quiso que la acompañara al funeral.

2010 y 2011 fueron años hermosísimos y frustrantes. Hermosísimos: Clara trepando por todas partes, Clara preguntando «¿qué es esto?» en tres idiomas diferentes (el tercero, el italiano, Annelise me lo estaba enseñando también a mí y se me daba bastante bien, era un estudiante motivado por una maestra que me parecía muy sexi); Clara creciendo, simplemente. ¿Frustrantes? Seguro. Porque, después de haber presentado a Mister Smith algo así como cien mil proyectos distintos (todos rechazados), a finales de 2011 empezamos el rodaje de la cuarta temporada de *Road Crew.* La que habíamos jurado que nunca vería la luz.

Todo salió mal, la magia se había perdido y lo sabíamos. La cuarta temporada de *Road Crew* es un largo e infeliz canto fúnebre sobre el final de una época. Pero el público, como generaciones de *copywriters* saben, adora sentirse triste. La audiencia fue mejor que la de las tres temporadas anteriores. Incluso el *New Yorker* nos aduló hablando del «relato de un sueño lúcido que se hace pedazos».

Así que Mike y yo nos encontrábamos nuevamente agotados, apáticos. Deprimidos. Incluso los que hasta hacía poco nos habían tratado como a apestados alababan ahora el trabajo que nosotros considerábamos el peor de nuestra carrera. Por eso en diciembre de 2012 acepté la propuesta de Annelise. Pasar unos meses en su pueblo natal, una insignificante mota en el mapa llamada Siebenhoch, Alto Adigio, Tirol del Sur, Italia. Lejos de todo y de todos.

Una buena idea.

Los héroes de la montaña

1.

Las fotografías que Annelise me había enseñado de Siebenhoch no le hacían justicia a ese pueblo encaramado a mil cuatrocientos metros de altitud. Es verdad, las ventanas con geranios eran aquellas, las calles estrechas para mantener el calor, también. ¿Las montañas nevadas y el bosque alrededor? De postal. Pero en vivo era... diferente.

Un magnífico lugar.

Me gustaba la pequeña iglesia rodeada por un cementerio que no hacía pensar en la muerte, sino en el eterno descanso de las oraciones. Me gustaban los tejados puntiagudos de las casas, los cuidados setos de flores, las carreteras libres de socavones, me gustaba el dialecto a ratos incomprensible que deformaba la lengua de mi madre (y, a todos los efectos, de mi infancia) en un *dialokt* disonante y mal hablado.

Me gustaba incluso el supermercado DeSpar adormilado en un claro arrebatado por la fuerza a la vegetación, el entrelazamiento de las carreteras provinciales y nacionales, así como los caminos de herradura semienterrados por la maraña de las hayas, de los helechos y de los abetos rojos.

Me gustaba la expresión de mi esposa cada vez que me enseñaba algo nuevo. Una sonrisa que la hacía parecerse siempre a la niña que, me imaginaba, había corrido por esos bosques, jugado con bolas de nieve, caminado por aquellas calles, y que luego, cuando fue mayor, cruzó el océano para llegar hasta mis brazos.

¿Qué más?

Me gustaba el *speck,* sobre todo el curado que mi suegro traía a casa sin revelar nunca el origen de esa delicia —ciertamente ninguna de las que él llamaba «tiendas para turistas»—, y las bolas de masa, cocinadas de cuarenta maneras distintas por lo menos. Devoraba tartas, *strudel* y lo que fuera. Me eché encima cuatro descarados kilos y no me sentí culpable en lo más mínimo.

La casa en la que estábamos era propiedad de Werner, el padre de Annelise. Se encontraba en la frontera oeste de Siebenhoch (suponiendo que un pueblo de setecientas almas pueda tener fronteras reales), en el punto en que la montaña ascendía hasta tocar el cielo. En el piso de arriba había dos dormitorios, un pequeño estudio y un baño. En la planta baja, una cocina, una despensa y lo que Annelise llamaba salón, aunque «salón» resultaba un término simplista para esa habitación. Era enorme, con una mesa en el centro y muebles de madera de haya y de pino que Werner había construido con sus propias manos. La luz llegaba a través de dos ventanales que daban a un césped y desde el primer día coloqué una butaca allí delante por el placer de dejar que el espacio —las montañas y el verde (que cuando llegamos se encontraba cargado con una capa compacta de nieve)— se adentrara en mí.

Estaba sentado en esa butaca cuando el 25 de febrero vi el helicóptero surcando el cielo por encima de Siebenhoch. Era de un bonito color rojo flamante. Pensé en ello toda la noche. El 26 de febrero, el helicóptero se había convertido en una idea.

Una idea *obsesiva.*

El 27 me di cuenta de que necesitaba hablar con alguien. Con alguien que supiera. Alguien que lo entendiese.

El 28, lo hice.

2.

Werner Mair vivía a unos kilómetros en línea recta de nosotros, en una localidad con poquísimas comodidades que la gente del lugar llamaba Welshboden.

Era un hombre severo que apenas sonreía (una magia que tan solo le resultaba sencilla a Clara), pocas canas en las sienes, ojos penetrantes de un azul cielo que tendía al gris, nariz afilada y arrugas como cicatrices.

Se acercaba a los ochenta en una forma física deslumbrante y lo encontré ocupado en cortar leña en mangas de camisa, a pesar de que la temperatura estuviera un poco por debajo de cero.

En cuanto me vio llegar apoyó el hacha sobre un soporte y me saludó. Apagué el motor y me bajé. El aire era punzante, puro. Respiré a pleno pulmón.

—¿Más madera, Werner?

Me tendió la mano.

—Nunca se tiene suficiente. Y el frío hace que uno se mantenga joven. ¿Te apetece un café?

Entramos.

Me quité la chaqueta y el gorro y me senté al lado de la chimenea. Bajo el olor del humo se filtraba un agradable aroma de resina.

Werner preparó la cafetera (hacía el café a la italiana, en la variante alpinista: un escupitajo negro como el alquitrán que te mantenía despierto durante semanas) y se sentó. Sacó de un mueble un cenicero y me guiñó un ojo.

Werner contaba que había dejado de fumar el día en que Herta había dado a luz a Annelise. Sin embargo, después de la muerte de su esposa, tal vez por aburrimiento o tal vez (sospechaba yo) por nostalgia, había empezado a darle otra vez. A escondidas, porque si Annelise lo hubiera visto con un cigarrillo entre los dedos lo habría desollado vivo. Aunque me sentía culpable por animarle con mi compañía (y mi discreción), en ese momento, mientras

Werner encendía una cerilla con la uña del pulgar, el tabaquismo de mi suegro me venía bien. No hay nada mejor que compartir un poco de tabaco para una charla entre hombres, ¿sabéis?

Me lo tomé con calma. Intercambiamos algunas trivialidades. El tiempo, Clara, Annelise, Nueva York. Fumamos. Nos bebimos el café y un vaso de agua de Welshboden, para eliminar el sabor amargo.

Al final, se lo solté.

—He visto un helicóptero —empecé—. Rojo.

La mirada de Werner me traspasó de parte a parte.

—Y te has preguntado qué tal quedaría en televisión, ¿verdad?

Verdad.

Ese helicóptero no habría agujereado la pantalla. La habría hecho pedazos.

Werner sacudió la ceniza del cigarrillo en el suelo.

—¿Has tenido alguna vez una de esas ideas que te cambian la vida?

Pensé en Mike.

Pensé en Annelise. Y en Clara.

—De lo contrario, no estaría aquí —fue mi respuesta.

—Yo era más joven cuando tuve la mía. No surgió por azar, surgió de un duelo. Nunca es bueno que las ideas procedan de los duelos, Jeremiah. Pero es algo que sucede y no puedes hacer nada. Las ideas llegan y punto. A veces, se marchan, y otras, echan raíces. Como las plantas. Y, como las plantas, crecen y crecen. Tienen vida propia —Werner se detuvo para observar la brasa del cigarrillo, antes de arrojarlo a la chimenea—. ¿Cuánto tiempo tienes, Jeremiah?

—Todo el que se necesita —le contesté.

—*Nix*. Error. Tienes el tiempo que tu esposa y tu hija te han concedido. Para un hombre, la familia debe ser el primer pensamiento. Siempre.

—Cierto... —dije, y creo que me sonrojé un poco.

—De todos modos, si quieres oír esta historia, no nos llevará demasiado. ¿Ves esa fotografía?

Señaló una instantánea enmarcada, que colgaba bajo el crucifijo. Werner se acercó, y la rozó con las yemas de los dedos. Como a muchos montañeros, también a él le faltaban algunas falanges: en su caso, la primera del meñique y del anular de la mano derecha.

La imagen en blanco y negro representaba a cinco jovenzuelos. El de la izquierda, un mechón de pelo rebelde en la frente y la mochila al hombro, era Werner.

—La tomamos en 1950. No recuerdo bien el mes. Pero a ellos los recuerdo. Y también recuerdo las risas. Son lo que menos se desvanece a medida que vamos envejeciendo. Olvidas aniversarios, cumpleaños. Olvidas caras. Por suerte, también olvidas los dolores, los sufrimientos. Pero las risas de esa época, de cuando aún no eres un hombre, pero tampoco eres ya un niño…, esas permanecen dentro de ti.

A pesar de que tenía unas cuantas primaveras menos, entendía lo que Werner trataba de decirme. Dudaba, no obstante, de que su memoria pudiera fallar. Werner pertenecía a una clase de montañeros forjada en acero. A pesar de sus canas y de las arrugas en la cara, me resultaba imposible considerarlo viejo.

—La vida era dura, aquí en Siebenhoch. Por la mañana, a la escuela, en el valle; por la tarde y hasta la noche a partirse el lomo en los campos, en los pastos, en el bosque o en los establos. Yo era afortunado porque mi padre, el abuelo de Annelise, se salvó del derrumbe en la mina, mientras que muchos de los chicos de los cursos superiores eran huérfanos, y crecer sin un padre en el Tirol del Sur, en aquellos años, era cualquier cosa menos un paseo.

—Puedo imaginármelo.

—Imaginártelo sí, quizá —respondió Werner sin apartar los ojos de la fotografía—. Pero dudo que puedas comprenderlo de verdad. ¿Has tenido hambre alguna vez?

En cierta ocasión me asaltó un drogadicto que me amenazó con una jeringuilla en la garganta, y a un buen amigo mío lo apuñalaron cuando regresaba de un concierto en el Madison Square Garden. Pero no, nunca había pasado hambre.

Así que no respondí.

—Éramos jóvenes, inconscientes, y por tanto felices, no sé si sabes a qué me refiero. Lo que más nos gustaba era escalar montañas —una expresión entre la melancolía y la ironía, que desapareció rápidamente—. En esa época, aquí entre nosotros, el montañismo era para gente rara y para soñadores. No se trataba de un deporte respetable como hoy en día. De alguna manera fuimos pioneros, ¿sabes? Con el tiempo el montañismo se ha convertido en turismo, y hoy el turismo es la primera fuente de ingresos de todo el Alto Adigio.

Era cierto. Había hoteles por todas partes, restaurantes y teleféricos para facilitar el ascenso a las cimas de las montañas. En invierno los turistas se concentraban en las zonas de esquí, y en verano se dedicaban a las excursiones por el bosque. No podía culparlos: tan pronto como el clima cambiara, con el deshielo, tenía pensado comprarme unas botas robustas y, con la excusa de llevar a Clara a tomar un poco de aire puro, ver si este muchacho de Brooklyn podía competir con los habitantes de las montañas del lugar.

—Sin turismo —prosiguió Werner—, el Alto Adigio sería una provincia pobre, habitada únicamente por campesinos cada vez más viejos, y Siebenhoch ya no existiría, tenlo por seguro.

—Sería triste.

—Muy, muy triste. Pero no ha sucedido eso —parpadeó—. En cualquier caso… Para la gente de esa época, sobre todo para la gente de estos pagos, ir a las montañas significaba ir a *trabajar* a las montañas. Llevar las vacas a pastar, cortar leña para el fuego. Cultivar. Eso era la montaña. Para nosotros, sin embargo, era diversión. Pero éramos imprudentes. Demasiado. Competíamos por ver quién podía escalar la pared más empinada, nos cronometrábamos, desafiábamos la intemperie. ¿Y el equipo? —Werner se dio un golpe en el muslo—. Cuerdas de cáñamo. ¿Sabes lo que significa caer cuando estás asegurado con una cuerda de cáñamo?

—No tengo ni la más remota idea.

—El cáñamo no es elástico. Si te caes con las cuerdas modernas, esas de nailon y de quién sabe qué más, resulta casi divertido. Se estiran y absorben tu peso. El cáñamo es otra historia. Corres el riesgo de quedarte lisiado de por vida. O peor. Y además... Los clavos de escalada, los martillos y todo lo demás estaban hechos a mano, los hacía el herrero del pueblo. El hierro es frágil, fragilísimo, y era caro. Pero nosotros no teníamos cine, ni teníamos coches. Nos habían educado para ahorrar hasta el último céntimo. Y nos sentíamos muy felices utilizando el dinero para nuestras escaladas —Werner se aclaró la garganta—: Nos sentíamos inmortales.

—No lo erais, ¿verdad?

—Nadie lo es. Pocos meses después de tomar esa fotografía, hubo un accidente. Habíamos subido cuatro. Croda dei Toni, ¿has estado alguna vez? En el dialecto de Belluno significa «Corona de los truenos», porque cuando llueve y caen los rayos es un espectáculo que le pone a uno la piel de gallina. Es un hermoso lugar. Pero eso no significa que la muerte sea menos amarga. La muerte es la muerte, y todo lo demás no importa.

Lo leí en su rostro. Estaba pensando en Herta, que murió con un monstruo devorándole el cerebro. Respeté su silencio hasta que se sintió de nuevo dispuesto a proseguir con su relato.

—Tres de ellos no lo consiguieron. Yo me salvé solo porque tuve suerte. Josef murió entre mis brazos mientras yo gritaba y gritaba y pedía ayuda. Pero aunque alguien me hubiera oído, ¿sabes cuántos kilómetros había entre el punto en el que la cuerda se rompió y el hospital más cercano? Veinte. Imposible salvarlo. Imposible. Esperé a que la muerte se lo llevara, recé una oración y regresé. Y tuve la idea. O mejor dicho, la idea vino a mí. Después del funeral nos reunimos, junto con algunos otros, para beber en memoria de los muertos. Aquí entre nosotros, ya te habrás dado cuenta, beber es algo común. Y esa noche bebimos como esponjas. Cantamos, reímos, lloramos, blasfemamos. Más tarde, mientras llegaba el amanecer, expuse mi idea. Aunque nadie lo decía, aunque haya algunas cosas que de nada sirve escuchar con tus propios oídos, para el resto del mundo éramos unos locos que se la estaban buscando. Así que nadie podría o querría ayudarnos si nos metíamos en problemas allí arriba.

—Para salvaros tan solo podíais confiar en vuestras fuerzas.

—Así es, Jeremiah. Fue así como fundamos el Socorro Alpino de los Dolomitas. No teníamos dinero, no teníamos ningún apoyo político, debíamos pagar de nuestro bolsillo todo el equipo, pero funcionó —Werner me ofreció una de esas sonrisas que solo Clara lograba arrebatarle—. Uno de nosotros, Stefan, compró un manual de primeros auxilios. Lo estudió y nos enseñó las principales técnicas de reanimación. Respiración boca a boca, masaje cardíaco. Aprendimos a entablillar una fractura, a reconocer un traumatismo craneal. Cosas de ese tipo. Pero todavía no era suficiente. Comenzaban a llegar los primeros turistas, como los llamábamos en esa época, y con ellos, gente inexperta y mal equipada, aumentaban las intervenciones. Íbamos siempre a pie hasta que compramos la primera camioneta, en el 65, un cajón destartalado que de todas formas tan solo podía llegar hasta cierto punto. Luego había que apañárselas a la antigua usanza. Transportando al herido a hombros. A menudo y con naturalidad llevando a los muertos a hombros.

Intenté imaginarme la escena. Sentí escalofríos. Me duele admitirlo, pero no fueron solo escalofríos de terror, porque yo también, como Werner, tenía una idea en la cabeza.

—Llegábamos, encontrábamos el cadáver, rezábamos una oración; luego, el más viejo del grupo ofrecía una ronda con una botella de coñac o de *grappa,* un trago por persona, y al más joven le tocaba la misión de transportar el cadáver. Regresábamos a la base. Que por aquel entonces no era más que el bar de Siebenhoch, el único lugar donde había un teléfono.

—Joder —murmuré.

—En fin, resumiendo. Aquí, en Siebenhoch, el auténtico turismo llegó a principios de los años noventa, cuando Manfred Kagol tuvo la idea del Centro de Visitantes, pero ya en los años ochenta otros valles trabajaban duro para atender día a día las peticiones de los turistas. Los turistas traen dinero. Cuando el dinero empieza a moverse, tú también lo sabes, llegan los políticos, y si tienes un poco de cabeza, a los políticos los puedes manejar como mejor te parezca.

No me habría gustado estar en el pellejo del politicastro de turno que intentara tomarle la medida a Werner Mair.

—De manera que llegaron los fondos. Establecimos convenios con Protección Civil y con la Cruz Roja. A finales de los años setenta, participamos en un proyecto especial con los helicópteros del ejército. Los resultados fueron sorprendentes. Si antes los que sobrevivían a un accidente eran tres heridos de cada siete, con el helicóptero se llegaba a seis de cada diez. No está mal, ¿verdad?

—Diría que no.

—Pero queríamos más. En primer lugar —contó Werner mostrándome el pulgar—, queríamos un helicóptero que estuviera a nuestra disposición todo el tiempo, sin tener que enfrentarnos en cada ocasión a los caprichos de algún coronel —al pulgar se le añadió el índice—. Queríamos mejorar esa estadística. Ya no queríamos *más* muertos. Así que...

—Queríais un médico a bordo.

—Exactamente. El helicóptero reduce el tiempo, el médico estabiliza al paciente. Conseguimos tener el primer helicóptero en el 83. Un Alouette que, en la práctica, consistía en dos tubos soldados el uno al otro y un motor de cortacésped. Trasladamos la base desde aquí a Pontives, cerca de Ortisei, porque allí teníamos la oportunidad de construir un hangar y un helipuerto. Solo entonces llegó el médico de a bordo, después de que Herta y yo abandonáramos Siebenhoch.

—¿Por qué?

Una mueca en la cara de Werner.

—El pueblo se estaba muriendo. Aún no había turismo suficiente. El Centro de Visitantes era solo una idea en la cabeza de Manfred... ¿Te das cuenta de que siempre volvemos a hablar de las ideas? Y yo tenía una niña a la que debía alimentar.

—Podrías haberte quedado como parte del equipo de rescate.

—¿Recuerdas lo que te dije antes de explicarte todo esto?

—Yo no... —balbucí, confuso.

—Un hombre ha de tener una única prioridad. Su familia. Cuando nació Annelise yo no era viejo, pero en fin, ya no era un jovencito. Es cierto, Herta era veinte años más joven que yo y estaba acostumbrada a pasar las noches sabiendo que iba a subir a alguna cima para rescatar a algún escalador en apuros, pero la llegada de la niña lo cambió todo. Me convertí en padre, ¿comprendes?

Sí, lo comprendía.

—Un amigo me había encontrado un trabajo en una imprenta de Cles, cerca de Trento, y nos mudamos allí cuando Annelise tenía unos meses. Solo cuando hubo terminado la escuela primaria decidimos volver aquí. Mejor dicho, fue ella la que insistió. Le gustaba este lugar. Para Annelise era únicamente el pueblo de las vacaciones, pero de alguna manera se sentía unida a él. Lo demás, como se dice en estos casos...

—Es historia.

Werner me observó largo rato.

Werner no miraba. Werner escrutaba. ¿Habéis visto alguna vez un ave de presa? Werner tenía esa misma mirada. Lo llaman carisma.

—Si estás convencido de que quieres hacer lo que tienes en la cabeza, puedo dar un telefonazo a un par de personas. Luego corre de tu cuenta ganarte su respeto.

La idea.

Ya lo tenía todo en la cabeza. Montaje. Voz en *off*. Todo. Un *factual* como *Road Crew* pero ambientado allí, entre aquellas montañas, con los hombres del Socorro Alpino de los Dolomitas. Sabía que Mike estaría entusiasmado con aquello. También tenía el título. Se llamaría *Mountain Angels* y sería un éxito. Lo sabía.

Lo *sentía*.

—Pero tengo que avisarte. No va a ser como te lo esperas, Jeremiah.

La voz de la Bestia

1.

Unos días más tarde hablé del tema con Annelise. Luego llamé por teléfono a Mike. No, no era una broma. Y sí, yo era un puto genio. Siempre lo había sabido, gracias de todos modos.

El 4 de abril, Mike se presentó en Siebenhoch. Llevaba un gorro de piel calado hasta las cejas y una bufanda de Harry Potter alrededor del cuello. Clara cantaba: «¡Tío Mike! ¡Tío Mike!», mientras aplaudía con las manos, como hacía desde que levantaba poco más de un palmo del suelo, algo de lo que mi compañero se sentía muy orgulloso.

El 6 de abril, electrizados como *quarterbacks* en la Super Bowl, empezamos las tomas de *Mountain Angels* en Pontives, Val Gardena, sede operativa del Socorro Alpino de los Dolomitas.

2.

La base de Pontives no era más que un edificio de dos plantas en medio del campo. Moderno, lleno de comodidades, limpísimo y ordenadísimo.

Fue Moses Ploner, el hombre que había ocupado el puesto de Werner al frente del Socorro Alpino de los Dolomitas, quien nos permitió hacer nuestra primera vuelta de reconocimiento y quien nos presentó al resto del equipo.

Gente que había salvado un número de vidas con varios ceros.

No lo oculto: estábamos intimidados.

Nos quedamos en la plataforma hasta las diez de la mañana, cuando el graznido de la radio se convirtió en una voz monocorde.

«Papa Charlie a Socorro Alpino de los Dolomitas.»

Papa Charlie era el «Puesto de Control».

—Aquí Socorro Alpino de los Dolomitas; adelante, Papa Charlie —respondió Moses inclinándose hacia el micrófono.

«Tenemos un turista en el lado oriental del Seceda. Cerca del refugio Margheri. Cambio.»

—Perfecto, Papa Charlie, corto.

Conforme se acercaba la fecha de la filmación, yo me había ido construyendo una película en la cabeza que incluía a mandíbulas cuadradas como los Navy Seals que saltaban de un lado a otro como bolas de una máquina de *pinball,* alarmas a todo volumen, luces rojas intermitentes y bromas gruesas como: «Venga, señoritas, ¡moved el culo!».

En cambio, allí no había nada de emoción.

Me daría cuenta rápidamente del porqué. La montaña es el último lugar donde todavía se mantiene la diferencia entre autoridad y mando.

Ese 6 de abril, de todas formas, no tuve tiempo para sentirme mal. Moses Ploner (con una lentitud que me pareció incluso exasperante) se giró hacia Mike.

—¿Quieres venir?

Despacio, Mike se levantó de la silla. Despacio, se colgó la Sony al hombro. Me lanzó una mirada de terror y se subió al EC-135 mientras el ruido de la turbina crecía una octava. Me acerqué a las puertas del hangar, justo a tiempo de que me golpease el desplazamiento de aire de las palas del helicóptero en su despegue, lo que me echó hacia atrás, y en un santiamén el perfil rojo del EC-135 había desaparecido.

Volvieron al cabo de unos treinta minutos. Misión de rutina para el equipo del Socorro Alpino de los Dolomitas.

El helicóptero llegó al lugar, el médico examinó las heridas (una luxación), subieron a bordo al desgraciado y después lo descargaron en el hospital de Bolzano; luego, el EC-135 despegó y en el camino de regreso Mike recibió su bautismo de vuelo.

—Hemos jugado a la Luftwaffe y Mike... —hizo una mueca Christoph, el médico de a bordo, mostrando una bolsa llena de vómitos mientras mi socio, blanco como un trapo, corría al cuarto de baño.

Bienvenidos al Socorro Alpino de los Dolomitas.

3.

Los meses siguientes transcurren en mi memoria como una película a cámara rápida. Las caras de los heridos, sobre todo, se confunden unas con otras.

El helicóptero que despega con una visibilidad casi nula y el intercambio de chanzas entre Mike e Ismaele, el piloto del EC-135 (Ismaele era hermano de Moses, mamá y papá Ploner debían de ser forofos de la Biblia): «¿No habías dicho que para volar se necesitan doscientos metros de visibilidad?». «Pero es que aquí *hay* doscientos metros de visibilidad. Y si cierro los ojos, incluso trescientos, en mi opinión.»

El terror en la mirada del chico paralizado por un ataque de pánico. El dolor del pastor con la pierna destrozada por una avalancha de piedras. El turista medio congelado. La pareja extraviada en la niebla. Una multitud de huesos rotos, pelvis luxadas, articulaciones destrozadas, sangre, sudor. Muchas lágrimas, pocos agradecimientos. Mike durmiendo cuatro horas de noche, devastado por la adrenalina. Las comunicaciones por radio que le cierran a uno el estómago. Mike, a quien le pican trece variedades distintas de mosquito. Mi iniciación: ser momificado en una bolsa de vacío y abandonado en la misma para sentir la ebriedad de la claustrofobia. Mike, que mueve la cabeza para decirme que no, que mejor no hacer entrevistas, no es el momento. La petición de «socorro espiritual de emergencia» que te atormenta día y noche.

Y, naturalmente, las Reglas.

Los hombres del Socorro Alpino de los Dolomitas tenían un solo profeta (Moses Ploner), un carro de fuego para acceder al Reino de los Cielos (el EC-135) y, como mínimo, doscientas mil reglas transmitidas de boca en boca. Resultaba difícil mantener el ritmo. Las reglas brotaban como setas.

La Regla del Almuerzo es quizás la más extraña (y, hasta cierto punto, inquietante). No importa si son las siete de la mañana o las cuatro de la tarde: en el momento exacto en que uno se sienta a la mesa, la alarma suena y el equipo tiene que salir para una intervención. La primera vez me dije que solo era una coincidencia. La segunda, pensé que era una broma del destino. A partir de la décima, empecé a meter a Dios y la entropía universal de por medio. Al cabo de dos meses de filmación ya ni siquiera le hacía caso.

Era así y punto, ¿por qué debía uno amargarse por ello?

Para mí, que como guionista no participaba en la acción directa (en las palabras inmortales de Mike Mc-Mellan: «Tú solo descubre cómo demonios contar todo esto, porque de lo demás ya se ocupa la Sony»), la Regla del Almuerzo ofrecía algunos inesperados aspectos positivos. El zumbido de la alarma empezaba, el equipo descendía al hangar, el helicóptero despegaba y yo me terminaba el helado o el postre de los demás, sentado en la silla de la estación de radio. La pluma engorda más que la cámara.

Esto, hasta la comida del 15 de septiembre.

4.

Mike había ido dando señales de cansancio desde hacía unos días. Estaba pálido, tenso.

La primera operación del día se había desarrollado sin problemas. El tiempo era bueno y el turista milanés no tenía más que un poco de miedo y la idea de que el helicóptero del Socorro era una especie de taxi con el que bajar hasta el valle. La segunda operación había sido una fotocopia de la primera, pero en vez de volar hasta el Corno Bianco, habían tenido que volar hasta el Sasso Lungo.

Cuando Mike regresó de la segunda operación me di cuenta de que arrastraba los pies. Cambió la batería de la cámara (*nuestra* Primera Regla) y luego se dejó caer sobre una silla. Al cabo de unos pocos minutos se durmió, aferrando la Sony contra el pecho.

Hacia la una, Moses, con la complicidad de los estómagos rugientes, decidió que había llegado el momento de desafiar la Regla del Almuerzo. Estofado. Patatas. *Strudel*. Nunca comíamos *strudel*. Una lástima, porque tenía un aspecto muy apetitoso.

La alarma empezó justo cuando acabábamos de llenar los platos. Mike se levantó, cogió la cámara y cayó de nuevo sobre la silla, jadeando.

Eso le bastó a Christoph para emitir su diagnóstico:

—Paracetamol, mantas calientes, caldito de la abuela y felices sueños.

Mike negó con la cabeza, mientras se ponía de pie:

—Estoy bien, no hay problema.

No tuvo ni tiempo de levantar la cámara porque Moses lo cogió del brazo y lo detuvo.

—Tú no vienes. Mándalo a él, si quieres. En estas condiciones, no te subes al helicóptero.

Él, que era *yo*.

Dicho esto, se dio la vuelta y bajó las escaleras.

Mike y yo nos miramos un instante.

Intenté parecer seguro de mí mismo.

—Pásame la Sony, socio, voy a hacerte ganar un Oscar.

—Los Oscar son para las películas —se quejó Mike—. Nosotros hacemos televisión, Salinger.

De mala gana me pasó la cámara. Pesaba.

—Mantén pulsada la tecla Rec.

—Amén.

La voz de Christoph desde la escalera:

—¿Vienes o qué?

Fui.

Nunca había subido al EC-135. El asiento reservado a Mike era minúsculo. El EC no es uno de esos gigantes de transporte que se ven en las películas, es un helicóptero pequeño, ágil y potente. El mejor medio de rescate posible entre los picos de los Dolomitas, pero condenadamente incómodo si uno tiene que filmar.

Cuando Ismaele dio gas, el estómago se me subió a la boca. No era solo por la aceleración. Llamadlo canguelo si queréis. Mirar por la ventana tampoco me ayudó. Vi cómo desaparecía la base de Pontives y tragué un par de veces para no echarme a vomitar. Manny, el socorrista que estaba a mi lado, me estrechó la mano. La suya era tan grande como mi antebrazo. Un gesto de montañero que significaba: tranquilo. Creedme, funcionó.

Ya no hubo miedo: solo el cielo. Claro.

Dios, qué hermoso era.

Christoph me guiñó un ojo indicándome mediante gestos que me colocara los auriculares.

—¿Cómo lo llevas, Salinger?

—De maravilla.

Estaba a punto de añadir algo, pero la voz de Moses me interrumpió.

—Socorro Alpino de los Dolomitas a Papa Charlie —graznó por el micro—. ¿Tenéis información para nosotros?

Empecé a tomármelo en serio, con la esperanza de que mi escasa experiencia no le provocara a Mike una urticaria cuando viera las imágenes a mi regreso.

Podía ser un gran tocapelotas, si se ponía a ello.

«Aquí Papa Charlie. Se trata de una turista alemana, en el Ortles —respondió la voz distorsionada de la central en el 118 de la radio—, ha acabado en una grieta a tres mil doscientos metros. En la Schückrinne».

—Recibido, Papa Charlie. Estaremos allí en...

—... siete minutos —dijo Ismaele.

—... siete minutos. Corto y cierro.

Moses colgó la radio y se volvió hacia mí. Levanté la cámara y me hice con un buen primer plano.

—¿Alguna vez has visto el Ortles? —me preguntó a quemarropa.

—Solo en fotos.

Moses asintió para sí.

—Será una bonita operación, ya verás.

Luego se dio la vuelta, borrándome de su mundo.

—¿Qué es la Schückrinne? —le pregunté a Christoph.

—Hay varias maneras de llegar a la cima del Ortles —respondió el médico, con el rostro sombrío—. La vía más sencilla es la Normal Norte, hay que estar entrenado y no es ninguna broma, pero uno no va a un glaciar si no está preparado, ¿verdad?

—En una ocasión rescatamos allí a un tipo que iba con chancletas —se entrometió alegre Ismaele.

—¿Chancletas?

—A tres mil metros —dijo riéndose—, la gente es rara, ¿no?

No podría estar más de acuerdo.

Christoph continuó con su explicación.

—La Schückrinne es la peor vía. La roca es quebradiza, hay pendientes que llegan hasta los cincuenta y cinco grados y el hielo..., nunca se sabe cuándo va a tener un capricho. Y es un sitio al que temer, incluso para los montañeros

41

más experimentados. Papa Charlie ha dicho que la turista ha terminado en una grieta, mal asunto.

—¿Por qué?

—Porque podría haberse fracturado una pierna. O las dos. Y tal vez incluso la cadera. Podría haberse golpeado la cabeza. Y, además, el fondo de la grieta de un glaciar es algo horrible, hay agua. Parece... —Christoph buscó la imagen apropiada—. Parece que estés en un vaso de granizado.

—En efecto, va a ser divertido —dijo Ismaele, ofreciendo a la cámara una de sus inconfundibles sonrisas, a medio camino entre el cachorro abandonado y el chiquillo travieso.

Otra regla del Socorro. Nada es difícil. Nunca. Porque, como decía Moses Ploner: «Difícil es solo lo que uno no sabe hacer». Dicho de otra forma: si es difícil, mejor quedarse en casa.

Pensé que la turista alemana habría hecho bien siguiendo la regla de Moses. No se me pasó por la cabeza que *yo también* tendría que haber seguido esa maldita regla.

Siete minutos más tarde, el EC-135 daba vueltas sobre el acantilado blanco del Ortles. Antes de ese día no había visto nunca un glaciar y me pareció fantástico.

Muy pronto iba a cambiar de opinión.

Moses abrió toda la puerta y una corriente gélida me embistió.

—Ahí está.

Intenté localizar el punto que el jefe del Socorro Alpino de los Dolomitas estaba señalando.

—¿Ves esa grieta? La turista está ahí.

No podía entender cómo Moses estaba tan seguro de que esa era la grieta correcta. En esa dirección había al menos tres o cuatro.

El EC-135 vibraba igual que una licuadora. Enfoqué unos cientos de metros más abajo, hasta que la Sony encuadró el indicio que los ojos de Moses habían percibido antes que los míos. Una serie de huellas en la nieve que se interrumpían de golpe.

El EC-135 se detuvo.

—No tomamos tierra, chicos, imposible —dijo Ismaele.

Me quedé con la boca abierta.

Ismaele no era un piloto. Era el santo patrón de todos los pilotos de helicóptero. En las tomas de Mike lo había visto aterrizar («aparcar» era el término que utilizaba él) en picos un poco más grandes que una manzana, surfear en corrientes de aire que habrían derribado al Barón Rojo en persona y llevar el EC-135 tan cerca de una pared que parecía que las palas fueran a estrellarse de un momento a otro. Sin perder nunca ese aspecto del Polilla de *Pinocho*. Eso era. Ese mismo Ismaele ahora se mostraba preocupado.

Oh-oh.

—¿Manny? Baja con el cabestrante. La coges y la llevas arriba directamente. No dejo que nadie más baje. Hay un asqueroso y abundantísimo aire caliente. Y este viento...

No lo entendía. Estábamos en un glaciar, ¿verdad? El hielo es frío, ¿o me equivoco? Entonces, ¿qué coño significaba «un asqueroso y abundantísimo aire caliente»? ¿Y qué tenía que ver con el viento?

No era el momento de hacer preguntas. Manny se estaba asegurando ya al cabestrante.

Lo miré y de repente el corazón me empezó a bombear pólvora. Así, mientras el EC-135 resonaba entre dos crestas rocosas por encima de la fractura del hielo, de mi boca salieron las palabras que iban a cambiar el curso de mi vida.

—¿Puedo bajar contigo?

Manny, que ya estaba de pie en el patín del helicóptero, indicó con un gesto a Moses, con el cabestrante bien agarrado en la derecha, cubierta con un guante de cuero.

—¿Qué pasa?

—¿Puedo bajar con Manny? Lo filmo todo.

—No podemos subir a tres. Demasiado viento —dijo Ismaele—. Y, además, la temperatura es...

A tomar por culo la temperatura.

A tomar por culo todo. Quería *bajar*.

—Puedo quedarme abajo. Manny sube a la turista y luego viene a por mí.

Fácil, ¿verdad?

Moses titubeó. Manny sonrió.

—Creo que se puede hacer.

Moses me escudriñó.

—Está bien —dijo de mala gana—. Pero daos prisa.

Me levanté de mi sitio (que ya no era el de Mike, era *mi* sitio), Christoph me pasó un arnés, me lo puse y me aseguré a Manny. Nos colocamos fuera del portón, con los pies sobre el patín del EC-135. Christoph me mostró el pulgar. Manny me dio un golpecito en el casco.

Tres, dos, uno.

El vacío se nos tragó.

Tenía miedo. No tenía miedo. Estaba aterrorizado. *No* lo estaba.

En todo caso, nunca me había sentido tan vivo.

—Diez metros... —escuché que señalaba Manny.

Miré por debajo de mí.

Estaba demasiado oscuro en la grieta como para ver nada. Apunté hacia ahí la cámara y seguí con la grabación.

—Un metro.

Manny se apuntaló en la embocadura de la grieta.

—Stop.

El cabestrante detuvo el descenso.

Manny encendió la lámpara que llevaba en el casco. El haz de luz exploró las tinieblas. La localizamos de inmediato. La mujer llevaba una chaqueta de color naranja fluorescente. Estaba apoyada en la pared de hielo. Levantó la mano.

—Son treinta metros, Moses —dijo Manny—. Lentamente, abajo.

El cabestrante volvió a zumbar.

Vi desaparecer la superficie iridiscente del Ortles y me sentí ciego, mientras Manny controlaba el descenso. Abrí y cerré los ojos una y otra vez para acostumbrarme a la oscuridad.

—Cinco metros —dijo Manny—. Tres.

Había una extraña luminosidad allí abajo. La luz del sol se refractaba en mil resplandores que confundían la vista, creando halos, arcoíris y destellos.

El fondo de la grieta, de dos metros y medio de ancho, estaba cubierto de agua. En el agua, como había dicho Christoph, flotaban trozos de hielo de diferentes tamaños. Era igual que haber acabado en el interior de un granizado.

—Stop.

Manny soltó su arnés, luego el mío.

Estaba sumergido en el agua helada hasta las rodillas.

—¿Está sola, señora?

La mujer no pareció entender la pregunta.

—Pierna.

Farfullaba.

—Está en estado de shock —explicó Manny—. Muévete todo lo que te sea posible hacia allá. Intentemos darnos prisa.

Apreté la espalda contra la pared del glaciar. La respiración se condensaba en nubecitas. Tenía la esperanza de que no acabaran en el encuadre.

La turista miró primero a Manny y luego a su propia pierna.

—Me duele.

—¿Ve el helicóptero? Allí está el médico que le dará una buena dosis de analgésico.

La mujer movía la cabeza gimiendo.

Manny se aseguró al cable del cabestrante y a continuación, tirando del cabo, lo enganchó también al arnés de la mujer.

45

—Cabestrante, Moses.

El cabestrante los levantó a los dos.

La mujer gritó con todo el aire que tenía en la garganta. Reprimí el instinto de llevarme las manos a los oídos. De haberlo hecho, la cámara habría acabado en remojo y entonces sí que Mike me habría matado.

Despacio, y entre dolores atroces.

La extracción con el cabestrante fue de manual. El cable parecía una línea recta dibujada con tinta china.

Vi a Manny y a la mujer subir, subir y finalmente salir de la grieta.

Estaba solo.

5.

¿Qué muestran las imágenes de la Sony en ese instante? Las paredes de la grieta. Reflejos que se desvanecen en una negrura total. El haz luminoso de la cámara que gira de un lado a otro, a veces en cámara lenta, a veces de una manera histérica. Cubitos iridiscentes que flotan en el charco de agua alrededor de mis piernas. El reflejo de mi rostro contra el hielo. En un primer momento sonriente; luego, atento, con la expresión de quien está intentando espiar una conversación privada. Al final, descompuesto, con los ojos de un animal atrapado, los labios oscurecidos y tensos sobre los dientes en una mueca que no me pertenecía. Una máscara de muerte medieval.

Y, por encima de todo: la voz del Ortles. El crujido del hielo. El susurro de la masa del Ortles sibilante que seguía moviéndose como llevaba haciendo doscientos mil años.

La voz de la Bestia.

Manny bajando, preocupado. Mi nombre repetido varias veces.

El grito de Dios que se tragaba a Manny.

El fluir de los segundos que deja de tener sentido. La conciencia atroz de que el tiempo del hielo no es un tiempo humano. Es un tiempo ajeno, hostil.

Y la oscuridad.

Me hundí en las tinieblas que devoran los mundos. Me encontré a la deriva en el espacio profundo. Una única, inmensa, ilimitada noche eterna de una blancura espectral.

Seis letras: «Oscuro». Seis letras: «Gélido».

Al final, la salvación.

Demasiado calor, había dicho Ismaele. Demasiado calor significaba alud. El grito de Dios. Y el alud se llevó a Manny. Y con Manny, a través del cable del cabestrante, la Bestia aferró el EC-135, hasta arrastrarlo contra el suelo, aplastándolo igual que se aplasta un insecto molesto. ¿Por qué Moses no había cortado el cable del cabestrante? Si lo hubiera hecho, Manny habría sido barrido, pero el alud no habría podido atrapar también al helicóptero. Se lo preguntaron los *carabinieri* y se lo preguntó también la prensa. No los socorristas que me rescataron. Ellos *sabían*. Todo está escrito en las Reglas.

El cable del cabestrante no se corta porque en la montaña no se deja a nadie tirado. Por ninguna razón. Es así y así es como tiene que ser.

De Moses, Ismaele, Manny, Christoph y la turista no quedaba nada. La furia del alud, que se había liberado a causa del viento y del calor, los había barrido, dejando sus cuerpos irreconocibles. El EC-135 era una carcasa de color rojo más abajo.

El accidente del Ortles, sin embargo, no supuso el final del Socorro Alpino de los Dolomitas, como tampoco escribió el final de mi historia.

Como ya os he dicho, con seis letras.

«Inicio.»

Hace doscientos ochenta millones de años

1.

Mi cuerpo reaccionó bien al tratamiento. Permanecí en el hospital menos de una semana. Algún punto de sutura, un par de ciclos de suero por un principio de hipotermia y nada más. Las peores heridas las llevaba dentro de mí. «TEPT», estaba escrito en mi informe clínico. Trastorno de estrés postraumático.

Antes de despedirse con un apretón de manos y un «cuídese», el médico del San Maurizio de Bolzano me recetó psicofármacos y somníferos, encareciéndome que me los tomara con regularidad. Era probable, añadió mirándome a los ojos, que en un corto espacio de tiempo sufriera pesadillas y leves ataques de pánico, acompañados de *flashbacks,* igual que los que sufren los veteranos de guerra de las películas.

¿Leves ataques de pánico?

Había momentos en que la voz de la Bestia (los míos eran *flashbacks* auditivos, no sufrí nunca alucinaciones, gracias a Dios) me llenaba la cabeza con tal intensidad que me obligaba a echarme al suelo llorando como un niño. A pesar de ello, juré que prescindiría de los psicofármacos y que recurriría a los somníferos tan solo como último recurso. Cualquier psicólogo de tres al cuarto habría intuido lo que estaba haciendo en realidad. Quería sufrir. Y quería sufrir porque tenía que hacerlo. ¿Tenía? Claro: me había manchado con el peor de los pecados.

Había sobrevivido.

Merecía un castigo.

Solo algo más tarde me di cuenta de que en realidad no estaba castigándome únicamente a mí mismo. También le estaba haciendo daño a Annelise, que había envejecido unos años en pocos días, que lloraba mientras yo me paseaba atontado por casa. Peor aún: le estaba haciendo daño a Clara. Se había vuelto taciturna, se pasaba las horas en su habitación, rodeada de libros ilustrados y sumida quién sabe en qué pensamientos. Comía poco y tenía unas ojeras que ningún niño debería mostrar.

Annelise y Werner intentaban ayudarme de todas las formas posibles. Werner me sacaba a fumar a la parte trasera de la casa, o me llevaba en jeep para hacer que respirara aire puro. Annelise trataba de azuzarme con sus mejores platos, con chismes del pueblo, con mis DVD favoritos e incluso con la lencería más provocativa del mercado. Sus intentos de resucitarme mediante el sexo resultaron humillantes para ambos.

Apático, sentado en mi butaca favorita, miraba cómo iban poniéndose rojizos los árboles y cómo el cielo adquiría la típica coloración otoñal de esta zona, una brillante paleta de azules y morados. Al ponerse el sol me levantaba y me iba a la cama. No comía, no bebía y me esforzaba en no pensar. Me sobresaltaba con el más mínimo movimiento. Seguía oyendo ese ruido. Ese maldito silbo. La voz de la Bestia.

Si los días eran horribles, las noches eran incluso peores. Me despertaba gritando a voz en cuello con la certeza de que lo sucedido después del 15 de septiembre era resultado de un error. Como si el mundo se hubiera dividido en dos. Una parte, la parte equivocada, lo que llamaba el Mundo A, había proseguido como si nada hubiera ocurrido, mientras que la parte correcta, el Mundo B, había terminado el 15 de septiembre a las dos y veintidós de la tarde con el obituario de Jeremiah Salinger.

Recuerdo el día en que Mike vino a verme. Pálido, los ojos enrojecidos. Me explicó lo que tenía pensado hacer, y hablamos del tema. La cadena había cancelado *Moun-*

tain Angels, pero podríamos utilizar el material grabado para un documental sobre el Socorro Alpino de los Dolomitas y sobre lo ocurrido en la grieta del Ortles. Mi socio había pensado hasta en el título: *En el vientre de la Bestia.* De dudoso gusto, pero apropiado. Le di mi bendición; seguidamente, tras acompañarlo hasta la puerta de casa, me despedí de él con un adiós.

Mike se lo tomó como una broma, pero yo era sincero. Esa era la última vez que Batman y Robin se reunían. Estaba atrapado en un bucle infernal y, según lo veía yo, solo había dos maneras de salir de él. Explotar o tirarme por algún barranco. Explotar significaba hacerle daño a Annelise o a Clara. Ni pensarlo. Como un buen idiota, encerrado en mi lastimado egoísmo, la segunda posibilidad me parecía menos dolorosa. Incluso llegué a imaginarme el dónde, el cómo y el cuándo.

Así que adiós, socio. Adiós a todo el mundo.

Luego, a mediados de octubre, llegó Clara.

2.

Estaba sentado, hundido en la butaca contemplando el infinito, con un vaso de agua ya templado en la mano derecha, la izquierda cerrada sobre el paquete de cigarrillos vacío, cuando Clara se me sentó en las rodillas, con un libro aferrado contra el pecho, como hacía cuando quería que le leyera una historia.

Enfoqué su carita con cierta dificultad.

—Hola, pequeña.

—Hola, cuatro letras.

Era el juego favorito de Clara, el juego de Números y Letras.

Me esforcé en sonreír.

—¿Última letra acentuada? —pregunté.

51

—Última letra acentuada.

—«P-a-p-á» —dije, sorprendiéndome por lo extraño que me sonaba aún que me llamaran así—. ¿Qué es eso?

—Cuatro letras.

—¿«Libro» no tiene cinco?

Clara negó con la cabeza y su pelo se convirtió en una nube rubia. Me llegó a la nariz el olor de su champú y noté que algo se me movía en el pecho.

Una sombra de calor.

Como un fuego en la lejanía durante una tormenta de nieve.

—Error —respondió resuelta.

—¿Estás segura de que no es un libro?

—Es una g-u-í-a.

Conté con los dedos. Cuatro letras. No había hecho trampas.

La sonrisa me salió de forma natural.

Clara se llevó un dedo a los labios, un gesto que había heredado de su madre.

—El termómetro dice diecisiete grados. Diecisiete grados a estas horas no es frío, ¿verdad?, ¿cuatro letras con acento?

—No hace frío, es verdad.

—Mamá ha dicho que te has hecho daño en la cabeza. Dentro de la cabeza —se corrigió—. Que por eso estás siempre triste. Pero las piernas todavía te siguen funcionando, ¿verdad?

Eso era todo, en efecto. Papá se había hecho daño dentro de la cabeza y por eso se había vuelto triste.

Le hice dar saltitos sobre las rodillas. Pronto ese tipo de juego le resultaría aburrido, en pocos años incluso la incomodaría. El tiempo corría, mi hija estaba creciendo y yo malgastaba los días viendo caer las hojas de los árboles.

—Yo diría que sí, cuatro letras.

Clara frunció el ceño y empezó a contar con los dedos, concentrada.

—«Pequeña» tiene siete.

—«Hija» tiene cuatro. Punto para mí, hija.

Clara me miró esquinada (detestaba perder) y luego abrió de nuevo la guía que sostenía entre las manos. Me di cuenta de que había puesto unos simpáticos marcadores.

—Le decimos a mamá que nos prepare unos bocadillos, cogemos agua, pero no demasiada, porque hacer pis en el bosque no me gusta —me explicó susurrante—, me dan miedo las arañas.

—Las arañas —dije, sintiéndome casi destrozado por la ternura—, aggg.

—Sí, aggg. Vamos a salir desde aquí —señaló con el dedo sobre el mapa—, damos la vuelta por aquí, ¿ves? Donde está el laguito. A lo mejor ya ha helado.

—A lo mejor...

—¿Y veremos peces congelados?

—Alguno, quizá.

—Y luego nos volvemos para casa. Así puedes seguir mirando el césped. ¿Tan interesante es el césped, papá?

La abracé. La abracé con fuerza.

Cinco letras: «Fuego».

3.

Fue así como empezaron nuestras caminatas. Cada noche Clara se sentaba en mis rodillas, con la guía en la mano, y planeábamos alguna excursión.

El otoño era una cálida caricia, y esas caminatas, pero sobre todo la compañía de Clara y la avalancha de charlas en la que me enterraba, funcionaron mejor que cualquier psicofármaco que pudiera haber tomado.

Todavía existían las pesadillas, y a veces el silbo me paralizaba, pero se trataba de episodios cada vez más esporádicos. Conseguí, incluso, mediante el correo electrónico, responder a los interrogatorios de Mike, que entretanto había regresado a Nueva York para montar *En el vientre de la Bestia*. A pesar de que me negara a ver ni la más mínima parte, darle algunas sugerencias me hacía bien. Me sentía vivo de nuevo. Quería curarme. El Mundo B, ese en el que yo era un cadáver, ya no me atraía. Porque ese mundo no era el mundo real. Me gustara o no, había sobrevivido.

Había hecho falta una niña rubia de cinco años para que lo entendiese.

4.

Estábamos casi a finales de octubre cuando Clara, en vez de enseñarme la guía, como de costumbre, se sentó en mis rodillas y me miró con ojos grandes y muy serios.

—Quiero ir a ver a una persona.

Con un gesto teatral me di la vuelta hacia Annelise, acurrucada en el sofá, inmersa en la lectura de un libro, sus largas piernas cónicas dobladas bajo las nalgas, y le pregunté:

—¿He oído bien? ¿Quieres ir a ver a una persona? ¿Y quién es esta persona?

—Un amigo.

—¿Un amigo?

—Se llama Yodi.

—¿Qué clase de nombre es Yodi? —pregunté, perplejo.

—Yodi es muy amable. Y *muy* viejo —susurró—, pero no lo digas en voz alta. Yodi es como el abuelo, que no le gusta esa palabra.

—Cinco letras muy susceptibles: «Viejo».

—¿Qué significa «susceptible»?

Fue Annelise la que contestó:

—«Susceptible» significa que se ofende un poquito. En alemán, *empfindlich* —considerábamos importante que Clara creciera aprendiendo los tres idiomas de sus padres—. En inglés...

—*Susceptible* —terminé por ella.

Después de una larga pausa, Clara dijo:

—Once. ¡Once letras, papá!

—Impresionante. Pero me estabas hablando de Yodi.

—Si quieres, te lo enseño.

—¿Tienes una foto?

Clara no respondió, de un salto salió hacia su habitación para de inmediato volver tras sus pasos, dándonos a Annelise y a mí tiempo para intercambiar una mirada de perplejidad.

—Este es Yodi. ¿A que es guapo? —preguntó Clara tendiéndome un libro.

Yodi era un fósil. Un amonites, para ser exactos.

—¿Vamos a verlo, papá?

—Con mucho gusto, a saber cuántas cosas habrá visto en el transcurso de sus... —leí el pie de foto— doscientos ochenta millones de años de vida. Pero ¿dónde vamos a ir a ver, exactamente, a nuestro nuevo amigo?

Fue Annelise la que respondió, divertida:

—Yo lo sé. Al Bletterbach.

—¿Y qué demonios es eso del Bletterbach, si puede saberse?

Tanto Annelise como Clara me miraron como si hubiera hecho la pregunta más estúpida del mundo. No se equivocaban. El problema es que las cosas, en especial las que pasan delante de mis narices, tienden a escapárseme. Así soy yo.

El Bletterbach estaba en todas partes a nuestro alrededor, era el centro de atracción turística que bombeaba dinero en las venas de las comunidades locales. No solo Siebenhoch, que era en efecto el mayor beneficiario de ese montón de dinero, al encontrarse a dos pasos del Centro de Visitantes, sino también los pueblos de Aldino (en alemán, Aldein), Salorno (en alemán, Salurn), Cembra y Cavalese (que al encontrarse en la región trentina se libraban de la regla del doble nombre), Ora (que se hallaba en cambio en la provincia de Bolzano y, por tanto, se llamaba también Auer), Nova Ponente (Deutschnofen) y Nova Levante (Welschnofen) y muchísimos otros minúsculos caseríos y pequeñas parroquias (en el *dialokt* local, *Hittlen und Kirchln*).

La zona alrededor de Siebenhoch, algo así como seis mil hectáreas de tierra cubierta de bosques, florestas y rocas, formaba parte del Parque Natural del Monte Corno. En el centro del parque, en las faldas del monte Corno —es decir, el Corno Bianco (Weisshorn, en alemán), un pico de más de dos mil metros—, se hallaba una garganta de ocho kilómetros de largo y más de cuatrocientos metros de profundidad.

Por allí discurre el río que le da nombre: el Bletterbach.

La roca de la que se compone la zona, y todos los Dolomitas, es una extraña mixtura de carbonato de calcio y magnesio, un compuesto quebradizo a través del cual las aguas del torrente excavaron un cañón, haciendo emerger toneladas de fósiles. La del Bletterbach no es una simple garganta. El Bletterbach es una película, un documental al aire libre que arrancó hace doscientos ochenta millones de años, durante el periodo llamado Pérmico, y llega hasta el Triásico, cien millones de años después. Desde la época de las grandes extinciones hasta la de los grandes saurios.

En el Bletterbach hay de todo. Conchas, amonites (como Yodi), restos de fauna y de animales que le ponen a uno la piel de gallina y lo dejan boquiabierto de asombro. Un zoo prehistórico concentrado en esa garganta perdida hacia la que me dirigí con Clara, el pelo recogido en dos deliciosas trencitas y unas botitas de color pastel en los pies, aquella primera tarde del mes de octubre cuando, pensaba yo, las cosas habían empezado a funcionar de nuevo.

5.

Nos recibió una joven con la que me había cruzado varias veces en Siebenhoch pero cuyo nombre, por mucho que me esforzara, no podía recordar. Me preguntó si me había recuperado ya del accidente. No añadió nada más y se lo agradecí.

Para visitar el Bletterbach había dos posibilidades. Ilse, su nombre estaba escrito en la tarjeta prendida en la solapa de su camisa, nos enseñó sobre el mapa un recorrido marcado con una línea roja discontinua. Era el itinerario recomendado para las familias. Un paseo que duraba tres horas, tres horas y media, y que nos llevaría a no demasiada «profundidad» (no dejé de percibir ese extraño uso de la palabra), pero que nos mostraría unas cuantas conchas, huellas de dinosaurio («¡diez letras, papá!») y helechos cristalizados en el tiempo y en la roca. El segundo recorrido tenía una duración estimada de alrededor de cinco horas y nos llevaría más adentro, hacia la cascada del torrente Bletterbach, donde la garganta se estrechaba. En ambos casos, agregó Ilse con gesto severo, era obligatorio permanecer en el camino indicado, llevar casco y recordar que la dirección del parque no asumía ninguna responsabilidad en caso de accidentes.

«Usted entra bajo su entera responsabilidad», estaba escrito en un cartel trilingüe.

Ilse nos explicó:

—Es una zona delicada, a veces caen piedras. Podrían hacerse daño. Por eso es obligatorio llevar cascos de protección. Si no los traen, podemos alquilarles un par —sonrió a Clara—. Debe de haber uno rosa de su talla, señorita.

—Me llamo Clara —dijo mi hija—, y quiero ver el amonites gigante.

Sorprendida, la mujer se volvió hacia mí:

—Su hija es muy precoz.

—Tengo cinco años —sentenció Clara—. Sé leer un poco y sé contar hasta mil. Me gustan los dinosaurios con el cuello largo, los *brontodinosaurios,* el helado de fresa y el *speck* del abuelo Werner. Y el casco no lo quiero rosa, lo quiero rojo. Es mi color favorito, con el azul cielo, el azul marino y el verde —terminó, provocando las risas de incredulidad de Ilse—. ¿Papá? —añadió inmediatamente después—. Pregúntale dónde podemos encontrar a Yodi.

—¿Quién es Yodi? —preguntó Ilse, desconcertada por el chaparrón de palabras.

—Yodi —respondí— es el nombre del amonites, el gigante. ¿Dónde podemos verlo?

Ilse recuperó su tono profesional.

—Lo encontrarán en el museo geológico. ¿Qué recorrido prefieren? ¿El corto o el largo?

—El recorrido corto, diría yo. No me gustan las... paredes estrechas.

Ilse cortó dos entradas.

—¿Sufre usted de claustrofobia?

—Es un nuevo elemento en mi lista.

Ilse nos hizo probar diferentes cascos. Clara quiso que le hiciera al menos tres fotografías diferentes, una con el casco rosa, otra con el casco amarillo y una tercera con el rojo, en el que recayó su elección. Luego, con la mochila al hombro, empezamos la excursión.

Fue una agradable caminata, aunque en más de una ocasión, con la complicidad de una brisa que agitaba las frondas de los árboles, me pareció oír el silbo y sentí la urgente necesidad de ponerme a gritar. No lo hice. Porque señalándome las conchas de los estratos de Werfen, las algas del Contrin o las huellas de algún *pareiasaurus* que se había dado un paseo por la arenisca, estaba mi hija, y para Clara yo debía de ser lo más parecido a un héroe.

En definitiva: yo era fuerte, estaba curado. Era Superman. ¿No me merecía un aplauso?

Llegué al término del recorrido sudado y con los nervios a flor de piel, con Clara a mi lado, que parecía estar en el séptimo cielo. Verla tan feliz era un paso más hacia el final del tormento. Después de un merecido bocadillo con *speck* y pepinillos en vinagre, nos dirigimos hacia la bóveda del museo que formaba parte de la estructura de cristal, aluminio y madera del Centro de Visitantes, para conocer por fin a Yodi, el amonites gigante.

A Clara los fósiles le gustaban una barbaridad. Cuanto más raros fueran, más se divertía ella. Se esforzaba incluso en silabear todos aquellos nombres en latín y ¡ay si yo me atrevía a intentar ayudarla! «Papá. Soy *mayor.*» Y no es necesario especificar que «mayor» contaba con cinco letras esculpidas en mayúsculas.

A mí los fósiles no me volvían loco, había algo inquietante en esos trozos de roca que habían mantenido los rasgos de los organismos vivos barridos por millones de años.

Es inquietante incluso el concepto de millones de años.

La última parte del museo me gustó más. Estaba dedicada a la antigua mina de cobre del Bletterbach, cerrada tras el derrumbe de 1923. Me gustaba ver las fotografías de los hombres sucios de tierra que empuñaban herramientas anticuadas. Esos bigotes de manillar, esas barbas de orco y esa ropa que parecía salida directamente de Ratónpolis eran irresistibles.

Por supuesto, no todo era Walt Disney, las listas de los mineros devorados por la roca resultaban horrorosas, pero yo estaba allí con Clara y no tenía la menor intención de pensar en la muerte ni en la destrucción, ya había tenido mi dosis, muchas gracias: mejor concentrarse en los pantalones bombachos y en las miradas altivas de esos hombres cuyo ADN corría por las venas de mi hija. «Por eso le gustan tanto los fósiles —pensé, sonriendo para mí—. Es la llamada de la roca».

En toda la cara, Jack London.

Y, por fin, Yodi. El amonites de doscientos ochenta millones de años. Cuando llegamos delante de la estrella del museo, Clara empezó a contarme su historia. Veréis, para Clara el mundo era una gran *a,* de la que partían infinitas historias que iban desde *a* hasta *b* y luego hasta *c,* pero que casi nunca llegaban a la *z* porque Clara no obligaba a sus historias a llegar hasta un final, habría sido como cortarles las alas. Me habría pasado horas escuchándola sin cansarme porque esta es la naturaleza del amor: escuchar historias sin cansarse nunca. Y yo amaba a Clara más que a mí mismo.

Cuando llegó el momento de regresar a Siebenhoch, saqué la cámara fotográfica y enfoqué a la niña y al amonites en la pantalla. Clara me regaló una sonrisa como para estrujarme el corazón, luego se giró, saludó a Yodi con un saltito que era también una especie de reverencia y se volvió de nuevo hacia mí, sin dejar de hablar, hablar, hablar. Después, mientras me agachaba para guardar la cámara en la mochila, capté un retazo de conversación entre Ilse y dos turistas de edad avanzada, con las piernas desnudas, las Birkenstock reglamentarias sobre calcetines blancos y las venas varicosas a la vista. Pocas frases, aunque a veces basta con nada.

Y el destino ya te ha puesto la soga al cuello.

—Era 1985, señora.

—¿Está segura?

—Yo nací ese año. El año de la masacre del Bletterbach. Mi madre me lo repetía constantemente. «Naciste el año de aquella terrible historia, por eso te comportas así.» Se había quedado traumatizada por aquella historia. Los Schaltzmann eran parientes lejanos suyos, ¿saben?

—¿No encontraron nunca al culpable de aquella masacre?

Una pausa.

Un suspiro.

—Nunca.

Promesas y mentiras

1.

Es importante que sepáis una cosa. El 15 de septiembre Annelise y yo habíamos hecho un pacto.

2.

Cuando médicos y enfermeras se marcharon, después de que Werner hubiera cogido con delicadeza la mano de Clara y la hubiera encaminado hacia el bar del hospital, Annelise y yo nos quedamos por fin solos. Tras un silencio que los analgésicos habían dilatado desmesuradamente, Annelise me asestó una bofetada que por poco no me hizo saltar los puntos de sutura de la ceja.

Luego rompió a llorar.

—Tienes que prometerme —me dijo—, tienes que prometerme que nunca, nunca, nunca más me harás...

Se detuvo. Intenté rozarle la mano. Annelise la retiró.

Esto me asustó. Me asustó muchísimo.

—Podrías haber muerto, Salinger —me acometió—. Nuestra hija se habría quedado huérfana. ¿Te das cuenta?

Asentí.

Pero no era cierto. No podía pensar en otra cosa que no fuera el silbo. El maldito silbo.

El silbo de la Bestia.

—Tienes que dejar este trabajo. Y tienes que prometérmelo.

—Es mi...

—*Nosotras* somos tu vida.

Todo me daba vueltas en la cabeza. El efecto de los tranquilizantes y de los analgésicos empezaba a disminuir y detrás de Annelise veía a la Bestia, sonriendo.

—Mike. Yo... —balbucí.

—¿Mike? —casi gritó Annelise, furibunda—. *¿Mike?*

—Annelise...

—Estabas muerto, Salinger. Muerto.

—Anne...

—Cuando abrí la puerta y vi a mi padre con esa expresión, comprendí... Comprendí que estabas muerto. Y pensé en Clara, y pensé, que Dios me perdone, pensé que te lo merecías. Que te lo habías buscado, que era así como querías acabar, y yo..., yo me odié por esto.

—Por favor...

Annelise me abrazó.

Sentí su cuerpo sacudirse por los sollozos.

—Sé —susurró—, sé lo importante que es para ti esta vida. Pero Clara tiene derecho a tener un padre. Y yo no quiero quedarme sola, no me lo merezco, Salinger. No puedo estar sin ti, estúpido idiota.

Se separó de mí, se frotó la nariz e intentó bromear sobre el tema.

—El negro no me sienta bien.

Sonreír me provocó un dolor agudo. Intenté incorporarme para sentarme. Un mareo me embistió con la delicadeza de un camión TIR.

—Serías la viuda más sexi de Siebenhoch —contesté.

Annelise me desordenó el pelo.

—Y tú el cadáver más guapo del cementerio. Tan solo te pido un año, Salinger.

—¿Un año?

A pesar de la voz de la Bestia, sentía que aquel era un momento importante. Cualquier cosa que dijera, o no dijera, iba a afectar a mi matrimonio.

Mi futuro.

—No puedo pedirte que lo dejes. No sería justo. Pero tienes que prometerme que te tomarás un año..., un año sabático. Para decidir qué hacer con tu vida. Entonces, si quieres volver al terreno de juego, estaré a tu lado. Como siempre.

—Como siempre.

—¿Me lo prometes?

Estaba a punto de contestarle cuando la puerta se abrió por completo y Clara hizo su irrupción, con todo el entusiasmo de sus cinco años, seguida por Werner, quien intentaba disculparse con los ojos. Le hice un gesto para que no se preocupara. Todo iba bien.

Cogí la mano de Clara.

—¿Cuántas letras tiene la palabra «prometido»?

Clara contó.

—Nueve letras —respondió radiante.

Miré a Annelise a los ojos.

—Nueve letras.

3.

El 25 de octubre, mientras me dirigía a Welshboden, seguía repitiéndome a mí mismo que en realidad no estaba haciéndolo. No estaba violando el pacto que había hecho con la mujer a la que amaba, sellado mediante las palabras de nuestra hija. Me decía que la mía era solo mera curiosidad. Nada más. Le había prometido a Annelise un año sabático y mantendría ese compromiso. Únicamente estaba yendo a charlar un rato con mi suegro porque tenía ganas de salir de casa. Eso era todo.

No estaba trabajando en ninguna idea.

¿Idea? ¿Quién?

¿Yo?

Vamos, hombre.

Solo una charla junto al fuego. Un cigarro. Un carajillo. Tal vez un par de inocentes preguntas acerca de lo que Ilse había llamado «la masacre del Bletterbach». Eso no era trabajar. Y, de todos modos —continué en ese diálogo imaginario conmigo mismo mientras aminoraba al acercarme a la propiedad de Werner—, también supervisar el documental que Mike estaba montando era una especie de trabajo, ¿verdad? Y, no obstante, Annelise se había mostrado de acuerdo.

Se me daba bien mentir, ¿sabéis?

Fingía haber olvidado que Annelise me dio su consentimiento para ese trabajo siempre y cuando no hubiera recaídas en mi estado mental (no pronunció la palabra «mental», dijo «emocional», pero ambos sabíamos a lo que estaba aludiendo) y que Mike trabajara lejos de allí, en Nueva York. Como si las horas de filmación fueran, casi, radiactivas. Fingía haber olvidado que Annelise aceptó porque Mike le había señalado que esas filmaciones formaban parte de *Mountain Angels*. Técnicamente no era una idea nueva. Se trataba de una idea vieja que era necesario reorganizar un poco «a la luz de lo ocurrido». Además, «aparte de un par de horas para discutir la línea narrativa, Salinger no tendrá que hacer más que responder a algún mail de vez en cuando. Ni siquiera se dará cuenta».

Mi querido y mefistofélico Mike.

—¡Eh! ¿Hay alguien en casa?

Llamé, una vez cerrada de golpe la puerta del coche.

Las cortinas de la ventana dejaron que destellara el rostro de Werner. Me dijo que me pusiera cómodo. Hablamos de esto y de aquello, nos servimos un café, fumamos un cigarrillo. Le hablé de Yodi y del recorrido por el Bletterbach, procurando parecer lo más natural posible, mientras que dentro de mí hervía de curiosidad.

Entonces, lancé el anzuelo.

—He oído una historia demencial.

—¿Qué historia?

—Retazos, nada más. Pero me pareció una historia extraña.

—La montaña está llena de historias extrañas. Y esa sirve de testigo —dijo Werner, señalando la cicatriz que seguía mi órbita derecha—. ¿O me equivoco?

La acaricié con la yema del dedo. Clara la llamaba «el beso del hada mala». A mí me recordaba las fotografías del Bletterbach que busqué en Google, borrando el historial por miedo a que Annelise me planteara algunas preguntas que no habría sido capaz de responder.

No quería mentirle.

No directamente, por lo menos.

—No, no te equivocas.

Algo en mi voz convenció a Werner para cambiar de tema. Nunca habíamos hablado de lo ocurrido el 15 de septiembre. Había sucedido y punto. Si tenía que referirse al accidente, Werner decía: «Aquel día de perros».

La natural reserva de los hombres de montaña jugó a mi favor, porque, casi contrariado, Werner se levantó, abrió la nevera y sacó una botella de *grappa* de genciana. Llenó dos vasitos. Brindamos en silencio.

—Me estabas diciendo...

—Que oí una historia. O mejor dicho: había dos turistas, bastante mayores, que hablaban con la mujer que nos alquiló los cascos en el Centro de Visitantes. Ilse. ¿La conoces?

—Debe de ser Ilse Unterkircher. Aquí en Siebenhoch nos conocemos todos, aunque los viejos como yo estamos en vías de extinción y las nuevas generaciones... —tragó un sorbo de *grappa*—. Cuando tengas mi edad te darás cuenta de algo muy divertido. Todas las caras se parecen. Especialmente las de los jóvenes. Pero te apuesto lo que quieras a que no es de esto de lo que querías hablarme.

—Ilse lo llamó la «masacre del Bletterbach». Y me parece que añadió un nombre: Schaltzmann.

«Me parece», y una mierda.

En el historial de Google que había hecho desaparecer había por lo menos doce búsquedas diferentes partiendo de ese nombre. Lo recordaba, y cómo lo recordaba. Salvo que incluso el gran oráculo del siglo XXI había sido incapaz de proporcionarme una respuesta. Había encontrado un Schaltzmann que era profesor de Yale, un equipo de hockey, un fotógrafo de Hamburgo, dos vendedores diferentes de coches de segunda mano, en Baviera, y un sinfín de «Schaltzman-Saltzmann», y así sucesivamente. Pero ¿sobre la masacre del Bletterbach? Un vacío absoluto. Esto, en vez de desmoralizarme, reavivó mi interés. La curiosidad se alimenta de espacios en blanco en los mapas.

Werner se sirvió otra copa de *grappa*.

—¿Qué has oído? —preguntó con sequedad.

—Que nunca se detuvo a nadie.

—A nadie. Correcto.

Me encendí un cigarrillo, luego le tendí el paquete. Werner lo rechazó con un gesto distraído.

—28 de abril de 1985. Como se suele decir en la televisión: yo estaba allí.

—¿Tú *estabas allí*?

No fui capaz de ocultar la emoción. Me imaginaba que Werner iba a ser una buena fuente de información, no que iba a ser una fuente de primera mano.

Werner interceptó mis ojos y permaneció clavado ahí durante unos segundos.

Colocó el vaso sobre la mesa. La excitación desapareció en un relámpago.

—Jeremiah, nunca me he entrometido en las cosas de mi hija. Herta decía que a los hijos hay que dejarlos volar desde el nido y yo siempre estuve de acuerdo con ella. De manera que no me gusta lo que estoy a punto de decirte, pero lo hago también por ti...

Una pausa.

—... y por Clara.

Lo detuve con un gesto de la mano.

—No tengo la intención de hacer un documental sobre el asunto, Werner —dije—. He dado mi palabra. No quiero que mi matrimonio se rompa por culpa de mi..., ¿podemos llamarla «ambición»?

—Estupidez, Jeremiah. Mandar un matrimonio al carajo, destruir una familia que funciona, una familia como la tuya, es pura y simple idiotez.

—Amén.

—Pásame uno, ¿quieres?

Encendió el cigarrillo como hacía siempre: utilizando la uña del pulgar para prender la cerilla.

—¿Así que solo deseas escuchar una vieja historia, entonces?

—Werner...

De mi boca salió una especie de confesión que brotaba del corazón. Tal vez por eso, precisamente porque fui sincero, condené nuestras almas.

—Es una historia que me gustaría escuchar. Pero no quiero hacer un documental sobre ella. Estoy muy... cansado. Pero necesito tener algo con lo que *entretenerme*. Es como la montaña para ti. ¿Desde cuándo no haces una escalada como Dios manda?

—Por lo menos veinte años, si no más.

—Pero sigues haciendo tus excursiones, ¿verdad?

—Si quieres llamarlas excursiones... —respondió Werner con amargura—, sí, claro. Pero son paseos solo aptos para turistas artríticos.

—Me gustaría que esta historia fuera mi versión mental de tus paseos. Necesito una idea con la que entretenerme. Necesito salir de... de este estado.

Una expresión de alarma en la cara de Werner.

—¿Quieres decir que estás mal otra vez?

—No —lo tranquilicé—, nada de eso. Annelise y Clara son unas medicinas fantásticas. Ya no tengo pesadillas —frente a su expresión de desconcierto afiné el tiro—, ya *casi* no tengo pesadillas y las que tengo son... manejables. Físicamente nunca he estado mejor. Clara me está fatigando a base de caminatas y me muero de ganas de que empiece a nevar para enseñarle a montar en trineo. Mentalmente, sin embargo...

—No eres capaz de quedarte de brazos cruzados.

—Exacto.

Werner dejó caer un poco de ceniza en el suelo.

—Annelise me dijo que estás trabajando con tu amigo, Mike...

—En realidad, yo me limito a dar indicaciones de tanto en tanto. Nada más. Y no voy a ocultarte que me va bien así.

—¿Recordar te duele?

—Muchísimo —respondí, intentando deshacer el nudo en el fondo de mi garganta—. Es como un animal salvaje que permanece escondido dentro de mí, Werner. Y muerde. Siempre. Tal vez un día sea capaz de ponerle correa y bozal. Amaestrarlo. Volver a tener solamente días buenos. Pero ahora necesito un nuevo... juguete para mantener bien esto de aquí —concluí poniéndome el índice en la sien.

No añadí nada más. Estaba en manos de Werner. Fuera cual fuese su respuesta, la aceptaría. Aunque me echara de la casa a patadas. Me sentía agotado. Pero era una sensación agradable. Quizá como la que siente el devoto después de confesar sus pecados a su guía espiritual.

Werner me absolvió.

Y empezó a contar.

La masacre del Bletterbach

1.

—La historia comienza en el Tirreno.

—¿En el mar?

Werner asintió.

—¿Sabes lo que es un «sistema convectivo multicelular con regeneración»?

—Me estás hablando en árabe.

—Es una definición meteorológica. «Sistema convectivo multicelular con regeneración», más comúnmente denominado «temporal autorregenerativo». Imagínate una corriente húmeda y caliente que llega del mar. En nuestro caso, desde el mar Tirreno. Muy húmeda y muy caliente. Recorre la costa, pero, en vez de descargar en el golfo de Génova, sigue avanzando hacia el norte.

Intentaba imaginarme el mapa de Italia.

—¿Sobrevuela el valle del Po?

—Sin hallar obstáculos. Es más. Va acumulando todavía más humedad y también más calor. ¿Me sigues?

—Te sigo.

—Imagínate que esa corriente húmeda y cálida como los trópicos choca contra los Alpes.

—Un temporal de tomo y lomo.

—*Genau*. Pero del mismo modo que la corriente húmeda se topa con los Alpes, resulta que desde el norte llega una corriente gélida, que también va cargada hasta lo inverosímil de agua. Cuando las dos corrientes chocan se monta un buen pitote. Una tormenta perfecta autorregenerativa. ¿Sabes por qué es «autorregenerativa»? Porque la colisión entre las dos masas de aire no disminuye la intensidad del temporal, al contrario, hace que cada vez sea más y más fuerte. Violencia que engendra más violencia. Estamos hablando de más de tres mil rayos por hora.

—Una tormenta que se genera a sí misma —dije fascinado—. ¿Son raras?

—Hay un par cada año. Algunos años, tres; otros años, ni una siquiera. Pero la naturaleza da y la naturaleza quita. Las tormentas de este tipo son un apocalipsis en miniatura que no dura mucho. No más de una hora o dos, a lo sumo tres, y son muy limitadas. Esto, por regla general —añadió después de una breve indecisión.

—¿Y cuando la regla general no sirve? —lo presioné.

—Entonces nos plantamos en el 28 de abril de 1985. La madre de todas las tormentas autorregenerativas. Siebenhoch y la zona de alrededor permanecieron aislados del mundo durante casi una semana. No había ni carreteras, ni teléfonos, ni radio. Protección Civil tuvo que abrirse camino con excavadoras. El punto donde la tormenta descargó con más violencia, y te estoy hablando de una violencia semejante a la de un huracán, fue el Bletterbach —se pasó una mano por la barbilla, se aclaró la voz y dijo—: Duró cinco días. Desde el 28 de abril hasta el 3 de mayo. Cinco días infernales.

Intenté imaginar esa masa tormentosa que se descargaba en esos mismos horizontes que podía admirar desde la ventana a pocos pasos de mí. No fui capaz.

—Pero no fue así como murieron —susurró Werner, moviendo la cabeza—. Hubiera sido... No digo más justo, pero sí más natural. Es algo que puede ocurrir, ¿verdad? Un rayo. Una roca. En la montaña esas cosas malas... ocurren.

Se me había resecado la garganta. Sí, las cosas malas ocurren. Lo sabía incluso demasiado bien.

Para librarme de esa sequedad, me levanté y me serví yo mismo. La *grappa* me bajó por la garganta como hierro candente. Me serví una tercera copa, menos generosa, y volví a sentarme.

—Esos pobres chicos no murieron así, lo que les pasó fue... —el rostro de Werner se deformó en una mueca que no le había visto nunca—. Una vez, hace muchos años, fui a cazar con mi padre. Cuando aún no existía el parque y..., ¿recuerdas nuestra charla sobre el sufrimiento debido al hambre?

La recordaba, y de qué manera.

—Sí.

—Tengo hambre, me voy de caza, mato. Intento no causar dolor, lo hago de una forma limpia, racional. Porque. Tengo. Hambre. Estas cosas no se juzgan, ¿verdad? Quedan más allá del concepto normal del bien y el mal.

Esas palabras, pronunciadas por un hombre que había pasado años salvando vidas ajenas, me impactaron profundamente. Asentí dándole ánimos para que prosiguiera, pero no era necesario, Werner habría continuado incluso sin mi aprobación. Era un concepto sobre el que había meditado muchas horas y estaba decidido a expresarlo de la mejor manera posible. Yo sabía reconocer una idea obsesiva cuando la tenía delante.

—En la guerra se mata. Está mal ordenar que se haga. Está mal obligar a generaciones a masacrarse en los campos de batalla. Es un insulto a Dios. Pero si no eres un rey o un general, ¿qué otra cosa puedes hacer? Disparar o ser fusilado. Y en la primera hipótesis existe la posibilidad de salvar el pellejo y regresar junto a la gente a la que amas.

Tabaleó con los dedos sobre la mesa.

—En la guerra se mata. Cazando se mata. Matar es humano, aunque no nos guste admitirlo y sea correcto que se intente evitar en lo posible. Pero lo que se hizo a esos tres pobres chicos en el Bletterbach el año 85 no fue matar. Fue una carnicería que tenía muy poco de humano.

—¿Quiénes eran? —le pregunté con un hilo de voz.

—Evi. Kurt. Markus —fue su respuesta, seca—. ¿Te importaría que nos fuéramos de aquí? Empieza a hacer demasiado calor. Demos un paseo.

Salimos y nos encaminamos hacia un sendero que llevaba hasta el bosque.

El aroma del otoño, ese olor dulzón que resulta casi molesto para la nariz, estaba en su apogeo. No tenía ninguna duda de que pronto el invierno barrería con todo aquello. Incluso el otoño más hermoso reclama su derecho al eterno reposo después de un tiempo.

Me estremecí. No me gustaba el giro que habían tomado mis pensamientos.

—Eran buenos chicos, ¿sabes? —dijo Werner, tras superar un pino partido por la mitad por un rayo—. Los tres habían nacido aquí. Evi y Markus eran hermanos. Ella era la mayor. Una chica guapa. Muy desgraciada, sin embargo.

—¿Por qué?

—La enfermedad de Tirol del Sur, Jeremiah, ¿la conoces?

—No... —balbucí—. No tengo ni idea.

—El alcohol.

—¿Evi era alcohólica?

—Evi no. Lo era su madre. Su marido, un viajante de Verona, la había abandonado en los años setenta más o menos, poco después de que naciera Markus. Pero su vida ya era un asco antes, puedes apostar al respecto.

—¿Por qué?

—Eran otros tiempos, Jeremiah. ¿Ves mi propiedad?

—¿Welshboden?

—¿Sabes por qué la compré por algo más que un puñado de cacahuetes?

—¿Porque tienes olfato para los negocios?

—También. ¿Eres capaz de traducir el nombre?

—¿Welshboden?

—*Genau*.

El dialecto local distorsionaba bastante el *Hochdeutsch* con el que mi madre me había criado, y a menudo lo encontraba incomprensible. Negué con la cabeza, desolado.

—La palabra *Walscher,* o *Welsher,* y quién sabe cuántas otras deformaciones existen, es una palabra clave si uno quiere conocer la suciedad oculta bajo la alfombra de esta tierra, Jeremiah.

Se refería al conflicto étnico que comenzó en la segunda posguerra, del que había oído hablar bastante.

—¿Italianos contra alemanes y alemanes contra italianos? ¿«Belfast con *strudel*»?

—*Walscher* significa «extranjero», «ajeno». De fuera. Pero de mala manera, despectivo. Es por eso por lo que lo compré por una cifra ridícula. Porque era la tierra de los *Walscher.*

—Pero el conflicto...

—El conflicto ya no existe, gracias a los turistas y gracias a Dios. Pero, en el fondo, siempre hay algo que...

—Malicia.

—Me gusta, es una bonita palabra. Educada. Es así. Un conflicto étnico muy educado. En los años sesenta, no obstante, cuando la madre de Evi y Markus se casó con ese viajante de Verona, el conflicto étnico seguía bajo el sonido de las bombas. En sus documentos, el apellido de Evi era Tognon, pero si preguntas por ahí, todo el mundo te dirá que Evi y Markus se llamaban Baumgartner, que era el apellido de la madre. ¿Lo entiendes? El cincuenta por ciento italiano ha sido eliminado. La madre de Evi se había casado con un italiano, ¿puedes imaginarte lo que significaba en ese momento un matrimonio mixto?

—No era una buena vida.

—No, en absoluto. Luego el marido la dejó y el alcohol destruyó ese poco de raciocinio que le había quedado en la cabeza. Fue Evi la que crio a Markus.

—¿Aún sigue viva?

—La madre de Evi murió un par de años después de que enterráramos a sus hijos. No estuvo en el funeral. La encontramos desplomada en la cocina de su apartamento. Iba cargada hasta las cejas y nos preguntó si queríamos..., bueno, si queríamos...

Le evité la incomodidad con una pregunta.

—¿Se prostituía?

—Solo cuando se le terminaba el dinero.

Caminamos aún un rato en silencio. Escuché los reclamos de los colimbos y de los gorriones.

Una nube de paso oscureció el sol, luego volvió a dirigirse hacia el este, plácida e indiferente a la tragedia de la que Werner me estaba poniendo al día.

—¿Y Kurt? —pregunté para romper el silencio que empezaba a hacerme sentir incómodo.

—Kurt Schaltzmann. Kurt era el mayor de los tres. Él también era un buen muchacho —se detuvo para cortar una ramita de pino de un ejemplar oscuro y nudoso—. Créeme, de verdad eran muy buena gente.

Werner se quedó en silencio y yo, para rellenar ese silencio, murmuré:

—En el 85 yo quería ser lanzador de los Yankees y estaba enamorado de mi tía Betty. Hacía unas magdalenas increíbles. Tengo buenos recuerdos de esa época.

—Por aquí esa época fue la peor desde los tiempos de la guerra, créeme. Los jóvenes se marchaban y los que no lo hacían se mataban a base de alcohol. Exactamente igual que la mayoría de los adultos. No había turismo, no había subsidios a la agricultura. No había trabajo. No había futuro.

—Entonces, ¿por qué Evi y los demás se quedaron?

—¿Y quién ha dicho que se quedaran?

—¿Se marcharon?

—Evi fue la primera. No solo estaba preparada, sino que también era guapa. ¿Y sabes lo que les pasaba, aquí, entre nosotros y en esos años, a las chicas guapas e inteligentes?

—¿Se casaban y se daban al alcohol?

Werner asintió.

—El primer gilipollas que se les plantaba delante, y aquí los hay como en todas partes, las enamoraba, las dejaba embarazadas y luego se liaba a correazos si no había bastante cerveza en la nevera. Y al cabo de un tiempo, fíate de mí, nunca hay bastante. Evi había visto lo que les pasaba a las mujeres que perdían la cabeza por culpa de un gilipollas.

Era la primera vez que oía a Werner utilizando esa clase de lenguaje.

—Evi tenía proyectos. Se licenció con las notas más altas y obtuvo una beca para la universidad. Tanto ella como Markus eran bilingües, aunque su madre se negaba a hablarles en italiano, y ella había aprendido a hacer que la llamaran Baumgartner; por tanto, en el momento de elegir en qué universidad matricularse, Evi optó por Austria.

—¿Qué facultad eligió?

—Geología. Amaba estas montañas. El Bletterbach, sobre todo. El Bletterbach era el lugar al que llevaba a su hermano pequeño cuando las cosas se torcían en casa y fue en el Bletterbach, eso es lo que dicen, donde descubrió que estaba enamorada.

—¿De Kurt? —pregunté, sabiendo ya la respuesta.

—Kurt tenía cinco años más que Evi, era un guía de montaña y un buen socorrista. Procedía de una buena familia. Su padre, Hannes Schaltzmann, era amigo mío —se detuvo, los ojos por un instante se le velaron de tristeza—. Un buen amigo. Fue Hannes quien le transmitió a su hijo la pasión por la montaña.

—¿También Hannes era del Socorro?

—Uno de los miembros de la directiva. Fue él quien reunió el dinero para comprar el Alouette. Recuerdo que Kurt nos pedía siempre utilizar ese molinillo para realizar excursiones para los turistas en los Dolomitas, a un precio razonable, pero, aunque como idea era genial, no queríamos ni oír hablar de ese tema. El Alouette se utilizaba para salvar a la gente, no para darles el gusto a los turistas. Aun así, no vayas a creer que era codicioso. Como guía alpino, Kurt no ganaba mucha pasta y como socorrista todavía ganaba menos, dado que todos éramos voluntarios. Pero para Kurt el dinero no era importante. La recompensa era la montaña.

—¿Fue un amor feliz el que había entre Evi y Kurt?

Werner sonrió.

—Como únicamente sucede en los cuentos de hadas. Evi tenía las ideas claras sobre el futuro. La universidad, la licenciatura con las notas más altas, un doctorado, luego el Museo Natural de Bolzano, del que en esa época se hablaba mucho. Era ambiciosa. Su sueño era convertirse en encargada del área geológica. Y, en mi opinión, creo que lo habría logrado, realmente era muy buena. En cuanto llegó a Innsbruck, llamó la atención de sus profesores. Mira que no tuvo una vida fácil. Imagínate a esa chica, una chica de montaña que habla en nuestro *dialokt,* que empieza a discutir con los expertos de la universidad, algunos de los cuales habían comenzado su carrera en los años treinta y cuarenta. No sé si me explico. A pesar de todo esto, tenía unas notas excelentes. Comenzó a escribir artículos. Era una estrella en ascenso.

Me estremecí. A mí también me habían definido como el cincuenta por ciento de una estrella en ascenso. Era una definición que traía mala suerte. Una condenada mala suerte.

—¿Cuándo se marchó a Innsbruck?

—Evi se marchó en el 81, dejando a Markus solo. Era menor de edad y su madre, como se suele decir en estos casos, no estaba en pleno uso de sus facultades mentales, pero Markus sabía cuidar de sí mismo. Evi se marchó y Kurt se fue a vivir con ella al año siguiente, en 1982, el año en que Italia ganó el Mundial de fútbol —Werner soltó unas risas—. Aquí se vieron algunas caras largas...

—¿También por la cuestión étnica?

—Íbamos con Alemania.

—¿No con Austria? —pregunté, inocentemente.

La respuesta de Werner, repentina, hizo que yo estallara en carcajadas.

—¿Has visto alguna vez jugar al fútbol a la selección nacional de Austria? Ya podrían levantar la bandera blanca.

—Jesús, qué tontería...

—Plantéatelo así, Jeremiah: mientras se habla de fútbol no hay tiempo de fabricar bombas —una breve pausa—. Kurt estaba enamorado y se marchó. Cuando Hannes me comunicó que su hijo, el único que tenía, se iba a ir a vivir a Innsbruck con Evi, fue un pequeño choque también para mí, a quien tenían por un hombre... de ideas avanzadas.

—¿En qué sentido?

Werner se aclaró la voz, turbado.

—Por aquí siempre hemos sido un poco conservadores, ¿sabes?

—No estaban casados.

—Y no tenían intención de estarlo. Decían que el matrimonio era una tradición de otra época. Intenté convencer a Hannes de que en modo alguno era algo malo. Verás, con esto de la convivencia, Kurt y su padre habían dejado de hablarse y a mí eso no me parecía bien. Y además, Evi me gustaba, porque era una buena chica. Pero Hannes nunca lo superó. Al igual que mucha gente —añadió Werner con amargura— en Siebenhoch.

—¿Por el apellido de Evi?

—Evi ya tenía un pecado que redimir, por el hecho de ser medio italiana. Además, convivía con su novio en un mundo que ni siquiera había acuñado aún esa palabra. «Convivir.» Convivir estaba bien para la gente del cine, pero no pegaba nada con la gente timorata de Siebenhoch. Aunque, ¿quieres que te diga toda la verdad?

—Estoy aquí para escuchar.

Werner se detuvo.

Habíamos llegado a un punto donde el sendero trazaba una curva de noventa grados sobre una caída en picado de unos cuarenta metros. Estábamos expuestos a la brisa que venía del oeste y que empezaba a convertirse en viento. Sin embargo, aún no hacía frío.

—¿Aunque te vaya a hacer ver de una forma distinta Siebenhoch?

—Claro.

—Evi le había robado a Siebenhoch uno de sus mejores hijos. Era un buen chico y un buen partido, pero, como siempre en estos casos, a nadie se le pasó por la antecámara del cerebro que ir a Innsbruck había sido idea suya y no una especie de... chantaje que Evi había urdido para atrapar a uno de los solteros más codiciados del pueblo.

—¡Qué cabrones!

—Ya puedes decirlo en voz alta, aunque por amor a la patria debería arrearte un puñetazo en la nariz. Unos cabronazos de mierda. Luego pasó el tiempo y, como sucede en los pueblos pequeños como el nuestro, Evi y Kurt desaparecieron de la memoria. Si no hubiera sido por Markus, creo que nadie habría vuelto a hablar de ellos.

—Porque Markus se quedó aquí.

—Iba a la escuela y se pasaba los días vagando por las montañas. Cuando podía, se iba a trabajar de mozo en una carpintería de Aldino, para reunir algo de dinero. Evi y Kurt venían a Siebenhoch sobre todo por él. A pesar de mis esfuerzos para que entraran en razón, Kurt y su padre todavía andaban reñidos.

Después de haberme pasado la mitad de mi vida enfrentándome a mi padre y la otra mitad dándome cuenta de lo mucho que me parecía a él, lo entendí de inmediato.

—Venían en raras ocasiones. Nada de Unión Europea, nada de precios subvencionados y sobre todo nada de tarjetas de crédito para Evi y Kurt. Viajar costaba una fortuna. Evi tenía su beca y, conociéndola, estoy seguro de que tenía algún trabajo a tiempo parcial también allí. Kurt, en cambio, encontró el más clásico de los trabajos como inmigrante italiano.

—¿Pizzero?

—Camarero. Eran felices y tenían un futuro. No te lo voy a ocultar —terminó antes de pedirme un cigarrillo—, lo que pasa es que no consigo digerir la historia de la masacre: Kurt y Evi tenían un futuro por delante. Un hermoso futuro.

Fumamos en silencio, escuchando el viento que inclinaba las copas de los abetos.

A menos de diez kilómetros de nosotros, el Bletterbach espiaba nuestra conversación.

—Alguien en el pueblo dijo que había sido el Señor, para castigarlos por sus pecados.

Estas palabras me golpearon como un látigo. Me sentía disgustado.

—¿Qué pasó el 28 de abril, Werner?

Werner se volvió hacia mí, tan lentamente que pensé que no había entendido la pregunta.

—Nadie sabe con certeza lo que pasó ese día. Solo puedo explicarte lo que yo vi y lo que hice. O mejor dicho. Lo que vi e hice entre el 28 y el 30 de abril de ese maldito 1985. Pero hagamos un pacto, Jeremiah.

Estaba mortalmente serio.

—¿Qué clase de pacto?

—Te voy a contar todo lo que sé, sin ocultarte nada, y a cambio me vas a prometer que no vas a dejar que esta historia te devore.

Había utilizado el verbo alemán *fressen,* que significa «comer» en el sentido utilizado para los animales. Para el hombre se utiliza el verbo *essen,* «comer».

Las bestias devoran.

—Es lo que le ocurre a cualquiera que se tome en serio el asunto de la masacre del Bletterbach.

Se me erizaron los pelos de la cabeza.

La brisa que se había convertido en viento me parecía que estaba silbando.

—Cuéntame.

En ese momento mi móvil emitió un trino que nos sobresaltó a ambos.

—Perdona —dije, molesto por la interrupción.

La comunicación era defectuosa y me costó un poco comprender.

Era Annelise. Y estaba llorando.

El *Saltner*

1.

Abrí la puerta sin esperar a que el motor se parara y me precipité dentro de la casa. Annelise estaba sentada en mi butaca preferida, en el centro del salón.

Sin decir nada la besé. Sabía a café y a hierro.

Clara se asomó desde su habitación y corrió a abrazar a Werner.

—Mamá grita —dijo.

—Sus buenas razones tendrá —respondió Werner.

—Estaba muuuuy enfadada —susurró Clara—, ha dicho un montón de palabrotas. Pero solo un...

—Clara —era raro que Annelise se dirigiera de una forma tan brusca a la niña—. Ve a tu habitación.

—Pero yo... —protestó.

—¿Por qué no vamos a hacer un *strudel*? —se inmiscuyó Werner, acariciando la cara tensa de Clara—. ¿No quieres saber cómo hacía el *strudel* tu pobre abuela?

—¿La abuela Herta? —Clara se iluminó—. ¿La que ahora es un ángel? Pues claro que quiero.

Werner la cogió de la mano y se dirigió hacia la cocina.

Solo entonces Annelise habló.

—Los odio.

—¿A quién?

—A todos.

—Cálmate.

—¿*Cálmate*?

Me rasqué la cicatriz.

—Solo quiero saber qué ha pasado.

Rompió a llorar. No era el sollozo que me había partido el corazón el día en que le juré que me tomaría un año sabático. Era un llanto de rabia.

—He ido a la tienda de Alois, quería comprar unas conservas y algún frasco de encurtidos. En la radio han dicho que va a nevar, y —se sorbió la nariz— creo que me ha entrado una especie de síndrome de la ardilla. Mamá siempre llenaba la despensa cuando se acercaban las primeras nieves, porque nunca se sabe. Y entonces...

Si sacaba a su madre a colación, tema tabú, el asunto debía de ser verdaderamente grave.

—Yo estaba detrás de una estantería. Ya sabes cómo está montado ese agujero de la tienda de Alois, ¿verdad?

—Voy allí a comprar cigarrillos.

—En un momento dado oigo a Alois y a Luise Waldner...

—¿Esa mujerona que me trajo una tarta de arándanos cuando volví del hospital?

—Ella misma.

—¿Y qué estaban diciendo?

—Hablaban.

Cerré los ojos.

—¿Qué decían?

La respuesta fue un susurro.

—Que todo fue por tu culpa.

—¿Y qué más? —pregunté con sequedad.

—¿Qué más? Luego salí de detrás de la estantería. Y empecé a insultarles. Y esa puta me dijo que era muy valiente al hablar, teniendo en cuenta que era la esposa de un asesino.

Asesino.

Exactamente eso: asesino.

—¿Y...?

Annelise abrió los ojos por completo.

—En tu opinión, ¿qué te parece que hice? Cogí a Clara y me largué. Dios, de haber podido les habría sacado los ojos. Mejor dicho, ¿sabes qué? Lamento no haberles puesto las manos encima. Primero a ella, y luego a ese...

Rompió a llorar.

—Lo siento, lo siento mucho...

—No te preocupes. No pasa nada. La gente... ya sabes cómo es..., ¿no?

—La señora Waldner... Fue ella la que leyó la oración en el funeral de mi madre.

Me volvieron a la cabeza las palabras de Werner. Lo que la señora Waldner había dicho sobre mí no era nada en comparación con lo que los queridos habitantes de Siebenhoch habían dicho sobre la tumba de Evi, Kurt y Markus. La abracé con fuerza.

—¿Cómo se lo ha tomado Clara?

—¿Tú la entiendes, a esa niña?

Sonrisas.

—Entiendo que la quiero. Y eso me basta.

2.

Fui muy paciente, divertido y absolutamente falso durante el resto de la tarde.

Ayudé a Clara a mezclar la masa para el *strudel* y broméé con Werner, quien se había encargado de pelar las manzanas.

Fui muy *cool* ese día, vaya que sí.

Más tarde, mientras un delicioso aroma de pastel invadía la cocina, cuando Werner hizo ademán de marcharse, aproveché la oportunidad y me ofrecí a acompañarlo hasta Welshboden.

—¿Quieres que te cuente el final de la historia? —me preguntó nada más entrar en el coche.

—Quiero volver junto a Annelise rápidamente. Me pasaré esta noche, si no te molesta.

Cuando llegamos, Werner me dijo:

—No hagas tonterías, Jeremiah.

Me despedí de él, metí la marcha atrás, salí de su finca y me dirigí a toda velocidad hacia la minúscula tienda de Alois. No quería hacer tonterías. Tan solo quería romperles la cara.

Lo que me detuvo fue el destello de unas luces largas en el espejo retrovisor.

3.

La cara que se asomó por la ventanilla me resultaba conocida, como la de casi todos los habitantes del pueblo, y como con cualquier otra persona era incapaz de conectarla con un nombre.

Cincuenta años, grandes entradas, una sombra de barba bajo el mentón. Cuando me pidió la documentación mostró unos dientes pequeños y regulares.

Por detrás de él, en la carretera, un Mercedes negro aminoró. Vi una silueta del otro lado de la ventanilla, pero no pude distinguir nada más. Cristales tintados.

La estúpida curiosidad de ese desconocido no hizo más que aumentar mi irritación.

Le pasé al hombre de uniforme el permiso de conducir, el de circulación y el pasaporte, que llevaba siempre conmigo. Los estudió con aire distraído. No me había parado por la velocidad, más claro el agua.

—¿Iba demasiado rápido?

—¿Con estas curvas? Si usted fuera alguien de aquí, no.

—Pero yo no soy de aquí.

Negó con la cabeza, afable.

—Si usted fuera de aquí, lo habría sometido ya a la prueba de alcoholemia. Y si hubiera pasado el límite permitido, aunque solo fuera por esto —me mostró un microscópico espacio entre el pulgar y el índice—, le habría inmovilizado el vehículo, créame.

—Es la primera vez —le dije señalando la enseña que llevaba en el pecho— que me detiene por exceso de velocidad un agente de la Guardia Forestal.

—Aquí entre nosotros es la costumbre. Siebenhoch...

—... es una pequeña comunidad, me parece haberlo entendido. Me lo repite todo el mundo constantemente.

El hombre se encogió de hombros. Parecía un buen tipo. El tío bonachón que en Navidad se viste de Santa Claus. De no ser por el hecho de que estaba obstaculizando mis deseos de venganza, me habría resultado simpático. Pero yo estaba cabreado.

Furioso.

Finalmente logré leer el nombre en la solapa de su chaqueta gris verdosa. Krün. Annelise me había hablado de él, llamándolo «Jefe Krün».

Lo había visto alguna vez con esa especie de cajón que lanzaba destellos detrás de mi coche, patrullando por las calles o estacionado delante de algún bar. Había bastantes en Siebenhoch y todos estaban siempre repletos de gente.

—¿Así que usted es al que en mi tierra —continué manteniendo un tono bromista— llaman «el *sheriff* del pueblo»?

El agente se rio.

—¿El *sheriff*? Me gusta. Sí, así es, en efecto. Guardia urbano, policía y agente forestal. A veces, incluso asistente sanitario y padre confesor. ¿Sabe por qué ocurre eso? La administración tiende a ver bien todo aquello que suponga un ahorro para los contribuyentes. Y nadie se ha quejado nunca de un servidor. La gente tiene tendencia a fiarse más de las caras conocidas. Sobre todo...

—... en los pueblos pequeños.

Krün suspiró.

—*Genau* —dijo—. En Siebenhoch nos conocemos todos, bien o mal. ¿Me sigue?

—Si quiere que le diga la verdad, no.

—¿En serio?

—Si estaba yendo demasiado rápido, por favor, póngame la multa y déjeme seguir mi camino.

—¿Tiene prisa, señor Salinger?

—Me he quedado sin tabaco. Dentro de nada Alois cerrará y no quiero pasar la noche soñando con un Marlboro. ¿Le parece suficiente?

—Siempre puede bajarse hasta Aldino. Hay una estación de servicio abierta las veinticuatro horas con un bar al lado. Un lugar para camioneros. No le recomiendo el café, pero venden cigarrillos. Marlboro. Lucky Strike. Camel. Tendrá donde elegir. El paraíso del fumador.

—Gracias por la información. Ahora, por lo que se refiere a la multa...

Su rostro perdió la expresión del tío bonachón que entra en casa diciendo lo de «ho-ho-ho». El que tenía ahora delante era el rostro del policía malo.

—No he terminado, señor Salinger.

—¿Me está amenazando?

Krün levantó ambos brazos.

—¿Yo? Solo le estoy dando indicaciones. Aquí en Siebenhoch somos personas amables. Sobre todo con los que están emparentados con el viejo Mair. Tiene una hija muy guapa, señor Salinger. ¿Cómo se llama? ¿Clara?

Apreté con fuerza las manos en el volante.

—Sí.

—¿Sabe lo más bonito de las comunidades pequeñas como esta, señor Salinger?

Lo miré fijamente unos instantes, luego perdí los estribos.

—No me importa una mierda —musité—, solo quiero ir a comprar esos malditos cigarrillos y marcharme de nuevo a casa.

Krün no mostró ninguna reacción.

—¿Quiere bajar del vehículo, señor?

Volví la cabeza hacia él. Noté que los tendones del cuello me crujían.

—¿Cuál es el motivo? —grazné.

—Me gustaría someterlo a la prueba de alcoholemia. No me parece que esté en condiciones de conducir.

—No voy a someterme a ninguna prueba de mierda, *Jefe* Krün.

—Bájese, señor Salinger. Y le conmino a que no utilice semejante lenguaje delante de un funcionario público. Mañana por la mañana podrá formular sus quejas a quien corresponda, estaré encantado de proporcionarle los formularios oportunos. Ahora bájese.

Bajé.

—Las manos en la cabeza —ordenó Krün.

—¿Me está deteniendo?

—Ha visto usted demasiadas películas, señor Salinger. Aunque, por otra parte, ese es su trabajo. Las manos en la cabeza. Levante la pierna izquierda y permanezca en equilibrio hasta que se lo diga yo.

—Es ridículo —protesté.

—Es la norma —fue la respuesta, gélida.

Obedecí, sintiéndome como un perfecto idiota.

Con un gesto teatral, Krün se puso a cronometrar mi *performance*.

Duró más de un minuto. Los coches que pasaban aminoraban y podía oír las burlas de los ocupantes a pesar del ruido de los motores. Al final, satisfecho, Krün asintió.

—No está borracho, señor Salinger.

—¿Puedo volver al coche?

—Puede quedarse y escucharme. Luego ya seguirá su camino. Si aún desea hacerlo.

No dije nada.

Krün se ajustó la gorra sobre la frente.

—En esta carretera el límite de velocidad es de sesenta kilómetros por hora. En menos de un kilómetro, dentro de tres curvas, entrará en el territorio considerado como urbano. Allí el límite permitido es de cuarenta. ¿Me está escuchando, señor Salinger?

—Gracias por la información. La guardaré como oro en paño.

—Para llegar al minimarket de Alois respetando los límites de velocidad, necesitará unos doce minutos. Quizás trece. La pregunta es: ¿vale la pena?

Me sobresalté.

El Jefe Krün captó mi sorpresa.

—No hay secretos en Siebenhoch, señor Salinger. No para mí. No para el *sheriff* —se acercó un paso—. ¿Sabe por qué lo he parado, señor Salinger?

—Dígamelo usted.

Krün se frotó la barbilla un par de veces.

—Me he enterado de una disputa, de una discusión más bien encendida, esta misma tarde, entre su esposa y la señora Waldner. Una disputa en la que también ha participado el señor Alois, el propietario del establecimiento situado en el pueblo. Ningún problema, entendámonos. Lo que ocurre es que cuando le he visto conduciendo hacia el pueblo, no digo a toda velocidad sino, como voy a escribir en mi informe, a una velocidad sostenida, he pensado que, tal vez, había sentido usted la urgente necesidad de hacer un poco de justicia. Y eso, señor Salinger, ya no está tan bien.

—Solo quería explicaciones.

—No me tome por un ingenuo. Lo sé todo sobre usted —una pausa, su voz tembló—. Todo lo que hizo. Allí arriba.

Una punzada en la nuca. Una aguja gélida de dolor.

—¿Y qué se supone que hice?

Krün colocó el dedo sobre su distintivo.

—Nada punible desde el punto de vista del código penal.

—¿Por qué? —le pregunté—, ¿es que hay otros puntos de vista?

Con uniforme o sin uniforme, estaba listo para saltar sobre él. Debió de darse cuenta porque su tono se volvió menos odioso. Reapareció el tío bonachón.

—Hemos empezado mal, señor Salinger. ¿No está de acuerdo conmigo?

—Sí —murmuré, con la adrenalina que bramaba todavía por mis venas.

—No quiero que se sienta un extranjero. Usted es el yerno del viejo Mair. Werner es una persona muy respetada en Siebenhoch y todos estamos contentos de que Annelise haya decidido regresar al pueblo por un tiempo. Además, su hija es una niña encantadora. Frau Gertraud, la de la biblioteca, la adora. Dice que es la niña más precoz que ha conocido en su vida.

—¿Eso hace de mí alguien de aquí?

—Digamos que usted se encuentra por debajo de esa línea. Pero bastante más arriba que un simple turista. ¿Entiende lo que quiero decirle?

—No —respondí con sequedad.

—Quiero ser franco con usted, precisamente debido a su estatus de... huésped bienvenido. En Siebenhoch hay un montón de peleas. Un montón. Y mi tarea no es solo la de meter en el calabozo a algún borracho o llamar al médico para que le dé unos puntos. Mi tarea es evitar los problemas. Prevenirlos. Al menos esa es mi manera de pensar.

Una breve pausa, luego continuó.

—Sé lo que la gente dice de usted. En especial después del accidente en el Ortles. Pero no son más que habladurías.

—¿Usted comparte esas habladurías?

El tío bonachón negó con la cabeza.

—Lo que yo crea o deje de creer no tiene importancia, señor Salinger. No aquí y no ahora. Usted, si pudiera, ya me habría soltado un par de patadas en los huevos. ¿Cree que estoy ciego? Está fuera de sí por la ira. Lo que tiene importancia para mí ahora es que se vuelva para casa. Échese un buen sueñecito y olvídese de los cotilleos de dos viejos que no tienen nada que hacer durante todo el día, salvo hablar mal de los demás. No vale la pena. No les dé la razón.

—¿Darles la razón?

—Para hacer este trabajo, uno tiene que utilizar un poco de psicología, señor Salinger. Con los músculos no se va a ninguna parte. Y el psicólogo que hay en mí dice que cuando alguien se dirige *a una velocidad sostenida* hacia el establecimiento comercial de una persona que ha expresado un comentario poco halagador sobre él, ese comentario de alguna manera debe de haberlo herido. Liarse a puñetazos con un hombre que, a pesar de que no lo parece, tiene casi diez años más que su suegro, Salinger, tal vez le haga sentirse mejor en ese momento, pero no haría más que darle la razón a Alois y quién sabe a cuántas personas más, aquí en Siebenhoch.

Por mucho que odiase la idea, en mi corazón sabía que era justo así.

Sí, me sentía un asesino. Por eso quería ir a por ese chismoso y partirle el alma a puñetazos. No por las lágrimas de Annelise o por Clara, como me había repetido a lo largo de toda la tarde, sino porque sentía que esas habladurías no carecían de fundamento. Habría desahogado sobre él un odio que sentía solo y únicamente contra mí mismo. Una conducta propia de cobardes.

Me detesté.

Solté un largo suspiro. La adrenalina se redujo.

Puse los ojos en Krün y lo vi tal como era. Un tipo de uniforme que hacía todo lo posible para evitar problemas.

—Es usted una persona competente, y ahora entiendo por qué lo llaman Jefe Krün. Tiene razón —admití—. Me gustaría invitarle a una cerveza, un día de estos. Por lo visto tengo una deuda con usted.

El Jefe Krün pareció relajarse. Me tendió la mano.

—Llámame Max. Ninguna deuda, cumplo con mi deber.

—Gracias, Max. Tú sigue llamándome Salinger, también lo hace mi mujer —sonreí.

4.

Llevé a Clara a dormir no sin antes haberle leído un cuento, besé a Annelise sumida en la contemplación de un culebrón romántico y me despedí de ella diciéndole que le había prometido a Werner destrozarlo al ajedrez. Me puse la chaqueta y salí para escuchar la historia del 28 de abril de 1985.

Afuera nevaba.

28 de abril de 1985

1.

Welshboden me recibió con su confortante olor a chimenea y tabaco. Werner me ofreció una *grappa* de hierbas y yo por mi parte lo invité a un cigarrillo.

—La tormenta de Siebenhoch —dije—. Si no has cambiado de idea.

—Tienes que saber algo más, antes de que empiece a contarte la masacre. Las tormentas autorregenerativas no son predecibles. Incluso hoy en día, con toda esa parafernalia electrónica disponible, solo sabes que va a llover y que habrá un buen temporal. No sabes que va a ser un terrible temporal. Por eso fueron.

—Evi, Kurt y Markus.

—Los tres eran montañeros experimentados, sobre todo Kurt. Créeme, no era alguien que corriera riesgos, aunque tampoco se asustaba por dos gotas de lluvia. Y, en cualquier caso, cuando salieron de Siebenhoch aún no estaba lloviendo. Esto es algo que quiero que quede claro, Jeremiah: nadie podía saber lo que estaba a punto de desencadenarse. Las tormentas autorregenerativas son impredecibles.

—¿A qué hora se fueron?

—Nunca lo determinamos con precisión. Pero tenía que estar aún oscuro. Pongamos que alrededor de las cinco. Solo los turistas se lo toman con calma cuando hay que caminar en la montaña —una breve pausa—. En el 85 no existía el Centro de Visitantes, el Bletterbach era un lugar salvaje. ¿Te has fijado en que en la actualidad solo se pueden hacer dos rutas?

—Y cuidado con no seguirlas —dije, recordando las indicaciones de Ilse.

—Verás, en esa época, en el Bletterbach no había recorridos seguros. Estaban los viejos senderos de los cazadores, poco más que sendas enterradas por los helechos, y algunos caminos de herradura que usaban los madereros, pero que no llevaban muy lejos. Era inútil cortar árboles allá abajo, en las profundidades: ¿cómo apañárselas luego para llevar los troncos de vuelta? El torrente no es lo bastante grande como para conseguir que la corriente los arrastre y no había carreteras para transportarlos en camión o en jeep.

En las profundidades.

—La lluvia empezó hacia las diez de la mañana. Una buena tormenta, pero con pocos rayos. Si aquello era el aviso del matadero que iba a estallar después, nadie se dio cuenta. En abril las tormentas son una constante por aquí, y nosotros, los del Socorro, nos preparamos para hacer frente a un largo y aburrido día. Todo el día jugando a las cartas, mientras fuera se iba poniendo cada vez más negro. Alrededor de las cinco de la tarde, decidí solicitar el reemplazo y regresar a casa. Llegué a tiempo de percibir el cambio de la tormenta.

—¿Percibir?

—Parecía que estabas en medio de un bombardeo. La lluvia arreciaba con tanta fuerza que temí por el parabrisas de mi coche, y los truenos..., ensordecedores es decir poco. Annelise... —cierta melancolía en su voz—. ¿Todavía tiene miedo a los truenos?

—Bastante.

Omití añadir que Annelise había encontrado una cura infalible para su fobia: el sexo. No es la clase de información que un padre querría saber acerca de su hija.

—Comí, eché un sueñecito delante de la televisión hasta que, alrededor de las nueve y media, se fue la corriente. No me alarmé, ocurría a menudo y con esa tormenta incluso me parecía que era obvio. Encendí algunas velas por la casa y me quedé mirando afuera desde la ventana. ¿Sabes, Jeremiah?, no creo en esas cosas sobrenaturales. Fantasmas, vampiros, zombis. Y no quiero que pienses que tuve una premonición. No, no quiero decir eso, pero...

Dejó la frase en suspenso.

—Estaba nervioso, muy nervioso. A mí los truenos nunca me han hecho ningún efecto. Es más, me gustan. Toda esa potencia que se descarga en el suelo hace que me sienta, no sé, en presencia de algo más grande que yo. Y es una hermosa sensación. Pero esa noche los rayos me estaban poniendo de los nervios. No era capaz de quedarme quieto. Para tranquilizarme me puse a verificar el botiquín de emergencia. No el equipo que utilizaba cuando estaba de servicio con el helicóptero, sino mi vieja mochila, la que usaba para las operaciones terrestres. Y cuando había cerrado la última hebilla llamaron a la puerta. Eran Hannes, Günther y Max.

—¿Max Krün? —pregunté, sorprendido—. ¿El *sheriff*?

—El agente forestal —me corrigió Werner—, ¿lo conoces?

—Digamos que hemos intercambiado unas palabras.

—¿Qué clase de persona te ha parecido?

Intenté encontrar las palabras para describirlo.

—Nuestro tío bonachón que se viste de Santa Claus. Pero ¡cuidado con hacer que se cabree!

Werner dio unas palmadas sobre sus rodillas en señal de aprobación.

—Se te dan bien las palabras, Jeremiah. El tío bonachón al que es mejor no cabrear. Es exactamente así. ¿Has hecho que se cabree?

—He estado cerca.

—Es un buen hombre. Duro. Tiene que serlo, al menos cuando viste el uniforme. Pero si tuvieras la ocasión de charlar un rato con él cuando no está de servicio descubrirías a una persona despierta, llena de sentido común y muy divertida.

—¿Qué hacía en el 85?

—Era un simple agente de la Forestal. Estaba todavía el Jefe Hubner, que moriría cuatro años más tarde, poco antes de la caída del Muro. En marzo había tenido su primer infarto y Max, aunque era un novato, tuvo que hacerse cargo de todo su trabajo. Entró con esa carita suya de adolescente, esos ojos de perro apaleado. Empapado por la lluvia. Estaba agitado, agitadísimo. Con él iban Hannes y Günther. Los conocía a ambos, y ambos tenían un aspecto que no prometía nada bueno. Los hice pasar y les ofrecí una copita para entrar en calor. La rechazaron. Sé que puede sonar ridículo, pero fue esa negativa lo que me asustó de verdad.

—¿Por qué?

—Max era joven y en ausencia del Jefe Hubner era lógico que sintiese la presión de una llamada, sobre todo con ese tiempo de perros. Pero Hannes y Günther no eran unos mocosos. A menudo llegaban llamadas imprevistas en mitad de la noche, eso no era una novedad para nosotros. Leñadores que no habían vuelto a casa al anochecer, niños perdidos, pastores que habían caído en una zanja, cosas de ese tipo. Hannes y Günther las habían visto de todos los colores. Sobre todo Hannes.

Mi mente al final realizó la conexión.

—Hannes. Hannes Schaltzmann —murmuré—. ¿El padre de Kurt?

—El mismo.

Entrecerré los ojos tratando de procesar esa noticia. Intenté imaginar lo que Hannes Schaltzmann debió de sentir al encontrar el cuerpo de su hijo. Me recosté contra el respaldo de la silla, sintiendo cómo el calor de la chimenea me rozaba los muslos.

—Y, además, Günther nunca había rechazado una copa. Sobre todo de mi reserva especial. Por cierto, ¿quieres?

No esperó la respuesta.

Se levantó y cogió la botella. Hizo tintinear los vasos.

—Reserva especial. Preparada de acuerdo con la antigua receta de la casa Mair. Hubo un tiempo en que mis antepasados debieron de ser ricos, pero de esa época solo perviven unas óptimas recetas. No es que me queje, al contrario.

—¿Por qué has dicho «ricos»?

—Por el apellido. *Mair*. Significa «propietario». Muchos apellidos alemanes significan alguna cosa, por regla general se refieren a profesiones. *Mair* es la deformación local de *Mayer*, «propietario de tierras». *Schneider* es el sastre. *Fischer*, el pescador. *Müller*, el molinero. ¿Y tu nombre, tiene algún significado?

—Soy americano —dije dulcificando a Bruce Willis—, nuestros nombres no significan nada.

Werner tapó la botella de nuevo y me tendió el vasito.

—*Grappa* a la guindilla. Producida, embotellada y seleccionada por el aquí presente Werner Mair.

—Por las viejas historias —brindé.

—Por las viejas historias —brindó Werner—, para que puedan permanecer allí donde se encuentran.

Era fuego líquido. Pasada la llamarada, el calor se transformó en una agradable tibieza bajo el esternón, acompañada por un placentero hormigueo en la lengua.

Werner se aclaró la garganta, robó un cigarrillo de mi cajetilla y prosiguió con su relato.

—Había sido Hannes quien había dado la voz de alarma. Se había pasado todo el día fuera del pueblo por trabajo y a su regreso su esposa, Helene, le informó de que Kurt y los demás se habían ido de excursión al Bletterbach. Se habían llevado una tienda de campaña porque su idea era la de acampar. Al principio, Hannes no se preocupó. Aunque no se hablaban desde que Kurt se marchó a vivir a Innsbruck, Hannes era consciente de que su hijo sabía lo que se hacía. Había sido socorrista y, aunque no sea así, a veces los socorristas nos sentimos un poco la élite de la montaña. Aunque solo sea porque, a diferencia de un montón de gente, sabemos ver y, por tanto, predecir los riesgos.

—Pero luego el temporal se convirtió en algo peor, la tormenta autorregenerativa, y Hannes se preocupó...

—Al principio no —dijo Werner—. Duran poco. Son terribles, es verdad, pero duran tres horas como máximo. Todo bajo control. Sin embargo, aquella no disminuía en intensidad, al contrario, parecía que su fuerza aumentaba de minuto en minuto.

—Y fue entonces cuando Hannes dio la voz de alarma.

Me equivocaba una vez más.

—*Nix*. Hannes salió de casa para ir al cuartel de la Forestal porque quería hablar con Max. Había saltado la luz y los teléfonos estaban inutilizables, pero en la sede de la Forestal había una radio de onda corta para las emergencias. Hannes quería utilizarla para comunicarse con Protección Civil de Bolzano y saber si había que preocuparse. Max no estaba allí, de manera que Hannes se encaminó a su casa; no lo encontró. Era el cumpleaños de la que luego se convertiría en su esposa, Verena. Hannes se precipitó en plena fiestecilla igual que un cuervo que lleva malas noticias. Se disculpó por la intromisión y le explicó a Max que necesitaba la radio de onda corta. Volvieron al cuartel e intentaron ponerse en contacto con Bolzano.

—¿Intentaron?

—Demasiados rayos. La comunicación se veía tan perturbada que hubiera sido lo mismo que meter la cabeza dentro de una lavadora. Nunca habían visto algo semejante. Se asustaron. Fue solo en ese momento cuando decidieron organizar una misión de rescate. Por el camino se pararon en casa de Günther y con él se vinieron a la mía. Yo ya tenía el equipo preparado, como si estuviera esperándolos —sacudió la cabeza—. ¿Una premonición? No lo sé. De verdad que no lo sé.

»Era cerca de medianoche —continuó después de un leve titubeo— cuando nos subimos a la Fiat Campagnola del Socorro. Salimos del pueblo y tuvimos que detenernos dos veces. La primera para apartar un tronco caído, la segunda, porque un trozo de la carretera se había derrumbado y tuvimos que anclar el todoterreno a una roca, para tratar de superar el obstáculo.

—¿La situación era tan mala?

—Peor.

Werner se levantó y sacó un mapa de una cajonera.

—Este era el punto en el que terminaba el camino de tierra que conducía al Bletterbach —recorrió con el dedo hacia atrás varios centímetros—, nosotros solo conseguimos llegar hasta aquí.

Calculé.

—¿Tres kilómetros?

—Cuatro. El resto era una ciénaga. Sabíamos que en aquellas condiciones lo mejor que podíamos hacer era desandar nuestros pasos y esperar a que disminuyera la fuerza del temporal.

—Pero estaba de por medio el hijo de un compañero.

—Así que ni lo pensamos. Proseguimos. Llovían piedras de todas partes, las oía pasar silbando junto a las orejas. El recorrido era un río de barro y cada paso podía suponer un esguince o una fractura. Por no hablar de los árboles o los deslizamientos de tierra.

En el mapa su dedo regordete señaló una curva de nivel, casi en el centro del Bletterbach, desplazada hacia el este.

—Estaban aquí, pero no lo sabíamos.

—¿Había un camino?

Werner hizo una mueca.

—Algo así. Lo habían seguido solo hasta un punto determinado —lo señaló en el mapa—, más o menos por esta zona. Luego habían girado hacia el oeste, continuando en dirección norte, y habían hecho un segundo desvío, en ascenso. Hasta aquí.

—¿Alguna vez entendiste por qué?

99

—El camino debía de haberse vuelto impracticable ya alrededor de las cuatro de la tarde, Kurt debió de pensar que desplazándose hacia el oeste se encontrarían caminando por encima del estrato de rocas, en vez de ir por el arcilloso y más quebradizo sobre el que estaba trazado el camino.

—Entonces, ¿por qué cambió de idea?

—Supongo, aunque lo mío solo son conjeturas, que su primera idea era la de llegar a las grutas, aquí, ¿ves?

—¿Grutas?

—El nombre antiguo de Siebenhoch era Siebenhöhlen, que significa «Siete Grutas». Probablemente esperaba encontrar un agujero seco en el que pasar la noche. Lo que pasó fue que, al ponerse el sol, una vez llegó a la conclusión de que aquello no era una tormenta normal, se dio cuenta de que nunca sería capaz de llegar hasta allí y optó por ir ganando altura hacia el este. ¿Ves aquí y aquí? Hay pequeñas depresiones que sin duda alguna estaban inundadas, por lo que el único camino para ascender era este. Y aquí, en un claro, dimos con ellos. Habían montado la tienda bajo un saliente de roca, de espaldas a la montaña, para que el viento no se la arrancara —una pausa, que yo utilicé para calcular cuántos kilómetros debía de haber durado ese caminar sin rumbo—. Kurt era competente. Y cauteloso.

—¿Al cabo de cuánto tiempo los encontrasteis?

—Al día siguiente —fue la respuesta, seca, de Werner.

—¿Al día *siguiente*? —pregunté, atónito. Me parecía demencial que cuatro hombres, entrenados y experimentados, montañeros de toda la vida, hubieran tardado tanto en recorrer dos puntos del mapa que me parecían tan cercanos.

Lo pensé porque era un idiota metropolitano con poca imaginación.

Bastaría con que me hubiera esforzado en visualizar el infierno de agua, barro y rayos que las palabras de Werner habían tratado de mostrarme, seguro que entonces no me habría sorprendido tanto. Además, razonaba con la famosa lucidez retrospectiva, de la que los osarios están llenos. Sabía que Kurt y los otros dos estaban en ese punto tan solo porque Werner me lo había dicho, pero el equipo de rescate, la noche entre el 28 y el 29 de abril, no tenía ni la más remota idea.

—Fue una noche de perros. Larguísima. Te lo repito. Yo seguía diciéndome que teníamos que regresar.

—Pero no lo hicisteis.

—No.

Esperé a que Werner retomara el hilo de su relato.

—Las linternas no nos ayudaban mucho, pero al menos eran un modo de asegurarse de que ninguno de nosotros había caído en alguna grieta. Bastaba con contar los puntitos blancos. Hacia las tres de la madrugada, a Günther lo alcanzó una gran piedra que le destrozó el casco. Lo tiró en algún sitio, masculló un par de blasfemias y siguió buscando, como si nada hubiese pasado. A pesar de que era completamente inútil, nos quedamos afónicos de tanto gritar. A las cinco nos concedimos una parada de no más de media hora.

De nuevo señaló el recorrido en el mapa.

—Hicimos una elección equivocada. Habíamos tomado la dirección correcta, al noroeste, pero pensamos que Kurt habría decidido mantenerse por encima de la línea de árboles.

—¿Por qué?

—Porque era la zona con menor probabilidad de que te sepultase un deslizamiento de tierras. Era completamente seguro que no había ido a meterse en medio del desfiladero, entre el barro y el agua de la corriente: habría sido un suicidio.

—Kurt había ido al noroeste...

—Sí, pero a mucha menos altura que nosotros. Además, había girado hacia el este; en cambio, nosotros habíamos ido recto. Pero con aquel estruendo, aquella oscuridad y aquellas piedras que volaban desde todas partes igual que la metralla, podríamos haber pasado al lado de esos pobres chicos sin darnos cuenta siquiera. Es triste, pero cierto.

—¿Cuándo decidisteis dirigiros hacia el este?

—No lo decidimos, nos perdimos.

Abrí los ojos pasmado.

—¿Os perdisteis?

—Estábamos agotados. Eran las siete de la mañana y estaba tan oscuro como si fuera medianoche. Giramos a la derecha en vez de a la izquierda. Y cuando nos dimos cuenta de que casi estábamos en el fondo del cañón, estuvimos a punto de perder a Max; lo arrastró el torrente. Solo gracias a la rapidez de reflejos de Günther no se dejó allí el pellejo. Nos dimos cuenta de que nunca seríamos capaces de encontrar a Evi, Kurt y Markus, y de que si no espabilábamos, nosotros mismos acabaríamos palmando en aquel agujero.

Me mostró la larga curva de la trayectoria recorrida por el equipo de rescate.

—Al mediodía nos detuvimos —su dedo se demoró en una zona al este de la garganta y no se me pasó por alto que en línea recta había menos de un kilómetro entre ellos y el punto donde recuperarían los cuerpos de los tres jóvenes—. Estábamos agotados. Sentía dolores en un tobillo y teníamos hambre. Descansamos durante una hora más o menos. La visibilidad se limitaba a no más de dos metros. Un asco. Nos moríamos de miedo, aunque nunca lo admitiríamos en voz alta. Nunca habíamos visto una tormenta semejante. Parecía que la naturaleza había decidido cebarse con nosotros. Verás, Jeremiah, por regla general, la montaña es... A la montaña no le importas un carajo. No es ni buena ni mala. Está por encima de estos estúpidos consuelos de mortales. Está allí desde hace millones de años y seguirá existiendo por quién sabe cuánto tiempo más. Para ella, tú no eres nada. Pero aquel día todos experimentamos la misma sensación. El Bletterbach la había tomado con nosotros. Quería matarnos —se recostó sobre el respaldo de la butaca y dejó a un lado el mapa—. Y ahora creo que necesito una pausa antes de continuar.

2.

Werner quería fumar uno de mis Marlboro en el umbral de la casa, bajo el saledizo. Nos quedamos mirando cómo caía la nieve, en silencio, cada uno absorto en sus propios pensamientos. Al final, como si estuviera a punto de someterse a una sesión de tortura, me hizo una señal para que entrara.

Había llegado la hora de terminar la historia.

3.

—Sobre las tres de la tarde pareció que lo peor ya había pasado. No era así, pero esa poca luz que había de más nos levantó la moral. Empezamos a buscar nuevamente. Una hora después los encontramos. Hannes fue el primero que se percató de lo que quedaba de la tienda de campaña. Un jirón de tela roja que flameaba prendido en una rama.

Agitó la mano imitando la escena.

—El claro donde habían acampado se hallaba a unos pocos metros por delante de nosotros, detrás de un castaño que me dificultaba la visión. En cuanto vi ese jirón de tienda flameando... —Werner negó con la cabeza—. Ese pedazo de tienda, ese rojo sobre un fondo negro y verde, parecía el gato de Cheshire de *Alicia en el país de las maravillas*.

—¿El Gato Risón?

—Parecía que el Bletterbach estuviera tomándonos el pelo. El aire era malo en las inmediaciones. Podía sentirlo del mismo modo que sentía también el olor a barro que taponaba mis fosas nasales. Aunque no tenía nada que ver con el olfato. Era una sensación que se percibía por debajo de la piel. Una especie de corriente eléctrica. ¿Sabes a qué me refiero?

—Sí.

Y de qué manera.

Werner observó mi cicatriz.

—Avanzamos. Hannes iba en cabeza, Max y Günther detrás, y yo que intentaba seguirlos con mi dolor de tobillo. Entonces oí el grito. Nunca he oído un grito más horrible que aquel. Se me erizó el pelo de la cabeza. Era Hannes. Nos quedamos clavados. Günther delante de mí y Max delante de él. Me esforcé en mover las piernas, pero estaban paralizadas. En las montañas se dice «de hierro fundido». Sucede cuando a uno le entra un ataque de pánico o cuando tiene demasiado ácido láctico en los músculos. Eso es, mis piernas eran de hierro fundido.

—Refleja bien la idea.

—Sí, pero no refleja el miedo que sentí en ese momento. A pesar de que quien había gritado era uno de mis mejores amigos, por el que habría arriesgado el pellejo sabiendo que él habría hecho lo mismo por mí, mi primera reacción fue la de salir por piernas de allí. Luego...

Bestia, pensé.

La Bestia.

—¿Qué pasó?

—Max se lanzó sobre Hannes, lo agarró por los brazos y lo tiró contra el barro. Le salvó la vida. De entrada pensé que le había dado un ataque de pánico, yo no entendía nada. El claro tenía un diámetro de unos cuatro metros y medio. Por encima del mismo había un saliente de roca y, sobre el saliente, lo que quedaba de un abeto. En nuestro lado estaba el castaño, como ya te he dicho, que nos tapaba la escena; del otro, abetos y un precipicio. De no ser por los veloces reflejos de Max, Hannes se habría tirado al vacío. Quería matarse y Max se lo impidió.

—Dios mío.

—Agarré a Hannes y Günther le soltó un par de puñetazos. Estaba fuera de sí. Cogí a Hannes y lo abracé con todas las fuerzas que me quedaban. Lloré. Lloré mucho. Lloré por Hannes, que seguía gritando y gritando, con los ojos que se le salían de las cuencas. Lloré por lo que estaba viendo. O lo que *no* podía ver, porque mientras abrazaba a Hannes para evitar que se lanzara al vacío, mantenía los ojos cerrados, con fuerza. Pero lo poco que había visto se había grabado en mi cabeza, con toda nitidez. No sé cuánto tiempo me quedé en esa posición. Me separé de Hannes. Lo colocamos bajo el castaño, con una capa para protegerlo de la lluvia y...

La voz se le quebró.

—Las telas habían sido despedazadas con algo afilado. Cortadas con una cuchilla. Había cosas por todas partes. Y también ellos estaban... por todas partes. Kurt estaba en medio del claro, con los ojos hacia el cielo, abiertos. Miraba las nubes y no tenía una expresión de paz en la cara, eso puedo asegurártelo. Le faltaban los dos brazos. Uno estaba a medio metro del torso, el otro, entre la maleza. Tenía una herida exactamente aquí —se dio un golpe en el esternón—. Una herida limpia. Un hachazo o una cuchillada de grandes dimensiones, dijeron los *carabinieri*.

—¿Un hachazo?

—Evi tenía ambas piernas cortadas a la altura de la rodilla.

Sentí cómo un chorro de bilis me ascendía por el esófago.

—Tenía el brazo derecho roto, como si hubiera intentado defenderse. Y le faltaba la cabeza.

Tuve que levantarme y salir corriendo al lavabo. Vomité y no me sentí nada mejor.

Encontré a Werner con una taza humeante de manzanilla en la mano derecha. La acepté con gratitud. Me encendí un cigarrillo. Quería alejar de mí ese horrible sabor.

—Continúa, Werner.

—¿Estás seguro?

—¿La encontraste? La cabeza de Evi.

—No la encontramos nosotros, ni tampoco los *carabinieri*. Al contrario, lo que los *carabinieri* encontraron fue mucho menos de lo que nosotros cuatro vimos. La tormenta se había llevado, entretanto, algunas cosas, pero también —bajó el tono de voz, casi como pidiendo disculpas—, ya sabes, los animales...

—¿Y Markus?

—El mismo tratamiento. Solo que él estaba un poco más abajo. Al huir se cayó y se partió la cabeza. Tenía una fea herida en la pierna y en el hombro, pero fue la caída lo que lo mató.

—Dios santo...

—Dios estaba mirando a otro lado, ese 28 de abril.

—¿Qué hicisteis?

—Todo aquel horror nos había hecho perder la noción del tiempo y la tormenta se había reanudado con mayor intensidad. Eran las ocho de la tarde.

—¿Cuatro horas? ¿Os quedasteis allí cuatro horas?

—Se te metía dentro, Jeremiah —susurró Werner—. Ese horror se te metía dentro y no quería salir. No quiero parecerte morboso, pero lo que vimos era tan antinatural y tan malvado, sí, exactamente eso, tan malvado, que perdimos la luz de la razón. He reflexionado sobre el tema a menudo en estos años, ¿sabes? Creo que aquel día Max, Günther, Hannes y yo nos dejamos un pedazo de nuestras almas en el Bletterbach. Aquel día y la noche siguiente.

Por poco no me ahogo.

—¿Me estás diciendo que os quedasteis allí toda la noche?

—El saliente de roca era una óptima protección, el suelo de los alrededores cedía deshaciéndose igual que cera caliente, pero el claro se mantenía. Había tantos rayos que era un milagro que ninguno de nosotros se hubiera chamuscado. No habríamos podido obrar de otra forma.

—Pero los cadáveres...

—Los cubrimos con nuestras lonas de reserva. Anclamos esas telas con grandes piedras e intentamos reunir lo que quedaba de esos pobres chicos para impedir que el viento y la lluvia se lo llevara. Sabíamos que estábamos en el escenario de un delito y éramos conscientes de que cuantos más objetos lográramos salvaguardar, mayores eran las probabilidades de que los *carabinieri* pudieran capturar al responsable de aquella carnicería. Pero el verdadero motivo por el cual permanecimos allí es más sencillo. Si nos hubiéramos movido, habríamos muerto. La montaña sigue reglas que son todas suyas: nos guste o no, es así —me señaló con el índice—. En ciertas condiciones, condiciones excepcionales, y esas eran condiciones más que excepcionales, lo único que importa es...

—Sobrevivir.

Werner se masajeó la sien.

—Esperamos durante toda la noche, apretados los unos contra los otros. Con Hannes rezando y gritando, y Günther blasfemando, y yo que intentaba tranquilizarlos a ambos. A la mañana siguiente, en cuanto hubo un poco de luz, nos pusimos en marcha. Hannes no habría sido capaz de mantenerse en pie aunque se lo hubiera ordenado el mismísimo Señor, y mi tobillo había desaparecido, por lo que Max y Günther se turnaron para ayudarlo. Pero Günther parecía un poco ausente. ¿Recuerdas la piedra que le rompió el casco?

No terminó.

No era necesario.

—Llegamos a la camioneta. Izamos a Hannes a bordo y regresamos al pueblo. Me di una ducha y dormí diez horas seguidas. Cuando desperté, Herta no me preguntó nada. Había preparado mi plato favorito y lo devoré. Solo entonces me di cuenta de lo que habíamos pasado y empecé a llorar como ni siquiera había hecho en el funeral de mis padres.

—¿No llamasteis a la policía?

—Siebenhoch estaba sin líneas telefónicas y sin electricidad. ¿La radio de onda corta? No funcionaba. Protección Civil tardó dos días en poder abrir la carretera con música de excavadoras. No tenían ni la más remota idea de lo que había sucedido en el Bletterbach. Sabían que en Siebenhoch vive gente acostumbrada a situaciones de emergencia y por tanto habían dedicado sus medios a socorrer las localidades de más abajo, más pobladas y menos equipadas que la nuestra. Los *carabinieri* llegaron el 4 de mayo, una vez terminó la tormenta. Hubo investigaciones, pero nunca dieron con el asesino. Al final, los *carabinieri* y el fiscal dijeron que los tres chicos habían tenido la mala suerte de toparse con la persona equivocada en el momento equivocado.

—¿Eso es todo? —pregunté, escandalizado.

Werner se abrió de brazos.

—Eso es todo. Tengo la esperanza de que ese cabrón esté muerto en algún lugar del Bletterbach. Tengo la esperanza de que, después de haber masacrado a esos pobres chicos, la montaña se apoderara de él, y cada vez que el río se desborda siempre tengo la esperanza de que saque a flote algún pedazo de ese hijo de puta. Pero lo mío es únicamente una esperanza.

—¿No investigaron en Siebenhoch?

—¿Qué quieres decir? —preguntó Werner, encendiendo un fósforo y llevándolo a la punta del cigarrillo.

—Alguien del pueblo. Me parece obvio.

—Trabajas demasiado con la fantasía.

—¿Por qué?

—Porque olvidas qué es Siebenhoch. Siebenhoch es una comunidad pequeña. ¿Crees que a nadie se le pasó por la cabeza lo que me estás diciendo? Fue lo primero en lo que pensamos. Pero si alguien hubiese seguido a esos chicos por el Bletterbach, lo habríamos sabido. Créeme. Porque aquí todo el mundo lo sabe todo de todos. Minuto a minuto. Además, con ese temporal, llegar hasta esa explanada, llegar hasta las profundidades del Bletterbach, matarlos y regresar sin que nadie sospechara, habría sido imposible.

—Pero...

Werner me detuvo.

—Me lo prometiste.

Parpadeé.

—Esta es toda la historia de la masacre. Y se acabó. No dejes que te devore, Jeremiah. No dejes que te devore esta historia, como les sucedió a otros.

—¿Qué otros? ¿Gente como Hannes?

—Gente como yo, Jeremiah.

4.

Nos quedamos en silencio, largo rato.

—Cada uno de nosotros reaccionó de una manera diferente. Todo el pueblo estaba trastornado, aunque alguno...

—Alguno lo estaba menos —susurré, pensando en los comentarios sobre el final de Evi y de Kurt que Werner me había explicado y que, tras el desgraciado contratiempo de Annelise en el almacén de Alois, me parecían mucho más plausibles que la primera vez que los escuché.

—Nosotros habíamos visto. Habíamos percibido aquella... maldad. Así que me decidí.

—¿A marcharte?

—Hacía tiempo que meditaba sobre el tema. Ya te dije que me fui a trabajar a una imprenta de Cles, ¿verdad?

—Me dijiste que lo hiciste por Annelise.

—Tenía derecho a un padre que no se pasara todos los días jugándose el tipo. Lo que te he ocultado es que no soportaba quedarme más tiempo aquí. Veía a la gente de Siebenhoch volver a la normalidad y no lo aceptaba. Los postes del tendido eléctrico se volvieron a enderezar, las líneas telefónicas volvieron a estar en uso, parchearon las carreteras y, allí donde fue necesario, detonaron cargas para provocar voladuras y hacer desprendimientos controlados. La gente quería olvidar y el crimen del Bletterbach fue olvidado rápidamente. Veía todo esto y seguía repitiéndome que no era justo.

—Has dicho que no debía dejarme devorar como los otros. ¿Quiénes son esos otros?

—Unas pocas horas después de nuestro regreso, cuando todavía Siebenhoch seguía aislado del mundo, Hannes apuntó su rifle de caza a la cabeza de Helene y disparó, la mató. Lo encontraron con el arma en la mano junto al cadáver de su esposa, catatónico. Fue detenido e internado en Pergine hasta 1997. Está enterrado aquí, junto a su hijo y su esposa. La gente de Siebenhoch sabe ser dura, y con demasiada frecuencia abre la boca cuando no debe, pero todo el mundo se había dado cuenta de lo que le había sucedido a la familia Schaltzmann. No había sido Hannes quien había matado a Helene: fue ese malnacido que había masacrado a Kurt, Evi y Markus. También Günther está enterrado allí. De tanto en tanto le llevo flores y sé que, si estuviera vivo, el Günther al que yo conocía se cabrearía como un mono. Casi me parece estar oyéndolo... ¿Flores? Tráeme una cerveza, *du Arschloch!*

—¿Cómo murió?

—Ya antes, Günther era alguien que no sabía decir que no a una copa, pero después del Bletterbach la enfermedad se apoderó de él por completo. Se convirtió en un alcohólico, de la clase camorrista. A menudo Max tenía que obligarle a pasar la noche en el cuartelillo, para evitar

110

que le hiciera daño a alguien. Cuando estaba borracho no paraba de hablar de la masacre. Estaba obsesionado con el tema. Se le había metido en la cabeza encontrar al asesino. Todo esto me lo contaron después, a esas alturas yo ya vivía fuera de Siebenhoch. En 1989, Günther tuvo un accidente de coche. Estaba borracho como una cuba. Murió en el acto. Mejor para él, ya había sufrido bastante. ¿Sabes por qué voy a llevarle flores a su tumba? Porque me siento culpable. Tal vez, si me hubiera quedado, Günther habría tenido a alguien con quien desahogarse. Pero yo no estaba aquí. Y los otros no sabían. No podían entender. No habían visto.

—Estaba Max.

—Es cierto. Pero a Max lo devoró el Bletterbach. Se casó con Verena, la chica del cumpleaños, ocupó el puesto del Jefe Hubner y hace su trabajo con dedicación.

Werner me miró fijamente a los ojos, marcando bien las palabras.

—Con demasiada dedicación. Es su forma de redimirse. Encarnar al defensor de Siebenhoch, el que toca las pelotas a los forasteros y a los turistas porque...

—Porque quien mató a Evi y a los otros solo podía ser alguien de fuera.

Lily Bar

1.

Llevé a Annelise y a Clara a Bolzano, para visitar el Museo Arqueológico donde se conserva la momia natural más antigua jamás encontrada, llamada Ötzi.

Ötzi era un antiguo pastor (o tal vez un viajero, un chamán, un buscador de metales, un..., había teorías sobre su identidad para dar y tomar) de la Edad del Cobre, asesinado en las laderas del Similaun por quién sabe quién y quién sabe por qué.

Al verlo, Clara rompió a llorar. Dijo que ese hombrecillo arrugado era un niño elfo que había perdido a su mamá. Annelise y yo nos las vimos y nos las deseamos para calmarla.

Debo admitir que yo también me emocioné al ver a esa figurita de cinco mil años atrás, conservada en una especie de nevera gigantesca, encorvada y con una mueca triste en la cara, aunque por razones muy diferentes. Estaba pensando en los crímenes del Bletterbach.

Como Evi, Kurt y Markus, a Ötzi tampoco se le había hecho justicia. ¿O tal vez me equivocaba? Tal vez tres mil años antes de Cristo existió alguien que había investigado lo suficiente como para encontrar a los asesinos de ese desgraciado. ¿Habían llorado por él?

¿Y quién lo había hecho?

Ötzi era un hombre de edad muy avanzada. Los viejos habrían tenido hijos, y los hijos habrían traído al mundo unos nietos, pensé mientras admiraba con qué habilidad ese hombre que no llegaba ni al metro sesenta había elaborado el equipo que le permitió sobrevivir en un mundo que no conocía ni antibióticos ni desinfectantes, un mundo en el que no había un helicóptero rojo del Socorro Alpino de los Dolomitas al que llamar si uno tenía dificultades. ¿Esos hijos y esos nietos habían llorado por él? ¿Habían levantado una pira funeraria en su honor? ¿Habían sacrificado algún animal en su memoria? ¿A qué dioses habría invocado antes de morir bajo las flechas el hombre de los hielos? Tal vez ese día, como había dicho Werner, Dios estaba mirando hacia otro lado.

De Ötzi se sabían muchas cosas. La tecnología moderna había permitido sondear su estómago para averiguar de qué se había alimentado antes de que lo mataran. Se sabían las patologías que sufría y gracias a esto el motivo, médico y no estético, por el que se podían contar unos cincuenta tatuajes en su cuerpo. Ötzi sufría de artritis, los tatuajes le permitían inyectarse bajo la piel hierbas curativas. Un grupo de arqueólogos había reconstruido su equipo pieza a pieza: el arco, el zurrón, el hacha que llevaba en el cinto, el poncho de hierba reseca y su gorro de cuero. Su técnica de construcción fue revelada con todo detalle. Incluso sabíamos el color de sus ojos (oscuro) gracias al examen del ADN, y mediante gráficos generados por ordenador se había reconstruido cómo debía de ser su cara antes de acabar enterrado por los hielos durante cinco mil años. Y, sin embargo, yo seguía pensando que todo aquello eran minucias en comparación con las auténticas preguntas que la momia despertaba en mi mente.

¿Había soñado, Ötzi?

¿Había soñado que cazaba? ¿Había soñado con lobos aullando a la luna? ¿Había soñado con el perfil de la montaña en la que encontró la muerte? ¿Y qué había visto mientras observaba las estrellas en la noche? ¿Cómo llamaba a la Osa Mayor?

Pero, sobre todo, ¿por qué lo habían matado?

¿Y quién lo había hecho?

2.

Celebramos Halloween con la inevitable calabaza en la ventana, serpentinas de color naranja, un esqueleto de plástico que brillaba en la oscuridad, los murciélagos en el techo, palomitas de maíz y una buena película de terror. Todo de acuerdo con la tradición.

A Clara no le gustó la película, dijo que se notaba que los zombis eran falsos. Lo dijo, sin embargo, como si estuviera formulando una pregunta. Quería que la tranquilizaran.

Annelise me lanzó una mirada del tipo «¡te lo había dicho, genio!» y yo me pasé el resto de la velada enseñándole a Clara cómo se hacía la sangre cinematográfica: jugo de arándanos y miel. Con una dosis de café para que quede más oscura.

—¿Y la cara horrible de los zombis?

Me exhibí en mi mejor interpretación de un zombi, con la lengua fuera de la boca completamente abierta y la mirada endemoniada. Clara frunció la nariz.

Se la besé.

Un momento de intimidad zombi.

—¿Y esas porquerías de la cara? ¿Cómo se hacen esas porquerías de la cara?

—Plastilina y cereales.

—¿Cereales?

También le enseñé eso.

Clara estaba en el séptimo cielo. Organizamos una broma contra Annelise, que fingió estar aterrorizada ante esa zombi en miniatura (y pijama de lunares) que avanzaba por el salón, manteniendo los brazos tendidos por delante de ella, y que barbotaba con voz cavernosa (todo lo cavernosa que puede parecer la voz de una niña de cinco años): «¡Que te cooooomoooo! ¡Que te cooooomoooo!».

Nos costó bastante meterla en la cama, luego nos concedimos una copa de vino.

—Tu hija —bromeé mientras bebía un excelente Marzemino— el otro día utilizó el término «ensimismado». Once letras, nada menos.

—¿Y dónde ha oído una palabra semejante?

—De tus labios.

Annelise se llevó la copa a la boca.

—¿De qué hablaba?

—A ver si lo adivinas.

—*Estás* distraído. Admítelo.

—¿Quieres que vuelva a visitar a un médico? ¿Eso te tranquilizaría?

Annelise me cogió la mano, la apretó con fuerza.

—Estás bien. Estás bien. Lo veo. ¿Todavía tienes —se mordió el labio, un gesto que me pareció tremendamente sexi— pesadillas?

Por supuesto que las tenía, y ella lo sabía a la perfección. Aun así, me gustó su delicadeza.

—A veces.

Me agaché para besarle la punta de los dedos.

—Pero no te preocupes. Estoy bien. Y no estoy ensimismado.

—¿Me lo dirías?

—Te lo diría.

3.

Mentía.

Si Annelise se hubiera puesto a hurgar en mi portátil, que de blanco había pasado a ser gris debido a toda la ceniza de cigarrillo que le había caído encima, habría descubierto que en la carpeta «Cosas» había un archivo llamado *B*. Con la *b:* «Bletterbach». Pero también contiene la *b:* «Embuste».

Siete letras.

También con la *b,* y las mismas letras: «Bellaco».

116

4.

Una tarde, unos días después de la charla con Werner, me dirigí a Trento, con la excusa de adquirir un par de DVD para mi colección.

En realidad, me pasé dos horas encerrado en la sala de lectura de la biblioteca universitaria.

Nada de microfilmes ni de copias digitales, sino una montaña de periódicos amarillentos. Entre una capa de polvo y otra, encontré únicamente algunas menciones a los crímenes del Bletterbach. La atención de los periodistas de la época se había concentrado en el caos provocado por la tormenta. Entrevistas, artículos que examinaban *grosso modo* lo que Werner había reconstruido para mí. Expertos que explicaban qué clase de calamidad había asolado la región y grandes fotografías en blanco y negro que mostraban los estragos causados por ese cataclismo de agua y barro.

El recuento final de once muertes había ido enconándose hasta ardientes polémicas que se fueron apagando rápidamente y finalizaron en un manso murmullo, arrollado después por la actualidad.

Un alcalde tuvo que dimitir y varios asesores se justificaron mostrándose contritos en los funerales de las víctimas. Protección Civil recibió los elogios del presidente de la República, un hombrecito con una pipa entre los dientes que se llamaba Sandro Pertini. Me pareció raro, pero dotado de un insólito carisma.

Sobre los asesinatos, poco o nada.

Una fotografía aérea de la garganta, en la que faltaba la silueta de cristal y aluminio del Centro de Visitantes, que aún no existía. El rostro, tal vez porque era más fotogénica que sus compañeros de desgracia, de Evi. Un seco «sin comentarios» en boca de los hombres que estaban investigando el caso (cuyos nombres anoté en la parte posterior del paquete de cigarrillos). Una entrevista a un Werner más rubio que canoso, con menos arrugas, pero no menos ojeras, hablando de la horrible carnicería». Unos días más tarde, la necrológica de Helene Schaltzmann. Nada sobre la locura de Hannes.

Me habría gustado también buscar la necrológica de Günther Kagol, en el 89, pero a esas alturas ya me había dado cuenta: habría sido un trabajo inútil. Además, se me había hecho tarde.

Le di las gracias al personal y regresé a casa a tiempo para la cena. Asado y patatas. Besé a mi mujer, besé a mi hija y les pregunté qué tal les había ido el día.

Antes de ir a dormir, actualicé el archivo con lo que había descubierto en la biblioteca.

Me dije que lo hacía para mantenerme en forma. Con la *e:* «Entretenimiento».

También con la *e:* «Embuste».

5.

Con la *b:* «Bletterbach».

6.

Sin darme cuenta, estaba siguiendo el mismo método que había utilizado en todos mis trabajos anteriores. Era y soy un animal de costumbres.

Después de transcribir la declaración de Werner, intentando plasmar en el papel digital incluso el énfasis y las emociones que sus palabras me habían transmitido, y tras haber compilado una lista estéril de las características de la morfología, la geología, la fauna y la flora del Bletterbach, empecé a buscar algún apunte histórico que me diera un cuadro más amplio de ese lugar.

Mi búsqueda comenzó una tarde en la que Annelise y Clara se habían ido a Bolzano de compras («Cosas de chicas, papá», «¿Cosas caras?», «Cosas bonitas»), con una visita a la biblioteca del Museo Geológico que formaba parte del edificio del Centro de Visitantes del Bletterbach.

Libros había pocos, y en gran parte los habían publicado minúsculas editoriales con subvenciones provinciales, a menudo completamente inútiles para mi propósito, panegíricos sobre los viejos tiempos (pero sin mencionar ni la pobreza que había asfixiado la zona hasta no demasiado tiempo atrás ni el «Belfast con *strudel*»), aunque los leí con avidez, apuntando los párrafos que le hacían más cosquillas a mi imaginación.

Lo mejor eran los relatos, a veces muy mal escritos, de los rescates más impresionantes del Socorro Alpino de los Dolomitas. A menudo leía el nombre de Werner y el de Hannes. Un par de veces también el de Günther. En un largo artículo conmemorativo, acompañado de una fotografía en blanco y negro, se hablaba también de Manfred Kagol, el hombre que había concebido el Centro.

Una fotografía mostraba a un Werner solemne, posando al lado del Alouette recién comprado. Luego, la imagen del EC-135 rojo flamante me provocó punzadas en el estómago.

7.

En los días siguientes, empecé a frecuentar uno de los bares de Siebenhoch, el Lily, un antro con crucifijos de madera que lo miraban a uno torvamente, un pésimo café aguado y cabezas de corzos, ciervos y cabras montesas que se burlaban de los animalistas.

El Lily era un punto de encuentro para los guías alpinos y los montañeros que querían estar en paz un rato. Servían un *Bauerntoast* que te saciaba durante días y la cerveza siempre estaba fría. Además, nadie se ponía a graznar con su teléfono móvil o estallaba en exclamaciones acerca de lo *tíiiipico* que era ese cuchitril.

La mayor parte de la clientela estaba compuesta por pensionistas, pero no tenéis que considerarlo una especie de asilo de ancianos. Había muchos jóvenes e incluso jovencísimos, a los que unía la vida en la montaña. En pocas palabras, el Lily era el sitio donde la gente del lugar podía leer el *Dolomiten,* tomarse un par de rondas (pero también cuatro o cinco) y blasfemar en dos idiomas sin prestar atención a no ofender el buen gusto de los turistas.

Estuve brillante. Mis chanzas sobre los *Amerikaner* los hicieron desternillarse. Aprendí a jugar a Watten. Pedí que me enseñaran las palabras más divertidas del *dialokt* local. Invité a cerveza como si fuera agua e hice de todo para ganarme las simpatías de los parroquianos. Sobre todo fui muy discreto acerca de mis intenciones reales.

Sin embargo, no me hacía demasiadas ilusiones. Ese puñado de montañeses correspondía con simpatía a mis atenciones, pero eso no significaba que nos hubiéramos hecho amigos. Era amable, divertido, tal vez un poco demasiado, en el sentido de extravagante, y esto le daba una pizca de color a sus veladas, pero nada más.

Yo era un huésped bienvenido, poco más que un turista, y mucho menos que un lugareño, como me había dicho Max Krün.

Esos caretos —cuyas manos rara vez contaban con diez dedos, ya fuera porque los habían perdido durante alguna escalada (como le ocurrió a Werner), o porque se habían visto masacradas por los dientes de la motosierra o se los habían volado con un cincel para no hacer el servicio militar— aceptaban mi presencia solo en virtud de mi relación con el viejo Mair, y estaba seguro de que algunos de ellos, si no todos, informaban al exjefe del Socorro más o menos de cuanto nos decíamos. Pero yo era astuto. Me había preparado una coartada. Como habría dicho Mike: tenía un plan.

Después de la primera semana dedicada a hablar de esto y de aquello y de dejarme ganar a las cartas, dejé caer que tenía intención de construir un trineo de madera para mi hija. Un regalo de Navidad, dije. ¿Había alguien que pudiera enseñarme algún truco? Sabía que muchos de ellos eran hábiles talladores y contaba con que así obtendría sus favores evitando en lo posible las sospechas.

Funcionó.

En particular, dos de ellos se entregaron en cuerpo y alma a la empresa de convertirme en un artesano. Un simpático nonagenario, de nombre Elmar, y su inseparable compañero de copas, un hombre de setenta y cinco años al que le faltaba una pierna (accidente en el bosque: la motosierra, en vez de hacer *zig,* hizo *zas*), que se llamaba Luis.

Elmar y Luis me explicaron qué tipo de herramientas tendría que comprar y cómo no dejarme timar por los empleados de la ferretería, qué clase de madera debía conseguir y para qué partes del trineo tendría que utilizarla. Esbozamos diferentes dibujos en servilletas que luego olvidaba en los bolsillos y que acababan en la lavadora, suscitando su hilaridad.

A fin de cuentas, yo era solo un idiota de ciudad, ¿no?

De vez en cuando, con estudiada despreocupación, formulaba alguna pregunta.

Elmar y Luis se mostraban más que felices contando historias que en el Lily ya habían oído todos y en demasiadas ocasiones.

Descubrí lo que los libros del museo no habían tenido el valor de decirme.

Accidentes. Muertes. Muertes absurdas, muertes tristes, muertes sin causa, muertes de hace cien años. Muertes de hace *siglos*. Y leyendas que empezaban haciéndome reír y siempre terminaban muy mal.

Hubo una que me chocó en particular. Hablaba del misterioso pueblo de Fanes, y tanto Elmar como Luis juraban que se trataba de historia con *h* mayúscula.

El pueblo de Fanes era una antigua tribu que, según la leyenda, vivía en paz y armonía. No se dedicaban a la guerra, tenían reyes que administraban justicia con inteligencia. Todo iba de maravilla hasta que, de repente, desaparecieron sin dejar rastro. De la noche a la mañana. Fanes era una ciudad unos diez kilómetros al norte del parque natural, pero Elmar y Luis dijeron que estaban convencidos de que el mal que había barrido esa antigua población procedía justamente del Bletterbach. Un maldito lugar, lo había llamado Luis. Fue allí donde la hoja de la motosierra había hecho *zas*.

Esa misma tarde verifiqué en la Wikipedia lo que la extraña pareja del Lily me había relatado. Con gran sorpresa por mi parte descubrí que no me habían mentido. La población de Fanes, de la tardía Edad del Bronce, había desaparecido como en un juego de prestidigitación. Ahora lo ves y ahora no lo ves.

¡Puff!

Las hipótesis más acreditadas se inclinaban por una invasión a manos de tribus procedentes del sur, tal vez del Véneto, más avanzadas y agresivas. Pero las guerras dejan huellas y no se había encontrado nada que testimoniara un acontecimiento semejante. No había esqueletos, ni puntas de flechas, ni escudos destrozados, ni fosas comunes. Únicamente leyendas. Luis y Elmar se habían ganado una Forst.

8.

A mediados de noviembre ocurrieron dos hechos.

Primero: Luis me ofreció un pastel con sabor a nada.

Segundo: el pastel con sabor a nada tenía un vago sabor a sangre.

El pastel con sabor a *B*

En el Lily había transcurrido una agradable velada. Elmar se había marchado temprano, por culpa de la artritis. Luis se había mostrado sociable y hablador como siempre. Habíamos jugado a Watten (iba mejorando, aunque sospechaba que mis victorias eran resultado más del buen corazón de mis adversarios que de auténticos progresos) y me había tomado un par de cervezas.

Afuera, la nieve se había acumulado en una bonita capa de unos veinte centímetros y la temperatura era de un par de grados bajo cero. No hacía viento.

—¿Te apetece acompañarme a casa, *Amerikaner*? —dijo Luis señalando el vacío por debajo de su rodilla.

Luis no me necesitaba para llegar a su casa. Con hielo o sin hielo, era un fenómeno con las muletas. Quería hablarme lejos de oídos indiscretos. Y, en efecto, al llegar al umbral de su casa me invitó a tomar algo, lo justo para entrar en calor. Acepté con una mezcla de curiosidad y excitación.

El apartamento de Luis estaba desordenado, como cabría esperar de un viudo que había pasado toda su vida rodeado de leñadores talando árboles. Pero estaba limpio y no pude por más que valorar el gusto, tal vez un tanto demodé, con que la vivienda estaba amueblada. El término correcto era «acogedora», nueve letras.

A juzgar por las fotografías enmarcadas en las paredes, allí dentro Luis debía de haber sido feliz.

—¿Son tus hijos?

—Marlene y Martin. Ella vive en Berlín, es arquitecta. Martin tiene una empresa de transportes, en Trento. Se las apañan bien. La casa de Marlene es una especie de punto de encuentro para artistas, y yo de esa gente no quiero oír hablar, pero ella es feliz. Martin tiene tu edad y un hijo. Un niño.

Me tendió una copa de *grappa* con un aroma incitante.

—¿Cómo se llama?

—Francesco. Tiene tres años y para Navidad vendrán a verme.

—Por tu familia, entonces —brindé.

—Por el Bletterbach —fue la respuesta de Luis.

Me quedé pasmado, con el vaso a media altura. Luis hizo una mueca, chocó el suyo contra el mío y se tragó de un golpe el contenido sin apartar sus ojos de los míos.

—¿Es por esto por lo que me has invitado a venir?

Él asintió.

—Tal vez puedas engañar a Elmar, que gracias a Dios es capaz de ir de vientre todas las mañanas cuando canta el gallo y tiene diez dioptrías en cada ojo, pero que de cabeza... No sé si me explico.

Sentía mi cara en llamas.

—¿Werner lo sabe? —pregunté.

Luis negó con la cabeza.

—Si lo sabe, no es por mí. Pero en el Lily no solo estamos Elmar y un servidor.

Maldije mentalmente.

—Werner —continuó Luis— es una persona influyente, respetada. Una de esas personas que no necesitan preguntar.

—Yo... —balbucí.

—No tienes que disculparte, *Amerikaner*. No conmigo, por lo menos. ¿Con tu suegro? Tal vez. ¿Con tu conciencia? Sin duda alguna. A menos que seas uno de esos individuos que ni siquiera saben qué es la conciencia. Pero no pareces de esa clase. ¿Lo eres?

—No, no lo soy.

Contiene la *b:* «Embuste».

O casi.

—Lo suponía. Por eso te he invitado aquí. Quiero darte un consejo.

—¿Qué clase de consejo?

—La gente en Siebenhoch es sencilla. No aspiramos a nada más que un plato caliente por la noche, un trabajo, un techo sobre la cabeza y una docena de nietos en la vejez. Los problemas no nos gustan. Ya tenemos bastantes dolores de cabeza viviendo en esta zona como para ir a buscarnos otros que provengan de fuera.

—Y yo soy de fuera.

—Casi —fue la respuesta de Luis, que sonaba como la del Jefe Krün—, mitad y mitad.

—Tengo derecho a un par de cervezas en el Lily, pero no a meter la nariz en asuntos que no me conciernen.

—No lo sueltes con tanta dureza, muchacho. No tenemos prejuicios hasta ese punto. Somos buena gente. Casi todos. Me enteré de lo que le pasó a tu esposa en la tienda de Alois, y creo que fue una putada. Una auténtica putada. Pero ¿qué se puede esperar de alguien —dijo señalando el paquete de Marlboro que me asomaba por el bolsillo de la camisa— que les vende clavos de ataúd también a los chiquillos?

—Gracias por la advertencia, Luis —dije, después de una larga pausa.

—No seas melodramático. La advertencia es la siguiente: Werner te tiene echado el ojo, y cuando Werner se huele algo lo mejor es andarse con cuidado. Pero te quiere y tiene su propio sentido de la justicia. No es mala persona. Cuando se trasladó a Cles, a muchos de nosotros se nos hizo un nudo en el estómago. Lo echamos de menos. Pero *su* sentido de la justicia no es *mi* sentido de la justicia. ¿Sabes qué decía siempre mi mujer? Que la mejor forma de que se le haga la boca agua a un crío es prohibirle que se coma el pastel.

Se rio.

Sentí que mi corazón empezaba a dar saltos mortales en el pecho.

—¿Y tú, en cambio, tienes pensado darme el pastel?

Luis se recostó en el respaldo de la butaca en la que estaba sentado. Estiró el brazo y sacó pipa y tabaco de un mueblecito.

—Esta conversación no ha existido nunca, ¿entendido?

—Entendido.

—Y deja ya de menear el rabo, *Amerikaner*. El pastel que estoy a punto de ofrecerte no es gran cosa. Por eso voy a contarte un par de cositas que en el Lily nadie tendrá el valor de contarte. Porque el pastel en cuestión es un pastel con sabor a nada.

—¿Quieres decir vacío?

—*Genau*. Vacío. Con sabor a nada. Y aunque mi esposa haya criado a dos hijos maravillosos, soy de la opinión de que si a un adolescente le permites probar el pastel y ese pastel da asco, por lo menos dejará de deambular por la casa como un perro callejero en celo.

Respondí a su sonrisa.

—Creo que Werner ya te ha contado lo que pasó mejor de lo que podría hacerlo un servidor. Siempre se le ha dado bien utilizar las palabras. Él era el que iba a hablar con los políticos, y conseguía derrotarlos en su mismo deporte: las gilipolleces. Yo, en cambio, soy solo un leñador al que le falta una pierna, el único libro que he leído es una colección de chistes que no hacen reír, y si en una película no hay un par de explosiones, me quedo dormido. Pero sé darme cuenta de lo que la gente quiere. Y tú lo que quieres es lo que en la televisión llaman *vox populi*, ¿o me equivoco?

—No, no te equivocas.

Luis dio una chupada a la pipa. Oí el chisporroteo del tabaco.

El olor era agradable.

—¿Quién fue? —dijo socarrón—. Esta es la pregunta alrededor de la cual gira todo. ¿Quién mató a esos pobrecillos? Oficialmente, nadie. Pero en 1987 detuvieron a un tipo, un expolicía de Venecia que había matado, en momentos diferentes, a tres turistas de los Dolomitas, desde la zona de Belluno hasta la del Friul. Los había desmembrado a hachazos. Se proclamó víctima de un complot judicial. Él y su abogado apuntaban a una enfermedad mental. Durante el juicio alguien se acordó de la masacre del Bletterbach, de manera que la policía investigó y parece que algunos indicios situaban a ese tipo por aquí en abril-mayo del 85. Pero eran indicios muy vagos, así que ¿dónde íbamos sin una prueba o una confesión?

—A ninguna parte.

—Fue declarado enfermo mental. Estaba loco, pero no era idiota.

—En tu opinión, ¿crees que lo hizo él?

Luis me apuntó con su pipa como si fuera una pistola.

—Yo te voy a dar el pastel con sabor a nada, muchacho. El resto depende de ti.

—Prosigue —lo animé.

—Luego apareció la pista de los cazadores furtivos. Como ves, tú también has caído en la trampa del asesino solitario. Pero ¿y si esa carnicería no hubiera sido obra de una única persona? Después de todo, nunca se encontraron pruebas en esa dirección.

—Ya —resoplé. Había olvidado que la de Werner era una versión, no la verdad objetiva. Error de principiante, me reproché.

—La caza, aquí en nuestras tierras, es una segunda naturaleza. Se cazan corzos, rebecos, cabras montesas, faisanes, becadas. A veces incluso urogallos y lobos, cuando los había. Si vas a la parte trasera del Lily, verás un lince disecado. La placa indica 1888, pero en mi opinión es mucho más reciente, por eso no está expuesto.

—¿Mala publicidad?

—Claro, pero la cuestión es otra. Incluso hoy en día, no todo el mundo en Siebenhoch ha asimilado esa historia del parque natural. Por otro lado, tienes que pensar que en el 85 el parque era tan solo una solicitud escrita a máquina sobre una mesa en quién sabe qué oficina provincial. Había cazadores que seguían las normas, pero también unos cuantos furtivos.

—¿Por qué iban a matar a esos tres?

—Markus. Markus era el objetivo. En el 85 tenía dieciséis años, pero ya sabía lo que quería. Siempre iba pegado a Max, quien, junto con Kurt, representaba su modelo. Él también quería entrar en la Forestal. Y Max, bueno, cuando Markus estaba por ahí, tenías que ver cómo se las daba: sacaba pecho hacia fuera e iba con las botas relucientes —Luis negó con la cabeza—. No eran más que dos chiquillos, pero los chiquillos tienen entusiasmo. El entusiasmo puede con todo. Markus era un gran tocapelotas y, además, se las daba de ecologista, y de los duros. Cada vez que oía hablar de alguna captura ilegal, iba a soplárselo todo al Jefe Hubner. El Jefe Hubner rellenaba papeles y papeles, asentía, le daba las gracias y por debajo de los bigotes se reía de aquel chiquillo. Antes del infarto, el Jefe Hubner también había sido cazador. No hace falta que te lo diga: todos aquellos informes acababan en la estufa en cuanto Markus salía de la oficina. Ya está, aquí tienes la segunda teoría.

—¿Una venganza de cazadores furtivos?

—Unos cazadores furtivos que habían sido heridos en sus billeteras. Markus había adquirido el hábito de destrozar sus nidos.

—¿Nidos? —pregunté, frunciendo el ceño.

—Los cazadores furtivos no hacen la mayor parte del dinero vendiendo ciervos a los restaurantes. El dinero se gana con la caza de aves. Capturando polluelos y poniendo trampas para pinzones o petirrojos. Se puede ganar un montón de pasta.

—Y Markus destruía las trampas.

—Exactamente.

—¿Una buena razón para matarlo?

—Depende de tu conciencia. Pero escucha una cosa: a finales de los años setenta pillé a Elmar con un saco lleno de pajaritos. Grajillas, un acentor y dos polluelos de perdiz blanca. Me dijo que conocía a un tipo, en Salorno, que le iba a comprar los dos polluelos de perdiz por una buena pasta.

—¿Cuánto?

—A la semana siguiente lo acompañé al concesionario de Trento para comprar un Argenta color marfil.

—¿Tanto dinero?

Luis se encogió de hombros.

—Seguro que no fueron las dos perdices las que lo hicieron rico, pero yo diría que gran parte del presupuesto procedía del contenido de ese saco.

—¿Y luego?

—¿No oyes el sonido de tus mandíbulas masticando aire, Salinger?

—A lo mejor es que me gusta.

Luis aspiró la pipa, pensativo.

—El padre de Evi.

—¿El viajante de Verona?

—Mauro Tognon. Dijeron que había vuelto a Siebenhoch, enloquecido. Que había asesinado a Evi para darle un disgusto a su exesposa.

—¿Un disgusto?

Luis hizo una mueca.

—Era un maldito *Walscher,* ¿no?

—Me parece un poco...

—¿Que son castillos en el aire? ¿Que es racista? ¿Ambas cosas? Por supuesto, como las otras historias. Son *vox populi,* no la verdad. Nadie tiene en sus manos la verdad sobre la masacre del Bletterbach. Solo hipótesis.

—¿No le investigaron?

—Ni siquiera se sabía cómo había terminado ese cabrón. Pero eso no detuvo los rumores —Luis tabaleó con sus dedos artríticos en el brazo de la butaca—. Luego está también la teoría del ajuste de cuentas.

—¿Por qué?

—Drogas.

—*¿Drogas?* —dije perplejo.

—También cosa de Markus.

—¿Tomaba drogas?

—Era el año 85, tenía una madre alcohólica, a su hermana en Innsbruck e iba a la escuela en la ciudad, levantándose a las cinco de la mañana todos los días. Creo que tenía todo el derecho a fumar un poco de esa hierba que una vez encontré también en el cajón de mi hija Marlene. Se ganó un buen rapapolvo por parte del Jefe Hubner y el asunto terminó allí. Pero no para las malas lenguas. Fue etiquetado como un...

—Y, sin embargo, todo el mundo habla de él como de un buen chico —lo interrumpí.

Luis se acaloró.

—En Siebenhoch, todo el mundo habla bien de todo el mundo. Hablan bien de Werner y sin embargo dicen que se marchó a Cles por cobardía, porque no quería ayudar al pobre Günther. También hablan bien del pobre Günther, si ignoramos el hecho de que cuando comenzaba a aullar a la luna todos cerraban los ojos y los oídos. El único que intentaba ayudarlo era Max, que mientras tanto se había convertido en el Jefe Krün y del que todo el mundo habla muy bien, ¿no?

—Él también...

—Dijeron que era sospechoso que Max fuera a Innsbruck para visitar a Evi y Kurt, chupándose siete horas largas de tren. Se olvidan, sin embargo, de que Max iba a Innsbruck para acompañar a Markus, que era menor de edad. Se olvidan de que los menores no podían pasar de un lado al otro de la frontera sin ir acompañados. Especialmente en esa época. Y si tú les mencionas este detalle de la Guerra Fría, les hablas de las barreras fronterizas y de los registros pasajero a pasajero, ¿sabes qué te dicen? ¡Cambian de tema! Te dicen que fue Verena, la novia de Max y que hoy es su esposa, la que mató a esos tres pobrecillos, por celos. A pesar de que sea una locura, dado que Verena mide un metro sesenta y Kurt la habría podido derribar con una mano atada a la espalda. La gente habla, Salinger, no hace otra cosa que hablar. Y cuanto más habla la gente, más hipócrita y fantasiosa se vuelve.

—¿Fantasiosa?

—Oh, sí. Porque todavía no te he contado mi teoría favorita —dijo Luis, con ojos que brillaban de malicia.

—¿Cuál?

El anciano se inclinó hacia mí, bajando la voz.

—*Monstruos*. Monstruos que viven bajo el Bletterbach, en las grutas. Los monstruos que provocaron el derrumbe de la mina en el 23, inundándola y matando a todos los que trabajaban allí. Los mismos monstruos que exterminaron al pueblo de Fanes. Los monstruos que permanecen en las vísceras de la montaña y que, de vez en cuando, si hay luna llena, regresan a la superficie y despedazan todo lo que se les pone a tiro.

Se recostó contra el respaldo. Una nubecita de tabaco ascendió al techo.

Al final, su desdentada sonrisa.

—¿Qué me dices de tu pastel con sabor a nada, Salinger?

2.

Rasca por debajo de la superficie de un pueblecito de setecientas almas y encontrarás un nido de víboras.

Esa noche escribí lo que me había contado Luis, y a partir del día siguiente empecé a dejarme ver menos por el Lily. A causa de Werner, pero también porque necesitaba reelaborar las historias que Luis me había metido en la cabeza.

Sin embargo, no me quedé cruzado de brazos, al contrario.

Con gran sorpresa por mi parte, había empezado a encontrarle gusto a la carpintería.

La idea de construir un trineo para Clara, que había nacido como una coartada, se fue transformando en horas transcurridas en la parte trasera de la casa de Welshboden intentando sacar algo decente de las maderas que Werner me procuraba.

El propio Werner se ofreció en varias ocasiones a echarme una mano (temiendo por mi integridad, sospecho), pero en todas esas ocasiones lo rechacé. Quería lograrlo por mí mismo.

Me gustaba el olor de las virutas, el lento deslizarse del cepillo que afinaba las aristas, el dolor de espalda tras un par de horas de duro trabajo. También había comprado una lata de pintura y pinceles de primera calidad, para cuando terminara la obra. Tenía el propósito de pintar el trineo de rojo.

De un bonito color rojo flamante.

3.

Noviembre pareció transcurrir así. Batallas de bolas de nieve, muñecos de nieve completos, con una buena zanahoria en lugar de nariz, interminables partidas de cartas con Werner y el olor a madera de la parte trasera de Welshboden. Respondía a los correos electrónicos de Mike, pero negándome a abrir los archivos de vídeo que mi socio me enviaba desde el otro lado del océano. Los borraba de inmediato, como si estuvieran infectados.

De vez en cuando volvía a leer el archivo *B,* el relato de Werner, las leyendas sobre el Bletterbach, los rumores del pueblo que Luis me había relatado, e inevitablemente acababa mordiendo el vacío. Era tan solo un pastel con sabor a nada, pero seguía siendo una buena historia, una de esas que se cuentan alrededor del fuego, quizás en Halloween: de manera que continuaba volviendo sobre ella.

También pensé en los que podrían ser mis siguientes movimientos, en el caso de que decidiera profundizar un poco más.

Ponerme en contacto con los hombres que habían investigado el caso, encontrar los archivos, enterrados quién sabe dónde. Pero la idea de que Werner me estaba observando me ponía bastante nervioso.

Sin embargo...

Antes de dormirme reflexionaba sobre cómo podría contarle la historia a Mike, cómo conseguir que trabajara un poco en ella imaginando una de nuestras charlas repletas de «si» y de «pero». El Bletterbach era el último pensamiento del día.

Aún tenía pesadillas.

Veía de nuevo a la Bestia. Podía oír su silbo. Pero la Bestia estaba menos presente, su voz era más apagada, como si perteneciera a otra vida. Ya no era algo que me devorara, sino algo indefinido e indefinible. Lejano, por suerte para mí.

Hubo bastantes noches que se deslizaron hasta una oscuridad negra y profunda. Noches tras las que me despertaba feliz y lleno de energías. Esos eran los mejores días.

El primero de diciembre Mister Smith y su banda de *supercools* tatuados del Canal lo estropearon todo. Y un servidor recibió su hermosa porción de pastel con sabor a sangre.

La mía, para ser exactos.

South Tyrol Style

1.

En la segunda quincena de noviembre, como iba diciendo, fui espaciando mis visitas al Lily, pero no por eso dejé de ir allí. Le había cogido cariño a los asientos cojos y a las mesas que llevaban al menos una docena de años con pinta de necesitar que se les pasara un trapo.

De vez en cuando Luis dejaba caer una burla acerca de los pasteleros de aire frito, pero yo no me enfadaba. De la misma manera que fingía no saber que ese anciano vivaracho que lo acompañaba, Elmar, tenía un historial como cazador furtivo.

Me divertía enseñándoles las fotografías de los progresos en la construcción del trineo y atesoraba los consejos que me daban. En el Lily estaba entre personas que tal vez no eran mi gente (y no lo serían ni siquiera si decidiese pasar en Siebenhoch el resto de mi vida), pero en cuya compañía me sentía amparado. Me conocían a mí y yo los conocía a ellos.

Por eso Thomas Pircher me pilló por sorpresa.

Por eso y por el hecho de que la causa de lo sucedido en el Lily nació a ocho mil kilómetros de distancia de Siebenhoch, en las megalujosas oficinas del Canal.

2.

Mike y yo teníamos obligaciones. Obligaciones firmadas, negro sobre blanco. Mister Smith tenía todo un ejército de abogados a sueldo para verificar que los contratos se cumplieran hasta la última nota a pie de página. Para ganar pasta es necesario ser inflexible.

A Mister Smith le interesaba multiplicar su dinero, no hacer buena o mala televisión. El Canal invertía en un producto y esperaba obtener un margen de beneficios. De manera que, como el margen de beneficios de la serie *Road Crew* había crecido de temporada en temporada, también el cheque que Mister Smith había soltado para la preproducción de *Mountain Angels* tenía bastantes ceros. Era plausible, de hecho, que ese proyecto obtuviese la misma óptima respuesta del público que había obtenido *Road Crew*. Eso, para el emperador supremo del Canal, representaba espacios publicitarios. Es decir, dinero. Simple, lineal. Pero luego todo se fue a la mierda. Ocurrió el 15 de septiembre. Ni hablar de *factual,* le dijo Mike a Mister Smith. En vez de eso, un documental. Noventa minutos de pura adrenalina.

Mister Smith mostró un interés cauteloso y, a pesar de las opiniones contrarias de bastantes expertos del Canal, aceptó. A partir de ese momento, sin embargo, las probabilidades a nuestro favor se habían derrumbado y habían comenzado las presiones.

¿Presiones? No fueron presiones las que Mike tuvo que afrontar mientras yo intentaba ordenar los pedazos de mi psique. Fue una avalancha de proporciones bíblicas.

Es cierto, yo era uno de los firmantes de todos los contratos, la línea narrativa del documental era mía, el guion contaba conmigo en primera persona, pero para Mister Smith y el Canal había un único Dios en el cielo, solo un capitán a bordo del *Pequod* y un único director para la película: Mike. Y sobre él se vertían todas las aguas emponzoñadas. Mensajes de texto a cualquier hora del día o de la noche, constantes correos electrónicos y llamadas telefónicas, mensajeros de FedEx que entregaban misivas cada vez más conminatorias. De todo esto Mike nunca me dijo nada.

Podría haberlo hecho (y, según cómo se mire, incluso tendría que haberlo hecho), pero quería protegerme.

Y se lo agradezco.

En noviembre, la paciencia de Mister Smith se agotó. Había firmado un cheque y exigía ver dónde había acabado su dinero. Mike hizo todo lo que los héroes suelen hacer en semejantes aprietos: engatusó, inventó excusas para justificar la lentitud de los trabajos e hizo alarde de zalemas dignas de un mandarín chino. Nos defendió a mí y al proyecto a capa y espada mientras le fue posible hacerlo.

Al final tuvo que ceder.

La mañana del 30 de noviembre, a las nueve en punto, se presentó en una sala de reuniones en la última planta del edificio del Canal, tan nervioso como un condenado a muerte, para mostrar el montaje provisional de *En el vientre de la Bestia*.

El público, restringido y selectísimo, estaba formado por Mister Smith, algunos figuras del equipo creativo, dos ejecutivas bronceadas y un tipo de marketing, uno con gafas de pasta, tatuajes en ambos brazos, traje Dolce & Gabbana, que no paraba de tomar notas en un iPad y al que Mike había apodado G. I.

Gilipollas Integral.

La proyección fue mejor de lo previsto. Mister Smith se dio cuenta de que ahí había beneficios, soltó algún consejo para dárselas de enterado (de los que Mike se mantuvo a distancia), y hasta los figuras del equipo creativo y las dos ejecutivas admitieron con la boca pequeña que tal vez no todo el dinero invertido se había ido por la taza del váter.

El que más se congratuló fue Gilipollas Integral. Repartió palmaditas de camaradería a todo el mundo, estrechó manos, dijo «guau» veinte veces por lo menos y no dejó de sorber por la nariz. Tras lo cual, recogió sus notas y se marchó a hablar con la prensa.

Hay que reconocérselo: Gilipollas Integral sabía cómo hacer su trabajo. Se creó una tormenta que, inexorable, fue a romper en mis narices.

Literalmente: en mis narices.

3.

El primero de diciembre, después de pasar el día arreglando la casa, ayudando a Werner a reparar una tubería congelada del baño de Welshboden e intentando explicarle Darwin a Clara (había visto un documental en televisión y no era capaz de entender cómo era posible que los T-Rex se hubiesen transformado en gallinas, lo que me obligó a sacar a relucir a Yodi), al acabar de cenar me bajé hasta el pueblo con la intención de tomarme una cerveza, intercambiar cuatro palabras con el fantástico dúo Elmar & Luis, para enterrarme después bajo las mantas y disfrutar de ocho merecidas horas de sueño.

Fue el cansancio lo que me impidió notar las miradas cuando entré en el Lily.

Miradas que me observaron un gélido instante y luego se volvieron hacia otro lado. Ninguna respuesta hubo a mi habitual «*hallo!*» en un *dialokt* ya casi pasable.

Incluso alguno se levantó y se marchó. Como en un *western*.

Pedí una cerveza y me senté en la mesa de mis dos compañeros de bebida favoritos.

—Una noche tranquila, ¿eh?

Elmar chasqueó la lengua, luego levantó el periódico creando una barrera entre él y yo.

Asombrado, fruncí el ceño en dirección a Luis.

—Hola, Salinger —fue su saludo.

Esperé mi cerveza. Que no llegó.

Me aclaré la garganta.

—¿Qué noticias hay, chicos?

—Eso de chicos —graznó Elmar— se lo puedes decir a otra persona.

Por regla general, el Lily era un concentrado de charlas, golpes de tos e imprecaciones bilingües. En la noche del primero de diciembre: silencio. Oí a alguien borbotar. Un par de sillas rascando el suelo. Nada más, aparte de la sensación de tener todos los ojos clavados en mí. Luis permanecía inclinado sobre la jarra de cerveza, ya casi vacía, como si estuviera intentando predecir el futuro en esa tibia papilla.

—¿Luis?

Le toqué el codo.

—No me toques, Salinger. No. Me. Toques.

Retrocedí, herido.

—¿Qué demonios está pasando aquí? —solté.

—Esto es lo que pasa —fue la respuesta, ronca, de alguien detrás de mí que echó sobre la mesa un ejemplar del *Alto Adige,* al que siguió otro del *Dolomiten.*

—Sabes leer, ¿verdad? —añadió Elmar.

No le había visto nunca esa expresión. Por regla general, era un viejo tranquilo con una dentadura que tenía tendencia a escapársele, sobre todo cuando se enfrentaba a palabras de más de tres sílabas. El desprecio con que pronunció esa frase me dolió.

Me bastó con los titulares.

—Pero no...

—¿No lo sabías?

—Sí, lo sabía, pero...

—Pues entonces ya no eres bienvenido.

Me quedé con la boca abierta.

—Puedo explicarlo.

—¿Qué es lo que pretendes explicar? —casi gruñó Luis.

—Me gustaría explicar mi punto de vista —dije, intentando ostentar una calma que no poseía.

—¿Han escrito chorradas? ¿Dos periódicos diferentes han escrito chorradas? ¿Es esto lo que estás intentando decir? ¿Un complot en tu contra? ¿O quizá quieres que te lea yo lo que está escrito? A lo mejor es un problema de lengua, el tuyo.

Se oyeron varias risas.

Risas malvadas. No podía creer que fuera el objetivo de esa humillación. No allí, no en el Lily. No por parte de esas personas.

—No...

En ese momento noté la mano que se posaba en mi hombro.

—¿No has oído lo que ha dicho Luis? Desaparece.

La sangre se me subió al cerebro. Pero resistí el impulso de aferrar esa mano y quitármela de encima.

—Yo solo quiero explicar mi versión de...

—Hablas demasiado —soltó el barbudo desde el otro lado de la barra, Stef, el dueño del Lily—. Y tienes que darte el piro. Te lo dice el que paga las facturas de este sitio.

No tenía elección. Era obvio. Había muy mal ambiente. Pero al igual que Kurt, Evi y Markus, también yo interpreté como una simple tormenta lo que, en cambio, era un huracán.

—Escuchad —dije—, aquí hay un malentendido. ¿La película se va a hacer? Sí. ¿La película va a hablar sobre el accidente? Sí. ¿Va a ser un producto de mierda? No. ¿Voy a quedar yo como un héroe? No. Sobre todo —incidí mirando a Luis a los ojos—, ¿va a hacer que queden mal los hombres del Socorro Alpino de los Dolomitas? —hice una breve pausa, rezando para que me creyeran. Porque esa era la verdad desnuda y quería que lo supiesen—. No, en absoluto.

Luis negó con la cabeza.

—Aquí dice que se va a titular *En el vientre de la Bestia*.

—Es verdad.

—Dice que tu amigo y tú sois los autores.

—Sí, correcto.

Luis me miró como diciendo: «¿Lo ves? Tengo yo razón».

—Pero no es cierto que vaya a ser una especulación, como está escrito aquí. No es cierto que sea un... —busqué la frase y la leí en voz alta— «acta de acusación hacia la ineficacia del Socorro Alpino».

Elmar chasqueó de nuevo la lengua.

—Tenéis que creerme. Puedo dejaros ver algunos fragmentos, puedo...

—¿Cuánto tiempo hace que estás en Siebenhoch, Salinger?

—Hace casi un año.

—¿Cuánto ha durado el rodaje de tu película de mierda?

—Tres meses, más o menos.

—¿Y no lo has entendido todavía?

—¿Qué? —pregunté dolido.

—Lo que ocurre en las montañas se queda en las montañas —respondió por Luis la voz a la que pertenecía la mano apretada en mi hombro—. Estúpido *Walscher*.

Fue la clásica gota de más.

Estallé.

—Quítame las manos de encima —masculé, levantándome de golpe.

El hombre, un guía de montaña más o menos de mi edad, me sacaba unos buenos diez centímetros de altura y su mirada, ofuscada por el alcohol, no era menos malvada que la mía. Se llamaba Thomas Pircher. En una ocasión incluso lo invité a una cerveza.

—¿O qué?

El tipo golpeó. Rápido.

Me dio en la nariz.

—O te voy a enseñar una nueva manera de cagar, imbécil. A lo mejor por el oído, ¿qué te parece?

Me tambaleé hacia atrás, doblado por el dolor, mientras la sangre goteaba hasta el suelo. Alguien aplaudió, alguien silbó.

141

Nadie dio ni un paso para ayudarme.

El hombre me agarró por el pelo, me abofeteó dos veces y me golpeó en el plexo solar. Me derrumbé al suelo, arrastrando tras de mí la mesita de Luis y Elmar.

—¿Quieres más?

No respondí, estaba demasiado ocupado intentando respirar. Thomas me vertió una cerveza en la cara. Luego me soltó un par de patadas en las costillas.

Era una paliza al más puro *South Tyrol Style.* Si no reaccionaba inmediatamente, iba a salir del Lily en una camilla.

Sacudí la cabeza e intenté levantarme. Nada que hacer. El mundo daba vueltas y no parecía dispuesto a dejar de girar. El alboroto aumentó. Alguien incitó a Thomas para que me golpeara más fuerte. Otros se rieron. No se puede negar, se lo estaban pasando bomba.

—Escuchad… —murmuré utilizando un truco tan viejo como el mundo.

Había una posibilidad entre un millón de que funcionara, pero Thomas Pircher tragó el anzuelo, el sedal y toda la pesca.

El energúmeno se agachó para escuchar lo que estaba murmurando. Increíble la ingenuidad de algunas personas.

Alcé la cabeza de golpe y le di en toda la barbilla. El dolor en la nuca fue fuerte, pero soportable. Mitigado por el grito que dejó escapar mi agresor. Ni siquiera perdí un segundo. Me levanté, agarré una silla y la descargué contra su espalda.

Thomas se desplomó, de golpe.

Permanecí inmóvil, desafiando a todos los presentes a recoger el guante.

—¿Quién más quiere? —grité.

En ese momento vi mi reflejo en la cristalera del Lily. La pata de la silla en la mano derecha, la cara convertida en una máscara de sangre y una expresión de locura en los ojos. Experimenté una sensación de horror e inutilidad.

Podría gritar mi inocencia hasta quedarme sin voz, pero los parroquianos del Lily Bar solo iban a creer en la tinta de esos periódicos.

Tal vez al día siguiente, a la luz del sol, algunos de ellos pusieran en duda lo que los plumillas habían soltado copiando los comunicados de prensa del Gilipollas Integral. Dentro de una semana incluso me escucharía casi todo el mundo. Dentro de seis meses hasta bromearía con Thomas Pircher, quien ahora gemía en el suelo. Pero esa noche no, esa noche nadie iba a creerme. Cualquier cosa que pudiera decir en mi defensa sonaría falsa y vacía.

Dejé caer la pata de la silla, me limpié con la manga de la chaqueta y regresé a casa.

4.

Annelise estaba despierta. Mejor así. No habría podido justificar de ninguna forma la nariz hinchada y la sangre. Le expliqué lo que había pasado y se cabreó de mala manera. Amenazó con hacer intervenir a Werner y me llevó mucho tiempo calmarla. Era inútil alterarse. Cuando la película se proyectase, las cosas se arreglarían. Mientras tanto había que poner al mal tiempo buena cara.

—Pero...

—Nada de peros. ¿Qué ibas a hacer? ¿Poner una denuncia? ¿En un lugar donde las peleas estallan incluso en las salas de bingo de las parroquias?

—Pero...

—Me tocará cambiar de bar, ¿y qué más da? Aquí el único problema es elegir entre tanta oferta, me parece.

Annelise me curó y le prometí ir a urgencias para un chequeo, algo que hice al día siguiente, acompañado por Werner, quien, ni que decir tiene, ya estaba al tanto de todos los detalles de la riña en el Lily.

En el San Maurizio determinaron que ni nariz ni costillas estaban rotas. Me dolían un huevo y los médicos me prescribieron un par de analgésicos. Le di a Werner las gracias por llevarme, me despedí y regresé a casa. Esa tarde tuve una larga conversación telefónica con Mike, quien me explicó lo que aún no había entendido yo de la «fuga de noticias» creada *ad hoc* por Gilipollas Integral para darle un aura de «obra maldita» a nuestro documental; luego, muerto de cansancio, me refugié en la parte trasera de Welshboden para construir el trineo que quería regalarle a Clara por Navidad.

5.

La noche del 2 al 3 de diciembre soñé con la Bestia. En el interior. En la blancura. Entre aquellas mandíbulas que querían triturarme. La sensación de hostilidad total.

Márchate, silbaba la Bestia.

Márchate.

Der Krampusmeister

1.

Me había hablado del tema Annelise, años antes, y con la cara hinchada o no, ahora que me encontraba en Siebenhoch no me lo habría perdido por todo el oro del mundo.

El 5 de diciembre, festividad de San Nicolás (al que aquí llaman san Nicolò, con acento final), el Alto Adigio celebraba la fiesta de su santo patrón siguiendo los dictados de su estilo habitual, a medio camino entre lo cómico y lo siniestro.

Annelise me había enseñado algunas fotografías y varias filmaciones de esas celebraciones colgadas en YouTube. Me quedé entusiasmado. Rebauticé el 5 de diciembre como la fiesta del Diablo Sudtirolés. Una especie de Halloween más antiguo y sin gatitas sexis para estropear el ambiente. Annelise se molestó. No era una fiesta del diablo, me reprochó, era una fiesta de la que el diablo era *expulsado*. Tenía que estar ciego para no ver la diferencia. Me disculpé e intenté que me perdonara de todas las maneras posibles con tal de no estropear el ambiente, aunque yo seguía en mis trece.

El hecho de que al final de la celebración el santo expulsara a los demonios me sonaba como un final de consolación impuesto por una productora carente de fantasía.

El 5 de diciembre me desperté temprano, acelerado como un niño la víspera de Navidad. No cabía en mi pellejo. Annelise y Clara observaban con incredulidad mi excitación. Incluso llegué a llamar por teléfono a Werner para preguntarle si la fiesta, a pesar de la nieve, se llevaría a cabo con normalidad. Werner me señaló que había dejado de nevar hacía ya un buen rato y que tal vez no lo sabía, pero en aquellos pagos la nieve no era en modo alguno una novedad.

Alrededor de las seis, con Siebenhoch sumido en las tinieblas, Werner llamó a nuestra puerta y nos encontró preparados para salir. No quería perderme ni un segundo.

Durante todo el trayecto hacia Siebenhoch, Clara, contagiada por mi entusiasmo, apabulló a su abuelo con preguntas. Él hizo todo lo posible para contener ese río desbordado. No, los demonios (que se llamaban *Krampus*) no iban a llevársela, como mucho acabaría con la nariz tiznada de carbón. No, no eran demonios auténticos, eran jóvenes del lugar disfrazados de demonios. No, a pesar de lo que repetía ese niño demasiado grande que era su padre, los *Krampus* no eran malos de verdad.

—Malísimos, fíate, cinco letras —murmuré guiñándole un ojo con actitud de conspirador.

—Hija no se fía —sentenció Clara, con la nariz respingona—. Hija cree a seis letras.

—¿«Mamita»?

—«Abuelo.»

—Y sería mejor que tú también lo hicieras, Jeremiah —barbotó Werner.

Cerré la boca.

Siebenhoch era una joya de arquitectura de montaña. Pequeñas casas que se unían unas a otras y a la iglesia, por detrás de la cual se abría el cementerio, blanco, bajo sus buenos cincuenta centímetros de nieve.

Era por allí por donde llegarían los *Krampus*.

La plaza estaba repleta de gente, turistas en su mayoría, todos ellos pertrechados como si fueran a desafiar el invierno siberiano, las cámaras fotográficas listas para inmortalizar a los diablos del Tirol del Sur.

En una caseta compramos una taza de chocolate muy caliente para Clara, dos cervezas para mí y Annelise, y

146

buscamos un lugar adecuado desde el que disfrutar del espectáculo.

Se percibía, por detrás de la iglesia, algo de movimiento. Los jóvenes del pueblo daban los últimos retoques al vestuario, los niños bullían corriendo por el hielo, excitados. En las ventanas comenzaban a verse las caras de los ancianos. No había rastro del párroco, que haría su aparición solo en un segundo momento, disfrazado de san Nicolò, para expulsar a los terribles *Krampus*.

—¿Ves eso?

Werner señalaba a un hombre con bigotes caídos, sentado en los escalones frente a la iglesia, que agarraba una pipa apagada entre los labios, disfrutando del espectáculo de la multitud.

—¿Ese tipo de la gorra roja?

—Es una tradición viviente. El *Krampusmeister*.

—¿El maestro del diablo? —pregunté, fascinado.

—Es el que prepara el vestuario. *Krampusmeister* es un término que utilizamos solo aquí, en Siebenhoch, y del que estamos muy orgullosos. Existe un *Krampusmeister* puesto que existe Siebenhoch.

—Creía que eran los jóvenes quienes lo hacían.

Werner negó con la cabeza.

—*Nix,* hay ciertas reglas que deben ser respetadas, Jeremiah, tradiciones. Hay que tener cuidado con los detalles cuando se habla de los trajes de los *Krampus*. De lo contrario, podría cabrearse —añadió divertido.

—¿Quién, el *Krampusmeister?* —pregunté, mirando al hombre seráfico con la pipa en la boca, incapaz de ponerle nombre, a pesar de que estaba seguro de que ya lo había visto.

—No, el diablo.

Me eché a reír.

—Demencial.

—¿Qué es demencial, papá?

Subí a Clara sobre mis hombros (cuánto pesaba ya) y le señalé al hombre de la pipa.

—¿Ves a ese hombre con una gorra roja que está sentado en los escalones?

—Papá, ¿no tendrá frío en el trasero?

—Él no.

—¿Y por qué no?

—Él —dije con tono solemne— es el *Krampusmeister*. El sastre del diablo.

Clara se lanzó a una larga exclamación maravillada.

Le guiñé un ojo a Annelise.

—Exactamente. Es él quien hace los trajes de los *Krampus,* ¿verdad, abuelo Werner?

—Un verdadero *Krampus* debe tener cuernos, y estos cuernos tienen que ser originales, de carnero, de cabra, de vaca o de cabra montés.

—¿Los matan para quitarles los cuernos? —preguntó Clara.

Por primera vez desde que lo conocía vi ruborizarse a Werner.

—Pues claro que no. Son cuernos que se caen... solos.

—¿Igual que las hojas?

—*Genau*. Exactamente así. ¿No quieres más chocolate, Clara?

—¿Y no les duele cuando se caen los cuernos?

—Ni siquiera se dan cuenta. ¿Seguro que no quieres...?

—Y, luego, ¿qué más tienen que hacer los *Krampus*?

Fue el rugido de la multitud lo que salvó a mi suegro de ese interrogatorio.

Los *Krampus* llegaron en fila india, separados unos de otros por unos dos metros de distancia. El de delante empuñaba una tea que mantenía en alto, como la antorcha olímpica.

—Tiene cuernos muuuuy largos —dijo Clara en un susurro.

La procesión avanzaba a paso de marcha. Una marcha lenta, casi fúnebre.

Poco a poco las voces de la multitud se fueron apagando. Destellaron los flashes, pero muy pronto también estos se calmaron. Siebenhoch estaba sumido en un silencio irreal.

Cada uno de los *Krampus* era diferente de los otros, pero todos llevaban pieles de animales, tenían cencerros en el cinturón y empuñaban en la derecha látigos de sorgo. Algunos eran nervios de buey. Resultaban realmente aterradores.

En especial con ese silencio.

—Son muy feos, papá —balbució Clara.

Percibí el temblor en su voz, de manera que le acaricié la pierna para tranquilizarla.

—Son de mentira. Máscaras.

Clara no objetó nada, no enseguida. Los *Krampus* tuvieron tiempo de disponerse en media luna, a pocos metros de la multitud que, de una forma instintiva, había retrocedido. El *Krampus* con la antorcha se había colocado justo en el centro del despliegue, de espaldas a la iglesia. La tea saeteaba sobre su cornamenta.

—A mí no me parecen de mentira, papá. No llevan cereales en la cara.

—Es porque no son zombis, pequeña. Son *Krampus*. Pero no son de verdad. Son máscaras.

Clara no era la única que había perdido el valor. Me fijé en que casi todos los niños, e incluso algunos adolescentes, hasta ese momento unos gallitos, se habían quedado callados y permanecían agarrados a los faldones de sus padres.

—¿Cuántas letras tiene la palabra «máscaras», Clara? —preguntó Werner.

—Tiene..., tiene..., no lo sé.

Clara se deslizó entre los brazos de Werner, con el rostro medio oculto en el hueco del cuello de su abuelo y la otra mitad vuelta hacia la plaza. Oí que Werner le susurraba palabras de consuelo y vi que le hacía cosquillas, pero también me di cuenta de que el cuerpecito de Clara se sobresaltaba con el primer chasquido de látigo.

Solté una expresión de sorpresa, y de nuevo dirigí mi atención a lo que sucedía en la plaza. Los látigos de nervios golpearon el pavimento. Un áspero chasquear que retumbó por todo el pueblo. Me encendí un cigarrillo.

El primer golpe fue seguido por un segundo. Luego, un tercero y un cuarto, *in crescendo.*

¡*Track!* ¡*Track!* ¡*Track!*

En el cenit del paroxismo, el *Krampus* de la antorcha lanzó un grito aterrador, gutural y violento. Los látigos dejaron de golpear el suelo. El estruendo cesó. Y los *Krampus* se lanzaron contra la multitud, profiriendo gritos salvajes.

Sabía que iba a suceder. Era la parte divertida de la fiesta.

Los *Krampus* se arrojaban contra la multitud, asustaban a las parejitas, gritaban a los turistas, se dejaban fotografiar, apresar, hacían girar los látigos de sorgo sobre las cabezas de la gente, hacían bailar a algún chiquillo a base de golpes (ligeros) en las piernas y ensuciaban con hollín las caras de los niños más pequeños.

Me lo había dicho Annelise y lo había visto en los vídeos.

Pero de todas formas me cogió de improviso.

La multitud retrocedió. Fluctuó, bramó. Un tipo corpulento me empujó fuera del perímetro de la plaza, aplastándome contra un portón.

Los *Krampus* empujaban y se metían por donde encontraban un paso. Perseguían a la gente y se regocijaban ante los revolcones que causaban.

Perdí de vista a Werner y a Clara, perdí de vista a Annelise.

Vi a un *Krampus* aterrorizando a un chico de no más de dieciséis años, que salió por patas seguido por su novieta, mientras que un segundo, con una máscara que le hacía parecer un cruce entre la Cosa y Michael Myers con cuernos, me pasó tan cerca que pude percibir el olor caprino de las pieles que llevaba y el acre del alcohol que había ingerido.

Este es un detalle que tanto Werner como Annelise habían omitido. La mayoría de los *Krampus,* antes del *show,* se cargaba bien en los bares del pueblo. Ofrecer una bebida a un *Krampus* traía suerte, eso es lo que decía la tradición.

South Tyrol Style, ¿verdad?

Salí de mi escondite para ir en busca de Clara. El hecho de que estuviera asustada de verdad me preocupaba. La multitud, sin embargo, era una masa impenetrable de cuerpos, muchos turistas procedían de pueblos cercanos en los que la fiesta del *Krampus* era menos sugestiva, por lo que Siebenhoch se desbordó de gente. Tuve que alargar el camino recorriendo algunas callejuelas laterales. Fue en uno de esos callejones donde un *Krampus* me vio.

Apareció de repente, a contraluz. Grandes cuernos de carnero en la frente, una máscara de madera con clavos oscuros como parodia ferruginosa de una barba descuidada. Me pareció gigantesco.

La aparición me sorprendió, pero no había nada que temer. Aquello era solo un adolescente que llevaba puesta una máscara fea. Luego, el *Krampus* habló y el asunto tomó un cariz completamente distinto.

—Hey, *Amerikaner.*

Reconocí la voz.

Thomas Pircher.

—No quiero problemas, ¿de acuerdo? —dije, provocando la hilaridad de alguien que estaba disfrutando del espectáculo.

Era una escena que ya había visto y que no quería repetir. Me detuve.

El *Krampus* avanzó.

—Tú —dijo.

—Vete a tomar por culo —contesté.

Me di la vuelta para salir por patas.

—¿Adónde te crees que vas, *Amerikaner*? —soltó un segundo *Krampus* que salió de la nada.

151

—A por mi hija. Déjame pasar.

—¿Has sido un buen chico, *Amerikaner,* o tenemos que llevarte al infierno?

Yo ya he estado en el infierno, pensé. No un infierno de fuego y azufre, sino un infierno blanco, gélido y antiguo.

—Un chico buenísimo. Aún no te he partido la cara, ¿verdad?

—Verdad —dijo la voz detrás de mí.

El látigo de sorgo me dio de lleno. No era robusto, pero era flexible y me hizo daño. Me golpeó en la nariz todavía dolorida. Me deslicé en la nieve y caí al suelo, maldiciendo. El *Krampus* se inclinó hacia mí y me llenó la cara de hollín, presionando bien la nariz, hasta que comenzó a sangrar de nuevo.

—¿Ves lo que les pasa a los niños malos? Les pasa que...

—Dejadlo en paz.

No fue san Nicolò quien vino a salvarme. Fue el *Krampusmeister.* Bastó con su presencia para que los dos *Krampus* se largaran, partiéndose de risa y gritando al cielo.

El *Krampusmeister* me tendió un pañuelo. Sostenía la pipa entre los dientes y me miraba con intensidad.

—Gracias —dije, mientras trataba de sacarme de la cara esa mezcla de sangre y carbón.

No quería que Annelise o Clara se asustaran al verme tan maltrecho. Después de todo, había sido yo quien había insistido en ir a esa maldita fiesta del diablo.

—¿Es usted el *Krampusmeister?* —pregunté—. Werner me dijo que es usted el que hace los trajes.

—*Genau.* Tengo que salvaguardar las tradiciones. Beba un poco de esto —me ofreció una cantimplora.

Yo, que tenía la cabeza inclinada hacia atrás para detener la hemorragia, le hice una señal.

—No, gracias.

—Como prefiera, pero le iría bien. Invita el *Krampusmeister.* Esta es también una de mis misiones.

152

—Y dígame, ¿cuáles son las otras?

—Controlar que los chicos no creen demasiados problemas. En tal caso, intentar remediarlos.

—¿Con pañuelos limpios y *grappa*?

—Coñac.

La sangre había dejado de manar, pero la nariz me dolía un montón. Debería haberme puesto hielo. Me contenté con un poco de nieve.

—Mañana estará como nuevo. Dígame una cosa.

—Por favor.

—¿Piensa poner alguna denuncia por lo ocurrido?

—No, no tiene nada que ver con la fiesta. Entre ese tipo y yo hay un poco de mal rollo.

—Excelente elección —dijo el *Krampusmeister*—, porque, verá, la tradición del *Krampus* es muy importante para nosotros. Los *Krampus* castigan a los malos y expulsan a los espíritus malignos. Los cargan sobre sí mismos.

—Luego viene san Nicolò y los expulsa.

—Claro, pero, por si acaso, después de la fiesta, cuando la gente se ha marchado y el párroco se quita la barba falsa y el traje rojo, los jóvenes que han encarnado a los *Krampus* están obligados a confesarse y a recibir la bendición.

—Es mejor no bromear con el diablo.

—Lo dice como si lo encontrara divertido.

—Es más fuerte que yo.

—Por eso el *Krampus* le ha tomado ojeriza. A usted le gusta bromear con el diablo. Pero el diablo, aun cuando se ría, siempre es extremadamente serio. Tengo mi propia teoría al respecto, es natural, después de tantos años meditando sobre él y sobre la mejor manera de ponerlo en escena. ¿Quiere escucharla?

—Con mucho gusto.

—Creo que el hecho de no ser capaz de reírse forma parte del castigo que Dios concibió para él. El diablo siempre está serio.

Me quité el pañuelo lleno de nieve de la nariz.

—Es una paradoja. Si me río, hago el juego del diablo; si no me río, *soy* el diablo. En ambos casos, he perdido.

El *Krampusmeister* asintió, despacio.

—Exactamente. El diablo, en estas tierras, siempre gana. La última risa es la suya.

Nos separamos, y solo cuando llegué junto a Annelise y Clara se me ocurrió que podría haberle preguntado cómo se llamaba. Estaba seguro de que ya había visto esa cara.

Y de que era importante.

2.

Me perdí la llegada redentora de san Nicolò. Solo vi a los *Krampus,* ahora dóciles, a los que algunos monaguillos vestidos de ángel conducían hacia el interior de la iglesia (desde el portón abierto de par en par salía una luz halógena muy potente).

San Nicolò estaba distribuyendo bolsitas de papel rojo, cerradas con un lazo. Clara apretaba triunfante una en la mano. Me la enseñó.

—Papá, mira, me la ha regalado san Nicolò.

—¿Él en persona?

—Parece Papá Noel, pero no es Papá Noel. Es mucho más *guaaay*.

En efecto, con la barba blanca y el traje rojo, san Nicolò podría haber sido una versión más delgada del querido y viejo Santa Claus. Y no hacía «ho-ho-ho».

—¿Por qué es más *guaaay*? —pregunté, más que nada para alejar el momento de las explicaciones sobre el estado de mi cara.

—Porque Papá Noel no se dedica a echar a los monstruos, ¿verdad?

Una lógica irrefutable.

Annelise me cogió la cara entre sus manos enguantadas y la movió primero a la derecha y luego a la izquierda.

—¿Qué ha pasado?

—*Krampus* —respondí—. Una batalla épica. Al menos eran treinta. Mejor dicho, tal vez eran cuarenta. Cien, sí, yo diría que eran cien.

—¿Papá?

—Sí, cariño.

—No seas payaso.

—¿Quién te ha enseñado a dirigirte así a tu padre?

—¿Qué ha pasado? —era Werner, esta vez, con los ojos de halcón convertidos en una estrecha rendija.

—He tropezado. Un *Krampus* ha hecho saltar a un gordito y, para no acabar debajo de él, he resbalado al suelo. Luego, ya puestos, me ha pintado la cara.

No convencí a Annelise y, por supuesto, no convencí a Werner, pero fue suficiente.

Me incliné hacia Clara y juntos descubrimos lo que le había regalado el santo. Mandarinas, cacahuetes, chocolatinas y un muñeco de *panpepato* en forma de *Krampus* que mi hija se mostró feliz de cederme. El *panpepato* no estaba en lo más alto de la lista de mis dulces favoritos, al contrario, y tal vez san Nicolò era realmente más *guaaay* que Papá Noel (aunque yo estaba seguro de que mi trineo rojo igualaba las cuentas), pero fijo que Jeremiah Salinger no se dejaría intimidar por un borracho, y además con cuernos. Manoseé un poco la figurita y luego, con un mordisco, le arranqué la cabeza y me la tragué con mucho gusto.

3.

Nos costó un buen rato dormir a Clara esa noche. Era uno de esos momentos en los que un padre tiene la esperanza de encontrar el botón *off* escondido en algún lugar de la cabeza de su prole. Los *Krampus*, san Nicolò que «ha levantado el bastón todo de oro y ha dicho: "¡Fuera de aquí, *Krampus!* ¡Dejad de molestar a estos niños buenos!", y ellos se han puesto a patear y a chillar. Papá, ¡tendrías que haber visto cómo chillaban! Y entonces san Nicolò ha hecho como si fuera a golpearlos, pero era de mentira, ¿vale? Y ellos se han puesto de rodillas, luego han venido esos niños con alas y...». En fin, que había suficiente como para que se pasara la noche en vela y nosotros con ella.

Hacia las once y media comenzó a bostezar; a medianoche, por fin, capituló e inmediatamente después me vi en la cocina, para un tentempié nocturno a base de *speck* curado y una cerveza helada.

Me dolía la nariz.

—¿No quieres contarme lo que pasó?

—Eran millones, Annelise.

—Ya basta.

Con un trozo de *speck* aún en la boca, masculló:

—Otra vez ese tipo, ese Thomas Pircher.

—Podía haberte roto la nariz.

—No ha sido tan malo como puede parecer. Algún empujón. Eso es todo.

Annelise me rozó la mejilla donde el látigo de sorgo me había arañado con ganas.

—¿Y esto?

—Arañazos.

—Os habéis arreado como señoritas, ¿no?

—Mira cómo se me ha saltado el esmalte.

—Idiota. ¿Qué piensas hacer?

Estrujé la lata y la encesté en el recipiente de los envases.

—Nada de nada. Quiero acabar el regalo de Clara, comprar un árbol...

—... de plástico.

Volteé los ojos, detestaba los árboles navideños de plástico, pero me daba cuenta de que era un dinosaurio en términos de conciencia ecológica.

—... *made in* China, adornarlo de la manera más empalagosa que pueda y pasar una Navidad fantástica.

—¿Estás seguro?

—Te quiero, Annelise, lo sabes, ¿verdad?

—Yo también te quiero. Y apuesto a que está a punto de llegar un «pero».

—*Pero* detesto cuando te pones como una maestrilla. Los hombres están hechos de esta pasta. Nosotros no dialogamos, nos liamos a puñetazos. Es nuestra manera de resolver los conflictos.

Annelise cruzó los brazos sobre el pecho.

—No me refería a eso.

—Dentro de unos meses Mike habrá terminado. Organizaremos el estreno aquí, en Ortisei o en Bolzano. G. I. ha dicho...

—¿Quién?

—G. I., Gilipollas Integral. El jefe de marketing del Canal. Dijo que es una excelente idea. En el correo electrónico ha utilizado dos veces la palabra «excitante» y cuatro el término «épico».

—¿Crees que la gente va a entenderlo?

—Lo entenderá —la tranquilicé, a pesar de que no estaba seguro de ello.

Era posible que ni siquiera lo intentaran, me refiero a verlo, ver ese maldito documental. Y, si he de decirlo todo, ni siquiera estaba seguro de querer verlo yo. La mera idea me provocaba náuseas.

Así que, para expulsarla, comencé a pensar de nuevo en el Bletterbach.

Diez letras y un trineo

1.

Esperé un par de días. El tiempo para que la nariz se deshinchara un poco. Luego, armado de un valor rebosante, después de una rápida búsqueda en internet, con la excusa de una visita a la ciudad para comprar los adornos navideños me encaminé al tribunal de Bolzano.

Era un edificio cuadrado, al más puro estilo fascista, que se erigía en la escasamente imaginativa plaza del Tribunal. Bajo la mirada del bajorrelieve donde un Mussolini de dimensiones hercúleas hacía el saludo romano («¡Creer! ¡Obedecer! ¡Luchar!», rezaba una inscripción), me abismé en los arcanos judiciales italianos.

El personal fue amabilísimo. Me presenté explicando lo que necesitaba y me enviaron al tercer piso, donde esperé a que el fiscal de guardia pudiera dedicarme unos minutos. Cuando salió, el hombre se disculpó por la espera, me reconvino por no haber concertado una cita previa por teléfono y me estrechó la mano con energía.

Se llamaba Andrea Zeller. Era un tipo juvenil, algo encorvado, de huesos finos y corbata oscura. Yo sabía, porque lo había leído en los archivos en línea de las noticias locales mientras esperaba su llegada, que detrás de ese aspecto casi sumiso, de burócrata, se ocultaba un tiburón de los tribunales.

También Zeller debió de haber hecho su investigación mientras lo esperaba, porque no hubo necesidad de explicarle quién era yo. A diferencia de los habitantes de Siebenhoch, sin embargo, no mostró ninguna hostilidad hacia mí. Es más, cuando le conté que necesitaba su ayuda para un nuevo proyecto, se mostró feliz de poder echarme un cable.

Abrió camino hasta un bar cercano, donde pidió una mesita discreta, y cuando nos sirvieron el café se frotó las manos, se ajustó las gafas y me preguntó:

—¿Qué puedo hacer por usted, señor Salinger?

—Como ya le he dicho, estoy trabajando en un documental en torno a un asesinato cometido en el Alto Adigio en 1985. Estoy intentando ponerme en contacto con el fiscal y el capitán de los *carabinieri* que se encargaron de las investigaciones. Creo que ambos están jubilados en la actualidad. El capitán de los *carabinieri* se llamaba Alfieri, Flavio Massimo Alfieri, un nombre de emperador —bromeé frente a la cara impasible del fiscal—, y el fiscal se llamaba Cattaneo, Marco. Tal vez usted...

—Del doctor Cattaneo me acuerdo bien. Por desgracia murió hace unos diez años. Por lo que se refiere al capitán Alfieri, no sé nada de él. Puedo darle el número de la Jefatura Provincial del cuerpo. Tal vez allí sepan algo. Pero no se haga muchas ilusiones, son muy reservados sobre la vida privada de sus hombres. ¿De qué asesinato se trata? El 85, por estos lares, no fue una buena época.

—¿Es usted de aquí?

Zeller se puso a juguetear con un encendedor chapado en oro, nervioso.

—Nacido en el barrio de Oltrisarco y crecido en Gries, donde se encuentran las bodegas de Santa Maddalena. En el 85 acababa yo de licenciarme, pero recuerdo bien la atmósfera que se respiraba en la ciudad. Ein Tirol había declarado la guerra a Italia y la tensión se mascaba. Si su documental habla acerca de esto, me temo que...

—No es el terrorismo lo que me interesa. No es lo mío. A mí me interesa un asesinato que ocurrió en las inmediaciones de Siebenhoch, en el Bletterbach.

El fiscal hizo un esfuerzo de visualización.

—Por desgracia, no me viene nada a la cabeza.

—Los periódicos no hablaron mucho al respecto. Estaban demasiado ocupados con la tormenta que causó una docena de muertes.

—De eso me acuerdo. Provocó una gran cantidad de daños. No me sorprende que el crimen no fuera notorio. ¿Se detuvo a alguien?

—Nunca. Sin embargo, el expediente, por lo que sé, sigue abierto.

A Zeller le brillaron los ojos.

—Las investigaciones por asesinato nunca se archivan, por lo menos hasta que no se condena al culpable; pero si después de, ¿cuántos?, pongamos treinta años nadie ha sido imputado, es posible que la documentación se traslade al archivo del tribunal. Si quiere, puedo darle algunos números de teléfono para ahorrarle un poco de tiempo, ¿qué le parece?

Me iluminé.

—Sería todo un detalle.

2.

El empleado del archivo me miró de arriba abajo.

—Aquí no hay nada.

—¿Me está diciendo que los papeles se han perdido? —pregunté petrificado.

—No, le estoy diciendo que aquí no están.

—¿Y dónde podrían estar?

—En la comisaría correspondiente. Tal vez la policía anda retrasada en el proceso de archivo. Están saturados de papeleo y...

Lo interrumpí.

—¿Treinta años de retraso? ¿Le parece a usted posible?

No era problema suyo.

—Y, de todos modos —murmuré de mal humor—, no era la policía la encargada de llevar a cabo la investigación, sino los *carabinieri*.

El empleado ni pestañeó.

—Pues entonces, debe preguntarles a ellos.

Salí del archivo hecho un basilisco. Había edificado un castillo en el aire y ahora no sabía qué hacer con todo el mobiliario. Dejé el coche en la plaza de Vittoria, detrás del monumento, y me encaminé hacia la aglomeración febril del centro histórico de Bolzano, lo que los lugareños llaman «i Portici». Compré estrellas de colores, Papás Noel de diferentes tamaños y por lo menos diez kilos entre lentejuelas y papel de plata. Nuestra casa iba a brillar.

Lo lancé todo en el maletero y antes de ponerme en marcha para Siebenhoch decidí hacer un último intento. Llamé a la sede de la Legión de los *carabinieri*.

Al tercer timbrazo me respondió una voz aburrida.

Le expliqué quién era yo, y dejé caer también el nombre del fiscal. La voz se mostró menos aburrida y más atenta.

Le pregunté si tenía noticia del capitán Alfieri.

—¿Cómo podría hablar con él?

—Eso va a ser difícil, señor Salinger. Está muerto.

—Lo siento.

—Un buen oficial. Ahora, si no tiene nada más que...

—Pues sí —comenté—, hay algo más.

—Dígame.

La voz reflejaba una vena de nerviosismo. Intenté ser lo más conciso posible.

—Estoy intentando acceder a un expediente. Una vieja investigación que el capitán Alfieri llevó a cabo.

—Tendría que dirigirse al archivo del tribunal.

—Ya lo he hecho, pero dicen que el expediente no está allí.

—Es raro —dijo la voz—, muy raro.

No tenía ninguna duda de que, en la sede del cuerpo de los *carabinieri*, algún trasero estaba a punto de llevarse unas cuantas patadas.

—¿Quiere que le dé el código del expediente?

—Con mucho gusto, señor Salinger.

Se lo dicté.

Oí al hombre murmurar algo para sí. Luego, el inconfundible ruido de un teclado que estaba siendo violentado por manos poco acostumbradas a sus formas.

Al final, una exclamación divertida.

—Ahora lo recuerdo, pues claro. El caso del Bletterbach. Misterio resuelto, señor Salinger. El expediente no está en el archivo.

—¿Lo tienen ustedes?

—Lo tiene ese tocapelotas de Max Krün. En Siebenhoch.

Me sentí empalidecer.

—¿Cómo dice?

—Usted es de allí, me ha dicho que es de Siebenhoch.

—Vivo allí.

—Entonces seguro que lo ha conocido. El jefe de la Forestal.

—Lo conozco. Me pregunto únicamente por qué está en sus manos ese expediente.

—Porque Krün es un gran hijo de su madre —exclamó jovial el *carabiniere* al otro lado de la línea—. Cabezón como una mula. Esa historia del 85...

—¿Estaba usted ahí?

—No, en el 85 yo estaba tan tranquilo en Pozzuoli, pensando en ser mecánico, y las chicas me sonreían, señor Salinger. No me haga usted más viejo de lo que soy. Pero la forma en que Krün logró engañar a todos, aquí, es casi legendaria. Por eso me he acordado del asunto. Menudo personaje es ese Krün.

—Siento curiosidad. Explíquemelo, por favor.

—Técnicamente, la investigación se nos había confiado a nosotros, ¿me sigue?

—Sí.

—Por eso, durante algunos años el expediente permaneció aquí, en Bolzano. Luego la historia cayó en el olvido

163

y el legajo pasó al archivo. Sin embargo, tratándose de una investigación por asesinato, no quedaba realmente archivada. Estaba en una especie de limbo burocrático. Sucede cada dos por tres. ¿Me sigue? Pues espere, porque ahora viene lo mejor. A Krün eso no le parece nada bien y por eso empieza a desempolvar leyes y leyecitas. Tiene usted que saber que en Siebenhoch Max Krün ostenta el cargo de guardián del orden *ad interim*. Pues bien, de acuerdo con una ley desenterrada por Krün, un código que procede directamente del Estatuto Albertino de 1848 y que nunca ha sido derogado, el funcionario público que ejerce sus funciones como guardián del orden puede reclamar la documentación relativa a cualquier delito cometido en el territorio de su competencia y quedársela durante el tiempo que le parezca, lo que significa, en este caso, hasta que el papel eche moho.

Dejó escapar un rebuzno tan fuerte que por poco no me rompe el tímpano.

—¿Me está diciendo —dije al terminar esa especie de risa— que los expedientes están en el cuartel de la Forestal de Siebenhoch?

—Exactamente, señor Salinger —confirmó la voz al teléfono, poniéndose seria—. ¿Puedo añadirle una confesión? No me gustaría que hubiera malinterpretado mi tono.

—Por favor...

—No les venimos contando la historia de Krün a todos los recién llegados en los últimos veinte años para burlarnos de él. Lo hacemos porque ese hombre es un ejemplo para todos nosotros. Lo admiramos.

—¿Y eso por qué?

—Los asesinados eran amigos suyos —soltó con sequedad el *carabiniere*—. ¿Qué habría hecho usted en su lugar?

3.

Cada uno de ellos había buscado una vía de escape del Bletterbach. Los miembros del equipo de rescate. Werner, Max, Günther y Hannes. ¿Y dónde habían acabado?

Günther cavó su propia tumba tratando de ahogar aquella historia en alcohol. Hannes perdió la cabeza. Werner huyó de Siebenhoch. ¿Y Max? ¿Qué había dicho Werner de Max?

Max había transformado su uniforme en la armadura del defensor de Siebenhoch. Se había aferrado a su papel con tal de no sucumbir. Ahora tenía la prueba de ello.

Ocho letras: «Obsesión».

4.

La mañana de la víspera de Navidad, Werner me encontró en la parte trasera de Welshboden cuando el sol aún no había aparecido por detrás de las montañas. El trineo estaba acabado; la pintura, seca.

—Parece que tienes talento para este tipo de trabajo.

Me sobresalté.

—Espero no haberte despertado —me disculpé.

Werner negó con la cabeza, y luego volvió a observar el trineo.

—Estoy seguro de que a Clara le va a gustar.

Yo no las tenía todas conmigo. Mis ojos no hacían más que encontrar defectos.

—Eso espero —murmuré.

—Estoy convencido.

—¿Y si no funciona? Tengo miedo de haber montado los patines de forma apresurada y...

—Aunque fuera el trineo más lento del planeta, y aunque fuera a destrozarse en la primera prueba, lo has hecho tú.

Con tus manos. Es en esto en lo que Clara pensará algún día.

—¿Tú crees?

—Crecerá, Jeremiah. Crecerá a toda velocidad y ya no podrás protegerla. Lo sé, ya he pasado por ello. ¿Sabes qué puede hacer un padre, sin embargo?

No quería responder. Sentía un nudo en la garganta. De manera que esperé a que continuara.

—Un padre puede procurarle a su hija únicamente dos cosas: respeto hacia ella misma y buenos recuerdos. Cuando Clara sea mujer, o madre, ¿qué recordará de estas Navidades? ¿Que el trineo era más lento que una tortuga o que lo hiciste con tus manos?

Sonreí, agradecido por esas palabras.

Me di cuenta de que se le habían humedecido un poco los ojos.

Había demasiados recuerdos en el aire esa mañana.

—De todas formas, solo hay un modo de averiguarlo —dijo barriendo el desasosiego y la melancolía—. Hay que probarlo.

Pensé que estaba de broma.

Werner *no* era de los que bromean.

Si alguien nos hubiera visto, dos adultos grandes y gruesos que se turnaban para deslizarse hacia abajo a lo largo de los prados nevados de Welshboden, excitados como chiquillos y maldiciendo como estibadores portuarios cada vez que acababan con el morro en la nieve, creo que nos habrían tomado por locos. En cambio, nos divertimos de lo lindo.

Cuando el sol se asomó estábamos sin aliento y sonrientes.

—Yo diría que funciona, ¿verdad?

—Y yo diría que te debo una, Werner.

5.

Fue Clara la que repartió los regalos después de la cena: una responsabilidad que parecía complacerla tanto como desenvolverlos.

La casa de Siebenhoch se llenó de exclamaciones de asombro y de júbilo. Parecía que Werner nunca hubiera deseado algo distinto a esa corbata rosa con lunares («Así llevas un poco de color encima, abuelo, el rosa te queda bien»), Annelise abrazó el jersey con un reno como si se tratara de un viejo amigo («Se llama Robertina, mamá, le gustan los geranios»), y por mi parte yo nunca había visto nada más bonito que ese par de guantes tan chillones que hacían daño a la vista.

Además de los guantes recibí la última novela de mi escritor favorito (de parte de Annelise), una caja de herramientas (de Werner) y una fotografía de la tribu de los Kiss con la inscripción: «¡Mejórate, amigo!» (era de Mike), que me humedeció un poco los ojos.

—¿Te gustan tus guantes, papá?

—¡Cada dedo tiene una cara diferente! ¡Son espléndidos, cariño! —me los puse, pavoneándome—. Sencillamente estupendos...

—¿Cuántas letras tiene «estupendos», papá?

—Tantas como los besos que te mereces, cariño.

Y la hice girar en el aire, mientras Clara fingía rebelarse. Buenos recuerdos, ¿verdad?

Cuando la situación se calmó, tomé la palabra:

—Creo que tu regalo está en algún sitio, hija. Pero no sé muy bien dónde...

Clara, que acababa de desenvolver el regalo de Werner (un libro *pop-up*) y lo que Mike había enviado por correo desde Nueva York (una camiseta de los Kiss, con «Clara» escrito en la parte de atrás), giró la cabeza hacia mí, con los ojos que parecían dos estrellas.

—¿«En algún sitio», cinco letras?

Me revolví el pelo, intentando parecer confundido.

—*Padre* es viejo. *Padre* no recuerda bien.

—Cinco letras dice mentiras.

—Puede ser —contesté—. Pero algo me dice que tendrías que ponerte una chaqueta y unos guantes.

En un instante, con la chaqueta abotonada hasta la mitad y la bufanda colgando, Clara estaba en la puerta. Antes de abrirla bien, se volvió hacia Annelise.

—¿Puedo?

—No es un poni, cariño.

—No quiero un poni, mamá. ¿Puedo salir?

—El año pasado querías un poni.

Clara batió los pies contra el suelo, impaciente.

—El año pasado era *pequeña,* mamá. Sé que un poni estaría mal en casa. Lo *sé.* ¿Ahora ya puedo salir?

A Annelise no le dio ni tiempo de asentir cuando ya una ráfaga de viento había depositado diminutos copos de nieve sobre nosotros.

—¡Papaaaá!

Sonreí. Annelise me besó en la mejilla.

Así que salimos a contemplar mi obra maestra.

—¡Pero... es preciosísimo! Es completamente rojo.

—Rojo flamante, cariño, de lo contrario se ofende. Trineo Rojo Flamante, te presento a Clara. Clara, te presento...

No terminé la frase. Clara se había sentado ya a horcajadas sobre su nuevo regalo.

—¿Me ayudas, papá?

¿Cómo puede uno resistirse a esa deliciosa carita? Durante las dos horas restantes, aunque quizá fueran más, no hice otra cosa que remolcar a Clara arriba y abajo por el césped de enfrente de la casa, débilmente iluminado por la luna, hasta convertirlo en una especie de campo de batalla.

Luego me tiré al suelo, derrotado.

—Padre está viejo —jadeé—. Clara tiene sueño. Mañana iremos a Welshboden y te enseñaré a deslizarte en descenso. Es más divertido. Y tal vez hasta consiga evitar alguna distensión.

—Clara no tiene sueño. Padre no es viejo. Solo un poco viejo —protestó la niña.

Annelise la cogió de la mano.

—Es hora de ir a dormir. Ya jugarás mañana con tu nuevo trineo —me lanzó una mirada que decía que a Salinger también le había llegado el momento de desenvolver el regalo de Navidad. Ese tipo de regalo prohibido a los menores que tanto me gustaba—. Eso si tu padre todavía está entero, mañana por la mañana.

Lo admito.

No debería haberlo sabido. No es bueno conocer los regalos antes de Nochebuena, lo sé. Y tampoco es nada bonito ir rebuscando por los cajones de toda la casa como un perro trufero.

No, eso no se hace.

Pero la curiosidad tiene diez letras que me van como anillo al dedo. Por otra parte, debo añadir en mi defensa que Annelise no había sido demasiado cuidadosa en la elección del escondite. Necesité menos de media hora para encontrarlo. Y tengo que decir que la etiqueta de Victoria's Secret me había cosquilleado de lo lindo.

6.

De todos modos, el secreto de Victoria desapareció en un abrir y cerrar de ojos. Verdaderamente, Victoria era una chica mala, muy mala.

La mayor parte de las cosas cambia

1.

Comencé a pensar de nuevo en el Bletterbach alrededor del 28 de diciembre. Releí mis notas y volví a reflexionar sobre lo que había descubierto en el tribunal de Bolzano.

En la noche del 30 hice mi jugada.

2.

La mujer que abrió la puerta era pequeña, el pelo oscuro cortado como un casco, los ojos grandes y luminosos.

—¿Verena? —pregunté.

Enseguida me identificó.

—Tú eres el director del que habla todo el mundo, ¿verdad? El yerno de Werner.

—Salinger. Guionista, no director —le enseñé la botella de Blauburgunder que había comprado para la ocasión—. ¿Puedo entrar?

Soplaba un viento que helaba los huesos y solo en ese momento Verena pareció darse cuenta. Se hizo a un lado, disculpándose. Luego cerró de nuevo la puerta.

—Apuesto a que estás buscando a Max.

—¿No está?

—Reunión en Bolzano. Has tenido mala suerte, pero de todas maneras pasa, pasa. ¿Puedo ofrecerte algo de beber?

—Con mucho gusto.

Colgué la chaqueta, la bufanda y el gorro y la seguí hasta la cocina. Verena me colocó en una mesa coronada por una cesta repleta de productos con un aspecto muy apetitoso. Frutas, frascos de conservas, encurtidos, mermeladas. Todo rigurosamente casero.

—Parecen deliciosos.

—Es la gente de Siebenhoch —explicó—. O quieren dar las gracias o quieren pedir disculpas. Un cincuenta por ciento de cada cosa.

Me reí con ella.

—También Werner tuvo su buena dosis de cestas navideñas. Y corro el peligro de tener una indigestión.

—Lástima —dijo la mujer—. Pensaba endilgarte unas cuantas de las nuestras.

Nos reímos.

El té estaba hirviendo y soplé sobre él. Verena había preparado una taza también para ella. Intenté imaginármela en el 85 y no fue difícil. No debía de ser muy distinta de la mujer que tenía delante. La esposa del Jefe Krün aparentaba más o menos treinta años, y sin embargo ahora cabalgaba sobre los cincuenta.

—¿Esa botella es para decir «gracias» o «disculpa»?

—Ambas cosas, a decir verdad. Quería darle las gracias a Max por no haberme puesto una multa...

Verena me interrumpió, levantando los ojos hacia el cielo.

—Ha hecho su número favorito también contigo, por lo que veo.

—¿Qué número?

Verena imitó la expresión severa (la del poli malo) de su marido.

—Hey, forastero, ten cuidado con hurgarte la nariz, en estas tierras odiamos a los que se hurgan la nariz. Los colgamos delante del ayuntamiento y luego practicamos el tiro al plato con su cabeza...

El té se me fue por el otro lado.

—... utilizando una pistola de clavos —terminó la mujer, al tiempo que me guiñaba un ojo.

—Ese mismo número. Lo único es que fue por un exceso de velocidad.

—La mitad de la botella es un «gracias», ¿y la otra mitad? —me preguntó.

No había olvidado que tenía los ojos de Werner encima. Pero tampoco quería perder la oportunidad de hacer algunas preguntas. De manera que, a medio camino entre serio y chistoso, dije:

—Somos amigos, ¿verdad?

—Desde hace más de diez minutos.

—Por mi parte es suficiente para construir imperios.

—Entonces diría que somos amigos. Suéltalo ya.

Tomé un sorbo de té.

—Me gustaría preguntarle a Max sobre el Bletterbach.

La sonrisa de Verena se frunció. Una profunda arruga hizo su aparición en el espacio entre las cejas. Fue solo un segundo, luego su rostro se relajó de nuevo.

—¿Es que en el Centro de Visitantes no te dieron suficientes folletos?

—Se comportaron de fábula —le respondí con cautela—, pero yo quería saber algo más específico acerca de los asesinatos del 85. Simple curiosidad —añadí después de una pausa.

—Simple curiosidad —repitió ella, jugando con la taza de té—. ¿Una simple curiosidad acerca de una de las historias más horribles de Siebenhoch, Salinger?

—Es mi segunda naturaleza —intenté darle un tono ligero a mis palabras.

—¿Abrir de nuevo viejas heridas? ¿Esto también forma parte de tu segunda naturaleza?

—No quisiera parecer...

—No lo pareces. Lo eres —me interrumpió la mujer, secamente—. Y ahora coge tu botella y márchate.

—Pero ¿por qué? —pregunté, sorprendido ante tanta vehemencia.

—Porque desde 1985 ya no puedo celebrar mi cumpleaños, ¿te parece un motivo suficiente?

—No...

El 28 de abril. La fiesta de cumpleaños.

Todo me resultó claro. Me sonrojé.

Solté un profundo resuello.

—Tal vez Max no sea de tu misma opinión. Tal vez él tenga ganas de hablar y...

Me quedé bloqueado.

Odio y dolor. Fue esto lo que leí en sus rasgos.

Un enorme dolor.

—Está fuera de discusión.

—¿Por qué?

Verena cerró los puños.

—Porque... —contestó con un resoplido, mientras se secaba una lágrima—. Por favor, Salinger. No le hables del tema. No quiero que sufra.

—Entonces —dije—, ¿por qué no me hablas tú del tema?

A juzgar por las emociones que se entrecruzaron en su rostro, en la mente de Verena se libró una batalla rápida y sangrienta.

Esperé en silencio el resultado.

—¿Me prometes que luego no hablarás de esto con él?

—Prometido.

Contiene la B: «Embustero».

Con la B: «Bastardo».

Con la S: «Sonrisa».

—Puedes estar segura.

—No será para una película, ¿no? —me preguntó.

—No, es una especie de hobby.

La elección de la palabra fue desafortunada, lo reconozco. Pero si le hubiera dicho la verdad, me habría echado de su casa. Eso sin contar con que, a esas alturas, ni siquiera yo sabía ya cuál era la verdad.

¿Era simple curiosidad lo que me empujaba a hacer todas esas preguntas? ¿O también para mí la historia del Bletterbach se había convertido en una obsesión?

—¿Qué quieres saber?

—Todo lo que sabes —respondí con avidez.

—Todo lo que sé es que odio ese lugar. No he vuelto a poner los pies allí desde el 85.

—¿Por qué?

—¿Tú quieres a tu mujer, Salinger?

—Sí.

—¿Qué sentirías hacia el lugar donde tu mujer ha perdido una parte de sí misma?

—Odio.

—Eso es. Odio el Bletterbach. Y odio el trabajo que hace mi marido. Odio ese uniforme. Odio cuando va en busca de los cazadores furtivos, odio cuando hace su numerito con los recién llegados —miró a su alrededor—, odio estas malditas cestas de fruta.

Se pasó la mano por debajo de la nariz y cogió aliento.

—Max es una buena persona. La mejor. Pero aquel asunto lo marcó y a mí me encantaría marcharme de aquí. Mandar al diablo la Forestal, Siebenhoch y esta casa. Pero es imposible. Es como una cicatriz —señaló la medialuna alrededor de mi órbita—, lo que ocurre es que la de Max está aquí —se puso una mano sobre el corazón—. Puedes llegar a marcharte, pero las cicatrices siempre las llevas contigo. Forman parte de ti.

—Puedo entenderlo.

—No —contestó Verena—, no puedes.

Pero, por el contrario, podía. La Bestia era mi testigo.

—Debe de haber sido duro —dije.

—¿Duro? —resopló Verena—. ¿Has dicho duro? Lo reconstruí pedazo a pedazo. Había días en que quería abandonarlo. Marcharme de aquí, dejarlo todo. Rendirme.

—Pero no lo hiciste.

—¿Tú habrías abandonado a tu mujer?

—Me habría quedado.

—Al principio no quería hablar de ello. Le rogué que se buscara un psicólogo, pero siempre me respondía lo mismo. No necesitaba ningún médico, necesitaba solo un poco de tiempo. Tiempo, decía —susurró moviendo la cabeza—, era solo una cuestión de tiempo.

—Dicen que es la mejor medicina.

—Hasta que te mata —fue la amarga respuesta de Verena—. Y la historia de la masacre del Bletterbach es una maldición. ¿Sabes cómo les fue a los demás? Hannes mató a Helene, Werner se marchó sin despedirse de nadie. Hizo las maletas y desapareció. E incluso antes de marcharse eran más los días en que no se le veía que aquellos en los que se podía intercambiar con él un «qué tal». Se había convertido en otro. Taciturno, gruñón. Se notaba que ya no era capaz de seguir aquí. Luego estaba Günther.

Verena se pasó las manos por los brazos, casi como si hubiera sentido un escalofrío.

—Me daba miedo verlos a él y a Max sentados mientras hablaban. Permanecían horas y horas, precisamente aquí, hablando y hablando, con la puerta cerrada. No bebían, y a Dios le doy gracias por esto, pero cuando Günther se marchaba, Max tenía una luz en los ojos... —Verena buscó las palabras—. Tenía los ojos de un cadáver, Salinger. ¿Te gustaría ver los ojos del cadáver de tu mujer?

Había una única respuesta a esa pregunta.

—No.

—Luego las visitas se fueron espaciando en el tiempo. Günther tenía una novia, una del lugar, Brigitte, y comenzaron a ir en serio. Pasaba menos tiempo con Max y yo me sentía feliz porque se había quitado de en medio. Sin Günther parecía que Max estaba mejor. No obstante, cada año, hacia finales de abril, se convertía en otra persona...

Verena comenzó a martirizar su alianza.

—Cuando sucedió la primera vez, en el 86, yo tenía diecinueve años. A los diecinueve años la muerte es algo que les ocurre a los abuelos o a esos escaladores que estiran más el brazo que la manga. Pensé incluso que una fiesta podría sentarle bien. Ya sabes, distraerlo.

—¿Te equivocaste?

—Fue la primera y única vez que lo he visto iracundo. No —se corrigió—, iracundo no expresa bien la idea. Me asusté y me pregunté si valía la pena luchar por alguien que parecía enajenado. ¿Realmente quería pasar el resto de mis días junto a un loco? Pero luego me di cuenta de que no era ira lo que sentía: era dolor. Evi, Kurt y Markus eran sus únicos amigos y él los había visto despedazados. Lo perdoné, pero no he vuelto a celebrar mi cumpleaños. No con Max. Al año siguiente, el día antes de mi cumpleaños, cargó el coche y se fue a la antigua granja de su familia, para pillar una cogorza y pasar allí la borrachera. Desde entonces se ha convertido en una costumbre, tal vez un ritual. Es una buena solución de compromiso y, por lo menos, Max no ha tenido el mismo final que Günther y Hannes.

—También Werner se salvó.

Una mueca en la cara de Verena.

—Werner es más viejo que Max y está hecho de otra pasta. Como jefe del Socorro las había visto de todos los colores. Max en esa época era poco más que un chiquillo, a pesar de que a mí, tan ingenua como era, me parecía un adulto. Por otra parte, Max tenía ese telegrama que mantenía abierta la herida.

Frente a mi cara de asombro, se rio.

—No sabes nada sobre eso, ¿verdad?

—¿Un telegrama?

—¿Quieres verlo?

—Claro.

Verena salió de la cocina y volvió con una fotografía. La sacó del marco. Junto con la fotografía (Kurt, Max, Markus y Evi con el viento en el pelo), del marco se cayó un telegrama amarillento. Verena lo colocó sobre la mesa, aplanándolo con las manos.

—Este es el motivo por el que Max no encuentra la paz.

—¿Qué dice?

Verena me lo enseñó.

«Geht nicht dorthin!»

—No vayáis allí —murmuré.

La fecha que aparecía al pie era: «28 de abril de 1985».

—¿Quién lo envió?

Verena suspiró, como si hubiera oído esa pregunta quién sabe cuántas veces.

Le dio la vuelta al telegrama.

—Oscar Grünwald. Era un colega de Evi, un investigador.

—¿Y cómo...?

—Una de las primeras ocupaciones que el Jefe Hubner se sintió feliz de ceder a Max era la de ir hasta Aldino a recoger los telegramas y el correo urgente. Siebenhoch era demasiado pequeño para tener una oficina de correos y el cartero era un anciano obligado a ir arriba y abajo con un ciclomotor de antes de la guerra. Max odiaba tener que hacerlo, decía que no se ajustaba a su cargo —su mirada se volvió soñadora—, se sentía orgulloso de su uniforme. Y tenía razón. Le sentaba muy bien... —se libró de ese pensamiento con un gesto de la mano—. Era una especie de acuerdo informal entre el Jefe Hubner y los de Correos. Cuando llegaba algo importante, uno de la Forestal daba un salto hasta Aldino y se encargaba de dirigirse a la persona correspondiente.

—¿No es ilegal?

Verena resopló.

—La gente se fiaba del Jefe Hubner, y también de Max; así que según esto, ¿dónde estaba el problema?

—Ningún problema —respondí mientras toda mi concentración se focalizaba en ese rectángulo de papel.

«¡No vayáis allí!»

—Esa mañana Max había bajado hasta Aldino para recoger el correo. Evi ya había salido hacia el Bletterbach y

Max se metió el telegrama en el bolsillo y se olvidó de él casi de inmediato. Ese día fue un verdadero desastre, antes incluso de la masacre. Max tenía un montón de quebraderos de cabeza.

—¿En serio?

—Estaba lloviendo y hubo un par de deslizamientos de tierra. Max tuvo que hacer todos los turnos. Estaba solo, el Jefe Hubner había tenido un infarto y estaba ingresado en el hospital San Maurizio de Bolzano. Luego, ya de noche, sucedió lo de ese camión que volcó y Max tuvo trabajo a espuertas. Había sido un accidente grave y tuvo miedo de no llegar a tiempo a mi fiesta de cumpleaños. Lo logró, sin embargo, porque cuando promete algo, puedes estar seguro de que hará cualquier cosa para mantener su palabra.

—¿Y el telegrama?

—Lo encontré yo, en el bolsillo de su chaqueta, cuando regresó del Bletterbach. Si hubiera sabido las consecuencias de mi gesto, lo habría quemado; en cambio, se lo enseñé y Max puso una cara que nunca voy a olvidar. Era como si le hubieran clavado un puñal en el corazón. Me miró y tan solo dijo: «Habría podido». Nada más, pero estaba claro lo que quería decir. Habría podido salvarlos. Fue así como comenzó su obsesión.

—No tiene sentido.

—Lo sé yo y lo sabes tú. Pero ¿y Max? ¿En esas condiciones? ¿Después de haber visto los cuerpos de los únicos amigos que tenía aquí, en Siebenhoch, despedazados de ese modo? Te lo he dicho, cambió. Comenzó a exhortar a los *carabinieri,* agobiándolos con llamadas telefónicas noche y día. Incluso se pegó con ese capitán...

—Alfieri.

—Quien nunca presentó ninguna denuncia, pero la cosa ya estaba hecha. Max decía que nadie estaba haciendo nada para encontrar al asesino de sus amigos. No era verdad, pero si se lo decía se ponía hecho una furia. Cuando

179

se dio cuenta de que las investigaciones habían encallado y pronto iban a ser archivadas, comenzó a investigar por su cuenta. Nunca ha dejado de hacerlo.

—Me han dicho que el legajo de las investigaciones está en el cuartel de Siebenhoch.

—No. Lo tiene Max, en casa de sus abuelos. Casa Krün, en la que creció. Lo tiene todo ahí.

A esas alturas, el té ya estaba frío. Me lo bebí, de todas formas, porque sentía la necesidad de fumar y ese me pareció el único modo de quitarme las ganas. No funcionó.

—¿Alguna vez ha investigado sobre ese tal Oscar Grünwald?

—Nunca me ha dejado ver su archivo, el que guarda en la granja de la familia, pero estoy convencida de que Max tiene un expediente de cada uno de los habitantes de Siebenhoch.

Me estremecí.

—Es su forma de seguir adelante —dijo Verena—. Mantener viva la ira. Max es huérfano. Sus padres murieron en un accidente de coche cuando él tenía unos pocos meses. Se crio con su abuela. Frau Krün. Una mujer dura. Murió cuando tenía ya casi un siglo. Su marido había sido víctima del colapso de la mina en el 23 y desde ese día Frau Krün no se puso otro color que no fuera el negro. Con la muerte de su marido lo había perdido todo, en aquella época no había ningún seguro. Eran muy pobres, tal vez los más pobres de toda la zona. Max era un niño dulce, tímido. En el colegio era muy bueno, aunque por otra parte Frau Krün no habría aceptado nada que no fueran las mejores notas. Los únicos amigos que tenía Max eran Kurt, Markus y Evi. Con ellos, Max podía no ser ese soldadito que Frau Krün quería criar, podía dejarse ir. Su muerte lo condenó a la soledad.

—Treinta años de ira. ¿No corre el peligro de acabar destruyéndose, de esta manera?

—Para eso estoy yo aquí, ¿no?

Nos quedamos en silencio, absortos.

—¿Y tú? —pregunté.

—¿Yo, qué?

—¿Qué idea te has hecho?

Verena jugueteó con la fotografía. Sus dedos dibujaron pequeños circulitos alrededor de la cara de un Max imberbe y despreocupado.

—Ahora te voy a parecer una montañesa supersticiosa, pero no lo soy. Tengo un diploma en Enfermería y me considero una *buena* enfermera. Concienzuda, preparada. Como muchos aquí en el pueblo podrán testificar. Me gusta leer, fui yo la que insistió ante la administración municipal para hacer que llegara la banda ancha a Siebenhoch. No creo en los cuentos de hadas, ni tampoco en los monstruos debajo de la cama o en que la Tierra sea plana. Pero estoy segura de que el Bletterbach es un lugar maldito, como estoy segura de que fumar es malo. Ha habido demasiados muertos ahí. Pastores que desaparecen en la nada. Leñadores que hablan de extrañas luces y de señales aún más peregrinas. Leyendas, mitos, fuegos fatuos. Puedes verlo como prefieras, pero hasta detrás de la leyenda más absurda hay un pequeño fondo de verdad.

Pensé en el pueblo de Fanes.

Verena continuó.

—Apuesto a que después de escuchar todas las cosas malas que se han dicho sobre ti no te va a resultar difícil creerme si te digo que en el pasado hubo una buena cantidad de procesos sumarios por aquí. Brujas, sobre todo, aunque sin hogueras. Siebenhoch tenía su propio sistema para hacer justicia. Esas pobres chicas eran apresadas y abandonadas solas en el Bletterbach. Nunca regresó ninguna de ellas. Hay un montón de rumores sobre ese lugar, y ninguno de ellos le gustaría a la gente del Centro de Visitantes.

—El terror atrae —dije.

—No esta clase de terror. ¿Has estado ahí?

—Llevé a mi hija.

—¿Y te gustó?

—Clara se divirtió muchísimo.

—Te lo he preguntado a ti.

Lo medité unos instantes.

—No, no me divertí. Es tan..., es una locura decirlo, todo el mundo es viejo, pero allí se nota el peso del tiempo.

Verena asintió.

—El peso del tiempo, sí. El Bletterbach es un gigantesco cementerio prehistórico. Todos esos fósiles... son huesos. Cadáveres. Cadáveres de criaturas que..., no soy una fundamentalista, Salinger. Y mucho menos una beata. Sé que Darwin tenía razón. Las especies evolucionan y si no evolucionan cuando su hábitat cambia, se extinguen. Pero creo en Dios. No en ese Dios de barba blanca que permanece sentado en lo alto del cielo, esa es una visión que me parece reduccionista, pero creo en Dios y en su manera de hacer girar esa máquina a la que llamamos universo.

—Un diseño inteligente.

—Sí. Y creo que hay una razón por la que Dios decidió borrar del mapa a esos seres.

Pareció como si la cocina se hubiera vuelto más oscura y estrecha. Una punzada de claustrofobia.

Verena miró el reloj colgado sobre el fregadero y abrió los ojos por completo.

—Ya es tarde, Salinger, tienes que marcharte. No quiero que Max te encuentre aquí.

—Gracias por la historia.

—No me des las gracias.

—Entonces confío en que la botella valga de verdad lo que he pagado al comprarla.

Verena pareció aliviada por mi broma. El interrogatorio había terminado.

—Tendrás noticias mías.

Nos levantamos.

—¿Salinger?

—No, no hablaré del tema con Max.

Verena se tranquilizó. No demasiado, pero lo suficiente como para que esa arruga en el entrecejo se relajara.

Me estrechó la mano.

—Es un buen hombre. No le hagas daño.

Estaba buscando la mejor manera de despedirme de ella cuando oímos abrirse la puerta y el paso cansino de Max.

—¿Salinger? —dijo, sorprendido al verme—. ¿A qué debemos esta visita?

Verena le enseñó la botella de Blauburgunder.

—Me ha hablado de una multa que evitó, señor *sheriff*.

Max se rio.

—No tenías que hacerlo.

—A estas alturas ya soy casi un lugareño —bromeé—. De todos modos, se ha hecho tarde, tenía la esperanza de tomarme un vaso acompañado, pero Annelise estará preocupada.

Max miró el reloj que llevaba en la muñeca.

—No es tan tarde. Sería una lástima que te marcharas con la boca seca —a grandes zancadas recorrió el recibidor—. Cojo el sacacorchos y...

No terminó la frase. Se quedó parado ante la puerta de la cocina. Vi a Verena dar un paso hacia él, luego detenerse y llevarse la mano a la boca.

Max se dio la vuelta y masculló gélidamente:

—¿Qué significa *esto*?

Señalaba la fotografía y el telegrama sobre la mesa.

—Soy una descuidada, Max, he chocado con el marco y...

—Chorradas —dijo Max. Sus ojos estaban clavados en los míos—. Una sarta de chorradas.

—Es culpa mía, Max.

—¿Y de quién iba a ser?

—Quería charlar contigo. Por eso he venido aquí.

—Pero tú no estabas —interrumpió Verena, casi comiéndose las palabras— y he pensado que sería mejor que hablara yo con él.

—Es culpa mía, Max —repetí con firmeza—. Verena no tenía ninguna intención de...

Max dio un paso amenazador hacia mí.

—¿De qué?

—De contar.

Max temblaba.

—¿Y sabe Verena por qué te interesa tanto esta historia?

—¿Qué quieres decir?

El hombre estalló en una risa burlona.

—Que quieres ganar un montón de pasta.

Me quedé de piedra.

—¿Ya te ha dicho este malnacido —dijo Max dirigiéndose a su esposa— que quiere ganarse un buen dinero con una bonita peliculita sobre la masacre del Bletterbach? Tome asiento, señor director. Coja usted sin problema nuestros cadáveres y exhíbalos ante el público de medio mundo. Escupa usted si quiere sobre sus tumbas. ¿No es así como te ganas la vida, Salinger?

—Lo que han publicado los periódicos son mentiras. Lo demostraré en cuanto el documental sobre el Ortles esté terminado. Y puedo asegurarte que no tengo ninguna intención de filmar nada de nada sobre la historia de Kurt, Evi y Markus.

Max dio un segundo paso hacia mí.

—Ni te atrevas a pronunciar sus nombres.

—Será mejor que me vaya, Max. Lamento las molestias. Y gracias por el té, Verena.

No tuve ni tiempo para girarme hacia la puerta cuando Max me aferró por el cuello, aplastándome contra la pared. Un crucifijo de madera cayó al suelo y se rompió.

Verena soltó un grito.

—Como vuelvas a dejarte ver por aquí —gruñó el Jefe Krün—, haré que termines enterrado bajo una montaña de problemas. Una montaña de problemas. Y si te queda un poco de sal en la mollera, estúpido gilipollas, procura marcharte de aquí. No necesitamos buitres en Siebenhoch.

Aferré sus manos intentando liberarme. Me agarraba con fuerza, no conseguí más que ganar un poco de oxígeno y decir:

—No soy un buitre, Max.

—Supongo que en Hollywood las cosas funcionan así, estáis acostumbrados a este tipo de basura. Pero aquí en Siebenhoch tenemos algo que se llama moral.

Me soltó.

Boqueaba.

Max me golpeó. Un derechazo duro, preciso, en el pómulo. Una explosión de luces y me derrumbé en el suelo. Cuando levanté la cabeza, Max descollaba por encima de mí.

—Tómatelo como un adelanto. Ahora desaparece, si no quieres volver a recibir.

Dolorido, aferré la chaqueta y salí.

3.

Afortunadamente, Clara dormía.

Entré en casa tratando de hacer el menor ruido posible. Me quité los zapatos, el gorro y la chaqueta. La casa estaba sumida en la oscuridad, pero no necesitaba encender la luz para orientarme.

Me las arreglé para meterme en el baño y me enjuagué la cara. Tenía la mitad del rostro de color berenjena.

—Salinger...

Noté que el estómago me daba un vuelco.

Annelise tenía el pelo enmarañado y una expresión alarmada. Incluso sin maquillaje me pareció bellísima. Me cogió la cara entre las manos y observó el cardenal.

—¿Quién te ha dejado así?

—No es nada, tranquila.

—¿Ha sido ese tipo? ¿El del Lily Bar?

185

—Solo tiene mal aspecto —me exhibí con un par de muecas idiotas intentando tranquilizarla.

El dolor hacía que se me saltaran las lágrimas.

—Esta vez no se sale con la suya. Voy a llamar a los *carabinieri*.

La detuve.

—Déjalo, por favor.

—¿Qué está pasando, Salinger?

No estaba enfadada. Estaba asustada.

—Ha sido Max.

—¿El Jefe Krün? —Annelise parecía conmocionada—. ¿Estaba borracho?

—No, no estaba borracho y en cierto sentido me lo he ganado.

Annelise se separó de mí.

Tengo la certeza de que una parte de ella ya había intuido qué estaba tramando. Las horas encerrado en mi estudio delante del ordenador. Las salidas imprevistas. Todo eso eran indicios que su cerebro no podía haber pasado por alto. Solo que no quería admitirlo. A esas alturas, sin embargo, le fue imposible no entender.

—¿En qué estás trabajando?

Su voz era plana, monótona. Hubiera preferido que gritara.

—En nada.

Annelise me presionó el hematoma con el índice.

—¿Duele?

—Coño, claro que sí —protesté.

—Más duelen tus mentiras. Quiero la verdad. Ahora. Ya. E intenta ser convincente.

—¿Podemos ir a la cocina? Necesito beber algo.

Annelise se dio la vuelta y sin decir ni una palabra desapareció por el pasillo sumido en las sombras. La seguí. Antes, de todos modos, me asomé al dormitorio de Clara. Dormía acurrucada de lado. Le coloqué bien las mantas. Luego bajé a la cocina.

Annelise ya me había puesto una cerveza sobre la mesa.

—Habla.

—Lo primero de todo es que quiero que sepas que no se trata de un trabajo.

—¿No lo es?

—No. Es una manera de mantener el cerebro despierto.

—¿Provocando que medio pueblo te dé una paliza?

—Esos son daños colaterales.

—¿Yo también soy un daño colateral?

Me di cuenta de que le temblaba la voz. Intenté coger sus manos entre las mías. Apenas pude rozarlas. Estaban heladas. Annelise las retiró y se las llevó al regazo.

Comencé a explicarle, intentando no utilizar la palabra «obsesión».

—No es un trabajo —terminé—, lo necesito para...

—¿... para?

—Para no volverme loco —incliné la cabeza—. Tendría que habértelo explicado antes.

—¿Es esto lo que piensas? ¿Que tendrías que habérmelo explicado antes?

—Yo...

—Me lo prometiste. Un año sabático. Un año. ¿Y, en cambio, qué has hecho? ¿Cuánto tiempo has durado? ¿Un mes?

No dije nada. Tenía razón.

Contiene la *b:* «Embustero».

—Dios, eres como un niño. Te lanzas de cabeza a lo que sea sin pensar en las consecuencias. Eres completamente incapaz de...

—Annelise.

—No me digas ni una palabra. Me lo prometiste. Me has mentido. ¿Y qué le vas a decir mañana a Clara? ¿Que has ido a chocar contra un puño?

—Inventaré una historia divertida.

—Es lo que siempre haces, ¿no? Inventar historias. Tendría que marcharme, Salinger. Coger a la niña y marcharme. Eres peligroso.

Esas palabras fueron un puñetazo.

Noté que las entrañas se me encogían. El dolor había desaparecido.

—No puedes estar diciéndolo en serio, Annelise.

—Lo digo en serio.

—Me he equivocado —admití—, lo sé. Le he mentido a todo el mundo. A ti, a Werner. A todos. Pero no me merezco esto.

—Te mereces algo peor, Salinger.

Intenté articular una defensa, pero Annelise tenía razón. Había demostrado ser un pésimo marido y un padre aún peor.

—Estás enfermo, Salinger —el tono de Annelise había cambiado. Había una sombra de llanto en su voz—. Necesitas esos medicamentos. Sé que no te los estás tomando.

—Los medicamentos no tienen nada que ver, solo quería...

—¿Demostrarte a ti mismo que sigues siendo tú? ¿Que no has cambiado? Estuviste a punto de morir en ese glaciar. Si crees que eso no te ha cambiado, entonces realmente eres un idiota.

Cerré la boca, de sopetón. Me notaba seco el paladar, la lengua convertida en un jirón de piel.

Márchate.

—Es inútil fingir que no es así. Tú has cambiado. Yo he cambiado. Hasta Clara ha cambiado. Es normal que sea así. No se sale indemne de determinadas experiencias.

—No, no se sale indemne.

—¿Es que crees que no me doy cuenta? Te veo. Yo te conozco. Veo esa mirada.

—¿Qué mirada?

—La mirada de un animal enjaulado.

—Ya casi estoy fuera.

Annelise sacudió la cabeza con amargura.

—¿De verdad piensas eso, Salinger? Quiero que me mires a los ojos. Quiero la verdad. Pero quiero que sepas que si de tu boca no va a salir solo y nada más que la verdad, llamaré a mi padre, me llevaré a Clara e iremos a pasar la noche a Welshboden.

—Es que...

No terminé la frase. Sucedió de repente. Algo dentro de mí se rompió.

Me eché a llorar a mares.

—La Bestia, Annelise. La Bestia sigue aquí, conmigo. A veces está callada, a veces lo deja, hay días hermosos, días en los que no pienso en ella ni un segundo. Pero ella sigue estando dentro de mí. Y silba, silba, su voz, no soy capaz, su...

Annelise me abrazó. Sentí su cálido cuerpo apretado contra el mío. Me hundí en ese calor.

—Siempre tengo miedo, Annelise. Siempre.

La mujer a la que amaba me arrulló, igual que muchas veces la había visto arrullar a Clara. Poco a poco las lágrimas cesaron. Siguieron solamente los sollozos.

Luego, también estos cesaron.

Annelise me apartó con dulzura.

—¿Por qué no me has hablado de esto?

—Porque no quiero tomar esos malditos medicamentos.

Annelise se puso rígida.

—Los necesitas.

Ahora yo también me percataba.

—Sí. Tienes razón.

Annelise soltó un largo suspiro.

—Prométemelo.

Asentí.

—Todo lo que tú quieras.

—El año sabático. Empieza ahora.

—Sí.

—Se acabó la masacre del Bletterbach.

—Sí.

—Y comenzarás a tomar la medicación.

Me miró directamente a los ojos.

—¿Lo harás?

—Sí —mentí.

El rey de los elfos

1.

El 31 de diciembre, entré en la habitación de Clara y la desperté. Con el ceño fruncido, la niña me observó con ojos llenos de sueño.

—¿Papá?

—Despierta, perezosa, tenemos que marcharnos.

—¿Dónde?

—Al castillo del rey de los elfos —le respondí, sonriente.

Los ojitos de Clara brillaron con curiosidad. Se irguió para sentarse en la cama.

—¿Dónde vive el rey de los elfos?

—En una montaña lejana. Y muy, muy bonita.

—¿De verdad me llevarás donde vive el rey de los elfos?

—Te lo digo con la mano en el corazón, pequeña —respondí, guiñándole un ojo—. ¿Cuántas letras tiene «corazón»?

—Siete —fue la respuesta.

Tres más que «amor», pensé.

Clara saltó de la cama y corrió a la cocina, donde Annelise había preparado un ligero tentempié. En menos de media hora ya estábamos listos.

Lo había organizado todo, con la complicidad de Werner y de un par de personas a las que había conocido durante la filmación de *Mountain Angels*. Era un regalo. No para Clara. Era un regalo para Annelise. Quería que de nuevo comenzara a confiar en mí. Quería que volviera a mirarme como me miraba antes del 15 de septiembre.

Por eso cuando subimos al coche estaba casi tan excitado como Clara. Arranqué el motor y muy pronto enfilé la nacional.

Aparte de algún camión y de un par de coches, teníamos la carretera toda para nosotros. Encendí el estéreo y comencé a cantar a voz en grito los principales éxitos de Kiss.

Clara se tapaba las orejas, Annelise seguía mi espectáculo a medio camino entre divertida y dudosa.

Tenía que ser una sorpresa y la había mantenido al margen de mis planes, lo suficiente para que no supiera qué les tenía reservado para nuestro año nuevo sudtirolés, pero tampoco tanto como para que le entraran más dudas sobre lo que estaba haciendo.

Nada del Bletterbach, en resumen.

No sé hasta qué punto confió en mí, pero ahí estaba, conmigo, y eso me bastaba para sentirme lleno de energía y de esperanza. El año que se abría, el 2014, tenía que ser el año del cambio.

El año de la curación.

—¿Hará frío?

—Bastante.

—Clara se pondrá enferma.

—Clara no se pondrá enferma.

—Entonces, serás tú el que pille la gripe.

—Qué pájaro de mal agüero.

—¿De verdad no vas a decirme adónde estamos yendo?

No contesté.

No había hecho todo aquel esfuerzo para estropear la sorpresa en el último momento. Así que: boca sellada. Sobre todo no mencioné la forma en que íbamos a llegar al castillo del rey de los elfos. Annelise se habría negado, lo sabía. Ponerla frente a los hechos consumados era jugar sucio, pero servía a un buen propósito.

Subí el volumen de la radio y me puse a graznar «Rock 'n' Roll All Nite».

Llegamos a Ortisei, primera etapa de nuestro viaje. El pueblo estaba enterrado bajo un manto de nieve, pero bullía de actividad.

Dejé el coche en el centro y devoré un almuerzo pantagruélico. Clara se zampó un trozo de tarta que parecía tan grande como ella. Cuando estuvimos bien satisfechos, miré la hora.

—Llegamos tarde a nuestro carruaje especial.

Annelise miró a su alrededor.

—Yo pensaba que la sorpresa era esta.

—¿Ortisei?

—¿Me equivocaba?

—No hace bastante frío.

—A mí me parece que hace suficiente frío, Papá Oso.

Aspiré el aire a pleno pulmón.

—Para Papá Oso esto no es frío. Esto es calorcillo.

—El termómetro marca siete bajo cero.

—Calor tropical.

—Papá, si llegamos tarde, ¿la carroza especial se convertirá en una calabaza?

—Mejor que nos demos prisa. Nunca se sabe. Pero mamá tiene que hacer una promesa, de lo contrario no hay carroza especial.

—¿Qué tiene que prometer Mamá Osa? —preguntó Annelise, escamada.

—Que mantendrá los ojos cerrados.

—¿Cuánto rato?

—Hasta que lo diga Papá Oso.

—Pero...

—¡Mamá! ¿Quieres que la carroza especial se transforme en una calabaza? ¡Yo quiero ver el castillo del rey de los elfos!

La intervención de Clara fue decisiva. Nos pusimos en marcha y en menos de quince minutos llegamos a nuestro destino.

—¿Puedo?

—Todavía no, Mamá Osa.

—¿Qué es ese olor?

—No pienses en ello.

—Parece queroseno.

—Aire de la montaña, cariño. Concéntrate en eso.

La ayudé a bajar del coche y la llevé del brazo hasta la entrada del hangar.

—Ahora Mamá Osa ya puede abrir los ojos.

Annelise obedeció. Su reacción fue la que había previsto. Se cruzó de brazos y soltó:

—Ni lo sueñes.

—Será divertido.

—Ni lo sueñes.

—Volar es el sueño de la humanidad. Ícaro. Leonardo da Vinci. Neil Armstrong. Un pequeño paso para el hombre...

—Ícaro tuvo un final de pena, genio. Si realmente crees que me voy a subir a esa cosa, querido Jeremiah Salinger, no me conoces lo suficiente.

—Pero ¿por qué?

—Porque no puede mantenerse arriba. No tiene alas.

La conocía. Vaya si la conocía. Por eso, en vez de objetar, cogí a Clara en brazos y me acerqué al helicóptero.

—Es un B-3 —le dije—, es una especie de mulo volador.

—¿Come paja?

—Paja y queroseno.

—¿Es el queroseno el que suelta esta peste?

—No lo digas demasiado alto o el B-3 se ofenderá.

—Perdone, señor mulo volador.

—Creo que te ha perdonado.

—¿Cómo puedes saberlo?

—Papá —dije en tono solemne— siempre lo sabe todo.

Me pregunté por cuánto tiempo aún una frase semejante sería capaz de poner fin a las discusiones.

—¿Utilizaremos el mulo volador para ir al castillo del rey de los elfos?

—Claro. ¿Ves a ese señor? —pregunté señalando al piloto del B-3 que salía a nuestro encuentro—. Él conducirá el mulo volador para nosotros.

Clara comenzó a aplaudir, excitadísima.

—¿Puedo preguntarle cómo consigue mantenerse arriba?

—Voy a hacer algo mejor —dijo el piloto—. ¿Te apetece sentarte a mi lado y así me ayudas a conducir?

Clara se sentó en la cabina del helicóptero sin responder siquiera.

Me volví a Annelise.

—¿Cariño?

—Eres un cabronazo —respondió.

El vuelo duró menos de un cuarto de hora. No había viento en cotas elevadas y las nubes no dificultaban la visión. El paisaje, desde allí arriba, era digno de los grititos de Clara. Incluso Annelise, en cuanto se acostumbró al ruido de las hélices, tuvo que admitir que era encantador. Por lo que a mí se refiere, estaba demasiado ocupado en disfrutar de las expresiones de asombro de mi hija como para pensar en la Bestia. O en todas las gargantas excavadas por torrentes de allí abajo.

Aterrizamos en un remolino de nieve y hielo. Descargamos las mochilas. Me despedí del piloto y el helicóptero se marchó de nuevo, dejándonos solos. A tres mil metros de altitud.

—¿Es aquel el castillo del rey de los elfos?

El refugio Vittorio Veneto, en el Sasso Nero, era un pedazo de historia construido a base de ladrillos, piedra y cal. Fue edificado por los pioneros del alpinismo y ostentaba las marcas del tiempo como si fueran trofeos. Esas paredes habían salvado quién sabe cuántos miles de vidas durante sus ciento veinte años de historia. Pronto lo derribarían porque el permafrost había ido deshaciéndose hasta minar sus cimientos. A uno le dolía el corazón al pensar que ese lugar ya no iba a estar ahí.

El silencio, ahora que el helicóptero había desaparecido en el horizonte, era irreal. A nuestro alrededor solo había cielo, nieve y roca. Nada más. A Annelise le brillaban los ojos.

Le di un pellizco en la mejilla.

—Veinticinco bajo cero, querida. Esto es lo que Papá Oso llama «frío».

—¿Vamos, papá?

Se había asomado por la puerta un anciano vestido de negro, con los ojos reducidos a dos rendijas estrechas y poco pelo en la cabeza. En su afilada cara lucía una sonrisita.

—Usted es el señor Salinger —dijo aferrando mi mochila—. Mientras que usted es Annelise, la hija de Werner Mair, ¿verdad?

—Yo misma.

—Y tú debes de ser Clara. ¿Te gusta mi casa, *du kloane* Clara?

Clara observó unos instantes a ese extraño personaje, que, efectivamente, parecía un elfo; luego, en vez de responder, hizo una pregunta:

—¿Tú vives aquí, señor?

—Desde hace más de treinta años.

—¿Así que tú eres el rey de los elfos?

El hombre nos miró sorprendido, primero a mí y luego a Annelise.

—Creo que esta niña acaba de ganarse una ración doble de pastel. Vengan conmigo, por favor.

Aparte del rey de los elfos y de un par de empleados, duendecillos, según Clara, no había nadie más. El castillo era completamente nuestro. Clara estaba excitadísima. Annelise no le andaba a la zaga.

Y yo estaba orgulloso de mí mismo.

Comimos temprano, como se hace en las montañas. Una ración ciclópea de polenta y setas, *speck,* patatas salteadas y el agua más pura que jamás haya bebido. Quizá fuera la altitud, quizá la felicidad de hallarme ahí arriba con las personas que más quería, pero esa agua se me subió a la cabeza. La sobremesa fue interminable, pero en el buen sentido. Nos quedamos hablando con el gerente del refugio y sus ayudantes.

Se mostró pródigo en anécdotas, cada una más increíble que la otra. Clara se quedó colgada de sus labios. A menudo interrumpía la narración para pedirle más detalles, y el gerente del refugio, en vez de ponerse nervioso, parecía feliz de tener un público tan atento. A las once brindamos con *grappa* y nos preparamos para la última parte de mi sorpresa.

Hice que Clara y Annelise se pusieran una doble capa de suéteres y chaquetas forradas y, armados con una linterna, salimos a la noche.

Unos pocos pasos fueron suficientes para proyectarnos a otro mundo. Un mundo de inmensidad y belleza absolutas. Nos sentamos en la nieve. Cogí el termo con chocolate caliente y se lo pasé a Clara.

—¿Quieres ver magia, pequeña?

—¿Qué magia?

—Mira allá arriba.

Clara levantó la cabeza.

No había ni rastro de contaminación lumínica. No había *smog*. Ni una nube siquiera. Habríamos podido aferrar las estrellas una a una. Annelise se apoyó en mi hombro.

—Es magnífico.

No contesté. Habría sido superfluo. Pero reconocí ese tono. Era la voz de la mujer que me había elegido para ser su compañero. No desconfiada, no a la defensiva.

Simplemente enamorada.

—¿Sabes qué, Clara?

—Si no me lo dices no puedo saberlo.

—Lo que estás mirando ahora es el tesoro del rey de los elfos. No tiene dinero y ni siquiera tiene coche. Solo tiene dos trajes en el armario, pero es el elfo más rico del mundo. ¿No te parece?

—¿Es aquí donde nacen las estrellas, papá?

—Puede ser, pequeña, puede ser.

Nos quedamos contemplando las estrellas hasta que mi reloj marcó la medianoche.

Brindamos y nos abrazamos. Clara me estampó un beso en la mejilla y se rio del eco que surgió. Dijo que era la montaña la que nos daba sus buenos deseos.

Regresamos al castillo mucho más ricos que cuando salimos.

2.

Annelise nunca se dio cuenta de nada. El truco era sencillo: tomar los somníferos cada noche, antes de acostarme. Por lo tanto, no había pesadillas, no había gritos, no había sospechas.

Mientras tanto, me esforzaba por ser el marido más diligente del mundo y un padre digno de ese nombre. Seguía mintiéndole a Annelise sobre la medicación, pero tenía la intención de cumplir mi promesa. Me olvidaría de los crímenes del Bletterbach, disfrutaría de mi año sabático y me curaría.

Era importante. Para mí. Para Clara y Annelise. Y para Werner. El padre de mi esposa no dijo nada, pero podía leer el reproche en su mirada a kilómetros de distancia. No sé cuánto le habría confesado Annelise; conociéndola, creo que poco o nada, pero no había manera de escapar a sus ojos de ave rapaz.

Nunca.

Pasé la primera semana de enero deslizándome con Clara. No voy a esconderlo: a mi edad me divertía como un colegial. Detrás de la casa de Werner se abría una ladera en la que el trineo rojo flamante se deslizaba igual que un cohete. No era peligroso porque el terreno volvía a ascender tras una dulce hondonada que permitía frenar con total seguridad.

El lado este de Welshboden, en cambio, era otra historia, y me mostré taxativo con Clara: nada de lanzarse por esa pista kamikaze. Allí la pendiente era abrupta y terminaba en el bosque, donde grandes árboles aguardaban para hacer papilla a mi princesa. Hasta yo tenía miedo de ese descenso. Por lo tanto: *verboten*.

Los días en Siebenhoch fueron pasando en una alegre rutina. Jugaba con Clara. Dormía como un tronco. Comía con apetito y el cardenal de la cara era una desvaída mancha amarillenta que pronto desaparecería. Hacía el amor con Annelise. Habíamos comenzado a hacerlo de nuevo. Primero con cautela, luego con creciente pasión. Annelise me estaba perdonando.

Bajaba a Siebenhoch lo menos posible, solo para hacer la compra. Los cigarrillos los adquiría en la gasolinera de Aldino. Nunca más volví a poner mis pies en el bazar de Alois.

De vez en cuando pensaba en el Bletterbach, pero me obligaba a evitar esa carcoma. No quería perder a mi familia. Sabía que la amenaza de Annelise no venía dictada por el miedo o por una cólera momentánea. De todas maneras, no tenía ninguna intención de ponerla a prueba.

El 10 de enero conocí a Brigitte Pflantz.

3.

La oferta en los estantes no faltaba. Había varios tipos de brandy, de coñac, de *bourbon,* de vodka y de *grappa.* Nunca fui muy devoto del vodka, y en cuanto a la *grappa* podía contar con la reserva especial de Casa Mair, por lo tanto quedaban excluidos *a priori.* El coñac no le gustaba a Annelise y a mí tampoco me volvía loco, pero un *bourbon* de tanto en tanto...

Oí una voz de mujer, pero no lo que me había dicho.

—¿Perdone? —pregunté según me daba la vuelta.

—¿Molesto?

Tenía el pelo rubio, fibroso, que le caía a ambos lados de la cara. El maquillaje alrededor de los ojos estaba diluido.

—No, estaba un poco ensimismado.

—Ya veo —dijo.

La desconocida no dejaba de observarme. Me fijé en que tenía unos dientes grandes manchados de nicotina. Su aliento olía a alcohol y eran las diez de la mañana.

—¿Qué puedo hacer por usted? —pregunté, esforzándome en ser amable.

—¿No tienes ni idea de quién soy?

—Me temo que no —respondí desconcertado.

Tendió la mano. Se la estreché. Llevaba guantes de piel.

—Nunca nos hemos visto en persona. Pero tú sabes quién soy yo.

—¿En serio?

La fijeza de su mirada me tenía en vilo.

—Claro que sí. Soy una persona importante. Para ti, Salinger, incluso fundamental.

Los guantes oscuros volvieron a los bolsillos de un abrigo que había conocido demasiados inviernos.

—¿Puedo llamarte Jeremiah? —preguntó.

—Serías la única, aparte de Werner y de mi madre.

—Es un bonito nombre. Proviene de la Biblia. ¿Lo sabías?

—Sí...

La mujer declamó:

—¿Por qué gritas a causa de tu quebranto? Incurable es tu dolor, porque por la grandeza de tu iniquidad y por tus muchos pecados te he hecho esto.

—No soy un gran fan de las religiones, señora...

—Señorita. Llámame Brigitte. Brigitte Pflantz.

—Bueno, Brigitte —aferré una botella al azar y la metí en el carro—. Y ahora, si no te importa...

Brigitte me cerró el paso.

—No deberías hablarme así.

—¿O, de lo contrario, la furia del Señor recaerá sobre mí durante miles y miles de años?

—De lo contrario nunca sabrás lo que ocurrió en el Bletterbach.

Me quedé inmóvil.

La mujer asintió.

—Exactamente eso.

Mi cerebro hizo un clic.

—La novia de Günther Kagol. *Esa* Brigitte.

—Hay gente que va por ahí jurando que quieres hacer una película.

—Ninguna película —respondí con brusquedad.

—Es una lástima. Sé muchas cosas. Muchísimas.

Por un momento sentí la tentación. Pero resistí.

—Un gusto haberte conocido, Brigitte.

Aparté el carrito y me marché de allí.

4.

Esa noche, después de cenar, respondí a un par de correos electrónicos de Mike. Luego abrí la carpeta «Cosas». Deslicé el archivo *B* hasta la papelera. Lo miré unos instantes.

Luego lo coloqué de nuevo en su lugar.

No significaba nada, me dije. Pero no quería borrarlo.

Aún no estaba preparado.

5.

Deslizarse. Jugar con bolas de nieve. Probar nuevas recetas. Hacer el amor con Annelise. Tomar pastillas para dormir. Dormir sin soñar. Luego, otra vez, desde el principio.

El 20 de enero decidí prescindir de los somníferos. Nada de pesadillas.

El 21 de enero, lo mismo. Y así el 22, el 23 y el 24.

Estaba en el séptimo cielo. Me sentía fuerte. Negarme a seguirle el juego a Brigitte Pflantz me había hecho ser más consciente de la batalla. Cada mañana me despertaba y me decía: «Puedes conseguirlo; ya lo hiciste en una ocasión, podrás hacerlo una y otra vez».

El 30 de enero, en uno de los días más fríos del año, llamaron a mi puerta.

Casa Krün

1.

Fue Annelise quien abrió. Yo me dedicaba a recoger la cocina. Mike lo habría definido como «cosas de maricas», pero lavar los platos es una de las pocas ocupaciones que tienen el poder de calmarme.

—Hay alguien que pregunta por ti.

Me di cuenta enseguida de que algo iba mal. El tono de Annelise era gélido.

Me di la vuelta, con la espuma del detergente hasta los codos.

—¿Quién...?

Con el gorro en las manos enrojecidas a causa del frío, de pie en mi cocina, era la última persona en el mundo a la que yo esperaría ver.

—Hola, Max —lo saludé, dejando correr el agua para enjuagarme—. ¿Quieres un café?

—En verdad —respondió él—, es a mí a quien le gustaría invitarte a un café. Y me gustaría enseñarte algunas cosas sobre el asunto ese del que... hablamos. No nos llevará mucho tiempo.

Annelise se puso cárdena y salió de la habitación sin decir ni una palabra.

Max me miró, aturdido.

—No quisiera...

—Espera aquí —murmuré.

Annelise estaba sentada en mi butaca preferida. Miraba el manto de nieve y a Clara, que construía el enésimo muñeco.

—¿Qué más quiere de ti? —musitó.

—Disculparse.

Annelise volvió la mirada hacia mí.

—¿Me tomas por idiota?

Tenía razón. ¿Qué podría ser ese «asunto» del que Max quería hablarme, sino la historia de la masacre del Bletterbach?

—Si quieres, lo echaré de casa sin pensármelo dos veces. Pero yo también le debo una disculpa —la besé en la frente—. Mantendré la promesa. No quiero perderos.

¿Estaba realmente convencido de que iba a ser capaz de guardar la distancia adecuada?

¿Que Max y yo nos estrecharíamos la mano como dos personas civilizadas y que cuando el Jefe Krün sacara el tema del Bletterbach interrumpiría la conversación, le daría las gracias y regresaría a casa con la conciencia tranquila?

Creo que sí.

Yo era sincero y fue esto lo que la persuadió. Pero ¿no había una voz dentro de mí, una molesta voz que, mientras Annelise me rozaba con una caricia, me imploraba que echara a Max a patadas de casa y me pusiera de nuevo a lavar los platos?

—Haz lo que tengas que hacer, Salinger. Pero vuelve conmigo. Vuelve con nosotras.

2.

—Vamos en el mío —el Jefe Krün me señaló su todoterreno de la Forestal.

—Max —dije—. Si deseas disculparte, acepto tus disculpas. Y quiero que sepas que lamento mucho haber metido las narices en tus cosas. Fue un error. Pero no tengo intención de ponerme a hablar contigo acerca de la masacre. Le prometí a mi mujer que me olvidaría de esa historia, ¿de acuerdo? Es agua pasada.

¿En serio?

¿Y entonces por qué notaba mi corazón latiendo con tanta fuerza? ¿Por qué me moría de ganas de subirme al todoterreno y ponerme a escuchar lo que Max tenía que decirme?

Ocho letras: «Obsesión».

Max le dio una patada a una pila de nieve, al tiempo que movía la cabeza.

—Me lie a puñetazos contigo porque me di cuenta de que estás metido en esta historia del Bletterbach hasta el cuello. Y si has llegado hasta el punto de tener que hacerle una promesa a Annelise, eso quiere decir que estás peor de lo que me temía. No me mientas, Salinger. Puedo leerlo en tu cara, tan claro como el agua.

No había ni una sola palabra que no se correspondiera con la verdad.

Una parte de mí todavía se estaba carcomiendo con los crímenes del Bletterbach. Tarde o temprano me pondría de nuevo a excavar, a investigar y hacer preguntas.

Y entonces, ¿qué le pasaría a mi familia?

¿Fue en ese momento cuando cedí?

No.

Seguí mintiéndome a mí mismo.

—Error.

—No digas chorradas, Salinger. Es lo que estás esperando. Que te dé nuevas noticias, habladurías, pistas —Max se acercó y me señaló con el dedo—. Y es lo que pretendo hacer. Te voy a enseñar tantos callejones sin salida como para lograr que se te pasen de una vez por todas las ganas de acabar como Günther.

Un suspiro.

—O como yo.

—Lo prometí, Max.

Una débil protesta. La voz molesta llegaba amortiguada. Lejana. Casi como un llanto.

—Ven conmigo y te asegurarás de que no vas a romper esa promesa.

Me volví hacia las grandes ventanas del salón. Levanté la mano para despedirme de la silueta a contraluz de Annelise. Ella hizo lo mismo. Luego desapareció.

—¿Por qué? —pregunté con un hilo de voz.

—Quiero ahorrarte treinta años de dolor, Salinger.

3.

El tráfico era escaso, un par de jeeps y un Mercedes negro que circulaba en dirección opuesta a la nuestra. Pasamos por delante de Welshboden y en un cruce el todoterreno que conducía Max enfiló una pista sin asfaltar que ascendía por entre los árboles.

Llegamos a Casa Krün cuando hacía poco que habían dado las dos de la tarde.

—Bienvenido a la tierra de mis ancestros.

—¿Es aquí donde creciste?

—¿Verena te lo dijo?

—Me dijo algo acerca de tu infancia. Me habló de Frau Krün.

—Para mí era la *Omi,* la abuela. Era una mujer inflexible, pero también justa y, sobre todo, muy fuerte. Éramos pobres, y para que no me faltara de nada la *Omi* tenía que mostrarse dura con todo el mundo. Era una viuda que estaba criando a un huérfano. En el pueblo confundían su dureza con soberbia. Era difícil entender que detrás de esa actitud había algo muy distinto. La muerte de mi abuelo le rompió el corazón, pero lo que quedaba estaba lleno de amor. Tenía un corazón enorme, mi *Omi* —Max me dedicó una sonrisa—. Ven.

Casa Krün era una granja de montaña con el techo cubierto de tejas necesitadas de un buen mantenimiento. Bajo los aleros se podía ver lo que quedaba de los nidos de las golondrinas. Un manzano retorcido sobre sí mismo hacía de marco a la puerta de entrada, que chirrió un poco sobre sus goznes.

El interior carecía de luz.

—No hay electricidad —explicó Max encendiendo una lámpara de petróleo—. Tengo un generador, pero prefiero reservarlo para casos de emergencia. Si te apetece, te preparo un café.

Una vez iluminada, la casa adquirió un aspecto menos espectral. Sobre la chimenea había una fotografía, manchada de humedad.

—El pequeño Max y Frau Krün —dijo Max, mientras preparaba la cafetera—. Ponte cómodo.

Además de la mesa y de un par de sillas, en la habitación, la *Stube* —que es como llaman en el Alto Adigio a esa clase de estancia grande multifuncional (cocina, dormitorio, sala de estar, todo agrupado alrededor de la estufa de cerámica que daba su nombre a ese ambiente: la *Stube* propiamente dicha)—, había dos archivadores metálicos.

El Jefe Krün interceptó mi mirada.

—Treinta años de investigaciones. Testimonios cruzados. Pruebas reunidas. Pistas falsas. Posibles sospechosos. Treinta años de vida pasados recogiendo nada. Treinta años malgastados.

—Una buena porción de pastel con sabor a nada.

Max enarcó una ceja.

—¿Has hablado con Luis?

—Estilo inconfundible.

—Aquí hay algo que ni siquiera Luis tiene el valor de decir: las víctimas del Bletterbach no fueron solo Kurt, Evi y Markus. También fueron Günther y Hannes. Verena. Brigitte. Manfred. Werner. Y yo.

Miré las llamas de la chimenea. Seguí la estela de las chispas, a las que Clara llamaba «diablillos», hasta ver cómo se apagaban contra las paredes ennegrecidas por quién sabe cuántos años de humo y llamas.

Max suspiró.

—Cerraba los ojos y oía la voz de Kurt. Incluso los pasos de Evi en el suelo o las carcajadas de Markus. Y cuando los abría, los *veía*. Me acusaban. Tú estás vivo, decían.

Sentí un escalofrío.

Tú estás vivo.

Me encendí un cigarrillo.

—Me quedé solo. ¿Con quién podría hablar de ello? Verena no lo habría entendido. Werner se fue, Hannes... Hannes le hizo esa cosa horrible a su esposa. Solo quedaba Günther. Él quería saber. Y bebía. Yo también quería saber. Quería encontrar a ese hijo de puta que me había condenado a la soledad y eliminarlo. Exactamente eso. Había decidido que lo colgaría. El tiempo pasó. Günther sufrió el accidente. Me casé. El Jefe Hubner murió. Verena no quería que aceptara su puesto, pero yo quería llegar a ser el Jefe Krün. Me veía como el *Saltner* de Siebenhoch, ¿sabes lo que es?

Era una palabra que nunca antes había oído.

—Antaño, cada pueblo tenía su *Saltner* —explicó—. Se elegía entre los jóvenes más fuertes para vigilar los viñedos y los establos. Era un cargo de prestigio. Todo el mundo tenía que confiar en él: si había un solo voto en contra, el joven quedaba descartado. Había demasiadas cosas en juego. De haberlo querido, el *Saltner* podría haber llegado a un acuerdo con los forajidos y saquear toda la cosecha de un año, condenando a la comunidad a una muerte segura. Yo me sentía como el *Saltner*.

Tiré el cigarrillo entre las llamas. Me había fumado menos de la mitad.

Me sentía mareado.

—El *Saltner* protege a su gente —dije—, y tú querías hacer lo mismo por los habitantes de Siebenhoch.

—Lo he hecho durante todos estos años, pero hoy...

La voz se le quebró.

—Los que murieron allí eran mis mejores amigos, Salinger, personas a las que quería. Pero si pudiera retroceder en el tiempo, cogería a Verena y me marcharía de aquí sin mirar atrás. Al diablo el *Saltner*. Al diablo Evi, Markus y Kurt. ¿Te parece cruel? No lo es. Estoy seguro de que cuando lo hayas oído todo te darás cuenta de que no vale la pena.

—Podrías marcharte en cualquier momento. ¿Qué te retiene en Siebenhoch?

Max se tomó unos segundos.

—La masacre del Bletterbach se ha convertido en la misión de mi vida —su cara cuadrada estaba marcada por una mueca amarga—. Esta es la clase de obsesión de la que estoy intentando salvarte. Si hace treinta años alguien me hubiera enseñado el contenido de esos archivadores, si alguien me hubiera avisado al respecto..., tal vez todo habría ido de otra manera. Para mí y para Verena.

Recordé las palabras de su esposa. La angustia que me habían transmitido.

Pensé en Annelise. Y en Clara. La vi crecer junto a un padre cada vez más distante, enfermo.

Vuelve con nosotras.

—Cuéntame.

Max se levantó. El fichero se abrió con un chasquido.

—Vamos a comenzar con las investigaciones oficiales —dijo.

—Fueron los *carabinieri* de Bolzano quienes las realizaron.

—El capitán Alfieri y el fiscal de guardia. Cattaneo. Con el fiscal no me reuní nunca. Era tan solo una voz en el teléfono. El capitán Alfieri era un buen hombre, pero se notaba que habría preferido ocuparse de otras cosas. Desde el punto de vista de la investigación, los crímenes del Bletterbach eran un auténtico quebradero de cabeza. Comenzando por la escena del crimen.

Me enseñó un cartapacio anaranjado. Era tan grueso como un diccionario. Tabaleó encima con los dedos.

—Esta es la memoria final de la policía científica. Son más de cuatrocientas páginas. Tuve que pedirle al médico de Aldino que me ayudara a descifrar algunos pasajes. Un esfuerzo en balde. No había restos orgánicos, ni huellas, nada. La lluvia y el barro se lo habían llevado todo —sentenció, colocando el cartapacio en el archivador de metal—. Y, de todas formas, el informe de los técnicos llegó cuando tanto el fiscal como Alfieri se habían dado cuenta de que no se detendría a ningún culpable por el asesinato.

—Pero tú —dije—, tú querías encontrar a ese malnacido.

—Me volví insistente. Bastante insistente. Pero era como golpearme la cabeza contra una pared. Ya nadie quería oír hablar más del Bletterbach. Llegué a ponerle las manos encima al capitán Alfieri.

—Luis me habló de algunos sospechosos...

—Ya llegaremos. Antes quiero que veas otra cosa.

Sacó un legajo. Le dio la vuelta, sin abrirlo, y lo deslizó delante de mí.

Me hizo un gesto alentador.

—La escena del crimen. Ábrelo. Mira.

La primera fotografía fue una patada en pleno rostro. Las otras no lo fueron menos. La mayor parte eran en blanco y negro; unas pocas, en color. Todas eran nauseabundas.

—Dios mío...

Max me las quitó de las manos, con delicadeza. Luego, como el más obsceno de los prestidigitadores, comenzó a enseñármelas una a una.

—Esta es la tienda. Kurt eligió este punto para que...

Me volvieron a la mente las palabras de Werner.

—Para que el viento no la arrancara.

—¿Quieres algo fuerte para beber? Estás pálido.

Lo tranquilicé con un gesto.

—¿De quién era esta mochila?

—De Markus. Como verás, está rasgada. Pensamos que Markus se la había lanzado al atacante para defenderse. Fue el único que intentó escapar. Mira estas.

210

Otra fotografía.

Otro horror.

—Estas son las botas de Markus. Su cadáver fue hallado descalzo. Llevaba un jersey. Nada de chaqueta. Y Kurt lo mismo. Mejor dicho, Kurt iba en camiseta. ¿Ves esto? Es su saco de dormir. Lo más probable es que acabaran de acostarse cuando fueron atacados —Max se detuvo durante un segundo—. Fui yo quien lo reconoció. Era un regalo mío. No se ve, pero había hecho coser sus iniciales exactamente aquí.

Un golpecito en la instantánea.

Luego. Otra fotografía más. Y otra más.

—Kurt. Kurt. Kurt.

Cada vez que pronunciaba el nombre del amigo deslizaba otra sobre la mesa.

—El patólogo dijo que el asesino lo hirió pero sin matarlo en el acto. Es probable que Kurt fuera el primero en reaccionar y el asesino no quería que los otros consiguieran huir. O bien, es otra posibilidad, lo quiso castigar por su heroísmo. Dejándolo inofensivo y dándole tiempo para ver lo que estaba a punto de hacer. Lo golpeó, luego mató a Evi, persiguió a Markus y volvió sobre sus pasos.

—¿Persiguió?

—Markus logró escapar. Una breve huida.

Observé las fotografías sobre la mesa.

Señalé las heridas en el cuerpo de Kurt.

—¿Lo torturó?

—Según el forense, cuando el asesino regresó a su lado ya estaba muerto. Estas marcas fueron infligidas *post mortem*. Se ensañó con su cadáver.

—¿Como si fuera él la víctima propiciatoria? —me aventuré.

Max esbozó una media sonrisa.

—Yo también lo pensé, Salinger. Más tarde pensé que la víctima propiciatoria era Evi. Y luego, Markus. Es un círculo infernal.

Se quedó parado, mirándome.

—Estas fotos de Evi son...

Asentí.

—Adelante.

—Evi...

Creo que grité. Me levanté y salí corriendo al exterior, hundí la cara en la nieve. Vomité todo lo que había comido en el almuerzo. Luego grité otra vez, esto lo recuerdo.

Noté cómo Max me levantaba y me llevaba de regreso al interior de Casa Krün. Me recostó sobre la silla junto a la chimenea. Me abofeteó una, dos veces. Reanudé la respiración.

—Lo siento, Max.

—Es humano.

Señalé las fotografías.

—No lo es.

—Me refería a tu reacción.

Encendí un cigarrillo.

—¿Por qué la decapitó?

—De todas las preguntas, Salinger, esta es la más inútil. No hay respuesta.

—*Tiene* que haberla.

Max se sentó.

—Supongamos que encuentras al asesino. Supongamos que lo tienes delante y que puedes preguntarle: ¿por qué? ¿Qué crees que te respondería?

—No soy psiquiatra. No lo sé.

—¿Y si esa fuera su respuesta? «No lo sé.» ¿Y si no había un motivo? ¿O si había un motivo tan estúpido que pareciera ridículo? Si el asesino te respondiera: lo hice porque no me gustaba la lluvia. O porque me lo ordenó el perro. O porque estaba aburrido. ¿Cómo reaccionarías?

Comprendía lo que estaba diciéndome, pero no estaba de acuerdo.

—Encontrar el móvil significa encontrar al asesino.

—Puede ser. Pero ¿sin una pista? Es inútil devanarse los sesos con los móviles. Eso es lo que pensé. Encuentra al culpable y el móvil caerá por su propio peso. Mejor concentrarse en los sospechosos.

—¿Cuántos?

—*Todos*. Sin excluir a nadie.

Abrió una puerta del archivador. Sacó el enésimo legajo. En la tapa estaba escrito «M. Krün».

—Esta —explicó— es la investigación sobre el sospechoso Max Krün.

Abrió un mapa sobre la mesa.

—Mira. Lo he marcado todo. Nuestro recorrido. El posible recorrido de Kurt, mejor dicho, *tres* recorridos diferentes que Kurt podría haber hecho. Posibles vías de escape.

—¿Y estos números?

—Son los horarios. Los que están en rojo son los posibles horarios de Kurt, Evi y Markus. Los que están en negro son más precisos porque se refieren a nuestro equipo de rescate. Estas, en cambio, son las fotocopias del acta de un accidente de tráfico. Como verás, no solo está mi firma ahí. La otra es de un jefe de bomberos.

—¿El accidente antes de la fiesta de cumpleaños?

—Un camión volcó un poco más allá de Siebenhoch —Max señaló la carretera que se alejaba del pueblo, dos kilómetros después del supermercado DeSpar, en dirección a Aldino—. Transportaba herbicidas. Tardamos tres horas solo para enderezarlo y liberar el carril: si se hubiera derramado la carga, se habría montado un buen follón. Tenía prisa, no quería perderme la fiesta de Verena, pero hicimos las cosas con el máximo cuidado. Sacamos una Polaroid para el seguro. Esta.

Se veía en ella un camión volcado, los números de la matrícula eran perfectamente reconocibles.

—Las siete y veinte de la tarde. La fecha y la hora en la parte de atrás no las escribí yo, sino el jefe de bomberos.

Nos separamos alrededor de las ocho. Pocos minutos después estaba ya en el cuartel para cumplir con el papeleo. A eso de las nueve me fui a casa, me cambié y salí para ir a la fiesta de cumpleaños de Verena. A las diez y media cortamos el pastel. ¿Lo ves?

Una foto de grupo. El reloj que está detrás de las caras felices marca las diez y media.

—¿Alguien te vio mientras estabas en el cuartel?

—Nadie. Coartadas confirmadas: a las ocho y a las diez y media.

—Un agujero de dos horas y media. ¿A qué hora se situó la muerte de Kurt y de los demás?

—Según el forense, entre las ocho y las diez. Ahora mira.

Max llevó mi atención hasta el mapa del Bletterbach. Cogió una regla y comenzó a medir.

—En línea recta, entre Siebenhoch y el lugar del crimen hay unos diez kilómetros. Si pasamos por alto la falta de carreteras, el desnivel y ese infierno de agua y barro, un buen caminante habría podido llegar hasta el lugar en el que encontramos los cuerpos en dos horas, dos horas y media. ¿Cuánto para matarlos? El informe no lo dice, nadie lo sabe. Pero sabemos que Kurt intentó defenderse y que Markus huyó. ¿Pongamos unos quince minutos? ¿Veinte? Más otras dos horas y pico para volver. ¿Cuánto suma?

—Cinco horas, más o menos. Eso sin contar con la tormenta autorregenerativa y todo lo demás. El acusado Max Krün queda absuelto.

Max asintió.

—Es demencial —añadí, sintiendo un escalofrío.

—¿Demencial?

—Que te hayas sometido a semejante proceso.

—Es de esto de lo que estoy intentando salvarte, Salinger.

Pensé que nunca llegaría hasta ese punto de paranoia. Pensé que, de todas formas, Max había tenido treinta años para ir cavando el abismo en el que se había precipitado. Yo, en menos de tres meses, ya había estado a punto de hacer fracasar mi matrimonio.

Max había apilado otros expedientes sobre la mesa.

—La pista del asesino en serie. ¿Te habló Luis al respecto?

El dosier contenía artículos de prensa. Algunos fax. Mapas garabateados. Páginas escritas con una caligrafía nerviosa y casi ilegible.

—¿Qué son? —pregunté.

—Anotaciones. Transcripciones de llamadas telefónicas, para ser exactos.

—¿Con quién?

—Con la fiscalía. Los ayudé a buscar conexiones con el Bletterbach.

—¿Encontraste algo?

—El tipo en cuestión no estaba en Siebenhoch, sino en Nova Ponente. Cerca. Plausible, por lo tanto. Pero en diciembre del 85. Pasó dos semanas de vacaciones esquiando con su esposa y sus hijos.

—¿Tenía familia?

—¿Tan raro te parece?

Esposa e hijos. Tuve que tragarme eso también.

—En realidad, no.

Max cerró el archivo.

—Culpable, pero no de los crímenes del Bletterbach.

El siguiente era mucho más voluminoso. Sacó de él una hoja DIN A3 en la que estaban pegadas una docena de fotos tamaño carné, numeradas. A cada número le correspondía un epígrafe que remitía a otras anotaciones en sendas carpetas.

—¿Y estos?

—Cazadores furtivos en activo en esa época. Markus era un gran tocapelotas. Culpa mía, me imagino. Yo tenía veintitrés años, prácticamente era un crío. Para quedar bien ante sus ojos me inventaba un montón de aventuras sobre la caza de los furtivos. Chorradas para impresionar a ese chico y sentirme así más fuerte de lo que era. En realidad, la caza de los furtivos comenzaba y acababa en la oficina del Jefe Hubner.

—¿No había vigilancia en el bosque o algo similar?

—Qué va —dijo Max divertido—. El Jefe Hubner levantaba el auricular, llamaba a los cazadores furtivos y les preguntaba: «¿Habéis pillado algo esta noche?», eso era todo. Pero yo sabía quiénes eran e investigué a cada uno de ellos. Sin sacar nada de nada. Eran cazadores furtivos, no asesinos. Hay una gran diferencia entre matar a un ciervo y mutilar a una persona.

—¿Y el asunto ese de las drogas?

Max me mostró otro legajo.

—Poca cosa. Pillaron a Markus con un poco de hachís en el bolsillo. Y ni siquiera de gran calidad. Se lo había vendido uno de sus compañeros de colegio. El Jefe Hubner le puso firme y luego tiró el cuerpo del delito. ¿Te parece posible matar a alguien por unos pocos gramos de hachís?

—Pero de todas formas lo investigaste.

Max me miró huraño.

—Por supuesto.

Fue suficiente.

—¿Verena? —pregunté dubitativo.

—Aquí están sus movimientos de ese día. Un salto hasta la peluquería. Dos recados para su madre, aquí y aquí, luego a casa para preparar la tarta con algunas amigas.

—Y, además, es demasiado débil.

—Eso nunca se sabe.

Pensé en Annelise. ¿Dónde estaba Annelise en abril del 85? En una cuna. Era una niña de pocos meses. Suficiente, como coartada.

Pero ¿lo era también para Max?

—¿Werner? Aquí lo tienes —exclamó Max abriendo un cajón del archivador—. ¿Günther? El señor está servido. ¿Brigitte? Claro. ¿Hannes? Para Hannes también tenía un buen móvil. Desde que Kurt se había trasladado a Innsbruck, ya no se dirigían la palabra. Sin embargo, él también quedó descartado. Se pasó todo el día fuera del pueblo, cuestiones de trabajo. Está todo escrito aquí; si quieres, ponte cómodo. Más tarde investigué a Mauro Tognon. El padre de Evi y Markus.

—¿Lo localizaste?

—Naturalmente —respondió Max, como si fuera la cosa más obvia del mundo—. Un auténtico pedazo de mierda, si quieres saber mi opinión. Y no solo para mí. Tengo sus antecedentes penales. En su tarjeta de visita ponía «agente comercial», pero no lo era. Tognon era un estafador, un tramposo y un tipo violento. Sobre todo con las mujeres. Y esa fue su suerte.

—¿Por qué?

—En el 85 estaba en la trena. Intento de asesinato. De una de las muchas pobrecitas a las que seducía y a las que luego se divertía vapuleando.

—Un gran hijo de puta.

—Ya puedes decirlo bien fuerte.

Del bolsillo de su camisa se sacó el telegrama. El que me había enseñado Verena.

Geht nicht dorthin!

¡No vayáis allí!

No lo había olvidado, y tampoco había olvidado el nombre de quien lo envió.

—¿Quién es Oscar Grünwald?

—Conocía a Oscar Grünwald. Me había cruzado con él un par de veces cuando acompañaba a Markus hasta Innsbruck para que se reuniera con su hermana. Un tipo esquivo, solitario. Evi lo quería mucho. A mí me parecía un tanto pirado. Me lo presentó como un investigador muy importante, pero luego descubrí que no era así. Lo habían expulsado de la universidad y sobrevivía haciendo de todo. Lavaplatos, perito civil, jardinero y guía turístico. Era geólogo, pero tenía también una segunda licenciatura. En Paleontología.

—Estudiaba los fósiles —dije pensando en Yodi.

Y en el Bletterbach.

—¿Has establecido tú también esa conexión?

—El Bletterbach es una enorme colección de fósiles al aire libre.

—Es lo mismo que pensé yo.

—¿Por qué lo expulsaron de la universidad?

—Conflictos entre académicos, llamémoslo así. Me costó mucho tiempo descubrirlo. La Universidad de Innsbruck es muy reservada sobre sus asuntos internos. Y además, aparte del telegrama, no disponía de nada más.

—¿Y qué decía el capitán Alfieri al respecto?

—Alfieri no sabía nada del telegrama.

—¿Cómo es posible?

—El telegrama podría ser una prueba en su contra o a su favor, dependiendo de cómo quisiera uno mirarla. O bien una coincidencia. No significaba nada.

—No es verdad —rebatí con ardor—. A mí me parece obvio. Grünwald sabía que alguien iba a matarlos en el Bletterbach e intentó advertirlos. Está escrito con claridad: *«Geht nicht dorthin!»*, «¡No vayáis allí!».

Max ni se inmutó.

—O bien podría ser una amenaza. No vayáis allí *o acabaréis mal*. ¿No has pensado en ello?

—En cualquier caso era suficiente para investigar, ¿no te parece? Tal vez los *carabinieri*...

Max apretó los puños.

—A nadie le interesaba descubrir quién había asesinado a mis amigos. Era evidente desde el principio. Aquellos eran los años de las bombas. Los *carabinieri* tenían otras cosas en la cabeza. Si hubiera llevado el telegrama a Alfieri y le hubiera hablado de Grünwald, habría perdido el tiempo. Solo había una persona que podía descubrir al asesino. Yo. El telegrama era mi recordatorio. Mi condena. Porque si en vez de olvidarme de él y metérmelo en el bolsillo le hubiera prestado atención, habría podido salvarlos.

—Es esto lo que te atormenta, ¿verdad?

—También. Según mi manera de ver las cosas, este telegrama me convierte en culpable por omisión de socorro. Por tanto, en cómplice del asesino.

—Eso es una tontería, Max.

—Busqué a Grünwald. Lo busqué por todas partes. Me gasté un montón de dinero. Sin obtener nada. Había desaparecido. El telegrama es la última prueba de su existencia.

—Una persona no puede desaparecer así. Tenía que haber amigos, conocidos, alguien.

—Me había topado con la persona más solitaria del mundo, Salinger. Más que yo —murmuró—. Al menos yo tenía tres fantasmas que me hacían compañía.

4.

Se había hecho tarde. Max guardó de nuevo las carpetas en el archivador, lo cerró con llave y nos subimos al todoterreno gris verdoso de la Forestal, con la calefacción a tope.

—No es verdad —dije una vez dentro del habitáculo—. No estabas solo. Verena estaba contigo.

—Verena es otra cosa. Verena es el motivo por el que no acabé como Günther.

Metió la marcha y partimos. Guardamos silencio hasta que llegamos a nuestro destino.

Max aparcó y apagó los faros.

Oí el repiqueteo del motor.

—Verena deseaba tener hijos —confesó Max manteniendo la mirada al frente—. Habría sido una madre muy buena. Le dije que no podíamos permitírnoslo, aunque no fuera cierto. Dije que no era el momento. Seguía posponiendo la cuestión. El auténtico motivo era el miedo. Tenía miedo de que me pasara a mí lo que le pasó a Hannes. Un buen día te despiertas y te vas a recuperar el cuerpo de tu hijo en medio del bosque.

Vi a Clara que me saludaba desde la ventana del salón. Respondí a su gesto.

Hora de bajar.

Hice ademán de abrir la puerta.

Max me detuvo.

—Ese día. Te llamé asesino. No eres un asesino. Sé lo que ocurrió en el Ortles. No es culpa tuya.

No contesté. No de inmediato, por lo menos. Temía que la voz se me quebrara.

—Gracias, Max.

Era bueno escuchárselo decir.

—Tienes a esa niña, Salinger. Puedes ser feliz. Esta no es tu gente. No es tu lugar. ¿No te parece —señaló a mi hija en la ventana— que tienes algo mejor por lo que luchar?

5.

Esa noche estuve de nuevo *dentro*. Dentro de la Bestia.

No grité. A mi lado Annelise dormía plácidamente, con una expresión pacífica que me parecía encantadora. Me desperté llorando y con la sensación de haber perdido todo aquello por lo que valía la pena vivir.

Abracé a mi esposa. Me aferré a ella. Cuando el ritmo del corazón se hubo calmado, logré también mantener a raya las lágrimas. Intentando no perturbar el sueño de Annelise, me levanté. En el lavabo abrí el armarito y sopesé el blíster de los psicofármacos que cada mañana fingía tomarme. Aquellas pastillas no eran la salvación, no eran más que un sustituto químico. Cerré la puertecita. No quería tener nada que ver con aquello. Doblaría la dosis de somníferos si era necesario. Pero no dejaría que fuera la química la que decidiera mis emociones.

Puedo conseguirlo, pensé. Puedo conseguirlo yo solo.

Primero de febrero

1.

El primero de febrero ocurrieron tres cosas. Se desencadenó una tormenta de nieve, estuve a punto de matar a una persona e hice una llamada telefónica a Mike.

2.

Los días del mirlo parecían no querer soltar la presa. Ese animalito cabrón, oí mascullar a Werner, quería matarnos a todos*.

Si en diciembre las temperaturas se habían mantenido dentro de la media local, lo bastante frías como para que se le congelaran a uno las puntas de los dedos a pesar de los guantes, pero no lo suficiente como para hacer sentir nostalgia por el calor de casa (o al menos así era para mí, pero es que a mí me gusta el frío), enero había abierto las ventanas a una perturbación siberiana que tenía toda la intención de transformar el noreste italiano en una especie de tundra ártica, poblada únicamente por osos y otros animales de pelaje.

Siebenhoch brillaba bajo una capa de hielo traicionero y duro como una coraza.

La gente del lugar estaba acostumbrada, pero el pueblo no contaba únicamente con autóctonos, por lo que hubo

---

* Según la tradición italiana, los últimos días de enero y el primero de febrero —conocidos como los días del mirlo— son los más fríos del año. *(N. del T.)*

bastantes turistas que se dejaron brazos y fémures. Tampoco yo me libré de las caídas.

Llegué a pensar que caminar sobre el hielo no es una simple habilidad, sino un arte auténtico que se transmite genéticamente. Eso explicaba por qué Clara y Annelise deambulaban con la gracia de dos bailarinas, mientras que un servidor parecía un torpe cruce entre un ganso con una sola pata y un payaso al que le hubieran puesto guindilla entre las nalgas.

Por la noche el reflejo de la luna sobre los hielos de las montañas hacía superfluo el uso de las lámparas. Todo estaba iluminado por una luz espectral, azulada. A veces era un espectáculo encantador, otras veces rozaba en lo terrorífico.

Sobre todo cuando, en el duermevela, mi mente vagaba hasta la garganta negra del Bletterbach.

3.

Cuando ese primero de febrero me desperté, con la lengua entumecida por los somníferos, me descubrí solo, sin la caricia del cuerpo de Annelise a mi lado.

Me desperecé y aguardé a que las ideas se me aclararan; luego me levanté con calma y me asomé a la ventana para admirar el paisaje. El bosque envuelto por la nieve, los techos puntiagudos de Siebenhoch que se confundían en la niebla generada por un viento impetuoso que levantaba esquirlas de hielo. El sol no era más que una pequeña mancha en el horizonte. Más que verlo, uno tenía que imaginárselo.

Un buen café me hizo regresar al mundo de los vivos.

Annelise ya estaba en pie desde hacía rato. Día de limpieza en casa de los Salinger. No es que determinadas responsabilidades me volvieran loco (yo era el que lavaba los platos, ponía la lavadora y planchaba; Annelise cambiaba las sábanas y pasaba la aspiradora; así funcionaba nuestro acuerdo), pero después de una ducha rápida me esmeré en mis tareas. Al mediodía la casa brillaba como un espejo.

A la una el síndrome de la ardilla de Annelise pisó el acelerador. Tenía justo esa mirada cuando sentenció angustiada:

—Nos vamos a morir de hambre.

En la despensa había kilos de pasta de diferentes formatos, azúcar tanto refinado como moreno, sal marina y sal en escamas, tarros de conservas (guisantes, judías, garbanzos, sopas de diversos tipos, tomate triturado), gran cantidad de cerveza, frutos secos (nueces, avellanas, cacahuetes, incluso dátiles), frutas en almíbar (higos, ciruelas, manzanas y peras), y todo lo que le habría bastado a un regimiento para sobrevivir a un invierno el doble de largo del que tendríamos que superar.

—Cariño —dije—. ¿No crees que estás exagerando?

—No te burles, Salinger.

—Solo digo que, por lo menos hasta el año 2030, esta casa no se transformará en el hotel de *El resplandor.*

—Salinger...

—En serio, Annelise. Ahora puedes decírmelo. ¿Dónde has puesto mi hacha, cariño?

—No bromees con esas cosas.

Comencé a hacer girar los ojos, chirriando los dientes.

—¿Wendy? ¿Cariño? ¿Y mi hacha? ¿Dónde está mi hacha?

Annelise me miró de forma desabrida. Odiaba esa película.

—¿Mi interpretación no es convincente?

—No.

—¿Quieres que la haga mejor? Entonces dame mi hacha.

—Ya basta.

—Está bien.

La besé en la punta de la nariz, cogí papel y lápiz y me resigné a efectuar una salida con la que no contaba.

Nos llevó al menos diez minutos anotar todo lo que Annelise quería que comprara y, a mí, una eternidad llegar al supermercado. Un SUV había volcado en medio de la calzada paralizando la circulación.

Cuando llegué a pocos metros del coche, me di cuenta de que mezclado entre los hombres de la asistencia en carretera también estaba Max. Di un pequeño toque de claxon. El Jefe Krün giró con la cara de quien está listo para morder. Me reconoció y se relajó.

Bajé la ventanilla.

—Salinger —me saludó tocándose el sombrero.

—Hace fresquito, ¿eh?

—Eso dicen.

—¿Va a durar?

—Por lo menos toda la semana.

—¿Se ha hecho daño alguien?

—Turistas —murmuró Max—, les gusta el espectáculo. Serían capaces de provocar un alud a base de estornudos. ¿Sabes qué es peor que la gente de ciudad?

—Ni idea.

—Gente de ciudad convencida de *no* ser gente de ciudad.

Me reí con él.

Desde que Max me había abierto los archivos de Casa Krün no habíamos tenido oportunidad de volver a vernos. Me habría gustado darle las gracias. Pero sentía una especie de pudor, más que incomodidad, que me impidió decir lo apropiado en el momento apropiado.

Perdí la ocasión, como suele decirse en estos casos.

—¿Vas de compras?

Le enseñé la lista de Annelise.

—Mi mujer tiene miedo de que el invierno sea largo.

—No se equivoca del todo.

—Al menos tengo una excusa para quedarme quieto malgastando combustible.

—Ahora desaparece, antes de que te endose una multa. Estás bloqueando el tráfico.

Nos despedimos con un apretón de manos y subí nuevamente la ventanilla. Hacía de verdad mucho frío.

Tal vez, me dije mientras rebasaba la grúa que levantaba el coche volcado, fuera mejor así.

Tal vez lo que había visto en la granja de la familia Krün debía seguir siendo algo no dicho, una de esas cosas que es conveniente no remover. No a la luz del sol, por lo menos.

Y, de todos modos, el Bletterbach era el último de mis pensamientos, ese primero de febrero. Os lo puedo jurar.

Por eso todo cuanto ocurrió me pilló por sorpresa.

4.

Salí del supermercado con tres bolsas llenas a reventar, las cargué en el maletero y entré en el coche. Encendí la calefacción y un cigarrillo.

Abrí la ventanilla lo suficiente para no morir ahogado.

Apoyé la cabeza en el respaldo y entrecerré los ojos. Me dejé acunar por el zumbido del motor y me adormilé. Limpiar la casa me había cansado más de lo previsto. El sueño no se prolongó mucho tiempo. La brasa del cigarrillo llegó a lamer mis dedos y me desperté de golpe, maldiciendo. Abrí la puerta y tiré la colilla incandescente.

No la vi desaparecer en la nieve. Miré a mi alrededor, desconcertado. No vi el cartel luminoso del supermercado, a mi izquierda. No veía nada. Por un momento pensé que me había quedado ciego. Arriba y abajo eran idénticos.

—Solo es nieve —dije, intentando calmar los latidos del corazón.

El viejo tambor había comenzado a dar saltos mortales. Me llevé una mano al pecho.

—Es una horrorosa tempestad de nieve, nada más. Tranquilízate.

Werner me había hablado de las tempestades. Las tempestades no eran simples nevadas. Las nevadas son a las tempestades lo que las tormentas de verano a las tormentas autorregenerativas. Las tempestades vienen en silencio y son peores que la niebla.

Ciegan.

Sentí una punzada en el estómago. Todo era blanco.

Cerré la puerta, jadeando. Sabía lo que estaba a punto de suceder, pero no quería aceptarlo. A pesar de ello, tuve que comerme toda la dosis de mierda que ese primero de febrero me tenía reservada.

Llegó. Y de qué manera.

TEPT. Trastorno de estrés postraumático.

El silbo.

La voz de la Bestia.

Comenzó como un susurro, una radio sintonizada en un canal muerto. Al cabo de unos pocos instantes se convirtió en algo tan concreto como el volante al que me agarraba con todas mis fuerzas. Intenté luchar, controlé la respiración, hice todo lo que los médicos aconsejan a quienes van a tener un ataque de pánico. No sirvió de nada.

Parálisis total.

Márchate.

Esa voz. Y su olor. El olor de la Bestia. Un olor metálico, que dejaba una pátina de insensibilidad en la boca. Un olor antiguo. Tan antiguo como para que me revolviera el estómago. Porque la Bestia era antigua. Tan antigua que... Al final, grité.

Con la mano izquierda encontré el seguro de la puerta. Me lancé al exterior. Me golpeé las rodillas con el suelo y ese dolor fue una bendición.

El silbo se desvaneció.

Permanecí quieto a cuatro patas sobre el asfalto mientras la nieve se me iba metiendo entre los pliegues de la ropa. Ese gélido contacto me ayudó a recuperar el control.

Sacudí la cabeza. Alejé las lágrimas. Me levanté de nuevo.

—Estoy vivo —dije.

Vivo y en medio de una tempestad de nieve. La visibilidad no llegaba ni a dos metros.

Regresé al coche. Encendí los faros. Metí la marcha y me puse en movimiento notando cómo patinaban los neumáticos.

Ella surgió de la nada.

Tenía la boca completamente abierta, los brazos extendidos como Cristo en la cruz. Llevaba una chaqueta azul, del todo inapropiada para ese frío. Clavé el coche a menos de diez centímetros de sus piernas.

Brigitte Pflantz me miró primero a mí, luego al cielo.

A continuación cayó al suelo, de golpe.

5.

Salí a toda prisa para ayudarla. Estaba atontada, más por el alcohol que por la caída.

Tuve que arrastrarla hasta el interior del coche, no era capaz de permanecer de pie.

—¿Brigitte? ¿Me oyes, Brigitte?

La mujer me agarró la muñeca. Tenía los ojos febriles.

—Casa.

—Tengo que llevarte al hospital.

—Casa —repitió ella.

—No creo que sea una buena idea. Necesitas ayuda.

—La única ayuda que necesito, Salinger, es la del Señor. Pero hace ya tiempo que Él me ha abandonado. Ayúdame a mantenerme erguida. Yo te guiaré.

Le abroché el cinturón de seguridad. Nos pusimos en marcha.

Brigitte vivía en una vieja casa con paredes desconchadas. Las persianas estaban fuera de las guías, hinchadas por la humedad.

El interior todavía era peor. Era la casa de un alcohólico en el último estadio, me dije en cuanto Brigitte, después de haber hurgado en su bolso, consiguió introducir las llaves en la cerradura. Había botellas por todas partes. En cada mueble había una capa de grasa y de polvo. El olor era el de la jaula de un animal.

Recosté a Brigitte en el sofá. Solo entonces me di cuenta de que la mujer calzaba un par de bailarinas primaverales. Se las quité con delicadeza. Tenía los pies azulados, al igual que las manos y los labios. Le castañeteaban los dientes. Sus ojos estaban amarillos, como con ictericia, y las pupilas dilatadas no se perdían ninguno de mis movimientos. En alguna parte conseguí desenterrar un par de mantas manchadas de lo que debía de ser vómito seco. A esas alturas me había acostumbrado al hedor y no le presté mucha atención.

La tapé y comencé a hacerle fricciones.

—¿Seguro que no quieres que llame a un médico? —pregunté al cabo de un rato.

—Estoy mejor. Puedes parar ahora. O a saber lo que diría tu esposa.

Le dejé la manta por encima y me encendí un cigarrillo. Me di cuenta de que estaba empapado de sudor. Ahora que se me había pasado el miedo, estaba enfadado. Por poco no la mato. Así que estallé.

—¿Cómo demonios se te ocurre salir vestida así con esta mierda de tiempo? ¡Podrías haberla palmado, joder!

—Soy una alcohólica, Salinger. ¿No te has dado cuenta? —murmuró—. Esto es lo que hacen los alcohólicos. Corren el peligro de hacerse daño a sí mismos y a los demás.

Sonrió.

Fue esto lo que me dejó pasmado. Era una sonrisa dulce.

—Si quieres beber algo, sírvete tú mismo —dijo, mientras su cara iba recuperando lentamente el color—. Tu único problema será la elección. Y gracias por no haberme atropellado.

—No es necesario que me des las gracias —refunfuñé.

Brigitte se irguió sobre su espalda, alisando las mantas como si fueran un vestido de noche.

—Pues yo creo que sí es necesario. Siempre es necesario dar las gracias. La noche en que Günther murió me habría gustado darle las gracias, pero no lo hice. Siéntate.

Un insistente zumbido en los tímpanos, como si esas palabras me hubieran llevado a otra altitud.

Desenterré una silla medio sepultada bajo una capa de periódicos viejos. La liberé y me senté en ella.

—¿Sabes que Günther se suicidó? No fue un accidente de coche. Conocía las carreteras de Siebenhoch y de los alrededores mejor que nadie. Podría haber tomado esa curva con los ojos cerrados. Y esa noche no había bebido más de lo habitual. Lo sé. Yo estaba allí. Estaba con él antes de que acabara con todo.

—¿Y por qué te habría gustado darle las gracias?

—Dijo que quería acabar ya con esa historia del Bletterbach y con el alcohol. Porque me estaba arruinando la vida. Lo que pretendía decir era que estaba a punto de matarse. Pero yo estaba demasiado borracha para entenderlo. Se sentía culpable también por eso, pensaba que por su culpa yo le daba a la botella. Me quería, ¿sabes?

Me miró fijamente, desafiándome a que le llevara la contraria.

—¿Fue una bonita historia, la vuestra? —pregunté.

—No como la de Kurt y Evi, no. Nosotros —sollozó— no éramos ni Kurt ni Evi, por desgracia. Pero funcionaba. Nos queríamos y cuando no bebíamos incluso había momentos en los que éramos felices. Por desgracia, con el paso de los años esos momentos se habían ido espaciando. Pásame esa, ¿quieres? Tengo sed.

—Mejor no.

—Es mi medicina, Salinger. Dámela.

Habría podido negarme. Levantarme de esa silla que se tambaleaba y salir sin despedirme. Se encontraba mejor, el peligro de la hipotermia había quedado atrás, ya no tenía más responsabilidades respecto a ella. Sin embargo, no lo hice. No me marché.

Como de costumbre, me mentí a mí mismo.

Me dije que lo estaba haciendo por ella. Mientras estuviera allí, mientras se sintiera obligada a hablar, no seguiría emborrachándose. Le permitiría solo unas gotas para que entrara en calor. Todavía estaba tiritando, después de todo.

Con la *b:* «Bobadas».

Pero no lo hice para descubrir nuevos detalles acerca de la masacre del Bletterbach. Lo hice para ahuyentar a la Bestia. Si me concentraba en la historia del Bletterbach, no pensaría en toda esa blancura que la tempestad había hecho caer sobre Siebenhoch y la velocidad con la que mi mente se había desmoronado. Un clavo saca otro clavo.

Tenía miedo. Miedo de lo que me había ocurrido en el aparcamiento del supermercado.

¿Y si me hubiera dado ese ataque mientras estaba con Annelise? ¿Se habría dado cuenta de que todavía me obstinaba en no tomar la medicación? ¿Qué habría hecho? ¿Se habría marchado, como me había amenazado con hacer? ¿Y si el ataque, Dios mío, me hubiera dado mientras estaba con Clara? ¿Cómo habría reaccionado mi niña?

Le tendí a Brigitte la botella de cerveza que estaba sobre la mesa. Brigitte se la tragó en un momento.

Los ojos de un animal herido.

—¿Te doy asco, Salinger?

—Lo siento por ti.

—¿Y por qué motivo?

—Porque tienes un gran problema con eso.

—Yo estoy bien, querido. Ahora que no está Günther, me siento verdaderamente bien.

—Pero ¿no estabais enamorados?

—El amor no es tan simple como lo pintan en las películas. No en Siebenhoch, por lo menos. Comprendí que estaba realmente enamorada de Günther cuando se mató.

Explotó en una carcajada gutural, echando la cabeza hacia atrás.

—Lo hizo para salvarme, ¿entiendes? Eso es lo que quería decirme. Que iba a quitarse la vida porque sabía que me estaba matando. Y no te hablo solo del alcohol. Te hablo de la masacre. Era con esa historia con lo que me estaba matando. Con lo que *se* estaba matando. Por eso lamento no haberle dado las gracias.

Brigitte se levantó, y las mantas cayeron en el suelo pringoso.

Tropezando un poco alcanzó una cómoda de madera oscura. Abrió un cajón y dejó caer un par de botellas vacías. Ni siquiera se dio cuenta.

Se sentó y yo le pasé las mantas. Se las colocó sobre el regazo. Me tendió un viejo álbum de fotografías con tapas de piel.

Desde que Max me mostró las instantáneas de la escena del delito mantenía una mala relación con las fotografías.

—Cógelo, no muerde.

Lo cogí y me lo coloqué sobre las rodillas. Me costó un poco abrirlo.

—¿Eres tú?

—*Era* yo —me corrigió Brigitte—. Decían que podría haber sido actriz.

La mujer que se sentaba delante de mí estaba a años luz del esplendor de la muchacha rubia que guiñaba un ojo desde el álbum. La mano apoyada en la pelvis, la mirada desafiante. El pelo largo y los pantalones cortos que mostraban un par de piernas que no habrían desentonado en alguna pasarela.

—Esa es de 1983. Tenía veinte años recién cumplidos. Trabajaba de camarera en Aldino. Había hecho que una costurera me acortara la falda del uniforme. Unos pocos centímetros menos que habían sido una excelente inversión. Los clientes competían para ver quién me dejaba la mejor propina. Algunos, después de la hora del cierre, intentaban bajarme las braguitas.

—¿Y se salían con la suya?

Me arrepentí de inmediato de la pregunta, que podía interpretarse de muchas maneras, pero Brigitte se la tomó como un cumplido.

—Alguno sí, alguno no —dijo coquetamente—. No era una chica fácil, pero si eras lo bastante agradable conmigo, no tenías feas cicatrices en la cara y no te faltaba ningún tornillo, *a lo mejor,* podías alcanzar la meta en primera posición. Y pensar que hasta los diez años mi madre me había hecho estudiar con las monjas. Lo único que me ha quedado de esa época son las citas de la Biblia. Si me oyera...

Se rio, e intentó beber de una botella que ya estaba vacía. Se mostró abatida.

—En la nevera debe de haber algo fresco —dijo, señalándome una puerta.

El olor de la cocina era nauseabundo. Las persianas estaban echadas, y cuando encendí la luz, sorprendiéndome de que aún hubiera corriente, me pareció ver la cola de una rata que desaparecía por un intersticio de la pared. La nevera zumbaba plácidamente. En el interior, además de comida precocinada, tan solo había cerveza y bebidas de alta graduación.

Cogí una lata de Forst y regresé al salón.

—Beber a solas es un crimen.

—Yo estoy bien así.

—Hace treinta años te la habría puesto dura solo con mirarte, Salinger. ¿Y ahora te niegas a tomarte una cerveza conmigo?

—A lo mejor hace treinta años, al igual que hoy, estaría casado.

—Los hombres casados son una leyenda —respondió Brigitte—. ¿De verdad crees que ningún hombre casado se ha dado una vuelta por aquí abajo?

—No lo dudo.

Mi tono debió de molestar a Brigitte que, desdeñosa, me ordenó que pasara la página. Obedecí.

La segunda fotografía mostraba a Brigitte abrazada a una chica que no pude dejar de reconocer. Morena, con los ojos azules y pecas en la nariz respingona.

Evi.

—Era mi mejor amiga —explicó Brigitte—. Aunque fuéramos como el día y la noche. Ella tan dulce, adulta, inteligente, yo... —se agitó—, esa putita de Brigitte Pflantz.

—¿Definición tuya?

—Definición de Siebenhoch.

—¿Te molestaba?

—Ahí estaba Evi para consolarme. Éramos inseparables, en serio. Yo era hija única y ella solo tenía a Markus, y a las dos nos habría gustado tener una hermana. Nos adoptamos la una a la otra. Nos pasábamos los días riéndonos de todo. Intentábamos estar juntas el máximo tiempo posible, a pesar de que yo tenía un trabajo y ella tenía a su madre —Brigitte frunció el ceño—. Esa cabrona.

Se calló.

Esperé.

Brigitte me miró fijamente, luego bebió de la lata. Se le escapó un eructo.

—Era una alcohólica. Y estaba loca. La oía gritar. Todo el mundo la oía gritar. Y sabíamos muy bien que cuando bajaba a la ciudad, perfumada y radiante, lo hacía para prostituirse.

—¿Evi era consciente de ello?

—Puedes apostar. Lo sabía, y de qué manera. El Señor es mi testigo. Pero ¿sabes una cosa? No había nada que pudiera hacerle perder la sonrisa. Parece una broma: ¿tu madre es una puta alcohólica de primera clase y todavía tienes fuerzas para sonreír? Pero Evi era así. Siempre lograba encontrar el lado bueno de las cosas.

—¿Y cuál sería?

—Tendrías que preguntárselo a ella, yo soy la viva imagen de esa mala puta de su madre. Pero por lo menos tuve el buen gusto de hacer que me ligaran las trompas. Nada de niños para mí, querido. Ni muerta. Quería ser libre. Brigitte Pflantz se subiría a un avión y se marcharía a Hollywood para ser actriz, se follaría a todos los actores más guapos del planeta y nadie se atrevería a intentar mandar sobre ella. Nadie.

—Ni siquiera Günther.

—Günther llegó después. Pero antes de llegar Günther, lo hizo Kurt.

—No sabía —dije, confundido— que Kurt y tú...

Brigitte paró en mitad de su ejecución el gesto de llevarse la lata a los labios.

—No quería decir *eso*. Nunca me follé a Kurt, aunque no me hubiera disgustado, era un gran chico, y guapo. Rubio, alto, ojos intensos. Quiero decir que Evi se enamoró de Kurt y a mí me relegaron.

Se quedó en silencio, reflexionando.

—Fue como un incendio en el bosque. Una chispa y todo acaba en llamas. Eso es, para Kurt y Evi fue lo mismo. Y más o menos en esa época nos hicimos esta fotografía, en el 81. El año de la graduación de Evi y de su traslado a Innsbruck.

—¿Te gustaba la idea?

—¿De que se marchara?

—Sí.

—Todo el mundo hablaba de marcharse, ella lo estaba haciendo. La admiraba.

—¿Y Kurt? ¿Cómo se lo tomó?

—La siguió. Creo que es suficiente, como respuesta.

—¿Te sentiste relegada? Son palabras tuyas...

—¿Sospechas de mí, Salinger?

—No sospecho de nadie, no estoy jugando a hacerme el detective.

—Se diría lo contrario. De todos modos, sí, me sentó mal. Porque todo sucedió en un corto espacio de tiempo. El día antes Evi y yo éramos inseparables, al día siguiente no hacía otra cosa que hablar de Kurt. Kurt por aquí, Kurt por allá. Luego comenzó a darme esquinazo. Brigitte había desaparecido de los radares, querido. Incendio y sálvese quien pueda. La chispa saltó en el Bletterbach, qué extraño sentido del humor tiene el destino, ¿verdad?

—Eso parece.

—¿Serías tan amable de servirle algo de beber a una señora, Salinger? Esta se ha terminado.

—¿No es un poco pronto?

Brigitte se encogió de hombros.

—La última —le dije, cuando regresé de la cocina.

—¿O si no...? ¿Vas a pegarme?

—Me marcho.

Brigitte se inclinó hacia mí.

—¿No quieres que te hable de Kurt y Evi? Todo gira a su alrededor, ¿verdad?

—Dímelo tú.

—Kurt tenía cinco años más que Evi. Era un guapo mozo, hacían cola delante de su puerta —un destello de malicia—. Con o sin anillo en el dedo, las mujeres se lo comían con los ojos.

—¿Kurt se aprovechaba de ello?

—Si lo hacía era lo suficientemente astuto como para no dejar que nadie lo pillara. Pero, de todos modos, si quieres saberlo, no era de ese tipo. Lo único que Kurt tenía en la cabeza era la montaña. Su modelo de vida era su padre, Hannes. Quería llegar a ser como él, un socorrista. Y lo hizo por lo menos hasta que se trasladó a Innsbruck. Esos dos eran muy similares, aunque se pelearan como el perro y el gato, y acabaran dejándose de hablar —tragó

237

cerveza—. Evi pasó bastante tiempo en el Bletterbach. ¿Sabías que estudiaba Geología?

—Me lo han dicho.

—Su pasión comenzó allí, en el Bletterbach. Cuando tenía tiempo libre y yo no estaba disponible, cogía la mochila y se iba a mirar fósiles.

—¿No la acompañabas?

—¿Con todas esas zarzas? ¿En serio? ¿No has visto las piernas que tenía yo?

Sonreí.

—Nada de zarzas para Miss Siebenhoch.

—No había nada de eso en el pueblo, pero apuesto que habría ganado el primer premio. En cualquier caso, fue durante una de esas excursiones cuando los caminos de Kurt y Evi se cruzaron. Quiero decir, se conocían, pero hasta ese momento no se habían encontrado nunca de verdad. Chispa. Incendio. ¿Sabes qué era lo que le gustaba a Kurt de Evi? Su forma de encontrar siempre el lado bueno de las cosas. Kurt era un tipo gruñón. Igual que su padre. Evi, en cambio, era solar. No podías estar enfadado con ella. Y era inteligente de una manera prodigiosa. Ve a la última página.

Había una carpeta de plástico, muy voluminosa.

—¿Qué es?

—Mi álbum de las victorias de Evi. Mira, mira.

En su mayoría eran recortes de periódico. A veces simples columnas. Evi Baumgartner (mejor dicho: Tognon, me fijé) ha ganado el premio a la... Merece el elogio de... La científica local...

—¿Científica?

—Era lo más cercano a un científico que habíamos tenido nunca por aquí —respondió Brigitte—. Ve más adelante. Ahí tienes la prueba de lo que te estoy diciendo.

Había cuadernillos. El membrete era el de la Universidad de Innsbruck.

—Publicaciones —explicó ella.

—Pero Evi aún no se había licenciado cuando... sucedió.

—¿Cuando la mataron, quieres decir?

Asentí.

—Ya te he dicho que era una persona preparada. Brillante. Sus profesores no tardaron mucho en darse cuenta de que tenía un gran potencial. Evi se dejó ver muy poco en Siebenhoch en los tres últimos años de su vida. Demasiadas investigaciones en marcha, demasiado estudio. Habría hecho carrera, créeme.

Cogió uno de los cuadernillos de entre mis dedos.

—Mira esto. Es su primera publicación. Estaba emocionadísima cuando me lo anunció por teléfono. En realidad, en mi opinión era un poco timo, pero ella dijo que yo era la malpensada de costumbre.

—¿Por qué era un timo?

—Es la refutación de las tesis de otro investigador de la universidad. Una cosa técnica y complicada, pero esa no es la cuestión. Para mí era obvio que Evi había sido manipulada. Sus profesores la convencieron para que publicara esas páginas con el fin de destruir a ese investigador. No era idea suya. ¿Entiendes lo que quiero decir?

—Hicieron una carambola.

—Pero la cosa no terminó ahí. El tipo se presentó en casa de Kurt y Evi, enfurecido. Había acusado el golpe, y de qué manera. Pero después de dos horas pasadas con Evi acabaron siendo amigotes. Fíjate, ¿tú destruyes mi trabajo y acabo siendo tu mejor amigo? Imposible para todo el mundo, pero no para Evi. Porque ella era así.

Tenía la boca seca.

Acababa de encontrar un móvil.

—¿Recuerdas el nombre del investigador?

—No, pero está ahí escrito.

Lo busqué, sabiendo ya lo que iba a encontrar.

Oscar Grünwald. El hombre del telegrama.

Geht nicht dorthin!

—Parece que hayas visto un fantasma, Salinger.

—¿Sigue estando en pie la oferta de esa cerveza?

Brigitte señaló la puerta de la cocina.

—Una para ti, una para mí.

Volví a sentarme y tomé un sorbo de la botella. Luego me encendí un cigarrillo. Reflexioné un poco y Brigitte se quedó observándome silenciosa.

—¿Qué pasa? —espeté.

—Tú.

—¿Yo, qué?

—¿Cómo es que estás interesado en esta historia? ¿Realmente no quieres hacer una película?

—No soy director.

—Pues entonces, ¿por qué?

—Eso no te concierne.

Brigitte sopló a través de los dientes, produciendo una especie de silbido estridente.

—¿Sabes a quién te pareces?

—No creo que me vaya a gustar saberlo.

—A Günther. Tú también quieres descubrir quién los mató.

No era una pregunta.

No hubo respuesta.

—Günther decía que sabía unos cuantos secretos sobre la masacre del Bletterbach. Secretos inconfesables. Cosas que habrían hecho saltar por los aires Siebenhoch. Lo decía cuando estaba muy, muy borracho. Una vez intenté hacer que hablara. Lo emborraché a propósito. Me ponía de los nervios esa cháchara sobre secretos sin que nunca soltara prenda. Me parecía una falta de respeto.

—¿Una falta de respeto?

—Era yo la que recogía sus vómitos, la que le compraba las aspirinas para la resaca, la que lo justificaba cuando faltaba al trabajo. Era yo la que lo arrullaba entre los brazos cuando tenía una de sus pesadillas. No, nunca me dijo nada. Nada. Cuando murió, durante unos días pensé en un asesinato.

—¿Quieres decir que alguien podía haberlo matado para cerrarle la boca?

—Sí. Pero era una idea estúpida.

—¿Por qué era estúpida?

—Ya se estaba matando solo. Un poco de paciencia y habría muerto de todos modos.

—Estabas tú para protegerlo.

—Pero ¿y a mí, quién me protegería?

Me callé.

—A veces aún lo pienso —prosiguió—. Sería más heroico, ¿no? —la voz de Brigitte tembló—. Günther asesinado cuando iba a arrojar luz sobre la masacre del Bletterbach.

Estaba llorando.

—Lo siento, Brigitte.

Levantó la cabeza de golpe, sus ojos soltaban chispas.

—Márchate, Salinger, márchate y cierra la puerta.

Yo no quería dejarla sola, no en esas condiciones. Pero lo hice. La dejé sola junto con sus provisiones de alcohol y un ejército de demonios.

6.

Afuera la tempestad no había dejado de recubrir Siebenhoch de nieve y hielo. Recorrí los kilómetros que me separaban de Clara y Annelise presa de un millar de pensamientos.

Poco antes de llegar a ver la casa, estacioné y apagué el motor. Aferré el teléfono móvil y esperé a que al otro lado del océano Mike respondiera.

En el séptimo timbrazo, su voz pastosa.

—¿Salinger? Pero ¿tú sabes qué hora es aquí, coño?

—Para ti siempre es demasiado pronto. ¿Es rubia?

—*Redhead*, sargento —bromeó Mike. Oí que cerraba una puerta—. Veamos —dijo con un ápice de preocupación en su voz—. ¿Cómo te va, socio?

—Mitad y mitad. ¿Y tú?

Mitad y mitad significaba una mitad está en la mierda y a la otra mitad no le va mejor.

—Mister Smith quiere crucificarme y yo me he equivocado dos veces seguidas en las pruebas de sonido. Socio, en serio. ¿Va todo bien por ahí? ¿Te estás tomando las píldoras mágicas?

—¿Cómo lo sabes?

—Mike McMellan siempre lo sabe todo.

—¿Has hablado con Annelise?

—*Yep*. Estamos preocupados por ti, cabezota.

Cerré los párpados con fuerza. No quería emocionarme.

—Necesito un favor.

—Annelise me dijo que se te ha metido entre ceja y ceja la historia de un asesinato.

—Una masacre —le corregí sin pensarlo siquiera.

—Lo que sea. ¿Es cierto?

—Sí.

Al otro lado del océano, silencio. Y un ruido que en un primer momento no fui capaz de interpretar. Luego lo identifiqué. Mike estaba mordisqueando nachos.

—Me dijo que como me atreviera a ayudarte me cortaría, ya sabes...

—Sería perfectamente capaz de hacerlo.

—¿Tan mal estás, socio?

Esta vez fui yo quien se quedó en silencio.

—Necesito saber.

—¿Quién cometió un crimen hace treinta años? ¿Te has vuelto loco de remate?

—No soy tan estúpido —respondí, a pesar de que una parte de mí sugería lo contrario, sobre todo después de lo que Brigitte me había confesado—. Tan solo quiero descubrir si soy capaz de hacerlo. Si todavía soy capaz de contar una historia como Dios manda.

—Pero es obvio que...

—No después del Ortles.

—Coño, Salinger, ¿quieres que te masajee el ego? ¿Quieres que te diga que eres el mejor escritor en circulación? Si quieres, lo hago. Cojo el avión hoy mismo y voy hasta allí para cantarte una canción de cuna, pero que sepas que si este es el verdadero problema, entonces estás como una cabra.

—No puedes entenderlo.

Le había ofendido. Lo supe incluso antes de terminar la frase.

—Porque yo no estaba allí, ¿verdad? —estalló.

—No es por eso.

—Eres un gilipollas, Salinger.

—Si hubieras estado en mi lugar, no habría pasado nada.

—No es verdad.

Había reflexionado al respecto largo tiempo. Noches enteras.

—Tú no habrías cometido la gilipollez de bajar por esa grieta. A estas alturas *Mountain Angels* sería el nuevo *factual* de la marca McMellan-Salinger, Mister Smith estaría muy feliz en su oficina contando el dinero y nosotros..., nosotros estaríamos pensando en la segunda temporada. O en hacer una película.

—La estamos haciendo —murmuró Mike, a quien nunca había oído tan por los suelos.

—La odio.

Un suspiro.

—Yo también. Pero existen unos contratos.

—Lo sé. Ahora abre bien las orejas —dije volviendo a fingir un tono de voz normal— porque necesito tu ayuda.

—Dispara.

—Tienes que buscar toda la información que puedas encontrar sobre una persona.

—¿Quién es?

—¿Tienes lápiz y papel?

—*Claro*.

—Se llama Oscar Grünwald. Trabajaba de investigador en la Universidad de Innsbruck, o algo así. Quiero descubrir todo lo que haya que saber. Lanza en su busca a ese 007 que hay en ti.

—¿Salinger?

—¿Quieres que te lo deletree?

—¿Estás seguro de que es una buena idea?

—Hazlo.

Silencio.

Luego, la voz de Mike:

—¿Es una buena historia, por lo menos?

Sonreí, y por primera vez en esa tarde, fui sincero.

—Es magnífica, Mike. En cuanto tenga un poco de tiempo te lo contaré todo.

—Me debes una, entonces.

—*Bye, man*.

—¿Socio?

—Dime.

—Ten cuidado.

7.

Clara iba vestida de rojo. Rojo oscuro. Rojo sangre. Tenía las manos a la espalda y estaba pálida, con los labios azules. Los ojos bien abiertos y fijos. Me agaché al tiempo que abría los brazos. Quería que viniera a mí, que me abrazara. Quería darle calor.

Quería darme calor.

—¿Por qué no vienes aquí conmigo, pequeña?

—¿No la oyes, papá?

No oía nada y se lo dije.

Clara agachó la cabeza.

—¿Por qué lloras?

—La voz dice que va a venir a por ti. Dice que esta vez... —Clara sorbió por la nariz, su respiración salía en forma de nubecillas. Hacía frío. Hacía mucho frío—. Dice que esta vez yo también he de ir.

Yo quería acercarme. Abrazarla. Consolarla.

Era incapaz de moverme.

—Seis letras, papá.

—¿«Lucero»?

—Seis letras, papá.

Iba descalza, solo en ese momento me di cuenta de ello. Sus pies no estaban azules. Estaban negros.

Como los de un cadáver.

—Seis letras, papá.

—No, pequeña, *no*.

Clara levantó la cabeza de golpe. Alguien le había vaciado las órbitas.

Gritó.

Grité.

8.

Seis letras. Bestia.

El taller del diablo

1.

Cuando llamé a la puerta de Manfred Kagol estábamos ya a 5 de febrero. La tempestad de nieve era tan solo un recuerdo y, a pesar de que el sol no lograba deshacer el hielo ni siquiera en las horas más cálidas, resultaba agradable pasear al aire libre.

El creador del Centro de Visitantes vivía en una de las casas más antiguas y bellas de Siebenhoch. La riqueza de esa villa, sin embargo, no era ostentosa, se percibía en los detalles. Barandillas elegantes, un murete que en primavera debía de convertirse en una explosión de glicinas, por todas partes acabados sobrios, pero muy lujosos. Como única concesión a la vanidad, bajo una marquesina de pizarra cubierta de nieve, un Mercedes negro último modelo.

Quien me recibió fue una mujer, de unos cincuenta años.

—¿La señora Kagol?

—Soy el ama de llaves. ¿Es usted el señor Salinger?

—Sí, soy yo. Tengo una cita. Y perdone la metedura de pata.

La seguí hasta una *Stube,* donde me invitó a sentarme en una butaca de piel. La *Stube* de Casa Kagol pertenecía a otra categoría en comparación con aquella en la que Max había pasado su infancia, y la estufa, empotrada en la pared, era una obra maestra de mampostería. Yo no era un experto, pero a juzgar por la habilidad con la que se había trabajado la mayólica, debía de ser fruto de la labor de un gran artesano. En las paredes, revestidas de madera, había obras de marquetería que debían de haber costado una fortuna. Todo allí dentro significaba dinero y poder.

—Siento haberle hecho esperar, señor Salinger.

El apretón de manos de Manfred era fuerte y decidido.

—¿Puedo ofrecerle algo de beber?

—Lo que usted tome me vale.

—Soy abstemio —dijo Manfred, casi disculpándose—. ¿Le parece bien agua mineral? Vaya a por un agua mineral.

El ama de llaves desapareció.

Cuando regresó, con dos vasos con una rodaja de limón en el fondo y una jarra de lo que me pareció ser cristal purísimo, Manfred le dio las gracias y la dejó marchar. En cuanto nos quedamos solos, con la puerta bien cerrada, sirvió el agua.

—Dicen que brindar con agua trae mala suerte —levantó su vaso—, pero tengo la esperanza de que usted no sea supersticioso.

—Soy muchas cosas, señor Kagol —respondí haciendo tintinear mi vaso contra el suyo—. Pero no supersticioso.

—Siento curiosidad, señor Salinger, dígame alguna de esas cosas.

—Soy padre. Marido. Guionista de televisión. Y un pésimo esquiador.

Manfred rio educadamente. Se atusó el bigote, caído y gris como el hierro.

—¿Y está aquí como guionista de televisión, señor Salinger?

—No, estoy aquí como escritor.

—Hemos tenido por aquí a varios artistas de la madera —afirmó Manfred indicando algunas obras en las paredes—, un par de obispos, algunas brujas, bastantes alpinistas e infinidad de pedantes. Pero ¿escritores? Ni por asomo. Siento curiosidad.

Intenté mostrarme convincente. Me había preparado bien. Había tenido cuatro días para metabolizar lo que

Brigitte me había contado. Había tomado algunas notas. Sobre todo, había pensado. Me había preparado una bonita historia para embaucar a Manfred Kagol. Con la esperanza de que no fuera a soplárselo todo a Werner. En tal caso, estaría jodido.

—Como sabrá, estoy aquí en Siebenhoch en calidad de visitante. Después del grave accidente...

—Conozco los detalles. Lamento que le sucediera semejante tragedia. Espero que no arrastre usted secuelas.

—Al principio fue muy duro, pero ahora estoy mucho mejor. Hasta tal punto estoy mejor que me aburro mortalmente.

Por poco Manfred no se atragantó con el agua mineral. Su risa le hizo perder la pátina de elegancia a favor de quien debía de haber sido antes de ganar dinero.

Un montañés con grandes ambiciones.

—En efecto —dijo, después de haber recuperado la compostura—, Siebenhoch no es Nueva York.

—Pero la tranquilidad de Siebenhoch es lo que necesitaba. Y además —añadí, fingiendo una desazón que en modo alguno sentía—, es aquí donde he descubierto esta... vocación mía.

—¿La escritura?

—Siempre he creído que los escritores eran personas serias, señor Kagol. Gente con un millar de carreras universitarias y aire erudito. En cambio, un día me desperté y me dije: ¿por qué no escribir un libro acerca de este lugar? Sobre sus mitos, sus leyendas. Una biografía de Siebenhoch.

—¿Una biografía de Siebenhoch? No quisiera privarle de su entusiasmo, señor Salinger, pero ya hay un montón de libros que hablan sobre esta región. Tampoco quisiera parecerle inmodesto, pero bastantes de ellos los ha financiado mi fundación.

Yo ya me esperaba una objeción semejante.

—Los he leído todos, señor Kagol. Desde el primero hasta el último. Pero nadie ha tratado nunca este lugar como

249

si fuera un ser vivo. Como si se tratara de una persona que nació, que tuvo una infancia y que luego creció.

—Una peregrina perspectiva, la suya.

—¿No le gustaría leer mi libro precisamente por eso? Por curiosidad.

Manfred levantó el vaso.

—Es una óptima idea. Pero no entiendo cómo podría ayudarle. ¿Quiere que le financie la publicación?

—No, no estoy buscando editor. Nunca hay que poner el carro delante de los bueyes, decía mi *Mutti*. Primero lo escribo y luego lo vendo.

—Excelente filosofía. Pero todavía no...

—Según muchas personas, fue usted quien salvó Siebenhoch de una muerte lenta y dolorosa.

—Exageraciones.

—En cambio, yo creo que usted tuvo una intuición excepcional. Y no me refiero solo al Centro de Visitantes. Usted ha mantenido con vida las tradiciones de Siebenhoch. Esto es lo que me interesa.

Los ojos de Manfred brillaron.

Tocado y hundido.

Asintió con entusiasmo.

—Sin las tradiciones, ¿qué habría sido de Siebenhoch, señor Salinger?

—Una población turística como tantas otras. Con el Bletterbach en vez de playas. Animadores vestidos con ropa tirolesa y canciones en los ascensores. Veamos, usted es el *Krampusmeister*. Me encantaría comenzar el libro con el hombre que le cose la ropa al diablo.

—El hombre que le cose la ropa al diablo. Me gusta eso. ¿Puedo llamarle Jeremiah?

—Como prefiera, pero todo el mundo me llama Salinger. Aparte de mi madre y de Werner.

—Que así sea. Venga conmigo, Salinger.

2.

Me condujo por una empinada escalera que nos llevó hasta el sótano. Había allí un fuerte olor a masilla en el aire. Cuando encendió la luz, todo me quedó claro.

Sonreí, sorprendido.

—¿Es aquí donde nace la magia?

—El taller del diablo, parafraseando sus palabras, Salinger.

Se trataba de una habitación enorme que debía de abarcar toda la planta de la casa. Protagonista indiscutible del espacio era una mesa gigantesca en la que se amontonaban disfraces de *Krampus,* máscaras y diferentes tipos de máquinas de coser.

A lo largo del perímetro de esa especie de bodega había una estantería impresionante, con armarios y baldas repletos de todo tipo de objetos.

—Extraordinario.

—Intento utilizar los materiales tradicionales. Como verá, todos esos son tintes naturales. Hierro para el azul, por ejemplo. Mercurio. Plata. Nada que no se pueda encontrar en las inmediaciones.

—¿Esto también?

Señalé un frasco lleno de conchas.

—Voy a enseñarle uno de mis tesoros.

De un armario sacó un libro. Parecía antiguo. Me fijé en que cada página estaba protegida por una película de celofán.

—¿Qué es?

—Son las notas de un maestro de escuela. De 1874. El káiser lo envió a Siebenhoch. El Imperio Austrohúngaro se preocupaba por la educación de sus ciudadanos. El sueño de los Habsburgo era construir una monarquía ilustrada donde nadie fuera analfabeto y donde todo funcionara a la perfección. Herr Weger vivió aquí durante cincuenta años. Se casó con una chica del lugar y puede encontrar su tumba detrás de la iglesia, una sencilla cruz de hierro, como había pedido en su testamento.

—Weger... —dije—. No me parece que haya ningún Weger en Siebenhoch.

—Tuvo un hijo, pero murió de difteria. Una triste historia. Weger no se lo merecía. Era una persona inteligente y con unas ideas bastante avanzadas para su época. Esto —golpeó con el índice la portada del libro— es la prueba de ello. A finales del siglo XIX, Europa estaba en plena locura del positivismo. Se decía que la ciencia iba a resolver todos los problemas. Una especie de Ilustración elevada a la enésima potencia. Por todas partes se construían fábricas, líneas de ferrocarril. Pronto llegaría la luz eléctrica a todas las calles. Los Habsburgo estaban encantados con los escritos de los grandes pensadores de la época, e incluso Weger los había estudiado. Aunque luego los dejase de lado.

—¿Por qué?

A pesar de que me había presentado en casa de Kagol con el fin de obtener información sobre el difunto hermano del hombre más rico de Siebenhoch, esa historia me fascinaba.

—Porque comprendió que hay determinadas cosas que no se pueden ni se deben eliminar.

—¿Como por ejemplo?

Manfred abrió los brazos en un gesto que quería abarcar todo su taller.

—Las antiguas tradiciones. Habían sido muchos los que habían intentado erradicarlas, Salinger. Primero, la Iglesia católica; luego, los ilustrados, Napoleón y, por último, los Habsburgo. Sin embargo, un sencillo maestro de escuela se había dado cuenta de que si las antiguas tradiciones se perdían, no solo se perderían unas extrañas costumbres o algún proverbio: moriría el alma del pueblo. Así que comenzó a escribir esto.

Me enseñó algunas páginas. Weger tenía una caligrafía elegante y densísima. Un alemán pulido lleno de palabras que no fui capaz de traducir. Pero sobre todo ese genial maestro de escuela se revelaba como un artista fracasado.

—Estas representaciones son extraordinarias.

—Exactas como fotografías, ¿verdad? Pero Weger no se contentó únicamente con transcribir viejas fábulas o dibujar trajes tradicionales. Comenzó a coleccionarlos.

Me condujo hasta el fondo de aquella gran sala.

—Por supuesto —explicó al abrir un gran armario empotrado—, no son los originales. Son reproducciones fidelísimas. Las mismas telas, los mismos adornos. Como verá —añadió haciendo tintinear un cinturón taraceado—, estas son conchas.

Estaba fascinado.

—¿También estas son copias?

—Son auténticas. Las compré de mi propio bolsillo.

Eran máscaras de *Krampus*. Manfred se puso unos guantes de látex y las depositó con cuidado sobre la mesa, para mostrármelas a la luz cruda del neón.

—Esta es la más antigua. Según las estimaciones, debe de remontarse a finales del siglo XIV. Extraordinaria, ¿no le parece?

No podía dejar de mirarla.

—Es una obra maestra.

—¿Le da miedo?

—Si le digo la verdad, no. La definiría como curiosa, divertida. En cualquier caso, no como terrorífica.

—Porque las cosas cambian, Salinger. La gente modifica su propio concepto de lo horrible en función del transcurso de la historia y de los cambios en las costumbres. Pero en esa época, créame, esta máscara debía de infundir bastante miedo.

—Nada de cine. Nada de televisión ni de Stephen King.

—Solo Biblia mal traducida e incluso peor comprendida. Y largas noches de invierno.

—Con el Bletterbach a la vuelta de la esquina —murmuré.

Ni siquiera me di cuenta de que lo había dicho. Yo estaba hipnotizado por la máscara del *Krampus*. Por esos ojos vacíos, sobre todo.

—¿Le da miedo el Bletterbach?

—¿Puedo serle sincero?

—Por favor —respondió Manfred mientras colocaba de nuevo sus tesoros en lugar seguro.

—Me resulta aterrador. Un cementerio prehistórico.

Manfred se volvió hacia mí, observándome.

—No son palabras suyas, ¿verdad?

—En efecto, no lo son —respondí incómodo—. Pero me parecen acertadas. Son de Verena, la esposa de...

—La esposa del Jefe Krün. Ella también estaba citando a otra persona.

—¿En serio?

Manfred suspiró.

—No son temas de los que tratar aquí, Salinger. Malos recuerdos. Preferiría continuar nuestra conversación a la luz del sol, si no le importa.

3.

Manfred escrutaba una fotografía, una vista aérea del Bletterbach, colgada junto a una cabeza de ciervo tallada en madera de pino.

—¿No nota nada raro en esta imagen, Salinger?

—Falta el Centro.

—Exactamente. ¿Sabe quién la sacó?

—No.

—La misma persona que llamaba al Bletterbach «cementerio prehistórico».

—¿Su hermano Günther?

—El mismo. Iba a bordo del Alouette del Socorro. Me la regaló por mi cumpleaños. Decía que solo un necio como yo podía pensar en hacer dinero con ese horrible lugar. Estaba convencido de que el Bletterbach no podía gustarle a nadie.

—Se equivocaba.

—Muchos se equivocaron en esa época. Pero yo estaba seguro de ello. Estaba convencido —se volvió hacia mí y en sus ojos leí una determinación que pocas veces había podido ver en mi vida—. Sabía que iba a funcionar. La pregunta no era si a la gente le iba a interesar el Bletterbach, sino si iba a ser yo quien se hiciera con ese tesoro.

—Me temo que no le sigo.

—El turismo estaba eclosionando por todas partes. En el valle de Aosta, en Suiza. En Austria. Solo aquí parecía que nadie se había dado cuenta, porque todo el mundo estaba demasiado ocupado en poner bombas o en reclamar leyes especiales. Pero tarde o temprano esa idea también se le ocurriría a otra persona.

—Y usted quería ser el primero.

—Quería el Bletterbach, Salinger. Sentía que era el hombre apropiado en el momento apropiado.

—El tiempo le ha dado la razón.

Manfred asintió satisfecho.

—Podría decirse así, es cierto. El tiempo me ha dado la razón. Mi familia no era rica. Nadie en Siebenhoch era rico. No en esa época, por lo menos. Los jóvenes se marchaban de aquí, los viejos no hacían otra cosa que quejarse, ¿y los que estaban en medio? O se marchaban o se quejaban porque no podían marcharse. Mi familia tenía cuatro vacas. Cuatro. Tal vez debería comenzar así su libro, con cuatro vacas. Porque es con esas cuatro vacas como empieza el renacimiento de Siebenhoch.

—Explíqueme, por favor.

—No hay mucho que explicar. Mi padre murió y yo lo heredé todo.

—¿Y Günther?

—Es lo que aquí llamamos la ley de la «granja cerrada». El primogénito lo hereda todo, pero tiene que proporcionarle la mitad del valor de la propiedad al segundo, en efectivo. La mitad —dijo—, o un tercio, o un cuarto, dependiendo del número de hermanos. Lo importante era que la tierra y las posesiones no se dividieran.

—¿Por qué?

—Porque dividir el terreno árido del Alto Adigio significaba destruir una familia. Hacer que pasara hambre, cuando no algo peor. Al morir mi padre, vendí las vacas. Günther no me puso problemas. Dijo que tenía todo el tiempo del mundo para darle su parte de la herencia. Pensaba que estaba loco, pero confiaba en mis capacidades. El producto de la venta lo invertí en mi primera empresa. Una empresa de construcción.

—¿Para construir el Centro de Visitantes?

—Eso lo tenía ya en mente, pero no fue mi primera obra. Los cimientos del Centro no se excavaron hasta 1990. La Kagol EdilBau nació en 1982, el día de mi trigésimo cumpleaños, una fecha que elegí porque era joven e idealista y me parecía algo muy... simbólico. Me trajo suerte, en cualquier caso. El primer encargo para la Kagol EdilBau fue la reparación del tejado de una granja de pollos, en Aldino. Me encontré rodeado de mierda hasta las cejas, pero créame, estaba radiante.

—Cuatro vacas y un montón de guano. Podría usarlo como título.

—Sería magnífico, pero me temo que vendería pocos ejemplares.

—¿Günther trabajaba con usted?

Manfred se mostró disgustado.

—Es la segunda vez que me saca usted a mi hermano, Salinger. ¿Por qué lo hace?

—Siento curiosidad —elegí las palabras como si estuviera caminando sobre huevos—. Además, a juzgar por lo que he oído por ahí, en la ciudad hay mucha gente que echa de menos a Günther.

Manfred pareció sorprendido.

—¿En serio?

—Me han hablado muchas veces de él.

—¿En relación con su alcoholismo? —me preguntó con rostro inexpresivo.

—En relación con los crímenes del Bletterbach.

—¿Quiere escribir sobre esa historia?

—No creo —respondí sin pestañear—. Tal vez algunos detalles para darle un aura levemente maldita al Bletterbach.

—No sé si me gusta la idea, Salinger.

—El libro hablará sobre el pueblo, y ese acontecimiento forma parte de su historia.

Manfred asintió, aunque en sus ojos había una sombra de recelo.

—Sucedieron muchas cosas malas aquel día. Y en los días siguientes.

—Werner me ha hablado del tema. Él mismo se marchó de aquí.

—A toda prisa, sí. Una noche cogió y se marchó. Eso es lo que me contaron.

—¿Usted no estaba?

—Estaba fuera del pueblo.

—¿Negocios? —lo apremié.

—En el 85 la Kagol EdilBau se había convertido en Kagol EdilBau SRL. Tenía un estudio en Rovereto, viajaba constantemente por todo el norte de Italia. Tenía obras en marcha en el Friul y en el Véneto y estaba a punto de cerrar un trato sobre un negocio muy importante en el Tirol. La construcción de una estación de esquí. A esas alturas ya no estaba solo yo. El año anterior había contratado, además del personal administrativo normal, a dos jóvenes arquitectos que tenían ideas muy innovadoras. Uno de los dos todavía es empleado mío, el otro emigró a Alemania. Diseñó varios estadios y un rascacielos en los Emiratos Árabes.

—Caramba —comenté.

—En el 85 no me dejé caer por Siebenhoch casi nunca. Ni tampoco en los años siguientes. Venía al pueblo para las fiestas y ni siquiera en esos momentos estaba realmente presente —suspiró—. ¿Usted no se arrepiente de nada, Salinger?

—De algunas cosas.

—Entonces podrá comprender por qué soy tan hostil a la idea de ver por escrito esa horrible historia.

—No hay problema —respondí—, a mí me interesan los *Krampus* y las leyendas. Todo lo demás es complementario. Puedo aparcarla. No quiero molestar a nadie con un libro que, conociéndome, ni siquiera voy a tener la capacidad de concluir.

—¿Puedo devolverle el favor?

—Solo si me permite fumar aquí dentro.

Manfred abrió una ventana.

—Le acompañaría de buena gana, Salinger, pero lo he dejado.

Nos interrumpió el repentino ruido de algo que rascaba en la puerta. Manfred se iluminó.

Eran sus perros. Dos dóberman que me olisquearon y luego corrieron a festejar a su dueño. Manfred correspondía su afecto con amor sincero.

—Ulises y Telémaco.

—Nombres importantes.

—Son todo lo que tengo.

—¿No tiene familia?

—Tengo la compañía. Tengo el Centro de Visitantes. Tres hoteles, de los cuales dos están en Siebenhoch, y soy el *Krampusmeister*. Pero ningún hijo. Ninguna familia. No tuve tiempo para ello.

—¿El trabajo?

Manfred siguió acariciando la cabeza de los dos dóberman, tumbados a sus pies.

—El trabajo, sí. Lo que me hizo perder también a Günther.

Manfred se recostó contra el respaldo de su butaca. Bebió un vaso de agua mientras yo saboreaba el humo del Marlboro.

El frío helado que entraba por la ventana me había entumecido media cara.

—Aunque viviera lejos de aquí, tenía conocimiento de todo lo que pasaba en el pueblo. Sabía de Günther y de su problema.

—¿El alcohol?

—Claro, pero Günther era... —Manfred asumió un tono sombrío— un débil. ¿Le parece mezquino? Por favor, no me mienta.

—Lo es.

—Era mi hermano, pero para mí suponía una fuente de desasosiego. Yo era la demostración de que los sueños de uno podían hacerse realidad solo y únicamente gracias a la fuerza de voluntad. Había transformado cuatro vacas en un imperio que crecía día tras día. Llegué a facturar cifras de nueve ceros, Salinger. Los políticos venían a lamerme el culo un día sí y el otro también. Atraía la envidia como si fuera una hermosa y suculenta mierda en medio de una nube de moscas. Y a esas moscas yo las aplastaba. Bastaba una palabra mía y una empresa de transporte perdía la mitad de sus encargos, una señal mía y las empresas de materiales de construcción se derrumbaban igual que castillos de naipes. Tenía ideas innovadoras y esas ideas daban sus frutos. El mundo era mío —me enseñó la mano cerrada en un puño—. Günther, en cambio, era un débil. Como nuestro padre. También él bebía como una esponja. Murió de cirrosis.

—Pero Günther había visto esa...

—¿Esa masacre? ¿Y qué? —me interrumpió Manfred, despectivo—. ¿Sabe a cuántos trabajadores muertos he visto en mi carrera? Albañiles aplastados por masas de hormigón o caídos de los andamios, técnicos destrozados por las cargas explosivas. Una infinidad de muertos. Pero ¿cree que me puse a beber y a autocompadecerme?

—Quizás Günther no estaba hecho de la misma pasta que usted.

Manfred suspiró.

—Günther no estaba hecho de la misma pasta que yo, no. Era demasiado sensible. Grande y corpulento como un oso, con una lengua que habría hecho desmayarse a nuestra pobre mamá; pero, a pesar de todo, tenía un corazón de oro. Me di cuenta solo más tarde, cuando pasó la euforia de aquellos años. Para mí, los años ochenta y noventa fueron una especie de fiesta en la que trabajaba dieciocho horas al día, siete días a la semana. Sin detenerme nunca en las cosas importantes.

—¿Cosas como una familia?

—Y Günther. A menudo yo decía que era hijo único. Su muerte no era más que el digno epílogo de una vida desperdiciada. Un borracho menos, me dije, y comencé de nuevo a firmar contratos, verificar proyectos y dejar que me besara el culo algún asesor como si nada hubiera sucedido. Al final, Günther y yo nos parecíamos.

—¿Por qué dice eso?

—Porque Günther tenía el alcohol, y yo, el trabajo. Era mi droga. Y cuando bajé el ritmo, comencé a mirar a mis espaldas. Y a pensar de nuevo en Günther. Comprendí que me había comportado como un auténtico capullo. A preguntarme si habría podido salvarlo.

—¿De qué manera?

Manfred me miró como si acabara de aterrizar desde Marte.

—Era y soy rico, Salinger. Podría haberlo llevado a alguna clínica especializada para que lo limpiaran, pagarle un viaje alrededor del mundo, todas las putas que quisiera. Habría podido comprar todo lo que fuera necesario para sacarle ese demonio de la cabeza. En cambio, lo dejé solo. Aquí. Esta es la casa donde crecimos y en la que vivía Günther. La reestructuré casi por completo.

—¿Casi?

—Cuando me di cuenta de lo que le había hecho a Günther, me volví loco. No sé por qué, pero la tomé con estas cuatro paredes. Quería derruirlas. Pero era mi casa. Nuestra casa. Así que decidí reestructurarla de arriba abajo. Sin embargo, no tuve valor para retocar su habitación, se quedó exactamente como la había dejado la última vez que estuvo en ella.

—No soy un especialista, pero me parece bastante demencial —le solté sin pensarlo.

—A veces yo también lo creo. ¿Quiere verla?

Lo seguí al piso de arriba.

Mientras que el resto de la Casa Kagol estaba amueblado con piezas de calidad y con esmero, la habitación que Manfred me enseñó tenía el aspecto de una cabaña.

Las tablas de las paredes estaban negras de hollín; la cama, carcomida, y las ventanas eran de un cristal opaco que casi no dejaba pasar la luz del sol.

Había una botella en la mesita de noche junto a la cama deshecha. Y bajo la botella, dos billetes de mil liras.

—¿Qué le parece, Salinger?

Iba a añadir algo más, pero una voz lo interrumpió. Era el ama de llaves. Una llamada telefónica urgente de Berlín. Manfred soltó una maldición.

—Negocios —dijo. Se disculpó y bajó los escalones de dos en dos.

Me quedé solo frente a esa especie de máquina del tiempo. Imposible resistirse. A pesar de oír la voz de Manfred borbotando en lontananza, crucé la puerta de la habitación de Günther.

4.

Lo que hacía estaba mal. En cierto sentido, se trataba de una profanación. Estaba mirando en los armarios (y debajo de la cama, y en la mesita de noche, y...) de un hombre que llevaba muerto más de veinte años. Un hombre que había vivido una vida breve y desgraciada. Günther no se merecía lo que estaba haciendo.

Ese pensamiento no me detuvo ni siquiera un instante.

Solo disponía de esa ocasión para conseguir determinar si lo que me había contado Brigitte tenía o no visos de veracidad. Me había hecho la ilusión de que charlar con Manfred podría darme alguna información nueva. Pero Manfred no me había dicho nada que pudiera aclararme las ideas.

Jadeaba mientras mis dedos se movían a toda prisa entre botas rotas, medicamentos caducados, pijamas, ropa interior. También había un espejo, pero preferí no mirar mi reflejo. Busqué, el tiempo corría con rapidez.

Un segundo. Dos segundos, tres segundos...

Rápido. *Rápido*.

Si realmente Günther había tenido alguna sospecha, era allí, en ese tesoro inesperado, donde iba a encontrar las pistas correctas. Lo sentía igual que sentía cómo el polvo de décadas me picaba en las fosas nasales. Lo intenté en los bolsillos de las chaquetas, en los de los pantalones. Entre las recetas médicas y tarjetas postales. Busqué en un par de mochilas de montaña. Busqué en un saco de dormir devorado por las polillas. Busqué en todos los malditos agujeros de esa habitación, sin encontrar más que facturas viejas, pañuelos sucios y alguna moneda fuera de circulación. Estaba empapado en sudor.

Entonces la vi.

Dentro de un armario. Una caja de música. Parecía que estuviera vibrando, de tan prometedora como era. La levanté conteniendo la respiración.

Me detuve y agucé el oído. La voz de Manfred, monótona, seguía llegando desde el fondo de la escalera.

Muévete.

Le di la vuelta a la caja de música para encontrar el compartimento de las pilas. Lo abrí utilizando las uñas como una ganzúa. Fue una precaución completamente inútil: el ácido de las pilas se había salido, convirtiéndolas en pequeñas esponjas de un olor acre que hería las fosas nasales. Ninguna melodía iba a delatar lo que estaba haciendo.

Es decir: profanar la tumba de Günther Kagol.

La abrí. Emitió un chirrido y nada más. En el interior se conservaban algunos papeles de aspecto oficial escritos a máquina. Los desplegué e intenté leerlos. Había sellos y algunas manchas aureoladas. Cerveza, pensé. O tal vez lágrimas.

Leí.

Se me cortó la respiración.

Fueron los perros los que me salvaron.

Los oí ladrar, luego la voz de Manfred que los tranquilizaba. Me metí los papeles en el bolsillo, coloqué la caja de música en su sitio, cerré de nuevo el armario y me fingí interesado en el marco de la ventana.

—Es de plomo, ¿verdad?

Tenía la esperanza de que no notara la ansiedad en mi voz.

—Como se hacían antaño —dijo.

Me observó mientras se atusaba el bigote.

—¿Quiere hacerme alguna otra pregunta, o bien...?

—Ya he abusado demasiado de su hospitalidad, Manfred. Me gustaría hacer algunas fotografías de su taller, un día de estos. Si no le molesta.

—Estaré encantado. Pero me refería a... —dejó que fuera la mirada la que completara la frase.

—Nada del Bletterbach. Que los muertos descansen en paz.

Las hojas escritas a máquina me ardían en el bolsillo de los pantalones.

5.

Los siguientes minutos pasados en compañía de Manfred han desaparecido de mi memoria. Borrados. Solo recuerdo el anhelo de salir de allí y de lanzarme sobre mi tesoro.

Cuatro páginas. El papel estaba amarillento y se quebraba entre los dedos. La fecha que aparecía al final era la del 7 de abril de 1985. Veintiún días antes de la masacre.

Lo releí de un tirón. Luego una vez más. No era capaz de creer lo que Günther había descubierto. Por un momento me puse en su pellejo y lo que sentí fue indescriptible. Entendí por qué se había matado a base de beber.

Esas hojas escritas a máquina eran un informe pericial sobre los riesgos hidrogeológicos. Un informe que, en pocas líneas, con un par de gráficos y varias referencias a mapas catastrales, demostraba cómo la construcción del Centro de Visitantes del Bletterbach resultaría no solo perjudicial para el ecosistema de la garganta, sino incluso peligrosa.

Los cimientos del Centro de Visitantes se excavaron en 1990, cinco años después de que una joven estudiante de Geología, al entregar esas cuatro páginas, se hubiera creado un enemigo que ni siquiera su sonrisa sería capaz de conquistar. La firma al final del documento donde se daba un parecer contrario a la construcción del Centro de Visitantes del Bletterbach era, en efecto, la de Evi.

Todavía podía oír con qué desprecio había hablado Manfred de Günther. Pero un hombre que se negaba a aceptar el alcoholismo de su hermano ¿era también un asesino?

Tal vez no, me decía mientras releía el informe pericial por enésima vez.

Y, a pesar de todo, Manfred Kagol había demostrado al mundo entero que se trataba de alguien con quien era mejor no bromear. Sobre todo en aquella época. Utilizando sus propias palabras, Günther había tenido el alcohol, y él, su trabajo.

Pero en él había mucho más, en mi opinión. Esas cuatro vacas de las que estaba tan orgulloso no eran únicamente cuatro animales dejados en herencia por un padre beodo. Eran un símbolo. El símbolo de su redención social. El Centro de Visitantes, en cambio, era el signo concreto de su triunfo.

Jaekelopterus rhenaniae

1.

A la mañana siguiente puse al día el archivo del ordenador escribiendo todo lo que había descubierto, adjuntando una copia escaneada del documento firmado por Evi y soltando allí todas las hipótesis, las preguntas y las pistas que se me habían ido pasando por la cabeza.

Eran un montón.

Luego di un largo paseo por el frío, con la esperanza de que un poco de movimiento me ayudase a liberarme de esa sensación de amenaza que se cernía sobre mí. No funcionó. Durante el almuerzo picoteé aquí y allá y respondí con monosílabos a las preguntas de Annelise, hasta que ella, cansada, dejó de hablarme.

No hacía más que pensar en el informe pericial de Evi. Con esas pocas páginas había paralizado las obras del Centro de Visitantes durante cinco años. Vista la competencia, en el mundo del turismo cinco años son tan largos como eras geológicas.

También pensé que si Evi no hubiera sido asesinada el 28 de abril de 1985 y hubiera podido proseguir con su batalla por la preservación del Bletterbach, al que obviamente estaba muy apegada (¿no fue allí donde, como me había confesado Brigitte, había brotado su amor por Kurt?, ¿no era allí donde Evi encontraba la paz cuando su madre se ponía hecha una furia?), tal vez el Centro de Manfred Kagol aún sería un proyecto en la mente de su creador.

Nada de Centro, nada de dinero.

Dinero.

Un móvil de gran peso, tan antiguo como la humanidad. En última instancia, Roma también se construyó en la escena de un crimen.

Rómulo mata a Remo por una cuestión banal de límites catastrales.

—¿Papá?

Ni levanté la cabeza del plato para contestar.

—¿Sí, pequeña?

—¿Sabías que los escorpiones no son insectos?

—¿Cómo?

—Los escorpiones no son insectos. ¿Lo sabías?

—¿En serio?

Clara asintió.

—Son arañas —exclamó, excitada por su descubrimiento—. Lo han dicho en televisión.

Ni siquiera la escuché.

—Cómete las patatas, cariño —murmuré.

Clara hizo pucheros. No me di cuenta. Estaba demasiado concentrado siguiendo el hilo de mis razonamientos.

¿Se puede matar por dinero?

Intenté calcular cuánto podía facturar el Centro de Visitantes anualmente. Si las estadísticas que había descubierto en internet no mentían, cada año pagaban el precio de la entrada entre sesenta y cien mil turistas. Una bonita cifra, a la que se debían restar después los gastos para la administración, el mantenimiento y todo lo demás. Pero el flujo de dinero no llegaba tan solo de ahí. Porque al menos la mitad de los visitantes que abrían sus carteras para admirar el cañón de los Dolomitas se alojaba en hoteles de Siebenhoch.

Y también en Siebenhoch comían, compraban los *souvenirs,* los productos de primera necesidad y todo lo demás.

—¿Papá?

—Dime, cariño —dije.

—¿Qué haremos hoy por la tarde?

Me obligué a tragar un poco de estofado, lo justo para contentar a Annelise. Estaba muy bueno, pero tenía el estómago cerrado. Esa sensación por debajo de la piel no cesaba.

—No lo sé, pequeña.

—¿Vamos a deslizarnos en trineo?

En mi mente el dinero que se movía alrededor del Centro de Visitantes se convertía en un río de oro.

—Claro.

¿Quién era el principal beneficiario de esa fortuna? La comunidad, pero sobre todo Manfred Kagol. El hombre que había vendido cuatro vacas para convertirse en... ¿qué?

—¿Prometido?

Le revolví el cabello.

—Prometido.

Cuatro vacas y el tejado de un gallinero como trampolín para convertirse en el dueño de Siebenhoch, a fin de cuentas. Suyo era el Centro de Visitantes, suyos los dos principales hoteles del pueblo.

Suya era la mayor porción del pastel de las ganancias.

Manfred Kagol.

Recogí la mesa. Luego me hundí en mi butaca favorita. Encendí la televisión. Mis ojos veían, mi cerebro no asimilaba.

Clara me siguió como un cachorro, con el morrito dirigido hacia mí.

—¿Papá?

—Dime, cinco letras.

—¿En qué estás pensando?

—Estoy viendo las noticias.

—Ya se han acabado, cuatro letras con acento.

Era cierto.

Sonreí.

—Me parece que cuatro letras con acento necesita refrescarse las ideas.

—¿Vamos a jugar con el trineo?

Negué con la cabeza.

—Después.

—¿Cuándo?

—Primero tengo que hacer una cosa.

—¡Pero me lo prometiste!

—Un par de horas, nada más.

Me levanté.

—¿Adónde vas?

—Me acerco un momento a Bolzano. Luego vuelvo y salimos con el trineo, ¿de acuerdo?

2.

Necesitaba pruebas. Y el único lugar donde podía encontrarlas era el Registro Provincial de la Propiedad. Allí conseguiría reconstruir la historia del Centro de Visitantes.

¿Y luego?

Y luego, pensé poco antes de que sonara el teléfono, ya se me ocurriría algo.

3.

—¿Te he despertado, socio?

—Son las dos de la tarde y estoy conduciendo.

—Siempre me confundo con los husos horarios.

—¿Has hecho tus deberes, Mike?

La línea tenía muchas interferencias. La voz de Mike me llegaba a rachas.

Blasfemé.

Por suerte, me fijé en que se aproximaba una salida a una estación de servicio. Puse el intermitente, encontré un espacio libre y aparqué. Apagué el manos libres y me llevé el móvil a la oreja.

—Primera premisa. Ha sido un trabajo de la hostia. Segunda premisa. Es un gran follón. ¿En qué clase de asunto andas metido?

Encendí el mechero y aspiré la primera bocanada del cigarrillo de la tarde. El humo me hizo toser un poco.

—Una extraña historia.

—Voy a comenzar por la conclusión. Grünwald. No se sabe qué pasó con él. Desapareció, de la noche a la mañana.

—¿En qué periodo? ¿En el 85?

—Abril o quizá mayo de 1985.

—¿Qué significa eso de abril o quizá mayo? ¿No puedes ser más preciso?

La voz de Mike se hizo estridente.

—Pero ¿por qué no haces tú tus deberes solito, si tan bueno eres criticando el trabajo de los demás?

—Porque eres un genio, Mike. Y yo un humilde escribiente.

—Continúa.

—Y eres la única persona en el mundo que puede ayudarme a sacar las castañas del fuego.

—¿Y?

—Nada, no soy un chat erótico.

—Si fueras un chat erótico, ahorraría: ¿tienes idea de lo que cuesta una llamada intercontinental?

—Total, estás usando un teléfono del Canal, ¿verdad?

—¿Quieres que te lea el horóscopo, ya puestos?

—Quiero que empieces a contarme. Abril o mayo de 1985.

—Oscar Grünwald desaparece. Iba a dar una conferencia en Ingolstadt, que es un lugar que está...

—... en Alemania.

—Pero no dio señales de vida. La conferencia era el 7 de mayo, para ser exactos. En su lugar llamaron a un tal doctor Van der Velt, holandés. A juzgar por las credenciales de este Van der Velt, salieron ganando. Grünwald era un apestado, Salinger.

—¿Qué significa eso de «apestado»?

Mientras Mike hablaba, había sacado un bloc de notas y un bolígrafo del salpicadero. Apoyé el bloc en el muslo y comencé a garabatear.

—Significa que las universidades habían empezado a negarle los fondos.

—Dime algo que no sepa.

—El fin de la credibilidad académica de Grünwald comienza en el 83. Recibió muchos ataques por parte de las universidades.

—¿Innsbruck?

—Innsbruck, Viena. Dos publicaciones de la Universidad de Berlín y una por parte de la Universidad de Verona.

—¿Por qué?

—La pregunta es otra. ¿Quién era realmente Oscar Grünwald?

—Un geólogo y un paleontólogo —contesté.

—Correcto, pero reduccionista. Oscar Grünwald —la voz de Mike había adquirido la cadencia tediosa de quien está leyendo, y me esforcé cuanto pude para transcribir todo lo que me dijo— nació en Carintia, en un suburbio de Kla...

—Klagenfurt.

—Eso mismo. El 18 de octubre de 1949.

—En mayo del 85 tenía treinta y cinco años.

—Treinta y cinco años, dos licenciaturas y un doctorado. Paleobiología. Un gran tipo, diría yo.

—¿Un gran tipo?

—Un genio, en mi opinión.

—¿Qué sabes tú de geología y de paleontología?

—Me he hecho un experto en estos días. La verdadera pregunta es: ¿y tú, qué sabes tú?

—Sé que la geología es el estudio de las rocas y la paleontología, el estudio de los fósiles.

—¿Alguna vez has oído hablar del Pérmico?

—Es el periodo de las grandes extinciones, ¿verdad?

Y era también el estrato más profundo del Bletterbach. Las piezas del puzle comenzaban a encajar.

—El Pérmico se remonta más o menos a entre doscientos cincuenta y doscientos noventa millones de años. En ese periodo se produjo la extinción en masa más grande de la historia del planeta. Casi el cincuenta por ciento de las especies vivas desapareció. El cincuenta por ciento, Salinger. ¿No te produce escalofríos?

—Bastantes, como para dar y vender unos cuantos.

—Hay abundantes teorías acerca del asunto. Aumento de la radiación cósmica, que es como decir que acabaron como hamburguesas en un gigantesco horno microondas; disminución de la productividad de los mares, inversión de los polos magnéticos, aumento de la salinidad de los océanos, disminución del oxígeno, aumento del sulfuro de hidrógeno en la atmósfera causado por bacterias que se encargaron del trabajo sucio. Luego está mi favorita, la que sabe todo el mundo.

—¿El asteroide?

—Una gigantesca, maravillosa y apocalíptica bola de *bowling* que le dio de lleno al planeta, que a punto estuvo de partirse por la mitad. Hollywood elevado a la enésima potencia. Y sin especialistas, socio. Pero Grünwald se cansó casi inmediatamente de esos estudios.

—¿Y eso por qué? ¿Has logrado descubrirlo? —pregunté.

—La crónica falta de fondos que desde tiempos inmemoriales afecta a la categoría de los cerebritos como él. Grünwald no era de la clase que se queda calentando la silla con su trasero. No se contentaba con formular teorías.

—Quería las pruebas.

—Lo que ocurre es que en paleontología buscar pruebas sale un poquito caro. Nadie le daba suficiente dinero para organizar sus expediciones de investigación. Sé que no debería decirlo, dado que es un tipo al que ni siquiera conozco, pero me cae bien. ¿A quién no le gustan los locos? Lo que pasa es que debería haber sido guionista, no un científico, créeme.

—¿Por qué?

—Todos los que estudiaban el Pérmico se preguntaban: ¿bola de fuego o megaterremoto? ¿Microorganismos pedorros o volcanes en celo? Grünwald se hizo en cambio una pregunta mucho más interesante. ¿Por qué algunos sobrevivieron y otros no? ¿Genética? ¿Suerte? Y así llegamos a la teoría de los nichos ecológicos. Es decir, a la teoría que lo hizo caer en desgracia.

—¿De qué demonios se trata?

—Espacios físicos en los que las condiciones apocalípticas del Pérmico llegaron en una versión, digamos, más suave, permitiendo que las especies vivas escaparan del cataclismo. Lo machacaron.

—¿Por qué?

—Grünwald formuló la teoría de que hoy en día aún podían existir lugares en los que era plausible la existencia de especímenes biológicos no evolucionados que habrían sobrevivido a las grandes extinciones en masa...

—¿Supervivientes pero sin evolucionar? ¿Hoy en día? *Jurassic Park* sin la historia esa de los sapos y del ADN?

—Exactamente —podía verlo moviendo la cabeza, desconsolado—. Tenía un trabajo como investigador en Innsbruck y lo torpedearon. Nadie quería tener nada que ver con él. Nada de publicaciones ni de libros.

—¿Y cómo se ganaba la vida?

—Trabajaba de geólogo. Organizaba viajes a los Andes, donde tenía algunos contactos entre la población local. Elaboraba informes, pero no le hacía ascos a ganar algún dinero como guía turístico o vendedor ambulante. Se las apañaba con lo que le iba saliendo. Luego, en el 85, desaparece.

—¿Y nadie lo buscó?

—Que yo sepa, no —fue la respuesta, seca, de Mike. Pensé en Brigitte. En el álbum de los éxitos de Evi.

—Evi Baumgartner —murmuré.

—¿Cómo dices?

—Evi Baumgartner —repetí, mientras miraba cómo un ave de presa, tal vez un halcón, dibujaba lentas espirales en el cielo terso de aquel día.

—¿Y quién es?

—Si buscas entre los textos que dinamitaron la credibilidad académica de Grünwald, estoy seguro de que encontrarás su nombre.

Y un móvil.

Oí cómo Mike tecleaba en el ordenador.

—Nada.

Me sentí un idiota.

—Inténtalo con «Tognon» —recordé que ese era el apellido de Evi en el registro civil.

Otra ráfaga de teclas.

—Bingo. Universidad de Innsbruck. Y no es uno de los textos que demolieron la credibilidad de nuestro amigo, sino *el* texto que todos los demás saquearon a mansalva. ¿Quién es esta Evi?

—Una de las víctimas del Bletterbach.

—¿Qué has dicho?

—He dicho que era una de las víctimas del Bletterbach. La historia que estoy intentando reconstruir.

Mike murmuró algo. Otra vez el ruido de los dedos que se movían frenéticamente sobre el teclado.

—¿Se escribe con *c* y *h* al final?

—¿Bletterbach? Sí, ¿por qué?

Mike imitó la voz de barítono propia de los tráileres de las películas:

275

—Golpe de efecto, socio.

—¿Quieres dejar de hacer el idiota?

—No estoy haciendo el idiota. Te encuentras en pleno centro de un nicho ecológico.

—Imposible. Eso es ciencia ficción.

—¿Ah, sí? —dijo Mike—. Voy a citarte a grandes líneas el libro de nuestro amigo Grünwald. El Alto Adigio posee su propio microclima. En teoría, debería tener un clima continental, pero está en medio de los Alpes. No se trata, pues, de clima continental. Dado que tiene ahí los Alpes, el clima debería ser alpino, ¿verdad? Error. Los Alpes protegen del viento del norte, los Alpes protegen de los influjos del Mediterráneo, pero los Alpes no determinan el clima de la región, sino que crean uno diferente: un microclima. Que para Grünwald, dicho sea para que quede constancia, era la primera condición para que se desarrollara un nicho ecológico. Y ahora —añadió—, agárrate fuerte, porque viene lo divertido.

—Dispara.

—En el Alto Adigio crecen algunas variedades de plantas de ginkgo que en Europa se extinguieron hace cientos de miles de años. Sin embargo, ahí están, bajo los Dolomitas, burlándose de nuestras convicciones científicas, y están en buena compañía. Por ejemplo, el *Nautilus*. En teoría se extinguió hace cuatrocientos millones de años. En el Alto Adigio se han encontrado restos fósiles que se remontan a hace *doscientos* millones de años.

—¿Me estás diciendo que mientras que en el resto del mundo el *Nautilus* se había extinguido, aquí se mantuvo nadando tan ricamente otros doscientos millones de años? Ciencia ficción, Mike.

—No, nichos ecológicos. Y mira, lo he estado contrastando con un buen número de textos.

—Pero...

—Escucha. En una de las últimas publicaciones de Grünwald se hablaba precisamente del Bletterbach. En una revista a medio camino entre *Expediente X* y el *Doctor Who*. Ya sabes, de esas que predicen el fin del mundo cada dos semanas.

Mi corazón se aceleró.

—¿Y bien?

—Grünwald había identificado el Bletterbach como uno de los posibles lugares en los que recuperar material biológico vivo superviviente del Pérmico. Una especie bien precisa. Y, coño, no te estoy hablando del pececito Nemo. Te mando una copia escaneada.

Esperé a que el móvil emitiera el *bip*.

Miré.

Y clavé la vista en la pantalla con la boca abierta.

Una especie de escorpión con la cola de una sirena. El cuerpo alargado y recubierto por un caparazón que le hacía asemejarse a una langosta. Nunca había visto nada tan hostil.

La palabra que me vino a la cabeza fue precisamente esa: «Hostil».

Seis letras.

—¿Qué demonios es?

—*Jaekelopterus rhenaniae*. Perdona la pronunciación.

Intenté imaginar qué clase de mundo era el que había albergado a semejante criatura. Un planeta repleto de monstruos carentes de cualquier clase de emoción que no fuera el impulso de la depredación, a los que Dios un buen día decidió borrar del mapa.

Mike continuó.

—Un antepasado gigantesco de las arañas modernas, mejor dicho, de los escorpiones —algo se encendió en mi cerebro, pero cuando traté de aferrarlo ya se había desvanecido—. Un artrópodo. Pero un artrópodo marino. Vivía en el agua. Medía dos metros y medio de largo. La pinza era de cincuenta centímetros.

—¿Y Grünwald estaba convencido de que una de estas cosas se paseaba por el Bletterbach?

—*Debajo* del Bletterbach. Aquí habla de cuevas y de lagos subterráneos. Esa cosa vivía en aguas dulces. Y era un depredador del que más valía mantenerse alejado.

Este último comentario de Mike casi no lo oí. Siebenhoch, pensaba.

Cuyo antiguo nombre era *Siebenhöhlen*. Siete grutas.

—¿Sigues ahí, Salinger?

—¿Tienes lápiz y papel? —grazné—. Hay otra persona sobre la que quiero que investigues: Manfred Kagol. Es un empresario local.

—¿Cuándo murió?

—Ayer hablé con él. Quiero saber cuanto puedas descubrir sobre su persona. Concéntrate sobre todo en su fortuna.

—¿Es rico?

—Da asco.

—Pero ¿qué tiene que ver este tipo con el *Jaekelopterus rhenaniae* y con Grünwald?

—Gracias, Mike.

4.

El interior del Registro de la Propiedad de Bolzano estaba agradablemente iluminado, era modernísimo. El personal, por suerte para mí, fue muy amable, incluso cuando intenté explicar lo que necesitaba.

Tuve que esperar una media hora, que me pasé intentando poner en perspectiva lo que Mike había descubierto acerca de Grünwald. Teorías extrañas, las de él. Peregrinas. Más adecuadas para una película que para el mundo conservador de la universidad.

Me di cuenta de que Grünwald era el único protagonista de esa historia de quien no tenía ninguna fotografía. Me lo imaginaba como una especie de científico loco, vestido a medio camino entre Indiana Jones y un burócrata del siglo xix, solo que mucho más torpe. No sé por qué, dado que seguía siendo un hombre que había llevado a cabo investigaciones en los Andes, pero no lo veía enfrentándose a una pared escarpada: lo veía más bien como un tipo que tropezaba con sus propios pies, tal vez con una pajarita en el cuello.

Seguro que Grünwald había sido un hombre obsesionado con su trabajo. Lo había sacrificado todo por sus teorías. Mike no me había hablado ni de noviazgos ni de matrimonios. El hecho de que desapareciera de la noche a la mañana sin que nadie sospechara nada dejaba traslucir una vida social próxima al cero. Un solitario con un único objetivo. Encontrar los nichos ecológicos y redimir así el honor perdido.

Negué con la cabeza, perplejo.

¿Tan obsesionado como para matar a la mujer que había acabado con su carrera? Tal vez. ¿Qué significaba ese telegrama? ¿Evi quería bajar a las cuevas subterráneas del Bletterbach para refutar una vez más las teorías de Grünwald y la mente de Grünwald no había podido digerir ese enésimo ultraje?

¿Quizá la muy dulce Evi era en realidad una gilipollas tan cegada por su rápido ascenso en el mundo académico como para querer demostrar hasta qué punto eran ridículas las teorías de Grünwald, con tal de exhibirse junto con los peces gordos de la universidad?

No la veía así, con esos ojos límpidos y con todo lo que me habían contado sobre ella. Aunque, por otra parte, me decía mientras caminaba arriba y abajo por el pasillo del Registro de la Propiedad, de los muertos se habla, siempre y solamente, bien.

También había otra posibilidad.

Quizá Evi había tenido una vacilación, ella que tanto amaba el Bletterbach y que lo conocía mejor que cualquier persona. Quizá se dio cuenta de que las teorías de Grünwald

sobre los nichos ecológicos no eran en el fondo tan de-
menciales y decidió explorar las cuevas que discurrían por
debajo del Bletterbach, con la esperanza de encontrar una
prueba que rehabilitara esa credibilidad académica de
Grünwald que ella había contribuido a destruir.

Por supuesto, era una posibilidad.

Pero... ¿escorpiones gigantes del Pérmico?

Venga ya.

Y, sin embargo...

Tuve una visión fugaz. Las fotografías que me había
enseñado Max, las tomadas en la escena del crimen. Las
amputaciones. Los brazos retorcidos, destrozados.

Las heridas.

La decapitación de Evi.

Esas horribles mutilaciones ¿podían ser compatibles
con las pinzas de medio metro del *Jaekelopterus rhenaniae*?
Y si...

Una voz me devolvió a la realidad.

El empleado que me acompañó hasta una especie de
sala de lectura con un altísimo techo tenía una barba que
le caía sobre la camisa y la mirada oculta detrás de unas
grandes gafas de miope. Me indicó un escritorio de metal,
muy feo, pero funcional, en el que estaban amontonadas
varias pilas de carpetas.

—Que le vaya bien el trabajo.

Me senté haciendo crujir las vértebras. Suspiré. Y me
puse a leer.

5.

Esto es lo que descubrí: el Centro de Visitantes del
Bletterbach se inauguró el 8 de septiembre de 1990. Las
obras se habían desarrollado plácidamente y sin contra-
tiempos.

Habían contratado a un arquitecto austriaco muy en boga, quien había realizado el proyecto intentando «preservar la belleza natural del lugar, combinándola con la tecnología y la funcionalidad de las obras modernas», fuese lo que fuese el significado de aquello.

No encontré el informe pericial firmado por Evi. No estaba allí. O mejor dicho, estaba señalado en el índice del archivo, pero alguien lo había sustraído. Y yo sabía perfectamente quién había sido.

Aun así revisé el resto de la documentación, de arriba abajo, cada vez más perplejo.

Un año después del informe de Evi, en 1986, un tal doctor Rossetti, geólogo, opuso un contraperitaje suyo, mucho más largo y articulado, que demostraba, en pocas palabras, que el Centro de Visitantes era un proyecto más que factible.

En particular, sugería el doctor Rossetti, «no existe ningún riesgo que entrañe peligro de deslizamiento de tierras debido a que el estrato superior del lugar está compuesto por materiales graníticos que cuadran bien con las capacidades de la estructura sometida a consideración por parte de la Kagol EdilBau». Cuatro vacas transformadas en un imperio.

En el año 88 hubo un tercer informe pericial, igualmente favorable a la construcción del Centro de Visitantes, firmado por un tal ingeniero Pfauch. Era la fotocopia exacta del redactado por el doctor Rossetti dos años antes. Extraño, me dije.

Algo en el hecho de que se hubieran presentado hasta dos peritajes favorables con un par de años de diferencia cosquilleaba mi curiosidad. Así que corrí a la biblioteca municipal.

Quería entender la causa de todas aquellas prisas.

6.

Llegué poco después, jadeante, y con una simpática migraña a punto de despegar. Ni siquiera medio kilo de aspirinas podría mantener a raya ese dolor.

No me detuvo. Lo que había descubierto en el Registro de la Propiedad me había abierto el apetito.

Rellené los impresos correspondientes, esperé, descubrí que tenía el móvil sin batería, seguí esperando. Al final, me lancé al trabajo. Más páginas del bloc, más anotaciones.

Por una vez, sin embargo, había respuestas.

En el 86, pocos meses después de haber firmado el informe pericial favorable a los proyectos de Manfred, el doctor Rossetti fue detenido por una turbia historia de sobornos.

¿Que querías construir un superhotel de setenta plantas en una playa arenosa, lugar de reproducción de tortugas marinas? Tan solo necesitabas disponer de unas pocas decenas de millones de liras y el doctor Rossetti era tu hombre.

La detención de Rossetti debía de haber puesto palos en las ruedas a la Kagol EdilBau, de manera que Manfred, que se había quedado, como suele decirse, con el culo al aire, tuvo que depender de un segundo perito, el ingeniero Andreas Pfauch.

En el currículo de este último no encontré ninguna mancha, nada de sobornos ni sombra alguna, pero me sentía legitimado a plantearme una pregunta.

Pfauch, cuando redactó ese último y decisivo informe pericial, tenía noventa y tres años cumplidos. ¿Realmente podía considerarse de fiar alguien casi centenario? Todo era posible, incluso que monstruos dotados de caparazón y pinzas vivieran en el Bletterbach, pero la historia me apestaba a estafa.

Me despedí del personal de la biblioteca y me encaminé hacia casa. Durante el trayecto me detuve en una farmacia. La migraña se había convertido en un Pérmico en miniatura.

7.

No recuerdo casi nada del viaje de Bolzano a Siebenhoch, tan solo la oscuridad y el flujo excitado de mis pensamientos. En vez de en la carretera, mi concentración estaba dirigida por completo hacia Manfred Kagol, el Centro de Visitantes y el final de esos pobres chicos.

Me había acordado de un detalle que Mike descubrió mientras investigaba sobre la vida de Grünwald, y que de entrada no me había chocado. Ahora adquiría un significado completamente distinto.

Cuando Grünwald fue apartado del mundo académico, apartado sobre todo en sentido económico, ¿qué había hecho para ganarse la vida? Entre otras cosas, me dijo Mike, elaborar pequeños informes. ¿Y qué clase de informes podría proporcionar un geólogo?

Informes periciales.

Nada de criaturas monstruosas por debajo del Bletterbach, pobre Grünwald. Los verdaderos monstruos vivían por *encima* del Bletterbach, eran bípedos y no tenían pinzas.

Tal vez, me atreví incluso a pensar, movida por sus sentimientos de culpabilidad, Evi le había confiado a Grünwald el informe pericial sobre la factibilidad del Centro de Visitantes, para ayudarle a poder enlazar almuerzo y cena en un mismo día, limitándose a firmarlo. De manera que juntos habían echado por tierra los planes de Manfred. Esto también explicaría la misteriosa desaparición de Grünwald poco después de los crímenes del Bletterbach.

Mike diría que esta parte de la reconstrucción chirriaba demasiado y que, sobre todo, no tenía pruebas de ello, pero eran detalles que por mi parte podría remediar si seguía indagando. El punto central era otro.

El informe pericial le hizo perder un montón de pasta a Manfred. Sobre esto no cabía duda alguna.

Y, luego, ¿qué pasó?

Manfred esperó el momento oportuno, y fue una suerte para él que la tormenta autorregenerativa le garantizara una cobertura ideal para sus crímenes. Mató a Kurt, Evi y Markus. Luego se deshizo de Oscar Grünwald.

Una vez más la voz de Mike dentro de mi cabeza me llevó la contraria.

¿Y el Jefe Krün?

Era cierto, Max poseía también una carpeta sobre el hombre más rico del pueblo y lo había excluido de los sospechosos, aunque los hombres ricos pueden comprar coartadas a prueba de bombas. Una coartada en la que todo el mundo habría creído, incluso ese paranoico obsesivo que era Max, pero no Günther. Günther llegó a las mismas conclusiones que yo, aunque no tuvo valor para denunciar a su hermano.

Esas eran las revelaciones candentes a las que se había referido, borracho, a Brigitte.

Todo encajaba.

El hombre que estaba a punto de convertir Siebenhoch en uno de los principales centros turísticos de la región era en realidad un asesino despiadado. El dinero que todos los habitantes del pueblo manejaban a diario chorreaba la sangre de tres inocentes. Evi, Kurt y Markus. Quedaba una pregunta.

¿Qué hacer?

Ir a hablar de nuevo con Brigitte, me dije. Tal vez podría venirle a la memoria algún detalle. Tal vez Günther había mencionado algo que ella había pasado por alto. Sí, me dije, Brigitte podía ser la clave de todo.

Llegué a casa y no me di cuenta de que las luces estaban apagadas. Aparqué y escondí el bloc de notas en el bolsillo interior del chaquetón. Luego saqué la llave.

—¿Dónde has estado?

La voz de Werner.

Me sobresalté.

—Me has asustado.

—¿Dónde estabas?

Nunca lo había visto en ese estado. Tenía ojeras, la piel tan tensa que resultaba casi lúcida, y los ojos rojos, como si hubiera llorado. Apretaba y relajaba los puños, como si fuera a golpearme de un momento a otro.

—En Bolzano.

—¿Has mirado el teléfono?

Lo saqué. Estaba muerto.

—Vaya.

Werner me aferró por las solapas del chaquetón. A pesar de su edad, me agarraba con manos que eran de acero.

—Werner...

—Me ha llamado Manfred. Me ha dicho que quieres escribir un libro. Le has hecho un montón de preguntas. Me has mentido —gruñó—. Le has mentido a tu esposa.

En vez de estómago tenía un torbellino.

Las luces apagadas. No se oía ninguna voz. Eso solo podía significar que Annelise había cumplido su amenaza. Se había marchado.

Sentí que me hundía.

—¿Lo sabe Annelise?

—Si lo sabe, no se lo he dicho yo.

—Entonces, ¿por qué no hay nadie en casa?

Werner me soltó. Dio un paso atrás mirándome horrorizado.

—Están en el hospital.

—¿Qué ha ocurrido? —balbucí.

—Clara —dijo Werner.

Entonces se echó a llorar.

El color de la locura

1.

No me dejaban que la viera. Debía tener paciencia. Sentarme, leer una revista. Esperar la llegada de quién sabe quién. Nueve letras: «Imposible».

Comencé a gritar.

Me dijeron que me tranquilizara.

Bramé con más fuerza aún y me lie a puñetazos con un enfermero. Para defenderse me empujó contra la pared. Me golpeé la cabeza contra un extintor.

Alguien llamó a seguridad. Seis letras: «Inútil».

Ni siquiera la visión de los uniformes sirvió para que recuperara el control. Maldije a los dos seguratas que me agarraron igual que si fuera un criminal. No lo era, pero pertenecía a la más peligrosa de las especies vivas: era un padre enloquecido por el terror.

No tuvieron elección.

Me tiraron al suelo y me esposaron. Oí el ruido del metal al cerrarse y me puse hecho una furia. Me gané un par de certeros puñetazos en los riñones. Por último, me redujeron en una incómoda silla de plástico.

—Señor Salinger...

—Quítenme las esposas.

—Solo cuando se haya calmado.

A nuestro alrededor se había congregado una pequeña multitud. Una pareja de enfermeros, un encargado de la limpieza que no hacía otra cosa que sorber por la nariz. Algunos pacientes.

—Mi hija —musité intentando contener la ira—. Quiero ver a mi hija.

—No es posible, señor —dijo un enfermero hablando más para los guardias de seguridad que para un servidor—. La niña está en cuidados intensivos junto a su madre. El médico ha dicho que...

Levanté la cabeza de golpe, babeando.

—Me importa tres cojones lo que el médico haya dicho, ¡yo quiero ver a mi hija!

Comencé a llorar.

Llorar me sentó bien.

Tal vez contribuyó a que se apiadaran de mí. Desde luego, me calmó.

Al final, el guardia que me había esposado me habló:

—Si le pide disculpas al enfermero, creo que mi colega y yo podremos olvidar lo que ha pasado y soltarlo. Pero solo si me asegura que no se dejará llevar por la cólera. ¿Entendido?

Noté que me quitaban las esposas. Me dieron agua.

Estaba tibia, pero me la bebí toda.

—¿Cuándo podré...?

Fue el enfermero al que a punto estuve de estrangular quien me respondió.

—Pronto, tenga un poco de paciencia.

—Paciencia. Nueve letras —murmuré—. Son muchas, nueve letras.

—¿Cómo dice?

—Nada, nada, lo siento.

Esperé. Y esperé.

En el aire flotaba un fuerte olor a desinfectante. Clara odiaba ese olor. Le recordaba cuando, un par de años antes, estuvo ingresada por una intoxicación alimentaria y yo, como de costumbre, no estaba allí con ella porque andaba dedicado a tiempo completo al montaje de *Road Crew*. Cuando Annelise consiguió por fin ponerse en contacto conmigo, a Clara ya la habían sometido a un lavado de estómago. Me fui corriendo al hospital. Clara era una criatura de poco más de un metro, acostada en una cama que parecía demasiado grande para ella, pálida como el camisón aséptico que le habían puesto. Me observaba con una mirada que en mi vida iba a olvidar.

«¿Por qué no me has protegido?», decían sus ojos.

Porque estaba ocupado. Estaba lejos.

Era un capullo.

Y allí estaba yo, con la cabeza entre las manos, cada vez más aterrado, esperando a que alguien me explicara qué había ocurrido. Con ese olor en las fosas nasales que segundo a segundo se iba haciendo cada vez más fuerte.

Dos horas después, Annelise, agotada, salió a mi encuentro. Me levanté y corrí a abrazarla, pero ella se apartó y cuando intenté besarla dio un paso atrás.

—¿Cómo está?

—¿Dónde estabas?

—¿Cómo está? —repetí.

—¿Dónde estabas?

Era un juego destinado a prolongarse hasta el infinito. Ella me acusaba y yo intentaba comprender lo que me estaba ocultando. Sentí que la ira me subía de nuevo incontrolable.

—¡Dime cómo diablos está mi hija! —grité.

Con el rabillo del ojo vi que el enfermero se asomaba desde su puesto.

—¿Va todo bien, señora?

—Sí, está bien. Gracias —respondió mecánicamente Annelise.

—Respóndeme, maldita sea —susurré chirriando los dientes.

Estaba fuera de mí.

Como si la culpa de lo que estaba ocurriendo fuera de ella.

—Se ha llevado el trineo y ha tenido un accidente.

—¿Qué tipo de accidente?

—Se ha ido a Welshboden —respondió Annelise, con la mirada perdida en el vacío—. No me he dado cuenta. Pensaba que estaba jugando en el jardín. En cambio, ha cogido el trineo y se ha ido hasta Welshboden. Ha ido arrastrándolo detrás de ella, ¿entiendes? Una niña de cinco años.

Podía imaginarme la escena. Clara que ascendía a lo largo de la carretera hasta la propiedad del abuelo. Una niña decidida de cinco años que jadea por el arcén de la carretera bajo las miradas curiosas de los automovilistas que pasan, terca, mientras arrastra un trineo de madera que pesa casi tanto como ella.

¿Por qué lo había hecho?

Porque le prometí que aquella tarde jugaríamos juntos. Y se había enfadado. Porque había roto mi promesa. La enésima promesa. Tenía que ir a Bolzano, para hurgar en el pasado de Manfred.

Luego...

—Werner la ha perdido de vista por un momento, estaba en el desván. Y Clara... —Annelise cerró los ojos—. El lado este, Salinger. A toda velocidad.

Al que le había prohibido que fuera. El que acababa todo recto en el bosque.

—¿Cómo está?

—Trauma craneal. El médico ha dicho que es un milagro que siga con vida. He visto el trineo, Salinger. Destrozado...

Intenté cogerle la mano. Se apartó, con un gesto brusco.

—¿Van a tener que operarla?

—Tiene toda la cabeza vendada, ¿sabes? Es tan pequeña. Tan indefensa —la voz de Annelise era un llanto sin lágrimas—. ¿Te acuerdas de cuando nació? ¿Te acuerdas de lo frágil que nos parecía?

—Tenías miedo de romperla.

—¿Te acuerdas de lo que me dijiste para tranquilizarme? ¿Te acuerdas, Salinger?

Me acordaba.

—Que os protegería. A ambas.

—He intentado llamarte. El teléfono estaba apagado y yo... —negó con la cabeza—. No sabía nada. Había médicos y una ambulancia. Mi padre estaba llorando y me decía que Clara era fuerte y se pondría bien. Y había —tartamudeó—, había nieve, Salinger, la nieve era roja. Muy roja. Demasiado roja.

Por segunda vez intenté abrazarla. Por segunda vez mi esposa se retiró.

—¿Dónde estabas?

—En Bolzano. El teléfono se quedó sin batería. Me llamó Mike. Estuvimos hablando demasiado tiempo. Siempre se me olvida recargar la batería y... y...

No pude continuar.

Roja. La nieve roja.

Nieve.

La Bestia, pensé. La Bestia ha mantenido su promesa. Igual que en mi sueño.

—¿Por qué te has ido a Bolzano?

—Quería haceros un regalo.

—Eres un *embustero*.

—Por favor.

—No estás nunca. Nunca.

—Por favor.

Esas palabras dolían como puñaladas.

—No estás nunca —repitió.

Luego se sumió en un silencio que era más doloroso que mil palabras. Nos sentamos.

Esperamos.

Al final, cuando ya había perdido la noción del tiempo, un médico salió a nuestro encuentro.

—¿Los señores Salinger? ¿Los padres de Clara?

2.

La calavera de mi hija.

Miraba la radiografía del cráneo de Clara colgada de una pantalla luminosa y me decía a mí mismo: «Dentro de doscientos millones de años este será su fósil». No hacía otra cosa que mirarla y eso me impedía escuchar lo que el médico estaba tratando de explicar. El doctor había rodeado con un rotulador un área más oscura. Allí Clara se había estrellado contra un maldito abeto rojo. El traumatismo. Me parecía una mancha tan insignificante. Las dimensiones de una mariquita. Toda aquella preocupación por una manchita minúscula.

No podía entenderlo.

—¿Doctor? —repiqueteé con el dedo en el cristal—. No puede ser tan grave, ¿verdad? Es solo una manchita. Una mariquita. Nueve letras.

El médico se levantó, se acercó a la pantalla de luz y, utilizando un lápiz, recorrió la señal del rotulador.

—Si este hematoma se acaba reabsorbiendo por sí solo, como ya le he dicho, la niña podrá volver a casa sin necesidad de ninguna intervención. De lo contrario, tendrá que someterse a una operación.

Pasé del aturdimiento a la consternación.

—¿Me está diciendo que tendrá que abrir la cabeza de mi hija?

El médico se retiró. Retrocedió hacia su escritorio, como para poner el mayor espacio posible entre mis manos y su cuello.

Tenía la certeza de que estaba al tanto de lo ocurrido en el pasillo con los dos guardias y el enfermero.

—Señor Salinger —se aclaró la garganta intentando mantener un tono distante y profesional—. Si el hematoma no se reabsorbe por sí mismo, sería necesaria una intervención quirúrgica. No quiero que se alarmen, pero el riesgo es que su hija pierda la visión debido al traumatismo. Quizás en parte, quizá totalmente.

Silencio.

Recuerdo el silencio.

Luego el llanto de Annelise.

—¿Podemos verla? —me oí decir.

Caminé siguiendo al médico, un vacío aterrador en la cabeza.

3.

Estaba en una habitación, sola. Tenía tubitos por todas partes. Complicadas máquinas zumbaban. Algún *bip* de vez en cuando. El doctor echó un vistazo al informe médico.

Observé las baldosas bajo mis pies, estudié las grietas del revoque en las paredes, me quedé mirando el metal brillante de la cama en la que Clara estaba durmiendo. Luego, al final, reuní el valor para mirar a mi hija. Era tan pequeña. Quería decir algo. Una oración. Una canción de cuna. No dije nada. No hice nada.

Nos acompañaron fuera.

Recuerdo las luces de neón. Las sillas de plástico. Annelise tratando de contener las lágrimas. Recuerdo que me encontré delante de un espejo, en un cuarto de baño que apestaba a cloro. Recuerdo la ira que leí en mis ojos. Sentía cómo se me retorcían las tripas. Me obligaba a mirar el mundo desde detrás de una pátina roja, animal, que no identificaba como mía. Esa era la ira peor, la que yo estaba experimentando. Ese tipo de sensación oscura que le empuja a uno a cometer lo impensable.

Era furia enjaulada en una prisión de impotencia. No podía hacer nada por Clara. No era cirujano. Ni siquiera tenía una auténtica fe, por lo que mis oraciones sonaban vacías. Como también mis maldiciones. ¿A quién tendría que maldecir si mi concepto de Dios era tan nebuloso que resultaba evanescente? Podía maldecirme a mí mismo, y lo hice mil veces. Y podía tratar de consolar a Annelise. Pero las palabras que salían de mi boca sonaban como si carecieran de consistencia. Del mismo sabor del café que nos tomamos, a las tres de la madrugada, senta-

293

dos a una mesa de la cafetería, en el primer piso del hospital de Bolzano.

Necesitaba desfogarme, o en caso contrario acabaría estallando. Pensé de nuevo en el sueño. Clara con los ojos despojados. Clara corriendo el peligro de quedarse ciega.

Cuatro letras: «rojo». Ocho letras: «amarillo». Cuatro letras: «azul». Cinco letras: «negro». Y seis letras: «morado». Cuatro letras de nuevo: «rosa». Y celeste y verde y todos los matices del mundo, perdidos. Desaparecidos. Nunca más habría colores para Clara.

Ningún color, excepto uno. Estaba seguro de ello.

Seis letras: «blanco».

El blanco iba a perseguir a mi hija hasta el final de sus días. La ceguera era blanca. Transformaba el mundo en una gama de oscuridad y hielo.

Mientras veía a Werner buscándonos con la mirada y levantaba el brazo para llamar su atención, comprendí que toda la culpa era del blanco.

De la Bestia.

Resultaba un pensamiento demencial, era consciente de ello. Pero lejos de rehuir esa locura, me lancé de cabeza a ella. Mejor la locura que la pesadilla en la que me encontraba.

De manera que deposité mi fe en la locura.

Si descubría al asesino del Bletterbach, habría derrotado a la Bestia. Y de esta forma salvaría la vista de Clara.

Un árbol es asesinado

1.

Salí del hospital al amanecer. Intenté convencer a Annelise para que viniera conmigo. Le dije que necesitaba descansar e ingerir una comida decente. Recuperarse, en la medida de lo posible. Tenía el aspecto de alguien que está a punto de sufrir una crisis nerviosa. Apretaba un pañuelo entre los dedos, lo estrujaba siguiendo el flujo de sus pensamientos. Había envejecido diez años en pocas horas. Respondió que no iba a salir de allí sin su hija. Le rocé la frente con un beso. Ni siquiera me miró. Me habría gustado decirle que la amaba.

No lo hice.

La dejé en compañía de Werner y regresé a Siebenhoch, solo. Cuando crucé la cancela, sentí una punzada en el pecho. La casa estaba a oscuras, espectral. Faltaba la voz de Clara iluminándola. Lloré un poco, de pie, con el viento desordenándome el pelo. Ni siquiera tenía fuerzas para cerrar el portón de entrada. Me quedé allí, inmóvil. Cuando el amanecer se había convertido ya en la mañana y había perdido la sensibilidad en las manos a causa del frío, encontré fuerzas para afrontar el silencio y entré.

Me llené el estómago con un par de huevos y me hice una abundante dosis de café que me provocó un espasmo, pero al menos me despertó del sopor. Me fumé dos cigarrillos, uno tras otro, observando cómo el viento agitaba las copas de los árboles. Encendí el ordenador casi sin darme cuenta y anoté todo lo que había descubierto sobre Manfred y sobre Grünwald. Los dos informes periciales.

El *Jaekelopterus*. Todo. Al cabo de un rato, me di cuenta de que estaba golpeando el teclado como si quisiera destrozarlo. Empleé aún más energía. Al final tenía los ojos llorosos.

La masacre del Bletterbach me estaba envenenando el alma. Pero no podía dejar de pensar en ello. Llamé a Werner.

No, ninguna novedad. Sí, Annelise estaba bien.

—¿Estás seguro?

—¿Qué te parece, Jeremiah?

—Que tienes muchas ganas de partirme la cara.

—En este momento no, muchacho. Lo único que deseo es que los médicos me digan que Clara se curará.

—Se curará.

Estaba seguro de ello.

Clara se curaría porque yo iba a derrotar a la Bestia.

2.

El viento había empujado hasta el Alto Adigio un gran frente de nubes procedente de los Balcanes. Iba a nevar, graznaba la radio del coche. Más blanco todavía, pensé, y la apagué. Aparqué justo detrás del cementerio de Siebenhoch.

Me quedé en un bar, donde consumí un café y un cruasán. Al final, tratando de no llamar la atención, me dirigí a la vivienda de Brigitte. Caminaba con la cabeza agachada, igual que las pocas personas con las que me crucé por la calle.

El viento helado traía el olor de la nieve. Lo maldije y, al hacerlo, me sentí aún más decidido. Todo, con tal de salvar a Clara.

Me detuve de golpe.

Un Mercedes negro, último modelo, estaba aparcado en la entrada. Una especie de gigantesca cucaracha reluciente con cristales polarizados. Parecía inofensivo, un coche como tantos otros. Pero no lo era. Conocía ese coche. Lo había visto muchas veces desde mi llegada a Siebenhoch. Era el coche de Manfred Kagol.

Me refugié detrás de un porche.

Esperé, mientras los primeros copos de nieve comenzaban a caer del cielo gris perla.

Apareció.

Llevaba un abrigo de piel de camello, con el cuello subido y un sombrero de ala ancha que le cubría la mitad de la cara. Pero era él, lo reconocí al instante. Me di cuenta de que, al salir, había cerrado con doble vuelta de llave. Tenía llave de la casa y se movía como si fuera el dueño de la misma. ¿Me sorprendía? En absoluto.

Apreté contra el pecho la bolsa de plástico que llevaba conmigo. Si había albergado dudas acerca de lo que estaba a punto de hacer, ver a Manfred salir de aquella vivienda las desvaneció completamente.

El Mercedes maniobró. Una nube blanca salió del tubo de escape; luego, emprendió la marcha silencioso.

Conté hasta sesenta. Un minuto era más que suficiente. A grandes zancadas alcancé la casa de Brigitte y pulsé el timbre. Una, dos, tres veces.

No fue necesaria una cuarta.

3.

Mi sonrisa era tan falsa como una moneda de tres euros, mientras que la expresión de sorpresa de Brigitte no podía ser un engaño.

—Hola, Brigitte.

Llevaba una bata de cuadros rosa y blanca. Se recogió los bordes sobre el pecho, tal vez para protegerse del frío.

Se apartó un mechón de pelo detrás de las orejas.

La voz le salió ronca.

—Salinger —dijo—. ¿Qué haces aquí?

—He venido a charlar un rato.

No esperé a que me invitara. Entré y punto. Tras un instante de vacilación cerró la puerta.

El interior era la porquería de costumbre, pero Brigitte debía de haberse esforzado por poner un poco de orden. Las botellas de los estantes habían desaparecido y algunos muebles mostraban signos de un apaño. La mesita de delante del sofá estaba despejada, no había latas aplastadas, no había botellas de Forst. Los periódicos viejos, en vez de estar desperdigados por todas partes, estaban apilados en una esquina. Me fijé en las mantas con las que la había salvado de la congelación, dobladas ahora cuidadosamente, con el álbum de tapas de piel colocado encima de ellas igual que un trofeo.

Levanté la bolsa de plástico y se la tendí.

—He traído el desayuno.

—¿Tú desayunas con Four Roses?

—Yo no —fue mi respuesta.

En la cocina encontré un vaso. Lo pasé por debajo del chorro del grifo y lo sequé a la buena de Dios. Volví al salón.

Brigitte se había sentado en el sofá, con una manta sobre los hombros. Las piernas desnudas. Y, no pude pasarlo por alto, depiladas. Había arreglado la casa y se había depilado las piernas.

Manfred.

Eché el *bourbon* en el vaso y se lo tendí.

—Salud.

Brigitte giró la cabeza hacia el otro lado. Me acerqué. Le puse el vaso entre los dedos. Luego se los apreté con fuerza. Aulló.

—¿Qué quieres, Salinger?

—Hablar.

Brigitte dejó escapar una risita.

—¿De qué?

—De la muerte de Evi —una pausa—. Y de Günther.

—No menciones su nombre, Salinger. No estoy lo bastante borracha como para soportarlo.

—Has tenido visita, ¿verdad?

Brigitte no respondió. Cerró las manos alrededor del vaso.

—No es asunto tuyo.

—Tienes razón. Pero tengo esto.

Saqué el informe pericial. No se lo ofrecí. Lo sostuve entre el dedo índice y el medio, como si fuera un naipe.

—¿Qué es?

—La prueba que Günther nunca te dejó ver.

—¿Dónde la encontraste?

—La pregunta es incorrecta.

—¿Cuál es la pregunta correcta, Salinger?

—¿Tienes sed?

—No.

—Yo tenía un amigo —le dije—, un tal Billy; trabajaba de *roadie* para Kiss. Tenía su receta personal para el desayuno. Tres partes de leche, una parte de Four Roses, un huevo crudo y chocolate en polvo. Añades dos cucharaditas de azúcar y lo mezclas bien. Luego el sol volverá a brillar. ¿No quieres un poco de sol, Brigitte?

—Hijo de puta. Dime qué son esos papeles.

Se lo leía en los ojos. Brigitte se estaba muriendo de ganas de beber. Era una alcohólica. Una alcohólica crónica. Los alcohólicos no saben resistirse a una gota. Y yo no quería que lo hiciera. Yo era un cabrón. No sentí ningún remordimiento.

—El móvil del asesinato de Evi.

Brigitte comenzó a temblar.

—¿Lo has encontrado?

—Lo encontró Günther —fue mi respuesta—. Yo nunca habría llegado hasta ahí sin él.

La barbilla de Brigitte tembló. Comenzó a llorar. Solo entonces me di cuenta de que iba maquillada. El lápiz de ojos empezó a hacerle churretes como grandes riachuelos

299

oscuros. Me pareció patética. Peor. La odié. No era más que una furcia borracha que me había mentido.

Odiándola encontré fuerzas para ensañarme.

—Hablemos de Evi, ¿te parece?

—Márchate.

—No soy policía, Brigitte. No tengo la vocación de los interrogatorios. Lámpara apuntando a la cara y toda esa parafernalia de las películas. No soy así. Pero aprendí a escuchar a las personas. Las entrevistaba, charlaba con ellas largo rato. Y siempre conseguía que dijeran lo que nunca habían pensado que podrían confiarle a un desconocido. Era parte de mi trabajo.

Brigitte enseñó los dientes.

—¿Meter las narices en asuntos que no te conciernen?

—Escuchar a la gente. Observarla. Entender cuándo dice la verdad. Y tú me mentiste. Bebe. Será más fácil descargarte la conciencia. Sé que te mueres de ganas de hacerlo.

Brigitte me arrojó el vaso. Lo esquivé por un pelo, pero no pude impedir que me saltara encima. Olía a alcohol y sudor. Pero era débil. Su organismo estaba deteriorado tras todos esos años de abuso. Me costó poco darle la vuelta a la situación. La sujeté y la obligué a sentarse en el sofá. Luego le solté las muñecas. Brigitte se acurrucó, con las piernas por debajo de la manta, en posición fetal. Una mirada cargada de odio.

—Dame la botella, pedazo de mierda. Me da igual que te aproveches.

Que Dios me perdone, pero mientras le pasaba el Four Roses me reía.

4.

Dos tragos bastaron para calmarla. Después de cuatro, la anestesia debida al alcohol le había vuelto pesados los párpados, le hacía caer la mandíbula. Le arrebaté la botella de las manos.

—Dámela.

—Odiabas a Evi, ¿verdad?

—Dame la botella.

Se la devolví, pero tuve la precaución de que no bebiera demasiado. No quería que acabara exánime por los suelos. Le permití un único trago, luego se la quité otra vez.

—¿Cómo te has dado cuenta?

—Ese álbum no es el álbum de las victorias de Evi. Es el álbum de la vida malograda de Brigitte.

—Eres un auténtico caballero, Salinger —dijo sarcástica.

—Y tú una que se lo monta con el hermano del novio muerto.

Brigitte me observó.

—No entiendes una mierda, Salinger.

—Pues entonces házmelo entender tú.

—Pásame la botella.

Se la di. Luego me encendí un Marlboro.

—No siempre la odié —Brigitte miraba fijamente el líquido claro de la botella—. Era mi mejor amiga. Estábamos bien juntas. Nos complementábamos. Ella era el día, yo era la noche. Teníamos nuestro gran plan.

Un poco de Four Roses le goteó por la barbilla. Se lo secó con un gesto desganado.

—Durante su último año de colegio no hicimos otra cosa que hablar de ello. Nos gustaba tener un secreto solo nuestro. Era algo aventurero y... exclusivo. Nos hacía cómplices. Habíamos ahorrado. Todo estaba listo. Queríamos partir. Marcharnos de aquí. Y queríamos hacerlo juntas.

—¿Y Markus?

—Se reuniría con nosotras el día de su decimoctavo cumpleaños.

—¿Cuál era el destino?

—Milán. Era la capital de la moda; los periódicos lo repetían constantemente. Yo sería modelo y Evi estudiaría para ser geóloga.

—¿Evi iba a dejar sola a su madre?

—Era una puta alcoholizada, Salinger. No había otra opción. Y además, Evi había dicho que después de la licenciatura, con el dinero de su trabajo, le pagaría un centro de desintoxicación. Siempre tenía solución para todo, mi querida Evi —añadió con cierta amargura.

—¿Era una justificación o realmente lo creía?

—Realmente lo creía. Evi soñaba con los ojos abiertos, pero no era una mentirosa. Y esto la hacía peor aún, ¿sabes? Pero me di cuenta de ello solo más tarde. En esa época, estábamos excitadas, éramos felices. Entonces conoció a Kurt y se enamoró.

—Y a ti te relegaron.

—Tienes buena memoria, Salinger —sonrió Brigitte antes de servirse otra dosis de *bourbon*.

—Es mi trabajo.

—Cuando se marchó la odié. La odié con todas mis fuerzas. Me sentí abandonada, ¿entiendes? Me dijo que me escribiría y que nos llamaríamos por teléfono todos los días. Y durante un tiempo, el primer año por lo menos, así fue. Luego..., era algo que no podía durar. Tenía a Kurt y su nueva vida en Innsbruck, ¿y yo?

—¿Y tú?

—Perdí el control. Me convertí en Brigitte, la putita. Me resbalaba todo lo que decían de mí. Bebía lo que quería y me follaba a todo el que tuviera una polla entre las piernas. Estaba cabreada, furiosa con el mundo entero. Perdí el trabajo en Aldino, pero encontré otro mucho más rentable. Un *night-club* en Bolzano. Movía el culo en un escenario, me frotaba las tetas en la cara de esos depravados y hacía que se emborracharan. Me llevaba el diez por ciento de las consumiciones y las propinas acababan en una caja común que el fin de semana nos repartíamos entre las chicas —una pausa—. Más los extras, pero esos eran personales.

—¿Extras?

—Comencé a prostituirme. En el 84 había empezado a consumir cocaína. La medicina mágica que borraba todos los malos recuerdos y me hacía derrochar energía. No sentía nada, no notaba nada. Solo euforia.

—La cocaína cuesta.

—Cuesta mucho.

Cerró los ojos. Hizo una mueca mientras la llamarada incandescente del *bourbon* le descendía por la garganta hasta el estómago.

—Cuando Evi murió me sentí *feliz*. Mi mejor amiga había sido destrozada ¿y cómo reaccioné yo? Cogí el coche y me bajé a Bolzano. Me metí tanta coca que fue un milagro que no terminara en el cementerio. Lo hice gratis con todos los que tenían ganas. En un momento dado me encontré desnuda, en el suelo, en medio de al menos cinco tíos que bebían y me jodían. Entonces alguien me dio otra raya y no recuerdo nada más.

—¿Y Günther?

—Günther fue un ángel. Fue él quien me sacó de la coca.

—Pero no del alcohol.

Brigitte negó con la cabeza.

—Te equivocas. Los primeros meses fueron un infierno. Yo quería mis polvitos mágicos. Quería emborracharme. Günther pidió una excedencia. Permanecía día y noche aquí, en casa, de guardia. Cuando salía me encerraba con llave. De haber podido lo habría matado, pero dentro de mí había una vocecita que entendía lo que Günther estaba haciendo. Y también entendía que esa era mi oportunidad de cambiar de vida. De ser alguien...

—¿Mejor?

—Normal, Salinger. Y durante un tiempo fue así.

Brigitte se mordisqueó los labios hasta hacerse sangre. Cuando se dio cuenta, se los secó con la mano y se quedó mirando las manchitas rojas en los dedos durante unos minutos.

—Günther comenzó a investigar la muerte de Evi.

—¿Te lo dijo?

—No, lo comprendí por mí misma. Y empecé a mirarlo con otros ojos. Ya no era el hombre que me había recogido de la calle y me había dado una nueva vida. Mi salvador con una brillante armadura. Günther se había pasado al enemigo. Se había convertido en...

—¿Una fotografía en el álbum de las derrotas de Brigitte?

—Evi —dijo despectivamente—, Evi, y otra vez Evi. Pero ella estaba muerta. Muerta y enterrada. Esa gilipollas estaba a tres metros bajo tierra. Y con ella ese cabrón de Kurt, que me había separado de ella. Y, sin embargo, incluso después de muerta, seguía atormentándome. ¿Te lo puedes creer? Era una especie de maldición. Günther no hacía más que repetir lo injusto que era lo que había ocurrido. Horas y horas discutiendo sobre quién podía haber sido, y cómo, y cuándo y... ¡joder! —gritó—. ¡Joder! Ya no podía más de todo ese hablar y hablar. Solo había una manera de mantener a Günther junto a mí.

—Hacer que se emborrachara.

Brigitte asintió.

La expresión cambió de rabiosa a desesperada.

Se llevó las manos a la cara.

—Dios nunca me perdonará por eso, ¿verdad, Salinger?

—Tú no lo has hecho.

Escuché a Brigitte llorar quedamente, con el maquillaje deslizándosele por la barbilla. Me encendí un cigarrillo, mientras notaba un dolor sordo en la base de la nuca.

De pronto me di cuenta de lo que estaba haciendo. Me di cuenta de que había obligado a una mujer destruida a confesar su dolor, apoyándome para ello en sus demonios. Me volví lúcido, al menos por unos instantes. Clara estaba en el hospital y yo, en vez de estar con ella y con mi esposa, estaba torturando a una víctima de esa horrible historia. Torturando, exactamente eso.

Asqueado conmigo mismo, apagué el cigarrillo y me acerqué al sofá.

Le acaricié la frente a Brigitte. Le quité el Four Roses de entre los dedos.

Ni siquiera se percató. Seguía llorando y gimiendo como un animal herido. Lancé la botella contra la pared. Se rompió en mil pedazos inundando la habitación de esquirlas.

Brigitte me miró.

—Perdona —dije.

—Me lo merezco.

Sentí el impulso de abrazarla. Debió de darse cuenta porque negó con la cabeza.

—No sirve de nada consolarme, Salinger.

—Es que...

Brigitte asintió.

—Te lo veo en los ojos. Estás furioso. ¿Por qué?

—Mi hija. Mi esposa —gesticulé, reparando en que era incapaz de explicar la confusión que tenía en la cabeza—. Esta historia —dije—. Yo...

No logré articular nada más.

—No soy una puta, Salinger. No como tú lo entiendes.

La miré fijamente, sin comprender.

Brigitte señaló la puerta de entrada.

—Manfred. No somos amantes.

—Lo he visto venir aquí. Pensé...

—Pensaste mal.

—No sabía de dónde podías sacar el dinero para...

—¿... para beber? —soltó Brigitte, desconsolada.

—Para pagar las facturas —corregí—. Pensé mal.

Brigitte no respondió de inmediato. Dejó vagar la mirada unos segundos. Se recostó en el sofá y se alisó el pelo.

—La masacre del Bletterbach, Salinger —dijo—. En última instancia, ¿de qué habla la historia de la masacre del Bletterbach?

—De un asesinato —contesté.

—Venga, puedes hacerlo mejor, Salinger.

—¿Evi, Markus y Kurt?

—Error. De sentimientos de culpa. Los míos. Y los de Manfred. ¿Sabías que, cuando estaba vivo, Günther y su hermano no tenían relación alguna?

—Manfred estaba demasiado ocupado con su trabajo. Los negocios crecían y no tenía tiempo para nada más.

—No se entendían tampoco antes. ¿Te ha hablado de las cuatro vacas? Siempre lo hace. Dice que a partir de ahí nació su imperio.

—¿No es así?

—Es así. Lo que pasa es que Günther no estaba de acuerdo. Al contrario. Pensaba que era una falta de respeto hacia su familia. Pero Manfred era testarudo y una buena mañana, sin decirle nada a nadie, cargó esas cuatro vacas y se las llevó. Günther nunca quiso ni un céntimo de él. Dijo que era un arribista que había olvidado sus raíces.

Hizo un gesto como para barrer el mundo.

—Luego, cuando Günther ya estaba muerto, años después de su funeral, Manfred se presenta aquí con un ramo de flores. Vestido de punta en blanco. Dice que quiere hablar conmigo. Él dice «hablar» y yo pienso «follar». Y me digo: ¿por qué no? Vamos a ver si la tiene tan grande como su hermano. Pero Manfred no estaba interesado. Quería una reparación. Había oído por ahí que Günther me quería. Y un rico únicamente conoce una manera de sacudirse de encima los sentimientos de culpa.

—El dinero.

—Cada semana venía aquí con un sobre. Hablábamos un poco, cuando se marchaba dejaba el sobre bien a la vista.

306

Si estaba de viaje de negocios me llegaba un cheque por correo. Nunca el dinero suficiente como para que me marchara de aquí. De lo contrario habría perdido su manera de lavarse la conciencia. Me estaba utilizando, ¿entiendes? Habría sido mejor si me hubiera follado.

—¿Nunca lo hizo?

—A veces yo lo provocaba. Permitía que me encontrara desnuda o comenzaba a coquetear. Manfred dejaba el dinero y se marchaba. Nunca me ha tocado, ni una sola vez. Aún hoy, después de tantos años, viene aquí, trae su dinero y se marcha. En cierto modo, soy y sigo siendo su puta, Salinger.

Pensé en lo desagradable que era semejante comportamiento. Manfred había utilizado a Brigitte para lavar su conciencia. Con ese dinero, creía honrar a su hermano fallecido. Tranquilizar su conciencia utilizando a Brigitte y a sus demonios.

Le enseñé las hojas del informe pericial de Evi.

Brigitte las miró con avidez.

—Se trata de un informe pericial sobre los riesgos hidrogeológicos. Mira la firma, ¿la reconoces?

—Evi.

—Aún no se había licenciado, pero en esa época estas cosas no se miraban con lupa. Bastaba con tener el diploma de topógrafo. Además, tenía una buena credibilidad académica. Por lo menos por esta zona era suficiente, ¿no es así?

—¿Qué estás intentando decirme?

—Esta fue la condena a muerte de Günther.

Brigitte leyó. Cuando levantó los ojos hacia mí, vi un pozo de desesperación negro y profundo.

—Lo guardó para sí... todo ese tiempo.

—Debió de ser difícil para él.

—Su hermano —murmuró Brigitte—. Su hermano. Y yo...

No prosiguió.

Brigitte se apoyó en el respaldo del sofá, postrada.

—Márchate, Salinger —dijo.

5.

Salí asustado de mí mismo.

A punto estuve de no verlo.

El Mercedes negro de Manfred.

6.

La llamada telefónica de Werner me llegó mientras buscaba una plaza libre en el aparcamiento subterráneo del hospital de Bolzano. Llegué en un instante. Annelise salió corriendo a mi encuentro. La blancura no iba a llevarse la visión de mi hija. Mi pesadilla no había sido premonitoria. La intervención no era necesaria, el hematoma se estaba reabsorbiendo por sí solo.

El pasillo daba vueltas a mi alrededor.

Annelise me indicó la habitación.

—Está esperándote.

Me lancé hacia allí.

Esta vez no me entretuve mirando las losetas verdes en las que las suelas de goma de mis zapatos chirriaban o las grietas en el revoque de las paredes. No tenía miedo de afrontar la realidad.

Clara estaba pálida, los ojos azules ribeteados con un color morado. Todavía tenía todos esos malditos tubos que le salían de los brazos, pero por lo menos sabía que estaba fuera de peligro.

—Papá —me llamó. Escuchar de nuevo su voz fue maravilloso.

La abracé. Tuve que esforzarme para no aplastarla. Clara se aferró a mí con todas sus fuerzas. Podía sentir cómo se le marcaban los huesos. Podía rodearle la pelvis con las manos. Contuve las lágrimas.

—¿Cómo estás, cinco letras?

—Me duele la cabeza.

La acaricié. Necesitaba tocarla. Quería asegurarme de que no era un sueño.

—El médico —dijo la voz de Werner detrás de mí— dice que tiene una cabeza dura.

—Como yo —respondí, sin dejar de acariciar el rostro cerúleo de Clara—. ¿Tienes la cabeza dura, pequeña?

—He hecho algo malo, papá.

—¿Cómo?

—He roto el trineo —dijo.

Luego se echó a llorar.

—Construiremos uno nuevo. Tú y yo.

—¿Juntos, papá?

—Claro. Y lo vamos a hacer más bonito que el otro.

—Ese ya era bonito.

—No importa. ¿Y de qué color te gustaría el trineo nuevo?

Clara se separó de mí, sonriente de nuevo.

—Rojo.

—¿No te has cansado del rojo? ¿Qué me dices del rosa?

—Rosa me gusta.

Por un momento pareció que quería añadir algo más, pero debió de pensárselo mejor porque negó con la cabeza y se recostó sobre la almohada, con un gemido de dolor que no se me escapó.

—¿Cuándo le darán el alta?

—Dentro de unos días —respondió Werner—. Quieren tenerla un poco más bajo observación.

—Me parece sensato.

Clara entrecerró los ojos. Agitó la mano. Se la cogí entre las mías. Estaba fría. Soplé encima de ella. Clara sonrió. Su respiración se hizo lenta.

Finalmente se durmió.

Me quedé mirándola. Y dejé que las lágrimas fluyeran libremente.

—¿Cómo está Annelise?

—No quiere ir a casa. Está muy cansada. Pero lucha como una tigresa.

Mi Annelise.

—¿Y tú?

Werner no respondió de inmediato.

—Necesito tu ayuda, Jeremiah.

Me di la vuelta, perplejo.

Werner era el fantasma de sí mismo.

—Lo que quieras.

7.

No lo entendí hasta el último momento. Ni siquiera cuando Werner cogió un hacha afiladísima, comprobó el filo con el pulgar y la levantó. Se internó en la nieve y lo seguí.

Cuando llegamos al final del lado este de Welshboden sentí que las fuerzas me abandonaban.

A pesar de que había nevado, debajo de la capa de nieve fresca se podía vislumbrar aún la sangre de Clara. Todo aquel rojo, había dicho Annelise.

Me esforcé para no vomitar.

Werner se arrodilló, con el hacha apoyada a su lado. Unió las manos e inclinó la cabeza. Estaba rezando. Luego aferró un puñado de nieve, nieve sucia de la sangre de mi hija, y la arrojó contra el tronco de un abeto. No, no de *un* abeto.

Del abeto que había intentado matar a mi hija.

Me acerqué. A unos cuarenta centímetros de altura se veía el lugar del impacto. La corteza pelada, una mancha oscura que solo podía ser sangre. Y un mechón de pelo. Lo arranqué y con delicadeza me lo enrollé alrededor del dedo, junto a la alianza. Intercambié un gesto con Werner. Entendía el motivo por el que me había llevado hasta allí. Werner me pasó el hacha.

—El primer golpe te corresponde a ti por derecho.

Sopesé la herramienta. Estaba bien equilibrada.

—¿Dónde?

—Golpea aquí —señaló Werner, con mano experta—. Así determinamos la dirección de la caída.

Cuando golpeé el tronco, la reverberación me subió de las muñecas hacia el cuello. Gemí. Pero no cejé. Esperé a que el dolor se me pasara, luego golpeé de nuevo.

Werner me detuvo.

—Ahora, por el otro lado. Derribemos a este hijo de puta.

Rodeamos el abeto.

Y golpeé.

Las astillas saltaban alrededor, amenazando con metérseme en los ojos. No importaba. Golpeé una vez más. Y otra vez. Werner me detuvo. Señaló la herida por donde goteaba la resina.

Encontré repugnante ese olor.

—Mi turno.

Werner me arrebató el hacha de las manos. Las piernas bien plantadas en el suelo. Los movimientos fluidos de quien había llevado a cabo esa operación miles de veces. Levantó el hacha. La hoja brilló, siniestra. A continuación, gritó con todo el aire que tenía en la garganta.

Y golpeó.

Y golpeó.

Y golpeó.

8.

El árbol cayó al suelo entre un torbellino de nieve. Una astilla cortante como una navaja, tal vez el último intento del abeto por defenderse, silbó a pocos milímetros de mi oreja.

La nieve se posó. Una chova gualda emitió su lúgubre reclamo. Todo volvió a la calma.

Miré a Werner. Estaba sudoroso y con una luz cruel y desesperada en los ojos.

Hundí el hacha en el tronco. Saqué el paquete de cigarrillos.

—¿Quieres uno?

Werner negó con la cabeza.

—Me muero de ganas de fumar, pero en estas condiciones me arriesgo a que me dé un infarto. Tal vez debería dejarlo.

—Sí —aspiré la primera y larga calada.

En las fosas nasales notaba un sabor de resina.

—Hay que proteger a los seres queridos —dijo Werner—. Siempre.

Me quedé mirándolo.

—Así es.

—¿Lo estás haciendo?

Negué con la cabeza.

—Estoy...

Por un momento sentí el impulso de contárselo todo. Las sospechas sobre Manfred. La turbulenta historia del Centro de Visitantes. Los informes periciales. El de Evi. Pensé en soltarlo todo sobre Grünwald: sus extravagantes teorías, su conexión con Evi. Y Brigitte. Sí, quería decirle también cómo, enloquecido, me había aprovechado del alcoholismo de esa mujer para profundizar en el pasado de Siebenhoch. Abrirme a alguien. Porque la historia de la masacre del Bletterbach me estaba apartando de mis seres queridos. Tal y como me había dicho la guía, el Bletterbach me estaba haciendo bajar a las profundidades.

También habría querido hablarle de la Bestia. Explicarle lo que había sucedido en el aparcamiento del supermercado. Toda aquella maldita blancura. Y el silbo.

Casi lo hice.

Me lo impidió su cara enrojecida, el jadeo. Los brazos cansados apoyados en los costados, las arrugas alrededor de su mirada de halcón.

Werner me parecía un viejo. Débil.

No lo habría entendido.

Me callé.

Alguien muere, alguien llora

1.

—Está mal —murmuré mientras me hundía en su miel.

Annelise me llevó la punta de sus dedos a los labios. Los lamí. Estaban salados. Mi excitación aumentó. Con ella también aumentó la sensación de malestar.

Había algo que no iba en la dirección correcta. Intenté decírselo. Annelise me cerró la boca con un beso. Tenía la lengua seca y áspera. No dejó de moverse.

Le rocé el pecho. Annelise arqueó la espalda.

Empujé más a fondo.

—Está mal —repetí.

Annelise se detuvo. Se quedó observándome con ojos colmados de acusación.

—Mira lo que has hecho.

Y al final me di cuenta.

La herida. Horrible. Un corte desde la garganta hasta el estómago.

Podía ver los latidos de su corazón, cubierto por una maraña de venas azuladas.

De la boca de Annelise brotó un grito que era el fragor de un árbol que caía.

2.

Los somníferos ya no me hacían efecto. Los tiré a la basura.

3.

A las cinco de la mañana, empapado en sudor, me deslicé bajo el chorro hirviente de la ducha. Tenía la esperanza de que el agua pudiera liberarme del frío que sentía en los huesos.

Ordené la casa, barrí el hielo del camino de entrada a pesar de los músculos doloridos de la espalda y a las siete y media estaba listo para encaminarme al hospital.

Tenía dos objetivos para ese día. Comprar el oso de peluche más grande que pudiera encontrar y convencer a Annelise de que regresara a Siebenhoch.

Hacía ya dos días que permanecía en la habitación del hospital junto a Clara. Necesitaba salir o se derrumbaría. Todas las señales de advertencia estaban ahí. Temblor en las manos, los ojos enrojecidos. Cuando hablaba, lo hacía con una voz estridente que me costaba identificar. Se expresaba con monosílabos, sin mirar directamente al interlocutor. No dudaba de que también era culpa mía. Annelise y yo todavía teníamos mucho de que hablar.

¿Iba a decirle la verdad?, me pregunté.

Sí.

Pero solo cuando pudiera escribir la palabra «fin» para cerrar el documento de Word que estaba guardado en mi ordenador portátil y que a esas alturas contaba ya con bastantes páginas a un espacio. Únicamente entonces me la llevaría conmigo y le revelaría el resultado de mis investigaciones. Se cabrearía, seguro, pero lo comprendería.

Por eso la quería.

No pensé ni siquiera un instante que esa interpretación mía era completamente errónea. Porque Annelise no era tonta, y la que me iba contando a mí mismo, mientras aferraba mi chaqueta y salía para coger el coche, no era la verdad. Era una perspectiva parcial (e idiota) de la verdad.

Como si dijera: «Mierda».

Seis letras.

Le restáis una y tenéis «plaza».

Poned unos buenos treinta centímetros de nieve, convertidos ahora en hielo, el estrecho y alto campanario y un cruce: Siebenhoch. Añadid un gran alboroto. Palabras que vuelan de boca en boca, rostros contritos, algunos sorprendidos, otros que se limitan a negar con la cabeza. Y un coche que llega desde el norte.

El mío.

Ocho letras: «Salinger».

4.

Advertí las luces intermitentes de una patrulla de los *carabinieri*. Y las de una ambulancia. Se me secó la garganta.

La ambulancia permanecía con la sirena apagada delante de la casa de Brigitte.

Aparqué el coche en zona prohibida.

—¿Qué ha pasado? —le pregunté a una turista enterrada en una bufanda de lana con colores chillones.

La mujer se aproximó a la altura de la ventanilla bajada.

—Parece que se ha oído un disparo.

—¿Quién...?

—Una mujer. Dicen que se ha matado.

La última parte de la frase apenas la oí. Ya estaba fuera del habitáculo. Los curiosos habían formado una pequeña aglomeración. Me abrí paso hasta que la mano de un *carabiniere* me alejó de malas maneras.

Hice caso omiso. Me quedé clavado allí mientras un paramédico, de pie delante de la puerta de Brigitte, parloteaba por teléfono. Podía ver el aliento condensándose en nubes azuladas. La multitud me empujó hacia delante. Me quedé mirando al paramédico, aturdido, hasta que guardó el móvil en el bolsillo y volvió a entrar.

Intenté echar un vistazo.

No vi nada.

Cuando los enfermeros, con los trajes fosforescentes que brillaban a la luz del espectral sol de febrero, salieron empujando una camilla con una sábana debajo de la cual podía entreverse la silueta de un ser humano, la multitud se calló y contuvo la respiración.

Tuve que apartar la mirada de la camilla, mientras la metían con fuerza en la parte trasera de la ambulancia. Cerré la mano en un puño, me clavé las uñas en la carne.

—Tú.

Una voz que reconocí al instante.

Manfred. Aturdido. El abrigo de piel de camello abierto dejaba ver una camisa arrugada, con la mitad dentro y la otra mitad fuera de los pantalones. No llevaba corbata y tenía barba de un día.

Levantó el brazo y me señaló.

—Tú.

Tronó.

Muchos se volvieron en mi dirección.

Manfred solo tardó un instante en llegar a donde me encontraba. Se detuvo a menos de dos metros de distancia de mí. Del bolsillo interior del abrigo sacó su cartera.

No dejó de mirarme a los ojos. Con odio.

Cogió el primer billete, lo arrugó y me lo tiró. Noté que caía al suelo.

—Aquí tienes tu dinero, Salinger.

Un segundo billete terminó en mi cara.

—¿No es esto lo que quieres? Para esto sirven las películas. Para ganar dinero. ¿Quieres más?

El tercero me dio en todo el pecho. Finalmente Manfred, tembloroso, me lanzó la cartera.

No parpadeé, atolondrado ante esa agresión.

—Te vi salir de su casa, Salinger. Ayer.

El *carabiniere* me miraba primero a mí, luego a Manfred, indeciso sobre lo que debía hacer. Ambos lo ignoramos. Se había hecho el vacío a nuestro alrededor.

Manfred dio un paso adelante.

—La has matado, *gusano asqueroso*.

Hizo ademán de lanzarse sobre mí, pero el *carabiniere* lo detuvo. Apareció un uniforme gris verdoso. El Jefe Krün.

Me tomó del brazo.

—Yo no he matado a Brigitte, Manfred. Has sido tú, cabrón de mierda —grité, antes de que Max lograse arrastrarme lejos de allí—. Y los dos sabemos el porqué.

Max me llevó en volandas hasta un callejón desde el que no podía ver ni la casa ni a Manfred. Solo el reflejo de las luces intermitentes en la enseña de una peluquería.

Cerré los ojos.

—¿De verdad ha muerto?

—Suicidio.

—¿Estás seguro?

Max asintió.

—Ha utilizado una escopeta de caza. Se ha pegado un tiro.

—¿Cuándo?

—Los vecinos oyeron una detonación poco antes del amanecer, me avisaron ellos. La puerta estaba entreabierta. La vi y llamé a los *carabinieri* y a la ambulancia.

—No es un suicidio.

Max me observó.

—Son acusaciones muy serias, Salinger.

—Fue Manfred quien la mató.

—Se mató ella sola.

—¿Cómo puedes estar tan seguro?

—Estaba borracha —una breve indecisión en la voz, casi como si hubiera querido añadir «como siempre», pero se hubiera arrepentido antes de decirlo—, había botellas por todas partes. La señora Unterkircher la vio anoche. Y Brigitte llevaba una borrachera de tomo y lomo.

—¿Y la señora Unterkircher qué hizo por Brigitte? —pregunté con amargura.

—Lo que hemos hecho todos durante años, Salinger. Nada.

No fui capaz de mantener su mirada.

—Brigitte no se suicidó. La mataron. Lo hizo Manfred.

—Te lo repito: son acusaciones graves.

—Soy consciente de ello.

—¿Tienes pruebas?

Me encendí un cigarrillo. Le ofrecí a él un segundo.

—No.

—Entonces, mantén la boca cerrada. Ya es bastante duro así.

—Dime la verdad, Max, ¿no has notado nada raro? Nada que pudiera...

—Nada de nada.

—Has dicho que tenía la puerta abierta.

—Brigitte bebía, Salinger. Los borrachos olvidan a sus hijos en el coche en el mes de julio, se olvidan de cerrar el gas y luego encienden uno de estos.

Tenía razón.

Pero también sabía que se equivocaba.

—Tal vez no debería decírtelo —dijo Max—, pero Brigitte tenía una fotografía en la mano.

—¿Una fotografía de Evi?

—De Günther.

—¿Crees que es una pista?

—Creo que es una carta de despedida, Salinger. Nada más, nada menos.

Hubo algunas palabras más. Luego nos despedimos. Él volvió al lugar del suicidio, yo a mi coche. Cuando me senté al volante me di cuenta de que tenía un billete de cincuenta euros arrugado dentro del chaquetón.

Lo tiré por la ventanilla.

Arranqué el motor y me marché.

5.

Llegué a Bolzano a las nueve. No conseguí encontrar el oso más grande del mundo, pero el que poco después hizo su entrada en la habitación de Clara no le andaba muy a la zaga.

—¿Cómo estás, pequeña?

—Me duele la cabeza.

—¿Menos que ayer?

—Menos que ayer, sí.

Clara acarició el morro hirsuto del oso de peluche y se puso seria. Era la misma expresión que le había visto el día antes. Como si tuviera algo importante que revelarme, pero no hallara el valor para soltarlo.

Sonreí.

Le acaricié la barbilla, obligándola a mirarme.

—¿Qué pasa, pequeña?

—Nada.

—Siete letras —dije.

—¿«Madre»?

—No, cariño, he dicho siete.

—¿«Corazón»?

Negué con la cabeza.

Clara se encogió de hombros.

—Entonces no lo sé.

—«Mentira» —dije.

Se pasó una mano por la cabeza. Buscaba el pelo para ensortijárselo alrededor de su dedo, el mismo gesto de Annelise cuando se sentía presionada.

No encontró nada, porque aún tenía la cabeza envuelta en una pesada capa de vendas. Su mano cayó de nuevo sobre su regazo. Había apartado una vez más su mirada de la mía.

—¿Sabes que puedes contármelo todo?

—Sí.

—¿Crees que estoy enfadado por el trineo?

—Un poco.

—Pero hay algo más, ¿verdad?

Clara intentó tocarse el pelo otra vez, pero le aferré la mano y se la besé. Luego le hice cosquillas. Clara se rio, hundiendo la cara en el vientre del oso de peluche.

—Cuando quieras, me lo dices —dije.

Clara pareció aliviada por esa propuesta. Con expresión solemne, me tendió la mano.

—Trato hecho.

—¿Qué estáis tramando, vosotros dos?

Era Annelise, acompañada por Werner. Me levanté y la abracé. Annelise me devolvió el gesto, pero de una manera fría, distante. Bajo el olor del jabón advertí el de su piel sudorosa.

—Tienes que ir a descansar.

—¿Has comprado tú ese oso? —preguntó—. Antes no estaba aquí.

Era su táctica. Cambiar de tema.

—Sí, es un regalo. Y tú necesitas dormir en una cama de verdad.

—Me quedaré aquí hasta que terminen los cuidados de Clara. Luego volveremos a casa. Juntas.

Pasó por mi lado y se sentó en la cama de Clara.

—De acuerdo —dije.

Jugamos juntos durante una hora.

Traté de no pensar en la muerte de Brigitte y me concentré en Clara. Estaba débil y pálida, pero al menos veía y pronto la subiría al coche y me la llevaría de vuelta a casa.

A resguardo.

Nunca más, juré, permitiría que le pasara algo malo.

Era un juramento destinado a romperse. Es lo que ocurre siempre, cuando juramos que nunca nada va a perjudicar la vida de nuestros seres queridos.

Todo lo que podía hacer por Clara era regalarle buenos recuerdos.

Las palabras de Werner resonaban como un eco con fuerza en mi cabeza. Así como el estruendo del abeto rojo derribado por el dolor de dos hombres rotos.

Hacia las once, junto con el enfermero que le traía la comida a Clara, también entró el doctor. Me reconoció y me tendió la mano. Se la estreché, incómodo.

—Tenía usted razón, señor Salinger —comenzó tras saludar también a Annelise.

—Era solamente una mariquita —murmuré ruborizado.

—Nueve letras tampoco son muchas, en el fondo —estalló en una sonora risa que nos arrastró tanto a mí como a Annelise.

El médico nos dijo que Clara estaba reaccionando bien. Le habían administrado una medicación que iba a facilitar la reabsorción del hematoma. Había corrido un gran peligro, pero este ya había pasado.

—La someteremos a un tac y a partir de los resultados decidiremos si le damos el alta o si se queda aquí un poco más.

—¿Qué es un tac, papá?

Clara ya había terminado de comer. Me sorprendió su apetito, era una buena señal. La ayudé a limpiarse la boca con una servilleta blanca, un gesto que había dejado de hacer el año anterior y que echaba muchísimo de menos.

—Es como un radar. ¿Te acuerdas de lo que es?

Se lo había explicado durante nuestro vuelo por Europa. No dudaba de que aún lo recordaría. Tenía una memoria prodigiosa.

—Esa especie de radio que ayuda a los aviones para que no se choquen.

—Lo que pasa es que el tac es un radar que se utiliza para ver en el interior de la gente.

—¿Cómo está hecho?

—Bueno... —busqué al médico con la mirada.

—Se parece a una lavadora gigante. Te vas a tender sobre la camilla y te diremos que te estés quieta. ¿Eres capaz de quedarte quieta?

—¿Durante cuánto?

—Un cuarto de hora. Tal vez media hora. Nada más.

Clara permaneció en silencio dándole vueltas.

—Creo que lo lograré —luego, dirigiéndose a mí, preguntó en voz baja—: ¿Hará daño, papá?

—Ni siquiera un poco. Simplemente será aburrido.

Clara pareció aliviada.

—Me inventaré alguna historia.

La besé y mi móvil sonó. Dirigí una mirada de fastidio a Annelise e hice ademán de rechazar la llamada. El pulgar se detuvo sobre el botón rojo.

Era Mike.

—Perdonadme.

Salí y contesté.

—¿Socio?

—Espera —dije.

Entré en un cuarto de baño con la esperanza de que estuviera desierto.

—Tienes que darte prisa.

—¿Qué pasa?

—Estoy en el hospital. Clara. Tuvo un accidente. Ahora está mejor.

—¿Qué accidente? Salinger, no bromees.

—Chocó contra un árbol con el trineo. Ahora ya está fuera de peligro. Está bien.

—¿Qué diablos significa eso de «fuera de peligro», Salinger? Qué...

Cerré los ojos, apoyándome en un lavabo inmaculado.

—Escúchame, Mike, no tengo tiempo que perder. Dime qué has descubierto. Han pasado un montón de cosas aquí en Siebenhoch.

—He seguido indagando sobre Grünwald, pero aparte de otros detalles sobre sus teorías, nada. Nada acerca de su muerte, quiero decir.

—Su desaparición —lo corregí.

—¿De verdad crees que simplemente desapareció, socio?

—No creo nada.

—¿Seguro que estás bien?

—No, no estoy bien. Pero, por favor, prosigue.

Una breve pausa. Mike que se encendía un cigarrillo. Yo también lo habría hecho, pero no había necesidad de accionar la alarma contra incendios en un hospital solo por un Marlboro.

—¿Te acuerdas de esa tal Evi? Apareció de nuevo.

—¿En relación con Manfred Kagol?

—Exacto.

—El informe pericial contra la construcción del Centro de Visitantes.

—¿Ya lo sabías?

—Sí. ¿Qué más has descubierto?

—Poco o nada. El informe fue refutado y cinco años después el Centro de Visitantes abrió sus puertas.

—Mierda.

Golpeé el puño contra la pared.

—¿Qué pasa, Salinger?

—En tu opinión, ¿cuánto factura cada año Manfred Kagol gracias al Centro?

—¿Incluyendo los hoteles y las propiedades en la zona?

—Sí.

—Bastantes millones de euros.

Sentí que la bilis se me subía a la boca.

—En tu opinión, ¿crees que Manfred pudo haber matado a Evi? —susurré.

—¿Y por qué motivo iba a hacerlo? —me preguntó perplejo.

—Porque había puesto palos en las ruedas a su proyecto del Centro de Visitantes.

—Te equivocas de medio a medio, Salinger.

No me esperaba una respuesta semejante.

—¿Qué estás diciendo?

—Estoy diciendo que si yo hubiera sido Manfred, habría besado el suelo por el que caminaba Evi.

—Pero... el informe pericial...

—El informe pericial era contrario y detuvo el proyecto del Centro de Visitantes del Bletterbach. Lo único es que ese primer proyecto no era de Manfred Kagol.

Vértigo.

Había demasiada blancura allí dentro.

—¿Qué demonios me estás diciendo, Mike?

—El primer proyecto para un centro de visitantes en el Bletterbach no fue iniciativa de Kagol EdilBau. Era de un consorcio de Trento, el EdilGroup80. El mismo que construyó un montón de remontes por los alrededores.

Sentí que me hundía.

El suelo tembló bajo mis pies. Y me sepultó.

—¿Salinger? ¿Estás ahí?

—¿El informe pericial..., el informe de Evi *facilitó* las cosas a Manfred?

—Exactamente. Según mis cálculos, en el 85 Manfred no habría podido permitirse en modo alguno un proyecto tan ambicioso. Evi le echó una mano, y bien grande. ¿Por qué iba a matarla?

Por ninguna razón en absoluto.

—Gracias, Mike. Seguiremos... —masullé—, seguiremos en contacto.

Colgué sin esperar su despedida.

Hice correr el agua en el lavabo. Me mojé la cara.

Respiré.

Manfred no había matado a Evi. Él no era el asesino.

Miré mi imagen reflejada en el espejo.

Ahora, pensé, ahora ya sabes cómo es la cara de un asesino.

Al asesino de Brigitte lo tenía frente a mí en aquel momento. Era yo.

—«¿Han resucitado los muertos? —murmuré—. Los libros dicen que no, la noche grita que sí».

Era una cita de mi libro preferido, el que me acompañaba adonde quiera que fuese. La frase de John Fante asumió otro sentido en boca del asesino que me miraba trastornado desde el espejo.

No lo soporté. Me doblé por la mitad, aplastado por la conciencia de lo que había hecho. Acabé dándome con la cabeza contra la cerámica del lavabo. El dolor fue un alivio.

6.

Fue un enfermero quien me reanimó. Detrás de su rostro ceñudo asomaba la cara exangüe de Annelise. En cuanto me vio abrir los ojos de nuevo salió del baño dando un portazo.

—Su mujer no lo ha visto volver y se ha alarmado. Debe de haber sufrido un desvanecimiento.

Me ayudó a quedarme sentado. Respiraba con la boca abierta. Como un perro sediento.

—Yo puedo hacerlo, yo puedo...

—Se ha dado un golpe fuerte. Sería mejor...

Sufrí un mareo, me aferré a él y me levanté con dificultad.

—Estoy bien. Tengo que irme. Tengo...

El hombre protestó. Ni siquiera lo escuché.

Cuando me encontré delante de la habitación de Clara no tuve valor para entrar. Podía oír la voz de Annelise y el gorjeo de mi hija. Acaricié la puerta.

Seguí recto.

No podía enfrentarme a ellas.

7.

Bajé las escaleras, me dirigí a la cocina. Encontré una botella de Jack Daniel's y comencé a trincar. El primer trago fue ácido que bajaba por el esófago. Tosí, escupí. Me esmeré a fondo. Detuve las arcadas con estoicismo. Otro trago. Más ácido. No dejaba de pensar en la cabeza de Brigitte abierta por la mitad por el disparo de escopeta. La sangre derramada por el suelo. Respiré profundamente intentando calmar la náusea. No quería vomitar, no era ese mi propósito. Quería emborracharme. Quería esa negrura total y sin sueños que había experimentado después de golpearme la cabeza, en el lavabo del hospital. Antes de que Annelise... Pensar en Annelise me resultó insoportable.

Bebí de nuevo.

Esta vez el Jack Daniel's descendió sin quemarme. Me limpié la boca con el dorso de la mano. Me dirigí al salón y me hundí en mi butaca preferida.

Cogí un cigarrillo.

Había perdido sensibilidad en las manos. Me costó un buen rato encender la llama del mechero, y cuando lo logré me encontré mirándola como un idiota, preguntándome para qué servía y por qué me parecía tan importante acercarla a ese tubo blanco que se asomaba entre mis dientes. Lancé lejos el encendedor y escupí el cigarrillo.

Continué bebiendo y bebiendo. La cabeza se me hizo pesada como el plomo.

Intenté levantar la botella de Jack Daniel's.

No lo conseguí. Se me escapó de entre los dedos.

Y llegó la oscuridad.

Cuando recobré el conocimiento, estaba acostado en la cama. Miré a mi alrededor, desorientado. Estaba sumido en las sombras. ¿Cómo había llegado allí? A juzgar por el desorden, debía de haberme arrastrado por mi cuenta. Mi último recuerdo era el ruido de la botella de whisky que chocaba contra el suelo.

Agucé la vista.

Intenté moverme.

—¿Qué se te ha pasado por la cabeza?

Temblé.

No reconocía la voz surgida de las tinieblas.

—¿Quién eres? —pregunté—. ¿Quién eres?

La voz se transformó en una silueta. Me pareció gigantesca. Se movía a saltos. Los muertos, pensé, los muertos se mueven así.

La sombra encendió la luz.

Werner.

Me incorporé en la cama sirviéndome de toda mi fuerza de voluntad.

—He tenido un mal día.

Werner no hizo ningún comentario.

—Necesitas llenar el estómago. ¿Puedes bajar tú solo?

—Puedo intentarlo.

Bajar las escaleras fue penoso. Cada movimiento reverberaba en mi cráneo como un golpe de martillo. Acepté el dolor. Me lo merecía. Era un asesino.

Dos veces asesino.

Primero los hombres del Ortles, ahora...

Werner preparó un par de huevos que me tragué a la fuerza. Comí pan, una loncha de *speck*. Y bebí mucha agua.

Werner no dijo nada hasta que hube terminado. Solo entonces me percaté de su postura. Estaba rígido en la silla, con la cara crispada.

Me pareció dolorido, pero sobre todo avergonzado.

—No estaba vigilándote, pasé por aquí para pedirte que me echaras una mano. La espalda —dijo—. Toda mi vida no he hecho más que presumir de que nunca he tomado nada más fuerte que una aspirina, pero ahora...

—¿Te duele?

—Ya no soy un chiquillo —dijo, con pesadumbre.

—¿Por qué no vas a hacerte un chequeo?

—Déjalo, Jeremiah, los médicos nunca me han gustado. Hagamos otra cosa, ¿tienes algo para el dolor?

Todo en él, el tono de voz y las palabras que había elegido, chocaban con lo que leía en sus ojos. La gente que es como Werner odia dos cosas: mostrarse débil y pedir ayuda. Me levanté y me fui al cuarto de baño. Cogí la caja de analgésicos que me prescribieron en la época del 15 de septiembre.

—Vicodin —dije, cuando regresé a la cocina.

Werner tendió las manos hacia la caja.

—¿Puedo tomar dos?

—Con una será suficiente.

Hizo desaparecer la cápsula en la boca.

—Annelise no va a volver a casa esta noche —dije—. Tal vez no vuelva nunca más.

Werner cogió mi paquete de cigarrillos. Encendió uno y yo hice lo mismo.

—En un matrimonio hay buenos y malos momentos. Ambos pasan.

—¿Y si no pasan?

Werner no respondió.

Se quedó mirando el humo que ascendía hasta el techo, donde, adelgazándose, se hacía invisible.

Cuando se terminó el cigarrillo, lo aplastó en el cenicero y se levantó sujetándose a la mesa.

—Es hora de que vuelva a Welshboden.

—Llévate las pastillas, podrías necesitarlas.

—Mañana estaré bien, ya lo verás.

—Llévatelas de todas formas. A mí no me hacen falta.

Werner se las guardó en el bolsillo. Lo ayudé a ponerse la chaqueta.

Afuera estaba oscuro.

—Jeremiah... —dijo Werner—. ¿Lo oyes?

Agucé el oído. Intenté entender a qué se refería.

—No oigo nada.

—El silencio. ¿Lo oyes?

—Sí.

—Desde que Herta murió y me quedé solo, lo odio: odio el silencio.

Dos conspiradores y una promesa

1.

El funeral de Brigitte se celebró dos días después, el 10 de febrero.

La autopsia había sido poco más que una formalidad y el informe del forense, consabido. Brigitte se había suicidado. Max quiso explicármelo en persona, esa mañana, mientras intentaba limpiar la casa con vistas al regreso de Clara y Annelise.

—Su tasa de alcohol en sangre triplicaba la habitual. Estaba borracha como una cuba, Salinger.

—Ya.

Max se fijó en el cardenal de la frente, donde me había golpeado en el hospital.

—¿Y eso?

—Nada grave.

Bebimos un café en silencio. El día era gris, sombrío.

—Clara vuelve hoy, según he oído.

—¿Te ha informado Werner?

—Me crucé con él en la farmacia. No tenía muy buen aspecto.

—La espalda le da problemas.

—Debería ir a que lo viera alguien. Hace cinco años me hice una luxación. Me dolía endemoniadamente. Luego Verena me arrastró hasta un fisioterapeuta: dos sesiones y quedé como nuevo.

—¿Se lo has dicho a Werner?

—Le entra por un oído y le sale por el otro. Es un testarudo, pero ya verás que cuando descubra que no es capaz de levantar a Clara buscará una solución.

—Eso espero.

Max se entretuvo con la tacita vacía, luego se levantó.

—Quería…, bueno, solo quería decírtelo.

—Gracias.

—¿Vendrás al funeral?

—¿Estará Manfred?

—Lo ha pagado todo él.

—Creo que voy a evitar que me vean.

Max se caló la gorra con el emblema de la Forestal.

—Eres una buena persona, Salinger.

No lo era. Era un asesino.

2.

Escuché el tañido fúnebre del campanario hasta que se volvió insoportable para mí. Encendí la televisión y la puse a todo volumen.

A las tres de la tarde Werner llamó a mi puerta.

Yo ya tenía la chaqueta puesta.

—¿Cómo está tu espalda?

—Está bien.

—¿Seguro?

—Mira.

Se inclinó hacia delante y se irguió después como un soldado en posición de firmes.

—De todos modos, una visita de control no te vendría mal.

—Vamos —señaló el coche—. Nuestra niña nos espera.

Ya estaban en la calle cuando llegamos. En la nacional se había producido un accidente que nos había hecho demorarnos. Nuestro mal humor se desvaneció en cuanto vimos a Clara.

Llevaba un abrigo rojo, un gorro calado casi hasta los ojos para protegerla del frío y ocultar el ligero vendaje que, según había dicho el médico, tendría que llevar durante unos días. Bajo el brazo, el oso.

Nos saludó con la mano.

Annelise sonrió levemente.

Fue una fiesta llevar a Clara de vuelta a casa. Estaba excitada, no dejó de hablar hasta después de la cena que había preparado yo con esmero: sus platos favoritos y, por lo menos, la mitad de los que le gustaban a Annelise. Había tenido que emplear a fondo todo mi talento culinario.

—La doctora ha dicho que he sido buenísima.

—¿En serio?

—Ha dicho que nunca había visto a una niña tan buena.

Sacó pecho, orgullosa.

La doctora que le había hecho el tac debía de haberla impresionado bastante. No hacía más que hablar de ella.

—Me dejó ver mi cerebro. Estaba lleno de colores. La doctora dijo que se podían ver mis pensamientos. Pero yo solo veía manchas de color. ¿Tú qué crees?, ¿la doctora sabe leer los pensamientos, papá?

—El tac no sirve para leer el pensamiento. Muestra la electricidad del cerebro. Se ven las emociones.

—¿Electricidad? ¿Como una bombilla?

—Sí.

—¿Y con ella la doctora era capaz de entender mis emociones?

—Claro.

—¿Sabes cómo se llama la doctora?

Lo sabía, pero fingí que no era así.

—No tengo ni idea, cariño.

—Elisabetta —silabeó—. ¿Cuántas letras tiene «Elisabetta»?

—Diez.

—Es un nombre bonito.

—Yo también lo creo.

—¿Crees que de mayor podría llegar a ser una doctora del cerebro?

—Claro, pequeña.

Seguimos así hasta que notamos que los reflejos de Clara se habían vuelto más lentos. Comenzaba a balbucir las palabras y a dar cabezadas. Estaba pálida.

Werner se levantó de la mesa.

—Creo que ha llegado la hora de que el abuelo se vaya a dormir.

—Abuelo... —dijo Clara abriendo bien los ojos (que, como pude comprobar, se veían enrojecidos y cansados)—, quédate un poco más.

Werner la besó en la frente.

—¿No estás cansada?

—No estoy cansada.

—¿Estás segura?

—Un poquito.

Werner se despidió y llevé a Clara a la cama. Ni siquiera me dio tiempo a apagar la luz cuando ya se había dormido. Entorné la puerta y bajé a la cocina.

Me encontré a Annelise sentada, rígida. Tenía una lata de Forst entre las manos.

No me gustaba su mirada y no me gustó la forma en que se bebió la cerveza, de un trago.

—Tenemos que hablar —me dijo.

Sabía de qué y sabía cómo iba a terminar.

No en un *happy end*.

De manera que tomé sus manos y abrí mi corazón.

—Sé lo que estás a punto de decirme. Pero no lo hagas. Dame un mes. Si dentro de un mes todavía quieres decirme lo que tienes en la cabeza, entonces te escucharé. Un mes. Nada más. Hazlo por mí.

Annelise se llevó un mechón de pelo hasta los labios.

—Un mes.

—Nada más. Luego, si lo deseas... —no me atreví a ir más allá.

—Por Clara —dijo ella—. Por Clara.

Se levantó.

—Pero dormirás en el estudio. Yo... —la voz se le quebró— ya no puedo más.

3.

Los dos conspiradores actuaron con gran habilidad. Ni Annelise ni yo nos dimos cuenta de nada hasta el último momento.

A eso de las seis y media Werner se presentó cargado de provisiones, saludó, no explicó nada y se encerró en la cocina junto con Clara. Annelise volvió a ver la televisión, yo me retiré a lo que se había convertido en mi madriguera, el pequeño estudio donde pasaba las horas mirando al techo e intentando leer algo.

Imposible. Mi mente divagaba. Me sentía como un equilibrista. Por debajo de mí se abría el abismo de la soledad. Werner lo había visto con claridad: el silencio no estaba hecho para mí. No quería pasar el resto de mi vida hundido en un catre (justo lo que estaba haciendo), escuchando los ruidos de una casa carente de vida.

¿Desde cuándo no oía reír a Annelise? Desde hacía demasiado.

Perdido en esos lúgubres pensamientos no me di cuenta del paso del tiempo. Hacia las ocho llamaron a la puerta. Era Clara. Llevaba un elegante vestido de color rojo fuego, con una diadema que le sostenía el pelo. Noté que llevaba maquillaje alrededor de los ojos. Una fascinante mezcla entre lo ridículo y lo adorable.

—Hola, pequeña.

—Señor Salinger —dijo ella, toda cortesía—. La cena está lista.

Puse los ojos como platos.

—¿Cómo dices?

337

—La cena —repitió con impaciencia— está servida, señor Salinger.

—La cena... —dije como atontado.

—Y póngase corbata.

—No tengo una corbata, cariño. Y no entiendo qué...

Con pocos pasos, Clara se situó a diez centímetros de mí. Como yo estaba sentado, sus ojos y los míos quedaban a la misma altura. Leí una resolución que solo podía haber heredado de una persona. Annelise. Se colocó los puños en las caderas. La encontré tremendamente bonita.

—Tienes una corbata, papá. Tienes cinco minutos. Venga.

Salió, imperiosa.

Y llevé corbata.

Al bajar a la planta baja me di cuenta de que Werner había preparado las cosas a lo grande. En el centro del salón ya no se encontraba mi butaca favorita. En su lugar, la mesa preparada para dos personas. Mantel blanquísimo, vino puesto a enfriar (miré la etiqueta, un Krafuss de 2008, debía de haber costado una fortuna), e incluso una vela que lanzaba destellos en la penumbra en que estaba envuelta la habitación.

Sentada a la mesa, Annelise.

Me faltaba la respiración. Simplemente estaba bellísima.

Llevaba un vestido de tubo negro que me trajo a la mente el estreno de *Road Crew 2*, la velada que ella bautizó como «el debut en sociedad» (cuando hicimos nuestra entrada en aquel cine de Broadway, todos, incluso Mister Smith, se quedaron con la boca abierta y Annelise me susurró aterrada: «No me dejes sola, no me dejes sola, no *te atrevas* a dejarme sola»), un collar de perlas que resaltaba su cuello esbelto y el pelo recogido en la nuca con un moño impecable.

Se levantó y me rozó la mejilla con un beso.

—¿Es una sorpresa también para ti?

—Sí —respondí, sin dejar de admirarla.

Deslumbrado.

Dios, cómo la echaba de menos.

—Señores...

Era Werner. Llevaba un gorro de cocinero y se había afeitado, y con ese delantal blanco parecía un cruce entre un chef francés y un oso polar. Nos echamos a reír.

Werner no se dejó impresionar.

—La cena...

Chuletas de cordero, patatas con crema agria y cebollino, un alucinante surtido de quesos y embutidos, *canederli* con mantequilla y decenas de distintas pequeñas obras de arte culinarias. El vino, luego, se reveló a la altura de su fama.

Resultó difícil romper el hielo. Era como si Annelise y yo estuviéramos en nuestra primera cita y se tratara, además, de una cita a ciegas. Faltaba poco para que yo me pusiera a preguntar: «Y tú ¿a qué te dedicas?».

Luego, sin embargo, poco a poco, nos fuimos desbloqueando. Hablamos de Clara, porque era ella lo que aún nos mantenía unidos. Hablamos del tiempo, porque es esto lo que suele hacerse entre adultos en el mundo occidental. Hablamos de Werner. Ensalzamos la bondad de los platos que Clara, con una servilleta sobre el brazo y ese delicioso vestido rojo, nos servía (y en cada ocasión sentía yo el sudor frío: «Que no se le caiga, que no se le caiga»).

Solo a la tercera copa me di cuenta del motivo de aquella velada.

—Hoy es...

—¿No te habías dado cuenta?

Negué con la cabeza.

—Se me había olvidado.

14 de febrero.

De postre, Werner había preparado corazones de castaña con nata montada.

Fue el chef en persona quien nos los sirvió.

—¿Papá? —preguntó Annelise.

—*Madame?* ¿La cena no es de su agrado?

—Está exquisita. Pero no sabía que eras un cocinero experimentado. ¿Dónde aprendiste?

—Un chef nunca revela sus secretos.

—Tú no eres un chef, papá.

—Digamos que cuando un viejo montañés encuentra ese horrible monstruo que vosotros, los chicos de ciudad, llamáis «tiempo libre», o se busca algo que hacer o acaba en el manicomio.

Fue una velada inolvidable.

El chef se convirtió de forma improvisada también en niñera, y mientras Annelise y yo saboreábamos un *amaro*, y yo me concedía un cigarrillo, Werner acostó a Clara.

Luego se despidió de nosotros.

Nos quedamos solos. El silencio, mientras admiraba la suave curva de los hombros descubiertos de Annelise, no me pesaba, todo lo contrario.

Por un instante me sentí muy cerca de la felicidad.

Annelise se levantó y me tiró un beso en la mejilla.

—Buenas noches.

Subió por las escaleras, oí que entraba en la habitación y cerraba la puerta tras de sí.

No me esperaba nada diferente, pero de todas formas sentí una punzada.

Y, a pesar de ello, no había sarcasmo en mis palabras cuando, levantando un vaso hacia el techo, dije:

—Feliz San Valentín, amor mío.

4.

Día tras día veía a Clara curarse. Para darme cuenta no necesitaba la opinión de los médicos, aunque siempre éramos puntuales a la hora de llevarla a las visitas de control. Las bolsas de debajo de los ojos desaparecieron y también ganó algo del peso que el accidente le había hecho perder.

Reanudamos nuestros paseos. La montaña era impracticable, pero Werner nos enseñó a utilizar las raquetas de nieve y resultaba agradable pasar el tiempo así, en medio de los bosques que había alrededor de Siebenhoch. Caminar en la nieve, hablar, observar cómo las aves saltaban de rama en rama y tratar de localizar alguna madriguera de ardilla (no encontramos ninguna, pero Clara me confió que había visto la casa de un gnomo). Procuraba no cansarla, y es que de repente había descubierto que era un padre ansioso. Tenía miedo de que tropezara, de que sudara, de que se fatigara. A Clara esas atenciones le agradaban, pero al cabo de cierto tiempo, cuando llegaba a ser agobiante, me lanzaba una mirada de las suyas y yo advertía que me había vuelto peor que mi *Mutti* con su obsesión por las corrientes de aire. Así que hacía propósito de enmienda.

Mi relación con Annelise no mejoraba. Éramos personas civilizadas, por tanto no había ni escenas ni platos rotos, pero había demasiados silencios y sonrisas tensas. De vez en cuando la sorprendía mirándome y mi mundo se abocaba a la angustia. Sabía lo que estaba pensando.

¿Qué siento por este hombre?

¿Puedo perdonarlo?

¿Todavía lo amo?

Quería abrazarla y gritar: «¡Soy yo! ¡Soy yo! ¡No puedes abandonarme, porque soy *yo* y, si nos separamos, nunca más volveremos a ser felices en toda nuestra vida!». No lo hacía. No habría sido un comportamiento propio de Salinger, ni tampoco de un Mair. Así que, o fingía que no me había percatado de esas miradas, o bien levantaba la mano y la saludaba. Por regla general, temblaba toda ella, se sonrojaba incómoda y me devolvía el saludo.

Es mejor que nada, pensaba. Es mejor que nada.

Me esforzaba al máximo, pero todas las noches, cuando me acostaba, solo, me volvían a la mente muchos pequeños gestos realizados durante el día y no hacía más que reconvenirme. Tal vez debería haberle llevado un ramo de flores; no rosas, margaritas. Tal vez debería haberla invitado a cenar en algún restaurante. Tal vez me habría equivocado también con ese gesto.

Caía en un sueño agitado después de horas dando vueltas entre las sábanas.

¿Tenía pesadillas?

Sí. Bastantes.

La Bestia, sin embargo, no tenía nada que ver. Soñaba que me paseaba por la casa de Siebenhoch, donde no había muebles, vacía; ciego e incapaz de emitir ni un sonido. Soñaba el silencio.

5.

—¡Papá!

Clara estaba en el jardín. Tenía las mejillas sonrosadas y la chaqueta abierta. Sonreía.

—¡Ven, papá! ¡Está caliente! ¡El viento está caliente!

Sonreí al llegar a su altura.

—Es el *föhn,* pequeña.

—¿Igual que el del pelo?*

El aire caliente me acariciaba el rostro. Resultaba agradable.

—En cierto modo, sí. Lo que pasa es que este ya existía antes de que se inventara el secador de pelo.

—Qué fuerte.

—Pero hay que tener cuidado.

---

* En Italia, el secador para el pelo recibe este nombre. *(N. del T.)*

—¿Y eso por qué?

—¿Sabes cómo lo llamaban los antiguos habitantes de los Alpes?

—¿Cómo?

—El viento del diablo.

Clara se inclinó hacia mí.

—¿Y por qué?

—Porque te hace pillar la gripe —le dije mientras le abrochaba la chaqueta.

Nunca palabra alguna resultó más profética. Al cabo de varias horas me fijé en que Clara se había puesto taciturna y somnolienta. No hacía falta un título de doctor para entender lo que estaba sucediendo.

—Fiebre —sentencié después de tomarle la temperatura. Treinta y ocho y medio.

La gripe le duró cinco días. Luego la fiebre desapareció y poco a poco Clara recuperó su tez habitual. Aun así y a pesar de sus quejas, no me atreví a sacarla de casa.

Febrero terminó.

El primero de marzo decidí que había llegado el momento. Algunos dicen que uno se convierte en un hombre cuando entierra a sus padres; otros, cuando se convierte en padre. No estaba de acuerdo con ninguna de las dos filosofías.

Nos convertimos en adultos cuando aprendemos a pedir perdón.

6.

Casa Kagol seguía siendo magnífica, pero yo no estaba en disposición de ánimo para apreciarlo. Me quedé clavado delante de la puerta de entrada mientras reunía el valor necesario para pronunciar las siete letras más difíciles del mundo: «Perdona».

Quería hacerlo, sentía la necesidad de hacerlo también, y sobre todo, para poder recuperar el respeto por mí mismo. No había olvidado nada de lo que había sucedido.

Ahí estaba Brigitte.

Ahí estaba Max, diciéndome: «Se ha matado, Salinger».

Ahí estaba Manfred, tirándome los billetes.

Yo, acusándolo de ser el asesino de Brigitte.

Tenía que pedirle perdón a Manfred. Sin ese perdón, sentía que no iba a ser capaz de reconquistar a Annelise. Porque para recuperar mi matrimonio, tan precario como uno de los muñecos de nieve de Clara, en primer lugar tenía que reencontrarme a mí mismo. No al Salinger que se había aprovechado del demonio de Brigitte para lograr que hablara, sino al Salinger que se esforzaba para ser el mejor marido del mundo.

Respiré hondo.

Toqué el timbre.

Quien abrió, en vez del ama de llaves, fue Verena, la esposa de Max. En cuanto me reconoció, intentó cerrar la puerta, pero se lo impedí.

—¿Qué haces aquí, Salinger? —me preguntó.

—Me gustaría ver a Manfred.

La mujer negó con la cabeza.

—Imposible. Está enfermo.

—Creo que le debo una disculpa —le dije.

—Más claro el agua, pero no es el momento.

—¿Cuándo crees que puedo volver?

Verena me miró largo rato con esos grandes ojos suyos, de niña.

—Nunca, Salinger.

Intentó de nuevo cerrar la puerta. De nuevo se lo impedí.

—¡Salinger! —exclamó sorprendida ante mi obstinación.

—¿Qué tiene?

—No es asunto tuyo.

—Solo quiero pedirle perdón por mi comportamiento.

—Esa sí que es buena —me miró con rabia—. Solo perdón, ¿verdad? Eres un mentiroso, Salinger.

—Yo...

—No tiene nada que ver con la masacre del Bletterbach, ¿verdad? Me prometiste que no hablarías del tema con Max, y en cambio lo hiciste. Te llevó a Casa Krün, ¿no?

—Sí —admití—. Fue él quien me llevó, yo...

—Debió de ponerte las esposas, supongo.

—Yo...

—Solo sabes decir eso, Salinger. Yo. Yo. Yo. ¿Y *nosotros*? ¿No piensas en nosotros? ¿Sabes cómo descubrí que Max te había llevado a ese maldito agujero? Porque de nuevo comenzó a estar mal. De nuevo comenzó a mostrarse malhumorado y taciturno.

Una pausa. Un suspiro.

Su ira era palpable.

—Algunas noches vuelve tarde y apesta a alcohol, algo que no ocurría desde hace tiempo. ¿Estás contento, Salinger?

Permanecí con la cabeza gacha, callado.

La furia de Verena me estaba mostrando lo patético e inútil que era mi intento de hacer las paces con Manfred. Hay cosas que no se borran. Y si se perdonan, eso ocurre al cabo de unos años. No después de un par de semanas.

Idiota.

—Olvídate de esta historia, Salinger. El Bletterbach es solo un cementerio de monstruos.

—Es lo que estoy haciendo.

—Y márchate de aquí —los ojos de Verena centelleaban igual que los de un inquisidor—. Márchate de Siebenhoch y no vuelvas por aquí nunca más. Nunca —remarcó— más.

Estaba a punto de añadir algo. Una gota de veneno, seguro, pero la voz de barítono de Manfred llegó hasta nosotros desde dentro.

—Ya está bien, señora Krün.

Verena se volvió, confundida e incómoda.

Yo no lo estaba menos.

—Señor Kagol, ¿por qué se ha levantado?

—Está bien, Verena. Puede marcharse.

—Tiene que descansar, ya lo sabe.

—Lo haré. Pero primero quiero charlar con Salinger.

—No —exclamó Verena—. Se lo prohíbo.

Manfred sonrió.

—Aprecio su preocupación, señora Krün, pero es usted mi enfermera, no mi médico...

—Ten cuidado —masculló Verena, mirándome con maldad.

Se despidió de Manfred, pasó por delante de mí y desapareció detrás de la esquina.

Manfred me indicó con un gesto que entrara. Lo seguí bajo la atenta mirada de sus dos dóberman. No me ofreció nada de beber. Solo que me sentara.

Me fijé en que se había afeitado el bigote. Su cara parecía desnuda y descarnada.

—¿Cómo está, Salinger?

—He venido aquí para...

—Lo sé.

Me aclaré la voz.

—¿Y usted cómo está, Manfred?

—Si uno hace de sastre del diablo, tarde o temprano se acaba pinchando —dijo el *Krampusmeister*—. Tengo un pequeño problema en el corazón. Nada grave. Descanso y algunas inyecciones deberían ponerme a punto, la señora Krün es una enfermera muy profesional. Gracias a ella, ya estoy mucho mejor. Ha sido una época estresante para todo el mundo.

—Dije cosas horribles, Manfred. Lo siento.

No hizo ningún comentario. Se inclinó para acariciar la cabeza de sus dos grandes perros.

Le tendí el informe pericial de Evi.

Lo estudió, serio.

—Habría tenido un futuro magnífico. Estaba en lo cierto, ¿sabe? El consorcio de Trento tuvo que rendirse. Era gente anticuada, pensaba que ladrillo y hormigón armado nunca pasarían de moda. Pero el ladrillo y el hormigón armado pesan. Y no solo en sentido literal, me refiero también al sentido figurado. El vidrio, el acero, el aluminio, la madera..., esos eran los materiales del futuro. Ella lo sabía.

Pensé en el Centro de Visitantes, con su diseño moderno, ligero.

—Cuando me enteré de que otros habían tenido la idea de explotar el Bletterbach pensé que me iba a morir. No contaba con suficiente liquidez, ¿lo entiende? Demasiadas obras en marcha y poco dinero en efectivo. Pronto ese dinero estaría de vuelta en mis bolsillos, pero ¿y en ese momento? Lo mismo podría ponerme a vender castañas asadas en la nacional: en un día ganaría más dinero del que había en mi cuenta bancaria. Estaba desesperado, aquello por lo que había luchado tanto corría el riesgo de derrumbarse.

Negó con la cabeza.

—Luego, Evi me vino a la mente. Era brillante, inteligente. Y ambiciosa. Además, era respetada en Siebenhoch. Todo el mundo sabía lo de su madre y cómo había criado a Markus ella sola. No me puse en contacto con ella en persona. Si lo hubiera hecho, se habría sentido obligada a rechazarlo. Dejé caer una palabra aquí y otra allá. El rumor de que alguien iba a construir un centro de visitantes en el Bletterbach, y que lo haría de acuerdo con los viejos métodos invasivos, pronto llegó a sus oídos.

Manfred chasqueó los dedos.

—Preparó el informe en un visto y no visto. Conocía de memoria cada una de las piedras de ese lugar. El consorcio de Trento se llevó una buena pedrada en toda la frente. Fueron a juicio y los juicios duran una eternidad. El tiempo suficiente para subsanar las deudas de la Kagol EdilBau y presentar mi proyecto.

—Vidrio, aluminio y madera.

—Exactamente.

—Pero...

—Yo también lo pensé, en esa época. Me pregunté si los del consorcio estaban tan irritados como para querer matar a Evi. Usted, Salinger, no ha hecho otra cosa que seguir las huellas que fui trazando.

—No las suyas, Manfred. Las de Günther.

Manfred entrecerró los ojos. Suspiró.

—Me enteré de ello cuando ya era demasiado tarde. Günther nunca me habló al respecto. Descubrió el informe pericial y se le metió en la sesera que el asesino era yo. Su hermano, ¿entiende? Si me hubiera dicho algo..., si me lo hubiera confiado, tal vez... —Manfred negó con la cabeza—. Dejemos a los muertos donde están. Son más felices que nosotros.

—A veces yo también lo creo.

Nos quedamos en silencio escuchando la respiración de los dos dóberman y el *föhn* que hacía crujir los postigos.

—Le llamé asesino, Manfred. Lo siento. No debería haberlo hecho.

—El pasado es pasado. De todos modos, yo hice lo mismo con usted.

—Tenía razón, el asesino soy yo.

—Usted no mató a nadie, Salinger.

—Le hablé a Brigitte del informe pericial. Le dije que Günther sabía lo suyo y que...

No pude contener un sollozo. Delante de mis ojos veía la expresión de Brigitte cuando me echó. Era la mirada de alguien que lo ha perdido todo.

—Brigitte me explicó lo que hablaron ustedes, Salinger. No voy a ocultarle el hecho de que en cierto sentido ya le tenía a usted entre ceja y ceja. Me había percatado de que en realidad estaba investigando los asesinatos del Bletterbach. Sabía que tarde o temprano hablaría con Brigitte. Sabía que tarde o temprano saldría el asunto del informe pericial. Para mí estaba muerto y enterrado. Creo que usted me vio, aquella mañana, cuando salía de casa de Brigitte. Lo que es seguro es que yo lo vi a usted, Salinger. Lo tenía escrito en la cara. Había encontrado el informe y se había equivocado de camino. Así que pensé que me tocaba arreglar las cosas.

Me acordé del Mercedes negro.

—Ha tenido años para deshacerse de ese maldito peritaje —dije con incredulidad—. ¿Por qué lo dejó en esa caja de música durante todo este tiempo?

Manfred levantó los ojos hacia el techo, hacia la habitación de Günther.

—Porque pensaba que estaba a buen recaudo. Y porque habría sido *un error*.

—Así que, cuando me marché, le contó su versión a Brigitte.

—No es mi versión, es la verdad. Hablé del consorcio de Trento, de las dificultades económicas de la Kagol EdilBau. Y de cómo hice llegar unas palabras a los oídos de Evi para poner trabas a mis competidores. No quería que Brigitte se hiciera una idea equivocada. Al final me dijo que se sentía mejor.

—Pero no era verdad.

—No, no era verdad. Ahora me doy cuenta de ello, pero créame, nadie habría podido detenerla. Era la tercera vez que esa pobre mujer lo intentaba.

—¿Suicidarse?

—Sí. No se mató por Günther o por Evi, Salinger. Se mató porque se odiaba, y cuando alguien llega a odiarse hasta el punto de desear la muerte...

7.

A mediados de marzo llevé aparte a Annelise y le dije:

—Quiero volver a Nueva York. Este lugar nos ha separado. Y no quiero perderte. Por ninguna razón del mundo.

Nos abrazamos y sentí que algo se disolvía dentro de mí.

Esa noche Annelise dejó entornada la puerta de la habitación.

Hicimos el amor. Un poco torpes, como si tuviéramos miedo de hacernos daño. Al final, nos quedamos escuchando nuestras respiraciones mientras se iban sosegando.

Me quedé dormido haciéndome la ilusión de que la pesadilla iba a terminar.

Heart-Shaped Box

1.

Werner estaba en la segunda planta de Welshboden, tumbado en el suelo, boca arriba. La mirada en blanco, una mano en el pecho y la otra doblada detrás de la espalda, en una postura antinatural.

Inmóvil.

2.

Me encontré con la puerta abierta y entré mientras llamaba en voz alta sin recibir respuesta. No me preocupé. Pensé que estaba cumpliendo su palabra sobre su propósito de reorganizar el desván. De manera que subí.

Annelise me había pedido que me acercara hasta allí para comprobar cómo iban las cosas. Desde hacía dos días, solo había hablado con su padre por teléfono, no en persona. Decía, precisamente, que estaba ocupado vaciando el desván, y que le dolía mucho la cabeza. Nada grave, pero no se sentía con ánimos para bajar hasta nuestra casa. Y si fuera la gripe, podría contagiarnos.

El paquete de seis cervezas que había llevado conmigo se me cayó de las manos. Busqué el móvil, necesitaba ayuda, una ambulancia, alguien.

—Werner...

Apoyé una mano sobre su cuello.

El corazón latía. Sus ojos se posaron en mí.

—Dolor —murmuró.

La espalda.

—Coño, Werner —encontré el móvil—. Tienes que ir al hospital.

Él negó con la cabeza. Hablar debía de provocarle una buena dosis de padecimiento.

—Nada de ambulancia —dijo—. Llévame tú.

—¿Te has caído?

—Puedo lograrlo. Solo tienes que echarme una mano.

—¿Cuánto tiempo llevas aquí?

—Pocos minutos. No te preocupes.

Intentó levantarse por sí mismo. Se le escapó un gemido.

Lo ayudé.

Era como mover un peso muerto.

Bajamos las escaleras. Le hice ponerse una chaqueta y conseguí que se tumbara en el asiento de atrás del coche. Era incapaz de estar sentado. Tenía la cara roja, se le marcaban las venas. Temí que fuera un infarto.

—Voy a llamar a Annelise.

Levantó una mano.

—Luego.

Más que marcharme de Welshboden *despegué* en dirección a Bolzano. El aumento de las temperaturas había derretido el hielo en las carreteras y fui a toda pastilla.

En urgencias pedí a unos enfermeros que me ayudaran. Werner rechazó la silla de ruedas, pero cuando entramos sufrió un mareo y lo izaron a peso en una camilla. Luego se lo llevaron.

Me quedé aguardando, mientras la sala de espera se llenaba y se vaciaba como el movimiento de sístole y diástole de un corazón. Mientras tanto, pensaba que sería mi deber avisar a Annelise. Un par de veces estuve a punto de llamarla. Pero ¿qué podía decirle? ¿Que Werner se había caído porque, a pesar del dolor de espalda, había decidido ordenar su maldito desván? ¿Y su estado? ¿Cuál era su estado?

No tenía ni idea. Decidí que la llamaría cuando tuviera alguna información más que ofrecerle.

Con la esperanza de que también hubiera buenas noticias.

3.

—¿Papá?

Acababa de comenzar a leerle a Clara su cuento favorito *(Pulgarcito)* cuando la niña, seria, me interrumpió. Cerré el libro y lo coloqué sobre la mesita de noche.

—¿Por qué estaba llorando mamá?

—Mamá no estaba llorando. Solo estaba un poco triste.

—Pero tenía los ojos feos.

—Está preocupada por el abuelo.

Clara frunció el ceño.

—¿Qué le pasa al abuelo? ¿Por qué ha ido al hospital?

—El abuelo se cayó. Solo le duele un poco la espalda.

—¿Y por eso está triste mamá?

—Sí.

—Pero ¿tú le has explicado que al abuelo solo le duele un poco la espalda?

Sonreí, a mi pesar. Clara tenía la capacidad de mostrarme el mundo a través de sus ojos. Un mundo sencillo, lineal. En el que todo iría de maravilla.

—Claro. Y también el abuelo ha hablado con ella.

—Pero está triste. ¿Por qué?

—Porque el abuelo está mayor. Y las personas mayores son un poco frágiles. Como los niños.

—¿Es malo hacerse mayor, papá?

Resultaba difícil responder a esa pregunta. Sobre todo si quien la formulaba era una niña que, aun siendo precoz, seguía teniendo cinco años.

—Depende de quién te rodea. Si estás solo es malo, pero si tienes hijos o nietecitos tan simpáticos como tú, ya no es tan malo.

—¿Tú tienes miedo de hacerte mayor?

He ahí una pregunta que me descolocaba. Le contesté con sinceridad.

—Sí.

—Pero yo estaré contigo, papá.

—Entonces voy a tener menos miedo.

—Tuve mucho miedo, ¿sabes?

—¿Cuándo, pequeña?

—La nieve —dijo, y sus ojos se nublaron de ansiedad, como si estuviera reviviendo esos momentos—. Me había caído encima de la cabeza. Todo estaba oscuro. Ya no sabía dónde era arriba y dónde abajo. Y además, me dolía mucho la cabeza.

No dije nada.

Sentía un nudo en la garganta.

La acaricié hasta que creí que se había quedado dormida. Pero, mientras me preparaba para salir de puntillas de su habitación, Clara me llamó.

—Papá —abrió los ojos por completo—. ¿Tú también tuviste miedo?

Me esforcé para mantener un tono de voz calmado.

—El miedo es natural, pequeña. Todo el mundo tiene miedo.

—Sí, pero cuando tuviste el accidente. ¿Tenías miedo?

—Sí. Mucho.

—¿Tenías miedo de morir?

—Tenía miedo de perderos a vosotras —dije, besándola en la frente—. Tenía miedo de no volver a veros nunca más.

—¿Estabas enfadado?

—¿Con quién? —pregunté, sorprendido por esa pregunta.

—Yo estaba enfadada.

—¿Conmigo?

—También. Pero sobre todo con el abuelo.

—¿El abuelo Werner? ¿Por qué?

La mano de Clara, automáticamente, se fue en busca del pelo. Se enroscó un mechón alrededor del índice y comenzó a girarlo con delicadeza.

—¿Crees que debería pedirle perdón? Ahora que está enfermo, tal vez debería hacerlo.

—¿Cómo puedo decírtelo si no sé lo que pasó?

—Quería jugar con la muñeca de la caja con forma de corazón. Era muy bonita.

—¿La caja con forma de corazón?

La carita de Clara se movió arriba y abajo. Dos veces.

—Había una muñeca dentro. En el desván.

—¿El abuelo se enfadó?

Era como si no hubiera dicho nada.

—La caja era así de grande —indicó las dimensiones con las manos—. Y estaba llena de cosas viejas. Fotografías horribles y la muñeca. Pero la muñeca era bonita.

Fotografías horribles.

—¿Qué tipo de fotos?

—Fotos de películas. Películas de Halloween —dijo ella, seria, ante mi expresión de perplejidad—. Fotografías de películas de zombis. Lo que pasa es que los zombis estaban en el suelo. A lo mejor eran zombis rotos, ¿tú qué piensas, papá?

—Claro —dije mientras mi cerebro intentaba traducir lo que Clara estaba tratando de explicarme—. Zombis rotos.

Zombis rotos.

Una muñeca.

La caja con forma de corazón.

Zombis.

Rotos.

—El abuelo dijo que podía hacerme daño y yo le dije que no era justo que se guardara la muñeca. Él no es un niño, yo sí. Y además estaba enfadada porque todo el mundo me trata como si fuera una niña pequeña. No soy una niña pequeña.

—Así que en cuanto él se distrajo te llevaste el trineo.

Los ojos de Clara se llenaron de lágrimas.

—Sabía que me lo habías prohibido, pero quería que viera que...

—Que eres una niña grande.

—¿Crees que debería pedirle perdón? ¿Por haberme enfadado?

—Creo que... —dije con voz ronca— no serviría de nada pedir perdón —sonreí—. Estoy seguro de que el abuelo ya te ha perdonado.

4.

¿Por qué Werner no me había hablado de ello? ¿Por qué no me dijo que había regañado a Clara poco antes de que fuera a estamparse con el trineo? Tal vez en la consternación que había provocado el accidente se le había olvidado. O tal vez se sentía culpable y se guardaba ese asunto en su interior. Werner era bueno guardando secretos, pensé.

Pero...

¿La caja con forma de corazón?

¿La muñeca?

Lo que más me angustiaba esa noche, lo que me impedía conciliar el sueño, eran las fotos de los zombis rotos. ¿Qué otra cosa podían ser, salvo cadáveres? ¿Por qué tenía Werner en casa fotos de cadáveres? ¿Y de quiénes eran? Me temía saberlo.

Había algo peor. No se trataba de un temor, sin embargo.

Era una certeza.

Werner me estaba ocultando algo.

5.

Esa noche reabrí el archivo.
Lo puse al día.
Luego me fui a dormir.
La caza se había reanudado.

6.

Esperé el momento apropiado. Fui paciente. La ocasión se presentó unos días más tarde.

Werner iba a bajar hasta Bolzano para que lo examinaran de la espalda. Cuando lo anunció estábamos almorzando juntos. Annelise se ofreció a acompañarlo. Yo me ofrecí a acompañarlo.

Werner rechazó ambas propuestas, podía conducir solo perfectamente. Nos mostramos disgustados. Y contrariados.

Solo Annelise lo estaba.

Calculé los tiempos milimétricamente. De uno de los cajones de la cocina saqué las llaves de repuesto que Werner nos había confiado. Esperé a que Clara se fuera a la cama para echarse la siesta y le dije a Annelise que saldría a dar cuatro pasos.

Me colé en la casa de Werner cuando eran las tres de la tarde.

A las tres y seis minutos estaba en la segunda planta. Me faltaba el aire.

A las tres y siete trepaba por la estrecha escalera que llevaba hasta la trampilla del desván. Unos segundos después sentí las típicas vaharadas de un lugar cerrado.

A las tres y diez encendí la pequeña lámpara que colgaba de una viga. Comencé a buscar. Aun cuando sabía que por allí no había nadie, y que aunque me pusiera a bailar nadie iba a oír nada, todo lo hice en el máximo silencio.

Veinte minutos más tarde encontré la caja con forma de corazón. La puse contra la luz.

Había huellas recientes en el polvo.

La abrí.

Avispas en el desván

1.

De niño pasaba más tiempo con la cabeza en las nubes que con los pies en el suelo. Mi padre me lo repetía siempre. Él era el ejemplo perfecto de hombre con los pies en el suelo. A los dieciocho años había huido de un destino ya marcado.

Desde hacía doscientos años, la familia Salinger nacía y la palmaba en el mismo pueblo de dos mil almas, en el Misisipi. Mi abuelo había sido agricultor, mi bisabuelo había hecho el mismo trabajo y así sucesivamente hasta ese oscuro antepasado que decidió que estaba hasta el gorro de Europa y se embarcó rumbo al Nuevo Mundo.

Al igual que ese Salinger de dos siglos atrás, mi padre soñaba con algo mejor para él. Soñaba con las mil luces de Nueva York. Pero no era un tipo que tuviera la cabeza a pájaros, como suele decirse. Mi padre no quería llegar a ser un corredor de bolsa en Wall Street o un actor en Broadway.

Simplemente había oído que en la Gran Manzana la gente no tenía tiempo para prepararse los almuerzos y las cenas, de modo que pensó que la mejor forma de sacarse la tierra del Misisipi de las suelas de los zapatos era abrir un puesto de hamburguesas y borrar ese acento arrastrado del sur de su forma de hablar.

Con el tiempo y con sudor, el puesto ambulante se transformó en una pequeña y modesta casa de comidas en Brooklyn, un lugar donde se gastaba poco y se comía mucho, aunque el acento se le quedó pegado igual que un chicle bajo las suelas de los zapatos ortopédicos que el médico le prescribió llevar en el trabajo.

En 1972 conoció a una joven inmigrante alemana, mi madre; se gustaron, se casaron, formaron un hogar y en el año 1975 nací yo, primogénito e hijo único de la familia Salinger de Red Hook, NY.

Entre los vecinos había quienes se burlaban de mí. Decían que era el hijo del *redneck,* pero yo no les hacía caso. Lo mejor de este país es que de una forma u otra todos somos hijos o nietos de inmigrantes. La casa de comidas era un mundo pequeño y acogedor que mantenía ocupados a mi padre y a mi madre durante catorce horas al día, y yo tenía un montón de tiempo libre para perderme en mis fantasías. Sobre todo leer y caminar por el barrio.

Red Hook en aquella época se encontraba en un estado bastante precario, la heroína fluía a raudales, lo que tenía como resultado una violencia generalizada, y por la noche las patrullas no se atrevían a asomar la nariz en las inmediaciones del puerto. Un chiquillo todo piel y huesos podía ser un objetivo para toxicómanos y descerebrados de toda clase.

Mi *Mutti* (tampoco ella perdió nunca su acento alemán, cosa de la que a menudo se quejaba) me rogaba que evitara mis paseos. ¿Por qué no me quedaba en casa viendo la televisión como todos los buenos chicos de mi edad? Me daba un beso en la cabeza y salía corriendo a trabajar.

¿Qué otra cosa podía hacer?

Y, de todos modos, yo era muy cuidadoso, no era un niño estúpido. Curioso, es cierto, pero ¿estúpido? Eso nunca. Leía montañas de libros, qué diablos. No podía sucederme nada malo. Creía que allá arriba, en el cielo, existía una divinidad que protegía a los amantes de los libros de las maldades de la vida terrenal. Mi madre era protestante, de la línea marxista, como le gustaba decir; mi padre baptista, de la línea basta-con-no-tener-un-sacerdote-tocándome-las-narices; los vecinos eran luteranos, hindúes, musulmanes, budistas, los había incluso católicos.

Mi idea del cielo era vaga y democrática.

Por lo tanto, sintiendo sobre la cabeza la mano del dios de los lectores, en todas las ocasiones tranquilizaba a mi *Mutti,* esperaba a verla salir por el vestíbulo del edificio de ladrillo rojo en el que me había criado y me escabullía para lanzarme a mis peregrinaciones. «Este chico gasta más zapatos que un equipo de corredores de maratón», murmuraba mi padre cuando mi madre le comentaba que había llegado el momento de comprarme un nuevo par, agitando lo que quedaba de las últimas All Star adquiridas. Estaba obsesionado con las All Star.

En cualquier caso, me gustaba caminar.

Me sentía atraído en especial por la zona antigua de Red Hook, el puerto, los almacenes de trigo, Sigourney Street, Halleck Street y la Columbia, con los puertorriqueños mirándote con hostilidad, y que terminaba en el océano, como la cola enroscada de un escorpión.

O de un Garfio, por supuesto.

Caminar significaba imaginar. Cada rincón, un misterio; cada edificio, una aventura. En mi cabeza todo se convertía en algo brillante, como en una película.

Nada me asustaba, el dios de los lectores estaba de mi parte, ¿verdad? Era un error.

Tenía diez años, la mejor edad para disfrutar de la libertad sin darse cuenta del peso que comporta. El aire templado que soplaba desde el océano se había llevado gran parte del *smog* y caminaba por las inmediaciones de Prospect Park deleitándome con los rayos del sol. Me senté en un banco, con un burrito en una mano y una Coca-Cola helada en la otra.

Fui el amo del mundo hasta que oí el ruido. Un zumbido. Grave, sombrío.

Levanté la cabeza hacia el cielo.

No vi ninguna deidad dedicada a leer alguna novela entre las ramas del arce que estaban por encima de mí. Ni siquiera vi el cielo de primavera. Vi una colmena. Fea, burda, tuberosa como una patata. Y docenas de avispas que me miraban, zumbando. La sensación que experimenté, cuando una de ellas se desprendió de esa especie de fruta de papel (la primera imagen que me vino a la mente en cuanto la vi) y se posó en mi mano, chupando un poco la grasa del burrito, fue horrible. Esa cosa que se movía era de verdad, era malvada. Y pronto iba a hacerme daño.

Un daño de la hostia.

Y así fue.

Como el idiota que era, en vez de dejarla a su aire manteniendo la calma y esperando a que terminara su comida para largarme por patas, comencé a agitar la mano y me tiré al suelo. Me picó tres veces. Dos en la mano y otra en el cuello. La picadura del cuello se hinchó tanto que mi *Mutti* pensó que tendría que llevarme al hospital. No llegamos a ese extremo, pero desde ese día no volví a creer en el dios de los lectores. Comencé a temer a cualquier insecto que se encontrara por mi zona, y el recuerdo de la mirada de odio de todas esas avispas vuelve a mi mente cada vez que me doy cuenta de que he hecho una gilipollez.

Como aquel día de marzo.

Fue en las avispas en lo que pensé cuando abrí la caja con forma de corazón.

2.

Retrocedí dando respingos, al tiempo que lanzaba un grito.

No había avispas. Solo un montón de polvo y fotografías amarillentas. Fotografías de zombis rotos. Los zombis eran: Markus. Evi. Kurt.

Los zombis rotos del Bletterbach.

Horror en estado puro.

Esas fotografías debían de formar parte de los rollos disparados por los técnicos de la policía científica en la escena del crimen. Probablemente Werner las había robado y tal vez ni siquiera Max se había dado cuenta... ¿O tal vez Max lo sabía? La pregunta me pasó rozando y se fue con rapidez, tras el flujo galopante de la adrenalina en mis venas.

Los desgarros en primer plano. Los músculos cortados como en una carnicería de despojos. Los miembros amputados en medio del barro. Aquellas instantáneas eran un hierro al rojo vivo que se me clavaba en las tripas. Sin embargo, no podía dejar de mirarlas.

Las *caras*.

Las caras me atacaron con ferocidad.

La de Markus, con arañazos de los cardos en los que había caído, grandes surcos que parecían zarpazos de un animal. La expresión aterrorizada de quien sabe que delante tiene la muerte.

La cara de Kurt, distorsionada en una expresión que era la quintaesencia de la desesperación.

Evi.

El cuerpo sin cabeza, tirado entre las raíces nudosas de un castaño. Y el barro oscuro a su alrededor, como una aureola demoníaca.

—Hola, Evi.

Me escuché decir.

—Lamento todo esto —suspiré—. Aún no te lo había dicho, pero lo lamento de verdad.

Había otros dos objetos en la caja con forma de corazón.

La muñeca. Era de tela, rellena de algodón. La muñeca de la que me había hablado Clara. De las que se hacen en casa utilizando trapos y mucha paciencia. No tenía cara, tal vez fue bosquejada con un rotulador y el tiempo la había desdibujado. El pelo rubio estaba recogido en dos trenzas. La acaricié. Se parecía a mi hija.

Entonces me di cuenta de un detalle. Estaba mancha-da. La muñeca llevaba una especie de vestido de bailarina, largo, un delantal blanco de estilo tirolés. El delantal esta-ba manchado. Manchas extensas y nauseabundas. El color era oscuro, broncíneo. Instintivamente supe de qué se tra-taba. La dejé escapar de mis manos.

Cuando cayó no produjo ningún sonido.

A los escalofríos se sumó la náusea. Me froté los dedos en los tejanos intentando liberarme de la sensación de ha-ber tocado algo infectado. Comencé a respirar por la boca jadeando como un animal. El otro objeto no fui capaz de tocarlo.

Un hacha.

El mango estaba roto en dos partes, unidas entre sí con cáñamo desgastado. El filo de la hoja brillaba a la luz de la desnuda bombilla que colgaba encima de mi cabeza. Me quité la camisa y la utilicé como si fuera un guante para mover el hacha. La quemaría después, pensé. La idea de po-nérmela de nuevo me repugnaba tanto como la idea de admitir de qué eran las manchas en la muñeca sin rostro.

En el fondo de la caja, apisonado por todo lo demás, había un sobre de papel que antaño había sido amarillo, pero que ahora tenía el color del vientre de un pez.

Tomé aire y lo levanté. Le di vueltas entre los dedos, incapaz de hacer el simple acto de abrirlo y mirar su conte-nido. Era ligero. Tardé una eternidad en decidirme.

Dos fotografías, un pequeño rectángulo de papel y una hoja doblada en cuatro.

Fue entonces, creo, cuando perdí la noción del tiempo.

3.

En cierta ocasión, nos encontrábamos al principio de nuestra historia, aunque yo ya estaba completamente enamorado, llevé a Annelise a conocer el barrio en el que había crecido. Lo hice pese a algunas reluctancias y solo porque ella insistió.

Ya no era el Red Hook de los años ochenta, con toxicómanos en los zaguanes de los edificios y camellos que fumaban apoyados en los postes de la luz, pero me avergonzaba un poco de esas casas con las paredes llenas de desconchados y las aceras sucias.

Le enseñé el puerto, los almacenes que databan del siglo XIX, lo que quedaba de los bares a los que mi madre me prohibía ir, y la invité a un café muy caliente en el mexicano donde compré por lo menos la mitad de las meriendas de mi infancia y buena parte de los bocadillos de mi adolescencia.

A Annelise el barrio le gustó horrores. Lo mismo que ella le gustó a mi *Mutti* cuando, esa misma noche, se la presenté con el pretexto de una cena.

Mi *Mutti* había hecho las cosas a lo grande. Cuando nos abrió la puerta me di cuenta de que se había puesto su mejor falda. Incluso se había maquillado.

Para entonces mi padre ya había muerto; murió de un infarto mientras estaba preparando una de sus fantásticas hamburguesas con cebolla, y ella se encontró, viuda, teniendo que gestionar un local y las ambiciones artísticas de un hijo imprudente.

El día en que le confesé que salía con una chica fue incapaz de contener la alegría. Naturalmente, quería saberlo todo sobre ella. Naturalmente, tenía que llevarla a cenar. Presentársela. ¿De verdad era tan guapa? ¿De verdad era tan sensible? ¿De verdad era una buena chica? Naturalmente, prepararía esa cena con semanas de antelación. Y así fue.

Annelise se sintió más que feliz por conversar con ella en su lengua materna, y fue muy agradable escuchar a mi madre reírse como no ocurría desde hacía mucho tiempo.

Sometió a Annelise a un amable interrogatorio.

Me quedé fascinado con las historias de mi enamorada. Los *Krampus* con sus látigos, las cimas nevadas de los Dolomitas. La guardería de Cles, construida toda ella de madera; la escuela primaria con ventanas que daban a los viñedos que se perdían en el horizonte, las vacaciones en Siebenhoch y las excursiones en la montaña con Werner, la decisión de trasladarse allí, donde sus padres habían crecido y donde Werner no solo era su padre, sino que era Werner Mair, el gran hombre que había inventado el Socorro Alpino de los Dolomitas. La Navidad con nieve tan alta como para obligarlos a quedarse en casa todo el día, las amigas con las que ir de compras por Bolzano y la decisión de marcharse a los Estados Unidos.

Especialmente, a mi *Mutti* le encantó escucharla hablar de los paisajes. Se los hizo describir una y otra vez, hasta el punto de que incluso me sentí incómodo ante esa insistencia. Tal vez había llegado a la edad en la que los emigrantes sueñan con establecerse de nuevo en su tierra de origen, a pesar de que saben que aquello a lo que querrían regresar ya no existe.

Annelise habló de sus padres, de lo mucho que la habían mimado y consentido, a ella, hija única de una pareja de edad un tanto avanzada como para tener hijos y que por eso había sido muy protectora con ella.

Habló de aquella vez en que su padre discutió con una maestra por un castigo que en su opinión su hija no se merecía (cuando, por el contrario, sí que se lo había ganado, dijo Annelise, los petardos no caen en las cabezas de las personas porque sean las palomas las que los transportan, ¿verdad?), y expuso con todo lujo de detalles todas las recetas que su madre había tratado de enseñarle.

—Debe de haber sido muy bonito crecer en un lugar como ese, Annelise.

—Tuve la infancia más bonita del mundo, señora Salinger.

¿Y cómo llevarle la contraria?

La nieve, los prados. El aire fresco. Dos amantes padres. Siebenhoch.

Qué lástima que todo fuera mentira.

4.

No lo oí llegar; había perdido la noción del tiempo, y tal vez no solo eso. No oí el coche que aparcaba en el camino de entrada y no oí sus pasos en la escalera. Tan solo noté su mano que me agarraba.

Grité.

—Tú —dije.

Traté de articular algo sensato. No me salió nada.

Werner esperó.

Se agachó doblando una rodilla con un gemido de dolor y aferró la muñeca. Sopló encima y la acarició. Por último, la colocó en la caja con forma de corazón.

Yo seguía tembloroso cada uno de sus movimientos.

Me quitó las dos fotografías de las manos. Lo hizo con delicadeza, sin mirarme a los ojos, se las pasó sobre el jersey que llevaba puesto y las metió en el sobre. Luego metió también los dos pedazos de papel amarillento, el grande y el pequeño.

Introdujo en la caja con forma de corazón el sobre, la hoja del hacha y el mango roto. Por último la cerró, la cogió entre las manos y se levantó.

—Apaga la luz cuando bajes, ¿vale?

—¿Adónde..., adónde vas? —pregunté, mientras un escalofrío me recorría el cuerpo.

—A la cocina. Tenemos que hablar y este no es el lugar más indicado.

Desapareció, dejándome solo.

Bajé las escaleras aferrándome a la barandilla. Tenía miedo de que las piernas no me sostuvieran.

Lo encontré sentado en su silla de costumbre. Incluso había encendido la chimenea. Me indicó con un gesto que me sentara. Había colocado el cenicero sobre la mesa, junto a dos vasitos y una botella de *grappa*. El retrato de la normalidad. De no ser por la caja sobre sus rodillas, yo habría pensado que había sufrido una alucinación.

El hacha. La muñeca.

Las fotografías...

Una invención de mi mente.

—¿Eso es todo? —pregunté.

Werner pareció sorprendido por mi reacción, por lo menos tanto como yo lo estaba por la suya.

—Siéntate y bebe.

Obedecí.

—Creo que tendrás un montón de preguntas, ¿verdad?

Una vez más me quedé sorprendido por su tono de voz. No parecía agitado o asustado.

Era el Werner de costumbre, ofreciéndome una vieja historia. No sé qué me esperaba, pero sin lugar a dudas no toda esa normalidad: dos vasitos de *grappa* y una chimenea chisporroteante.

Werner me observaba, el rostro inescrutable.

Me tendió el vasito.

—Necesito respuestas, Werner, o como que hay Dios que lo primero que haré al salir por esa puerta será llamar a la policía.

Retiró la mano. Depositó el vasito sobre la mesa y acarició la caja.

—No es tan sencillo.

—Habla.

Werner se recostó en el respaldo.

—Tienes que saber que la he querido. La hemos querido.

—Eres un mentiroso. Un maldito asesino.

Werner se martirizó la cutícula del pulgar hasta que comenzó a sangrar.

Se lo llevó a los labios.

—La hemos querido como si fuera nuestra hija —dijo después de una eternidad.

El contenido del sobre. Las fotos de Kurt y Evi abrazados. Kurt y Evi que saludaban con la mano. Entre ambos, en los brazos de Evi, un recién nacido.

Una niña.

Rubia.

El nombre del recién nacido aparecía en la hoja doblada en cuatro. Annelise Schaltzmann, decía el papel, un certificado de nacimiento con el membrete de la República Austriaca. Hija de Evi Tognon, soltera, nacida el 3 de enero de 1985. Un certificado de nacimiento que decía lo impensable.

—Evi y Kurt tenían una hija.

—Sí.

—Tú te la quedaste.

—Sí.

—¿Annelise?

—Sí.

Me pasé la mano por la cara. Luego, desde lejos, oí que mi voz formulaba la más terrible de las preguntas.

—¿Y por eso los mataste?

La verdad sobre la masacre del Bletterbach

1.

—Era tan pequeña. Ni siquiera lloraba. Pensamos que estaba muerta. Estaba toda salpicada de sangre. Tendrías que haber visto, en medio de esa carnicería, sus ojos. Esos ojos azules, inocentes.

—¿Quién más estaba contigo? —pregunté.

—Hannes, Max y Günther.

Sentí que la sangre se me subía a la cabeza.

—Deja ya de mentir.

—No lo has entendido, Jeremiah. Annelise... estaba entre sus brazos.

—¿Los brazos de quién?

—Del asesino —fue la respuesta de Werner.

Sus ojos lanzaban saetas. Extrajo de la caja con forma de corazón el sobre amarillo.

Desplegó las fotografías. Luego, el certificado de nacimiento. Para finalizar, el último rectángulo de papel. Era un permiso de conducir, austriaco. A nombre de Oscar Grünwald.

Me lo enseñó.

—Él los mató.

—¿Y por qué?

—Dejé de pensar en ello hace muchos años.

Depositó el permiso de conducir sobre la mesa. Se quedó por un instante en silencio.

—Estás mintiendo —dije.

Cuando Werner volvió a hablar, su cara estaba distorsionada en una mueca cruel.

—Fue lo primero que vimos cuando salimos a ese maldito claro. Grünwald, con el hacha en la mano derecha y esa criaturita bajo el brazo.

Me imaginé la escena.

La lluvia torrencial. El lodo que se deslizaba bajo los pies. Piedras que silbaban. Las copas de los árboles dobladas por la furia de los elementos. El rugido sordo de la tormenta autorregenerativa. Los cadáveres despedazados por el suelo.

Todo.

Me faltaba el aliento.

—En cuanto nos vio comenzó a gritar. «¡Monstruos! ¡Monstruos!» Max y Günther se quedaron petrificados. Hannes vio a Kurt y él también comenzó a... ¿Alguna vez has oído gritar a un loco? Yo sí, ese día, en el Bletterbach. Pero también había enloquecido yo. Todos habíamos enloquecido. Hannes se precipitó contra Grünwald, yo seguí sus pasos. Con un grito aterrador, Grünwald se lanzó contra él. Aferraba a la niña contra el pecho y mantenía el hacha en alto sobre su cabeza. *Esta* hacha.

Señaló la hoja que no me había atrevido a tocar.

—Vi la trayectoria, la vi solo en mi mente, pero con toda claridad. Era como si el tiempo se hubiera detenido. No oía nada. Alguien había bajado el volumen por completo. Pero nunca en mi vida he tenido una percepción tan nítida de la realidad.

Las manos de Werner se agitaron en el aire de la cocina de Welshboden. A pesar de la chimenea, sentía el frío intenso en los huesos.

El frío intenso del Bletterbach.

De la tormenta.

Ya no estaba en la casa espartana de Welshboden con su desván lleno de misterios y la mesa con *grappa* colocada encima. Eso era mera escenografía, cartón. Las palabras de Werner habían abierto una brecha en el tiempo.

El olor del barro mezclado con el de la sangre. Sentí la electricidad en el aire.

El estruendo de los rayos.

Y los gritos de Hannes.

Pero no era Hannes quien gritaba, Hannes murió después de volarle los sesos a su esposa, enloquecido por el horror del Bletterbach. Lo que mis sentidos percibían era el fósil del grito de Hannes. Preso en la mente de Werner durante más de treinta años.

—La hoja estaba manchada de sangre. Grandes grumos oscuros. Quién sabe cuánto tiempo llevaba ahí, completamente inmóvil, con la niña agarrada contra el pecho y el hacha salpicada con la que había matado a aquellos tres. Horas, tal vez. No lo sé, no lo sé. En ese momento solo veía la trayectoria del hacha dibujada en el aire y la carrera desenfrenada de Hannes. Grünwald iba a añadir una cuarta víctima a su masacre. De manera que me lancé sobre mi amigo. Lo aferré por la pierna. Hannes se cayó al suelo. El hacha no le dio por un pelo. La cara de Grünwald, Jeremiah. Su expresión...

Werner se pasó las palmas de las manos sobre los pantalones. Las frotó con fuerza.

La realidad se desgarró todavía un poco más.

Sentía el sabor del barro, mezclado con el del miedo.

—Avanzó hacia nosotros. A cámara lenta. Grünwald agitaba el hacha como un trofeo de guerra, con la niña estrechada contra el pecho. Tan apretada que temí que la ahogara. Hannes se había golpeado la cabeza, un corte en la frente. La visión de la sangre me trajo de vuelta el audio.

Werner negó con la cabeza.

—No sé por qué.

Una gota de sudor se deslizó por su sien, bajando hasta la curva de la mandíbula.

Luego desapareció.

Me pareció roja.

—Pensé que la sangre de Hannes se mezclaría con la de su hijo. Me pareció horrible. Luego Grünwald se abalanzó contra mí. Parecía que midiera diez metros. Un

373

gigante, una criatura de los bosques salida de una leyenda. Tenía los ojos desorbitados, sangre en la cara, sangre en la ropa.

Werner aferró la botella de *grappa* y dio un largo trago. Y otro.

—He visto heridos, muertos, en mi vida. He visto extremidades rotas. He visto a un padre llevar hasta el valle la pierna de un hijo, he visto a niños de rodillas implorándome que salvara a padres con el cráneo abierto por una roca. He visto lo que hace la fuerza de la gravedad en un cuerpo después de un vuelo de cuatrocientos metros. Yo mismo he estado a punto de morir varias veces. A la muerte la he oído venir. Como un rápido soplo que se te lleva. Pero ese día, en el Bletterbach, la muerte era un gigante con un hacha en la mano que me observaba poseído.

Werner me miró fijamente.

—Era el *Krampus*. Nada de látigos ni de cuernos, pero era el *Krampus*. Era el diablo. Y... lo oí murmurar.

—¿Qué decía?

—Parecía una fórmula mágica. O una maldición. No lo sé. No lo entendí, un rayo había derribado un árbol a menos de diez metros de distancia. Me zumbaban los oídos, tenía los tímpanos destrozados. Pero era una frase sin sentido, tal vez solo el reclamo de un loco. He pensado en ello durante años.

Werner se pasó la mano por el pelo blanco.

Sentí un vacío en el estómago. Yo lo sabía. No era una frase sin sentido. Era un nombre en latín.

Con las manos rígidas por un frío que provenía de otro lugar y de otro tiempo, hurgué en el bolsillo y extraje el móvil. Busqué en la memoria la imagen que me había enviado Mike, y al final le enseñé la pantalla a Werner.

—¿Qué es?

—*Jaekelopterus rhenaniae*. ¿Fueron estas las palabras de Grünwald?

Werner se las repitió a sí mismo, varias veces, como un mantra, como una oración. Sus ojos estaban a años luz de distancia de Welshboden.

—¡Sí! —exclamó de golpe—. Eso es. *Jaekelopterus rhenaniae.* ¿Cómo puedes saberlo?

—Grünwald estaba convencido de que aún existían, en el Bletterbach. El *Jaekelopterus rhenaniae* es un antepasado de los escorpiones extinguido en el Pérmico, precisamente la edad a la que se remontan las capas más profundas de la garganta. Este es el monstruo del que hablaba. El monstruo... —negué con la cabeza, incrédulo—. Evi había destrozado su carrera con una publicación que demolía sus teorías. Grünwald se convirtió en el hazmerreír del mundo académico. Un paria.

Recordé las palabras de Mike.

—Era una persona solitaria. No tenía a nadie. Excepto —señalé la criatura en la pantalla del móvil— sus obsesiones. Iba a la caza de monstruos, y cuando Evi se interpuso entre ellos y él, el propio Grünwald se convirtió en un monstruo.

Examiné su cara en el permiso de conducir. La frente alta, una incipiente calvicie. El pelo corto, los ojos oscuros, estrechos, como si fuera miope pero le diera vergüenza llevar gafas.

Cogí las fotografías de la masacre. Las coloqué sobre la mesa, una al lado de la otra, teselas de un mosaico del horror.

Pasé un dedo por encima. La yema me quemaba.

—Las piernas tronchadas. Los brazos. La decapitación. El *Jaekelopterus* cazaba de este modo. Cuarenta y seis centímetros de pinzas afiladas como cuchillas.

Me senté.

—Estaba loco. Loco.

No quería creerlo. Me parecía demencial, pero al mismo tiempo todo encajaba.

De repente, la historia de Grünwald se convirtió en una perfecta secuencia de puntos unidos por una única línea que partía de *a,* pasaba por *b* y acababa convirtiéndose en una línea roja de sangre, en el Bletterbach. Las pruebas estaban todas ahí, las tenía delante.

Y por si las pruebas no bastaran, una parte de mí se encontraba en el Bletterbach, en abril de 1985. Tenía la espalda entumecida por el frío.

Podía verlo.

Podía oír cómo murmuraba esa maldición cuya antigüedad era de millones de años.

Jaekelopterus rhenaniae.

—¿Qué pasó después?

—Grünwald lanzó un grito terrible. Pero Günther fue más ágil. El rayo lo había espabilado del shock. Se abalanzó sobre él hecho una furia. Lo agarró por las caderas y lo lanzó contra el suelo. La niña rodó por el barro, y de no haber sido por los reflejos de Max se habría caído por el barranco. Comenzó a llorar. Era el lamento de un gatito, no el de una niña. Günther, por su parte, seguía peleando con Grünwald. Me levanté y fui a ayudarlo. Golpeaba a ciegas. Fui yo quien le arrebató el hacha de las manos a ese malnacido. La levanté en alto y grité hasta desquiciarme las cuerdas vocales. Era una reacción impropia de mí, era algo animal. Luego me di cuenta de que el mango estaba pegajoso por la sangre. Grité de nuevo, pero esta vez con horror.

Señaló las dos piezas del mango unidas por la cuerda.

—La rompí contra una roca. Golpeé hasta que me sangraron los dedos. Cuando terminé, Günther aún seguía liado a puñetazos con Grünwald. Le había dejado la cara hecha un amasijo informe de hematomas. Lo está matando, pensé. Pero ¿sabes una cosa, Jeremiah?

Dejó que la pregunta flotara en el aire.

—Yo también quería que esa bestia muriera.

Bestia, dijo.

—Pero —Werner continuó al cabo de una eternidad— no quería que Günther se convirtiera en un asesino. Günther era una persona instintiva, un limpio de corazón.

Si le hubiera dejado matar a Grünwald, el remordimiento lo habría perseguido. Lancé un grito. Günther se detuvo, las manos le goteaban sangre; Grünwald, debajo de él, gemía en voz baja. Le salían burbujas de sangre de la boca. No sentí ninguna piedad. Le ordené que se detuviera. Y Günther, tal vez solo por costumbre, obedeció.

Un suspiro.

—Max, mientras tanto, le había limpiado la cara a la niña. Ya no lloraba, pero estaba temblando de frío; le dimos calor como pudimos. Hannes, por su parte, estaba arrodillado junto al cuerpo de su hijo, sollozaba como si no pudiera parar de hacerlo.

Werner soltó un largo suspiro. Casi interminable.

—Sabía que si me quedaba en medio de toda esa destrucción sin hacer nada me volvería loco. Exactamente como Hannes. Había que tomar una decisión. E hice mi propuesta.

—¿Qué propuesta? —susurré.

—Existen tres tipos de justicia, Jeremiah. Está la justicia de Dios. Pero Dios, aquel día, estaba mirando hacia otra parte. No vino un ángel a hablar con nosotros para indicarnos el camino que debíamos seguir. Tan solo había una niña que se estaba muriendo de frío, el llanto de Hannes, la mirada poseída de ese loco, y toda aquella sangre.

Una pausa.

—Luego está la justicia de los hombres. Habríamos podido atar a Grünwald y arrastrarlo hasta abajo. Entregarlo a la policía. Pero yo había tenido problemas con la justicia de los hombres, y no me gustó. ¿Recuerdas el nacimiento del Socorro Alpino de los Dolomitas?

—¿La expedición en la que murieron tus amigos?

—Me llevaron a juicio. Dijeron que había sido culpa mía. Como yo era el único superviviente, decidieron que había sido mi negligencia lo que los mató. ¿Qué podía saber ese juez? ¿Qué podía saber sobre cómo se siente uno cuando tiene que cortar la cuerda de seguridad que le une a un compañero con la espalda destrozada? ¿Qué sabían sus leyes sobre lo que ocurre en la montaña? Nada. Para él solo importaba que yo estaba vivo y los demás no. De manera que tenía que ser castigado.

—¡Guárdate de los vivos! —dije.

—Me absolvieron por una sutileza técnica. La misma ley con la que fui acusado me dejaba en libertad por un apartado escrito por quién sabe quién y quién sabe por qué.

Werner negó con la cabeza, vigorosamente.

—Nada de justicia de los hombres.

—¿Y cuál es la tercera justicia?

—La de nuestros Padres.

Cruzó los brazos sobre el pecho, esperando mi reacción. No la hubo. Permanecí quieto hasta que su relato prosiguió.

—Nuestros Padres conocían la montaña. Nuestros Padres elevaban sus oraciones a las rocas y sus maldiciones al hielo. En su época no existía la justicia que hoy pensamos honrar. Nacían esclavos y esclavos morían. Sufrían el hambre y la sed. Veían morir a sus hijos como si fueran animales. Los enterraban bajo la tierra dura y procreaban otros con la esperanza de que al menos esos se salvaran.

Miró hacia arriba, hacia el techo y más allá.

Más allá del cielo.

Más allá del espacio.

—Nuestros Padres tenían una manera de limpiar la sangre de los vivos.

Me di cuenta de que contenía el aliento. Las palabras de Werner me golpeaban en el pecho como si fueran clavos. Grandes y pesados clavos de ataúd. Dejé salir el aire.

Mientras tanto Werner se había levantado y había desplegado el mapa sobre la mesa.

—Aquí es donde lo encontramos, lo atamos y nos lo cargamos a la espalda. No hubo necesidad de palabras. Todos conocíamos la justicia de nuestros Padres. Nos íbamos turnando, Günther, Max y yo. Hannes no, Hannes no hacía más que llorar y llamar a su hijo. Invocaba su perdón por no haberlo entendido, por no haberle dicho nunca lo orgulloso que estaba de él. Pero los muertos son sordos a nuestras súplicas, así que tratamos de consolarlo. En vano. No nos escuchaba ni siquiera a nosotros, y tal vez —suspiró—, tal vez porque también nosotros, mientras íbamos acarreando a ese malnacido hacia las cuevas, también nosotros estábamos muertos.

Me quedé de piedra.

—Las cuevas.

Werner repiqueteó en el mapa para mostrarme el punto exacto.

—Desde siempre nuestros Padres arrojaban ahí a los asesinos, violadores, camorristas. Cualquiera que hubiera derramado sangre, cualquiera que hubiera intentado destruir Siebenhoch, acababa allí. Carecía de importancia si era rico o pobre, noble o plebeyo. Las cuevas son grandes y oscuras. Acogen a todos.

¿Vi una sonrisa en su cara?

Recé por que no fuera así.

—Las brujas —murmuré recordando lo que me había explicado Verena—, también las brujas acababan ahí abajo.

—Sí.

—Las brujas eran inocentes.

—Eran otros tiempos. Nosotros sabíamos que Grünwald era culpable. Y lo tiramos ahí abajo.

—¿No..., no teníais miedo de que pudiera escapar?

Werner soltó un murmullo de burla.

—Nadie ha salido nunca de las cuevas del Bletterbach. Ahí abajo está el infierno. ¿Te acuerdas de la mina? De vez en cuando los mineros derribaban la pared equivocada y morían ahogados. Hay lagos bajo el Bletterbach. Hay quien dice que incluso pozas de azufre. Hay todo un mundo ahí abajo.

—Y vosotros lo arrojasteis allí.

—Era su lugar. Fuimos Max y yo los que bajamos, mientras Günther, desde la superficie, de vez en cuando nos daba un grito. Cuando su voz se convirtió en poco más que un suspiro, Max y yo encontramos un pozo. Nunca he visto tinieblas más impenetrables. Parecía una pupila maligna y gigantesca.

—¿Grünwald aún seguía con vida?

—Respiraba. Jadeaba. Sí, estaba vivo. Günther no era un asesino. Antes de arrojar a Grünwald al pozo le quité el permiso de conducir, era el único documento que llevaba encima.

—¿Por qué?

—Por dos motivos. Porque si las corrientes subterráneas sacaban a flote su cadáver, no quería que se descubriera su identidad. No se merecía un nombre en la tumba. Y luego porque quería algo que me recordara la rabia que sentía en ese momento. Sabía que tarde o temprano desaparecería. Y yo quería que permaneciera viva para siempre. Cuando siento que se debilita un poco subo al desván, abro esta caja y miro a los ojos a ese hijo de puta. La rabia regresa, y con ella la sensación que sentí al lanzar a Grünwald en las cuevas. La sensación de haber hecho justicia.

—La justicia de los Padres.

—Cuando salimos al aire libre, Hannes ya tenía la mirada ausente, mientras que Günther temblaba como una hoja —Werner cruzó los brazos y miró hacia el techo—. Años después..., fue justo antes de morir en el accidente de tráfico, me lo encontré borracho como una cuba.

—¿Aquí en Siebenhoch?

Werner negó con la cabeza.

—No. En Cles, donde vivía yo. Quería quitarse un peso de encima. No hacía más que maldecir y golpearse con un juego de llaves. Sangraba. Estaba como loco. Günther fue el último en salir de la boca de la cueva, y decía que cuando nosotros ya nos habíamos alejado oyó voces, voces de mujer. Pedían ayuda. Eran un coro, me dijo exactamente eso, un coro.

—Por Dios...

—Estábamos locos esa noche.

—¿Qué pasó con la niña?

A pesar del certificado de nacimiento y de las fotografías, no era capaz de llamarla por su nombre.

—Encontramos un refugio, aunque bien pobre. Encendimos una hoguera. La acunamos por turnos. Tenía hambre. Nosotros solo teníamos agua y azúcar para ella. Necesitaba cuidados, pero la tormenta no dejaba de machacarnos.

Werner comenzó a dar golpes sobre la mesa.

—Era un bombardeo de lluvia, relámpagos, truenos. Duró siglos. Siglos que empleé para pensar.

—¿En qué?

—En la niña. Había nacido en Austria, después de que Kurt y Evi se trasladaran allí, pero no habían hablado de ella en Siebenhoch...

—No estaban casados.

—Exactamente. Kurt temía la reacción de su padre. Markus sabía lo de la pequeña, pero él había muerto tratando de escapar de ese loco que acabábamos de arrojar en las cuevas. ¿A quién se entregaría esa niña? Solo había dos posibilidades. La familia de Kurt y la madre de Evi.

—La alcohólica.

—Exacto.

—¿No había más parientes?

—Estaba el padre de Evi, pero ¿dónde se encontraba? Y, sobre todo, ¿le habrías confiado esa niña a un hombre que había abandonado a su esposa después de haberla convertido en una puta que estaba siempre borracha? Y que, además, era un maltratador.

Negué con la cabeza.

—Entonces decidiste quedártela tú.

—No. Decidí que iba a ayudar a Hannes a obtener la custodia. Pensé que Günther podría implicar también a su hermano Manfred...

—¿Por qué Manfred?

—Manfred sabía cómo manejarse con la burocracia y, en ese momento, comenzaba a tener amigos en la política. Cosas que podían sernos de utilidad. Era un peligro, pero... Fue lo que decidí esa noche. Luego regresamos. Estaba oscuro, hacía frío. Siebenhoch permanecía aislado del resto del mundo. A Helene le entregamos a Hannes: ambos estaban destrozados por la muerte de Kurt. Pero no podía imaginar lo que Hannes iba a hacer al cabo de unas horas... —un suspiro—. Durante unos días cuidaría yo a la niña. Max y Günther eran solteros, yo era el único que tenía una esposa, ¿comprendes?

—La llevaste a casa.

—Herta..., tendrías que haber visto su cara. Estaba asustada, aterrada, furiosa conmigo porque había puesto en peligro mi vida, pero la visión de la niña la convirtió en otra persona. La tomó entre sus brazos, la cambió, la lavó, la alimentó y, mientras Annelise dormía, me pidió que se lo contara todo.

—¿También lo de la cueva?

—Dijo que habíamos tomado la decisión correcta.

Oí en alguna parte el reclamo de un cuervo.

Las llamas de la chimenea se habían convertido en brasas.

—Esa noche Hannes mató a Helene, lo encontraron catatónico, escopeta en mano todavía. Fue Max quien me lo contó. Fue hasta mi casa hecho una furia, casi tira la puerta abajo. Pronto despejarían las carreteras, a Hannes lo detendrían y entregarían a la niña a los servicios sociales.

—¿Fue entonces cuando decidiste quedártela?

—Lo decidimos todos juntos. Max, Günther, Herta y yo.

—¿Con qué derecho?

—Esa niña no se merecía crecer en un orfanato. Eso no se lo merece nadie.

Werner se movió, parecía enojado.

—Nosotros la criaríamos, le daríamos el amor que Evi y Kurt ya no podrían darle. Que alguien —casi gritó— había decidido que ya no podrían darle. ¡Haciéndolos pedazos! ¡Pedazos!

Aferró el mango del hacha y lo lanzó contra el suelo.

—Seguía siendo un secuestro. De una menor.

—Puedes pensar como quieras, Jeremiah. Pero trata de verlo como nosotros lo vimos en aquel entonces.

—¿Cómo lo hicisteis?

—Teníamos que eliminar las huellas. Regresamos al Bletterbach. Rastreamos el claro en busca de lo que podría revelar la existencia de Annelise a la policía. La muñeca, un biberón. Nos lo llevamos todo. Nos llevamos también lo que quedaba del hacha. Teníamos miedo de que la policía pudiera encontrar huellas dactilares que lo estropearan todo.

Pensé en lo que Max me había enseñado acerca de las investigaciones de la científica.

—Un esfuerzo inútil.

—Lo sabemos ahora, pero ¿entonces? Volvimos al pueblo justo a tiempo, porque las excavadoras de Protección Civil hicieron su entrada triunfal.

—Annelise...

—Esperé el final de las investigaciones preliminares encerrado en casa. Iba a hacer la compra a Trento por temor a que alguien pudiera verme con una bolsa llena de papillas y pañales para bebés. Veía policías listos para detenerme por todas partes. Les tenía miedo incluso a las sombras. En cuanto se declararon cerradas las investigaciones, Herta, Annelise y yo nos fuimos. En mitad de la noche las subí al coche y nos escapamos de aquí.

—¿A Cles?

—Eso es lo que la gente cree. No. Habría sido imprudente. Nos ayudó Manfred. Sí, también Manfred lo sabe. Tenía una propiedad en Merano, un pequeño apartamento. Lo bastante alejado para que nadie nos reconociera. Permanecimos ocultos durante casi un año. Fueron Manfred y Max los que nos procuraron documentación falsa. Nunca me dijeron cómo lo hicieron y nunca se lo pregunté. Pero lo hicieron. Y funcionó. Solo entonces nos trasladamos a Cles.

Werner se encendió un cigarrillo. Estaba pálido, con la frente surcada por arrugas profundísimas.

La historia llegaba a su fin.

—Max y Günther, entretanto, habían hecho circular ciertos rumores. Herta embarazada: un embarazo difícil que requirió cuidados y que me empujó a abandonar el Socorro porque tenía miedo de dejar huérfana a mi hija. El tiempo pasaba y la gente ya no pensaba en nosotros. Cuando volvimos al pueblo para unas breves vacaciones, todo el mundo llamaba a Annelise por su nombre, como si la conocieran de toda la vida —Werner se encogió de hombros—. Es así como funcionan los rumores. Pero hay otra cosa que debes saber.

—La muerte de Günther.

Werner cruzó los brazos sobre el pecho, con los ojos brillantes.

—Günther, sí. La última vez que lo vi, en 1989, estaba ya completamente fuera de control. Había encontrado el informe pericial de Evi y se le había metido en la cabeza que detrás de Grünwald estaba su hermano. Quería matarlo, me lo dijo tan claro como el agua. Intenté disuadirlo. Hacerle entender que se trataba de una locura. Pero unos días más tarde...

—El accidente de coche.

—Su mente no lo soportó. Y se suicidó. Günther fue la última víctima del Bletterbach.

Había terminado. Llenó un vaso de *grappa* y me lo tendió.

Esta vez lo acepté.

—¿Y ahora qué? —pregunté.

—Ahora te toca a ti, Jeremiah. Debes decidir. ¿En qué justicia crees?

No lo sabía, así que respondí con una pregunta.

—¿Por qué nunca le has contado nada a Annelise?

—Al principio pensé en hacerlo. Me decía que iba a esperar hasta que cumpliese dieciocho años, cuando fuera lo bastante madura como para entender. Conservé la caja con forma de corazón precisamente por eso. Sabía que mis palabras, sin pruebas, solo la habrían aturdido. Tal vez pensaría que su viejo se había vuelto loco. Entonces me di cuenta de que dieciocho años no significaban nada. Todavía era una niña, aunque se hubiese matriculado en la autoescuela y soñara con América. Hablé del tema con Herta y juntos decidimos que solo una madre podría aceptar lo que ella y yo hicimos en el 85.

—Y cuando Clara nació...

—Annelise estaba al otro lado del océano y Herta se estaba muriendo. ¿Tenía sentido hablarle de ello?

—No.

—¿Y ahora, Jeremiah? ¿Qué sentido tendría contarle toda esta historia?

Había por lo menos un millar de respuestas a la pregunta que Werner me había dejado caer encima como un fardo de millones de toneladas.

—Según la ley de los hombres, Annelise debería saber que su padre murió en esa garganta y que el hombre que ocupó su lugar —dije con la cabeza agachada— es un asesino y un secuestrador de niños. Según la ley de Dios... —levanté la cabeza—. No estoy muy versado en la materia. Pero creo que según la ley de Dios todo esto no tiene la más mínima importancia, y si la tiene, criar a Annelise en una familia afectuosa, en vez de en una institución o algo peor, ha sido lo que resultaba justo.

Werner asintió.

Hice un esfuerzo por sonreír.

—En resumen, un voto en contra y un voto a favor.

—¿Y la justicia de los Padres?

Extendí los brazos, desconsolado.

—Mírame, Werner. Soy hijo de inmigrantes, ni siquiera sé quiénes son mis Padres y, francamente, nunca me ha preocupado lo más mínimo ese tema. Yo solo tengo un padre. Un pobre hombre que se partió el lomo toda la vida haciendo hamburguesas de cincuenta centavos cada una para pagarme el recibo de la escuela y el dentista —la voz se me quebró por un momento, luego proseguí—. Pero puedo hablar por mí mismo. Y no sé si lo que me has contado son chorradas o si me has dicho la verdad. Pero sé que me has hablado con el corazón en la mano y sé que crees en esta historia de locos. Aunque los locos saben ser muy convincentes.

Werner se me quedó mirando por un instante. Aspiró el humo del cigarrillo, tosió y lo arrojó a la chimenea.

—Cualquier cosa que decidas hacer, hazla con rapidez —Werner se inclinó hacia mí, con los ojos de halcón que me traspasaban de lado a lado—. Porque me estoy muriendo.

—Qué...

—El dolor de espalda. No es dolor de espalda. Tengo cáncer. No se puede operar.

Me quedé sin habla.

—Annelise... —conseguí decir.

—No lo sabrá por mi boca.

—Pero...

—¿Qué vas a hacer, Jeremiah?

2.

Cuando salí de Welshboden el aire de marzo aún olía a nieve, pero por debajo se advertía el hedor de la descomposición. Percibía a mi alrededor una especie de cansancio de la naturaleza, un cansancio que era también el mío.

Me senté en el asiento del conductor mientras notaba los brazos pesados, como si hubiera transportado troncos durante toda la tarde. En mi cabeza retumbaban los gritos del Bletterbach.

Durante el relato de Werner había cerrado las mandíbulas con tanta fuerza que ahora me dolían. Tenía la sensación de haber mordido una fruta envenenada. En alguna parte una serpiente se estaba burlando de mí.

Ahora ya sabes, me dije.

No, ahora no sabes una mierda.

Me recosté sobre el volante, exhausto.

Estaba herido. Por un lado sentía que lo más justo sería hablar con Annelise. Decirle todo lo que Werner acababa de contarme. Por el otro, me decía que no tenía derecho. Era cosa de Werner. Lo odié por haberme colocado en esa encrucijada. Era una carga insoportable que le pertenecía a él, no a mí. Golpeé el volante con las pocas energías que me quedaban en el cuerpo. No era justo. Pero ¿qué era lo justo en esa historia?

¿La muerte de Evi? ¿Las de Kurt y Markus?

¿Y Grünwald?

¿No habría tenido derecho a un juicio justo? La justicia de los hombres, como decía con desprecio Werner, es falible, con tendencia a castigar a los débiles, pero es esto lo que nos diferencia de las bestias de la selva.

¿De verdad lo pensaba?

¿En el lugar de Werner realmente me habría comportado de una manera distinta? Si hubieran entregado a Annelise a los servicios sociales o a una madre alcohólica, ¿sería la misma Annelise a la que amaba? ¿Habría tenido los mismos sueños que la habían llevado hasta mis brazos? ¿O estaría condenada a una vida de humillaciones?

¿Qué diferenciaba a la mujer que amaba de Brigitte, por ejemplo?

Poco o nada.

Respiré profundamente.

Aún no había terminado.

Metí la marcha y pisé el acelerador.

3.

Esta vez no fui amable ni comprensivo. Empujé a Verena a un lado, casi la hice caer. No tenía ojos más que para Max, erguido de pie. Era la primera vez que lo veía vestido de civil.

—Tenemos que hablar —silabeé las palabras—. Ven conmigo.

—Vosotros no tenéis nada de que hablar —gritó Verena fuera de sí—, y tú tienes que marcharte de mi casa.

Me habría sacado los ojos de no haber intervenido Max, quien la retuvo. Luego, mientras la abrazaba, me dijo:

—Espérame fuera, Salinger.

Cerré la puerta.

Oí los gritos de Verena y la voz de Max que intentaba tranquilizarla. Luego, silencio. Al final, se abrió la puerta. Una grieta luminosa que desapareció rápidamente. Ahí estaba Max, con las manos en los bolsillos, un cigarrillo apagado entre los dientes, a la espera de mis palabras.

—¿Ella lo sabe?

Me observó largo rato.

—¿Sabe qué?

—Lo de Annelise.

Max se puso pálido, o eso me pareció. La luz era pobre, no podría jurarlo. Lo cierto es que su cuerpo se sobresaltó. Me cogió por el codo, y me empujó lejos de la puerta.

—Vamos a caminar.

—Werner me lo ha contado todo.

—¿Todo?

—Grünwald. Las cuevas. La hija de Evi y Kurt. Y Günther.

Max se detuvo junto a una farola. Encendió el cigarrillo.

—¿Qué más quieres saber?

—¿Cómo os las apañasteis Manfred y tú para eliminar el rastro de la niña?

Max sonrió.

—Los ordenadores de la época eran trastos que no servían para nada. Y, además, ¿quién los tenía? Nosotros no. La burocracia se movía sobre papel. Un gran paquidermo ciego y estúpido. Por no hablar del telón de acero.

—Austria era un país aliado.

—Es cierto, de hecho si Annelise hubiera nacido en Alemania del Este o en Polonia me habría ahorrado muchos dolores de cabeza. Austria, de todos modos, no era un país aliado, se había declarado neutral. Pero esto es política y a ti te interesan los detalles prácticos, ¿verdad?

—A mí me interesa todo.

—¿Por qué?

Me acerqué, mirándolo a los ojos.

—Porque quiero saber si me estáis contando estupideces. Porque quiero entender si tengo que destrozarle la vida a la mujer que amo o no.

Max miró a su alrededor.

—Estás dando un espectáculo.

Me aparté de él y encendí un cigarrillo. La llama del mechero me cegó.

—Continúa.

—Piensa en el mundo en el que vivíamos. Guerra Fría. Espías. Aquí había terrorismo. Se decía que los terroristas tenían bases al otro lado de la frontera, luego resultó que era así, exactamente, hasta el punto de que algunos de ellos todavía están allí, en Austria. Para ir a Innsbruck había que pasar por la aduana. No hacía falta el pasaporte, ya estaban vigentes entonces los acuerdos internacionales, pero había un montón de policía —Max hizo con la derecha el gesto de una barrera que subía y bajaba—. De un lado la italiana y del otro la austriaca. Cruzar el Brennero requería bastante tiempo. Pero ambos estados tenían algo en común: la burocracia. Cuando decidimos que Werner y Herta criarían a la niña, me di cuenta de que Manfred y yo podíamos intentar un truco de magia. Günther nunca había sido un lumbreras, Werner estaba demasiado asustado y era demasiado conocido como para atreverse a algo tan...

—¿Ilegal?

—*Delicado*. Era una intervención a corazón abierto. ¿Has visto qué manos tiene Werner?

Sonrió.

Permanecí impasible. Grababa mentalmente todas sus palabras. A la primera incertidumbre, a la primera contradicción...

—Prosigue.

—Teníamos que hacernos con un certificado de defunción para una niña de la edad de Annelise. Un certificado de defunción *italiano* para una chica *austriaca*. Me ocupé yo del tema. Fue fácil, me acordé de una niña muerta cerca de la Marmolada. Lo modifiqué con los datos de Annelise. Lo ensucié, como si el fax no funcionara bien. Lo envié a la Embajada de Austria y esperé a que fuera registrado y enviado a su tierra natal. Tenía que ganar tiempo. Tiempo para responder a las preguntas de ese idiota del capitán Alfieri.

—A ti no te interesó nunca que consiguiera encontrar al culpable, ¿verdad? Tú querías despistarlo.

—Es la palabra correcta. Me convertí en una broma, pero las bromas son divertidas, no matan. Al culpable ya lo había matado, lo que estaba haciendo era proteger a los inocentes. Werner, Günther, Herta y Annelise.

A la luz de esas revelaciones el archivo de Casa Krün adquiría un significado distinto.

—Por eso hiciste desaparecer los archivos en cuanto tuviste ocasión.

—En un primer momento pensé en quemarlos. Luego me dije que sería mejor conservarlos. En el caso de que...

—¿De que alguien metiera la nariz?

—Alguien como tú, sí.

No contesté. Aspiré una larga calada. Esperé a que Max continuase.

—Fui a Austria, fui de uniforme. Con el uniforme de *carabiniere*. Me lo compré a propósito y lo tiré a la basura antes de volver a cruzar la frontera y regresar a casa. Solicité el certificado de defunción de Annelise Schaltzmann. Dije que lo necesitaba para una investigación oficial. Mentí, claro está, pero nadie se dio cuenta. Me lo dieron y esta vez era un auténtico certificado de defunción. Annelise Schaltzmann había muerto por insuficiencia renal en el hospital de Belluno.

—Es un pez que se muerde la cola.

—Es la burocracia. Luego vino la parte más peligrosa.

—Annelise tenía que resucitar. Tenía que convertirse en Annelise Mair.

—Sí. El único momento en que habrían podido descubrirnos. Manfred tenía contactos, sabía moverse. Por eso, y por el hecho de que era hermano de Günther, nos dirigimos a él. Así, el 9 de septiembre de 1985 un funcionario del registro civil de Merano próximo a la jubilación se llevó una buena pasta y, haciendo la vista gorda, introdujo a Annelise en el registro de nacimientos. La niña del Bletterbach nacía por segunda vez. Nadie se dio cuenta de nada. Si no fuera trágico, sería para desternillarse. Le tomamos el pelo a todo el aparato burocrático de nada menos que dos países, y nos fuimos de rositas.

—Hasta hoy.

Max entrecerró los ojos.

—¿Qué piensas hacer?

—Eso es algo que me estoy preguntando yo también, Max.

4.

Fue Clara quien me dijo qué hacer. Su voz desesperada, esa noche, durante un sueño.

5.

Las luces de casa estaban apagadas. Iluminando mi camino había un aura fantasmal, una luminiscencia fosforescente. Caminaba a tientas, tratando de orientarme.

Las paredes, cuya presencia advertía pese a todo, estaban tan alejadas que podía seguir caminando el resto de mis días sin llegar a tocarlas. Sin embargo, sabía que esa era la casa de Siebenhoch.

En la lógica del sueño, así era.

Sentía una ansiedad indescriptible. No sabía por qué, solo sabía que si me paraba, todo se perdería. No estaba huyendo. No era uno de esos sueños en los que sombras sin rostro aguardan al acecho dispuestas a atraparte. No, yo estaba *buscando*.

Pero no sabía qué.

Lo entendí cuando comencé a oír la voz de Clara que me llamaba, desesperada. Intenté responder a su llamada, en balde. Mis labios estaban sellados. Así que eché a correr para llegar a donde la voz era más fuerte. Era una habitación circular, las paredes de roca. Roca blanca que destilaba sangre. En el centro de la habitación, un pozo.

Me asomé.

Clara estaba allí.

Así, mientras mi hija seguía invocando mi nombre, me lancé en esa inmensa pupila de tinieblas.

Algo de otro mundo

1.

Eran las diez de un hermoso día de sol cuando, a la mañana siguiente, me presenté en Welshboden dispuesto a afrontar el último capítulo de la historia de los crímenes del Bletterbach.

Preguntar a los muertos para dar respuestas a los vivos.

El Werner que me abrió la puerta tenía la cara de quien no ha pegado ojo en toda la noche. Su aliento olía a *grappa*. No quise entrar. No tenía tiempo.

Le bastó echarle un vistazo a mi ropa para entender lo que pretendía.

—Estás loco —dijo.

No me esperaba un comentario diferente.

Tendí la mano.

—Dame el mapa.

—Vas a morir.

—Dame el mapa.

Fue mi determinación lo que le hizo capitular. Me lo entregó y lo vi, de pie en el umbral, desaparecer en el espejo retrovisor. Un viejo doblegado por demasiados secretos.

2.

El Centro de Visitantes estaba desierto, el mío era el único coche en el aparcamiento. Saqué del maletero una mochila y comprobé el equipo. No lo tocaba desde el 15 de septiembre. No pensé en ello. El 15 de septiembre era un día como cualquier otro.

Mis movimientos eran lentos, precisos, como había aprendido que debían ser en terrenos como aquel. Llevaba de todo. Desplegué el mapa y verifiqué que lo había memorizado a conciencia. Entonces superé la valla (agradeciendo la ausencia de alambre de púas en la parte superior) y comencé mi caminata hacia las cuevas.

Mientras estaba ocupado en el rodaje de *Mountain Angels* aprendí algunas nociones básicas de montañismo, pero eran en su mayoría conceptos teóricos, junto con alguna escalada en mi tiempo libre, solo para poner a prueba el vértigo y siempre bajo la mirada experta de un guía. Me divertí y logré la suficiente habilidad como para no meterme en algún problema por mi cuenta.

Ahora, sin embargo, en el Bletterbach, el juego era más duro. Y peligroso. Recordé que, durante mi excursión con Clara, a lo largo del camino había carteles que advertían sobre la falta de cobertura. Ni hablar de teléfono allí abajo. Es decir, no había posibilidad de socorro. Y si lo que Werner me había dicho era cierto, ni siquiera podría fiarme de la brújula.

¿Estas consideraciones me detuvieron?

Ni siquiera un segundo.

No seguí el recorrido realizado por la misión de rescate de Werner, Hannes, Günther y Max. Me habría hecho malgastar mucho tiempo y energías. 1985, con sus pistas abiertas por los madereros y los animales, era arqueología: ahora había senderos bien cuidados, si bien en ese momento cubiertos por la nieve, y mientras pudiera aprovecharía todas las ventajas posibles. Al menos hasta el punto en el que el presente se cruzara con el pasado.

Antes de decir adiós a los trazados turísticos e *ir a las profundidades,* me permití una breve parada. Bebí agua y comí un poco de chocolate. Los músculos me dolían, pero sentía en las piernas la fuerza necesaria para llevar a cabo mi viaje en el tiempo.

Tras haber comido y bebido, me interné por una cuesta que descendía, procurando no quedar atrapado entre las ramas de los abetos.

La pendiente se hizo más escarpada y un par de veces a punto estuve de darme un buen batacazo que, entre esas rocas afiladas, habría tenido serios efectos.

Si ese día hubiera pensado realmente en las posibles consecuencias de mi descenso al Bletterbach, me habría quedado en casa.

Al fondo de la garganta la roca estaba cubierta por una capa de hielo. Por debajo de este pude vislumbrar el discurrir del torrente.

No esperé un instante siquiera. Ascendí por el lado opuesto.

Un susurro de las ramas, algún animal intrigado por mi presencia o bien un poco de nieve que sucumbía al calor y a la fuerza de la gravedad. Aire gélido. Sudor.

Y nada más.

Siguiendo las indicaciones de Werner, llegué a la pista por la que los hombres del equipo de rescate habían arrastrado el cuerpo de Grünwald y la tomé. No sin dificultades. La nieve era abundante y tenía que marchar levantando las rodillas.

Me maldije por no haber pensado en las raquetas de nieve.

Entonces, jadeante, llegué.

A mi alrededor había abetos rojos, alerces y un par de pinos. Todos cubiertos de nieve. Pero ninguna cueva. Tal vez, en el afán de llegar lo más rápidamente posible, me había perdido. De manera que abrí la mochila para comprobar el mapa.

Este me dio la razón. No había error.

El lugar era ese.

¿Había hecho un viaje inútil? ¿Werner me había mentido? La respuesta era mucho más simple y tardé un momento en llegar a ella. Estúpido mocoso de ciudad. Si como alpinista era un principiante y como espeleólogo ni siquiera eso, como explorador daba asco. No sabía leer el terreno.

Las grutas del Bletterbach no eran un cruce entre Tolkien y un documental del *National Geographic,* simas espectaculares en las que entrar con comodidad. Eran pequeños agujeros en la roca que, a partir de octubre y hasta el deshielo, quedaban obstruidos por la nieve: este era el motivo por el que no había nada esperándome en el tristemente famoso punto *x* del mapa.

Maldiciendo en voz alta, comencé a cavar con las manos, jadeando y sudando.

Lo encontré.

Una brecha de no más de ochenta centímetros de diámetro de la que salía un olor que le echaba a uno para atrás. Encendí la linterna montada en la parte superior del casco.

Cogí aire hasta el fondo. Y me metí ahí dentro.

3.

Avancé a gatas mientras aspiraba ese aire húmedo, más cálido que el del exterior, cargado de un fuerte olor a tumba. La cueva bajaba sinuosamente entre las rocas quebradizas del Bletterbach. Traté de imaginar cómo se las apañaron Werner y Max para arrastrar a Grünwald. Se requería una determinación formidable.

La misma que tenía yo.

Un par de curvas, y luego un escalón de roca. Pasado ese escalón, el túnel iba en ascenso, para abrirse en una sala enorme. Me quedé mirando esa inmensidad hipnotizado por un espectáculo de estalactitas y estalagmitas entrelazadas en formas peregrinas.

Caminé manteniéndome a lo largo del lado derecho del perímetro. En algunas grietas de la pared había matas sedosas al tacto. Moho, o tal vez musgo. Me pareció increíble que incluso ahí abajo, donde el sol no brillaba desde hacía trescientos millones de años, hubiera vida. Increíble y aterrador.

Miré el reloj y descubrí con sorpresa que había perdido la noción del tiempo. Sabía que se trataba de un fenómeno natural que a los espeleólogos profesionales les parece obvio, pero la rapidez con que se manifestó me dejó de piedra.

Continué y, al final, di con la pupila de tinieblas.

Me agaché, para asomarme y mirar. No era como me la había imaginado. Parecía más que nada un declive muy empinado y resbaladizo, pero no tuve ninguna duda. Era por ahí por donde Max y Werner habían dejado caer a Grünwald. La hendidura ligeramente circular donde comenzaba era realmente una pupila de tinieblas.

Como si existiesen varias tonalidades de negro y ese pozo hubiera decidido mostrarme la última gradación posible. Me asusté, sí. Pero no por eso me arredré. Quería ver, quería saber. Solo entonces sabría cómo comportarme.

Si decirle todo a Annelise o dejar que esa historia acabara en el olvido.

Fijé un par de clavos y aseguré la cuerda que había traído conmigo. La pasé por el descensor que había unido al arnés y comencé a bajar.

Comprendí de inmediato por qué Werner y Max habían elegido ese lugar para ejecutar su sentencia de muerte. Sin el equipo adecuado, sería imposible volver a subir por ahí.

La roca era resbaladiza y desprovista casi por completo de puntos de apoyo.

Reprimí la claustrofobia y aceleré.

Cuando, después de bastantes metros, sentí que el suelo volvía a ser plano, me solté y miré alrededor, tratando de orientarme. La linterna del casco ayudaba poco.

La oscuridad allí abajo era casi sólida.

Me aventuré a dar un paso, manteniéndome apoyado en la pared húmeda. Al primero se le añadió un segundo y así sucesivamente, hasta que me encontré lejos del lugar por donde había bajado.

De vez en cuando algunos insectos trotaban por encima de mi mano, haciéndome sentir un escalofrío de repugnancia. Eran arañas, blancas y espectrales, con patas larguísimas que salían de un cuerpo central grande como una moneda de un euro.

Repugnantes.

Precisamente mientras me estaba quitando una de encima, noté un roce en los tobillos y me detuve para iluminar. Era agua, descubrí sorprendido. Estaba bordeando un lago subterráneo. Mojé las puntas de los dedos para comprobar la temperatura. Estaba fría, pero menos de lo que esperaba. El estupor me duró poco, porque un estruendo repentino me hizo soltar un grito que el eco repitió en un sinfín de reverberaciones.

Algo grande había caído al agua. El corazón se me desacompasó un latido.

Todo va bien, me dije. Las montañas están en constante metamorfosis: ¿por qué no iba a ser lo mismo para sus entrañas? Los derrumbes en una cueva de ese tipo debían de estar a la orden del día. Así que todo va bien. Todo va bien.

Sobre todo: nada de pánico.

La espeleología, al igual que el alpinismo, no es solo cuestión de habilidad y de músculos.

Durante la filmación de *Mountain Angels,* había visto a personas que pasaban sus días en rocódromos, técnicamente preparadísimos y físicamente más en forma de lo que podría estar yo en toda mi vida, caerse en medio de una pared de dificultad media. ¿Por qué? No sabían cómo responder a semejante pregunta. Permanecían aturdidos delante de la cámara, con la mirada apagada, murmurando algo sobre contracturas o calambres.

Chorradas.

La verdad es que la técnica y la preparación física son importantes, pero suponen solo el cincuenta por ciento de lo necesario. El resto es una cuestión de nervios: es el miedo a joderte. De pronto tus dedos sienten la textura de una roca quebradiza, un insecto te roza zumbando sobre tu cabeza, y ya está: la pared a la que te enfrentas se convierte en la representación concreta de todos tus miedos.

La mente cede.

Lo sabía muy bien. Me había pasado a mí también en aquella maldita grieta.

Por eso mismo: nada de pánico.

Me había traído conmigo una linterna halógena grande, mucho más potente que la del casco. La luz ayuda a disipar el miedo. O, al menos, era lo que mi corazón deseaba.

Con cuidado, la saqué de la mochila y la encendí. Logré medir las dimensiones del espacio en el que me encontraba. El lago subterráneo era enorme. Enfoqué el haz de luz hacia arriba para calcular a qué altitud se hallaba el techo de la cueva.

Y la vi. La Bestia.

4.

Era blanca.

Era feroz. Estaba inmóvil. No obstante, me di cuenta: se trataba tan solo de hielo.

Moví el haz de luz de la linterna dibujando cimitarras plateadas sobre la superficie del agua. Con cada ondulación parecía que el lago subterráneo sonriera. No era una sonrisa amigable, creedme.

Seguí las ondas hasta identificar el epicentro, a unos diez metros de mí. Una especie de blanco iceberg en miniatura flotaba plácidamente arriba y abajo como si estuviera haciéndome señas.

Ven aquí, decía, *ven conmigo*.

Traté de tranquilizarme buscando una explicación plausible. No tardé mucho en encontrarla.

La capa de hielo situada sobre mi cabeza de vez en cuando cedía y dejaba caer bloques marmóreos en el agua. Ese era el truco. Nada más. Tal vez fuera el calor de mi cuerpo el que generaba esa reacción. Simple física.

El problema fue que esto me hizo pensar en la cueva como un ser vivo.

Conmigo dentro.

En la blancura.

Sentí un sabor amargo en la boca. Mi mente, a la que había entrenado desde la más tierna edad para contarme historias, comenzó a hacer su trabajo sucio. Empezar por una *a* y llegar a..., a los gritos de Grünwald que se despertaba, solo, en esa oscuridad.

Sus intentos frustrados de trepar por la pupila.

Uñas rotas, sangre, oraciones y gritos.

La decisión de buscar otra vía de escape. Su vagar dando vueltas. Llegar hasta allí.

¿Y luego? ¿Había proseguido? ¿Había intentado nadar? Yo no lo habría hecho, pero Grünwald era más experto que yo, tal vez se había aventurado a entrar en esa especie de...

Nicho.

Esa era la palabra.

Cinco letras.

Un nicho ecológico. Protegido de los agentes externos. Un mundo en el que las agujas del reloj no tenían ningún sentido. Tal y como aparecía en las teorías de Grünwald.

Inspiré hondo. Relajé los hombros, rotándolos despacio. Estaban rígidos como vigas de acero. Abrí y cerré las manos para estimular la circulación. Comenzaba a sentir frío. Tenía que mantener los músculos calientes y relajados. O me quedaría allí para siempre. Como Grünwald. Como... ¿cuántas personas? ¿Cuántas personas terminaron ahí dentro? La justicia de los Padres, la había llamado Werner. Linchamientos, lo llamaba yo.

Barbarie.

Seis letras: «Muerte».

Si no me hubiera demorado en esa macabra reflexión y hubiera vuelto tras mis pasos, habría evitado lo que pasó acto seguido, porque vi por pura casualidad el cadáver acuclillado en una hendidura de la roca.

La ropa pasada de moda que caía floja sobre lo que quedaba del cuerpo. Las rodillas debajo de la barbilla. La pierna derecha rota por dos sitios.

Los huesos que brillaban a la luz de la linterna.

—Hola, Oscar —dije.

El lago respondió con un chapaleo.

Me encontraba frente a los restos de Grünwald.

La mochila ceñida contra el pecho, los brazos rodeando las rodillas, la cabeza inclinada hacia un lado, la mandíbula completamente abierta. Un niño castigado. Un hombre derrotado.

Condenado a la eterna oscuridad de las entrañas del Bletterbach.

Me imaginé lo que debió de sufrir, allá, solo, con la pierna rota, arrastrándose en busca de salvación. Imaginé la oscuridad que lo estrangulaba, las alucinaciones, la locura. Una lenta, miserable agonía. Y, al final, la muerte.

Las cuencas vacías de la calavera despedían una desesperación que iba más allá de la angustia. Un hombre enloquecido, encarcelado en la más atroz de las celdas.

Era un asesino, sí, pero nadie se merecía un castigo tan terrible. Sentí pena por él.

Y horror por lo que Werner y los otros habían hecho.

No sé cuánto tiempo estuve junto al cadáver de Oscar Grünwald, solo sé que cuando una escolopendra de veinte centímetros salió por esas mismas órbitas que me habían hipnotizado salté hacia atrás, sorprendido y asqueado, y perdí el equilibrio.

Caí en el lago y perdí la linterna. El agua se cerró sobre mí con un sonido apagado. Me revolví a tientas, en busca de aire, pero no hice más que tragar agua. Estaba ciego y sordo.

Arriba y abajo se confundieron.

Agité los brazos y las piernas en movimientos insensatos, dictados por el pánico, y me hundí aún más, con los pulmones ardiendo y el estómago llenándose de ese veneno con sabor a hiel.

Todo era negro, todo estaba oscuro.

Actué por instinto y fue el instinto lo que me salvó la vida. Me liberé de la mochila y dejé que la fuerza de la gravedad la empujara. Noté cómo bajaba. Entonces me lancé con todas mis fuerzas en dirección opuesta. Un par de metros que por poco no me resultaron fatales.

Una vez en la superficie boqueé y escupí un buen rato, pero en vez de seguir forcejeando me dejé flotar.

Paso a paso, me dije. De momento, respira. Mira a tu alrededor. Encuentra la orilla. Y pírate lo más rápido que puedas.

La bombilla montada en el casco funcionaba a ratos. Debía de haberse golpeado al caer. Lanzaba breves destellos (luz, oscuridad, luz, oscuridad) que iluminaban las aguas negras e inmóviles en un parpadeo que no ayudaba a que mis pupilas se acostumbraran a las tinieblas, todo lo contrario. Sin embargo, durante uno de esos preciosos segundos de luz, me pareció ver la orilla y traté de nadar en esa dirección. Brazadas lentas y metódicas.

Pero.

No era la orilla. Era algo frío y viscoso. Hielo, pensé. Solo hielo. El hielo se *movió*. Y algo, bajo el agua, me rozó la rodilla.

Luz, oscuridad. Luz, oscuridad.

El objeto que toqué era grande y blanco, y cuando un repentino destello lo iluminó, se *sumergió*. En la oscuridad oí el chapoteo que se cerraba sobre él. Como si fuera un gran pez albino.

O bien...

Mis gritos se convirtieron en un coro de clamores, de mil voces superpuestas, que parecían burlarse de mi miedo. Los gritos de las mujeres condenadas por Siebenhoch. Las risas de las brujas allí enterradas. Eso era lo que Günther dijo que había oído. Lo que debía de haber oído Oscar Grünwald antes de morir, acuclillado en esa hendidura de la roca como si... Como si hubiera visto algo terrible moviéndose en el agua. Algo grande y frío. Y por segunda vez sentí que algo me tocaba el pie. Con más insistencia. Levanté de golpe la pierna y terminé con la cabeza bajo la superficie del agua. En ese momento la lámpara se encendió.

Luz.

Era blanco. Era enorme.

Jaekelopterus rhenaniae.

Pataleé.

Volví a la superficie, al oxígeno. Resollaba. Nadé. Fuera de allí. Sin pensar en esa cosa blanca y viscosa de nombre latino que me había agarrado la bota. En sus pinzas de cuarenta y seis centímetros. En sus dimensiones antinaturales. Dos metros y medio de escorpión marino. De ojos perfectamente redondos, negros, de una inhumanidad que rayaba en lo insoportable.

Un depredador de millones de años de antigüedad.

No. Pensar.

Me lo ordené.

¿Cómo cazaba el *Jaekelopterus rhenaniae*? ¿Sus emboscadas eran rápidas y letales, como las de los tiburones, o se parecían más bien a las de los cocodrilos? ¿Me agarraría por la pierna y entonces notaría la pinza destrozándome huesos y cartílagos, o me arrastraría hacia abajo y haría que me ahogara?

Peor aún: ¿dónde estaba?

¿Por qué no me había atacado todavía?

—¡No pienses en eso, joder!

No había ningún monstruo ahí abajo. Era imposible. No estaba realmente seguro de haberlo visto. El monstruo blanco en la mancha de tinta del lago. Me *parecía* haberlo divisado. La clave para no volverme loco estaba en esas siete simples letras: «Parecía».

El sabor a hiel del agua me daba náuseas. Y tenía frío. Nadé tratando de mantener siempre el mismo rumbo. Era un lago subterráneo, no un océano. Tarde o temprano daría con un saliente donde aferrarme. Nadé hasta que mis dedos chocaron contra la roca sólida. Salí del agua, agotado.

No tenía ni idea de dónde me encontraba, pero sabía que tenía que moverme. Empapado corría el riesgo de morir congelado. Así que había que moverse, pero ¿en qué dirección?

Cualquiera era buena.

Caminé.

Las tinieblas penetraron en mi piel, me tragaron.

El sonido de mi respiración se convirtió en la respiración del Bletterbach.

El tiempo se fue deshilachando hasta desaparecer del todo.

Al final, exhausto, me dejé caer al suelo. Tal vez estaba a pocos pasos de una salida, pero sin luz nunca la alcanzaría. Era inútil. Estaba en un laberinto.

Me llevé las manos a la cara.

Pensé en Clara. En Annelise.

—Perdonadme —dije.

Las brujas se rieron. De mi idiotez.

Tal vez dormí, no me acuerdo.

Me despertó un ruido aterrador. Un rugido que me hizo ponerme en pie, tembloroso.

No era una alucinación. Era el fragor de algo implacable que se movía a flor de agua agitando lo que solo podía ser una cola.

Una larga cola cubierta con una coraza. Ojos como pozos negros. Pinzas como cuchillas.

Estaba llegando.

Jaekelopterus rhenaniae.

Es así como termina la patética historia de Jeremiah Salinger, me dije.

Devorado por un monstruo tan viejo como el mundo.

Comencé a reír sin poder parar.

Era la muerte más ridícula que jamás había oído.

—¡Ven aquí, gilipollas! —grité.

El estruendo se acercaba. Rápido.

Me había seguido. Había espiado todos mis movimientos, silencioso. Había esperado a que perdiera mis energías. A que perdiera la esperanza. Paciente, inexorable. Y ahora atacaba.

Era listo, ese cabrón.

—¡Vamos, hijo de puta!

Me apoyé en la pared, en busca de alguna piedra que desprender y utilizar como arma defensiva. Vendería caro el pellejo. Cuando el *Jaekelopterus* cargara contra mí le haría entender que ese ya no era su tiempo. Estaba extinguido. Estaba muerto. Había desaparecido.

Mis dedos encontraron algo mucho más valioso que una piedra. Encontraron una inscripción.

Unas pocas líneas rectas, talladas con fuerza en la roca desnuda. Tres triángulos con la punta hacia arriba. Humanos, sin asomo de dudas. Geométricos. Nada en la naturaleza podría hacer unas muescas tan precisas sobre la piedra. El destino no me estaba ofreciendo un arma, me estaba ofreciendo algo mejor.

Esperanza.

Palpé, frenético.

El rugido del *Jaekelopterus* cada vez más cerca. Cinco metros. Tal vez menos. A pocos centímetros de la inscripción, los dedos se aferraron a un gancho de metal.

El fragor se convirtió en trueno.

Un metro.

Gotas de agua fétida en la cara.

Grité y me arrojé hacia un lado agarrando con todas mis fuerzas el hierro que sobresalía. Sentí un tirón en la espalda. El dolor se me disparó hasta el cuello. Me tambaleé, reboté, perdí el equilibrio, me agarré con más fuerza aún, golpeé el casco contra la roca y la lámpara volvió a funcionar.

Maravillosa, cegadora luz.

¿Qué vi?

Un enorme bloque de hielo que flotaba. Nada más.

5.

Debían de haber sido los mineros quienes colocaron el gancho y tallaron los tres triángulos. Los que trabajaban en las minas de cobre derrumbadas en los años veinte. Era un método para señalar las vías de escape o recodos y no perderse en las entrañas que ellos mismos creaban. Por regla general eran pequeñas cruces. Otras veces iniciales o símbolos que de alguna manera remitían a la identidad de quienes los llevaban a cabo o a la localidad de la que procedía el trabajador. No era importante. Esos signos en la roca eran *esperanza*.

Continué palpando la pared de la cueva hasta que encontré la entrada de un túnel en la que estaba grabado el mismo símbolo. No fui capaz de contener la alegría. Entré sin demora.

Tuve que caminar de rodillas, con la cabeza casi rozando la roca, mientras la lámpara seguía haciendo de las suyas. No me preocupaba. La esperanza me daba nuevas energías. Además, por fin, sentía que iba ascendiendo.

Nada podría detenerme. Y nada me detuvo.

De repente, sentí aire fresco.

Cuando vi la luz, un pequeño agujero ahí arriba, comencé a llorar. Trepé y resbalé. Me caí, me herí en las manos. Lo intenté de nuevo, una y otra vez. Me rompí las uñas, blasfemé y lancé espumarajos. Al final, agarrándome a las raíces nudosas de un castaño, me encaramé hacia la fuente de luz.

Cuando aparecí en la superficie lo hice con un grito que repitió el eco por toda la garganta.

Rodé por la nieve, hundiéndome en un hielo que me parecía tan puro como para que se me subiera a la cabeza. El aire que respiraba era tan dulce como la miel. El sol me cegaba. Estaba pálido y crepuscular y me sorprendió verlo. Cuando verifiqué la hora me di cuenta de que mi vida errante en las entrañas de la montaña no había durado más que un soplo. Y comencé a sentir el mordisco del frío intenso.

Volví a la realidad.

Estaba sin equipo, empapado, y con el cuerpo empezando a colapsar. Tenía que moverme. Me icé trabajosamente en el castaño cuyas raíces me habían puesto a salvo. Alcancé una horqueta robusta y me senté allí a horcajadas. Examiné el horizonte y no tardé mucho en ver el recorrido equipado del Bletterbach, con sus hermosas indicaciones blancas y rojas, sus señales de peligro. Objetos comunes, construidos en alguna carpintería de la zona.

Me parecieron obras maestras dignas de un museo.

6.

Enfilé el camino de entrada sorprendiéndome de hasta qué punto ese acto tan banal me parecía prodigioso. De las ventanas llegaba una luz suave, cálida. Apagué el motor.

Se me saltaron las lágrimas de los ojos y en ese momento Clara apartó las cortinas y me saludó con la mano. Respondí a su gesto. Detrás de mi hija vi el perfil de Annelise.

Era bellísima.

Bajé del coche.

Fue Werner quien me abrió. Miró mi cara repleta de arañazos y contusiones. Luego, las manos hinchadas y estropeadas. Abrió los ojos como platos. Intentó decir algo. Le hice una señal para que callara.

Le tendí la mano y él me devolvió el gesto.

No fueron necesarias las palabras.

Lo rebasé y me acerqué a Annelise. Estaba petrificada. Tenía el aspecto de un cadáver.

—Te quiero.

Le dije.

7.

Esa noche esperé a que Annelise se durmiera, luego salí fuera de las sábanas, me encaminé al estudio y cerré la puerta. Encendí el ordenador y puse al día el archivo.

Luego lo arrastré hasta la papelera.

Se había acabado.

Padres

1.

Los últimos días de marzo los pasé en la cama, víctima de una fiebre que me dejó hecho un trapo. De nada servían los antipiréticos: ese malestar era solo en parte de origen físico. El descenso a las entrañas del Bletterbach me había devastado y mi cuerpo necesitaba tiempo para poner a cero los contadores y comenzar de nuevo.

Dormía poco y solo a rachas. En esos breves lapsos de tiempo regresaba a la cueva. Veía de nuevo la pupila de tinieblas y el cadáver de Grünwald, y el monstruo que emergía del agua no era un bloque de hielo: tenía boca, pinzas y un nombre en latín. Me despertaba desorientado y asustado, pero a salvo.

En casa.

Casa era Clara asomándose al dormitorio, con la cara preocupada, trayéndome un zumo de frutas o naranjas exprimidas que la enfermedad volvía asquerosas, pero que me bebía hasta la última gota solo para complacerla.

—¿Está bueno, papá?

—Estupendo, cariño —decía mientras me esforzaba por no vomitar.

—¿Quieres que te tome la temperatura?

—Quiero un beso, pequeña.

Siempre los recibía en grandes cantidades.

De vez en cuando, si Annelise había salido para hacer la compra, Clara entraba de puntillas y se sentaba en el borde de la cama. Me contaba cuentos y me acariciaba el pelo, casi como si ella se hubiera hecho adulta y yo fuera el niño al que cuidar. Muchas veces tan solo se quedaba quieta mirándome.

¿Sois capaces de imaginar un cuadro más dulce del amor?

Annelise nunca me preguntó nada. Estuvo diligente, atenta y preocupada. Yo sabía que las preguntas únicamente se habían pospuesto, se lo leía en los ojos, pero primero tenía que curarme.

Y fue lo que hice.

2.

La fiebre pasó. Aún tenía mareos y me sentía como si una apisonadora me hubiera pasado por encima. Pero los ojos ya no se me llenaban de lágrimas si trataba de leer alguna página de periódico, mientras que el dolor de cabeza era solo una molestia en la nuca. Comencé a comer de nuevo con apetito. Annelise me azuzaba con increíbles cantidades de exquisiteces a las que no sabía decir que no. Resultaba muy agradable sentir algo que no fuera dolor.

Después de un par de días holgazaneando en batín por la casa decidí aventurarme al mundo exterior. Necesitaba aire fresco. Y, no os enfadéis conmigo, un Marlboro.

Me puse unos tejanos gruesos, jersey y botas, el chaquetón acolchado encima y atravesé la puerta de casa con la determinación de Harrison Ford tras las huellas del Santo Grial.

Con paso incierto, llegué hasta la cancela de la entrada de la finca. La rocé con las yemas de los dedos y volví tras mis pasos. Satisfecho por la empresa, me concedí un cigarrillo sentado en los escalones.

El sol estaba alto, brillante como no lo veía desde hacía meses, y dejé que el viento me trajera el olor del bosque. La primavera estaba llegando de verdad. Todavía había placas de nieve en el suelo, sobre todo en los márgenes de las carreteras, donde las quitanieves la habían apilado en montones oscuros y sucios, pero la naturaleza se estaba despertando.

Y yo con ella.

De repente, me percaté de que Annelise estaba detrás de mí, de pie.

—Creo que te debo una explicación —dije.

Con gracia, se colocó la falda por debajo de las piernas, se sentó a mi lado y apoyó la cabeza sobre mi hombro.

Se oyó el canto desafinado de un mirlo y un batir de alas. Un ave de presa volaba alto en un cielo punteado de nubes blancas y lentas.

—Solo dime una cosa, Salinger —preguntó Annelise—. ¿Se acabó?

Me volví hacia ella.

Me quedé mirándola a los ojos.

—Se acabó.

Rompió a llorar. Me abrazó. Miré las nubes.

Podría tocarlas con un dedo.

3.

Dos días más tarde visité la consulta del mismo especialista que había logrado levantarme tras el accidente del 15 de septiembre. Cuando le confesé que no había tomado la medicación que me había prescrito, montó en cólera.

Sufrí el rapapolvo en silencio, con la misma expresión de un perro apaleado, hasta que se calmó; luego le expliqué mi decisión de retomar una terapia que en realidad no había comenzado nunca: estaba allí precisamente por eso.

Tenía que recuperarme, le expliqué, lo había intentado a mi manera y había fracasado.

No tenía ninguna intención de atiborrarme de psicofármacos que me dejaran hecho un pobre idiota feliz (y aquí se le puso la cara colorada), pero era el momento de decir adiós a las pesadillas y a los ataques de pánico.

En cierto sentido regateamos, y resulta casi cómico pensar en ello, dado que el hombre de bata blanca no estaba tratando de venderme un coche usado o un abono para la televisión de pago, sino que pretendía que mi vida mejorara.

Me recetó unos ansiolíticos ligeros y nuevos somníferos para hacer que las noches fueran menos agitadas. Me despidió con un gran signo de interrogación en el rostro.

Comprendía sus dudas, pero de todas formas no podía explicarle el verdadero motivo de mi determinación. Porque la historia del Bletterbach, la historia de los crímenes del Bletterbach, a esas alturas ya era solamente un archivo en la papelera de mi portátil. Un documento cerrado.

Lo había logrado.

Había contado la historia de Evi, Markus y Kurt. Y la de Werner, Hannes, Günther, Max, Verena, Brigitte, Manfred, Luis, Elmar. La biografía de Siebenhoch.

Nadie podría leerla y yo nunca filmaría un documental sobre esa maldita excursión, pero ¿a quién le importaba? Me había demostrado a mí mismo que seguía siendo capaz de hacer lo que más me gustaba: contar historias.

Había llegado el momento de pasar página.

4.

—De ti se ocupará Frau Gertraud —dijo Werner—. Frau Gertraud te cae bien, ¿verdad, Clara?

Clara primero me miró a mí y luego a Annelise; a continuación asintió, con timidez.

—Ha leído todos los libros del mundo.

Werner abrió los brazos.

—¿Lo ves? No hay problema, ¿venís a cenar a mi casa?

Annelise intentó esconder la sorpresa por la invitación con un «¿por qué no?».

—Buena chica —dijo, y la abrazó.

Luego desapareció con su jeep.

—En tu opinión, ¿qué significa esto? —me preguntó Annelise, cuando estuvimos de nuevo en la calidez de casa.

—¿Quién puede saberlo?

—Pasáis un montón de tiempo juntos.

—Es cierto.

—Creía que hablabais.

Le pasé el brazo por encima de los hombros.

—¿Cuántas veces tengo que explicártelo, cariño? Los hombres no hablan. Los hombres gruñen y beben cerveza. *Pardon*. Beben *grappa*.

No se rio.

—Le encanta estar con Clara. Me parece raro que...

La interrumpí.

—En lugar de hacerte tantas preguntas, ¿por qué no piensas en disfrutar de la noche libre? —dije.

Werner no me había dicho nada, pero tenía una vaga idea de lo que pensaba hacer esa noche. No voy a ocultar que sentí miedo. Pero fingí tener otras cosas en la cabeza.

Me mostré alegre, hablador. Ayudé a Clara a elegir el vestido que se pondría para el rato en que Frau Gertraud, la bibliotecaria de Siebenhoch, le haría de canguro. Cuando la mujer llegó con su *loden,* hacia las siete de la tarde, mi hija había cambiado de opinión al menos trescientas veces (tejanos y jersey eran demasiado de estar por casa, la falda verde era para las veladas en el restaurante, tal vez la roja...) y yo, a pesar de mi fachada afable, estaba tenso como la cuerda de un violín.

Annelise y yo no íbamos a encontrarnos con una simple cena, sino con una despedida que añadiría alguna arruga en la cara de la mujer a la que amaba.

Me mostré fuerte.

5.

Werner nos abrió la puerta y nos estrechamos la mano. Él buscó mi mirada y yo rehuí la suya.

Charlamos sobre Nueva York, sobre Siebenhoch. Hablamos sobre Clara, que en septiembre comenzaría la escuela. Sobre Frau Gertraud.

Fui normal.

Werner había perdido peso, saltaba a la vista, y sin embargo, cuando se alejó para ir a buscar el postre en la nevera, me mostré sorprendido ante los comentarios de mi esposa.

¿Werner?, dije. A mí me parecía que estaba perfectamente.

Vivaracho como los zombis rotos de las fotografías de la caja con forma de corazón.

Únicamente lo pensé, pero lo pensé.

Terminado el postre, Werner le entregó un pequeño paquete envuelto para regalo a Annelise.

—Esto es para ti. De mi parte y de la de Herta.

Ella parpadeó, confundida.

—¿Qué?

—Ábrelo.

Annelise me miró intentando averiguar si estaba al tanto del contenido de ese paquete. Yo no sabía nada, la jugada de Werner me había pillado por sorpresa a mí también.

Annelise sacó primero la cinta, luego el papel de seda del envoltorio. Dentro de la cajita había un reloj de bolsillo. Redondo, la esfera blanca, sencillo. La caja de plata, rayada aquí y allá. Las horas estaban en números romanos, las manecillas eran flechas góticas.

Annelise lo observó confundida.

—¿Y qué hago yo con esto, papá?

—Es tuyo —dijo Werner serio.

—Gracias, pero...

Annelise por fin se dio cuenta de la expresión severa de su padre.

Va a comenzar, pensé.

Sentí una oleada de alivio. Mi parte en aquella representación había terminado.

Podía dejar el escenario, retirarme entre bambalinas y prepararme para recoger los pedazos del corazón roto de mi esposa.

—Ese reloj pertenece a nuestra familia desde hace más de un siglo. Mira la caja.

Annelise leyó en voz alta. Era una fecha.

—12 de febrero de 1848.

Werner asintió.

—Fue un regalo de bodas. Desde entonces pasa de padres a hijos. Y ahora yo te lo regalo a ti.

—Es muy bonito, papá, pero...

—Tienes que velar por él, el mecanismo es frágil. Debes darle cuerda cada noche, al igual que los Mair hicieron hasta hoy. De lo contrario, podría estropearse.

—Papá...

Annelise estaba pálida.

Werner le dirigió una sonrisa dulce e infinitamente dolorosa.

—Me estoy muriendo, hija mía.

Annelise depositó el reloj sobre la mesa como si de repente le diera miedo.

—Mi tiempo se está acabando. Por eso quiero que tengas tú este reloj. ¿Sabes por qué hay que darle cuerda cada noche? Porque así se aprecia más el paso de los minutos. Palabras textuales de mi padre el día en que me lo donó. A saber dónde había leído una frase semejante. Tal vez fuera suya, ¿quién puede saberlo? Siempre fuimos un poco raros, nosotros los Mair. Un poco locos y un poco ingenuos. Lo que quería decir es que siempre debes velar por el tiempo.

—Papá —murmuró Annelise, con los ojos llenos de lágrimas—. Tú no te estás muriendo de verdad. Eres Werner

Mair, no puedes morir. Todo el mundo lo sabe en Siebenhoch, tú..., tú...

Werner asintió.

—¿Recuerdas cuando me caí en el desván y fui a hacerme un chequeo? El médico hizo como siempre hacen
los médicos en estos casos: me envió a un colega suyo y así
sucesivamente. Solo que en cada ocasión la cara del médico contra el que chocaba se iba poniendo tan larga como la
de un mulo. Al final el que se quedó con la pajita más corta tuvo que cargar con el muerto de revelarme el diagnóstico. Tengo cáncer de huesos. Inoperable. Incurable.

Era como si un vampiro invisible le hubiera chupado a
Annelise hasta la última gota de sangre.

—No puedes dejarme sola —susurró.

—No te dejo sola, hija mía. Tienes a tu marido y a tu
hija. Tienes tu vida —recogió el reloj y se lo colocó en la
palma de la mano, luego se la estrechó—. Todavía te quedan muchas cosas que hacer, montañas que escalar, batallas que ganar o incluso que perder; lo suficiente como para
adquirir un poco más de sabiduría. Y estoy seguro de que
el destino te tiene reservados un par de días soleados para
calentar tus huesos, cuando te llegue ese momento en que
el tiempo se mide por minutos y ya no por años. Luego, al
final, tomarás este reloj, harás un paquete más bonito que
el mío, y se lo regalarás a Clara.

—Pero yo... —Annelise negaba con la cabeza—. Yo
no voy a saber qué decirle. Yo... —hablaba como si tuviera
la esperanza de convencer al cáncer de que le dejara más
tiempo a Werner.

—Ese día lo sabrás —respondió.

Annelise se le echó al cuello, al igual que hacía Clara
conmigo cuando estaba asustada. Solo que quien estaba
llorando en el cuello de su padre no era una niña, era una
mujer adulta, la mujer a la que amaba y a la que había jurado proteger de todo mal.

Una promesa que no podía ser mantenida.

El diablo siempre ríe el último, decía el *Krampusmeister*.

Me levanté, sintiéndome como un buzo en el fondo del mar.

Padre e hija tenían palabras que decirse, secretos que revelar y lágrimas que compartir. Recé, mientras los dejaba solos, para que un día delante de Clara consiguiera yo encontrar la misma serenidad con la que Werner estaba explicándole a Annelise el último de los misterios.

6.

Durante toda la semana siguiente, Annelise deambuló por la casa, con los ojos rojos y la mirada neblinosa. Era como vivir con un espectro. Fue un suplicio verla así.

Sobre todo para Clara, que no entendía el comportamiento de su madre.

—¿Mamá está enferma?

—Un poco de gripe, tal vez.

—¿Le preparamos un zumo de frutas?

—No creo que le apetezca.

—¿Y entonces qué le apetece?

—Quedarse un poco sola.

—¿Por qué?

—Porque a veces los adultos necesitan quedarse solos. Para pensar.

Luego, para detener la cascada de preguntas, trataba de distraerla. Me inventaba un nuevo juego, un trabalenguas, la desafiaba a ver quién encontraba la palabra más larga del mundo, cualquier cosa con tal de que no le pesara tanta amargura. Entendía lo que Annelise estaba sintiendo, pero yo no quería que se encerrara en su dolor dejando el mundo al margen.

No había tiempo.

Una noche, después de acostar a Clara, hablé con ella.

—Tienes que reaccionar, amor mío.

—Estoy reaccionando —dijo ella, molesta, como si le hubiera estorbado en sus razonamientos.

—No, tú estás llorando a tu padre —le contesté con dulzura.

—¡Por supuesto que estoy llorando a mi padre, Salinger! —saltó ella—. ¡Tiene cáncer!

—Pero es que todavía no está muerto. ¿Recuerdas lo que dijo? De momento, la medicación está cumpliendo con su deber, casi no le duele. Tendrías que aprovecharte de eso.

Annelise me miró como si yo hubiera blasfemado en la iglesia.

—¿Para hacer qué?

—Para estar cerca de él —le dije—. Porque lo más importante que podemos hacer por nuestros padres es actuar de manera que nos dejen bonitos recuerdos.

En el vientre de la Bestia

1.

El 20 de abril, llamaron a la puerta en mitad de la noche. Unos timbrazos furiosos me despertaron sobresaltándome. El corazón parecía querer salir volando.

Aturdido por los somníferos, me preguntaba si no se habría declarado un incendio que estaba arrasando Siebenhoch, una guerra o un desastre de proporciones apocalípticas. Bajé las escaleras y abrí sin preguntar siquiera quién era el que hacía todo ese ruido.

La forma que surgió de la oscuridad me abrazó con la fuerza de un oso.

—¡Salinger! Siempre me equivoco con los husos horarios, ¿verdad? —gritó—. ¿Y dónde está mi pastelito?

—Mike, Clara está...

No estaba durmiendo.

Clara se deslizaba escaleras abajo, saltando los peldaños de dos en dos, para luego aterrizar en los brazos de Mike, que la levantó por los aires y la hizo gritar de alegría.

—¡Tío Mike! ¡Tío Mike!

Se podían ver los signos de exclamación a kilómetros de distancia.

Mike la lanzó tan alto que tuve miedo de que la hiciera chocar contra el techo. De manera que, para evitar un infarto, cogí las dos maletas que mi amigo había abandonado en la entrada y cerré la puerta, dejando fuera el punzante frío de la noche.

—¿Se puede saber qué diablos estás haciendo aquí? —pregunté.

—Tu padre no quiere al tío Mike —dijo dirigiéndose a Clara.

—Papá quiere al tío Mike —pontificó ella—. Lo que pasa es que dice que el tío Mike está un poco cuatro letras.

Mike se dio la vuelta hacia mí.

—¿Qué diablos significa eso de «cuatro letras»?

—«Loco», en este caso.

Mike se volvió hacia Clara y le dio una nueva voltereta.

—¡Loco! ¡Loco! ¡El tío Mike está loco!

Cada vez que Clara despegaba perdía yo un año de vida.

Al fin la depositó en el suelo, fingiendo que estaba dolorido.

—¿No hay ni siquiera una cerveza para el tío Mike, pastelito?

—Es de noche, tío Mike —dijo Clara con inesperada sabiduría.

—En algún lugar del mundo son las cinco de la tarde.

A Clara esa frase le pareció de una lógica irrefutable y desapareció en la cocina.

Había visto mujeres adultas y astutas sucumbir a la lógica absurda de Mike: ¿por qué cabría esperar que una niña de cinco años fuera una excepción?

—¿Desde cuándo desayunas con cerveza?

Era Annelise: iba en bata, el pelo despeinado y una sonrisa plantada en el rostro. Mike la abrazó y la cubrió de cumplidos.

Le dio las gracias a Clara, que entretanto le había llevado una lata de Forst, y se dejó caer, con la chaqueta todavía puesta, en la butaca del centro del salón.

—¿Cómo te va, socio? —le pregunté.

—Como a alguien que ha viajado ocho horas en un vuelo intercontinental, cuatro más en tren y luego se ha gastado un montón de pasta en un taxi —respondió antes de tragar cerveza—. Por cierto, dado que se me olvidó pedir un recibo, ¿cuánto es «un montón de pasta» en dólares? Tienes que saldar una deuda, Salinger.

—¿Clara? —dije.

—¿Papá?

—Tráeme el Monopoli, por favor.

Clara se quedó estupefacta. Fue Annelise quien le explicó que se trataba de una broma.

—Papá hace chistes, Clara —añadió Mike tragando la Forst—. Papá se cree gracioso.

—Podrías haber llamado —dijo Annelise—. Te habría preparado algo que pudieras meterte entre pecho y espalda. ¿Quieres un sándwich?

—¿Qué tal otra cerveza?

—Ni lo sueñes.

—Has perdido puntos, *baby*.

—¿Mike?

—Dime, socio.

—Son las tres de la madrugada. Yo estaba durmiendo con mi legítima esposa, bajo un cálido edredón de plumas, y has caído a plomo en mi propiedad privada, sin avisar.

—Habrías podido dispararme.

—Lo habría hecho de buena gana. ¿Hija?

—¿Sí, padre?

—Tráeme la escopeta.

Esta vez Clara entendió la broma y se echó a reír.

Cuando se ponían a ello, papá y el tío Mike eran mejores que los dibujos animados.

—¿Quieres que te diga por qué he penetrado en los confines sagrados de tu propiedad privada y sin avisar?

—Sería una cortesía por tu parte, dado que te has apropiado también de mi butaca.

—Yo estaba tan tranquilo en mi casa, después de una velada en un pequeño local en Co-Op City, un lugar increíble con una banda que tocaba en vivo y hacía versiones de los Stooges, así como un *lap-dancer* que no hay que menospreciar. Me tomo un par de cervezas, charlo con algunos y conozco a una rubia. No está mal, qué te voy a decir. Así que decidimos ir a mi apartamento y...

—Los detalles puedes ahorrártelos.

Mike se acordó de Clara, que estaba siguiendo el monólogo como hipnotizada. Se aclaró la voz y continuó:

—La llevo a casa y le cuento la fábula de la zorra y las uvas. Pastelito, ¿conoces la fábula de la zorra y las uvas?

—¿Es la de la zorra que se quiere comer las uvas pero, como están demasiado altas, entonces dice que no están maduras? ¿Esa, tío Mike?

—Esa misma. Lo que pasa es que mi versión de la historia dice que se trataba de un zorro viejo y flácido que está casado y que luego, cuando su amigo Mike empieza a contarle lo del último racimo de uvas que se ha llevado a casa, el viejo zorro flácido y casado con...

—Corta ya —lo detuve.

Mike sacó dos sobres del bolsillo de su chaqueta y me lanzó uno a mí y otro a Annelise.

—¿Qué es esto?

—Una invitación para el estreno de la obra maestra de Mike McMellan y del ya atocinado Jeremiah Salinger.

El sobre contenía un folleto impreso en papel rígido. El logotipo era el del Canal. Había demasiados colores demasiado estridentes. Había montañas nevadas.

Y una fecha.

La fecha era el 28 de abril.

2.

Siete días más tarde, Mike le estaba contando a Clara su personal versión del cuento de la *Cenicienta*. Por lo que pude entender cuando pasé por su dormitorio para darle el beso de buenas noches, estaban implicados un adinerado abogado de Manhattan, un periodista de *Vogue* y un gran bull-terrier. A Mike la idea de que los cuentos servían para que los niños conciliaran el sueño se le escapaba, pero era agradable escuchar a Clara partiéndose de risa.

Annelise estaba acabando de recoger la mesa, con un delantal atado a la cintura y un mechón de pelo que le rozaba la barbilla y la molestaba. La encontré encantadora.

Me encendí un cigarrillo.

—Estará lleno de gilipollas —murmuré.

—Lo sé.

—Gilipollas que escribirán gilipolleces.

—Es una tautología.

Me aclaré la garganta.

—Tendremos que salir corriendo en el corazón de la noche. Vendrán a buscarnos con horcas.

—No exageres.

—No estoy exagerando. Será así.

—Estás exagerando.

—Si quisiera exagerar, habría dicho: le prenderán fuego a la casa, me empalarán en la cima del campanario y, cuando ya la haya palmado, harán una barbacoa con mis nalgas.

—No va a pasar nada por el estilo. Solo tendrás que estrechar unas cuantas manos y contestar preguntas a las que ya has contestado un montón de veces.

—El director es Mike —lloriqueé—. Es a él a quien le gusta estrechar manos. ¿Recuerdas cómo me fue la última vez que me tocó a mí responder a las preguntas?

Annelise torció la boca al recordar la *performance* con la que me gané una demanda (más tarde rechazada por el tribunal) y una migraña que me duró tres días.

—Eres la estrella.

—No quiero ser la estrella. A mí me gusta la retaguardia.

—Salinger...

Levanté las manos en señal de rendición.

—Vale, vale...

—Nada de «vale, vale», ¿de acuerdo? No me he gastado quinientos euros en un vestido para que me lo estropees con tu lloriqueo, ¿queda claro?

Dicho esto se dio la vuelta, mientras frotaba una sartén con una costra de grasa; la cena la había preparado Mike, y cuando Mike cocinaba, el colesterol comenzaba a dar saltos de alegría.

Me quedé en silencio unos instantes, escuchando la risa de Clara y el ruido de los platos en el fregadero, preguntándome por enésima vez por qué ni Annelise ni yo utilizábamos ese moderno invento del diablo llamado lavavajillas. Una forma de esnobismo, supongo. Del mismo tipo de la que me haría permitir a toda la larga lista de invitados al estreno del documental darme patadas en el culo durante las próximas dos primaveras. Ya me dolían las nalgas.

—Para ya de una vez por todas —exclamó Annelise de repente.

Me sobresalté.

—¿Que pare ya de hacer qué?

—De rumiar. Puedo sentirlo desde aquí.

—No estoy rumiando.

Annelise dejó la sartén, se pasó las manos por el delantal y se sentó frente a mí.

—Tienes que hacerlo. Tienes que ir.

—¿Por qué?

—Por tres razones —dijo.

—¿Nada menos que tres? —intenté bromear.

Annelise estaba muy seria.

—En primer lugar —dijo—, se lo debes a Mike. Ha trabajado hasta el agotamiento para terminarlo todo. Te defendió a capa y espada y sabes muy bien que no fue un juego de niños.

—Sí.

—En segundo lugar: tienes que hacerlo por ti mismo. Tienes que poner la palabra «fin». Luego te sentirás mejor.

Traté de sonreír. No lo conseguí. Tenía la boca seca. Apagué el cigarrillo. Tal vez era hora de dejar esa mierda.

—En tercer lugar: se lo debes a ellos.

—¿Ellos?

—A *ellos*.

3.

El Canal había desplegado la artillería pesada. Vallas publicitarias en las esquinas de las calles, carteles y todo el resto del armamento que Gilipollas Integral había ideado para la ocasión. Sin ir más lejos, en internet había puesto en marcha algo llamado «bombardeo viral», de acuerdo con los dictados del marketing de guerrilla: a mí me parecía más bien una sarta de gilipolleces en caída libre, pero ¿quién era yo para juzgar?

La somnolienta ciudad de Bolzano había asistido con asombro a los preparativos del estreno de *En el vientre de la Bestia* y a la invasión de una fauna de críticos (los que llevaban camiseta debajo de la americana eran críticos de televisión; los que tenían ojeras, cinematográficos), periodistas (los fanfarrones eran de los periódicos locales; los que comían sushi, nacionales; los que iban resoplando, del Tío Sam), *starlets* («¿Mike?» «Dime, socio.» «¿Quién demonios es Linda Lee?» «Ha participado en un par de películas comprometidas.» «¿Con ese par de cabezas nucleares colocadas en el lugar de las tetas?» «Socio, tómatelo con calma, Linda es una amiga») y personajes más o menos peregrinos que vagaban entre soportales y monumentos con mirada alegre y un tanto perpleja. La población local parecía haberse tomado bien esa locura, pensé mientras nos dirigíamos con un coche de alquiler con chófer y todo hacia la sala de proyección que albergaría el evento, hasta que mis ojos se posaron en una pintada, en letras mayúsculas rojas, que un diligente funcionario municipal estaba tratando de limpiar y que rezaba: «Salinger Asesino».

—¿También es un truco de G. I.? —le pregunté a Mike.

—Puede ser, socio, puede ser. ¿Quién fue el que dijo: «Lo importante es que se hable del tema»?

—El camarada Beria, creo. O tal vez fue Walt Disney.

Mike iba vestido con una sobriedad inusual esa noche. Un traje y una corbata que a mis ojos lo convertían en un extraño. Fingía estar relajado. Pero yo lo conocía bien. No hacía más que crujirse los nudillos. Actividad a la que se dedicaba únicamente cuando trataba de no ponerse a gritar.

Lo comprendía, y de qué manera. Yo ese día no comí nada, me chuté dos paquetes de cigarrillos (al diablo las buenas intenciones), murmuré a lo largo de toda la mañana y pasé gran parte de la tarde probándome ropa. Al final, la elección recayó en un traje con corbata que me rejuveneció treinta años, haciendo que pareciera un colegial el día de su primera comunión. Annelise lo soportó todo con paciencia y estoicismo. Con su nuevo vestido estaba de rompe y rasga. Pero yo andaba tan nervioso que apenas me había dado cuenta.

Clara, en cambio, simplemente estaba excitada. Bendita infancia.

Lo miraba todo con ojos como platos y seguía bombardeándonos con preguntas, mientras el coche con cristales tintados (otra cursilería fruto de la mente retorcida de Gilipollas Integral) hendía la multitud en el centro de Bolzano. La mitad de esas personas no tenía ni idea de quiénes éramos —continuaba repitiéndome—, y la otra mitad, pensé, nos consideraba unos buitres. En realidad, eran muy pocos los que parecían haberse fijado en nosotros. Pero mi paranoia había llegado a niveles peligrosos.

—¿Qué significa «G. I.», papá?

Mike y yo nos miramos.

—«Gran Inteligente», pequeña —respondí.

—Si es tan inteligente, ¿por qué el tío Mike y tú os seguís burlando de él?

—Cariño —intervino Annelise—, ¿recuerdas lo que hemos hablado?

—Sé buena chica. Papá tiene que trabajar —enunció Clara.

—Muy bien.

—Pero esto no es un trabajo de verdad.

En ese momento Mike y yo ya no fuimos capaces de contener la hilaridad. Clara nos había pillado. Ese no era un trabajo de verdad.

Los periodistas estaban esperándonos en la acera debajo de dos gigantografías muy *cool,* muy minimalistas y muy malas del perfil de una montaña. La franja roja que la atravesaba era la representación artística del EC-135. Gilipollas Integral me lo había asegurado. Era fruto del genio de un diseñador californiano que cobraba bastantes miles de dólares por cada asesoría. A mí me parecía solo una raya roja, y mal hecha, además, pero si un tipo había logrado realmente que le pagaran una fortuna por aquello, me quitaba el sombrero. Hay que valorar el talento allí donde se manifiesta.

El coche se detuvo.

El chófer se aclaró la garganta.

—Tenemos que bajar —dijo Mike.

—Nos van a destrozar.

—¿No es siempre así?

—¿Podemos volver atrás, socio?

Antes de abrir la puerta del coche, Mike me lanzó una mirada de ánimo. Annelise me apretó la mano, con fuerza. Le devolví el gesto y me dirigí a Clara.

—Dame un talismán, pequeña.

Clara me plantó un beso en la frente.

Si veis las fotografías de esa noche, os daréis cuenta de que un servidor lleva una especie de corazoncito medio borrado entre las cejas. Es el lápiz de labios de mi hija (sí, Annelise le había puesto *lápiz de labios*).

Nos estaba esperando un tipo larguirucho cuya identidad desconocíamos. Hubo unos cuantos flashes. Mike mostró el índice y el medio en el gesto que Churchill hizo famoso. Yo me limité a no salir pitando de allí a la velocidad de la luz. Hay que decir que con Annelise al lado daba el pego. Estreché manos y apreté las nalgas.

El interior del edificio rebosaba de gente. Un babel de lenguas por el que penetramos seguidos por los ojos de todo el mundo. Palmadas en la espalda, perfumes de miles de dólares cada frasco mezclados entre sí hasta provocar náuseas.

Gilipollas Integral había mandado a un artesano de Val Gardena construir algo así como un ejército de lámparas en forma de *Rosengarten* (aunque el *Rosengarten* no tenía nada que ver con el largometraje), cuya luz supuso una tortura todo el tiempo que Mike y yo, con Annelise y Clara a un lado, pasamos fingiendo que conocíamos a todo aquel que nos saludaba.

—Salinger.

Mister Smith había levantado su culo de Nueva York y había volado hasta allí. Estaba impresionado, aunque tendría que haberme sentido halagado.

Vestía un esmoquin impecable y llevaba un puro en el bolsillo de la chaqueta, en lugar del pañuelo. Su apretón de manos se quedó detenido el tiempo de un par de flashes. Había engordado desde la última vez que lo vi.

Por un momento temí haber dicho eso en voz alta.

—¿Qué te parece, chico?

—Extraordinario.

Sonrió, satisfecho.

—¿Te he presentado a Maddie?

Maddie era una cosita arrugada que llevaba un vestido rosa caramelo, un Martini en la mano izquierda y la derecha tendida como si esperase un besamanos.

—¿Maddie?

—Maddie Grady, del *New Yorker*.

Sentí una opresión en el estómago. Y mientras Mister Smith se ausentaba para ir a repartir *charme* por el bufé, vislumbré a Mike (la que tenía bajo el brazo debía de ser Linda Lee, a juzgar por aquella abundancia que se le desbordaba por el escote) poniéndose una mano sobre la boca, en un intento de no parecer el divertido cavernícola que en verdad era.

—Me moría de ganas de conocerla en persona —dije.

Mi sarcasmo no le pasó desapercibido a Annelise, que me soltó un pellizco. Maddie Grady era la firma que había sacrificado y deshuesado la primera temporada de *Road Crew* con la delicadeza de una escuadrilla de Stukas en picado.

Había perdido noches por culpa de ese artículo.

—Créame, lo mismo le digo, señor Salinger.

—Deje que le presente a Mike, él...

—Conozco a McMellan —la cosita arrugada hizo un gesto como apartando una mosca en dirección a Mike y su rebosante compañía—. Pero no he volado hasta aquí por el *speck* curado y una película. He venido hasta aquí por usted, Salinger —dijo, colgándose de mi brazo y obligándome a sujetarla—. ¿Puedo llamarle Jeremiah?

—Llámame Plissken —murmuré.

—¿Cómo dice?

—He dicho que como quiera, señora Grady.

—Señorita. Pero Maddie está bien, Jeremiah. Tuteémonos —vació el vaso y, como por arte de magia, hizo desaparecer otro de la bandeja de un camarero (vestido con el uniforme del Socorro Alpino de los Dolomitas, detalle por el que con gusto habría estrangulado a G. I.). Luego taladró a Annelise con sus ojos de hielo—. Cariño, ¿te importa si te robo a tu novio?

—Estamos casados —dijo ella sin perder su aplomo—. Pero adelante. Es su noche, después de todo.

—¿Aún no has bebido nada, Jeremiah?

—Acabo de llegar. Y, además, preferiría evitar el alcohol. La tensión, ya sabes cómo es...

—Oh, tonterías, querido —gorjeó al tiempo que me tendía un Martini—. Como decía mi tercer marido, no hay nada que un *marciano* no pueda ahuyentar.

Dijo exactamente eso: marciano.

Ahora sí que estaba aterrado.

Con la maestría de una *grande dame,* Maddie me encaminó hacia un rincón discreto, en el que fingimos que nadie nos observaba cuando los dos sabíamos (yo con consternación, ella regodeándose como una orca asesina) que la mayoría de los presentes ya estaba comentando nuestra cita privada.

—¿Muy nervioso, Jeremiah?

—Lo suficiente. Pero un marciano es un marciano —dije haciendo tintinear mi vaso contra el suyo.

—Estoy segura de que será un éxito. Ese guasón de McMellan no me ha dejado ver ni siquiera un pequeño clip.

—Supongo que habrá sido Mister Smith quien se lo ha ordenado.

—¿Mister Smith? Cariño, Tom es mi tercer marido; si se lo pidiera, se pondría a ladrar aquí, delante de todo el mundo.

Estaba borracha, pero terriblemente lúcida.

—¿Cómo te sientes con todo esto? —volvió a la carga.

Gané algo de tiempo.

—¿Es una entrevista o quedará entre nosotros?

—Depende de lo que digas, *chéri.*

—Estoy un poco aturdido, pero feliz. Es justo que la gente, sobre todo la gente de aquí, sepa cómo ocurrieron realmente los hechos —me aclaré la voz—. Se han escrito un montón de chismes sobre el 15 de septiembre —añadí, esforzándome por mantener un tono neutro, profesional—: Es hora de contar la verdad.

—Tomo nota. Pero ¿y *off the record*?

—Estoy aterrorizado, Maddie.

—¿Después de la que montasteis con la serie *Road Crew*? ¿Uno de los niños prodigio más envidiados de la Costa Este? ¿Aterrorizado por un estreno?

—La gente le ha dado demasiadas vueltas a este asunto. Algunas de mis heridas continúan sangrando —intenté no percatarme de la luz que se encendió en la mirada de Maddie—. Por suerte, mi esposa ha estado a mi lado. Su ayuda ha sido crucial, pero lo que pasó... —se me rompió la voz—. En fin, ya lo verás.

Maddie vació el vaso sin quitarme los ojos de encima.

—Ya lo veré, por supuesto.

—Ahora, si...

Maddie me retuvo. Más que manos, fueron garras las que me clavó en el bíceps.

—Veo que a tu encantadora mujercita le está entrando tortícolis de tanto mostrarse desinteresada en nuestro pequeño *tête-à-tête,* pero quiero robarte aún un segundo más. No veo a nadie del Socorro Alpino de los Dolomitas. ¿Tienes idea de por qué?

Un puñetazo en el estómago.

La bruja sabía dónde golpear, e incluso bien. No era casualidad que la suya fuera la pluma más temida de la Costa Este, y también de la Oeste, para decirlo con sus propias palabras.

Me salvó la caballería. Un pequeño contingente de caballería de metro treinta.

Clara, ignorando a mi interlocutora, se me aferró a los pantalones, con su carita hacia arriba, reclamando mi atención.

—El tío Mike dice que tenemos que ir. Va a empezar.

Wer reitet so spät durch Nacht und Wind?

1.

No recuerdo lo que soñé, supongo que algo terrible, porque cuando me desperté la almohada estaba empapada de lágrimas y tenía una migraña tan fuerte que casi me revolvió el estómago. Tuve que cerrar los ojos y esperar a que el mundo volviera a girar sobre su eje.

Había bebido, y mucho, después de la proyección del documental. Recuerdo poco o nada del *show* posterior.

Los títulos de crédito, lúgubres e interminables, que cerraban con: «En memoria de los valientes del Socorro Alpino de los Dolomitas», y el aplauso, primero tímido, luego un estruendo.

Mike miraba a su alrededor, aliviado, mientras yo pensaba que ese ruido no era otra cosa que la risa de la Bestia. Annelise me rozó con un beso, y luego se inclinó para consolar a Clara, toda ella lágrimas, con el pelo revuelto.

No sé si fue el aplauso o la visión de mi hija llorando entre los brazos de mi mujer lo que me llevó a abusar del alcohol, el hecho es que cuando Maddie Grady me puso en las manos uno de sus marcianos, me lo trinqué de un trago.

El resto fue todo cuesta abajo.

Tengo algún fogonazo del viaje de regreso a Siebenhoch. De una parada delante de un hotel donde Mike y Linda Lee pasarían el resto de la velada. La carretera sumida en la oscuridad, la silueta del chófer a contraluz, Clara dormida en el regazo de Annelise, ella respondiendo a preguntas de borracho cuyo sentido no puedo recordar, tan solo la urgencia con que las formulaba.

Las escaleras.
La cama.

2.

Poco a poco las punzadas de dolor en las sienes se hicieron menos violentas y me di cuenta de que estaba solo.

Hacía frío.

Me levanté, moviéndome como un anciano de cien años. Revisé la ventana. Estaba cerrada. Llegaba luz, de todas formas, procedente del pasillo. Tal vez Annelise había bajado a la cocina para picar algo o tal vez estaba roncando tan fuerte que había decidido pasar la noche en el catre del pequeño estudio. Sentí una punzada de remordimiento.

Me dirigí de puntillas al cuarto de baño, me enjuagué la cara y me tragué un par de analgésicos. Bebí un poco. Me revolví el pelo delante del espejo intentando asumir un aire al menos presentable.

El estudio estaba iluminado. La puerta, apenas entreabierta. Llamé.

—¿Annelise?

No hubo respuesta.

Entré.

Annelise no estaba. El ordenador del escritorio estaba encendido, veía el led intermitente. Moví el ratón. Cuando se reinició el monitor tuve que aferrarme al escritorio para no caerme al suelo. Había pasado demasiadas horas delante del documento como para no reconocerlo al instante. Las notas tomadas a lo largo del descenso infernal que me había llevado desde unas pocas palabras oídas por azar en el Centro de Visitantes hasta las entrañas del Bletterbach, pasando por los fantasmas de Siebenhoch, la muerte de Brigitte y las confesiones de Werner y Max. El archivo sobre la masacre del Bletterbach. El que había tirado a la papelera en el escritorio pero que, como un idiota, no había eliminado.

Annelise lo había leído.

Ahora lo sabía.

Sabía la verdad sobre Kurt, Evi y Markus. Sobre el hombre al que había llamado padre y la mujer a la que había llamado madre. Sobre el fin de Oscar Grünwald. Sobre la justicia de los Padres.

Sobre mis promesas rotas.

—¿Annelise? —la llamé.

Era casi una oración.

No hubo respuesta.

La casa estaba sumida en el silencio. Bajé las escaleras, descalzo. Tenía los oídos tapados, todo estaba como acolchado. La puerta de entrada permanecía abierta de par en par. El viento soplaba con fuerza. Había agua en el rellano. Estaba lloviendo. En el cielo las nubes eran una losa compacta de plomo. El estómago se me encogió.

—¿Annelise? —gemí.

No sé cuánto tiempo habría estado así, paralizado, si la adormilada voz de Clara no me hubiera hecho reaccionar.

—¿Papá?

—Vete a la cama, pequeña.

—¿Qué pasa, papá?

Saqué todo el aire que tenía en los pulmones, inspiré profundamente, luego me di la vuelta. Tenía que ser tranquilizador. Tenía que ser fuerte. Sonreí y Clara me devolvió la sonrisa.

—Todo bien, cinco letras.

—¿Estás bien, papá?

—Me duele un poco la barriga. Me preparo un té y me meto otra vez en la cama. Tú vete a dormir.

Clara se puso a jugar con un mechón de pelo.

—¿Papá?

—Clara —dije—, vete a la cama, por favor.

—La puerta está abierta, papá. Entra la lluvia.

—A la cama.

Probablemente lo dije en un tono demasiado agresivo, porque sus ojos se hicieron más grandes.

—¿Dónde está mamá?

—A la cama, pequeña.

Clara tiró con fuerza del mechón de pelo, luego volvió tras sus pasos.

Obedeció. Me quedé solo.

—¿Annelise?

Me respondió el seco retumbar de un trueno. Me encaminé hacia la puerta. Sentí el agua helada bajo las plantas de los pies, procuré no resbalar. Miré.

El coche no estaba allí.

La memoria se niega a repescar los minutos que pasé sumido en la angustia y en el sentimiento de culpabilidad. Solo sé que me encontré vestido al tuntún, con el móvil en la mano y la voz de Max en las orejas.

—Cálmate, Salinger, cálmate y explícamelo todo desde el principio.

—Annelise —dije—, el Bletterbach.

No sé qué intuyó Max, pero debí de asustarlo mucho porque su respuesta fue:

—Ya voy.

Pulsé la tecla de colgar. Me quedé mirando el móvil. Lo deposité sobre un mueble.

Subí las escaleras, tratando de reprimir la ansiedad.

—¿Cariño? —dije al entrar en la habitación de Clara.

La niña estaba acurrucada bajo las sábanas, en posición fetal. Me pareció mucho más pequeña que sus cinco años. Tenía el pulgar en la boca.

—¿Mamá? —preguntó esperanzada.

Me senté en el colchón a pesar de que cada fibra de mi cuerpo me exigía salir corriendo.

—Ahora iremos a buscarla.

—¿Adónde se ha ido?

—A casa del abuelo.

—¿Por qué?

No tenía respuesta.

—Tenemos que vestirnos, Max llegará pronto y hay que estar preparados.

Si Clara tenía algunas preguntas que formularme, no lo hizo. Permaneció en silencio durante el tiempo que necesité para vestirla.

Cuando los faros del todoterreno de la Forestal hendieron la oscuridad delante de la casa, Clara y yo estábamos en el umbral, arrebujados bajo dos pesadas capas antilluvia.

Max salió de la cabina sin apagar el motor. Las volutas que partían del tubo de escape, teñidas por el rojo de las luces, adquirían formas demoníacas. Empujé a Clara hacia la puerta de atrás y la hice entrar.

—Annelise lo sabe todo —le dije a Max.

—¿Qué ha pasado?

—Ha leído mis anotaciones.

Max cerró con fuerza la mandíbula.

—Eres un idiota.

—Tenemos que ir.

—¿A casa de Werner?

Asentí.

3.

No encontramos a Annelise en Welshboden. La propiedad de Werner estaba sumida en la oscuridad.

Ni rastro del jeep de mi suegro, mientras que el mío tenía la puerta abierta de par en par. La casa se hallaba vacía.

Noté que se me llenaban los ojos de lágrimas. Me las enjugué con el dorso de la mano.

No quería que Clara me viera en esas condiciones. Ya estaba lo bastante asustada.

—Creo que sabes adónde han ido —dije mirando hacia delante.

Max no respondió. Metió la marcha atrás y partió rumbo al Bletterbach.

Me armé de valor y me di la vuelta, luego dije:

—Vamos a dar un paseo, cinco letras.

—Está lloviendo, papá.

—Será una especie de aventura.

Clara negó con la cabeza, lentamente.

—Quiero irme a casa.

Tendí la mano para tocarle la mejilla.

—Pronto.

—Quiero a mi mamá.

—Pronto, pequeña. Pronto.

Oí que mi voz se quebraba.

—¿Te gusta la música, Clara? —preguntó Max.

—Sí.

Encendió la radio del vehículo. Una melodía alegre inundó el habitáculo. Era Louis Armstrong.

—Esta es mi favorita —dijo Max—. *When the saints go marching in...*

Un atisbo de sonrisa en el rostro de Clara.

—¿Desafino?

—Un poco.

—Es porque el volumen está demasiado bajo —respondió Max. Y comenzó a cantar de nuevo, a voz en grito.

Clara se rio, llevándose ambas manos a las orejas.

Le lancé una mirada de agradecimiento a Max y apoyé la cabeza en el asiento. El analgésico había comenzado a surtir efecto. La migraña se redujo a una especie de resaca de dolor.

En el exterior del todoterreno, lluvia y oscuridad. En el interior, Louis Armstrong.

Era una locura. Sencillamente, una locura.

Cuando llegamos a la entrada del Centro de Visitantes, nos percatamos de que el jeep de Werner estaba aparcado en batería y la verja abierta de par en par.

Max apagó el motor. La música cesó de golpe.

—Tenemos dos posibilidades, tal como lo veo yo —dije.

—Tres —dijo Max—. La tercera es: nos quedamos aquí y esperamos.

Fue como si no lo hubiese oído.

—La cueva... o allí.

Allí, donde todo comenzó. El lugar donde Kurt, Evi y Markus hallaron la muerte. Donde Annelise nació por segunda vez.

—O nos quedamos aquí —repitió Max—. Con Clara.

Negué con la cabeza. No tenía tiempo que perder. Abrí la puerta.

—¿Vienes con nosotros?

4.

Antes de haber recorrido los primeros cien metros, nos encontramos empapados de agua. Caía como si quisiera inundar el mundo entero, y a nosotros con él. Hasta ese día, la lluvia había tenido para mí un significado totalmente distinto. Era una molestia que un paraguas o el limpiaparabrisas eliminaban. Esa noche la vi como lo que en verdad era. Agua gélida que destilaba oscuridad y no traía nueva vida, sino que traía muerte. Arrancaba plantas de raíz, mataba animales ahogándolos en sus madrigueras. Se metía por la ropa y hacía perder calor. El calor es vida.

A nuestro alrededor la garganta del Bletterbach retumbaba. No era una voz única, era un coro en el que cada instrumento se sumaba al otro hasta producir una cacofonía que a ratos resultaba insostenible. Incluso el fragor de la lluvia cambiaba sus notas en función de la superficie sobre la que percutía. El repique sombrío en el castaño, cristalino en el abeto. Ronco en las rocas.

Muchas voces, un único mensaje. El Bletterbach nos advertía que no lo desafiáramos.

Pero nada podía detenerme.

Annelise estaba allí, en alguna parte (aunque sabía perfectamente dónde), en las profundidades. Estaba herida. Si no en lo físico, seguro que en el alma. Y esa herida era culpa mía.

Clara me sujetaba la mano, con la cabeza agachada. Caminaba con paso rápido, el barro le había hinchado los pantalones, volviéndolos pesados. Quise llevarla en brazos, pero se negó. Con tal de no perder tiempo la contenté, prometiéndome que en cuanto percibiera signos de desaliento la convencería para que se dejara ayudar.

De vez en cuando la oía cantar en voz baja. Era su modo de infundirse valor.

La envidié.

Yo no tenía nada más que la guía de Max, por delante de mí, en la oscuridad de la noche veteada por los relámpagos.

Traté de visualizar la cara de Annelise. Las pecas alrededor de la nariz, su forma de doblar el cuello mientras se acercaba para besarme. No lo logré. Tan solo veía el dolor con el que había pronunciado su ultimátum. O ella o la historia de la masacre. Había elegido a los muertos y los muertos se habían vengado arrebatándomela.

Era un pensamiento estúpido. Los muertos estaban muertos. Recordé una pintada leída en la pared de un baño público, en Red Hook. «La vida es fea, pero la muerte es peor.»

Evi, Kurt y Markus no eran los responsables de lo que estaba sucediendo.

Yo era el responsable.

Yo me había olvidado de borrar el archivo con las anotaciones (¿o no me había atrevido?). Era culpa mía que Annelise lo hubiera encontrado.

Pero ¿qué había impulsado a Annelise a encender mi portátil, en mitad de la noche, y hurgar entre mis archivos? Por regla general, era yo el que se ponía a buscar los regalos de Navidad antes de recibirlos, no ella. Lo que la había llevado a quebrantar mi privacidad (a ser tan decidida como para mirar incluso en la papelera del ordenador) solo podía ser algo grave.

Algo así como...

Me quedé bloqueado.

Por poco Clara no chocó contra mí.

—¿Salinger? —la voz de Max.

Avanzaba a menos de dos metros de distancia y, sin embargo, su silueta se confundía con las sombras.

—Todo bien. Es solo...

Es solo que cuando me emborracho, cuando me emborracho de verdad, no después de tres o cuatro copas, ni siquiera después de seis o siete, sino cuando los marcianos me abducen y me llevan en su nave espacial a darme una vuelta en la montaña rusa, hablo.

Hablo en sueños.

—¿Papá?

Clara seguía mirando al suelo.

—Tengo los zapatos sucios.

—Los limpiaremos.

—Mamá se enfadará.

—Mamá se pondrá feliz cuando nos vea.

Avanzamos por lo menos otros tres cuartos de hora antes de que Clara tropezase. Fui rápido en recogerla y limpiarle las mejillas con un pañuelo que Max me ofreció. No había sangre y Clara no lloró. Mi chica valiente.

—Ahora tenemos que ganar altitud —explicó Max mientras señalaba una maraña de robles entre los que sobresalían un par de abetos rojos—. Aún nos queda un buen trecho por delante, Salinger. Según mis cálculos al menos faltan otras dos horas de camino. Con esta lluvia, incluso más. Y Clara es solo una niña —añadió, mirando con dureza.

—Ve abriendo camino.

Max suspiró y comenzó a trepar por la pendiente.

—¿Tenemos que subir nosotros también? —preguntó Clara.

—Será divertido.

—¿Mamá está allí?

—Allí mismo. Pero para llegar necesito tu ayuda, pequeña.

—¿Qué debo hacer?

—Voy a llevarte a hombros, pero tendrás que agarrarte con fuerza. ¿Te ves capaz?

5.

Dos horas más tarde tuve que pararme. Estaba agotado. Deposité a Clara en el tronco caído de un pino, resguardada bajo un grupo de helechos de dimensiones excepcionales.

Clara apenas podía mantener los ojos abiertos y el pelo que se le salía de la capucha se le había pegado a la cara. Se me encogió el corazón al verla así.

Eran las seis de la mañana, pero no había ni rastro del sol. El agua no dejaba de caer a mares. Y yo me había acostumbrado tanto a los truenos que casi no los oía.

Acepté el termo de Max. Antes le di a mi hija, luego me tomé varios tragos. Té dulce, reconstituyente.

Tenía los músculos de la espalda y de las piernas ardiendo.

Max miró el reloj.

—Parada de dos minutos, no más. Hace frío.

Me dejé caer en el suelo, a pesar del barro.

—Aún no te he dado las gracias, Max.

—¿Por qué?

Me señalé a mí mismo y a Clara, y luego a todo el Bletterbach.

—Por esto.

—Es una operación de búsqueda. La más idiota de toda mi carrera.

—Llámala como quieras, pero estoy en deuda contigo.

—Tú procura que no te dé un infarto, mantén a esa niña con calor y yo consideraré la deuda pagada.

Cogí a Clara y la estreché contra mi pecho. Se había quedado dormida.

—¿Cuánto falta? —le pregunté a Max.

—Poco. Si hubiera sol, podrías ver el sitio desde aquí.

—Deberíamos oírlos, por tanto.

—¿Con todo este ruido? —el Jefe Krün negó con la cabeza—. Ni aunque utilizaran un megáfono. Ahora vamos a movernos. El tiempo expiró.

Comencé a levantar a Clara, que protestó solo un poco, con los ojos medio cerrados, pero una terrible punzada en la espalda me hizo dar un salto hacia delante.

—Ya llevo yo a la niña —dijo Max, preocupado—. ¿Te parece bien a ti, Clara?

—Muy bien —murmuró.

—¿Te gusta mi gorro? —le preguntó Max.

—Es divertido.

—Y está calentito.

Se lo caló a la niña sobre la capucha de la capa. A pesar de la lluvia, los relámpagos y el crepitar de las piedras, se me escapó una risa.

—Te queda como un guante, ¿sabes, cinco letras? A lo mejor de mayor puedes ser de la Guardia Forestal en vez de doctora.

—No sé si me gustaría.

—¿Y por qué? —preguntó Max reanudando la marcha.

—Porque donde trabaja la doctora no llueve.

6.

Reconocí el claro sin haber estado allí nunca. Por las fotografías de la científica, claro está, pero también por los relatos.

El castaño era más impresionante de como me lo había imaginado, algunos abetos debían de haberse venido abajo, porque el borde del precipicio parecía más cerca con respecto a las fotografías del año 85.

Annelise y Werner estaban debajo del saliente de roca, el mismo bajo el que Kurt y los demás habían acampado. Werner estaba sentado de espaldas a la montaña y le acariciaba el pelo a Annelise, que estaba acurrucada entre sus piernas. Levantó una mano, en señal de saludo. Luego sacudió suavemente a su hija.

Clara se bajó de los brazos de Max y se lanzó sobre Annelise, que la enterró a besos.

—De nuevo aquí —dijo Werner mientras se levantaba. Sus ojos estaban rojos.

Le estrechó la mano a Max.

—¿Es que alguna vez llegamos a marcharnos de verdad, Werner? —fue la respuesta del Jefe Krün.

—No me has dicho nada —Annelise me abrazó.

—Yo no quería...

Se separó de mí despacio.

—¿Qué?

—No quería que te sintieras mal.

Annelise se enjugó una lágrima.

—Papá me lo ha contado todo.

—¿Qué te ha contado el abuelo, mamá?

Ella le acarició la cabeza a Clara.

—Mira qué mojada estás, cariño.

—¿Qué te ha contado el abuelo?

—Un bonito cuento —dijo Annelise—. La historia del cazador que salva a la princesa del monstruo.

Dirigió la mirada a Max.

—Los *cuatro* cazadores —se corrigió—. Werner, Günther, Hannes y Max.

—¿Y el monstruo?

—El monstruo se volvió al lugar de donde venía.

Me miró a los ojos.

—Lo sé de buena fuente.

—Yo...

Annelise me rozó la mejilla con un beso.

—Has sido un insensato.

La montaña vibraba por la electricidad.

Percibía lo que Werner había tratado de explicarme con palabras, siglos atrás. La sensación de hostilidad del Bletterbach. Hostilidad y vejez. Millones de años en un cementerio al raso, donde seres monstruosos habían exhalado su último aliento.

Pensé en la sangre de Kurt, Evi y Markus.

A saber si una parte de ellos se habría quedado allí, en lo que llamaban «las profundidades». No desde un punto de vista biológico, por supuesto. Viento, nieve, agua, años habían borrado hasta el más pequeño filamento de ADN de los padres de Annelise.

Pero algo, tal vez más sutil, un pedazo de eso que llamamos alma, debía de estar aún allí, y pensé, gracias al beso de mi mujer, que a pesar del Bletterbach, los truenos y el frío, en ese momento las almas de Kurt y Evi descansaban en paz. Gracias a Annelise.

Y a la nieta que nunca habían conocido.

—¿Cuántas letras tiene la palabra «fin», Clara?

La niña respondió, rápido.

—Tres.

—¿Sabes qué, pequeña? Necesito un abrazo. ¿Quieres?

Clara se adelantó hacia mí y yo, al igual que había hecho infinitas veces y como otras infinitas veces quería hacer en el futuro, la levanté abrazándola con fuerza. Bajo el olor a barro y a sudor sentí el aroma de su piel y cerré los ojos.

Ese olor era el cofre en el que estaban guardados todos los momentos felices de mi vida. La pizza fría a las cinco de la mañana durante las tomas de *Road Crew*. El Club de la Lucha. *Mein liebes Fräulein...* Las dulces notas de «Nebraska» de fondo. El «sí» de Annelise en Hell's Kitchen. Mi reflejo en el espejo que murmuraba esa extraña palabra: «Papá». Los ojos abiertos de Mike, por una vez mudo, cuando le anuncié que pronto iba a ser padre y que él sería...

7.

De pronto, mi mente hizo clic.

8.

Petrificado, dejé a Clara en el suelo.

Ya no existía el Bletterbach. Ni tampoco la lluvia. Solo estaba ese clic.

Y el recuerdo de la mirada aturdida de Mike.

—3 de enero de 1985 —dije, con la voz que se me ahogaba—. 3 de enero, Werner. Oh, Dios. Oh, Dios.

—3 de enero —repitió Werner, sorprendido—. Sí, la fecha real del nacimiento de Annelise, pero...

Ni siquiera lo escuché.

Al clic se le sumó otro clic y luego otro. Una avalancha que se movía rápidamente desde la *a* hasta la *z* en una deslumbrante explosión de terror.

446

Cumpleaños y triángulos con la punta hacia arriba. Y un alma a la que la presión implacable del tiempo había vuelto insensible como una roca, una roca que, como había ocurrido en el Bletterbach, el odio y los celos habían erosionado hasta el punto de sacar a la luz lo indecible que está enterrado en el corazón de todos los seres humanos.

La sustancia del mal.

—¿Qué hicisteis...? —murmuré.

Werner me observaba con ojos de ave de presa que no veían. Que durante treinta años no habían visto, tan cegados de amor por Annelise que no se dieron cuenta de lo obvio. Como los de Günther, rehén de sus demonios, o los de su hermano Manfred, con los sentimientos de culpa y el afán de llegar a ser alguien. Ciegos como los ojos de Hannes, velados por los prejuicios y luego aniquilados por el dolor de la pérdida.

Ninguno de ellos había visto.

La respuesta siempre había estado allí, a plena luz. A lo largo de todo ese tiempo.

Un latigazo.

Adrenalina.

Levanté la cabeza, con un gruñido. Aferré una gruesa rama del castaño, la arranqué lijándome las palmas de las manos y la empuñé como una maza.

—Annelise —ordené—. Llévate a Clara. Huye.

—Salinger... —dijo Annelise—. Cálmate, por favor.

—Vuelve al valle. ¡Ya!

Oí a Clara lloriquear.

Apreté los dientes.

—Jeremiah —dijo Werner—, suelta esa rama.

—Apártate, Werner..., no quiero hacerte daño. Pero si das un paso más, te lo haré.

—Por Dios, muchacho... —dijo con incredulidad—. ¿Qué te pasa?

—¿Llevas cuerdas contigo?

—En la mochila, sí.

—Entonces, úsalas.

Werner me escrutó largo rato, perplejo.

—¿Que las use?

—Tienes que atarlo.

—¿Atar a quién?

—A Max. El monstruo del Bletterbach. El asesino de Evi, Kurt y Markus.

Con cada uno de esos nombres sentía crecer la rabia.

Y los clic sumarse unos a otros.

—Es una locura, Jeremiah —rebatió Werner—. Fue Grünwald. Estaba loco. Tú también lo sabes. Él...

—Grünwald los estaba protegiendo.

—¿De quién?

—Del *Jaekelopterus rhenaniae* —masullé.

—Todo esto es...

—Grünwald —respondí sin apartar los ojos de Max, inmóvil— estaba realmente convencido de que en el Bletterbach existían esos monstruos. Sabía que Evi y Kurt iban a venir aquí de excursión, y cuando oyó que una tormenta estaba a punto de abatirse sobre esta zona, pensó que los lagos subterráneos se desbordarían, llevando consigo los *Jaekelopterus*. Envió el telegrama y se vino aquí corriendo. Estaba loco, pero había lógica en su locura. ¿No es cierto, Jefe Krün?

—No sé de qué me estás hablando —respondió lentamente Max.

Su calma me enfureció.

—¡3 de enero, Max! —bramé—. ¡Cuatro meses antes de la masacre, cuatro!

¿Era posible que ni Annelise ni Werner lo entendieran?

Todo era tan malditamente sencillo.

—¿Sabes cuál fue mi primer pensamiento cuando Annelise me dijo que estaba embarazada? Pensé que tenía que decírselo a Mike de inmediato. Porque Mike y yo somos amigos y los amigos siempre se dan las buenas noticias.

Markus y tú erais los únicos que seguíais en contacto con Evi y Kurt. Y por eso también los únicos en Siebenhoch que sabíais del nacimiento de Annelise. Evi y Kurt eran tus amigos. Tú sabías de la existencia de la niña. Pero ¿por qué no se lo dijiste a Hannes o a Werner cuando organizasteis la misión de rescate? Ya no tenía sentido mantener el secreto.

Werner se puso pálido.

—¿Qué estás diciendo, Jeremiah? —farfulló.

No entendía.

O tal vez no quería entender.

Porque las consecuencias de mi razonamiento eran catastróficas.

—¿Sabes para qué me pagan, Max? Para que construya historias que empiezan en la *a* y terminan en una bonita *z*. Y la *a* es el sonido de un teléfono de hace treinta años. En un lado estás tú y en el otro... ¿Quién te lo dijo? ¿Kurt? ¿Evi? O tal vez el inicio de la historia es Markus, en el séptimo cielo, que llama a tu puerta para anunciarte que Evi está embarazada, pero que nadie debe saberlo. No importa, no creo que fuera entonces cuando decidiste matarlos. No.

Todo estaba tan claro ahora...

—Cuando Annelise nació cogisteis el tren y os fuisteis a Innsbruck. ¿Era enero? ¿O febrero? Lo importante es que cuando viste a la niña, cuando la cogiste en brazos, en ese momento te diste cuenta de que Evi jamás sería tuya, jamás. Porque tú la querías, ¿no es así? Solo que ella eligió a Kurt y tuvo una hija con él. Esa niña era la señal concreta de su amor. Ya no podías mentirte a ti mismo, mantener la esperanza de que romperían. Fue ese el momento en que decidiste matarlos.

De la *a* a la *b*.

De la *b* a la *c*.

Y luego...

—Pero no inmediatamente. No allí. Te habrían descubierto. Detenido en un abrir y cerrar de ojos. No querías acabar en la cárcel. Continuaste fingiendo. Querías matarlos aquí. Y por una razón bien precisa, ¿verdad?

Max negaba con la cabeza.

Un trueno retumbó en el Bletterbach.

—Triángulos —dije—. Los triángulos con la punta hacia arriba. El símbolo que me salvó la vida en las cuevas. Tres triángulos con la punta hacia arriba. Una corona, eso es ese símbolo. *Krone,* en alemán. *Krün,* en dialecto. Fue tu abuelo quien esculpió esas coronas en las paredes de la mina, ¿verdad? Él era el encargado de la seguridad. La mina y las cuevas, un laberinto único donde nadie se atreve a entrar. Eres la última persona de Siebenhoch que las conoce como la palma de su mano. ¿Te llevaba allí tu abuela? Porque la locura no nace de la nada. Se sedimenta. Capa sobre capa. Requiere tiempo. Años. Fue ella, ¿verdad? ¿Cuánto rencor te transmitió? ¿Cuánto odio fue necesario, Max?

Max no reaccionó.

Su expresión de asombro era perfecta.

Merecedora de un Oscar.

O tal vez estaba realmente sorprendido.

Después de treinta años alguien había descubierto la verdad.

—La locura se estratifica y luego el odio la va erosionando hasta hacer que brote la sed de sangre. Un proceso lento y frío. Esperaste. Eran tus amigos, los conocías. Sabías que tarde o temprano Kurt y Evi regresarían donde nació su amor. Aquí, donde podrías crearte una coartada perfecta: la distancia desde Siebenhoch. Nadie podría arrestarte. Por supuesto, quizá fuera para largo, pero ¿qué importaba? El Bletterbach lleva aquí millones de años y tú eres un tipo paciente. En cambio, al final solo necesitaste cuatro meses. La tormenta autorregenerativa, además, te ofreció una cobertura incluso mejor de lo que cabría esperar, ¿no es así? Pero... —estallé— ¿qué sentiste cuando Grünwald surgió de la nada?, ¿cuando estropeó tu plan?

Me acerqué un paso.

Era hora de terminar. Y de atacar.

—¿Cuánto tardaste en llegar hasta aquí, Max? —lo presioné—. ¿Cuánto se tarda atajando por las cuevas?

La voz de Werner se filtró a través de mi rabia. Una voz temblorosa.

—No es posible. Entonces significa que...

Lo había entendido.

El horror.

—Significa —terminé por él— que en esta historia hay tres inocentes. Kurt, Evi, Markus. Y hay un héroe. Oscar Grünwald. Oscar Grünwald, que salvó a la niña, estropeando el plan de Max. Oscar Grünwald, al que vosotros matasteis.

Como en el Ortles, pensé. Los inocentes y los héroes mueren, los culpables se salvan.

—No —gimió Werner.

Fue su última palabra. Luego sus ojos se abrieron por completo. Se llevó las manos al vientre.

No había ninguna expresión en la cara de Max cuando lo vi remover el cuchillo en la herida.

Annelise gritó, sujetando con fuerza a la niña y girándole la cabeza hacia el otro lado.

—Se tarda una hora y media, Salinger —respondió Max, monótono—. Para ir y volver. Una hora y media. Pero hay que nadar. La *Omi* me obligaba a hacerlo desde que tenía la edad de tu hija. Nadar en las cuevas, en la oscuridad, era necesario para hacer que reviviera la sangre de los Krün. Eso es lo que decía la abuela. Cuando ocurrió el colapso del año 23, el agua lo inundó todo. Los mineros murieron ahogados. Mi abuelo se equivocó en sus cálculos. Se equivocó porque estaba cansado, porque le pagaban igual que a todos los otros pordioseros de Siebenhoch, a pesar de que él era el responsable de la seguridad y no un simple minero. Murió con los demás, él, que valía como un millar de ellos.

Escupió en el suelo.

Me miró fijamente.

—Reflexiona, Salinger —dijo—. Una hora y media. Y solo treinta minutos para encontrarlos bajo este saliente. Treinta minutos. Era el destino. Esos tres tenían que morir. Y tenía que morir la niña también.

Sacó el cuchillo y Werner cayó de rodillas. En el mismo movimiento puso la hoja sobre la garganta de Werner.

—Suelta esa rama.

La dejé caer.

—Tres pasos hacia atrás.

Obedecí.

Max mostró la cara del tío bonachón.

—¿Cuándo comenzaste a meter tus narices en esta historia?

—Hace unos pocos meses.

—¡Unos pocos meses! —rugió Max—. Incluso ese borrachuzo de Günther comenzó a sospechar. ¿Quién crees que le hizo encontrar el informe pericial? —sacudió la cabeza de Werner, fuera de sí—. ¿Y tú? Te pasaste treinta años sintiéndote como un héroe. Treinta años y no entendiste nada.

Werner agachó la cabeza, derrotado.

Max mostró la hoja del cuchillo.

—Con vosotros será más difícil, pero mucho más divertido. El hacha es demasiado... burda.

—¿No te bastaba con una pistola? ¿No tenías una escopeta? —dije.

—No habrían sufrido lo bastante. Todas las humillaciones que había padecido. Tenían que pagar. Saborear un poco de mi mierda. La mierda con la que Siebenhoch condimentó todo lo que comía desde que nací. El heredero del hombre que hizo caer la mina. Como si un niño pudiera ser culpable de algo. ¡Ah! Era maravilloso para ellos vengarse en nosotros. Burlarse de nosotros, reírse de nuestra pobreza. Igual que se rio Evi de mí cuando le dije que la quería. Pensaba que era una broma. Una broma, ¿comprendes? Prefería a Kurt. Ese hijo de puta. El socorrista. El héroe. Pero al final se lo comieron todo.

A Annelise se le escapó un sollozo, lo que atrajo hacia ella la atención del Jefe Krün.

No quería que Max la mirara. No hasta que fuera yo quien tuviese el cuchillo en la mano. Así que traté de ganar algo de tiempo reconduciéndolo de nuevo hacia su relato.

—Pero entonces llegó Grünwald —dije como si estuviera entrevistando a uno de los protagonistas de mis historias.

—Markus intentó escapar. Cobarde hasta el final. Resbaló y se golpeó la cabeza. Lo alcancé para rematarlo, pero ya estaba muerto. Solo me hizo perder el tiempo. Le corté la cabeza a Evi, la cogí en la mano y la coloqué delante de los ojos de Kurt; estaba agonizando, pero aún seguía lúcido. Quería que la viera. Luego la tiré por ahí. Cuando Grünwald apareció gritando como un poseso, me dejé llevar por el pánico y hui —dejó escapar una expresión de contrariedad—. Creí que era la *Omi* que regresaba para llevarme hacia las cuevas. Ahora que había vengado al abuelo, tenía que permanecer allí para siempre, con él.

En su mirada había un abismo.

—Cuando me calmé, vi que Grünwald había encontrado a la niña. El hacha. Y se me ocurrió una idea. Una idea maravillosa, Salinger. Esos tres gilipollas se habían llevado su buena ración de mierda. Pero ¿y los demás? ¿Los que se burlaban de mí porque iba al colegio con los zapatos rotos? ¿Los que se reían de la *Omi*, de Frau Krün, porque lo había perdido todo en el derrumbe de la mina? Dinero, marido e incluso el honor. ¡Ella, que había sido la esposa del *Saltner* de la mina! ¡Todos esos paletos que se creían mejores que nosotros, los Krün, *nosotros,* que durante dos siglos habíamos protegido a los mineros de Siebenhoch! Me di cuenta de que había una manera de volver en su contra esa patética justicia de los Padres.

Max jadeaba como un animal.

Lo era.

—Regresé tras mis pasos. Fui a la fiesta de Verena. Llegó Hannes, luego Günther y juntos fuimos a casa de Werner. Nos vinimos hasta aquí y yo fingí que no sabía nada de nada. Lo tenía todo bajo control. *Casi* todo —se corrigió.

Entonces los ojos de Max se clavaron en Clara.

—¿Cuántas letras tiene la palabra «fin», pastelito?

Clara, escondida tras el cuerpo de Annelise, dijo con voz temblorosa:

—Tres.

—Tres —repitió Max.

La hoja desapareció en la garganta de Werner, que cayó al suelo soltando un chorro de sangre oscura. Sus ojos se quedaron en blanco. Su cuerpo se estremeció. Una, dos, tres veces.

Fin.

Max ni siquiera se dignó a mirarlo. Se limpió el cuchillo en la chaqueta. Observé hipnotizado las rayas oscuras sobre la tela impregnada de agua.

Nos tocaba a nosotros.

Fue en ese instante cuando lo oí.

9.

Solté la rama y me lancé hacia Annelise y Clara justo cuando el barro nos embestía. El Bletterbach se había transfigurado en un apocalipsis de agua, lodo y escombros. Aferré a mi hija por el codo y la levanté a tiempo, antes de que un trozo de madera tan gruesa como mi muslo azotara el aire justo donde estaba su cabeza en el momento anterior. Lanzó un grito que era también un sollozo. Caímos. Braceé. Conseguí agarrarme a un abeto. La roca bajo la que Kurt había plantado su tienda se convirtió en una cascada de barro. El cuerpo sin vida de Werner fue barrido.

—¡Annelise! —grité.

No reaccionó a mis llamadas. Algún escombro debía de haberla golpeado. No veía sangre, pero sus ojos estaban velados.

Permanecía aferrada a una raíz, mirando al vacío.

¿Y Max?

¿Dónde estaba?

Por un segundo tuve la esperanza de que se lo hubiera tragado el abismo, pero me equivocaba. De alguna manera se las había apañado para aferrarse al castaño y para incorporarse. La mano empuñaba el cuchillo, el rostro contraído en una expresión de furia. Se apartó del árbol y comenzó a avanzar, mientras el agua formaba remolinos entre sus piernas. Inexorable.

—¡Mamá!

La voz de Clara tuvo el poder de despertar a Annelise. Se volvió hacia nosotros, sus ojos trataban de enfocar.

Max descollaba por encima de ella, jadeante. La sujetaba por el pelo, la cabeza echada hacia atrás, el cuello expuesto.

—La hija de la puta —dijo Max—. Vamos a terminar con esto, Salinger.

Me abalancé sobre él. Mis gritos eran los gritos de la Bestia.

La hoja del cuchillo se levantó al cielo, lista para cortar, cuando un rayo llenó el aire de electricidad. El estruendo del trueno hizo temblar las paredes del Bletterbach.

Una fracción de segundo. Un momento de vacilación.

Fue suficiente.

Le pegué a Max un puñetazo que le hizo caer hacia atrás. Max escupió, tosió, agitó los brazos. Lo golpeé de nuevo. El dolor de los nudillos me resarció de todos los sufrimientos que había soportado hasta ese instante. Lo levanté agarrándolo por el cuello. Y lo golpeé otra vez. Y otra más.

A la siguiente perdí la sensibilidad de la mano.

No me detuve.

Quería tan solo una cosa: matarlo.

De repente sentí una oleada de calor y el dolor repentino me cegó. El cuchillo traspasaba mi rodilla de lado a lado. Max desgarraba la carne, tirando y empujando. Mi carne. Mis cartílagos.

La pierna cedió. Resbalé y caí. El agua me arrastró, mientras el dolor crecía y crecía. Choqué con Annelise y nos abrazamos. Sentí el calor de su cuerpo. Sentí incluso su aliento en mi cuello. Pero también sentí la fatiga. Llegó la resignación. Era hermoso morir de esa manera. Se me había concedido la posibilidad de ese último contacto con la mujer a la que amaba. Cerré los ojos. Experimenté una sensación de paz total. No más dolor, no más miedo.

No más Bletterbach. Solo quedaba la muerte, esperándome.

Fundido en negro, como habría dicho Mike.

Fue Clara quien me salvó.

—¡Papá!

La voz rota de la niña me arrancó del letargo. No podía morir. Todavía no. Clara me necesitaba.

Levanté la cabeza del barro. Abrí los ojos. Regresaron el dolor, el miedo, la angustia.

La determinación.

Mientras seguía abrazado a Annelise, traté de moverme entre los escombros, hacia nuestra hija. Fui a chocar contra una roca calcárea. Me aferré a ella. Annelise se aplastó contra mí.

—¡Salinger! —tronó Max—. ¡Salinger!

Estaba de pie, de pie en medio de la corriente.

Un demonio.

Extendió los brazos, gritando mi nombre. Tal vez quería añadir una maldición o una amenaza, pero no tuvo tiempo.

Algo le segó la pierna a la altura del muslo, dibujando en el aire una medialuna de sangre.

Max dejó de gritar.

Irguió la espalda. La cabeza le cayó hacia atrás, la boca completamente abierta.

Vi su cuerpo levantarse unos treinta centímetros sobre la superficie del agua, el horrendo muñón de la pierna que sangraba y pateaba, los brazos que rotaban.

Entonces...

Algo salió de su caja torácica. *Algo* que me pareció una pinza gigantesca. *Algo* que hundió los huesos y lo traspasó de parte a parte. El monstruo del Bletterbach.

El *Jaekelopterus* estaba allí. Hambriento.

Había tenido a Max. Me quería a mí. Y a Annelise.

Quería a Clara.

Solo había una cosa que pudiera hacer.

Aferré a Clara. Aferré a Annelise.

Inspiré. Exhalé.

Cerré los ojos y dejé que la corriente nos arrastrara.

Cuatro letras en la parte inferior del arcoíris

1.

Recuerdo el dolor. Las olas de barro y el frío en los huesos. El mundo que se deslizaba por un abismo sin fondo. Los gritos de Clara incluso ahora retumban en mi cabeza, igual que su repentino silencio, que me asustó todavía más. El descenso terminó, aunque no sé ni cómo ni cuándo. Nos quedamos en silencio en una cavidad de la roca esperando a que el monstruo nos descubriera y nos destrozara.

No sucedió.

Arrullé a Clara. Arrullé a Annelise.

La lluvia comenzó a disminuir. Las gotas se hicieron delgadas, un polvillo húmedo contra el que los primeros rayos de sol se refractaban creando arcoíris. Ya no caían más piedras del cielo.

El fango poco a poco detuvo su descenso.

Entonces, mil años más tarde, se oyó el zumbido de los insectos. El reclamo de algún animal. Una perdiz apareció entre los arbustos, nos miró y desapareció con un aleteo.

Las nubes adelgazaron. El sol adquirió fuerza. Me pareció enorme y hermosísimo.

La garganta del Bletterbach ya no rugía. Estaba saciada de muerte.

En ese momento comencé a llorar. No por el dolor. No por los ojos vacíos de Annelise. Ni siquiera por Clara que dormía, gimiendo.

Lloré porque lo había visto.

El *Jaekelopterus rhenaniae*.

El monstruo con pinzas y ojos como pozos negros. La criatura a la que Dios había decidido borrar del mapa, pero a la que el Bletterbach había cuidado en su seno como una madre amorosa. Lo había visto. Había visto de lo que era capaz.

Pero.

El informe de la autopsia dice otra cosa. Nada de pinzas, nada de monstruo. Nada de *Jaekelopterus rhenaniae*. Habla solo de una gran rama de abeto que la furia de la corriente había transformado en un arpón. En otras palabras: al parecer, fue el Bletterbach el que cerró el círculo.

Sin embargo, en esos terribles momentos, mientras el Bletterbach nos reconfortaba, maldije, lloré. Enloquecí. Y cuando la locura se hizo dueña y señora, vi llegar a los fantasmas. Se bajaron de un helicóptero rojo flamante. Moses, con sus rasgos severos; Ismaele y su aire de Polilla; Manny con su plácida seguridad, y Christoph, con su expresión habitual de quien es incapaz de tomarse nada en serio.

También estaba Werner con ellos.

Mientras me quitaban con delicadeza a Clara de los brazos y le cubrían a Annelise los hombros con un paño, comprobando sus pupilas, traté de explicarles que yo no había querido su muerte: si hubiera podido volver atrás, no habría bajado por la grieta y así el alud no los habría matado.

Su respuesta no necesitaba palabras.

Estaban allí.

Es la Regla Cero.

2.

Estuve a punto de morir mientras me encontraba en el quirófano. La hoja había cortado no sé qué nervio y una fea infección hizo el resto. La pierna derecha ya no sería nunca más la misma de antes.

Cuando Mike me vio después del Bletterbach, rompió a llorar y no fue capaz de hacer otra cosa más que sollozar todo el rato. Pero Mike lo pinta más trágico de lo que es, en el fondo siempre ha sido un sentimental. He adquirido una gran destreza con el bastón, ¿sabéis?

Tendríais que verme: un bailarín.

En el vientre de la Bestia ganó un premio del que Mike está muy orgulloso. Dice que nos va a abrir un montón de puertas, pero también sabe que nunca habrá otra obra con la firma McMellan-Salinger. Creo, de todas formas, que ir repitiéndolo por ahí le sienta bien, de manera que no le llevo la contraria. Como cantaba Bob Dylan, *the times they are a-changin',* y no siempre cambian para mejor.

Al principio, el auténtico problema fue sobre todo mi cabeza. Un gran problema. Suficiente como para hacer que el doctor Girardi, el psiquiatra a cuyas manos me encomendé, se temiera que nunca recuperaría mi equilibrio. Puse toda la carne en el asador y ahora ya me encuentro mejor. Manfred me ayuda a mantenerme ocupado. Está proyectando abrir un centro de rehabilitación para alcohólicos. Y quiere que le eche una mano. Imposible decirle que no a alguien como él. Para citar a Bogart: creo que este es el comienzo de una hermosa amistad.

También Annelise ha tenido que luchar.

Acabó con un brazo bastante malparado. Incluso ahora, cuando se avecina lluvia, toma analgésicos. Va a fisioterapia tres veces por semana. Tiene sus batallas que afrontar, como yo. Pesadillas, malos recuerdos, ansiedad. A menudo su mirada se pierde y entonces sé que está pensando en Werner, cuyo cuerpo todavía sigue en alguna parte del laberinto de cuevas que hay bajo la garganta. Pero cada día sonríe un poco más.

Como yo.

Nuestra medicina tiene cinco letras: «Clara». Por ella en los días oscuros encontramos la fuerza para levantarnos de la cama. Por ella nuestras risas, poco a poco, se están volviendo sinceras. Por ella hacemos el amor por las noches, como dos adolescentes torpes.

Clara...

Me gusta escuchar sus historias. Me gusta jugar con ella. Correr por los prados de Siebenhoch con el bastón que hace que parezca un espantapájaros. Pero sobre todo me gusta verla dormir. Clara, a veces, sonríe en el sueño y cuando lo hace mi corazón se llena de esperanza. Sus sonrisas ahuyentan el miedo y me acercan un paso más a la salvación. *Necesito* que Clara sonría. Porque es así como terminan los cuentos, los que empiezan por la *a* y terminan, siempre, con una *z* a la que llamamos *happy end*.

3.

Escribí estas páginas para ella. Porque un día Annelise y yo tendremos que contarle la verdad sobre la masacre del Bletterbach. Sobre cómo fue su amor el que salvó la vida de los últimos protagonistas de esa historia.

Annelise y Salinger.

4.

—¿Cuatro letras, papá?
—La sonrisa al final del arcoíris, pequeña.

Zeta.

Agradecimientos

Si, como muchos habrán notado, el Alto Adigio/Tirol del Sur descrito en estas páginas se diferencia del real, la razón es sencilla: *La sustancia del mal* es una obra de ficción, y la ficción, por su propia naturaleza, tiende a la verosimilitud más que a la verdad. Tengo la esperanza de que esto no haya herido la sensibilidad de nadie. De todos modos, estoy casi seguro de que Clara estaría de acuerdo conmigo si afirmo que contar historias es siempre, en cierto sentido, una declaración de amor.

A este respecto, quiero dar las gracias a muchas (ciertamente no a todas) de las personas que con su afecto y sus ánimos me han ayudado a completar la escritura de esta novela.

Gracias a mi madre y mi padre por haberme llevado siempre de la mano. Gracias a Luisa y Agostino por dejar que me llevara lo más valioso que tenían. Gracias a Claudia, Michi y Asja por Alex y todo lo demás. A Eleonora, Corrado y Gabriele por haberme adoptado. Y gracias a Giannina por las campanas.

Gracias a Maurizio, que nunca se echa para atrás, y a Valentina, que se lo lleva a pescar. Gracias a Michele, el único, auténtico e inimitable. Gracias a Emanuela, Simone y Bianca. A Caterina, Maurizio y Sofía. A Ilaria y Luca. A Chiara y Damiano. No hace falta añadir el porqué, ya lo sabéis. Un agradecimiento muy especial a Loredana, Andrea y los primeros lectores del manuscrito. Ya sabéis quiénes sois y cuánto os debo.

Gracias a Piergiorgio Nicolazzini, que no solo es un agente y tengo la esperanza de que lo sepa. Gracias a Luca

Briasco por enseñarme cómo sostener el bolígrafo en la mano (aunque se obstine en afirmar lo contrario). Gracias a Francesco Colombo por haber transformado la edición en una agradable excursión entre amigos. Gracias a Severino Cesari, Paolo Repetti, Raffaella Baiocchi y a toda la familia de Stile Libero por la amabilidad con que acogieron en la gran ciudad a este montañés desorientado y por la profesionalidad con que se encargaron de ese librote que llevaba en la mochila.

Gracias al doctor Christian Salaroli, por el *blues* de las montañas. A Raffael y Gabriel Kostner, por ser ejemplos cotidianos de heroísmo. Gracias a los valientes del Aiut Alpin Dolomites por la inspiración, el queroseno y el *strudel*. Lo bueno que encontraréis en esta novela acerca del rescate de montaña se lo debo a ellos (los errores y vuelos de la imaginación, en cambio, deben ser atribuidos únicamente a la fantasía del que suscribe). Gracias al profesor Fulvio Ferrari, siempre fiel al lema: «Maestro un día, maestro para siempre». Y *Vergelsgot'n oltn Alois for dr Mappe unds Wörterbuach. Zum wohl, Herr Luis!* Gracias, por supuesto, al Bletterbach y a su cartel: «Usted entra bajo su entera responsabilidad».

Por último: un doblón de oro para Alessandra por haber sido la primera en gritar «¡Sopla! ¡Sopla!».

Nota

Los versos de la página 15 se han tomado de «Hell-hound on My Trail», interpretada por Robert Johnson (Johnson).

El verso de la página 16 se ha tomado del poema de Robert Frost «Stopping by Woods on a Snowy Evening», en *Collected Poems of Robert Frost,* Henry Holt & Company, Nueva York, 1930 [traducción de Xavier González Rovira].

La cita de la página 327 se ha tomado de John Fante, *Pregúntale al polvo,* traducción de A. P. Moya, Barcelona, Anagrama, 2004.

Índice

For the chains of my prison are broken, amid the dread
  where I cowered of yore!" [14]

And he represents the maidens as singing their lament and their protest for what men have done to the great inheritance of Greece. The
women who have broken the chains with which men are trying to
bind them sing as they fly ahead of pursuing men and hounds:

"Will they ever come to me, ever again,
  The long long dances,
On through the dark till the dim stars wane?
Shall I feel the dew on my throat, and the stream
Of wind in my hair? Shall our white feet gleam
In the dim expanses?" [15]

5.

As exemplified by the Chinese, Hindus, Jews, and Greeks—four
widely separated peoples of the ancient world—women's authority
for music making waned at the same time that it weakened for emphasizing her special way of life.

The primitive belief that woman's power to bring life was at least
as strong as man's gave way to an illogical exaggeration of man's
authority. A new theory was persuasively expressed by Aristotle to
the effect that *only* men transmitted the spark of life and that
women were merely incubators carrying the male seed. "The Father
alone is Creator; the Mother is but the Nurse." [16] He even taught
that woman was man in arrested development—a deficit of nature.

But in biological truth, it is the male who is the deficit. In the distribution of the great gift of life and life-giving, nature discriminates
against man in denying to him the high sense of destiny, the heroic
struggle of flesh and blood, the triumphant wresting of the new life
out of pain, followed by the joy and harmonious happiness of holding
the baby at the breast. Nothing in man's life can touch the ennobling
experience of bearing a child. For man, sex remains but a casual
matter, unless he shares the woman's responsibility for the offspring.

Woman's fundamental assumption for symbolic thinking has always rested upon a faith in herself as a creative being, pre-eminently
potent in the making of both children of the flesh and those of the
imagination. Accordingly, if she could not create life and if she were

inferior to men in nature's scheme, she had no purpose in performing rites which would enable her to transmit the strength of her sex to the community. Women collectively must have lost their primeval faith in their power to bring life or they would not have abandoned so many of their own religious ceremonies.

No one can deny that it was a great advance in civilization when men began to challenge women's natural monopoly of the higher values of sex, of the child, and of the home. There is no substitute for the permanent marriage tie or for a father's leadership over children. But when men, in their laudable determination to establish paternity and to know who their own children were, started shaming girls and locking them up at puberty and when men undertook to manage women's secret rites for them, they trespassed on holy ground.

This sin by men is poignantly expressed in a Persian myth about the beautiful Azada, Spirit of the Harp. As the favorite singer of Prince Bahram Gur, she often accompanied him to the hunt. One day, she taunted him for his cruelty to animals. He, riding his camel —symbol of unbridled male energy—turned upon her. In the vanity of his superior physical strength he killed her, though he loved her and needed her.

In real life, men's unbridled energy wounded women to the quick. For the mother-musician, singing naturally in rituals of her own making, out of the fullness of her own vital experience, they substituted young boys, castrated males, and the courtesan.

The whole romantic love life of Athenian upper-class male society was transferred to boys, dressed in imitation of girls and idealized by the immature son of Aphrodite—the little Cupid. One does not have to go up any dark alleys and by-ways of historical research to discover this. The refined homosexuality of the Greeks, coincident with the taking over by men of women's rituals, choruses, music, and dancing, is written large in the Dialogues of Plato. There one can see exactly how it functioned to the last social detail. And in some of Plato's greatest passages on love and life, one can still feel it in all its decadence and utter ridiculousness.

The castrati, whose singing was later utilized for many centuries in the services of the Christian Church, carried to an equally morbid extreme the attempt to turn men into women for the purpose of singing religious music. As early as 1000 B.C. in Sumer, eunuchs known as "kali" substituted for priestesses. A result of this change in custom was that a god Lumha emerged as the patron musician of religious song and replaced the earlier goddess, "Singer of the magic ritual."

Wherever women as childbearers have been locked up at puberty and kept out of male social life, the musical and highly educated courtesan has flourished. In Japan she became the geisha. In China she is the singsong girl, hostess of the gaily decorated floating restaurants, the "flower boats" on the great Chinese rivers. In Greece she was the hetaera. In the great age of Greece, when the men were taking over the long tradition of women's musical rituals and stimulating them to their last magnificent flowering, Pericles' social establishment was managed by a famous hetaera, Aspasia. She entertained for him, made herself the center of musical, artistic, intellectual, and social life, and functioned socially as the wife of a statesman in America might do today.

In some respects the musical courtesan was the happiest survival of the free woman-musician of antiquity. She had a certain liberty, status, and inspiration to do well which women immured in homes completely lacked. As entertainers everywhere, and especially in the Orient, women retained and even developed a fine musical art of their own. But the courtesans were nevertheless artificial creatures. For motherhood in its full honor and glory was denied them. Children, if they had them, had no status. They were borne furtively, concealed if possible, and were at best a hindrance and inconvenience to women who were entertainers and musicians. Beautiful as the singing courtesan's music might be, intelligently as she might serve as the transmitter of the social and cultural traditions of her race, she could never bring music to the highest point of her culture because she was denied a normal relation to life.

It was only gradually that the serious consequences of women's altered value to civilization affected women musicians. Changes in religious and musical customs did not occur everywhere at the same time, nor did women suddenly lose their prestige in the religious ceremony. For a long time, also, even after the loss of their prestige, women continued to have a theoretical ritual function. With it went the right to participate actively in the sacrifices. This was because ritual generally hangs on long after the hierarchy which developed it has ceased to have influence. Women continued as priestesses in the temples but often under the leadership of men. Women continued to dance and to sing in groups and to play instruments but, more and more, men taught and led them. Women continued to hold hereditary offices but often were not trained sufficiently in current standards of musicianship to compete with men in creating new art forms. The lyric poetess appeared again in Rome, but the sources of her inspiration for creating new forms had by that time run dry. In both Greece and Rome, naturally talented girls who might have developed into creative artists settled down into being mere performers of men's music, mere instruments for men to play upon.

Finally, when the mother-musician became denuded of her musical heritage, wedding songs and laments—always women's greatest contribution to song—no longer appeared in the lists of new compositions. And it is an undeniable fact that the quality of music was vitiated for several centuries until men developed another idiom from an entirely different inspiration.

6.

Inevitably the question arises—why did so many people allow this spiritual mutilation of women to happen? As with all great religious and social upheavals, it was undoubtedly due to the converging influence of a large number of factors—many of them imponderable— no one of which could have been determinative by itself, but which in juxtaposition were irresistible.

One of the direct results of the revolution, and one which profoundly affected the relation of women to music, was the twilight of the goddess.

When the lyric poetess was silenced, Orpheus usurped the power of the Sirens. Apollo assumed the leadership of the Muses and took the lyre from Artemis. (See Plates 49 and 50.) Zeus became the lord over Hera—she who had had a longer past than he and had always been an independent deity. The Father of the Gods even took upon himself the functions of a mother and after having swallowed, or absorbed, a pregnant woman, gave birth to Athene from his forehead.

Not only did many of the powerful old goddesses become subservient to the gods, but more than a few suffered degradation of character. Hera, for example, appeared in story after story as a quarrelsome and jealous wife instead of in her noble aspect as the reflection of woman's life span with its marked rhythm. Aphrodite, heiress of other older goddesses of sexual love and its higher values, once proudly displayed her natural body. In the later stages of Greek art she is depicted in an attitude of embarrassment and shame, trying to cover her female form with her hands. In the metamorphosis of Pandora, feminine strength became diverted into a menacing weakness. Originally one of Greece's great earth deities, giver of plenty and beneficence, she changed to a woman consumed with curiosity. With a child's mentality, she opened a chest and let out trouble and evil.

The Jews disposed of goddesses by simply ignoring them. Ishtar, one of those very powerful Semitic deities, became merged with various male divinities of near Eastern mythology. Hymns, formerly addressed to the Great Mother, later invoked the gods first.

Still more significant for us is the change in the text of an old Sumerian legend. In recently discovered tablets, a certain goddess is called Nin-ti. This name has a double meaning, as *tee* in Sumer meant both "rib" and "to make live." Nin-ti had been created—made to live—by the great goddess-mother to cure a pain in her son Enki's side caused by eating forbidden fruit. When this ancient paradise story was taken over by the Jews, they chose the title "Lady of the rib." In Hebrew the words "rib" and "to make live" have nothing in common. The legend then became transformed into the familiar Bible story—the lady became Eve, created by a god-father out of Adam's rib.[17]

From the psychology of the Jews came the omnipotent Father-God of our own religion today, with no daughter, no mate, and even no mother.

CHAPTER X

MARY

1.

AFTER the age of Pericles—with its drama, its beautiful architecture, its noble and lifelike sculpture, and its philosophy which rationalized the old popular myths—the real vitality of Greece rapidly declined.

The Greek states became involved in the long and exhausting Peloponnesian War. Finally they were organized in the fourth century by Aristotle's bright young pupil Prince Alexander of Macedon. He started on a career of conquest, in which he took under his rule practically the whole civilized world eastward as far as China, including Egypt and India. Everywhere he went, he carried Greek custom, language, and art. And everywhere he liberated the deities of the ancient world—such as Cybele, Isis, and Mithra, the Persian god of light—from their localities. When he brought these deities back to Greece, people enthusiastically grasped at variations of the principles of divinity and organized many religious associations for the worship of foreign gods and goddesses.

In these religious groups men and women banded together, ignoring ties of national or social rank, emphasizing the relation of the individual rather than the relation of the state to religious observance. The members themselves paid the expenses of the cult practices and allowed office bearers to serve in rotation. Greek women were always eager votaries of the new deities, and by taking a vital interest in the new art of proselytizing, they prepared the way for the missionary work of the early Christians, soon to make their appearance.

Meanwhile a new and powerful state was rising in the Italian peninsula, where some Greeks had settled and mixed with the Aryan-speaking peoples already there. They in turn had spread outward and eventually took over Greece as well as a good part of Alexander's eastern empire, adopting the Hellenized forms of Eastern religion along with much that was purely Greek. So at the beginning of the Christian era the ancient world was being ruled from Rome. Everywhere Roman engineers had built roads connecting different parts of the empire; everywhere Roman soldiers and governors were stationed and local customs of many sorts were being integrated under a universal, remarkably intelligent Roman law and political government.

Of religion the Romans were generally tolerant. The Romans intended to keep public order. But so long as public order was kept, they did not think what people believed or worshiped was of much significance one way or the other. So under the Roman aegis all sorts of religions flourished and some of the old goddess religions began to get a new lease on life.

Cybele, as the Magna Mater, had thousands of worshipers in Rome and in the Near East, the place of her origin. When the Persian god Mithra, with his secret rites for men, became popular, the women of a family served Cybele, the earth goddess of Phrygia. Shrines have been discovered showing a kind of combination cult of Mithra and Cybele. Romans knew that daughters of noble Phrygians who worshiped Cybele carried torches and tympani and wore the miter later associated with Christian bishops. A great Roman mother-goddess, representing food and fertility, the Bona Dea, received homage in a temple at the Porta Carmentalis, said to have been built in ages past by women's own hands. Her rites were celebrated by women alone in secret ceremonies. Isis, as the goddess who lighted the way of souls to the spirit world and who symbolized divine mother love, had many followers. Her attendants symbolically roused the goddess at matins, laid her to rest at vespers, mourned with her at the annual death of her son, rejoiced with her at his rebirth.

Many noblewomen in Rome and in the Roman provinces served as priestesses. Roman women, indeed, never lost the sacerdotal prestige they had inherited from their feminine forebears of the goddess age. Until the passing of Roman grandeur, the vestal virgins remained hallowed as guardians of the Sibylline books and of the sacred fire. In the goddess cults, it was the custom, too, for rites to be celebrated in the home at private altars. Every woman could offer sacrifice, burn incense, pour the libation, play instruments, dance, and sing magic formulas for all the rites of the life cycle. She could play the flute, double flute, lyre, zither, horn, and trumpet, especially at weddings and funerals. Accompanied often by hired female mourners (*praeficae*), she could participate in the important ceremony of waking the dead, she could sing the dirges (*nenia*) and make the gesture (*planctus*) appropriate for calling out to the deceased (*conclamatio*). She could carry on the immemorially old customs of primitive faith. (See Plates 51, 52, 53, and 54.)

2.

While the goddess cults were thus reviving, something much more momentous happened. In a small province of the Roman Empire, in what had formerly been the kingdom of Israel and Judea, an obscure young woman bore a child and laid him in a manger. He was born in Bethlehem in Judea, but he grew up in his mother's home town of Nazareth—which was a very different place from the grim, semiarid land around Jerusalem, dominated by the equally grim and arid male intellectualism of Jewish teachers and leaders, who were called Pharisees. Jesus grew up in the sweet garden land of Nazareth, where spring comes with a sudden mantling of fresh green grass and a burst of flowers, not far from the port of Haifa on the Mediterranean. All the winds of Greek and Oriental thought blew across Nazareth. Life was much pleasanter here than in Jerusalem and semidesert Judea. So Jesus grew up in his mother's house with a clearminded, sunny indifference to the Pharisees and the extremes of male intellectualism and dogmatism they represented. When he set out to challenge the Pharisees, in the three intense years of his ministry, they finally killed him. But not before he had become the representative of a great new hope for the human race.

When Mary brought the savior of mankind into the world, the majority of people in the Roman Empire were still imbued with the primitive religious idea of keeping in touch with the flow of all life. To this idea Jesus gave a new meaning. Jesus believed in a life force of which everyone was a part. To him, this life force was God, the Creator of the universe and of every living thing. He taught, "Thou shalt love the Lord thy God with all thy heart, and with all thy soul, and with all thy mind." [1] This, he said, was the "first and great commandment." Having identified himself with God, the Creator and the life force, he, being the son of God, told his followers that they, too, were one with him, saying: "I am the vine, ye are the branches." [2] By using imagery to which the people of those times were accustomed, Jesus showed that he did not belittle the old beliefs or deny their validity. His criticisms were directed only against the Jewish scribes and Pharisees, "hypocrites," caring for the dead letter of the law and overemphasizing the dogmas of the priests.

The superlative contribution of Jesus was what he added to the old idea of keeping in touch with the life force—of "loving God." He introduced a new idea associated with that force. He taught that human beings—children of God—were also to keep in touch with each other. They were to cultivate a new and a more mature idea of what the ethics of human relations should be. "Thou shalt love thy neighbor as thyself." This, said Jesus, was the second great commandment—to have a dynamic sympathy for one's struggling fellow creatures. In this ideal is inherent a faith as dynamic and as enduring as the old ideal of unity with a higher power. The principle of keeping strong a bond of love among human beings of different races is as independent of dogmas and as widely applicable as the principle of keeping in touch with the flow of life. Each age, every people can use whatever symbols correspond to the thinking of its age and of its people. And so can each group shift to new application as events change. In the beginning, under the direct rays of Jesus' magnetic personality, the validity of that ideal must have been understood by his followers. Otherwise they would not have been believers and would not have gone out into the world as a great civilizing force.

Jesus' two commandments were both compatible with the life of women's spirit. Women had always been conspicuously active in the cults of the life cycle. Women had always been active in the cultivation of unselfish human relations. It has often been admitted that mother love is the basis of all altruism. And goddesses, symbolizing mother love, had been worshiped by both men and women aeons before Jesus called his Father the God of Love. Jesus' nature itself had none of the overmasculine characteristics, such as physical strength and aggressiveness. Rather it reflected qualities common to civilizing motives in both men and women. Jesus clearly intended his commandments to be accepted by both sexes. He never intimated in any way that he considered woman less able than man to understand his message. In the Gospels and in the other traditions, Mary Magdalene is represented as excelling all the disciples in her understanding of the life of the spirit.

Throughout the period of his life on earth, Jesus was surrounded by women. A mother bore and nurtured him. Women were his friends and disciples. Almost five hundred years later, Bishop Cyril of Alexandria wrote about seven Marys—Magdalene among them—who were the intimate companions of Jesus. Mary and Martha, the sisters of Gospel fame, have long been regarded as symbols of many women followers. Martha represents the woman who is interested in the practical details of fostering life. Mary reflects the ever present longing in women for spiritual development. In this symbolism the intense natural spirituality of women has been emphasized.

Women followed Jesus to Calvary, bewailing and lamenting in anticipation of their Lord's death. His mother watched him die, and according to the custom of her people, made her own lament:

> "My Lord, my son, where has the beauty
> of thy form sunk? How shall I endure
> to see thee suffering such things?
> For this I weep, my son, because thou
> sufferest unjustly, because the lawless
> Jews have delivered thee to a bitter
> death. Without thee, my son, what will
> become of me? How shall I live without
> thee? What sort of a life shall I spend?
> Where are thy disciples, who boasted
> that they would die with thee?
> Where are those healed by thee?
> How has no one been found to help thee?
> Bend down, O Cross, that I may embrace
> and kiss my son—
> Bend down, O Cross, I wish to throw
> my arms around my son.
> Bend down, O Cross, that I may bid farewell
> to my son like a mother." [3]

After Jesus' body had been placed in the sepulcher, Mary Magdalene, Mary the mother of Jesus, and Mary Salome went there to see whether the body had been properly cared for. Again the women acted according to custom and so were the first to see the risen Lord and to rejoice over his resurrection. At birth, in the intimate circle

of friends, at death, and at the rebirth—at all of the rites of the life
cycle—women were beside the Lord.

3.

Supreme among the women associated with Jesus was his mother,
Mary. She was always held in great esteem by the first friends and
disciples of Jesus. Women followed her all her life, saying: "We will
not separate from thee, O Mary, blessed Mother, except through
death." [4] The apostles revered her, too, and were at her bedside
when she died, watching the women burn incense and listening to
their laments. In this universal honor to Mary, the harsh and fearful
barriers men had placed about her sex were quietly swept away.
Joseph, as husband, became the woman's best friend, her shield
against scandal, the first and most ardent believer in her divinely
inspired mission. So the holy family, Joseph, Mary, and the child,
emerged as a beautiful collective image, full of tenderness. It
wanted only a daughter to make it complete.

The new religion of Jesus gathered into itself many of the beliefs of
the old goddess cults. Although the first friends of Jesus—the first
Christians—were of course Jews, worshipers of the great gods and
goddesses of the countries visited by missionaries soon came to
believe Jesus' message. Christians then became a larger group of
people with very different religious backgrounds. Owing to the variations in race and in temperament, men and women could not avoid
giving Jesus' parables different interpretation. Sects, or "heresies," as
schools of thought were often called, developed in different localities,
each one with its own idea of what Jesus had intended, each with its
own version of a Christian religion.

In the days before Christ was born, one of the favorite attempts to
represent the relative values of men and women was the personification of the life force as mother, with a young or male god, often but
not always her son. The son-mother concept was the most appealing
of these because it was the most readily understood by the human
heart. It was natural that Mary, with her son, should step into the
place prepared by these old popular beliefs. John of Damascus even
spoke of Mary as "the soverign lady to whom the whole of creation
has been made subject by her son."

Many early Christians saw in Mary another great goddess-mother.
Among these were the Copts, who lived in Egypt and whose church

was founded by St. Mark. A statue of a woman holding a child has
been recovered from that region. It is so like the old Egyptian representations of Isis holding Horus that one can see in it the eternal
theme of mother and child. In the Coptic spell known as the "Prayer
of the Virgin," Mary sings her own holy dogma in the attitude of
affirmation familiar to the great mothers of earlier times: "I am Mari-
ham, I am Maria, I am the Mother of the Life of the whole world!" [5]

A variation of the new thinking about man and woman was that of
the Gnostics, who carried reverence for the beneficent power of
women over from the old world to the new. They professed a belief
in the union of a world mind (masculine) with a world soul (feminine). Since each principle represented resources that they assumed
not to be possessed by the other, they thought that contact should be
made with both. This is similar to saying that, to a satisfactory theology, a goddess is as important as a god. These people worshiped
Sophia, divine mother, and her two daughters, who, as the spirit of
wisdom, were represented by a dove, exactly like the old dove-goddess of Crete. The Gnostics also kept to the ancient way of expecting
women to have official positions in the priesthood. Women and girls
invoked Sophia in choral hymns:

"Thou Mother of Compassion, come—
Come, thou revealer of the Mysteries concealed!
Come, thou who art more ancient far than the five holy Limbs—
Mind, Thought, Reflection, Thinking, Reasoning.

"Come, thou who givest joy to all who are at one with Thee;
Come and commune with us in this thanksgiving (eucharist)
Which we are making in Thy name in this love-feast (agape)
To which we have assembled at Thy call!" [6]

A sect called the Marianites (also called Priscillians, Kollyridians,
or Montanists) agreed with the Gnostics in deifying female power.
Two prophetesses from Phrygia, Priscilla and Maximilla, had been
among the founders of this sect. They came from the east with a
legend that Priscilla had met Jesus in a mystic embrace by which she
had been inoculated with a superior wisdom. From the scanty records that remain about the Marianites, women's authority and activity stand out with more force than in any other early Christian group.
They, too, had a hymn that they sang at death in anticipation of the
rebirth:

Grace goes with the round-dance,
I wish that the double flute might continue!
Let us all dance with all our hearts—Amen.

Whenever one dances the mourning dance!
Beat your breasts—Amen.[7]

The significance of these verses, entirely aside from the evidence
that instruments and dancing accompanied the singing, lies in the
word "grace," which was interpreted as meaning "mother," "regeneration," or "alleluia"—the ancient cry of joy for the rebirth. Somewhere the alleluia received an impersonation as a symbol of feminine
potency and appeared during the Middle Ages as a tangible object.
At the alleluiatic offices for Saturday in Septuagesima, it was buried
in the earth while a verse closely resembling the Marianites' hymn
was sung:

> "Alleluia, joyful Mother,
> Alleluia, voice of rebirth,"

to which a response, similar to the hymns of longing for Ishtar, was
given:

> "Alleluia, while she is present, they
> entertain her, and they greatly long
> for her when she withdraws herself." [8]

To this day, the alleluia is never sung in the Roman Catholic Church
during Lent, the time of mourning and waiting for the rebirth.

4.

In time the figure of Mary, who was replacing the old goddesses in
popular love, became the storm center of the battle between the
male intellectuals, who wanted to assert the dogma of exclusive
male supremacy in heaven, and the people, who wanted to feel that
they could open their hearts to a divine mother. The Jewish element
in Christianity was naturally opposed to a goddess-mother, since one
had been ignored by the Jews for centuries. So, also, was a certain
kind of Greek and Roman intellectual trained in the precepts of
Aristotle. Sermons delivered to the congregation were frequently
devoted to a discussion of Mary's status. According to fifth-century
custom, the people applauded or hissed as the preacher pleased or

displeased them. When Dorotheus shouted, "If anyone says that Mary is Theotocos [Mother of God] let him be anathema," [9] the congregation made a great uproar in protest and stampeded out of the church.

Finally the popular determination to have Mary as the divine mother with Christ caused Bishop Nestorius to be brought up before a council of the Church at Ephesus in 431 on charges of detracting from the glory and sacredness of Mary. No more dramatic setting for a trial on such a charge could have been chosen than the city of Ephesus. For in Ephesus the worship of Artemis, under her Roman name of Diana, had flourished from of old. Here in Ephesus, Mary herself had died, according to one legend, and had been carried to heaven by choirs of singing angels.

The council was opened by Cyril of Alexandria, who made what we would call the keynote address. In terms long sacred to Artemis, he described Mary as both "virgin," or free and independent in her selfhood, and "mother." Through her as virgin and mother, he said, "Heaven triumphs; the angels are made glad, devils driven forth, the tempter overcome, and the falling creature raised up even to heaven." [10]

While the Church Fathers were thus debating, the crowds surging outside cried, "Hail, Mary, Mother and Virgin," as crowds in Ephesus had once surged and sung, "Great is Diana of the Ephesians." And when the judges determined to excommunicate Nestorius for his heresy in denying the glory of Mary, the crowds with a great uproar picked up the judges and carried them through the streets with torchlights flaring, incense floating in fragrant clouds. The whole city sprang into light and music with illumination and the cries of alleluia.

Elsewhere the controversy settled itself by merging a pagan goddess with Mary, and henceforth devoting to Mary, as mother, many of the old rites of rebirth and the women's symbols of birth. The union of Artemis as guardian of the crops with Mary as the blessed one who protects the harvest took place in the celebration of Mary's assumption into heaven on August 15, the day formerly dedicated to Artemis in Syria. Among the Celts whom Christian missionaries were converting, the moon goddess Bridget was transformed into Mary. The Celtic woman's festival, which had to do symbolically with sacred fires and the torch of life, became the Christian festival of

Candlemas, and was merged with the celebration of Mary's ritual purification after childbirth.

5.

With Mary thus established as queen of heaven, in the glory of the old moon goddess, there was a precedent for keeping lesser feminine spirits. More than one specialized goddess became a Christian saint; many pagan shrines on a holy mountain or beside a sacred spring became the site of a church or monastery; many feminine symbols of creative power endowed Christian edifices with holiness. The water of life became the holy water, and its container, which primitive women thought of as the womb, became the baptismal font. The old flower symbol, which had seemed to women to represent her own organs and the seat of her power as mother, became the rose window. There were rivers of life and trees of life in the new Christian symbolism—new images that were also as old as woman's faith in birth and rebirth. Without these, Christian art would have lacked much of its beauty. Without the alleluia, triumphant cry of women's ancient rites, Christian music would have been deprived of its most gracious song.

Women gave the new religion their goddess. They also gave it their rites. From the beginning, the old rites of the rebirth were of the very essence of the Christian ritual. None of the sects broke completely with the past and all of them adapted old rituals and familiar forms of music to the new Christian ideals. Of all the ceremonies of the early church, the most sacred and the most characteristic was the partaking of bread and wine—symbols of the body and blood of Christ, the tokens of the rebirth. From time immemorial, human mothers had offered their bodies and their blood in actual childbirth. Goddess-mothers had done the same in symbolic births of the fruits of the earth, of the new moon, or of the life-bringing child. Epiphanius, one of the early bishops (second century), tells of a prayer about the bread of life used by the Kollyridians, a sect that took its name from a loaf of coarse bread. The prayer was taken from one of the cults of Cybele, the Magna Mater: "Bread of Life, the eating of which brings immortality." [11]

Probably no primitive rite has been more closely associated with women than the one connected with grain or bread. Women, as wielders of agricultural magic, had a long tradition of symbolic representations of feminine food bringers and also of ritual in honor of the various grain goddesses. In Spain, women of the Marianite sect held secret rites at which the eating of sacrificial bread, dedicated to Mary, was the principal feature. Baskets filled with loaves of bread featured in the annual grape festival at Aquileia and were carried by certain elderly Christian women who had an official position in the hierarchy of that sect. Old Russian sermons describe ritual meals served by women for *Rod* and *Rojánizi,* a pair of words meaning birth or race or family. *Rojánizi* means women in labor. Sometimes the same rite was performed in honor of the Virgin Mary, who had inherited the attributes of the old goddesses of the family cult. "White bread and cheese were served, the goblets were filled with wine or drinking honey, and the troparion to the Holy Virgin was sung. Passing to each other the bread and wine, the women drank and ate, thinking that they were praising the Holy Virgin and the birth of mankind." [12]

But in addition to the traditional ritual of eating and drinking symbolic sustenance, early Christian women had a real association of feasting with Jesus. Nothing in the gospels bears a greater stamp of human reality than the reports of the moments when Jesus sat down at the table to break bread with his friends. At the home of Lazarus, Mary and Martha were with him. His mother, Mary, was at the marriage of Cana. Gnostic Christians included women in the list of the faithful who gathered at the last supper. Catacomb pictures show a woman seated at the Lord's table.[13]

Many of the other primitive and pagan devices to bring about the rebirth survived—incense, the holy water for baptism, the torch of life in the guise of candles, the dance, the cry of joy as the alleluia, musical instruments, and song in the form of incantations or litanies. According to variations in practice among the different Christian sects, many are used today with the intent of bringing about resurrection and spiritual regeneration.

In the early days, women participated fully in the rites of the rebirth. All Christian men and women were baptized, confirmed, and given extreme unction at death. All communicants partook of the sacrament. Women continued to officiate at times when devices for the rebirth were needed with their old symbols of incense, lights, and flowers. Mary burned incense when she visited the sepulcher, and so did her women followers use the censer at her deathbed. Many other references can be found relating to the burning of incense by women, enough to give the impression that its use was quite customary. In one of their formal ceremonies the Marianite women carried candles or torches to symbolize the light of the world, and the idea of women guarding the light of the world persisted for many centuries. The Brigittine nuns of the Middle Ages in Ireland kept the sacred fire of Kildare burning and evidently were the successors of priestesses who had been officials in a cult of Bridget, the moon goddess of the Celts. It was a general custom for women to wear flowers and to wave green branches at the rites of birth, marriage, death. Is it not still usual in most Christian churches for women to have charge of arranging flowers on the altar?

Just as the old power of the mother-goddess was transferred to Mary, so women retained in many places the positions as priestesses, officials, and musicians they had held in earlier days. The Arabian Christians counted a symbolic disciple, Helena, or Selene the moon goddess, among the chosen of Christ. The Gnostics recognized the three Marys—the mother, Salome, and Magdalene—as members of Christ's inner circle. Extant fragments of Gnostic literature reveal that women participated in the religious ceremonies of that group as representatives of the divine mother, just as the priestesses did of old. Some of the groups made women bishops. Some allowed women to baptize converts—the rite of the rebirth. Many recognized the prophetess. The four daughters of Philip the Evangelist were lauded by historians long after the first century, the era of their high activity, and the mantle of their age-old power fell finally upon the shoulders of the deaconess. The Arabian Christians appointed women as readers and chanters of the holy word. More than one sect must have invested women as regular priestesses, and in some places women as priestesses must have continued to function for many centuries. Otherwise, Roman women holding office in the ninth century could not have been visited by Alcuin and urged on by him to greater activity in preaching.

6.

The old religious associations of women, against which men as fathers of families had battled so long, both by passing laws against them and spreading scandals about them, were revived in associations of Christian women pledged to further the new religion. All accounts of early Christian activities agree that women's wholehearted espousal of the cause was a determining factor in enabling the first Christians, a mere handful of people, to survive in a hostile, military-minded world. Rich women were donors of wealth, of their houses, and of their time. They supported and comforted traveling missionaries. They distributed alms and nursed the sick. Women and girls startled the civilized world by their steadfastness to Christian ideals and by their ready consent to martyrdom.

Among these first Christians, organizations of dedicated women developed more than a century before monasteries for men were started. This was a natural outcome of women's priestly and ritualistic function. For centuries there had been organizations of women in attendance on the temple and generally vowed to chastity, at least for the period of their service. Immemorially old in women's religious life was the idea of escape from men and children for certain periods. Such escape involved, naturally, a period of release from the demands of sex. This was very different, in essence, from the lifelong vow of chastity later taken by women, for that was founded on an idea of her biological functioning that degraded women. But their earlier assumption of, or assertion of, their right to freedom in the service of the goddess, at least for periods, was an assertion of spiritual dignity.

The earliest known Christian leader in organizing girls was Thecla, who traveled with Paul as a missionary. About 50 A.D. she settled with a large following of women in the caves of a mountain near Seleucia, Syria. From beginnings such as these the great monastic system eventually developed.

Women and girls who voluntarily chose to develop the life of the spirit enjoyed a prestige comparable to that of the priestess. St. John Chrysostom estimated them as high above other women as the angels are higher than mortals. The word "nun," as such a woman came to be called, is a translation of *nonna*, which means "a holy person" and also "mother." Curiously enough, the masculine term *nonnus* was never used by the men celibates. They were called monks (*monazontes*). A fourth-century writer, Basileus, in describing Thecla and her followers, said that he could not enumerate the holy women of the first century without making a book as large as that of Hesiod. Over and over again, until late in the Middle Ages, nuns were credited with miraculous powers of healing and with prophetic vision. Many of them attained the rank of saint.

Aside from the purely religious reason of wishing to save their

souls, women were undoubtedly attracted to the monastic ideal by
the reverence to their persons. They found in monasticism a counter-
action to the growing tendency to exclude them from the governing
group. By joining the ranks of the select, they remained in the sacred
circle. Christian women by becoming nuns raised themselves from
the status of Jewish women. Apparently they were approaching the
status of the pagan priestess. Still another reason for the Christian
woman's support of asceticism was the practical advantage offered
her. In those turbulent times, the convents provided not only social
security for the timid but a career outside of marriage for the bold.
Women found scope for energy and talent, opportunity to cultivate
intellectual, spiritual, and especially musical tastes. It was here in
the convents, where women and girls assembled in the name of the
Lord, that they participated in the evolution of the ritual and music
of the new culture.

For this they surrendered the right in which primitive woman had
founded her sense of spiritual dignity—the right to bear a child.
They did this more easily because they were under a delusion almost
universal among early Christians—the idea that Christ would come
back to them shortly, in all his heavenly might, and they would all
be caught up with him into glory, where there is no marrying or giving in marriage, but male and female are "as the angels in heaven."

So women transferred from physical birth to spiritual rebirth their
sense of their mission as women. It was a hopeful beginning of what
was to prove ultimately a devitalization of their power as women.
But women were not to realize this for many centuries.

7.

In these early Christian centuries, in many places, dance and ritual
remained much as they had been in the mother's ancient religion.
Most of the Christian sects retained the religious dance with its long
social and artistic history. The Therapeutae, the Kollyridians, the
Marianites (also called Priscillians or Montanists), and the Gnostics
were groups who danced at ceremonies that were identical with
primitive and pagan ceremonies. The reborn disciples of the Marianites, a sect in which women had great influence, were united to
Jesus by means of performing a sacred dance called the Hymn of
Jesus (incorporated with the Leucian Second-Century collection of
Acts of John). A surviving form of this choral dance was performed

by village boys and girls in Cornwall up to a hundred years ago.
Dancing to stimulate fertility was usual at weddings, at spring festivals, and at funerals. The custom of dancing at funerals was kept up
by the Christian Bogomiles until the fourteenth century. Sarcophagi
have been discovered in the south Slavic region of Bosnia showing
dances in which men and women holding hands and singing dirges
stepped backward instead of forward. That women participated in
the religious dances of the first Christians until the fourth century is
certain from St. Chrysostom's question: "If neither girls nor married
women may dance, who then will dance?" He answered himself with
the words: "No one." [14]

To all Christians, dance and song had the same significance that it
had to the ancients and that it has for the primitives to this day.
None of the early Church Fathers doubted the divine origin of music
or its magic power. They thought that music affected the mind and
pushed the will into action. "Without music, no discipline can be
perfect," [15] said Isidore of Seville. And Theodoret attributed to music
the faculty of changing the mood of the soul and of inducing any
desired emotion.

Christians authorized the use of music to enhance the affective
power of their rites and their prayers. At death, especially, they believed that the purpose of music was to lead the departed spirit to
the grave and that music had a necromantic influence on the souls of
the dead. In the beginning they naturally lacked original Christian
music for these vital needs. Just as the ritual and the liturgy had to
be developed, so did the appropriate music.

In its learned and studied aspect, music met Christianity chiefly in
the great pagan cities like Rome, Alexandria, Edessa, Antioch, and
Byzantium. These centers were inhabited by thousands of prosperous people, many of whom belonged to the most noble families of
the pagan world. Music was an integral part of social and religious
life and women were expected to be musicians. The Roman historian
Pliny said of his wife, Calpurnia: "She takes my verses, sets them to
music and sings them to the harp." [16] Lucian of Samosata, second
century, described the musical customs of his times. The musicians
he mentions are almost exclusively women, both amateur and professional. In developing their music, the early Christians of pagan
origin could hardly avoid the woman musician. As we shall see presently, the most renowned of the choirs in the first centuries consisted
of girls.

Early Christian annals are filled with references to the participation of women in music. The leaders clearly wished to utilize this musical talent to further Christian ideals. With the idea of binding music to Christian texts, many of them composed litanies, work songs, and hymns for women and girls to sing. The mother Mary herself was held up to them as an example: "None was found before her . . . more elegant in singing!" [17] Young people were taught to greet their father upon his home-coming by singing alleluia. Widows were "to sit at home, sing, pray, read, watch, and fast, and speak to God continually in songs and hymns." [18] St. Chrysostom exhorted fathers to sing daily with their wives and children: "I tell you this: that you should not only sing praises yourselves, but that you should also teach your wives and children to sing canticles, such as these psalms and hymns, while they are weaving and doing their work, and especially while they sit at meals." [19]

In the early church services, when men and women often had to meet secretly in underground catacombs to avoid detection by the authorities, and when the co-operation of women signified life to the sect, congregational singing was a feature of worship. Even among people of Jewish affiliation, the women evidently took part. Philo, the Jew (first century), gives a vivid description of the vigils of the Therapeutae, Jewish people who had become converted to Christianity.

The vigil is conducted on this wise. They all stand up in a crowd, and in the midst of the symposium first of all two choirs are formed, one of men, and one of women, and for each, one most honoured and skilled in song is chosen as a leader and director. Then they sing hymns composed to the praise of God, in many metres, and to various melodies, in one singing together in unison, and in another antiphonal harmonies, moving their hands in time and dancing; and being transported with divine enthusiasm, they perform one while lyric measures, and at another tragic plainsong, strophes and antistrophes, as need requires. Then when each chorus, the men separately, and the women separately, had partaken of food by itself, as in the feasts of Bacchus, and quaffed the pure God-loving wine, they mingle together and become one choir out of two—the mimetic representation of that of yore standing on the shore of the Red Sea on account of the miracles wrought there. To this (the singing of the Son of Moses) the chorus of the male and female *Therapeutae* afforded a most perfect resemblance with its variant and concordant melodies; and the sharp searching tone of the women together with the baritone sound of the men effected a harmony both symphonious and altogether musical. Perfectly beautiful are their motions, perfectly beautiful their discourse; grave and solemn are these carollers; and the final aim of their motions, their discourse, and their choral dances is piety.[20]

During the fourth and fifth centuries many of the Church Fathers spoke of the congregational singing and of women's part in it. St. Jerome, St. Augustine, St. Zenobi, and St. Gregory of Naziana all praise the beautiful choral singing of women. St. Ambrose of Milan said: "The women sing the psalm well." [21] He was one of those bishops who exhorted the faithful to let antiphonal singing delight them, being particularly interested in the artistic effect that could be procured by using to musical advantage the different timbre of male and female voices—the men having a choir with their own leader and the women having a choir with a woman conductor. Singing at funerals was also often performed in the antiphonal manner, psalms having been substituted for pagan songs and instrumental music. Among the Marianites, men and women had separate choruses. In behalf of the departed soul, the women sang, "Lord, have mercy!" and the men responded, "Christ, have mercy!" Another favorite mode of group singing was the custom of having people give a response to the celebrant. In the Mozarabic rite, used principally in Spain, the Lord's Prayer was given in this way: "Our Father who art in Heaven"; the congregation would respond, "Amen," to this verse and to the three succeeding verses. After "Give us this day our daily bread," they chanted, "Which is God." To the celebrant's "And lead us not into temptation," the people voiced their appeal, "But deliver us from evil!" [22] Upon occasions when special invocations for mercy seem to be required, the amen to special prayers was repeated three hundred times, then two hundred, and finally one hundred. Evidently, there was no objection to the mixed group of singers, and women were eagerly solicited to enhance the affectiveness of congregational singing with their rich voices. In many Christian communities, men and women together chanted the Kyrie Eleison—the worshipers' own plea for mercy—and the Alleluia—their own hymn of praise.

From the middle of the second century, some of the church leaders sponsored the singing of women and girls in liturgical choirs. So proficient an instrument for furthering Christian ideals was at first highly valued, always, of course, with the understanding that Christian words and melodies be provided. Clement of Alexandria was one of the first leaders interested in establishing an official status for girl singers. He explained clearly how he intended to transform the old women's rituals into a Christian ceremony. "This is the mountain beloved of God . . . consecrated to dramas of the truth. . . . And there revel on it, not the Maenads, the sisters of Semele, the thunderstruck, but the daughters of God, the fair lambs who celebrate the holy rites of the word, raising a sober choral chant." [23]

The "sober choral chant" was raised as early as the year 150 by the girls of the Arian sect. Bardasanes and Harmonius made their church famous by the lovely singing of the young women, and drew thereby many converts. One of the most renowned of the girl choirs sang in the parish of Bishop Paul of Samosata. Leader of the sect known as Marcion, he had his headquarters at Antioch. The Marcions gave women a high status and allowed them to have positions of responsibility. During the second century, Antioch belonged to the kingdom of Zenobia, one of the masterful Arabian queens. Women there evidently enjoyed a liberty and independence similar to that of their queen. Elected to the office of prefect and president of the games that occurred there annually, they took an active part in social life. Antioch was a rich community, the home of some of the noblest people of pagan society. It was also filled with women musicians, both amateur and professional. Obviously, in order to satisfy the requirements of a musically cultured society the church choirs must have been the finest. They were formed of girls, both because women musicians abounded in Antioch and because the Marcion Christians sanctioned the woman musician.

Girl choirs are mentioned by Aetheria, a Galician lady who made a pilgrimage to the Church of the Holy Sepulchre in Jerusalem in 392. "Every day before cockcrow all the doors of the Church of the Resurrection are opened, and all the monks and virgins, as they call them here, go thither, and not they alone, but lay people also, both men and women, who desire to begin their vigil early. And from that hour to daybreak, hymns are said and psalms are sung responsively, and antiphons in like manner. . . ." [24] The practice of training women and girls to sing psalms is also referred to in other early documents.

By the fourth century a girl choir had become a well-established institution. Any group that did not have one fell behind in popularity.

The good Bishop Ephraem of Edessa in Syria frankly organized his "Daughters of the Convent" as a counterattraction to the Arian choirs that had been functioning successfully for three hundred years. An anonymous Syrian biographer described Ephraem's ardor in training his girls and mentioned the fact that he "arranged for them different kinds of songs." Besides singing odes and responses every morning, the "Daughters" often journeyed to the dwelling of a dead woman, even far away into the mountains. According to the Syrian custom of the times, they acted there as professional mourners.

In the Jewish Christian portion of that population today, women are still singing dirges and often go as trained groups—the *lattâmât* —to the house of the deceased. Sometimes there is a special solo singer, and after each verse of the *kauwâla's* dirge, the chorus utters its lamentation. In the country districts the trained choir of women is often absent, and the chorus is then made up of all the women, who form a ring around the tent. They are called the *reddâdât* or *neddâbât*—the sorrowing women who sing the response to the soloist.²⁵ The dirge sung by Ephraem's nuns was probably an adaptation of the Syrian poetess-musicians':

"Tears are in the eyes, in the ears are sounds of woes,
In the mouth is wailing, and sadness in the heart:
Comfort me, Oh Lord!
This day separates a woman from her house.
Her soul hath gone away, as Thy command hath decreed!
Behold, she hath become dust, as Thy command hath decreed!
Lord, make her live anew!" ²⁶

8.

In the early centuries of Christianity, when Mary was becoming established as queen of heaven, there is every indication that women participated more fully in the ritual and in the music of the various groups than they did in the period following the fourth century. In the beginning, they accompanied Jesus in close intimacy. Nor were their natural ways ever condemned by him. Consequently, women were welcomed by men as co-operators in establishing the struggling faith. Some groups gave women positions of authority. Women frequently celebrated secret rites in a manner similar to goddess worshipers. Evidence is not lacking that they were initiating their own rites, recasting their own music, and preparing in their own way for a renaissance.

In music, mothers joined in congregational singing. For about four hundred years nuns functioned as liturgical choirs in important churches, notably those in Edessa, Antioch, Jerusalem, and Alexandria. These choirs have been traced back to the second century and were regarded by many Christians as fitting instruments for the performance of sacred music.

The teachings of Jesus appeared to have arrested the threat of universal male dominance. Women were released by this touching new faith, which kept the best of their original religious practices while regenerating them and making them more simply and appealingly human. The idea of mother love, of women as the bearers of life and invokers of rebirth, could be insensibly transformed into Christ's definition of divine and human love and spiritual rebirth into life everlasting.

There was everything inherent in the ideals and practices of Jesus' immediate followers for the institution of a way of life patterned on the two great commandments. There was the Saviour, incorporating in his sublime person the noblest and most lovable characteristics of both men and women, symbolizing the rebirth from childhood into maturity, showing the way, the truth, and the life. There were the men and women believers, led by the mother, symbol as always of love and the good life. An organized theology, hierarchy, and system of rites with both male and female symbols and with men and women representatives of the divine symbols should have been the natural result of Christ's teaching and example, the normal way to interpret the new commandment of love and the new ideal for the rebirth of the spirit. And although the very first Christians were Jews, the worship of the Father-God of the Jews was from the beginning combined with the worship of the beloved son and his holy mother.

Above all, in the early days of Christianity the benign woman spirit began to live anew in the beautiful personality of Mary. The people of those times perceived that the ultimate life of the world is not exclusively or even predominantly male. No father, even a Father in heaven, can give all the heart craves. But Mary was not an old goddess revived. She was a unique spirit, with a place peculiarly her own in the love and memory of the earliest Christians. Independently of any attributes inherited from the goddesses of ancient times, Mary rose by virtue of her own power to be the symbol of the Christian virtues love and mercy. In medieval times she was regarded by men as the spirit that drew them irresistibly heavenward, by women as their special guardian, and by all as the chief mediator between sinners and divine mercy. Mary received the prayers of those who craved tolerance and love, the very qualities Jesus had sponsored and the very essence of the Christian ideal. Her authority rested on the human appreciation that these attributes are qualities native to women and that a feminine image of them is essential to a Christian way of life.

Theological edicts can settle a theoretical dispute but not a psychological reality. No theologians could destroy Mary. They could, however, and they did prevent Mary from securing for her women followers their normal function of representing her as priestesses and singers. For side by side with this promise of the resurrection of women's spirit and song there was, in early Christianity, another power working to imprison and degrade women. So the story must move on to the fateful end, in the so-called Dark Ages of Europe, when Artemis was at last completely gagged and bound.

CHAPTER XI

ARTEMIS BOUND

1.

"DAUGHTERS of Jerusalem, weep not for me, but weep for yourselves, and for your children. . . . For if they do these things in a green tree, what shall be done in the dry?" [1]

On his death march, Jesus turned to the wailing women with these pregnant words. Was he not presaging the tragedy that was to befall the Christian way? He had shown the people the way to rebirth—"death unto sin, rebirth unto righteousness." He had explained that the primitive child must mature into the civilized adult, into a new state of humanity in which tolerance and love for others were to be the controlling force. Far in advance of his time he had forecast the unity of male and female, pointing out that in the realm of the spirit, in "heaven," there would be no distinction of sex and implying an equality on earth in human ability to cultivate the life of the spirit. But already, as the heaviness of his mood indicates, he had sensed failure in drawing disciples into a unit sufficiently strong for the realization of his ideals.

From the beginning there had been dissensions in the ranks of Christians. Questions of doctrine having nothing to do with the principle of "death unto sin, rebirth unto righteousness," had interfered with the practical application of Jesus' ideals.

The most important of these barriers against the full flowering of Jesus' ideals arose from a misunderstanding of certain of Jesus' sayings. Men and women were firmly convinced that the end of the world was coming immediately. Judgment Day, with its system of rewards and punishments, they thought was close at hand. This belief led them to regard the material world as of no importance and to think of the spirit as separate from the body. On the ground that

165

procreation was useless in view of the approaching end of the world and also that sex intercourse bound the body to the earth, they condemned both and set up an ideal of chastity and continence. Marriage between men and women was tolerated only of necessity for those who were less pure in heart. A real union with Christ was deemed possibly only by the chaste. The ideal was for the individual perfected soul, and for the whole church, to become the bride of Christ. Generally, people began to believe that no one could be truly holy without forsaking the natural urges to love and to reproduce life.

And so the ascetic ideal took root and quickly grew to fantastic proportions. Some devotees, in fanatical enthusiasm for mortifying the flesh, retired to caves in the mountains, ate only the minimum amount to sustain life, and denied themselves all human intercourse. A little later, others established communities and organized their lives for the rites, prayers, and music that were to save their souls. In the beginning, these enthusiasts were not interested in or moved by our ideas of Christian charity, which we have derived from Christ's second great commandment. They were concerned solely with a technique for gaining life everlasting.

Thus there was a split in the ranks of Christians. Only some took the vows of obedience to the antinatural way. The majority of men and women kept on mating and having children, but even they accepted as more holy the idea of the negation of life.

This morbid idea was woven into the warp and woof of early Christian thinking. Instead of birth being a holy thing, a symbol of the human being's share in the creative power of the universal life force and of humanity's link with all living things, it became a symbol of man's "fall from grace." Children henceforth were to be born "in sin," and "redeemed" only by the Church. Mothers, after this fall, must be "purified." One version of this idea is the foundation of the first great formulation of Christian thinking by an old bachelor of genius who, by his own account, had some chronic malady of the flesh, possibly epilepsy—the apostle Paul. Paul believed—as a rhymed version of this doctrine later put it—that "in Adam's fall, we sinned all." Adam had fallen because Eve gave him an apple (symbol of life and knowledge). Because of this "sin" of Adam's, all human beings are condemned and can be redeemed only by the grace of God through Christ. Out of this concept evolved the belief that the spirit could be enriched only by denying the flesh. Thence came the tendency to identify the female with the flesh and to call it low and ignoble. This sequence of ideas represents the spiritual catastrophe whose repercussions still influence our thinking and feeling about women.

The identification of women with the flesh was based, of course, on the obvious fact that women bear children. In their natural ways, women embody and symbolize the idea of a human tie with earth and nature. Always recognized by men of pre-Christian times as being the stronger manifestation of the life force, women were still recognized as such. But now the strength inherent in women was distorted into a weakness—worse than a weakness, a menace. Instead of opening the door to life, women, because of their association with physical birth, closed the door forever.

"Woman, thou art the gate of Hell—thou ought always to be dressed in mourning and in rags—thine eyes filled with tears of repentance to make men forget that thou art the destroyer of the race." [2] Tertullian's estimate of women forcibly illustrates a point of view held by certain second-century groups. The giver of mortal life became the withholder of the spiritual life, instead of the symbol for both, as in times past.

Woman's integrity and honor quivered in Clement of Alexandria's devastating blast: "Every woman ought to be filled with shame at the thought that she is a woman." [3] This was the inevitable result of the distorted idea that the living world is evil. And it proved to be the doom of the goddess. Sex was no longer a fateful and august force, to be exercised or not, in accordance with a woman's natural rhythm, as symbolized by the great goddess Ishtar. Motherhood was no longer a holy participation in the mystery of creation, allying all mothers with the creative power of the universe as represented by Isis. Virginity meant no longer the service of the inviolate personal self as represented by Artemis, free, courageous, and creative. Woman no longer had a self in this sense. Her inmost being as a woman was "evil."

2.

Theoretically, the period of early Christianity ended in 325, when the emperor Constantine recognized the faith of Jesus as the hope of the world. Practically, of course, the period of indecision and experimentation ended at an earlier date in some localities than in others. But eventually, the goddess and the principle that women are creative lost authority.

When Constantine, in 325, recognized Christianity as the official religion of the Roman Empire, the heresies were forced to combine and to declare a common creed. At that time the strongest group was dominated by antinatural views on life. To that group of leaders, who had always shown enmity to the interest of women, Christian affairs were entrusted. If at first one or two abbesses sat in their councils to determine the form and content of the organized church, women soon ceased to be represented in the governing body and allowed the new hierarchy to be formed without a recognition of their highest values.

The arbitrary laws of the theologians and not Jesus' love established the godhead. Contrary to the timeless female-male combinations, God became idealized in a trinity of male power—Father, Son, and Holy Ghost.

The word "god," which in Gothic and old Teutonic had been neuter, now became purely masculine with masculine pronouns. The Holy Ghost had a similar metamorphosis. Derived directly from the dove-goddess of antiquity, it had formerly signified a spiritual possession of women by the śakti, their own female life force. Although some of the very early Church Fathers taught that the Holy Ghost was the feminine principle in God, the later theologians neglected to emphasize the natural man-woman concept of a creative power. Eventually the Holy Ghost came to signify the spirit of love passing between the Father and the Son—the spirit that led to the incarnation. In pictures of the Anunciation the Dove is usually seen hovering over Mary's head, but it came to be associated, of course, with the male element in generation, and so the Holy Trinity materialized without a divine woman spirit.

The beautiful figure of Mary that was drawing into itself and regenerating the old popular faith in the goddess became in the teachings of the theologians something of an anomaly. In the conception of Mary as both mother and virgin, there was an opportunity to crystallize an idea that had run through much of the thinking of the creators of religious imagery in the pre-Christian era. This was the idea that a woman as "mother" might be "virgin"—that is, she need not be the helpless slave of sex in herself or in the male. She could accept motherhood as a holy responsibility, ally herself with universal mother power, and still retain a proud freedom of the spirit. "I am forever virgin" meant something much deeper and more universal than physical abstinence from sex intercourse.

This idea, after which Christian thinking has constantly groped through the centuries, might have been represented by Mary. It may be that it could have been formulated if women themselves had taken the initiative in a matter of which they should know something! But the thinking about Mary was checked and somewhat distorted by the conflicting idea that women were evil and motherhood a disgrace, and by the determination also to assert that a male God must be the one and only divine image to which humanity might look. The result, so far as the divinity of Mary was concerned, was a series of compromises.

The mother Mary was never a goddess in the same sense that God is a god, or in the same sense that the old mother-goddesses were superhuman. She was not a creator of life in her own right. Only God the Father was supposed to have created the Holy Child. The term "only begotten son" does not mean "this *one*, or *only* son." It means "alone-begotten," that is, begotten by the Father without any mate—a reversal of the emphasis upon the goddess-mother of an earlier age who, as "whole," "complete," *alone* created life. Mary was not even the counterpart of God, the role of the Great Mothers when they lost their original supremacy. She no longer possessed even half of the responsibility or honor for bringing to birth the Saviour, the deliverer of humanity. Mary the mother lost her active and primary part in creation. Although in picture after picture she wears the sky cape of azure blue bequeathed her by Cybele and Artemis, she sits beneath it as if it were the cover of the sky god. Humble and passive, as Christian women are supposed to be, she sings her new song: "Behold the handmaid of the Lord." [4]

Mary, as projected by the theologians, lacked the independent power of Cybele, Ishtar, Isis, and the other Great Mothers of the pagan faiths. On the other hand, she rose from the anonymity accorded women by the exaggerated Jewish patriarchy, in which the creating Father-God triumphed. A compromise was effected by recognizing her presence in the holy family. But in the family circle she was shorn not only of creative power but of the essential female attributes that made the old goddesses symbolize the normal woman. Her virginity, instead of meaning independent creative power— such as Artemis idealized—came to mean chastity and continence from sexual intercourse. Even the value of her motherhood was be-littled. Bishop Epiphanius (second century) went so far as to maintain that the glorification of mothers was a morbid feminine sentiment—"silly and devoid of reason." [5] And St. Chrysostom (fourth century) also scorned motherhood as an ideal for women. He called only the chaste nuns "imitators of Mary." [6] The woman spirit of the Christians made no claim to represent the natural woman.

With no symbol for an active, creative womanhood, there was no need for a hierarchy of women. The oracles, seers, and prophetesses officially vanished. Of that group, the deaconess alone remained, with only a suggestion of mantic power surviving in her prayer of dedication. The priestess was demoted to nun. In 367, the forty-fourth canon of the Council of Laodicea contained the first formal limitation of the priestess' age-old sacerdotal functions:

"It is not fitting for women to draw near the altar nor to touch things which have been classed as the duty of men. . . ."

Measures to restrict women from exercising priestly power were extended to include the celebration of formal rites at home. In 392 the laity (men and women both) gave up the custom of sacrificing at private altars and performing other ritual acts that had, of course, preceded any organized church service by many centuries, and that had been the inspiration for so much of women's music. After the establishment of the orthodox church in 325, the formal funeral "wake" was transferred from home to church. The rulings affected women far more adversely than men, since women now could not become priestesses, whereas any man who wished could enter the priesthood.

By excluding women from the priesthood, the Church Fathers separated women from men. They allowed only men to be sponsors for the life of the spirit. They denied women a similar prerogative. Woman never received from organized Christianity her authorization to re-create the spirit according to her own feminine conception of Jesus' teaching. Christianity theoretically dedicated itself to a cultivation of the incorporeal quality of existence. It denied woman an official status of equal rank or value with man's in the quest for this spiritual existence. It thus closed the door to the state from which artistic imagination had formerly evolved.

The prohibition preventing women from entering fully into the life of the spirit was not merely a deterrant to activity. It went further than a negation of power. It took a positive direction toward the identification of women with the undesirable and the unwanted. Without the slightest foundation of evidence in the Gospels, Mary Magdalene—once regarded as the most spiritual of all the disciples, the most sympathetic with Christ—came to be the personification of carnality, the state despised by the Christians. She symbolized sexual desire. And sexual desire itself, a re-creative power, was given an evil, destructive significance.

In primitive religion, women had symbols signifying all of the creative attributes of normal womanhood. Ishtar, for instance, reflected creative energy—that driving female urge to bring to birth. She was the re-creating mate and the creating mother, giving both physical and spiritual life. In the Christian religion, Mary the mother and Mary Magdalene the spiritual friend were reduced to models of the passive and the corporeal with no possibility of ever regaining the active, noble, and spiritual forms of the great goddesses.

Not content with fixing the spiritual status of women for the future, the Church Fathers turned to the past in order to obliterate every trace of woman's soul at work. Churchmen displayed particular animosity against women's poetry and music. As they tossed Sappho's musical poems into the flames, they manufactured the infamous reputation of the Lesbians. All priestesses, led by Bacchae—the Mothers—became lewd and obscene. All free musicians became branded as sirens of seduction.

Sections of written accounts of Christ's contacts with women were methodically expurgated to suit the ideas of the ecclesiastical authorities. On the ground of inauthenticity, Mary's lament did not appear in the New Testament. Even in the manuscripts omitted from the Bible, falsifications in translation invariably tend to belittle the tremendous influence exerted by women in the early days of Christianity. Thekla's activity in the first century as a Christian teacher, preacher, and baptizer of converts has vanished from the extant copy of the *Acti Pauli et Theklae*. The account of the "Greek women of honorable estate" in Macedonia who flocked to Christian standards has been changed to read "men and women in considerable numbers." So flagrant and so numerous are these misrepresentations of the truth that a modern historian has summarized them in accusing words: "Christian writers, from Eusebius Bishop of Caesarea downwards began to enter into the domain of falsehood . . . And the 19th century has witnessed . . . the most senseless and shameless attempts to re-establish ancient and modern fraud, falsehood, and nonsense, and pass it off as orthodoxy." [7]

Backed by the authority of the Emperor, the orthodox group undertook to disband the other sects and to destroy their records. Heretics were portrayed as immoral and undisciplined, outside the pale of sanctity. While undoubtedly Roman society had degenerated and while the aristocracy had fallen from their high estate of setting the fashion for noble conduct, still there were many groups of people who led normally good lives. The Marianites of Bordeaux in the early centuries of the Christian development were austere and dignified, very much like the Puritans of colonial America. They respected women and sanctioned the participation of women in the larger life of the community. Several women are recorded as doctors and as scholars. It was within this sect that Christian women conducted secret rites and took official part in the regular ceremonies. And yet no heresy has been censured more strongly by the orthodox Church Fathers than the Marianites. Because they—and many others —did not conform to the ideas of the orthodox group and especially because they admitted the creative power of women, they were condemned to annihilation.

While the integration of the Christian sects was progressing, the formal rites of the new church quickly adapted themselves to the ideals of the dominant group. The story of the Christian year unfolds like the mighty drama of life and death and rebirth so dear to the nature worshiper's mind, but this is a drama in which women play an inert instead of a dynamic role. There was every reason in tradition and history, every social and psychological reason, too, for giving women a part equal to that of men in the Christian story as developed in the seasonal rituals of the Church. But the power of a group of fanatical leaders was such that to this day women's symbolic participation consists almost wholly in their being adjuncts to men—now the possessors of the superior "mana."

By mimetic rite, by verbal description, by symbols, Christ's life on earth is rendered vivid to the worshipers. During the period of the shortest days of the year, his advent is longed for. With the first sign of the sun's renewed activity, Christ, as the light of the world, appears on Christmas Day. Then comes Epiphany, the manifestation of Christ, when the Wise Men bring their gifts. Later in the Church year is Lent, the period of repentence and mourning when Christ retreats to the wilderness. Then the entrance into Jerusalem and the last supper, the vigil at Gethsemane, the trial and condemnation. Good Friday is the day of death, the Crucifixion. The time between the death of Christ and his resurrection on Easter Day is three days and corresponds exactly to the time that the moon is invisible. As the moon god and goddess always resurrected themselves, so did the new light of the world rise on the third day from the dead. Easter signifies the rebirth. Ascension Day marks the miraculous translation of Christ into heaven, and Whitsuntide signifies the descent of the Holy Spirit as a comfort to mankind. Through the summer months, until Advent comes again, the Trinity is worshiped.

Although Mary has festivals given in her honor, the only one in which she has complete independence is the feast of her assumption into heaven. Otherwise, she is not the principal figure. In the rite of Christ's birth, celebrated as Christmas for the first time in 395, the focus of interest centers upon the Child of the Divine Father of Love, rather than upon the collective mothers whose self-sacrifice and effort had brought the longed-for Saviour into the world. In the rite of the Resurrection, interest revolves around the Son's transfiguration rather than upon the collective mothers who had made the rebirth possible and who had themselves experienced transfiguration in the process. In the rite of Pentecost—the descent of the Holy Ghost— the Holy Spirit becomes a symbol of the love between Father and Son. Mother love, or woman as a beneficent power, had representation only in the antinatural symbol of Mary. Even in the rite of the last supper women were forgotten, and according to the interpretation of Christian artists, only men received the symbol of rebirth from Christ's own hand. When even a nun went to receive Holy Communion—symbol of the initiation into the life of the spirit— she was not allowed to receive the sacrament in her bare hands as men did, on account of her inherent impurity (Council of Auxerre, 578).

3.

Women's own rites of the life cycle, which they had invented themselves to affirm the natural way peculiar to their sex, became altered to suit the Christian idea of life negation for the natural woman.

In the mothers' religions, puberty rites signified a crossing of the threshold to maturity. Girls prepared themselves physically and spiritually for mating and for motherhood. In the Christian religion, on the other hand, emphasis was placed upon a denial of natural functions, upon *chastity*. From the days of early Christianity until the sixteenth century, the state of marriage was theoretically despised and the state of continence dignified. Innumerable treatises, sermons, and letters upon the topic were addressed to girls. Voicing the long existing sentiment, the author of "Holy Maidenhood" in the thirteenth century called a wife the slave of the flesh, contrasting her with the free nun, who in his eyes was alone able to follow the spiritual way. But since the large majority of girls married, the precepts could not be followed and merely served the purpose of creating an irreconcilable emotional conflict in a normal girl's mind.

But however men may try to banish women and the image of the natural relation of woman to man from the human mind, it cannot be done. All that can be done is to offer an unnatural substitute. Just as homosexual love for young boys had been developed when the romantic love of young girls had been banished among the Greeks, just as castrated males or boys in women's dresses had to be substituted when women were banished from religious choirs, so when natural marriage was condemned or degraded to the position of an ignoble necessity, an unnatural marriage was substituted. The woman keeping herself from physical sex intercourse is dedicated to a rapturous union with Christ. In the Christian description of this marriage the most sensuous details are borrowed from the songs of earthly love and sex. Not so did Artemis assert, "I am forever virgin!"

An example of the transformation of women's wedding rites into Christian poetry was the hymn written by Methodius, bishop of Lycia, in 303, for the members of his flock. It was entitled "The Banquet of the Ten Virgins" or "Concerning Chastity." The style imitated the partheniads—songs for maidens—written by Alkman and Megolostrata for Spartan girls. Its theme was borrowed from women's wedding rites still used in Adrianople today, where it is the custom for a Jewish bride and her women companions to sit for hours in their wedding garments while waiting for the bridegroom. At last the cry is raised: "Behold, the bridegroom cometh!"

This hymn was written by Methodius to be sung by girls—an early example of the now prevalent custom for men to formulate what women think and feel about their most intimate personal lives, and women, parrot-like, to repeat the words in song.

So in singing this hymn, according to the statement in *Prolegom-*

ena de Poetis Christianis Graecis, girls impersonated Thekla, the first virgin martyr, and others of the noble band. "We give the name 'Parthenion' [song of Virgins] to the hymn of Methodius because it was sung by virgins. . . . The ten virgins are introduced after a cheerful and modest repast, during which they discussed the merits of inviolate virginity. Afterward, they all rose as though inspired by a divine spirit and dedicated their lives to Christ as though to the noblest spouse." [8] Thekla, named by Arete (Virtue) as the chief of the virgins, sang the versicles of the virgins' song. The other virgins, standing in a circle around her under the willow tree—symbol of chastity—entoned the response. The hymn has twenty-four stanzas, of which we give two:

Stanza

The Bridegroom cometh! overhead
The shout descending wakes the dead!
    Go forth to meet the King,
    The gates just entering!

Virgins, white-robed, with lamps haste
    eastward forth to meet him,
Haste ye, O haste to greet him!

Response

With holy feet, the lamps bright burning,
I go to meet my Lord returning.

Stanza

My home and country for Thy sake,
And maiden dance, I did forsake,
    And mother; pride and race,
    And thoughts of rank and place;
For Thou, O Christ the Word, are all in all to me;
    I long for naught save Thee!

Response

With holy feet, the lamps bright burning,
I go to meet my Lord returning.[9]

When the ideal of marriage to the heavenly bridegroom was dramatized for nuns, something was offered them—morbid, silly, but a kind of substitute for normal living. The greatest crime consisted in modeling the religious instructions for girls of marriageable age, who would normally become wives and mothers, upon the ideas of marriage to the heavenly bridegroom. Music as well as sermons impressed upon young minds the value of an unnatural mode of life. So was a Christian girl forced to repress her natural instincts or to accept the guilt of sin.

Marriage rites for goddess worshipers emphasized the holiness of sex relations and reproduction. Women played the major role, symbolically passing on the torch of life to their daughters and also impersonating a goddess in the rites of the sacred marriage. But in the Christian religion, the holiest thing in the world for women was not regarded as such. Marriage was not even made a sacrament by the Church until 1550. For fifteen hundred years, married women were held to the monastic ideal, being told that sexual intercourse was sinful. In one of the first-century documents, our Lord is made to assume the disguise of Judas Thomas and advises a young couple on their wedding night with these words: "Know that as soon as ye preserve yourself from this filthy intercourse, ye become pure temples, and are saved from afflictions manifest and hidden, and from the heavy care of children, the end of whom is bitter sorrow." [10]

Rites for a mother after childbirth have a particularly arresting history. As practiced in primitive tribes, they are ceremonies for reintegration into normal life conducted by women themselves. Among the Jews, these rites were conducted for women by priests—women being excluded from the priesthood—but the idea remained identical. The so-called "purification" was a ritual detachment of the mother from her close contact with the life force. No blame on the part of the women was suggested, rather a superholiness. Among the Christians, the rite of the "churching" of women, as well as that of presenting her newborn child to God, became completely distorted. A Christian mother was told that her child was born "in sin," that she herself had erred, that she required absolution. She was made to kneel outside the church and be "purified" before she could again share in common worship. Thus she was given a sense of guilt rather than a sense of fulfillment.

No rites were ever instituted in which fathers were required to apologize for their natural ways.

The godhead, the priesthood, the rites, and the liturgy as established by the Church Fathers during the fourth, fifth, and sixth centuries had the primary purpose of saving the souls of the cult members for life everlasting. The idea of salvation and resurrection was carried over from primitive and pagan religions. Although the Christians pretended to despise birth and the earth, they kept most of the primitive magic devices for bringing about birth and rebirth. Music especially was regarded as the same important magic it had always been.

In the performance of the formal rites, and even in the privacy of their homes, women were forbidden to touch the symbols that they themselves had invented. They could not burn incense or light the sacred fire symbolizing the light of the world. They could not watch the torch being plunged into the baptismal font—symbolic act of sex union. They could not even baptize their own babies with the holy water, symbol of the life-giving fluid surrounding the child in their own bodies. Pope Zacharias (741 A.D.) in interdicting the celebration of mass by an abbess, made a classic statement: "We were indignant to hear that a series of holy ceremonies were degraded by suffering women to read the Mass." [11] So the very touch of women, which had always been regarded as life-giving, became transformed into a contamination.

Let Mary stand at the bar of heaven and ask if any symbol of the rebirth could be degraded by a mother's touch!

From a disinterested point of view, the whole theory of woman's spiritual incapacity as depending upon her motherhood seems to have been a mass neurosis. The enormity of the accusation that a woman's touch could contaminate any symbol of birth or rebirth has been belittled by time and habit. To the modern mind, such men as Pope Zacharias appear as almost mythical characters who can be blown away like a phantom. But in the eighth century—indeed, until the eighteenth century—they were powerful realities and loomed like giants in establishing customs that denied women leadership in the Church and so in Christian music. And the effect of what they did survives in our culture today to a degree that should shock both men and women.

The participation of either men or women in the musical life of the newly forming Christian culture depended primarily, as it must in any age and among any people, upon the ideas of the group concerning the utility of music. Christians believed in the power of music. They sanctioned its use with the religious ceremony in order to enhance the affective quality of the rites and prayers. Music was held, however, within certain bounds prescribed by the ecclesiastical authorities.

The dance was absolutely forbidden and has never been reinstated in Christian worship. Dancing is too much associated with the body to permit its transformation into a purely incorporeal state. For several centuries the wail laments disappeared from choral literature intended for Church use. Laments were too actively associated with women to be divorced suddenly from their begetters. Instruments were probably allowed, but did not play an important part until later. Singing was the method employed to affect the deity. In melody to accompany the liturgical texts, Christian musical art developed.

There was a fierce struggle to suppress all singing outside of church and monastery. Religious canticles could be sung at home, but only those with Christian texts. Choral spring and love songs, wedding songs, and especially songs based upon the wail assumed a sinful character. When the bishops issued prohibitions against the choruses of men and women who were carrying on age-old customs of song and dance at the seasonal festivals, they alluded invariably to the character of the songs and dances as being "erotic," "obscene," "scurrilous," or "the Devil's songs." Bishop Caesarius of Arles (Sermo XIII) made the complaint in 542: "How many peasants and how many women know by heart and recite out loud the Devil's songs, erotic and obscene." [12]

Except for religious canticles in the home, song—Christian music—existed only in the churches and monasteries. At that time, no other institutions functioned. Because a woman could not enter religious institutions in honor without trailing with her the fancied dishonor attached to human birth, her performance of instrumental and vocal music fell into the same category of evil that she herself assumed.

Because prostitutes played instruments of music, Christian girls were never to play them. The great teacher Jerome wrote in his letter Ad Laetam, concerning the education of girls: "Let the maid of God be, as it were, deaf toward instruments. Let her not know why the flute, the lyre, and the zither have been made." [13] Basileus said that it was a pitiful sight for pious eyes to see a woman singing to the lyre instead of weaving. This attitude is taken by Arnobius, Commodian, Basil of Caesarea, and others. That the notion persisted is evinced by numerous medieval representations of the wise and foolish virgins in which the foolish ones hold musical instruments in their hands as an indication of their levity. Nothing was said about boys not playing instruments. It was not that girls were incapable of playing the cittern and the flute and the lyre; it was not that they played less skillfully or with less musicianship than boys; it was simply that the risk that their music might distract men—the chosen leaders for developing the life of the spirit—could not be taken. (See Plate 52.)

The liturgical choirs of girls, who had preceded the boy choirs, eventually became cloistered in their own monasteries and no longer served in the public churches.

Choirs of laywomen and girls, as well as of professional musicians, were absolutely forbidden. Congregational singing by women was also forbidden, even when they were in church with their families. The converted Jew St. Paul, imbued from childhood with a distrust of women, commanded them to be silent in church. A little later, Cyrillus of Jerusalem, also a bitter enemy of women, taught that they were to read and pray softly with the lips, without sound: "For I do not allow a woman to speak in church." [14] In the Didascalis of 318 the singing of women in church was forbidden; in the Council of Laodicea (367), congregational singing was abandoned and the musical portions of the service were placed in the hands of a trained choir of men and boys; in the Synod of Antioch (379), women were forbidden to join with men in chanting the Psalms. Mothers could not give their own thanksgiving for motherhood in imitation of Mary. Mothers could only listen to little boys or nuns singing the song of rejoicing for the birth of the Saviour. As already shown, such customs had at first only local authority, but they gradually came to be accepted as proper by the whole Christian body.

Professional women musicians submitted to regulations that practically prevented them from pursuing a musical career and remaining respected members of the Church. St. Chrysostom (fourth century) despised the professional mourners. "Anyone who hires these wretched women shall be excluded from the Church for a long time, like an idolater." [15] Bishop Hippolytus (fifth century) had the same feeling: "A woman who attracts people with her beautiful but deluding sweetness of voice (which is full of seduction to sin) must give up her trade and wait forty days if she is to receive communion. Then only may she receive the mysteries." [16]

Finally, the authority of several sects began to disapprove of the girl choirs unless the girls had taken the vow of chastity and had become nuns. Women and girls were expected to sing their religious canticles in humble tones or with a sexless quality like that of immature boys. The natural, rich, low-pitched voice of the mature woman was absolutely tabooed, and was not introduced as a vocal instrument for many centuries. The musical terms used now to designate vocal parts that are higher than the normal range of men's voices developed from men's usage, not women's. Soprano means *superius*, or the highest, no matter what the pitch. Its feminine form—never used —would be soprana. Alto means *altus*, or high—high for men. The form "alta" would be meaningless and never appeared. Neither term, soprano or alto, had originally anything whatever to do with women, and there is still no word for the woman's natural voice.

The training of little boys to sing the high vocal parts of Christian music was the beginning of a practice that has persisted to this day in the Church, and that perpetuated the morbid idea of the Greeks at the beginning of their decadence—that the innocence of young boys could be made a healthy substitute for the natural purity of girlhood. The whole conception symbolizes the movement to degrade the natural woman and to limit her opportunities to be a musician merely because she was a woman.

The Church Fathers themselves made an explanation and an excuse for their attitude. The charm of women, the appeal of their voices, and their whole emotional life as expressed in music had unfortunately been associated with a kind of ritual that in the fourth century had fallen from its former high estate. At various times it had been necessary to regulate the extremes of orgiastic worship associated with the old goddesses and with primitive religion. Exaggerated demonstrations of grief at funerals had fallen into this category. Early in the history of Athens, one of Solon's laws had forbidden citizens to hire more than ten professional mourners and flutists to perform music at funerals. And in 185 A.D. the Romans, usually tolerant of any religion, suppressed the order of the Bacchantes after women had held a three-day secret celebration that seems to have caused public protest. There had long been denunciations on the part of all decent people against the sexual orgies and other vulgar exhibitions of some of the aristocratic Romans. Music by women had always accompanied and stimulated the obscenities. A reaction to such excesses was both inevitable and healthy, to be regretted only because Christian leaders allowed the incurable human failing of immoderation to becloud the issue.

Despite their belief in the power of music as practiced by *men* to enoble character, the Church Fathers apparently never made any provisions for *women* (except as nuns) to integrate music with formal religious devotion or for women to take the lead in finding spiritual sustenance through Christian music. After about the fifth century, laywomen dropped out of the organized musical life of Christianity. The singing and dancing of peasants and of the noblewomen in their castles continued, as we shall see, in spite of and in successful revolt against the plans of the priesthood for the use of music. Whether women made any formal protest against the rulings that fixed their relation to music for a thousand years to come and more, whether they realized at the time the full extent of the repression, is unfortunately not recorded.

This movement reached its height as the whole civilized world was falling into decay. Just as the brief brilliant triumph of classical Greece in taking over women's rituals and music and in suppressing women's part in them was followed by the long slow decay of Greek creative talent, so now the triumph of the Church leaders in eliminating women from all authoritative participation in ritual and music coincided with the beginning of general social darkness in Europe. The Roman Empire fell. The old civilized life of the Mediterranean cities was overrun by barbarians, or decayed of itself. It was to be several centuries before the fresh energies of the still primitive and pagan north of Europe could become effective in reviving Western culture. Under such circumstances it was hard for women to unite and make a stand. Isolated as individuals and groups, amidst general social chaos, they had to make the best of things as they were.

The unfortunate thing is not that all this happened long ago. The unfortunate thing is that, fundamentally, it has not yet been undone.

When men departed from Jesus' way of love and tolerance, they broke with women and created a situation that has never ceased to be death-dealing to woman's imaginative faculty. The Church, which should have enabled the noblest men and the noblest women to seek spiritual regeneration for all humanity, became primarily an institution for men's point of view, men's imagery. From the fourth century to the twentieth, Church leaders have given no serious thought to the needs of women for ritual and music created by women themselves—ritual and music both being capable of nourishing that part of the spirit known as the imagination. Although men would not be satisfied without their own symbols, rites, leaders, and their own spiritual sustenance, they have expected women for nearly two thousand years to feed their imaginations on crumbs from the men's table.

Women lost their symbols, their rites to emphasize their own strength, their leaders. They lost more than that—self-confidence in their own powers to be a dynamic, beneficent influence on humanity backed by the reverence of men for them as such. It was because women were regarded as a menace to the life of the spirit and as interfering with the quest of their men for salvation that they were forbidden to be priestesses and choristers. As recently as 1928, bishops of the Church of England gave the reason identical with that of the early Church Fathers for refusing the petition of women for ordination. Men might be emotionally disturbed, they said, by women's presence near the symbol of spiritual regeneration.

Barriers between women and music did not arise from any lack of natural musical talent, skill, intellect, or imaginative faculty on the part of women. Merely because nature had fashioned her body for the purpose of carrying a child, a human being was deprived of the use of the mimetic rite and music—two of the basic means of expression and communication. The inevitable result has been slow spiritual starvation.

Instead of entering the Christian way in the pride of womanhood, in affirmation of her "Artemis value," woman approached it in negation. Instead of glorifying her existence, she started apologizing for it and so killed the spirit in which imagery gestates. "Daughters of Jerusalem," said Jesus to his followers, "weep for yourselves and for your children."

Weep for yourselves, O Daughters of the Moon!

NEW MOON

CHAPTER XII

THE NUN

1.

I N THE darkness that had fallen on women at the end of the fourth century A.D., in many parts of the Christian world, even in its highest councils, and in the silence that had been laid on their music, there began to gleam again a faint, thin crescent of light. Like the moon in her nights of darkness, the music of women had not really vanished. It was only obscured. And to this day it is still only a crescent, with the full moon still a long way off. Nevertheless, the waxing had begun.

This new moon rose over rude collections of huts and clumsy farm buildings surrounded by walls, in which some rough, stormy princess of the north gathered the more rebellious and self-assertive women of her circle and defied men to marry them against their will or keep them married, by putting themselves under the protection of the Church. For as the Roman rule over the forests and farmlands of France and Germany crumbled, the missionaries of the Roman Christian Church took over and began to organize the turbulent north.

The first to see the many advantages these polished, cultured, and subtle persons from the old civilized world had to offer were often the wives or women relatives of the so-called "kings" and "nobles" of the northern tribes. One of these, the high-spirited Chrotield, adopted Christianity, and was then, with some adroit persuasion on the part of the Christian bishops, married to the leading German barbarian, King Clovis. She forthwith required him to become a Christian and all his people with him. Thus was Christianity established among the Franks. In the next three centuries this Germanic tribe took over the rule of all Europe and produced a great emperor,

Charlemagne, who was crowned in Rome in 800 A.D. as emperor of New Roman Empire—the Holy Roman Empire. Chrotield, in order to assert her independence of any man, even the King, established a religious house for women near Rouen, but she was no model of Christian meekness.

The example of Chrotield was followed by "princess" after "princess" among the conquering Teutonic tribes. No man of the royal Frankish house entered a monastery. But the women formed religious establishments everywhere. In so doing they were able to reassert the ancient power and independence that women had held among the uncultured Aryan-speaking tribes of Europe from time immemorial. Big, blunt women, strong of limb, downright of speech, resolute of will, most often flaxen-haired or red-haired and blue-eyed, splendid in fur mantles and heavy gold ornaments, these princesses were still of the race of the old mother-chieftainesses and priestesses. They did not intend to be broken by men if they could help it. So, one after another, the noblewomen, with the help and connivance of the Roman bishops, set up their own religious establishments, often on lands they themselves owned and flatly refused to transfer to a husband.

In the centuries to come, succeeding generations of "nuns" were slowly broken to the rule of the Church. But meanwhile they were given at least a limited opportunity to develop their talents in literature and music.

One of the early religious houses for women was founded at Poitiers by Radegund, the high-tempered wife of King Cloathcar, who ruled all of France, Burgundy, and Thuringia, and some lands in Italy and Spain. But he could never rule Radegund. When he objected to her failure to have his meals on time and her neglect of his company for that of any scholarly man who came to her court, she appealed to the bishop to consecrate her a deaconess and let her set up her own monastery for women. And thereupon she offered up her embroidered clothes, her girdle heavy with gold, and all her gems in the oratory of St. Jumer, and went forth clad only in thick flowing robes of a brownish, undyed wool. When King Cloathcar appealed to the Church to send her back, she said she would die rather than return to him. Since Cloathcar had seven recognized wives, of whom she was the fifth, she may have thought he could find feminine company for himself.

As head of her own religious establishment, Radegund led a vivid

public life in touch with bishops and various turbulent kings. She left
an equally vivid literary record of herself, including three poems in
the form of elegies. One of them told the tragic story of her young
friend Galeswith, who was murdered shortly after her marriage to
King Chilperic. The lament in this poem is intoned by several
women in turn. "The cry which sounds through these lines is the cry
of a woman—the expression of tender and fiery passion . . . a suggestion of the strength of a woman of all countries and for all time." [1]
When Radegund died in the year 587, the women who had left
homes and families to follow her crowded around her bier, wailing
after the immemorial pattern of the women's dirge, "To whom,
Mother, hast thou left us orphans? To whom shall we turn in our
distress? . . . The earth is now darkened to us . . . Woe unto us
who are left by our holy mother." [2]

Radegund could not only read and write but was as well educated
as any man of her day. For it was one of the great attractions of
these monasteries that in them women could acquire the mysteries
of reading and writing and learn the spiritually beautiful music of
the Church. Women set themselves to learn the church music with
much eager experiment over pitch and tone and with hours of devoted practice.

In the time of Radegund this music was reaching its climax in the
marvelous art of Gregorian plain song. From Italy the churchmen
who were converting and organizing the barbarians were bringing
it to the north.

2.

To understand the relation of women in convents to this church
music, it is necessary to review what had happened to music in the
Church. As has been said, dance music, wedding music, laments,
and many types of social and ritual music formerly composed by
women, as well as men, had been forbidden. This was a barrier to
the creative musical power of men composers as well as women.
Since the religious dance was forbidden, men gave up composing
dance music. For centuries, musicians avoided the laments that had
been so rigorously prohibited by the Church. They did not compose
music for weddings, since the marriage rite was not, at first, a part of
the religious service. It is possible that men suffered no great deprivation by abandoning the dance, the wedding songs, and the laments. These forms of expression had always been associated with

women and were never used as freely and consistently by men. This fact may explain why the prohibitions against pagan music were largely directed against women.

However, despite the many prohibitions against women's music and their exclusion from priestly offices, women in convents in the more civilized south and east had cultivated Christian music. This is evident from what Bishop Gregory of Nyssa wrote of his mother, St. Emily of Cappadocia, and his sister Macrina.

St. Emily of Cappadocia and her daughter Macrina are striking examples of leading Christian women. These two fourth-century saints were hereditary Christians of noble family. Macrina was both beautiful and brilliant. When she was still a child she knew all the Psalms by heart. Later she instructed her brother Basil in philosophy. She would not marry, but settled near her mother and gathered young women around her, teaching them to pray and sing in the Christian manner. Macrina was regarded by the whole countryside as a holy person, possessing supernatural powers. She miraculously cured a distinguished soldier's daughter of blindness and caused corn to grow in her own fields in time of famine. Upon the occasion of her last illness, her great brother Bishop Gregory of Nyssa hurried to her, and afterward wrote an account of her death and burial. In his book *Life of St. Macrina*, Gregory mentions first of all, in enthusiastic terms, the spiritual qualities of his mother and sister. "Such was the manner of their life, so great the height of their philosophy, and so holy their conduct, day and night, as to make verbal description inadequate. . . . These women, Emily and Macrina, fell short of the angelic and immaterial nature only in so far as they appeared in bodily form." [3]

All through the account, Gregory alludes to the singing of the nuns. "The voice of the choir was summoning us to the evening service . . . Macrina wished to repeat the thanksgiving sung at the lighting of the lamps." [4] Gregory describes the mourning rites: "Virgins' voices singing psalms mingled with the lamentations were filling the place; somehow the news had quickly spread throughout the whole neighborhood, and all the people that lived near were streaming towards the place, so that the entrance hall could no longer hold the concourse." [5] When they were all assembled Gregory ordered the psalms to be sung by both sexes in the rhythmical and harmonious fashion of choral singing.

The most significant part of the account is the description of the all-night vigil preceding the funeral, when the nuns, alone with their abbess' body and their own grief, cried and bewailed in the manner customary at Christian wakes:

"The light of our eyes has gone out,
The light that guided our souls has been taken away.
The safety of our life is destroyed,
The seal of immortality is removed,
The bond of restraint has been taken away,
The support of the weak has been broken,
The healing of the sick removed.
In thy presence the night became to us as day,
Illumined with pure life,
But now even our day will be turned to gloom." [6]

These Cappadocian nuns were only one community out of hundreds established in Christendom. In many monasteries the holy women were adapting old pagan rites into Christian ways and were contributing their own expressions to the stream of song that was to be liturgical music. The lament of Macrina's followers is merely a link in the chain of dirges that extends from Mary's own song of mourning to Queen Abbess Radegund's magnificent epic six hundred years later.

Men did not begin to create music for the religious ceremony until after Christianity had been established as the official religion of the Empire, until the persecutions had stopped, until a hierarchy had been organized, and until the circumstances gave them an objective upon which to focus their musical ideas. Then singing was authorized as the direct extension of the functions of religious officials. Musically minded churchmen directed their imaginations toward creating the liturgical song known as plain song.

Plain song had no utility except as an integral part of the religious rites and the liturgical texts. The melodies followed exactly the rhythm and intention of the words, just as much as any primitive song ever did. Only these persons who celebrated the rites and who repeated the prayers had the proper qualifications to be authoritative musicians. Christian music makers were the members of the hierarchy—pope, cardinals, bishops, priests, clerics, monks—and nuns.

For many centuries the composition of music was limited to liturgical song. The laity, although undoubtedly as talented as their brothers and sisters in the hierarchy, were not expected to compose the liturgical music. If one did not belong to the class chosen to make the music, one had no opportunity or incentive or training to do so. In the early days this barrier applied to men as well as to women. The names of robber barons do not appear among the composers of church music. Only later did the work of professional men musicians—trained, of course, by monks, the only educators—begin to be acceptable to the ecclesiastical authorities. But although the class of chosen musicians was later enlarged to include the professional who was not a member of the hierarchy, all churchmen at first submitted to barriers against a free use of music.

The limitation on the composition of any music except liturgical music by churchmen was increased by the social disorder that prevailed everywhere except in a few religious retreats. Until about 800 A.D., Christian Europe struggled against the inroads of the barbarians from the north and the Saracen invasions from Spain. Only gradually did the medieval castles and their walled towns become permanent centers for civilization. Universities, theaters, and other public forums were as yet unorganized. Learning and music lived only in church and monastery. Christian music was religious music, created and performed under the authority of the Church.

3.

Plain song was introduced into the convents for women, and became an earnest expression of their own spiritual life. In the early days some abbots and abbesses observed perpetual adoration, keeping shifts of singers on duty day and night. In later times certain orders prescribed only the recitation and not the singing of prayers and psalms. Between these two extremes, customs varied. From the fifth century until about the thirteenth, when many other orders arose, the rule of St. Benedict and St. Scholastica attracted the majority of the noblemen and -women who entered monasteries. Benedict and his sister advocated the use of music. Monks and nuns of the numerous Benedictine monasteries often spent from five to eight hours daily in the practice and performance of liturgical song.

The life of the monastery revolved around the performance of the prayer service and the celebration of mass. The rites were conducted and the liturgy recited at regular intervals during the day and night. Mass was celebrated once, and often more than once, every day. Its choral portions are the Introit, Kyrie eleison, Gloria, Gradual, Alleluia or Tract, Sequence, Credo, Offertory, Sanctus, Agnus Dei, and Communion. The prayer service consisted of matins, at about two A.M.; lauds, at about four-thirty A.M.; prime, tierce, sext, and nones during the day; vespers at twilight; and compline before retiring for the night. The whole set of devotions was known as the *horae*, canonical hours, or the offices.

The singing of nuns was a serious religious matter, sanctioned chiefly for the purpose of enhancing the value of prayers to the Almighty. Provisions were made for the singers to be properly trained. Each convent had its own nun-teacher. She was called *cantrix, cantorissa, Sängerin,* or *Singmeisterin* according to the language of her country. At Syon (England) the chantress had to be "cunning and perfect in reading and singing." [7] Women conducted the services at the canonical hours by themselves, under their own leadership, but a priest always intruded upon their privacy for the purpose of celebrating mass, thus limiting the opportunity for them to make innovations in the service as the monks did.

With a few strokes of the pen, one can describe the number of hours spent by medieval nuns in the pursuit of music, or depict a group of them in action. But a whole volume could scarcely do justice to musical life in the convents. To begin with, it is no insignificant achievement to assemble a group, large or small, eight or nine times a day for the purpose of singing to God. With no thought of an earthly reward, for almost two thousand years, in the dead of night, in cold, unheated chapels, these dedicated women have been earnestly striving to save their souls and those of humanity. Throughout the centuries the excellence of nuns' singing has been commented upon by their contemporaries. The beautiful, clear voices rising and falling to the incomparable melodies of Gregorian plain chant seem to have given musical satisfaction to all who heard them. The nuns functioned in a narrow groove, but they deepened it by genuine devotion.

4.

Plain song reached its greatest beauty in the sixth and seventh centuries, and again in the ninth when it first began to be written down. During these years the skill and inspiration that flowed into it were anonymous. So we have no way of knowing how much of it can be credited to the women in the early religious houses. If their music was as fresh and real as some of their writing, their contribution was considerable.

Nevertheless, despite the scope given to women's talents in the convents, it must be recognized that they were under severe repressions, which did not affect men, in the development of their talents. It is true that on the practical and material side, all Christians respected the abbess, who, as leader of women under monasticism, inherited many of the prerogatives of the primitive queen and priestess. St. Macrina exemplifies the high status of many abbess-saints whose advice was sought in the early synods and councils. Throughout feudal times these aristocratic women had the power of a bishop within the limits of their monastic precincts and carried the crozier as a sign of their rank. Again and again they demonstrated themselves to be the intellectual and spiritual peers of their relatives the popes and bishops, emperors and kings.

But ecclesiastical ideals in the Middle Ages, firmly established by men and acquiesced in by the majority of women, stood uncompromisingly against the emancipation of women from the stigma of spiritual inferiority. For all her proven ability and her acknowledged beneficent influence, any abbess stood *potentially* lower on the rungs of the hierarchal ladder than the most obscure little boy. She could never be a Christian priestess. Even for her own nuns, whose spiritual mistress she was, she could never celebrate mass. The rich abbess of Las Huelgas, supreme over twelve monasteries of noblewomen in thirteenth-century Spain, was deprived of her revenues and finally excommunicated for defying this inexorable law. Church annals are filled with such edicts.

Between all nuns and monks lay a great gulf. The monks belonged potentially to the upper ranks of the hierarchy; a monk could become a priest, a bishop, even pope. The nuns were ranked in the lower bracket only. And instead of being liberated from the distorted ideals of the early Church Fathers (as well as of their women followers), the sisterhood became tainted through and through with the devaluation of women's collective potentiality for good. Singing had been authorized as a direct extension of the functions of the religious officials. But music in the churches was performed by men and boys —not women. Nuns, therefore, lost the prerogative of being the liturgical choir in public as they had been in early Christian times. Nuns became more and more cloistered in their own precincts. Even there, they sang out of sight, behind a grille or curtain.

Women in the hierarchy were both outnumbered and outranked by men, being excluded from the enormous company of Church officials, from pope down to humble clerk. Until the thirteenth century, the clergy could be married men and so had the advantage of being able to lead normal lives. Nuns had the same status as monks, but were not nearly so numerous. The majority of women married and from them no music was expected. The total number of women from whom music might come was far less than the number of potential men musicians.

Particularly pertinent to the development of creative imagination is the fact that a monk was always in the position where he could exchange ideas with his fellow men, some of whom were leaders of the Christian group. A nun, on the other hand, was rarely admitted to the inner circle of authority. The convent was not the highest forum for discussion and women did not freely enter the men's forums. A nun, therefore, was given no broad chance to test experiments in symbolic thinking, or to match artistic effort, or to prove the validity of such effort by trial before auditors who were at the same time sympathetic, skilled, and also of the highest authority. Before original work could be accepted by the whole society, it was subject to the approval of men, who openly announced their scorn of everything feminine. In a handbook of canon law, the principle of women's subjection is clearly stated: "The very nature of religious life demands from the sisters submission to the ecclesiastical hierarchy." [8]

There was a further difficulty, and one that strikes at the very root of the matter. This was the ideal of virginity, as elaborated by men and preached into the ears of women in their tender and impressionable years. Since for men sex begins and ends in a swift impulsive release with no further effects or consequences, save as a man assumes them vicariously, the Christian preacher tended to think of sex as the sex act only. And having determined, in pursuit of peace and self-discipline, to deny or limit this in their own lives, they feared and distrusted the attraction of women. Women were to be suppressed because men's own impulses toward women were to be suppressed.

But for women, sex is only the beginning of instinctive movements of mind and feelings which, so far as the deepest unconscious life is concerned, they have entirely to themselves. The true soul of woman, her unique psyche, distinct from that of the male, is that of the woman who grows a child in her own body, bears it in sweat and blood and tears, and nourishes it with milk from her own breast. The total experience is so tremendous that it dwarfs all others of the physical and emotional life. It involves the depths of pain, the heights of triumph. However woman may try to put the subconscious awareness of this from her she never can, because month by month she is relentlessly reminded of it.

When men talked of sexual abstinence or of the glories of virginity in terms of their own biology—which in comparison with women's is a deficit of nature—they completely ignored the psychological necessity for women to respect these great life facts. They further injured women's psyche by taking over the imagery of women's lives and elaborating it into allegory and theology. Christ, God, or the bishop nourishes something or other "as a mother." Something or other flows as "milk from the divine breasts." There is no end to this ingenious pretense. To this distortion of their own woman's experience, and to a man's terror lest he should be turned from his way of salvation, women, as virgins dedicated to God, were subjected.

Sometimes the effort to tell women how they might sublimate their own impulses, instead of permitting them to find the far nobler and grander way to which nature had pointed them, approached downright indecency. Imagine some lone male priest, of the sex that alone was allowed to officiate at the altar, coming into a convent of women, some of them very young, and exhorting them in these words: "After the kiss of peace in the mass, when the priest consecrates, forget there all the world, and there be entirely out of the body; there in glowing love embrace your spouse, Christ, who is come down from heaven into the bower of your breast, and hold him fast until he has granted you all you wish." [9]

Between the suppression of woman's every normal impulse, the identification of her sacred power of giving birth with the evil and undesirable, and the feverish tendency to interpret religion to women in terms of their own repressed male impulses, the dominance of men in the higher offices of the Church kept women's real soul in a position in which it could not really function. What a woman was offered and what she accepted in the nunnery was an artificial and inferior and crudely imitative substitute for her own real spiritual life.

Yet the temptation to accept this was very great. In the Europe of that day the opportunities for lifelong monogamous marriage with dignified and free motherhood were very few. The monastery was freedom from the rude dominance of some unloved man. It was freedom, too, from very crude physical toil. "And now I ask," ran one apology for the life of nuns, "how does the wife stand when she comes in, hears her child scream, sees the cat at the flitch, and the hound at the hide? Her cake is burning on the stone hearth, her calf is sucking up the milk, the earthen pot is overflowing into the fire, and the churl [or servant] is scolding. Though it be an odious tale, it ought, maiden, to deter thee more strongly from marriage, for it does not seem easy to her who has tried it. Thou, happy maiden, who has fully removed thy self out of the servitude as a free daughter of God." [10]

The way in which the tendency of men both to suppress women's musical artistic expression and to take over and perform themselves what women had thought out is shown in the case of two inventions that are natural expressions of women's life, but not nearly so natural for the men who appropriated them. One was the liturgical play, which turned upon the experiences of such women as Mary, the mother of Jesus, and the other Marys who were his friends. The other was the ceremonies associated with the death of their own women friends and leaders in the monastery. Over and over again, nuns were forbidden to act in the liturgical plays. Women could not even reproduce the scene in which the three Marys visited the holy sepulcher on Easter morning. In all Europe and England, the Easter drama has so far been found in only six monasteries for women, whereas in the monasteries for men the play was never suppressed. Monks elaborated the idea, imitated it for other feasts, such as Christmas, Epiphany, Palm Sunday, and Pentecost. They took it from monastery to church and finally to the public market place. Freedom to develop the events of Christ's and Mary's lives in forms of the mimetic rite according to their own interpretation was consistently withheld from women.

Yet there is evidence that women participated in the forerunners of the medieval liturgical play. The very character of the people— accustomed to display feelings of joy or grief in church, drilled for centuries in the mimetic rite—implies that action was often integrated with worship. The *History of the Blessed Virgin Mary* records that Mary and her women followers used to talk about Jesus all day long and that they mourned for him at regular intervals. *Feminae Sanctores* of the Marcion sect, marching in a procession into the hall where the congregation sat, carried lamps and gave laments for the sins of the world. Bishop Methodius' girls impersonated the characters in his play *Concerning Virtue*. A first-century fragment of a story about Seilah, Jephtha's daughter, suggests that some early writer had planned another play for girls. Men and women worshiping in the church at Gethsemane during the fourth century acted out the events of the day of Crucifixion—probably the original form of the Stations of the Cross. The few surviving traditions about the powerful Marianite women of Spain and Bordeaux (France) indicate that they imitated, at their secret ceremonies, the grief and joy of Mary and her disciples. In at least six medieval monasteries nuns performed the Easter rite of the visit of the three Marys to the sepulcher. In the version presented at Origny St. Benoîte, one verse of Mary's lament is unique; in the Barking text, there is a special verse for the lament and another for the cry of joy that appear nowhere else.

It is surprising to find that the dramas developed by monks in medieval times were so frequently scenes in which women characters dominated. The visit to the sepulcher was the oldest and the most frequently performed by men. Monks acted also the visit of the pregnant Mary to the pregnant Elizabeth, the lament of Rachel for her children slain by Herod, the episode of the wise and foolish virgins (Sponsus), and the Christmas story. How very odd that they so rarely dramatized events in which men had had the foremost place, such as the last supper! One might reasonably infer that the first Christian women had been inventing their own rites for two or three hundred years and that men had been impressed through these centuries with women's interpretation and selection of material for use in the religious ceremony. Some abbots did perceive that it really was not suitable for men to take the women's parts in these plays. It was degrading, they said, to pose as women. Others objected to the falsetto voice—it reminded one of the evil inherent in women's voices. But it was not suggested that women be allowed to take the women's parts in representing episodes in a woman's intimate life, which, badly played in a crude, secondhand way by men, were still the most moving episodes in the religious drama.

The refusal to accord women their immemorial privilege of officiating in the rites of death was another example of the appropriation by monks of women's rituals and women's musical inspiration. As early as the third century, when the first convents were being established in Egypt, St. Schenute of Atripe and St. Pachomius ordered that funerals of nuns were to be conducted by monks only. The sisters could merely listen to the praying and singing. Pachomius moderated the rule by allowing six nuns to follow the cortège at a suitable distance.[11] In the double monasteries housing both monks and nuns, such a direction from the abbot in charge was indeed a cruel deprivation to the women and is a striking example of the unwillingness of men in authority to give qualified women responsibility for correcting abuses in their own affairs. To cut them off arbitrarily from participation in the rite that had been since time immemorial the chief incentive to women's most notable musical achievements meant the erection of a high barrier between the second-century nuns and the composition of music. That the custom of having monks take the lead at nuns' funerals persisted can be seen in the account of Abbess Hathumoda's funeral in ninth-century Saxony. In the great, rich abbey of Gandersheim, where the famous Hrosthwitha wrote her plays and her music, the nuns had to send for the monk Wichbert to compose the funeral chants and merely give the response themselves to his verses. That such limitations upon the freedom of nuns to create existed in some, even if not in all monasteries, lowered materially the possible number of nun composers at the same time that it raised the possible number of monk musicians.

Unfamiliarity with this aspect of Christian Church history is largely responsible for the general failure to understand the relation of women to music in the convents. On the surface, monastic life appears to have provided the necessary incentives to all musically minded nuns. Certainly many women in the convents were able to ignore the prohibitions and went their own way. Hundreds of edicts repeated again and again through the centuries prove the active resistance of women to their prescribed status. Undoubtedly, many individual churchmen were Christlike in their attitude toward women and had no deliberate intention of denying them the right to think in terms of music. But on the whole, organized Christianity—Church and priestcraft—effected a repression of the natural woman. Even those men who appreciated the value of womanhood to Christianity failed to take a militant stand against the profaners of women. If some few did favor giving women recognition as officials in the Church, they were greatly in the minority. On the whole, men imbued with the Christian spirit believed in being kind and merciful to individual women but not in allowing women to be self-assertive or independent *collectively.* "The head of the woman is the man," said St. Paul, and in this principle most people concurred. How limited were the opportunities of nuns to succeed as musicians!

5.

But as time went on the women's monasteries acquired such wealth and power, such a tradition of skill and learning, that in a few rich and favored houses, from the ninth century on, women began to assert considerable artistic independence. In the ninth century, the Byzantine nun Kassía composed a canon and a sticheron that were incorporated with the liturgy of the Greek Orthodox Church for Holy Week. In the tenth century the nun Hrosthwitha displayed remarkable talent in writing poetry and drama. Into her various works she inserted dissertations on mathematics and music, demonstrating her familiarity with these subjects.

Hrosthwitha got the materials for her dramas and legends in the well-stocked library of Gandersheim, which included every kind of classical and medieval literature, copied and decorated by generations of nun-scribes. It is thought that the reading of one of her legends, retold in her fresh and novel way, was a regular feature that preceded the convent meal in the refectory and that the reading closed with a grace of eight lines, probably intoned. This shows the great stimulus that regular institutional support can give the artist and musician. Hrosthwitha had a regular incentive, a participating audience, a critical and sensitive group who wanted her work and whom she tried to serve.

The women in great rich monasteries such as Gandersheim, Barking, or Origny St. Benoîte often had not much in common with an ascetic, detached life and the dark garb of the traditional nun. This is shown by the recurring efforts to get them to dress more soberly. The greatest work of art produced in the women's houses—Herrad's *Garden of Delight*—shows women in gowns of different colors, with brilliantly colored red and purple veils. Herrad was a scholar, artist, and poetess whose large and varied talents blossomed at Hohenburg, a monastery on top of a high spur of the Vosges mountain, overlooking the Rhine. In the words she wrote for the nuns to celebrate their espousal to Christ there is something of the spirit of the old epithalamium or wedding song of Greece. It is a very different spirit indeed

from the sickening sexiness of some masculine treatments of this idea
of the sacred marriage.

Hail, cohort of Hohenburg virgins,
White as the lily and loving the Song of God,
Herrad, your most devoted, your most faithful,
Mother and handmaiden sings you this song.
She greets you times countless and daily she prays
That in glad victory you may triumph over things that pass . . . .

Delights await you, riches are destined for you,
The court of Heaven proffers you countless joys.
Put around you noble circlets, and make your faces to shine
Fair, freed from mental strife.
Christ hates spot or stain, he abhors time-worn lines . . . .

With a dove-like faith call upon your Bridegroom,
That your beauty may become an unbroken glory . . .
Mary's Son's heavenly castle with its beauteous halls
Be your home when the term of life is past . . .
The shining Star of the Sea, the one virgin Mother
Will join you to her Son in bond eternal . . .
May you not leave the way before you have attained. Amen.[12]

Beside the great work associated with her name, Herrad wrote an
encyclopedia and much verse. The fragment of a two-part song and
two lines of a liturgical play remain to prove that the Abbess of Hohenburg cultivated music.

Another nun of great attainments was Mechthild of the literary
convent of Helfta, in Germany. Mechthild's visionary poems and
writings are thought to have been one of the inspirations of Dante's
Divine Comedy and to have been acknowledged by him in the
lovely episode where he meets Matilda in the earthly paradise. As
cantrix for thirty years in the Cistercian Convent at Helfta, Mechthild existed in music and for music. Whether she was in the work-
room or in the chapel, she poured out song from the bottom of her
heart. One large group of her compositions consisted of the so-called
"spiritual love song"—the love song to Christ. This whole category
had developed directly out of the prohibitions issued by Charlemagne and other authorities against women singing "winileodi"
(love or sex poems) as they worked at their daily domestic tasks.
Not being allowed to express love for a man, or even for the spring-

tide, the nuns transformed the words into passion for Christ. Lamprecht von Regensburg in 1218 recognized that women had invented the spiritual love song: "This art has originated with the women of our day in Brabant and in Bavaria. Good God, what kind of an art is it, that an old woman knows better than a witty man?" [13] Mechthild made many "winileodi," but her best work was centered in her musical settings for conventional ritual texts. When she was about to die, she asked the attending nuns to sing her own requiem.

One of the most typical of these nuns of the Middle Ages, in her association with music, her encyclopedic knowledge, her fresh approach to much that the male intellect was fumbling with, and her inevitable limitations, was the Abbess Hildegarde of Bingen on the Rhine. Her *Play of the Virtues* (*Ordo Virtutem*) is unique in the history of medieval music. There is no other liturgical drama of her era, or before, that treats spiritual material an as allegory. Its whole conception is original. In its thought and text, it contains the principles developed by Cavalieri four hundred years later in the well-known *Rappresentazione di Anime di Corpo*. The play, however, was only one of seventy musical compositions—antiphons, responsoriums, sequences, and hymns—that Hildegarde composed for the nuns and novices in her monastery at Bingen on the Rhine. The great abbess' favorite hymn, "O virga diadema," is still sung in the village church at Bingen and in other convents. An edition of some of her works was made in 1895 by Dom Pothier of Solèsmes Abbey.

Hildegarde was also steeped in the life of the spirit. When very young, she had visions and made prophecies that brought her public recognition. In maturity she was credited with superhuman intelligence. Kings and bishops not only sought her advice but abode by her decisions. According to the way of all sibyls, she claimed that she had received her knowledge of musical modulation and harmony direct from God and called herself the zither (or harp) of the Holy Spirit, the strings of which were plucked by the spirit of the Lord. The abbess was equally famed for her practical contacts with the poor and sick of her community. She had an intimate knowledge of the medical lore of her day and a reputation for almost miraculous healing. Her book *Materia Medica* is still consulted for information about medieval medicine. As saint, prophetess, abbess, healer, musician, this remarkable woman seems like a primitive priestess, combining in one person all the ancient magics. She would have been a power in her time even if she had never composed a note of music.

6.

The histories and the musical achievements of these extraordinary nuns are significant for the relation of women to music in two ways. First, the fact that they composed music deemed important by their contemporaries goes far to explode the theory that women are inherently incapable of thinking in terms of music. Second, in the case of each of them, their place in history depends primarily on matters having nothing to do with music. The musical reputations of Kassía, Mechthild, and Hildegarde were by-products of their achievements in activities other than music. Kassía was the beloved of an emperor who pursued her until their affair became notorious. In the thirteenth century the popularity of mysticism brought several women into prominence, and nun-musicians became known because they were also mystics. Mechtilde, who lived in the Cistercian convent at Helfta with the celebrated St. Gertrude, was one of these visionaries. Having secured the attention of their contemporaries, whether intentionally or not, these nuns became recognized also as musicians and found a place in later histories of music and musicians. May there not have been scores of other nuns who were equally good composers, conducting their choirs, arranging and adapting the chant to suit the particular needs of their groups? Certainly in the early days this must have been the custom, since before the eleventh century and in some centers long after, music was not notated but was transmitted orally from teacher to teacher, from leader to choir. Such a practice naturally gave opportunity for local variations in the chants. For centuries, therefore, all nun-musicians worked in an environment that encouraged originality on the part of the choral conductor—provided, of course, the women were allowed to function freely. Even a Hildegarde could not rise out of a vacuum. Like Sappho, she had behind her and all around her other musically talented nuns. If they had been monks or clerics they would have been in the class from which the composition of music was demanded. On account of the stigma of inferiority cast upon women *collectively*, only those few nuns who were outstanding in some other way won a recognition that was accorded to many men of no greater ability. (See Plate 55.)

CHAPTER XIII

THE LADY

1.

THE abbess Hildegarde was the sibyl, the mystical oracle of a movement in Europe that was to have great consequences for the relation of women to music. In the late Middle Ages some abbesses enjoyed considerable intellectual companionship with churchmen, in a position of something like personal equality. Between high-minded and gifted men and women, these relations might be frank and quietly devoted, in a way not really possible in the case of men and women in any other walk of life. Such was Hildegarde's relation in her ripe middle years to a simple, earnest, rather narrow-minded monk named Bernard of Clairveaux.

Bernard deplored the selfish fighting amidst the princes of Europe. In conversations with Hildegarde and others, he developed the idea that all these warlike princes and knights could be made to live like brothers and their energies turned to a noble purpose if they could be inspired with a single social aim requiring the pooling of all their resources. Some knights and lords from northern France had already discovered such an aim—they had gone on a crusade to rescue the Holy Land from the Saracens. Bernard thought this idea of a crusade should be preached to all the people. He started on a preaching tour that soon had all Europe seething with excitement.

Meanwhile Hildegarde had a series of visions, of which she wrote in vague and burning words and which Bernard was convinced came straight from God. He presented these to the pope, saying that God had provided the world in this crisis with a prophet. The pope and the high councils of the Church, perceiving the great inspirational value of Hildegarde's writings at this moment, put the seal of the highest authority on them and granted that she was indeed in-

spired and ordained by God to guide them all in the great enterprise
of recovering the Holy Land. Thereafter kings and nobles who thought of taking the sign of the
cross, and churchmen of all ranks, wrote to Hildegarde for advice or
came to see her. Her writings, earnest, beautiful, though vague, were
everywhere circulated among the few people who could read, and
passages from them were repeated, intoned, trumpeted abroad.
Bernard entreated her not to slacken in her efforts to inspire the
Crusade. "They tell us that you understand the secrets of heaven and
grasp that which is above human ken, through the help of the Holy
Spirit," wrote Bernard. "Therefore we beg and entreat you to remember us before God and also those who are joined to us in holy union.
For the spirit in you joining itself unto God we believe that you can,
in great measure, help and sustain us." [1]

Since Hildegarde was widely recognized as a musician, it is interesting to speculate how much of her music was included in the inspiration, the exhortations, and the prophecies she poured forth as
the divinely appointed and officially recognized prophetess of the
Crusades.

In any case, between her prophecies and Bernard's preaching, all
Europe was seething. From every side bands of knights, trailing yeo-
men, peasants, and runaway serfs, were converging on the routes
that led to Mediterranean ports, beating footpaths into roads with
the ceaseless tramp of their feet and the clatter of their hoofs.
Though there had been no congregational singing in churches, the
great assemblages sang, fervently and religiously, finding their own
tunes and words. "Fairest Lord Jesus, Ruler of All Nations" is one of
the hymns of the Crusades we still sing in our churches.

Women and men, high and low, everybody wanted to join the
Crusades. At all the gathering places and along the main routes,
tradespeople set up shop. Entertainers staged shows with acrobatic
stunts, tricks of magic, acting, and singing. Many of the entertainers
were women—gypsy-like creatures traveling with their men and telling fortunes. The crusaders were often accompanied by their wives,
who rode along beside them and joined boldly in all public services.
Some highborn ladies even went without their husbands, volunteer-
ing to nurse or to set up hostels for pilgrims. The wife of the knight
Hausten von der Niederburg bei Uelmer traveled eastward to find
her lost husband. After a long search she discovered him bound to a
plow, slaving for a harsh unbeliever. By means of her harp and her

lovely voice, she charmed the owner of the fields to free the knight.[2]

Thus all the wild, free spirits of Europe were brought together and their disturbing energies turned on the infidel. And never again was Europe to be the same. In this great movement all bonds were strained or broken. The serf ceased to be tied to the land. He could run away, set up a shop on one of the crusaders' routes, and get rich. The knight ceased to be tied to his lord. He could carve out a piece of land for himself with his sword in one of the wildernesses of eastern Europe and became a lord himself. The people ceased to be tied to the Church. Great outdoor masses of people, even when they feel religious, cannot be bound and shackled to liturgy and doctrine. The moving masses of the Crusades were full of heresy, conscious and unconscious. And so in all this stir both women and music began to be released.

The Crusades, thus started, continued at intervals for three hundred years and were associated with profound changes in European life. The feudal system gradually disintegrated, and since feudalism was the mainstay of clerical dominance, the fortunes of the Church followed the fortunes of feudalism. Both were being undermined by an aggressive individualism and by a revolt from asceticism. There was, consequently, the beginning of a new development in the social aspects of music, a development that had its roots in changed ideas about women and in a changed utility for music. It is true that, throughout the Middle Ages, no lady could escape the ideal for her conduct set by the Church. Monasticism, far from declining in popularity, flared up with renewed vigor in the thirteenth century. Many new orders were established, some of them for women of the lower classes. In Russia, until the time of Peter the Great, it was the fashion for noblewomen in their castles to pray and fast at regular intervals exactly like nuns. Even those with no religious inclinations lived under the influence of the ecclesiastical interpretation of life. A European girl received her tutelage in books from a monk brought to the castle, or in a convent school where she was taught as if she were going to become a nun. But there was, at the same time, a partial return to the value of natural living. The "progressive nun" of those times threw off the veil of her dedication to chastity and appeared boldly as her natural self. Instead of becoming the bride of Christ in retreat, St. Elizabeth of Hungary remained true to her earthly lord and traveled over the countryside on errands of mercy. Although she identified herself with the real world, the Church recognized her as a saint and so sanctified the new ideal of at least a suggestion of conformity to the natural way.

2.

Up to this time the Church had been more or less successful in limiting the composition and performance of music. If the way of the autocratic theologians had been consistently followed, only a few Christian men and women to this day would have had the opportunity to compose or perform music. Since dancing was forbidden altogether, one of the greatest incentives for the creation of music fell into disuse. Instrumental playing was at first frowned upon by the Church for men and forbidden entirely to women. Singing was strictly limited to liturgical uses. Even at home, Christians were expected to set music only to psalms or religious canticles. Such restricted use would have changed the social aspects of music in our own culture completely.

The Church's all-inclusive ideal for music was challenged, however, from the beginning. Many people were reluctant to give up an art that had for ages past provided pleasure, spiritual recreation, and also a magic weapon. There was never a wholehearted, complete acceptance of the restrictive rulings. If there had been, the continuous repetition of prohibitions would not have been necessary. If there had been, the ritual music and art song of the former pagan epoch—rites and music that we now call folklore and folk song— would have disappeared; whereas the fact is that many of the ancient rites are still being practiced and are often accompanied by music that itself shows traces of an ancient origin.

Throughout the period known as the Dark Ages and throughout the Middle Ages, the majority of people continued to sing and dance and play upon instruments of music with the intention of influencing their environment. Peasants, townspeople, and nobles all believed that music had a supernatural power. The people of fourteenth-century France believed that music could influence the passions when they allowed a girl from Armentières in 1380 to be fined and arrested for making charms over a young man upon whom she had matrimonial designs. Artists even depicted a girl surrounded by a veil, a spiral, a heart, drops of blood, flowers, and birds practicing magic to attract her lover. Today, in Oberpfalz (Germany), an incantation for the same purpose is sung during the time of the waning moon:

"God thee greet, dear star of Eve, whom now and ever I love to view;
May the moon shine in the nook where my dear love now lies in bed;
Give him no rest, leave him no peace, until to me he needs must come." (See Plate 56.)

As late as 1517, Francesco Gonzago of Mantua ordered a *frottola*, composed by one Marchel de Cara, for soprano, violin, viola, and cello, to be played for the express purpose of curing his syphilis. The Duchess of Orleans employed musicians to play instrumental music for her at every confinement. She believed in the power of music to alleviate her suffering during childbirth. King Henry of Navarre implored his beloved daughter, Jeanne d'Albret, to bow before an image of the Virgin Mary at the foot of a certain bridge and sing:

"Help me, Mother divine,
Deliver me safely of a son!" [3]

This conception of the magic properties of music prevailed among both people and priests throughout the whole of Christendom. The challenge to the Church's authority came, therefore, not from a disagreement about the nature of music, but from a dispute as to who should wield its power.

The rebellion of Christian women against these restrictions upon their musical activities was strengthened by contact with new pagan blood. As the Church spread out through Europe, it converted Celts, Teutons, Slavs, and other northern races to Christianity. In contrast to the effete Orientals and the luxurious Romans, the barbarians were strong, sturdy, and freedom-loving. Women had their own deities, priestesses, rites, and music. Morrigu, one of the famous Irish queens, led men to war and taught them stirring battle hymns. Bridget, goddess and priestess in Ireland, played her harp even as a Christian saint. Slavic women were endowed with magic powers of intuition, especially with the power of making music. Wild and untutored these northerners were, compared to the sophisticated Greeks and Romans. Lascivious and obscene they certainly were not.

Against the might of their nobility and against the wealth of their musical expression the Church struggled in vain, and was eventually forced to compromise.

About the thirteenth century, one compromise was the introduction of congregational singing into the Roman Catholic Church. Religious words and familiar tunes that had never been silenced out-of-doors became formalized into hymns sung at the high festivals of Christmas and Easter. These had come from outbursts of religious emotion among the singing multitudes on the Crusades. Another compromise was to dedicate a pagan festival to a Christian saint. Upon such occasions, women and girls continued to sing and dance in the traditional manner. In the little village at Vigo, Spain, the girls even now dance up the church aisle. In the Vosges Mountains today, during Whitsuntide, girls march in little groups to the abbey. They wear wreaths of flowers and sing certain songs called *kyrioles,* associated in that district with the girls' flower festival.

*Kyriole*s are popular religious songs that had their origin as far back as the ninth century, in the response of Kyrie eleison (Lord, have mercy), given over and over again in church by the people to the priest. Those of the Vosges Mountain girls are only a sample of a very large number. In Russia, especially, there is a whole category of women's songs known as "spirituals." The Church's early sanction of the singing of religious canticles in the home bore fruit in many lands—the one opportunity open to women was, like the talent of the faithful servant, increased tenfold.

There is no doubt that Christian priests have been the implacable foes of women and women's music. Even today, women's musical activities are much greater in regions where the whole population remained pagan until a comparatively recent date. Europe became converted to Christianity only gradually. Germany and Scandinavia came into the fold during the eighth and ninth centuries, Russia even later—at the beginning of the eleventh century. Lithuania, Latvia, and Estonia were the last strongholds of paganism. In their deep forests, the *pagani,* or backwoodsmen, of these remote regions held aloof until about 1400. Russia, Estonia, and Lithuania are the very places where, until the great world wars, peasants had the richest folklore, dance, and music. They are the countries in which the creative peasant-woman-musician had the highest standing.

How many Christians of the aristocratic class conformed to the ascetic musical ideals of the Church is not definitely known. Many undoubtedly did, just as some people today still object to dancing and just as Quakers, until very recently, denied themselves music in any form. Customs varied in time and place. But the very condition of women's life in the medieval castle made it difficult to enforce restrictions against music upon them. Medieval noblewomen lived in feudal households and spent a large part of their time with one another, separated from the men. They attended to childbirth themselves, occupied their time in sewing tapestries, and whiled away their long hours of leisure by singing. In Russia, especially, the ladies were segregated in the *térem,* that section of the medieval castle set apart for women. There they indulged in gaiety, in dances, games, and songs upon occasions of birthdays, baptisms, weddings, or at Christmastime. There the women held feasts separately from the men and sang special toasts to one another, songs for good health, called *zazdrávnizi.* They hung up swings and sang old songs to the rhythm of the swing. Many of these songs were brought into the medieval castle by the laundresses, the peasant nurses, and especially by the embroideresses—the "hall girls," as they were called, because they slept in the castle hallways.

At weddings, especially, enthusiasm for song and dance ran high. According to legend, Queen Guinevere and the Knights of Round Table (*c.* 500 A.D.) rejoiced when two of their company were married.

> The women sang . . .
> The men shouted. . . .[4]

Guinevere herself composed the songs. And according to history, it was during the seventh century in Rome, in Greece, in Byzantium, that many respectable upper-class Christians engaged formal choirs of girls to sing during the wedding feast.

In Scotland about 1050 Queen Margaret was famous for the ballads she composed and sang with her ladies in waiting. The French queens and duchesses, with their maids of honor, sang long historical romances. One, looking up from her needlepoint, would give the verse, and the others would answer with the refrain:

> "The Queen sings softly,
> Her voice blends with the harp;
> Her hands are lovely, her songs good,
> Sweet the voice and gentle the tones." [5]

Her theme often dealt with the equality of love between man and woman—an unrealized ideal for those days but one always popular with women.

3.

The forces that were making for a new secular music and poetry in defiance of the Church were all represented by Eleanor of Aquitaine, who was married to Louis VII of France, divorced by him, it is said, because she bore him only daughters, and then married to Henry II of England. Eleanor was a brilliant, strong-willed, high-spirited woman, who accompanied Louis VII on the Second Crusade and left a trail of legend in the Holy Land. Upon her divorce from him— a divorce she seems to have desired—she married the heir to the English throne, who was much younger than herself. She then carried to England the arts and stories she had picked up in the East and the arts of her homeland. Meanwhile she also discovered the charm of the Celtic singers, the "Breton minstrels," as they were called, and made the court a center for them.

The indications of what must have been, under Eleanor's direction and encouragement, a very considerable enterprise in collecting, adapting, and making socially available the folk music and folklore of Europe are to be found in the lays of Marie de France. These are generally recognized as the most finished storytelling in any European vernacular up to that time. The lays purport to tell stories picked up from minstrels and folk singers. "Folk tell it to the harp, and to the rote and the music of it is sweet to hear," [6] wrote Marie. "The lays usually please the ladies. They hear them joyfully and eagerly, for they are much to their liking," [7] wrote Denis Pyramus.

Whether Marie adapted folk tunes as she adapted folk tales is not known, but literature and music were at that time so much a single artistic impulse and a single art that it is quite likely. Since Eleanor's own son John, when he later signed the Magna Carta, used a seal because he could not write his name, we cannot assume any habit of reading at his mother's court. The lays must have been made known by being sung or rendered in a sort of recitative to the twanging of a harp. The melody of the recitative was the music of singers whose song Marie purports to translate. The purported taking of the music from somewhere may, however, be only an artistic device. Marie may have formed the melody of the recitative out of strains she had heard as neatly and artistically as she formed her stories.

These stories are written in clear, clean, musical, octosyllabic verse. With sure and graceful literary art, Marie frees the folk stories and legends from the monstrous accumulations and contortions of medieval invention and tells a clear, intelligent tale with quiet beauty and good sense. Out of Oriental tales, European folk tales, and King Arthur stories, which were just beginning to be retold and circulated in a literary form by court entertainers, she forms a kind of manual of the manners and ethics of courtesy from the point of view of a civilized woman. The civilized and almost modern tone of these works, admittedly inspired by women and representing their point of view on men's doings and women's personal lives, is sharply contrasted with the style of some *chansons de geste* composed at that time by men. Who Marie de France was is not definitely known. She is thought by some to have been Mary, Abbess of Shaftsbury, natural sister of Eleanor's husband Henry II and daughter of Geoffrey Plantagenet, Count of Anjou. She appears to have been a sort of mistress of court entertainment, at least in the women's circles. As such she may have directed or worked with a number of minstrels, encouraging the development of songs in a civilized and polished form of the vernacular, with music of an equally civilized quality.

4.

Provençe, the sunny southeastern corner of France, whose principal city, Marseilles, had originally been a Greek colony, had been overrun in the tenth century by Saracens. Saracen women, as courtesans and entertainers of men, were creative musicians, fashioning both words and melody in a sort of social and artistic ritual to the glory of love between men and women. It was a kind of love that had nothing to do with marriage and mating. It was a celebration of the free spirit and its defiant right to love according to its own laws. Ultimately the Provençals expelled the Arabs. But they did not restore the control of the Church over their hearts and music. Instead, they organized a heresy, a kind of religion of the "gentle heart," as they called it, in which a knight, as troubadour, worshiped a high and noble lady in song. Thus began the art of the troubadour, a kind of musical wooing of the lady of the castles. This lady, married without her consent to a husband she did not love, might, with proper musical incantations, be brought to love the troubadour.

At the turn of the twelfth century the aristocratic music makers grew bolder in defying the Church's rules concerning the use of music. They dared to set their spring songs and love songs to the rhythmic patterns and melodic lines of the liturgical plain chant. Considering the Church's point of view about the sinfulness of sex, the adaptation of religious chant to frankly sensuous poems was a radical move in the direction of musical freedom. It began, indeed, the new school of secular music, which was eventually to broaden into the operatic and symphonic art of our time.

Thus began four great social changes that were to direct the whole orientation of women to music. One was a kind of woman worship, artificial, without roots in any real function or value of women and without much effect at the time on their actual status. The second was the establishment of wooing as a complicated art, to be humbly performed by men, with the women in a passive position on a pedestal. The third was the limitation of the woman to the position of being the object of men's music, instead of the creator of music of her own. The fourth was the exaltation of the woman as the inspirer and sponsor of men's music.

But it is pleasant to record that the Provençal ladies, despite long discipline by the Church, by severely patriarchal husbands, and by the almost Oriental seclusion of their lives, still had spirit enough to make a little poetry and music of their own. Thirteen of the Provençal ladies have left songs. Others are reported to have composed songs of which no record remains. A typical lady was Beatriz de Dia, who has left five songs, one with music. A dark-eyed, olive-skinned young woman, in a society that prized golden hair and blue eyes, Beatriz found her whole soul and body lighted with beauty when she knew that she was loved. "On gladness and young-heartedness I feast," she sang. "May they ever be my meat. For my friend is the gayest of all. And so I, too, am gay and attractive." [8]

When she tried to hold off the advances of her lover, she cried desolately, "Now I see that I am abandoned because I have not given all my love." But the day came when she sang in exultation, "My heart have I made his, and my love, my every sense, my eyes, and my life." In the end her lover forsook her and she sang, "I now must sing of that I fain would not. So dark and sad my friend had made my lot." [9]

These few simple words, spoken out of the real heart of a real woman, illumine the psychological reality behind this new outburst of song—the radiance, the release of the young woman, married without love, when she is loved by her troubadour, and the inevitable heartbreak for a real woman in such an artificial situation. The wonder is not that troubadour lady artists were not as numerous as the lords, in a formal and rather learned pattern of verse and music set by men. The wonder is that, withal, these caged birds could still sing.

CHAPTER XIV

PRIESTESS OF BEAUTY

1.

FROM the fourteenth century on, there was a wonderful revival of the old Mediterranean culture, and with it a new value for women's voices. This Renaissance, as it was called, centered in Italy, where many cities had grown rich on the business of outfitting and transporting the crusaders and keeping them supplied. A flourishing trade between East and West had developed. From the lands opened to trade by the crusaders came rich rugs to cover the stone floors of castles, rich hangings to decorate the bare walls, silk brought from far-off China, and strains of different kinds of music. The old pagan world revived. People began to read Plato instead of the Church Fathers. Venus was rediscovered as a great goddess and representations of her appeared everywhere, with Venus shown in all her glowing nudity. The Mother and Child, a strong, natural deep-bosomed mother, a lusty and not always angelic child, appeared in a thousand reincarnations in church and chapel. They called her Mary and the child Jesus. But she was the natural mother coming to life and taking her place even in the holy of holies. In the relations of upper-class men and women there was a new and exciting freedom. Women began to take a natural part in the conversation of men, to sing and dance when men were present. (See Plate 57.)

The most wonderful release was the release of the woman's natural voice. Up to 1400 the Church had persistently refused to countenance anything but the high, clear singing of the Gregorian chants by the nuns. The rich, natural voice of the mature woman was considered to be outside the pale of decency. The peasant women were constantly forbidden to sing their myth-laden popular songs. But by 1400 the natural woman was beginning to come into her own, de-

spite the priests. The Church was forced to yield to the popular will
and tacitly condone the performance of pagan music under Christian
titles, in the form of popular hymns and carols, even by women singing in the warm, rich tones of mothers not ashamed of their sex. This
change of policy re-established freedom for music in the home—the
focus of woman's activity. It would be difficult to overestimate the
importance to women of permission to sing what they wished and in
a natural voice. Everywhere the people were singing new folk songs,
popular ditties, Christmas carols, and spirituals—many of them composed by women and girls. The names of these women composers
have been remembered by later generations and have also been inscribed in old editions of songbooks.

> The one who had composed this
> and has prepared it anew,
> is a delicate maiden,
> she will make us many more of them
> in honor of a youth
> whom she knows well. [1592] [1]

Christmas carols as well as love songs often had their origin in
rites that women and girls had long regarded as their own. One of
the prerogatives of the ancient priestesses everywhere was the right
to bless the home. All through the Middle Ages the "sorceresses" or
"witches" whom the Church relentlessly persecuted had carried on
the old practices of the priestesses. With charms and fortunetelling
they had traveled around the country, knocking at the doors of
those whom they might bless. By 1400 even these determined sur-
vivors of the pagan hierarchy were drawn into the movement that
allowed the old charms and chants if they were duly Christianized.
The familiar carol:

> God bless the master of this house,
> And bless the mistress too,
> And all the little children
> That round the table go. . . . [2]

was customarily sung in Yorkshire during the Christmas season by an
old woman who came begging to the doors of the villagers' houses.
She carried a box with dolls impersonating the Virgin and the Holy

Child, which she held out as a blessing while she sang her ditty. She was the spiritual descendant of those priestesses of the good goddess Hat-hor in Egypt who went to the people's houses shaking their emblems to bring prosperity.

In the general release of women and song, music began to be liberated from the restrictions that bound it to a single melodic line accompanying the liturgy. Experiments in polyphony were at first forbidden by the popes. Eventually, however, the authorities admitted that the new harmonic arrangements enriched plain chant. Creative musical imagination was thereby stimulated to proceed along the modern line of harmony and counterpoint—an apparently limitless field for artistic development.

2.

The change toward a sensuous enjoyment of music initiated in the rather grim castles of the troubadours was carried to a climax in the open, gaily frescoed, gorgeously decorated palaces of the princes of Italy whose families the Crusades had made very rich. Thence it was carried throughout the civilized world in aristocratic homes, first of the nobility, then of the rising bourgeoisie. Not the priestess, as in former times, not the nun, not the mother in her peasant home setting, but the queens of small courts in small states established new ideals and new customs involving a new relation of women to music.

A typical example of such a court was that of Ferrara. At the height of its glory, when two of the greatest ladies of the Renaissance, Beatrice and Isabella d'Este, grew up there, there were only a hundred thousand people living in Ferrara, but its ruling family was allied by marriage to ruling families of other states in Italy.

Among them they controlled a great deal of the money the crusaders had left in Italy. This money they poured into their daily living. Goldsmiths and silversmiths were busy all day long making chalices, goblets, and dishes. Tapestry weavers were weaving all ancient history, Greek history, Bible history, Roman history into hangings for walls. Fresco painters were painting the history of the family on other walls. Jewelers, sculptors, engineers converged on these ducal towns, bringing their finest work or most ambitious plans. And meanwhile there was a whole corps of musicians, poets, and entertainers to devise masques, dances, processions. In such a milieu, under the sunny smile of the reigning princess and often with the direct co-operation of her well-trained singing voice, music began to be elaborated into the art forms we know today.

For the most important asset of these rich families was frequently the baby princess. By bringing her up carefully and trading her off in marriage shrewdly, a family could do much to consolidate and expand its power. A girl was carefully educated to this end under the immediate direction of her mother, with the intention of making her a walking compendium of everything she ought to know by the time she reached the marriageable age of twelve. All day long the masters and mistresses were busy with her. One hears of girls who learned Greek, Latin, Hebrew, philosophy, theology, and medicine; girls who read the works of Plato through in the original by the time they were fifteen. They learned Greek mythology and Bible history and were equally acquainted with goddesses, nymphs, and the more interesting saints. They learned to make tapestry and to play the harp. Above all, they learned to make verse and to sing and compose in the new contrapuntal style.

The little princess was usually married between the ages of twelve and fourteen. Artistic talent and money combined to make her marriage a great day in Italian history. Family vied with family. She was received by her new relatives with celebrations that would make what her own family could do for her shrink to nothing. When King Alfonso of Aragon was married, fountains ran with wine and tables for thirty thousand were set up beside the sea at Naples. When the Duke of Urbino returned with his bride, the ladies and children of the city were ranged on the hillsides, carrying branches. Just as the people caught their first sight of the young couple, they all burst into a song composed especially for the event. The Goddess of Mirth descended to welcome them. Nymphs in Grecian robes and singers on horseback surrounded the Duchess and triumphantly escorted her in. At Milan, Leonardo da Vinci devised for the young wife of Giovanni Galeazzo a sort of firmament with planets circling and singing her praises. Sometimes the solemn and sedate little bride was carried by throngs of singing attendants bearing torches to her bridal chamber. There she was divested of layers of stiff brocade and her jewels and gilded headdress and put to bed behind the crimson curtains of the great carved nuptial couch with her husband, while all night the sound of singing and merriment rocked the palace.

So Beatrice d'Este went from Ferrara at fourteen to her young

From J. Quasten, Musik und Gesang, *etc.*

51. A bas-relief from the Villa Albani shows Roman women of the early Christian age shaking incense, beating a drum, and playing the double flute at a domestic altar. (See page 146.)

Musée de Louvre

52. Carved on a sarcophagus of the early Christian age are two Roman girls, typical of those young musicians condemned by St. Jerome as corrupters of men's morals. (See page 146.)

53. In an old Roman painting, the bridegroom watched women prepare the bride for marriage. Priestess-musicians burned incense and played the lyre at the home altar. (See page 146.)

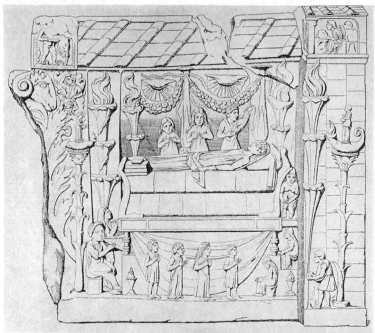

54. Carved in stone, a Roman lady of early Christian times lies on her death-bed. Two women mourners and a woman flutist officiate. (See page 146.)

From O. Ursprung, Katholische Kirchenmusik

55. An illuminated initial in a religious book shows nuns singing in antiphonal chorus. (See pages 185 and 201.)

Courtesy of C. V. Mosby Co.

56. A fifteenth-century girl practicing magic to attract her lover. (See page 205.)

57. The return of women to a natural participation in music came by way of social diversion. Men and women are depicted on a miniature of early Renaissance times, playing and singing together. (See page 213.)

58. Francesco di Cossa, sixteenth century, painted a group of young women musicians such as might have performed at any Italian court. (See page 221.)

husband, the Duke of Milan; she was his ambassador to the court of Venice at sixteen. And when she died in childbirth at twenty-two, she was already known as a great patroness of music and art, and is so remembered to this day. For during her brief youth as a lovely young wife, much of the talent of Italy—poets, artists, and musicians —had converged on her court and had been encouraged by her eager interest in them.

So her sister Isabella went to her husband, the Duke of Mantua. But Isabella lived to the ripe age of sixty-five. She devoted herself so earnestly to the encouragement of every kind of art and beauty that she is usually considered the perfect type of these ladies of the Renaissance. In her status as mistress, she had the opportunity to patronize artists and musicians. Besides being a skilled performer herself, she was a critic. Since she had the authority to command her employee—the professional musician—and since she also usually possessed an intimate knowledge of good music, the lady as patroness was able to exert a real influence over new trends in artistic endeavor. As more literary and musical manuscripts from the period are being discovered, it becomes apparent that many great ladies played a part in directing the development of secular song away from popular vulgarity. From their consistent choice of aristocratic poems to be set to music, a definite change in musical taste resulted. As it was still the custom to enhance the emotional content of the text by means of music, the quality of secular song was heightened and refined.

At her best, in the courts of the Italian Renaissance, the lady was earnest, high-minded, and well trained. When the young bride took her place in one of these courts, which were lavishly competitive with each other in music and art, it was as if she had entered a university for the rest of her life, for she was henceforth in daily association with scholars, artists, and musicians of the highest caliber, and called on to exercise her judgment with respect to what they did. So, in time, some of these ladies, such as Vittoria Colonna, became very wise persons in their own right.

The solemnity with which these women regarded their functions is shown in a letter of Vittoria Colonna to Margaret of France.

In our day, the long and difficult journey of life compels us to have a guide; it seems to me that everyone may find in her own sex the most appropriate models. . . . I turned towards the illustrious ladies of Italy to find examples for imitation, and though I saw many virtuous among them . . . yet one woman alone, and she not in Italy, seemed to me to unite the perfections of the will with those of the intellect; but she was so high placed and so far away that my heart was filled with the gloom and fear of the Hebrews when they perceived the fire and glory of God on the mountain-top, and durst not draw near because of their imperfection.[3]

So, in Italy, and in all other courts where the new influence prevailed, as in those of England and France, the lady of the castle flowered into the priestess of beauty. As the patroness of social music and the object of song, she established a social and artistic norm for the literary and musical language of the emerging modern world. She fixed the code of social manners that prevails to this day and whose pattern determines the social functions of music. Through her mind and talk the revived culture of the classical age, in combination with a portion of the Christian culture of the Middle Ages, was filtered and passed on to us today.

3.

The education of the princess and the ladies attendant on her included all the essentials of music, because much of their waking hours would be spent on entertainments involving music. Historians and biographers of the Renaissance have written in glowing terms of the hundreds of musically talented ladies who spent a great part of their time singing and playing—"abandoning themselves in ecstasy to the composition of poetry and music."[4] They were encouraged to play the viol, lute, flute, and harpsichord, and especially to sing. A girl's training consisted in learning to read at sight, to harmonize melodies, and to express herself in the language of both poetry and music. It was the custom for composers to render their own music; and even when they wrote down notes for others to play and sing, they left a great deal to the musical imagination and discretion of the performer. A person would not have been worthy of the title "musician" without ability to embellish a melody with newly invented phrases or to improvise an accompaniment on lute or harpsichord. The two branches of musical art—performance and composition—went together as they had since time immemorial. Women appeared as performer or composer and frequently as composer-performer.

One of the highborn women musicians was Lucrezia Tuornabuoni, mother of Lorenzo the Magnificent. She composed Christmas carols and sang them with her children. Margaret of Austria (wife of Philip of Savoy) was another; she made beautiful love songs. Anne Boleyn was a third; she learned her music in Paris, where she had gone with Queen Mary, wife of Louis XII. Her accomplishments were many; she could dance and sing, she could play the lute and other instruments. One of her sad songs—"Death; O rocke me on slepe"—has been preserved. Still another song maker was Louise of Savoy. A skilled instrumental player herself, she often played for hours and presided over her women companions with their harps, flutes, and organs.

The lavish scale of social entertainments involving music demanded large numbers of trained voices. Most of the courts maintained *castrati*, whose soprano voices had been preserved by an operation performed before puberty. The *castrati* had been introduced into western Europe by the ecclesiastical authorities to sing soprano and alto parts in the church service. Having banished women from the liturgical choirs, they had to have a substitute for them, which they obtained by mutilating men. These strange creatures, spoiled, bedizened, spuriously feminine in appearance and personality, often had voices of unsurpassed strength, endurance, and brilliance.

After the fourteenth century, many kings, queens, and nobles had private chapels attached to their courts. They employed a choir, orchestra, and conductor to make music for both chapel and court. Queen Elizabeth, for instance, maintained four sets of singing boys. One set, called Children of the Revels, performed theatrical shows for the diversion of the courtiers and ladies in waiting. The Duke of Bavaria kept a group of about fifty men, boys, and castrati to sing in his chapel and also to perform at banquets and other secular occasions where music was desired. At one time his court musician was the famous Orlando di Lasso.

Since women were trained in music and since polyphony required many voices, there developed a need for the participation of women in addition to the castrati. But, despite the many references to the singing by women of *frottoli*, madrigals, and part songs, it is impossible to specify which of the songs were written for women. For when the polyphonic music was written down, the composer inscribed the music in any clef he preferred with no intention of indicating the pitch to be taken. *Cantus* meant the top part, *bassus* the lowest, no matter what the pitch. Any music of that period may, therefore, have been performed by women.

4.

In any case, the taste for women's singing at the courts soon developed to the point where it could not be satisfied by amateurs alone, no matter how well trained they were. There began to be a demand at the courts for professional women singers. During the year 1553 Donna Giovanna d'Arragona gave a musicale at her palace in Naples. Two castrati and two women singers performed. The women received the congratulations of the discerning guests for their perfect singing. About 1600 Vittoria Archilei and Francesca Caccini sang so beautifully that they turned the tide of the castrati's popularity in favor of the women singers.

As early as 1378 the professional woman singer had appeared. She traveled around from court to court seeking employment. Chantresses were paid by Philip at Cambrai. As the taste for women's singing developed, the courts began to compete for the finest talent and voices. At the court of Mantua, where Isabella d'Este had gone as a bride, one woman after another won fame as a singer, among them the famous "La Ariana." To display the singer's voice, musicians inserted more and more difficult coloratura passages into the madrigals. More and more attention was paid to a sensuous quality of voice. More and more interest was taken in showmanship. The most famous of these court singers were the trio at the Este court at Ferrara, Tarquinia Molza, Laura Peperara, and Lucrezia Benedidi. They performed with the many talented amateurs of the court in "concerts," which were not performances for an invited audience, but regular features of the social life at the palace. Under the leadership of Tarquinia Molza, Laura Peperara, and Lucrezia Benedidi, "the concerts of these ladies were for some time the greatest marvel of the Este court. . . . His Highness required the ladies to practice together every day, so that in those days in Italy and perhaps out of Italy, were no concerts of ladies better than these. Every day in summer they sang from 7 to 8. The organist sat at the harpsichord. Signor Firono, master of the chapel, played on the big lute. Signora Livia played the viola, Signora Guarina played the lute, and Signora Laura the harp." [5]

An orchestra of ladies, led by the brilliant Tarquinia Molza under the patronage of the Duchess Margarita, was a feature at Ferrara. An account in Otto Kindeldy's book on Italian music gives a vivid description of the women in action.

The orchestra consisted of ladies. On the days of the concerts they prepared in the hall a long table, at one end of which a large clavicembalo stood. The instrumentalists (women) stepped silently in one after another, took their places with their instruments at the table and waited in silence. Then the directress stepped out and sat herself at the other end of the table opposite the cembalo. She took a long flexible polished stick which lay ready for her and threw her glance over the orchestra, gave the signal and the orchestra played with a wonderful ensemble.[6]

When the Duke and Duchess of Ferrara visited other courts, they took the three ladies with them along with their men musicians and their most musical ladies in waiting. There was one particularly famous performance before Rudolph of Austria, whom Duke Alfonso had gone to meet at Brescello in 1571. In this concert sixty ladies and gentlemen took part. "And they make one of the concerts of about sixty voices and instruments: and behind a clavichord played by Luzzascho Luzzaschi sang the Signora Lucrezia and the Signora Isabelle Bendido, both together so well that I never heard better." [7]

Of the famous trio Tarquinia Molza stands out with a brilliance that makes one regret that the record of her so far discovered is so incomplete. One would like to have copies of the music she composed for lute, viol, and harp, as well as for the voice. It was performed by the ladies of the court orchestra conducted by her. It was also sung. (See Plate 58.) The extravagant praise of her concerts was apparently for the music as well as its performance. But none of it remains. Her brilliant career was cut short when Duchess Margarita dismissed her from the court as the result of her unhappy love affair with Jacques de Wert. She retired to her mother's country estate, and in her disgrace her music was perhaps banished with her. Since she had no longer an opportunity to present her works, her talent was stifled—at least so far as the known record goes. Such was the penalty for the woman who incurred the displeasure of the reigning priestess of beauty.

Tarquinia Molza was typical of the versatility of the woman musician. When she sang with Laura Peperara and Lucrezia Benedidi, composers from all over Europe flocked to hear the marvelous trio.

Luzzaschi, the concertmaster at the court of the Duke and Duchess of Ferrara, wrote a series of madrigals especially for these ladies. Few singers today could perform them. But she was almost equally admired as a conductor, and she was a composer.

So it was with most of the professional women musicians at the courts. Their unique assets were their singing voices. But they were all-around creative musicians. Many of the brilliant singers at the courts and *accademie* brought their own songs. Laura Peperara had her own style of reciting verses to the harp. Barbara Strozzi always performed at her father's musicales and often wrote her own songs. She published a set of madrigals for four voices. Laura Bovia, calling herself player and composer for the court of Mantua, published a volume of five-part madrigals. Francesca Caccini, one of the best of the sixteenth-century women composers, wrote madrigals, *ballate*, and dramatic works that were extremely popular wherever she took them. In France, Clementine de Bourges excelled in the composition of music. Women also composed in the new form of opera, received everywhere with enthusiasm. On the wedding day of Duke William of Bavaria, for instance, Orlando di Lasso arranged the performance of an opera by Mme Madeleine Casulana and of another opera by Caterina, niece of Adrian Willaert.

5.

Advantageous marriages could not always be found for daughters of the nobility. For the highborn girl who could not become a patroness of music and art and be a mistress of beauty at some court worthy of her birth, the convent was the alternative. And in the monastery, women were subject to the Church's age-old repression of their sex. An example of the definite regulations ordered by the ecclesiastical authorities can be seen in an edict given out in Rome on May 4, 1686:

Music is most detrimental to the modesty befitting the female sex, as it distracts from more proper actions and occupations; and on account of the dangers to those connected with it, instructors as well as listeners, no young girl, married woman, or widow, though for educational purposes, or else in convents or music schools under any other pretext, although studying music to the end of performing it in these convents, shall be permitted to take lessons in singing or any kind of instrument from men teachers.[8]

The rich convents were full of the sisters of the reigning ladies. They had had in youth the same education as their royal sisters. They carried to the convents the same aptitude, training, and taste for music. And the general trend away from the exaggerated repressions placed upon women by the Church was extending into monastic life. In Cologne, during the year 1550, an edict was given out by the bishop that the nuns might act the part of the Three Marys in the Easter plays. In Italy, many convents produced *sacre rappresentazioni*. Serafino Razzi wrote music for some young nuns in Florence to sing in their leisure time. Little dramas composed especially for nuns and novices began to appear. Marc Antonio Charpentier, for instance, presented the young women at Port-Royal a Christmas cantata that any group of schoolgirls today would enjoy. A story about the nuns of Bologna illustrates the new freedom in the monasteries. It appears that at the convents of St. Agnes and St. Christina there was great rivalry in the performance of liturgical song. During the year 1703 a prohibition was issued forbidding them to sing at all! At St. Christina this ruling was observed for one week, but at a ceremony of the taking of the veil, the choir was unable to suffer restraint. They broke into such sweet singing that crowds of people were attracted, bringing large sums of alms to the convent. Fortified by public approval, they continued to sing and inspired all the other convents to follow their daring example.

French and Italian nuns, like their laywomen contemporaries, profited from the musical renaissance which was taking place all over Europe. By the sixteenth century, women were attracting the musical public to the monastery chapels. At the Chiesa dello Spirito Sancto in Rome, the nuns sang vespers on Easter Monday with such perfection that the critic Pietro della Valle said he had never in his life heard such beautiful music. In the seventeenth and eighteenth centuries, French and Italian nuns received unstinted praise for their wonderful singing and playing. At the convent of San Vitale, Florence, Catabene de Catabeni and Cassandra Pigno were good *tenors*, Alfonsa Trotti a *basso*, singular and stupendous; Claudia Manfredi and Bartholomea Sorianati were sopranos (*soprani delicatissimi*). Rafaella de Magnifici and another Catabene were players of the cornet—playing also every other sort of instrument. Olimpia Leoni (1621) played a viola and sang contralto with great feeling and a beautiful voice. The famous walk to Longchamps (Paris) originated in the eighteenth century as a pilgrimage of enthusiasts who went to hear the nuns sing the Tenebrae on Good Friday.

It was for singers such as these that Palestrina, Lasso, Vittoria, Monteverdi, Couperin, Lotti, and other famous church composers wrote motets to be performed at special services.

In the convents of Italy there were several extremely good women composers. Suor Beatrice del Sera was felt by music lovers to be remarkably original. At the monastery of Santa Margherita in Milan, Maria Caterina Calegari was famous as a singer and organ player, attracting crowds of music lovers from far and near to hear her play and sing her own compositions. Many others received recognition for their motets and organ compositions.

6.

What the Italian ladies did at their courts was done with greater or less success at other European courts down to the nineteenth century. In the latter part of the sixteenth century the courts of England and France were also centers of musical activity. Queen Elizabeth herself was a musician, and English girls of the aristocracy studied music like the Italian girls. Lady Mildmay, a sixteenth-century English girl, in describing her pastimes to a friend, wrote: "Every day I practice my voice and set songs of five parts to my lute." [9] There was the royal pageantry in England and France involving special musical compositions and performances. On one of Queen Elizabeth's "progresses," she was greeted by a party of girls dressed to imitate the Greek graces and hours. They sang what is described as "a sweete song in six parts." When King Henry II of France traveled to Rouen, he too was entertained by a pageant. The chronicle of the festival describes a show chariot on which ladies representing Vesta, Royal Dignity, Triumphant Virtue, Respect, and Awe rode while they sang a song of praise to the King. The very words and music that they sang are still in existence—a four-part motet for three soprano voices and one alto by H. Lecouteux. (See Plate 59.)

> Praise and glory, thanks for the favours!
> Eviva the King, eviva." [10]

In the poorer and ruder land of Germany the courts were at first slow to take up the new fashion. In 1550, when the English ambassador reported to King Henry VIII his opinion of Anne of Cleves as a prospective queen, he said: "Nor yet she canne not synge nor pleye enye instrument, for they take it heere in Germanye for a rebuke and an occasion of lightnesse that great ladyes should be lernyd or have enye knowledge of musicke." [11]

But in the seventeenth and eighteenth centuries the German courts became centers for the patronage of music, supported by a widespread knowledge of composition, singing, and instrumental playing among the ladies of the nobility.

The Electress of Saxony—Maria Antonia Walpurgis—was extravagantly praised by Dr. Charles Burney. On his travels around Europe, he visited her court and described her talents: "This Princess is celebrated all over Europe for her talents and the progress she has made in the arts. . . . Her Highness is a poetess, a paintress, and so able a musician that she plays, sings, and composes in a manner which dilettanti seldom arrive at. She has, among other things, written in Italian two operas which she has herself set to music. . . . She sang a whole scene from her own opera Talestri in a truly fine style." [12]

In the late eighteenth century music flourished in Vienna under the Empress Maria Theresa. Caldara, for example, composed a four-part madrigal called "The Game of Cards" for the four archduchesses. Hasse wrote a charming litany for the Empress Maria Theresa and her eight daughters to sing in their private chapel. The Empress, who had a fine alto voice, took the principal solo part. The girls joined in the choral sections and the future Emperor Josef played the organ.

No women musicians in Europe or England could vie, however, with those of Italian blood and background. From Italy the spirit of the Renaissance flowed out, carried often by the melodious tones of a woman's voice. Sometime around 1700 a Venetian noblewoman, Antonia Bembo, went to Paris and attracted the attention of the great Louis XIV by her beautiful singing. Since she was performing her own compositions, the King believed her competent to be his court musician. While in the royal household and expected to produce a constant supply of new music, she composed freely. One of her most successful works was a Te Deum for mixed voices and instruments. This Te Deum contains a very fine trio for women's voices; the song extols the beautiful eyes of Princess Adelaide of Savoy. It was written by the order of the King to give thanks for the safe delivery of her baby boy. If it had been associated with the name of some great man composer, it would have been a celebrated piece. Bembo was one of a very small group of talented women who attained the rank of musical leader at court. Only three are known to have been in the position held by countless men—Louise Couperin, a Frenchwoman who worked professionally for Louis XIII, Tarquinia Molza, and Antonia Bembo. Each of them, when under a stimulus somewhat comparable to that enjoyed by men, created the type of music demanded by their employers and demonstrated the ability of women to think and work in terms of contrapuntal music.

7.

So through the centuries, from the time the troubadours began singing to the lady in the castle, there was a series of momentous changes involving the relation of women to music and hence to the whole pattern of social life. By the fourteenth century the taboo against women playing instruments was removed. By the fifteenth century ballroom dancing, even with the kiss before the partners separated, was considered proper. By the sixteenth century disapprobation of women's natural voices changed to approval, and women became normal participants in the singing of madrigals and part songs. Old, young, and even servants were in demand where polyphonic music in the home required several performers. By the seventeenth century the ladies were acting on the castle stages. Castiglione, who described ideal courtly life, thought that music and singing were "pastimes most fitting when ladies were present." He set the standard for a great lady—"She must occupy herself with literature, music, painting, dancing and entertaining." [13] Music and women were no longer incompatible companions in Christian doctrine. A good Christian lady could improve herself with a little music. In this respect, times had changed.

With the freedom to make music, there was a limited opportunity at some courts for professional women musicians to work as conductors and composers. But such brilliant women tended to be unlucky and a little tragic. Society was not organized to sustain them or to further their genius. Where they emerged as composers they were social accidents. For the most part, the function of women at the courts was simply to provide inspiration to men musicians. And this function they fulfilled wherever a sufficiency of wealth and power was represented in some lady, carefully trained in music for her high position as fosterer of the genius of men.

In influencing and often initiating social changes and inspiring men to produce new music for new occasions, the priestess of beauty had a mission. She was the indispensable social background for the creation of secular music in the sixteenth, seventeenth, and eighteenth centuries. Through her, music came to be regarded as a direct extension of the functions of a lady. The aristocracy set the standard for the rising bourgeoisie, and even after the glory of the courts had faded many rich ladies of the nineteenth century retained the musical customs of the castle at their town houses or country estates. These dilettanti—those who delight in music—and amatores—those who love music—were quietly creating and maintaining that cultivated taste without which no men musicians, however great, can thrive.

This priestess of beauty was by no means the one whose coming had been crudely foreshadowed by the priestesses of the pagan religion. She was not a natural being, in the fullness of a free development, standing on the inalienable dignity of her own relation to life as mother and woman. Despite the earnestness of some of these ladies and the intelligent and hard work they gave to their social task, the priestess of beauty was an artificial creation, representing the subordination of the woman to an ideal of aristocratic family pride and power. But even so, the modern world owes much to her. In her, woman found again a real though limited place in the hierarchy of talent and power. The priestess of beauty symbolized for womanhood what Lodovico di Canossa attributed to music: "Music is the charm of life, its light, its sunny grace; no art responds thus to the needs of our nature, none brings us such various and vivid emotions. It calms and penetrates us and raises us to Heaven with the quick beating of its wings." [14]

It had been discovered that life cannot be fully lived without that charm.

CHAPTER XV

THE PRIMA DONNA

1.

*T*HE cultural pattern in which women as musicians function today was set at the beginning of the seventeenth century. At that time modern society, with new and revolutionary uses for music, began to take form.

The change began with the slow crumbling of Church and castle as the guides of the people's spirit and arbiters of their earthly fate. The Protestant rebels against the Catholic Church established their dominance in the northern European nations, which now assumed leadership. Though the Protestants frequently repressed women and limited the use of music, the religious and ethical monopoly of the Church as a whole was broken. Feudalism decayed or was violently destroyed. With its passing the power of the lady of the castle and the palace slowly declined.

Instead of looking to the Church to explain and control the vast powers of the universe, men gained increasing assurance, and increasing practical rewards, from exploring and controlling these powers through science. Instead of looking to princes and lords for material well-being, they began to find ever increasing means of getting well-being for themselves through trade and commerce and manufacturing.

All these new tendencies were best represented in America. Starting at the beginning of the new era with no real traditions based in medieval church and castle, it was free to make the most spectacular and universal application of trade, money-making, science, and invention. Modern America is now the supreme example of the change that had come over music and woman's relation to music.

Quite apart from the extension of music into new fields, during the seventeenth century there came a fundamental change in the idea of the utility of music—a change that amounted to a revolution in the social aspects of the art. The modern state and the modern educational system began to assume responsibility for leadership in thought and in the formation of ideals. As the new institutions gained in authority, music became an activity within the sphere of each, and musical expression from the talented individual found many new outlets. Instead of being inseparable from ritual, dance, and poetry, used primarily for the purpose of enhancing the emotional value of these expressions, music now began to be used as an end in itself. The stage, rather than the place of ritual or locale of work, became the setting for music. "Concert," which had meant music made concertedly by several people for their own edification or diversion, now came to mean a performance by skilled professionals in which the audience took no part. The focus of interest changed from what music could do to people to what people could do to music.

One thing that did not change, however, was the association of music with the most highly valued activities. Music had always been a magic means of inducing a spiritual state. The religious exercises that were believed to bring this about once occupied the most important place in the social life of the times. When religion lost some of its former dominance and other values developed, the nature of musical enterprise adapted itself to the changing environment. Trade, commerce, business, and money-making became the most highly valued activities. In the minds and lives of a great many people, business organizations and activity superseded the Church. And from the seventeenth century on until the present day, music entered a creative career as the handmaid of commerce. Thus the public performance for a price superseded the old religious practices.

The significance of this new relation of music to money is profound. Music lost the power that had been attributed to it from the beginning—the power to have some practical effect on the forces governing life. Music was no longer regarded as magic, but by many people merely as a means of making money, and by others as an amusement or diversion. But the more people were able to deal scientifically with physical and practical ills, the more they were left with a need for some other magic. So music became a means of spiritual escape from care and worry, even from the details of money-making. Other means had to be found to bend the powers of the universe to the will of the individual. But individuals still had no peace, no fullness of joy or reserve of vitality unless they harmonized themselves to the mighty rhythm of the universe. And the supreme means of doing this for modern people is music.

2.

Out of the quest for money and the need for spiritual escape developed the public concert, and with it a new popular goddess, the prima donna.

The popular concert gives to the people what formerly was the monopoly of court and castle and church. One does not have to ask the church or the lady of the castle for leave to enjoy skilled performances of music. One simply pays a price so small that any thrifty worker can afford it. This is an immense release to the spirit of man, and especially of woman. A woman buys her ticket equally with a man and attends what she pleases. The box office knows no sex.

The popular concert takes the ideal of the lady as priestess of beauty and gives her to the people as prima donna, the lady of their own worship. The lady of the castle and of the Renaissance palace had been a remarkable social institution. In her, aristocratic society had achieved a synthesis of the function of mother and wife and of the presiding spirit of music and social entertainment. In ancient society and in polished societies outside the West to this day, the mother and wife are one person, the hostess, musician, and entertainer quite another—a courtesan, a geisha, a singsong girl, often beloved and admired and highly cultivated, but deprived of the status of her who bears the burden of the race. In the lady of the castle and palace, the honorable wife and mother took over some of the arts, the charms, the social freedom, and the privilege of the courtesan. She could sing and dance in mixed company. She could be the object of the praises and admiration of men and musicians.

When the public concert developed, the people appropriated this lady and made her their own. A woman's charm and talent became legitimate public property. She could display it to any public audience, yet remain in person and in private reputation inviolate. The lady's voice was also appropriated. The Church could and did make rules against women's singing. But the people paid no heed. What they sought was a spiritual escape. There was no musical instrument that gave wings to the average person's spirit on which he or she could more easily soar away than the voice of a woman.

So out of the extension of the functions of the priestess of beauty to include all who could make a small votive offering at the box office, and out of the people's response to the woman's voice, there gradually evolved the prima donna. She thus became the modern goddess of music at whose altars a worshiping public burns incense of praise, on whom are showered all the gifts of the world, and whose managers profit by the devotion of her followers very much as pagan priests may have profited from the worship of old-time goddesses. And since women's voices early proved to be among the supreme attractions of the public concert, a way was opened for women to make large sums by the exercise of their own talents and to wield the power that money gives.

3.

The drift toward public performances featuring women's voices had begun in some of the palaces and castles whose owners made their own buildings and grounds serve, on occasion, the functions of community centers by opening them to the public. This was what happened when the Duke of Mantua allowed his master of music, Claudio Monteverdi (1567–1643), to develop the idea of drama set to music, which had already been tried out in Florence and elsewhere, into a stupendous performance for an invited audience of five thousand people. This drama or opera, the *Ballo dello Ingrata*, opened with an elaborate scene showing the Inferno, with the souls of the damned coming through its flames, two by two, singing of their sins and their eternal torment. The voices of women who took some of the singing parts thrilled the Duke's court.

Slowly the woman singer began to emerge from the safe seclusion of castle or court into some public places without losing caste. One intermediate step was the appearance of women singers of noble birth at the *accademie*, which were men's social clubs. Diana Paleotti, one of the famous seventeenth-century singers, was extravagantly admired by a certain Roman nobleman, Marc Antonio by name, and was followed by him from house to house where the *accademie* met, and where she sang and played. Yet when she appeared at some public entertainments, he exclaimed in surprise that a noblewoman would dare to sing before so many people.

Another intermediate step was the appearance of a composer's wife as a singer in an opera composed by her husband. Several of the writers of the new musical drama were married to skilled singers. When the Teatro San Cassiano, the first public opera house, was opened in Venice in 1637, the first opera to be produced was *Andromeda*. The composer, F. Manelli, sang the role of Neptune himself, and his wife, Maddalena, impersonated Andromeda, but the roles of the goddesses Juno, Venus, and Astrea were taken by castrati.

So great a revolution as the appearance of honorable women upon a public stage could not come to pass without stirring the opposition of the Church. Naturally, the authorities took steps to prevent girls from adopting musical careers. A series of decrees was issued. The first one appeared in 1588 and affected only the Roman theater, but in 1676 Pope Innocent XI extended the prohibition to cover the whole of Christendom.

When women did perform in a public place, an apology seemed to be in order. The prologue to the second part of the opera *The Siege of Rhodes,* one of the first English operas, is spoken by a woman who says: "Hope for our women less, whose bashful fear wondered to see me dare to enter here." When in Russia, at exactly the same period, orchestras were being organized and theaters opened by Peter the Great, even this notable reformer could not break down the tradition of the monastic ideal in which Russian women had been nurtured for centuries. He was obliged to import actresses from Germany for the first Russian operas. Russian women themselves shrank from the public gaze.

But as the seventeenth century progressed and the musical world went mad over opera, women solo singers were in great demand. The impressarios fully realized the sales value of a beautiful female voice. Unlike the Greeks, Europeans could not dispense with the actress, so they made her attractive offers in the forms of educational opportunities and financial rewards for singing in public.

With the rise of the middle classes in the eighteenth century, the career of the woman singer began to be soundly established along with the custom of public concerts and stage performances. Concerts of vocal and instrumental music, operas with ballet, and oratorios were performed in the public theater for the benefit of all who could pay admission. The fact that noblewomen were so accustomed to playing, singing, dancing, and acting in the castles undoubtedly in-

From P. Schubring, Cassoni

59. During the Renaissance period, women musicians participated in pageants and are so depicted upon a decorated chest. (See page 224.)

Les Spectacles à travers les âges

60. In a French lithograph from about 1830, a modern women's chorus can be seen in the making. The man, instead of waiting, is now in the center of the scene. Compare the men in Plates 13, 17, 19, 30, 32, 53. (See page 255.)

61. The seventeenth-century artist Florigerio has symbolized the relation of Western European women to music by painting an entertainer as the companion of men. A nun retreats from the group and the natural woman is missing. (See page 282.)

62. In this photograph of Martha Graham's "Primitive Mysteries," the grouping of the women and the position of their hands is similar to that in Plate 9. But while the Sherbro women *live* their rituals, these dancers merely *act* them on the stage. (See page 241.)

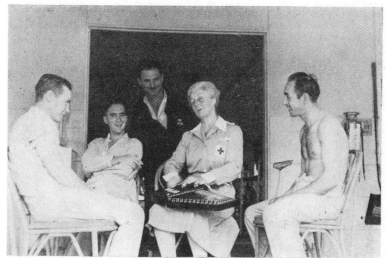

63. A Gray Lady with an auto-harp invokes the healing power of music for the rehabilitation of wounded veterans. (See page 290.)

64. Photographed in action, Vereda Pearson conducts a Neighborhood Home Festival. (See page 293.)

65. Vassar girls in vestments officiate at their chapel services. (See page 293.)

66. In a crayon drawing, the artist has expressed her appreciation of the spiritual sustenance she derives from singing in a women's chorus. (See page 293.)

fluenced public opinion in the matter of accepting women and girls of the middle classes as actresses and singers on the public stage. Even the continued opposition of the Church and the competition of the castrati could not turn the tide against the popular determination to make the public woman singer a trained musician with an honorable social status, whose highly lucrative career should be open to any girl of talent.

The alternative to women's singing was the singing of women's parts by castrati. Throughout the seventeenth and eighteenth centuries, sometimes women, sometimes castrati sang. The toleration of these curious substitutes for women was part of a general lack of verisimilitude in early Italian opera. No one seemed to be artistically offended if Hercules had a high soprano voice or if a maiden nymph was impersonated by Vittoria Tesi, a popular singer with an alto voice as deep as a man's. All interest was centered in vocal technique, in the ability of the singer to trill, shake, make "divisions," and reach incredible heights or depths of tone. Through the eighteenth century, wherever the Italian operas went, the castrati went with them. Upper-class groups and court circles pampered them. Clad in silk, velvet, and lace, with diamonds glittering on their soft, white, plump hands, they continued to warble and posture and to assume incredible airs, even in dealing with kings and potentates. In the portrait Seneseno had painted of himself, he represented himself as a Roman emperor, with ladies kneeling and kissing the hem of his coat of mail. Caffarelli complained to Louis XV that he did not receive the royal privileges accorded ambassadors. "All the ambassadors in the world could not make one Caffarelli," he said.[1]

While these creatures remained the darlings of some upper-class audiences, the genuine popular taste would have none of them. As the people with their increasing prosperity asserted themselves and the greatest opportunity for the singer came to be the concert stage, the castrati disappeared and the prima donnas took their places. Finally Napoleonic law made it a crime to castrate a boy. Apropos of the subject of incentives and stimuli to productive musical imagination, it is an important fact that, throughout their long history, castrati (or eunuchs) are never spoken of as composers and are not associated in any way with creative work.

The prima donna, who had already proved her worth in competition with the castrati, rose to greater heights of fame in the nineteenth century. The romantic movement sounded the death knell of artificiality. It was now the thing to capitalize human feelings. Love, longing, hate, despair, and other emotional states became the subject matter of music. The more a composer's music was capable of manifesting a mood, the greater its appeal. Audiences demanded men with bass voices and women with deep, rich, stirring voices to sing the new romantic songs and operas. The more passionately the women performers sang or played, the more fuel was added to the fire of enthusiasm for their musical service. The very qualities that had formerly made women unacceptable in vocal music now became their best assets.

While few singers could reach the heights of the great operatic prima donnas or concert singers, the way was opened for many skilled musicians to take the lesser parts. In the nineteenth century the limitless funds of the Americans and the ready enthusiasm of our great audiences made concert singing a most lucrative profession for the European women musicians. An American tour could make their fortunes for life.

4.

At her best the prima donna entirely transcended sex appeal and theatrical glamour and became a great representative figure, for women no less than for men. One of the most beautiful descriptions of Jenny Lind was that of Clara Schumann, who saw her with the eyes of a great woman and great artist.

"The Lind" has a genius for song which might come to pass only once in many years. Her appearance is arresting at first glance, and her face, although not exactly beautiful, appears so because of the expression in her wonderful eyes. Her singing comes from her inmost heart; it is no striving for effect, no passion which takes hold of the hearer, but a certain wistfulness, a melancholy, which reaches deeply into the heart, whether one will or no. At the first moment she might appear to some as cold, but this is not so at all; the impression is caused by the purity and simplicity which underlies her singing. There is no forcing, no sobbing, no tremolo in her voice; not one bad habit. Every tone she produces is sheer beauty. Her coloratura is the most consummate I have ever heard. Her voice is not large in itself, but would certainly fill any room, for it is all soul.[2]

Music like Jenny Lind's was made possible because it was wanted. The people had called forth in her powers such as had been dormant in other women for centuries. She could transcend the narrow and silly patterns of femininity still prevalent in the middle of the nineteenth century in a serene assurance of her power over so many hearts and minds everywhere. Wealth and praise were showered on her in her spectacular American tour, but she did not sing only for wealth or adulation. The lavishness with which Americans were ready to pour these at the feet of a prima donna rather overwhelmed her. In the midst of splendor she remembered her simple childhood and said wistfully, "Herrings and potatoes—a clean wooden chair and a wooden spoon to eat milk soup with—that would make me skip as a child." [3] The greatest prima donnas could always say in the words of Edith Wynne Mathison, "Nobody pays me for my art. That I give to the best of my ability. What I am paid for is what I must put up with in trying to give the world my art." [4]

At the present time, the popularity of the virtuosa—be she vocalist or instrumentalist—is undimmed. Newcomers on the stage are the wonderful Negro singers. When Marian Anderson was invited to sing one Easter afternoon on the steps of the Lincoln Memorial, the people of Washington thronged to hear her until the open spaces were filled with a vast surging crowd. This musician belongs to a race that, until only yesterday, had been barred from the professional musical life of European and American culture. Once the taboo was removed, once prejudice against the Negroes subsided sufficiently to give them liberty of action, several great singers rose to well-deserved fame. No better illustrations could be found of the way force of custom and taboo operate against the free use of human energy.

5.

While the prima donna was beginning to win her extraordinary place in modern music, the solo singers of the eighteenth century opened the way for the professional choral singer and her professional training. Before the eighteenth century there were no choruses in the modern sense. One or two performers to a part were regarded as sufficient to reproduce the composer's intention. Among the many new developments in musical customs was the rendition of music by large groups of trained people. Gluck's innovation in opera created a demand for the chorus. By introducing choral sections in addition to the solo parts, he required the participation of many more singers. As choirboys and castrati were far from plentiful enough to make up a large chorus, girls were pressed into service. The romantic movement increased the demand for them. No one would have been satisfied if beautiful young girls with trained voices had not sung the parts of the Polovetzian maidens in *Prince Igor,* or the priestesses in *Boris Godunov,* or the three Rhine naiads in *Das Rheingold.* The new interest in dramatic verity made women indispensable and opened up a wide avenue for musical activity.

The problem was to provide enough trained girls to take the feminine parts. Even as late as 1825, Spontini had to dress up choirboys in the robes of vestal virgins for his opera *Les Vestales.*

The demand for trained singers to take part in operas and oratorios prompted musicians to found special schools for the instruction of music. Hence, one of the new movements of the seventeenth and eighteenth centuries was the institution of schools for girls. Previously, girls had received their education at home from private tutors, or they had attended the monastic schools where they were educated as if they were to become nuns. One of the first schools for the professional woman performer was founded in France by Lully. He persuaded Louis XIV to allow girls to dance in the ballets of the operas he was composing. This was the origin of the Académie Française. Several princes in Germany founded singing schools for girls. In Hamburg a municipal theater was established—a unique institution in the history of German opera. A description of the activities there stated that "the female personnel is made up of daughters of destitute merchants and artesans." In 1711 seven girls are named in the records, their good social position being expressly specified, as if the authorities wished to make the profession respectable. Later, almost every city in Europe, England, and the Americas had several conservatories of music and, probably without exception, expected the attendance of girls, whose tuition fees were needed by the teachers to make their business profitable.

6.

The prima donna also broke ground for instrumental players as artist performers, though instrumentalists lacked an undeniable advantage or disadvantage in tone production. Women had here the competition of men, especially of those who started the fashion of playing on the new and improved pianos with a touch loud and heavy enough to break the strings. Nevertheless, many women have excelled in playing both the old-fashioned harpsichord and the new piano in public performances.

Supreme among all women pianists was Clara Schumann. All that makes the drama, the glory, and the tragedy of a woman artist's life was hers in full measure. Trained by her father as a child wonder and taken on concert tours by him, she was treated with the utmost harshness by him when she married the impecunious musician and composer Robert Schumann. Her father took her savings from her earnings and would let her have nothing to begin married life. Though her husband loved her dearly, admired her art, and constantly spoke of the inspiration she gave him, they both took it as a matter of course that she would make a daily routine that would be convenient to him. In her diary Clara wrote: "My playing is getting all behindhand, as is always the case when Robert is composing. I cannot find one little hour in the day for myself." [5]

Seven children and a husband who spent his later days in an asylum drove her to resume her concert career. A woman of thirty-five, she took up the task of making Beethoven's work, then considered baffling and abstruse, known through her exquisite playing. She was the inspiration and critic of Brahms, who was fourteen years younger than she and who adored her. She devoted herself to making his music known, by her beautiful playing, along with that of Beethoven and her husband. In city after city of Europe the lovely lady, "almost a widow," her slight figure very slender in its tight bodice above her full skirts, sat at the piano. Steadily, tirelessly, with a standard of execution that was the wonder of all the musicians who heard her, she kept up her tours, playing to bring her husband back to health, playing to support her children, playing to make known new and beautiful music the world had not learned to appreciate. These were her incantations.

For those talented girls who could not attain the success of a Clara Schumann, a Mme Carreño, or many others, the piano proved to be a practical means of providing a satisfactory career in professional performance and especially in teaching others to perform. In modern times, no other instrument has surpassed it in popularity and in practicability for the woman musician.

Next to the professional piano players, violinists presented themselves to the public. Maddelina Lombardini, a particularly brilliant musician of the eighteenth century, rivaled Tartini in her playing. Like the ladies of the courts, she often played her own compositions.

In the nineteenth century numerous others performed before admiring audiences. Soloists of either sex performing on wind instruments in public were extremely rare until the most recent times.

7.

But the genius of individual performers could not break down entirely the old taboos against women in music. What was yielded to an individual woman of genius or charm was not yielded to women collectively and as a right. In no field do the curious anomalies that have been inherited in our culture from a dark past show more clearly than in the barriers women encounter as players in orchestras.

Among men, professional instrumental players of lesser skill found many opportunities for a musical career in the opera and symphony orchestras, which were increasing by leaps and bounds throughout the nineteenth century. But here women were, and still are, at a grave disadvantage. Players and conductors in the newly forming orchestras at first consisted entirely of men who used music as a means of making a living and who resented the competition of women. For some unknown reason, harpists proved to be an exception to the general taboo against women appearing in an orchestra. A single woman playing the harp graced almost every concert. Since the First World War, competent instrumental players have been pouring out of the conservatories, seeking employment in the large orchestras, in various types of chamber orchestras, or in jazz bands. But still controversy rages over the question of the participation of professional women instrumental players in orchestra associations supported by the public. The women have their supporters and their antagonists announcing diametrically opposed opinions as to the worth of women musicians.

On the one hand, these instrumental players have many supporters, especially in localities where women themselves are accustomed to independence. At Long Beach, California, for instance, an all-women orchestra is maintained by municipal tax. A short time ago Leopold Stokowski said: "I find that women are equally as talented as men." And in the New York *Times* of September 29, 1940, appeared a statement by Izler Solomon, conductor of the first all-women symphonic orchestra to appear regularly on the air: "It is perfect nonsense to say that women are inferior to men in the world of music. . . . In many instances, they are better than men. . . . Women are more sensitive and are apt to have a finer perceptive reaction to phrasing." Hans Kindler, in 1946, represents the most liberal attitude toward women players: "Their ability and enthusiasm constitute an added stimulant for the male performers . . . they were a veritable godsend to most conductors during the war years. The National Symphony has re-engaged its fifteen women players." [6]

On the other hand, José Iturbi goes so far as to agree with some of the nineteenth-century conductors in believing that women can never be "great musicians." On that account, he refused to accept girl graduates from the Eastman School of Music as players in the Rochester Symphony Orchestra. In a recently published article, Sir Thomas Beecham boldly announced that "Women Ruin Music." He explained his meaning by adding: "If the ladies are ill-favored the men do not want to play next to them, and if they are well-favored, they can't." [7] In this remark he makes himself out a cad, or, as his countrymen say, a "bounder." But he also places himself in the category of the early Church Fathers, who wished to make the life of the spirit, including music, a man's business with no thought of women's emotional needs.

Even today, in most parts of Europe, England, North and South America, however, women have an uphill fight to secure a desk in a professional orchestra. Many irrelevant reasons are advanced for their exclusion. Women, it is said, cannot attend rehearsals on account of their home duties, women cannot travel, women interfere with men's liberty to swear and spit, girls might flirt with the patrons. . . . These difficulties are overcome by managers of theatrical and ballet troupes because girls are essential to the success of their business. Orchestral music can be performed without women. Hence, excuses are made to exclude them.

As a result of excluding women from the regular civic orchestras, women have organized instrumental groups of their own. Musically, these groups are without justification, since in instrumental playing the sex of the player should make no difference, unless, of course, feminine sex charm is advertised as box-office appeal. What the serious woman musician hoped was that skill, when demonstrated, would enable her to be employed in a regular orchestra on terms of merit. But when the women's organizations first appeared, they were met by the critics with a conspiracy of silence. In 1896, for instance, the concerts of the Women's String Orchestra of New York were never reviewed by the press. Later, sarcasm was employed. Patronizing remarks about women's orchestras are still the rule rather than the exception. It is the reporter's favorite joke to compare women players to sirens or angels. The old idea of the Jewish rabbis and the Christian Church Fathers, that a woman musician must be either a seducer of good men or a sexless spirit, dies hard. Most critics, indeed, treat with levity the legitimate attempts of women to earn their living by means of instrumental music: "Eight hundred feminine members of the American Federation of Musicians campaigned for the right to toot the trombone and blow the bassoon—for pay. They charged that the eighteen thousand masculine members of the union so dominate the field of professional music in New York that a woman can obtain jobs only by playing the harp, piano, or organ." [8]

Unless a girl attains the rank of a successful virtuosa, she has far less chance for a profitable and interesting career as an instrumentalist than if she were a man of equal native talent and proficiency.

8.

Despite the cultural backwardness of some men musicians in positions of authority, the prima donna was a constant inspiration to the woman musician. As she soared to her great glory in the nineteenth century, women engaged in a determined but uphill battle to assert leadership in other kinds of endeavor associated with music. Within the last two or three decades this is beginning to show some real results, especially in America. As conductors, as critics and musicologists, as composers, as teachers, and as dancers, women have been able to do more or less original work—not nearly as much as they might do, but an increasing amount with increasing freedom and effectiveness. A few individuals have been able to compete successfully with men on men's own ground. For a representative of leadership in every modern department of the modern musical world, there is Nadia Boulanger. As performer, conductor, composer, and teacher, she attracted men and women from the four corners of the earth to her institute at Fontainebleau, and has become a distinguished leader in the advancement and dissemination of intellectualized music.

Nowhere has women's initiative in enterprises associated with music been more original than in creating new forms of the dance. Since the dance as a religious expression was forbidden by organized religion, ballets in operas developed in the most artificial and barren manner. But by the end of the nineteenth century the public became ravenous for new sensations. At the same time women were beginning to be sufficiently emancipated to act as free lances. From Isadora Duncan on, a steady supply of women artists has been revitalizing the old primitive dance forms that expressed subconscious desires and strivings. Like her primitive ancestress, the dancer of today usually combines the functions of creator, performer, and leader. (See Plate 62.)

In conducting music, however, the same barriers that keep women players out of orchestras were, and still are, effective. Men were already intrenched in musical leadership, and exclusion from classes in conducting added to the handicaps confronting a woman leader. When Antonia Brico, now a successful orchestral conductor, worked her way to Berlin and persuaded Karl Muck to accept her in his class, he was at first reluctant. Even in 1920, a woman leader seemed to be an anomalous creature. When a woman did succeed as a conductor, she had to overcome the general prejudice against women as leaders of public enterprises. The majority of people (including women) questioned a woman's ability to understand or demonstrate the music. Although she might have proved her authority, still they condemned her. Emma Steiner, a brilliant musician in New York City, successfully led the Anton Seidl Orchestra of eighty players. One of her admirers, Heinrich Conrad, said that he would like to promote her to be a conductor of the Metropolitan Opera Association, but that he did not dare to brave public animosity against a woman. Although prejudice against women leaders has abated sufficiently for several to have achieved marked success, still, except occasionally as guests, women are not asked to conduct the most important symphony orchestras.

On the other hand, a forecast of better times brings hope to young women musicians. Many of them are benefiting from a change not only in the attitude of teachers toward them but also in the new liberality of public opinion toward women leaders. Girls who enter the Westminister Choir School at Princeton, New Jersey, suffer from no suspicion of incapacity. This school is affiliated with the low-church Protestant groups that have taken the lead in breaking down barriers against the participation of women in the religious ceremony. The girls are trained not only to be choral singers, but also to be choir directors and organists. Young women graduates are as much in demand as their men companions. For missionary outposts and rural communities, married couples are at a premium. As a result of the general change in attitude toward the natural women, the number of competent women conductors is annually increasing.

9.

It is especially in the art of teaching that women have been able to break new ground by emphasizing social values of music that tend to be neglected by men musicians. The exclusion of women from musical activities where men have strong vested interests has forced women to initiative and enterprise, which, in time, if women prove to have a sounder sense of social responsibility, may prove to be a boomerang to men.

Many farsighted women have worked hard to establish music teaching in public and private schools and to develop methods of their own. As far back as 1850, an Englishwoman, Sarah Ann Glover, invented a sol-fa system for reading music. By virtue of it, hundreds of new choral societies sprang up in England. Opportunity for more individuals to participate in choruses and choirs was tremendously increased. From her day, almost a hundred years ago, to this, there has been a steady stream of women leaders intent upon breaking down the pre-emption of musical authority by the few and upon helping more people to experience music firsthand. A contemporary leader among women musicians is Olga Samaroff, the distinguished pianist. Realizing the lack of an adequate technique in so many adults for hearing music, she planned a course of study to give a person who has never been musically educated the elementary training for listening. The "Layman's Music Course" has been widely circulated to the enrichment of thousands previously incapable of enjoying music.

Though women, in general, have lacked adequate institutional support, this also is granted to gifted individuals on occasion. An outstanding example of this is the permission granted by the Catholic Church to a nun, Mother Georgia Stevens, to train the teachers, both men and women, who were needed to carry out an important reform in the musical usage of the Church. It is now ordained that the members of Roman Catholic congregations shall be taught to give their responses to the priest in Gregorian plain chant, according to a very ancient custom. Hence children in the parish schools are now given systematic instruction in singing.

For this a nun, Mother Georgia Stevens, who sums up in herself the long tradition of music in women's convents, organized and directed classes and trained teachers, many of them women. She wrote a graded series of six music textbooks to teach sight reading and the elements of composition—entitled the *Tone and Rhythm* series—which are a beautiful example of the application of intelligence, imagination, tact, and charm to teaching music. This teaching she designs not for the purpose of making skilled performers, but to restore to music its rightful place as a universal language for the deepest human emotions.

In her work as a teacher up to her death in 1946, and in the books she has left behind her, Mother Stevens has brought into the life of children and young people in the United States something of the leadership and power of the great nuns of the Middle Ages. Any child trained in her methods will henceforth possess music as a natural language and a spiritual resource. As regards participation in congregational singing, Catholic women and girls will eventually be in a position vastly superior to that of their Protestant sisters. Unfortunately, as yet the number of teachers trained in Mother Stevens' methods is insufficient to reach more than a few parishes. Like so many of the new musical customs in which women are having the chance to participate in a natural manner, only a beginning has been made, and only a very few women are profiting from changing attitudes.

10.

Mother Stevens' work was a long step in the right direction. But elsewhere in the great educational system that had been developing throughout western European and American civilization, the cleft between different types of musicians was widened. There were patrons, producers, impressarios, publishers, conductors, performers, and composers. Each group required intensive training and often cultivated quite different capabilities. All together, they served as a hierarchy of men and as purveyors of men's musical ideas to an expectant public. Women were no more in this hierarchy than they had been in the priesthood, except in the capacity of performers of men's music. Here the prima donna shone. But she shone alone. The expression of collective womanhood through music was lacking.

Under some circumstances the brilliant achievement of the prima donna might have provided a more vital stimulus and braver musical leadership for women. But she reached her height in connection with a general social tendency to overrate virtuosity as an end in itself and to underrate creative self-expression through composition. It is true that some prima donnas were composers. When the excellent professional singer Josephine Köstlin-Lang was a young girl of fifteen, Mendelssohn spoke with enthusiasm of her talent: "She has such a gift for composing and singing songs as I have never heard. She gives me the greatest joy musically I have ever experienced." [9] In later life, Josephine sang at her own recitals and also published many songs that were received with admiration. She was only one of many women performers who both composed and sang or played her own music. Clara Schumann composed for the piano and for the voice. The brilliant pianist, Mme Carreño, composed a stirring song that became the national anthem of her country.

But as the demands of virtuosity compelled performers to devote themselves completely to their task of acquiring a more and more brilliant technique, the urge to create was stifled. Men, too, became specialized into either performers, conductors, or composers. Anton Rubenstein is a good example of a musically talented boy who neglected his creative impulse in favor of virtuosity on the piano. Pianists and violinists even gave up composing their own cadenzas in concertos. Not the slightest stigma of spiritual or intellectual deficiency was attached to these artists—men or women. It was simply that custom had changed. Women, therefore, followed the fashion and lost the one springboard they had had for creative work.

The glorification of performing artists out of all proportion to their real service to society leads us to a secondhand and vicarious participation in music. Love, joy, grief, symbolic union with the rhythm of life find musical expression through witnessing performance on the stage rather than through actual participation by people themselves. A "festival" too often means a public performance by professionals rather than public participation by the people who are affected by the spirit of such a festival. We are satisfied to celebrate a victory by listening to a symphony. We have accustomed ourselves to hearing requiems away from the presence of the dead, and to watching dancers on the stage step through the paces of a primitive puberty rite, as in the beautiful conception of Martha Graham.

Such vicarious participation in music tends to deceive youth into thinking that men and women can dispense with the work of making every detail of living right and vital and that they are to look for beauty and art only in museums and on the stage. Thousands of girls and boys who should be learning the rudiments of music, who should be regarded as precious raw material from which genius is refined, are diverted from a straightforward, natural attitude toward music. Merely average ability to sing or play becomes mistaken for marked talent. Girls and boys glorify actors, actresses, movie stars, opera singers, and attempt to emulate them rather than aiming at the ideal of incorporating music into their own daily lives.

Overemphasis on virtuosity is now reaping its just reward. Our young composers—men and women—are at a distinct disadvantage when compared with those of former times. Societies have to be organized to "encourage" creative work. Prizes are offered to "stimulate" expression in terms of music. The public is not interested in new works, but places a far higher value on some popular singer or conductor who is able to exert a temporary magical charm over spiritually starved listeners. By following too intensely the ideal of *showmanship,* we narrow the groove for musical expression rather then opening wide the gates to limitless realms of imagination.

So the prima donna has been the representative of two great tendencies in modern music. On the one hand, her refulgent glory has helped gifted individual women to function as musicians. The light shed by her has been a sort of sunshine insensibly melting the frozen and sterile attitudes of the Church toward the natural woman musician. On the other hand, she has become the representative of a deplorable tendency to substitute highly finished performance of others' music for original musical creation, and to listen to music instead of participating in it. In glorifying the one spectacular woman who reaches heights of virtuosity, the influence of the prima donna and her spiritual descendant, the motion-picture star, has not been wholesome. As a popular goddess of music and charm, she is a dangerous deity whose presence in our midst needs now to be challenged if we are to revitalize the spirit of our young men and women by means of music.

CHAPTER XVI

THE CAMILLAE

1.

WHEN the priests and priestesses of ancient Rome approached the altars, they were attended not only by boy acolytes, but also by girl acolytes. These girls were called camillae.

So the modern priestess of beauty, the prima donna, has her attendants in the many amateurs who have been inspired by music. These are her camillae.

These amateurs have two functions. One is to act as patronesses or sponsors of performing artists. The other is to perform music themselves, in co-operation with or under the leadership of professionals.

For recognition and support, musical talent depends upon intelligent music lovers. As organizers of musical enterprise in all its forms, women continue to play an important role. The ranks of the few aristocratic ladies who patronized musicians in palatial residences have now been increased by thousands of prosperous ticket buyers for public concerts. In almost every city, women are associated for the purpose of assisting local artists and of helping to support the large orchestras and choruses. While there are still those who agree with Cosima Liszt that women were put into the world to serve great *men,* an increasing number are making a point of supporting women artists. Many a women's club now engages women musicians to sing or play at the meetings. And this tendency found a broader expression in 1939, when the General Federation of Women's Clubs, meeting in New York, stated that it would henceforth encourage those orchestras that employed women as well as men players.

Although women are so active and so beneficial an influence in the essential task of advertising and planning music, and although more women than men attend concerts, still the directing boards of the large orchestras and opera companies are made up primarily of men. The reason for this is that since the performance of music must be a profitable business, members of the board must have business, rather than musical, experience. To register her disapproval, the patroness may boycott an individual or an organization, but rarely from the inner circles does she make ultimate decisions about new trends in music. Her control is more negative than positive, more conciliatory than self-assertive. She herself determines this attitude and deliberately chooses to curb her power. In the musical world women actually have more power than they are exercising at the present time, but they allow their relation to music to be governed by their relation to men and to the type of culture in which they live.

Just as our modern art of music depends on amateurs as patrons, so it also depends on amateurs as performers in private and for their own pleasure. On the desire of amateurs to perform music themselves, a vast musical enterprise flourishes—including teachers and music publishers. Without these acolytes many professional musicians could not find means to live. As amateur performers of all kinds, women are now as numerous, as enthusiastic, and as powerful as men.

2.

But there is one field that requires a special discussion, and some historical background, for here amateurs participate to the virtual exclusion of professionals. This is the field of choral music. In this department of our musical civilization, amateurs are essential. Without their voluntary and temporary service on the stage, the great choral groups of modern times would be a financial impossibility. For women who love and crave music but who do not wish to be professionals, this custom has enormous benefit—for it enables them to participate in the greatest music with a professional conductor, accompanied by a professional orchestra and soloists, without interfering with their home life.

The rise of the middle classes to prosperity enabled many more people to pay admission to concerts. In the seventeenth century these new public audiences clamored not only for operas but also for other types of choral music. The men and boys trained in church choirs could not entirely satisfy the demand. Students' choral societies from the men's universities often gave both private and public concerts. Older men, too, who had singing societies and glee clubs for their own diversion, invited guests to hear them sing the popular part songs and madrigals. But such men as these and the trained church choirs were hardly fitted to present great oratorios and other forms of sacred music to the public. Then it was that volunteer choirs of men and women offered their services and immediately became indispensable. As early as 1680, mixed choruses appeared in France. By 1780 they were found in practically every city of Europe, England, and the United States.

Oratorios were first written about 1600, at the same time as the first operas. An oratorio differs from an opera in that it deals with a religious subject. The name "oratorio" was used because the oratory of churches was generally the place of practice and performance. It is said that the first oratorios were action songs, just like the operas. And it seems certain that women participated. But the presence of women in concerts of a sacred character, especially when they were performed in church, was objected to by many church officials and by the pious conservatives. In the first mixed choruses organized for singing oratorios, women sang only the soprano parts. Often, in public performances, they merely reinforced the choirboys' voices. In 1784 at the Handel commemoration in Westminster Abbey, for instance, *eight* ladies were permitted to assist the boys. Forty-eight men sang the alto parts, and indeed, until very recently, in many English churches and concerts men continued to sing alto. In one of the early American choruses, women seemed to be admitted out of a feeling of tolerance for their eagerness to sing. The Stoughton Musical Society, organized in 1774, gave women the treble but not the alto parts. Men sang the alto line and women merely imitated the tenors an octave higher in the treble range. Only gradually did the women take a natural place among the singers. When Mendelssohn and Spohr organized groups, they insisted upon giving women the alto parts to sing. After about 1840, women supplanted choirboys and even the male altos, and thus established beyond recall the modern mixed chorus.

The latest development of the mixed chorus has come about through the colleges for women and co-educational colleges. The establishment of institutions where women could gather for study and training made centers where women could function collectively as amateur chorus singers. They immediately established their high value for music. Men's colleges now send formal invitations to the girls to join with them in producing the great choral works.

Some of these mixed choirs are famous, appearing on the stage in special hierarchal costume. The St. Olaf Choir is clothed in purple velvet and the Westminster Choir in red with white satin surplices. So as far as the performance of vocal music is concerned, the mantle of the nun-priestess musician of former times has fallen on the shoulders of the modern college girl.

This has made a great many changes in choral music. Not only has the personnel of the chorus changed, but the sound of the music has changed. The B Minor Mass, Handel's oratorios, the Missa Solemnis, and other choral works that were written with the sound of falsetti, or boys, in mind are now associated with the sound of women's voices.

Another change has been the change in the character of the music. Modern audiences respond to music that expresses human emotions. For the purpose of enhancing the emotional effect, they prefer the joint performance of men and women. Brahms composed his German Requiem for adult men and adult women to sing together. Without the quality of maturity and experience with life, this appealing work could not be affectively interpreted. And ever since Brahms' time, this lead has been followed by composers of great choral music.

At the same time that women and girls were edging their way into the mixed choruses and were being trained as professional performers of music, some leaders in the musical world agitated for their inclusion in regular church choirs.

By the middle of the nineteenth century, women had been singing in enough choruses to have changed public opinion about the value of their joining regular church choirs. A contributory factor to liberality in the matter was the change that had taken place in the kind of music thought to be suitable for church use. Churchgoers became interested in giving to music that accompanied the religious ceremony the quality of a concert. Organists were expected to be virtuosi; solo singers were employed on a professional basis; women were included in choirs in order to facilitate the performance of elaborate anthems. Presbyterians in America, especially, followed the trend of concertizing all music and sanctioned the solo quartet—two men and two women singers who rehearsed and performed as if at a musicale.

Today, however, a distinction is still drawn between liturgical singing and other religious choruses. Where church music is regarded as a kind of sacred concert—a performance by trained singers for an audience that listens—women are admitted to choirs. But where music is a liturgy and the members of the liturgical choir are thought of as attendants of the priest at the altar, women are excluded. Women may entertain an audience, even in church, and attract people into the service by their voices, but they may not be official representatives of worship. This prohibition applies wherever there is liturgy, in its ancient and traditional sense, in the church service—whether the church be Catholic, Greek Orthodox, Jewish, or Protestant.

Protestant church singing is founded not on liturgical singing but on congregational singing. The formal choir, even in vestments, is composed of trained singers whose function is theoretically to lead the congregation in singing. To such choirs many Protestant churches admit women, and so greatly enhance their music and the interest it has for the public. In Flint, Michigan, working men and women have thus made their city famous by their reverent musicianship. At St. Paul's on the Hill, an Episcopal church in Minneapolis, men and women chant Georgorian plain song antiphonally. Dom Anselm Hughes, the well-known English music scholar, spoke of this choir in 1940 as being the most remarkable he had heard in America. There is clearly no musical reason why women should not sing in church, and the custom preventing them from taking an equal responsibility with men in the religious ceremony is a survival of a taboo on women that is now repudiated by public opinion. The exclusion of women from the liturgical choir constitutes the last barrier to the complete participation of women in the vocal music of our civilization.

3.

The mixed chorus with orchestra is the high point of our musical life. But there are also the separate men's choruses and women's choruses, both of which are sound musical ventures and sound social institutions with a longer history than any other musical group. At the present time, the social need for either has been transcended by the far greater need for choruses of men and women together. But as long as there are men and women, there will be times when men prefer to sing in their own groups and when women, or girls, find satisfaction in singing with each other without men. If a men's chorus is socially justified, then a women's chorus is equally justified.

There is, however, a striking difference between the two groups, and this difference is the cause of public respect for men's choruses and of lack of interest in women's choruses. Modern men's choruses are similar to the men's groups in primitive societies. They are, indeed, a continuation of very ancient secret societies. In primitive tribes today, men perform their own rites and invoke their own spirit at initiation, in preparation for war or hunting, and at many other times. The modern men's chorus is an offshoot of the synagogue or church choir in which men's religion (their relation to God) is expressed. Whether the men in a men's club today have ever sung in a synagogue or church choir or not, whether they believe in the Jewish-Christian God or not, they believe wholeheartedly in the power of men collectively. They sing with vitality, self-confidence, and in the assurance that they are right. In the glee club or college chorus, men celebrate their own moods, be they grave or gay. They sing music composed by one of their own members or by a professional man musician. They have their own leader. The secular chorus is merely one more institution organized by men themselves for the affirmation of their manhood.

As men sing now, so women once sang to their own deities, inspired with a proud, collective sense of their importance as women. And so they still sing among many primitive and peasant groups. But at the moment, the talent of peasant women in many countries has been forced into a channel that is still flowing swiftly and deeply like a mighty underground river, fertilizing the soil above it but only here and there surging up to the surface. In these groups women themselves are often conscious of their repressed power. Even a hundred years ago, strong personalities like the Gaelic Máire Ni Dhiubh burst out regretfully: "Where are the dark women of the glens, who would keen and clap their hands. . . ." [1]

And in our civilization women are so far devitalized by the long suppression of their real inner life and its voice in music that they do not even know why they are still not in the right relation to music. When women gather to sing now they have no background. Owing to the negative attitude of organized religion as a whole toward women and girls, the women's chorus of modern times has never been a religious expression, as the primitive and peasant women's choruses are. Even the Protestants missed the opportunity, which had presented itself so forcibly in the Reformation, to dignify their daughters and to crystallize the trend away from the debasement of

women. They planned nothing for their girls in the way of official
participation in religious music, and to this day accept the negation
of womanhood. This principle, supported also by women themselves, has conditioned the whole development of the women's
chorus and even the music composed for it by men.

When our civilization developed, only the nuns in the convents
had music, and some wonderful music was composed for nuns by
men. Even today this constitutes the best music for women's choruses—that is, the most nearly equal in quality to music for mixed
choruses.

So far as early secular singing by women in groups is concerned,
there is no record of the music sung by women together in the castles. We know of no music composed for them by men until the sixteenth century. Then some madrigals were written for especially
skillful singers. Later in private chapels a few pieces were composed
by men for women to sing. Much of the music now regarded as
classics for women's choruses was composed for and sung by boys.

The women's chorus, as we know it, began in the music school or
in the girls' boarding school—both products of the seventeenth century. At that time, singing teachers in France were gathering their
pupils together to give them practice in "ensemble." And Mme de
Maintenon was persuading Louis XIV to endow a boarding school
for girls of the French aristocracy. In this school at St. Cyr, the Ursu-
line canonesses in charge of the girls taught them to sing beautifully
in their private chapel. So charming were the girls' voices that
Racine was inspired to write the operas *Esther* and *Athalie* for the
girls to perform. His friend J. B. Moreau composed the music. Both
operas were given several times before the king and royal guests
with such success that the attention of the church was attracted. Ob-
jections were made to the nuns' and their pupils' spending so much
time on secular music, and development along these lines stopped
short.

In Protestant England, the girls' schools were often centers for the
performance of new music. Purcell's lovely opera *Dido and Aeneas*
came to life at Mr. Priest's school for girls in Chelsea. One of the pupils, Lady Dorothy Burke, took the leading part, and her companions sang and danced in the choruses. Like Mr. Priest, other school-
masters were often skilled in music and advertised the teaching of
song and dance as a particular advantage of school life. They fre-

quently composed masques and operettas for their pupils. Susanna
Perwich is an example of a young woman musician who had the incentive of leadership to develop her creative musical imagination.
She and her mother directed a school for girls. As music teacher, she
conducted a chorus, a ballet, and an orchestra. She herself invented
the dances and wrote the orchestral compositions for the pupils. In
America the Moravians in Bethlehem, Pennsylvania, were unique,
apparently, in making adequate provision for their girls to be choristers. Division of the congregation into "choirs" according to sex and
age brought each group into prominence as singers and made antiphonal singing a feature of the service. In the famous Moravian
School for Young Ladies, founded by the Countess von Zinzendorf
in 1742, the girls were taught to regard singing as a serious contribution to community life, and from their ranks came a number of
hymn writers.

Russian "institutes," or boarding schools for aristocratic girls, were
founded by various empresses. The first one in St. Petersburg was
called "The Society of Genteel Maidens" and became known later as
the Smolny Institute. Music played a great part in the lives of the
girls who attended these schools. Choirs were organized as a matter
of course. The girls often gave performances for guests or in celebration of some national event, and in that way had opportunity to participate in operatic music. In 1773, for instance, the pupils at the
Smolny Institute performed Pergolesi's *La Serva Pardona*, and in
1775 they commemorated the treaty of peace just signed with the
Turks. Dressed in the attire of vestals, four hundred girls took part
while forty of them guarded a sacred flame upon an altar erected for
the purpose.

During the nineteenth century, high-ranking musicians such as
Glazounoff and Liadoff composed special cantatas for the girls to
sing in welcoming church dignitaries and members of the imperial
family. Most of these schools had private chapels in which the girls
performed religious music with wonderful sincerity and skill. At the
services held every Saturday evening and every Sunday morning, the
choir was customarily led by one of the older girls and assisted by
soloists drawn from the student body. The most wonderful singing
was achieved during Lent and especially at the midnight service on
Easter Eve. At the Vladimir Girls' School, where women teachers
were trained for the parochial schools, the choir was particularly

famous. It was the custom for legends and facts about the choirs, their leaders, and the soloists to be passed down from class to class, building up an unwritten tradition of effort and excellence.

During the seventeenth and eighteenth centuries, the famous Venetian conservatories for orphan girls gave tremendous impetus to the participation of girls in singing and playing instruments. In music-loving Venice, when prosperity enabled influential citizens to spend money for the arts, it was only natural that public institutions should also benefit from the prevailing interest in music. The directors of the four orphan asylums hit upon the happy plan of training the girls to contribute to their own support by means of concerts. Musical directors of high standing—among them such great masters as Hasse, Porpora, Gasparini, and Vivaldi—were engaged to compose vocal and orchestral music for the girls. The result was that soloists, the girl choirs, and girls' orchestras became famous all over Europe. Visitors flocked to the conservatory of the Incurabli to hear the choir, to the Pietà to hear the orchestra, to all four conservatories in order to hear the enchanting solo voices. Especially during Lent, when the theaters were closed, the fashionable world crowded into the churches attached to the institutions to enjoy the concerts given by these girls and their nun teachers.

Strangely enough, the Church, although it required a promise from the girls that they would not go on the stage after leaving the asylums, did not object to these concerts. Even when frankly secular music was performed, the ecclesiastical authorities shut their eyes to the activity. The decline of the conservatories did not come from suppression by the Church. It followed the Napoleonic invasion, with its consequent disruption of social life. In the history of women and music, the Venetian conservatories stand out as a milestone. A choral literature for women's voices arose; prejudice against a women's choir was somewhat overcome; the foundation was laid for later developments in other schools and centers where girls congregated; and precedents for the participation of women in music were established. These have not since been reversed.

In the latter part of the eighteenth century and in the early years of the nineteenth century, J. A. Hiller in Leipzig deliberately undertook to train amateurs for oratorio singing and orchestral playing. Hiller organized classes for different classifications of singers, giving the beginners only simple music and graduating them into groups capable of singing polyphonic motets and oratorios. His idea was to increase the supply of singers for oratorios and especially for church choirs. The Swiss Nägeli, too, had amateurs grouped together according to their proficiency. In 1824 he incorporated the several choruses and published the rules for membership. Respectability was one of the first requirements. The early nineteenth century still regarded group enterprises on the part of women as open to criticism. Nägeli gave a great impetus to the movement by his genuine faith in the ability of girls to sing religious music competently. He announced publicly *that the voices of young girls between the ages of twelve to sixteen compared favorably to those of boys and proved to be more supple and educable.* In a newspaper entitled *Morgenblatt für die gebildeten Stände* for November 8, 1808, an article appeared that praised extravagantly Nägeli's work and also the wonderful singing of his young girl pupils. What the public had long expected to hear sung only by boys trained in Protestant choir schools was now performed much better, so the critic said, by these girls with their higher, clearer, and more flexible voices. Nägeli's own conviction, too, that the most beautiful effects in religious music could be obtained by capitalizing the natural contrast of male and female voice lent authority to his efforts in behalf of the natural girl and woman. As time went on, nearly every music school had a chorus, formed by the girl students as an integral part of its social life. (See Plate 60.)

The Hamburger Frauenchor, for which Brahms composed practically all of his literature for women's voices, is well known to all choral singers. In 1859, when Brahms lived in Hamburg, one of his piano pupils, Friedchen Wagner, used to entertain him at her house. She asked him to arrange folk songs for her and her two sisters to sing. Brahms was pleased with the opportunity to exercise his skill, and suggested that the group be enlarged, promising to bring new music for each meeting. A concert was once given in St. Peter's Church. Upon another occasion the original group joined with the pupils of Grädener's Conservatory and gave a private concert. The Frauenchor has become famous because Brahms became famous, just as Nanette Fröhlich's pupils are mentioned in *Grove's Dictionary* because Schubert composed music for them. Hundreds of other groups functioned in the same way. The leader, associated with a conservatory, was the prime mover, and his (or occasionally her) interest lay chiefly in the musical experience to be derived from conducting and composing.

After about 1870 women began to organize their own music clubs, but these, too, generally depended upon a professional leader drawn from the conservatory or university group. This movement toward independence had no place in Russia, Italy, Spain, or, indeed, in any of the countries dominated by the Greek Orthodox or the Roman Catholic Church. It belonged to the Protestant and to the democratic nations. In Germany, especially, the choral singing of women was woven into the warp and woof of the aristocratic and upper-middle-class woman's life. Meeting in the drawing rooms of the large houses, some women joined several groups and went from one to the other, often singing four or five hours a day. And while in the nineteenth century no one group developed into an institution to promote the choral singing of women, the great number of isolated units in many parts of the Christian world brought about the revival of the women's chorus.

But women's choruses did not perform on the public stage. The appearance of more than one woman at a time implied collective independence and strength—a state for womanhood in which people took little interest. Even in the United States, where women had so much personal liberty, a public concert by a woman's chorus in 1888 received sarcastic comment. A well-known music critic wrote that were the choir composed of angels and led by St. Cecilia, it would still be musically unsatisfactory.

The conventional attitude toward a suppressed and reticent womanhood was reflected in the music produced by men for adult women to sing. Nineteenth-century composers who knew the love and companionship of individual women had not yet been sufficiently leavened by the romantic movement to regard *collective* womanhood as of the same caliber. The music these men composed for women is, as a rule, sentimental, sometimes mawkish, and generally inadequate to bring out the strength inherent in the female voice. The contrast between the bridesmaids' song in Glinka's opera *A Life for the Czar* and the Russian peasant mothers' wedding cycle illustrates with remarkable clarity the gulf between the artificial and the natural. Glinka has made a song for wavering, timid twittering of repressed young misses. One can imagine that he subconsciously desired the listeners to experience a sense of unfulfillment—a sense of longing for the bass voices of men to support the treble. How different is the musical effect produced by the deep, rich, emotionally satisfactory voices of the peasant mothers!

The composers often chose texts depicting women as sirens, witches, Loreleis, fantastic creatures without the creative power of the spirits of antiquity. Legends about the "errant," or wandering, moon lady became converted into sentimental poems about an "erring" girl mourning the loss of her chastity! Or the words of songs are inconsequential, placing women in the class of devitalized dolls, angels, even morons. Still more depersonalized for a women's chorus are the words of a man's love song—like Brahms' "Minnelied," Op. 44, No. 1. In this choral literature, the real flesh-and-blood women, as well as the expression of strong, human attitudes, are conspicuous only by their absence.

In 1905, when Gustav Holst first went as director of music to St. Paul's Girls' School in London, he wrote his daughter: "I find the question of getting music for the girls' schools perfectly hopeless. I get reams of twaddle sent me periodically, and that is all the publishers seem to think is suitable for girls." [2] Even in the twentieth century, England's most intelligent girls were being treated like musical children.

After the First World War there was a great acceleration in the development of women's choruses, owing to the vastly increased attendance of girls in schools and colleges and the institution of women's clubs. As women became more independent in their daily lives, their choruses sprang up like mushrooms after a fertilizing rain. Many more women are joining choruses; more have organized the societies themselves; more choruses have women conductors. The newer the group, the more likely it is to be independent. The military girls, Wacs, Waves, Spars, and their British equivalents, invariably had bands and choruses with their own leaders.

Many of the Catholic church schools have wonderfully trained girl choirs. The most renowned of these is the group at Manhattanville, trained by Mother Stevens. These girls sing from the gallery at the Sunday services of the Church of the Annunciation, attracting visitors from near and far to hear their beautiful voices and polished performances. In at least some of the secular women's colleges, choral singing by the girls now forms an integral part of college life. Vassar girls, trained to keep on pitch for a whole evening's performance, enrich their chapel services with beautiful and appropriate singing. Mt. Holyoke girls have made their college famous by their sympathetic rendering of Christmas carols. The singing of Bryn Mawr girls has been metamorphosed and electrified by the arrival of a young woman conductor, Lorna Cooke Devaron.

Through the organization of clubs, women have been establishing new customs for their participation in music. The chamber-orchestra or chorus constitutes one activity in the larger life of the group. At annual meetings, these amateur musicians give a concert. No effort on their part to attract an audience is required, since the club members and their invited guests expect to be so entertained. In adopting this method, women have shown initiative in creating ways and means *convenient to them* for the gratification of their musical aspirations.

One significant result of such independence has been a change for the better in the quantity and quality of music composed for French, English, and American women's voices. In Germany, on the other hand, the decline in output is marked. In Italy, modern music composed for women's voices is practically nonexistent, since the amateurs' movement of the nineteenth century never materialized there. But where the women's clubs and college choruses evince an attitude of independence on the part of women, several composers and conductors are beginning to appreciate the enormous musical possibilities of women's choruses. They are featuring rich and moving alto parts, making interesting experiments with the low range of women's voices, testing a dynamic balance of soprano and alto, and introducing varied instrumental accompaniments. Most modern composers are setting their music for women's voices to appropriate texts, which treat women's interests and reactions with dignity.

Women's choruses are now a recognized social institution and their public appearance on a stage is no longer a cause for facetious comment. This change has occurred only since 1912. In that year Margarete Dessoff was asked to bring her women's chorus from Frankfort, Germany, to participate in a great German Brahms festival. She conducted it in singing Brahms' choral works for women, on a par with other performing groups. This was a landmark in the history of women's choruses. For the first time in history, a women's chorus made a public appearance on an equality with other musical groups in a serious musical enterprise. Since 1912 the development of women's choruses has been greatly furthered by the women's colleges and the women's part of co-educational colleges. Here women are gathered in strength under conditions that make for study and training and collective authority. Having developed music for and within its own group, the college women's chorus is in a position to appear on the public stage with prestige.

In recent years two great women's choruses conducted by women have set very high standards for performance. One was the Adesdi Choir of fifty women conducted for ten years, from 1925 to 1935, in New York City, by Margarete Dessoff. She made this chorus unique in that it sang only music composed originally for women's voices, and of the highest quality. The standard she set was maintained and even surpassed by the chorus of girls trained by Mother Stevens. At a concert given by her pupils in Philadelphia in 1940 three thousand people came to hear her and praise a girls' religious choir, trained by women and conducted by a woman. Before the war, these two remarkable American women's choruses were matched by others, also directed by women, in England, France, Germany, and South America. A significant fact, entirely unrecorded by critics or historians, is that the outstanding women's choruses of modern times have been under the leadership of women.

On the whole, the women's chorus has made phenomenal gains since its inception in the schools of the seventeenth century, but from the psychological point of view, the choral singing of women is still in a state of repression. People are still saying that women's voices alone are beneath the serious attention of a composer and that a chorus of women is uninspiring to a musical audience. Yet people do not complain that the low voices of men alone are inadequate to satisfy either the composer or the audience. At least ten times as much music has been written for men's voices alone as for women's. At least a hundred times more concerts have been given by men's groups than by women's. Curiously enough, there is still some indefinable barrier that keeps a women's chorus from being a complete success. The reason for this is not, however, far to seek. It is a social, not a musical, reason.

All musicians know well that a men's chorus is an inferior musical instrument to a women's chorus. Women's voices have more brilliance, clarity, and flexibility than men's. The missing sonority can be readily supplied by organ or by other instruments, whereas no instrument can adequately supply the mass of high tones lacking in men's voices. Finally, women's voices lend themselves more easily than men's to a greater variety of musical climaxes. There is no valid *musical* reason for the slur cast on the women's chorus.

But a women's chorus is not like the primitive and peasant groups —the ritual and musical expression of women collectively. The modern women's chorus is not an offshoot of church choirs. Jewish and Christian women have been excluded from religious choirs for many centuries. And nuns never sang to *affirm womanhood*. A few modern groups of women singers have been successfully conducted by women, but even they do not win public recognition as an expression of women's moods, thoughts, and desires. Without a new point of view, indeed, they cannot, since the ideal for Jewish and Christian women is a negation of the principle that women have anything to express.

Like the nuns' choirs, the modern women's chorus has been adapted by men (with the consent of women) to conform to the creed that men only are creative in body and spirit. Jewish and Christian women have been in this relation to men for so long that their ability, and even their desire, to assert themselves by means of group music is dormant. People think that what is missing in a women's chorus is the sound of men's voices. Rather it is the vitality with which men endow the sounds that is lacking. Women's choruses will never be as socially or as musically acceptable as those of men until women and girls feel inwardly—as primitives and peasants do—that their singing is merely one manifestation of their power and natural authority as women.

Because of the present-day emphasis on virtuosity, women find it impossible to regain this sense of power. Singing in a women's chorus should be one of the means by which women can revitalize their own depleted psyches. But to achieve this, such a chorus must fulfill several conditions that are generally neglected. It must be led by a woman, not by a man. The woman leader must have a full rich sense of the spiritual power of music and the latent spiritual power of women, and the ability to communicate this inspiration. Women must first meet to sing with no idea of training for a concert. They must be seeking *first* what music can do for them, not for an audience. A concert should be the by-product of success in achieving spiritual entity, not the end and aim of musical participation. Especially valuable in group singing is the companionship with others in orchestras and chorus—the thrill of hearing one's own part in strength, the discipline of giving way in turn, in order to perfect the sound of the whole. The chorus then becomes a tremendously important musical experience. The participants are stimulated to learn our great heritage of musical art by actually playing and singing it themselves. The necessary foundation is laid for spiritual enrichment and for collective self-expression.

4.

The *principle* of a dynamic participation in music applies equally to choruses of boys and girls in schools and colleges—which are now the best places for education in music. But unfortunately the over-development of the concert, and of the ideal of virtuosity, has cast a shadow over the rich experience. School authorities, influenced by current ideals, run a grave risk of overemphasizing the value of public performance.

In this they apply to music a standard they would not tolerate in connection with literature and language. Students are taught English, or any other language, with the primary object of mastering the use of the language terms and of becoming intimately familiar with the masterpieces of its prose and poetry. The acting of a play or the reading aloud of a novel in public is never made the goal of a season's work, but merely the occasional offshoot of activities that are broader in scope. In music, the giving of a concert is too often the end toward which all the efforts of the chorus or orchestra are directed. If practically all the available hours are spent preparing for the display of one composition, then there are not enough hours left for becoming familiar with other great compositions. No literature class would be satisfied with knowing only *one* of Shakespeare's plays; at least a speaking acquaintance with them all is required of an educated person. How few people know, much less have sung, half a dozen of Bach's two hundred cantatas, or Brahms' choral music other than his Requiem!

School and college years are the golden time for acquiring musical literacy. A similar opportunity rarely occurs again. Too many students leave their schools or colleges without the proper foundation for using music as a normal activity in postgraduate life. The prevailing attitude toward the value of virtuosity definitely deters the average girl and boy from taking a direct, natural approach to music as a language.

Women as camillae, or acolytes at the altar of music, are suffering from the juxtaposition, in our culture, of two sterile influences, one applying to them as women, and the other a general characteristic of our Western civilization. They have been spiritually starved as women by the long tradition of the Church, and by the requirement that, in matters of the spirit, they accept men's formulations and men's music. And they share with men the overdepartmentalization of music that limits music lovers to passive listening to virtuosi or to vain attempts to become virtuosi themselves. As audiences, as students of voice or instrument, as singers in mixed choruses or in women's choruses, the camillae may be serious and hard-working, but the deity they serve is not capable of giving them a tithe of the spiritual sustenance they obviously crave.

CHAPTER XVII

ST. CECILIA

1.

SINCE the sixteenth century, the virgin Cecilia has been the patron saint of music and the misleading symbol of woman's participation in music during the period of its great modern development. Her picture, with eyes upcast to heaven and cherubs showering roses on her as she plays, hung over the piano in thousands of nineteenth-century homes. Here was inspiration to guide the fingers of generations of little girls through the daily chore of piano practice.

Piano playing and, if a girl had a "voice," a little parlor singing were something a lady acquired by diligent and even painful effort, along with a waist laced in to be three inches smaller than nature made it, a foot that would fit a slipper half an inch shorter than itself, and a soft, flattering recognition that man is the woman's natural god. "He for God only. She for God in him." [1]

So St. Cecilia beamed and languished, as "divine woman," inspiration, and patroness of masculine genius. Over the centuries from 1550 till today, music was developed into a great and complex art by a series of great men—and not a woman composer of first-class stature among them. As representing opportunity for a participation by women in the creation of music expressing their own hearts and lives and their unique function as the mothers of the race, St. Cecilia is an utter fraud. The very word "patroness" has something spurious about it. It is made by the lacy addition of "ess" to the word "patron," whose root means father. An honest word for an honest woman saint of music would be founded on a word whose root meant mother, as the word "matron" does.

Why Cecilia was chosen for her anomalous position is one of those perplexities in men's scholarship and writing of history that baffles a sincere woman's mind. St. Cecilia did not compose music. She created no ritual such as the primitive women had created. She helped no woman to approach the divine altar, to understand the rhythm of her own being, and to demonstrate its implication for the life of the spirit. St. Cecilia was a Roman girl of noble family who in the second century was martyred for her faith. Her connection with music consists in the fact that her father arranged to have an organ played at her wedding to a young man named Valerian. But she refused to be married "and sang in her heart to God alone." [2] In no remote sense did she reflect the activities of Christian women in religious music, as the old musician goddesses had reflected the musical activities of the women of earliest times.

When St. Cecilia was established in 1550 as the presiding spirit of music, women had not had, for many centuries, sufficient free participation in music to warrant any woman's being made a saint of music. As a symbol of something to come, St. Cecilia held out a false hope. At best she represented a sentimental sanctification of the Renaissance conception of the priestess of beauty.

Yet, in a sense, St. Cecilia is a true representative of the pattern within which women as musicians have been confined during the whole of the modern period.

In that period the great structure of wonderful music has been reared by men, pleasantly encouraged by women as purveyors of beauty and charm. Compared with the early woman musicians in the crude dignity of their ritualistic approach to the divine life, the priestess of beauty was no priestess at all when she first began to reign in the courts of the Renaissance. She seemed to have a greater degree of honor and liberty than the forcibly silenced and suppressed woman of the ruder Middle Ages, but she had this only within the limits that had been set in the fourth century. The pattern itself had not changed, and it has not changed to this day. It has merely been obscured in some flowers of sentiment. The woman, as priestess of beauty, from the early Renaissance till now, when as queen of beauty she appears in hundreds of public celebrations, serves the male human being only, in his vanity and his power. She officiates at no genuine altar, and such altars as there are she is not allowed to approach save as she kneels at the foot of a male priest.

This is why there are no woman composers of the highest stature. Certainly, women do compose, and some women composers compare favorably with second- and third-rate men. Some compositions of the women composers are better than some of the published material of even the greatest composers. But when one considers what music is, and how it must be composed, it is a wonder that one can say even that.

Music, of all the arts, has its origins in the deepest levels of the subconscious. It is, of all the arts, the most profoundly religious. It is indeed the voice in which the human being speaks to the life that is over and above this human life. Even in modern times, since 1550, the really great music has had its focus in religious feeling. The musical idiom developed primarily for religious worship has merely been transferred to secular music. It would actually be enough explanation of the lack of first-class music by women to say that they could not compose because they were barred from authoritative positions as church musicians. One could say, with reason, that there is no feminine Bach because no woman had a position like his—which was that of church organist with the duty of composing music for the religious service.

2.

But there is something much more serious to say about what the lack of women composers of the first stature reveals. There is a wrong and a poison at the heart of our society, and an essential falsity in the whole modern tradition of secular learning and religious teaching.

Consider what a woman faces, even today, in free and enlightened America, from the day she begins to have any formal training. She goes to school and begins her struggle to think logically in the words she has already learned from her mother's lips. And then there begins the difficulty with the English pronouns, in some sentence like "If anyone looks at this object closely, *he* will see." Why should "anyone" be a he? Why not a she? Is she not to look at this object closely, too? The teacher explains patiently. When we mean a person of either sex, we always say "he"! But the little girl looks at the little boy near her, who is no brighter than she, and she thinks, But why should he stand for girls and boys too? *I* am *she*. No one tells her that the language in which she must speak for the rest of her life is so distorted because the modern vernacular was formed when men still completely dominated learning, and that the first grammars were written by men. There ought to be a pronoun to represent both men and women. But there is not.

As the girl goes on learning, she faces this problem again and again. There is the word "man." It stands for all humankind. The life of "man" is the life of everybody. But why should a man stand for everybody? She goes further and begins to learn Latin. "Virile," "virtue" come from the word *vir*, meaning man. They are grand words. They mean strength and courage. "Feminine" comes from *femina*, meaning woman. But what does feminine mean? Something soft and mildly attractive. If the girl has a good mother—and according to the testimony of men, good mothers appear to be very numerous—the girl knows that this word "feminine," with its soft, silly connotations, by no means represents what mother is—strong, patient, able to keep the family secure and happy. Is there no word for women's *strength*, in a world where women must have so much strength, if not of muscle, certainly of nerve and will and soul?

Meanwhile the girl goes to Sunday school and church. If she is a Catholic the truth may dawn on her only slowly, for in the Catholic Church there are Mary and many women saints, and an atmosphere of family love in the innumerable pictures and images of Mother and Child. The girl may innocently suppose that these figures of angels, singing, kneeling, adoring the new baby, are daughters. They look like girls with their long curled hair and long dresses. But if she has a mind and begins to use it as the time for confirmation approaches, the truth may dawn upon her. God is a man only. He has a son but no daughter. He has priests but no priestesses. Mary is only a handmaid, not an equal partner. Mothers are not fit to serve God at the altar. Women may not even sing in the choir, saying their prayers to music. They can only listen to men singing their prayers.

And why is this? Because a woman is of different sex from a man. And what is this difference? A man starts the baby in what may be only a moment of careless and often irresponsible pleasure. But a woman takes up the burden and carries it alone, through months of unique experience to a great life and death struggle. This is what distinguishes her as a woman. This is her sex. And for no other reason, God, who is male, will not have a mother stand and speak at the altar. The door of the holy of holies, with its symbols of regeneration derived from her own function as life bringer, is closed to her, who brings the child into the world.

3.

In the formation of this dogma, Catholic and Protestant theologians have been equally guilty. Women did not sing in the liturgical choir from the fourth century on, and they do not do so to this day, either in Catholic churches or in Protestant churches *that have real liturgical singers, who are properly speaking the attendants of the priest and priestess.* This is to say that where music is regarded as worship, and so used in the church service, women may not sing in the choir, and the music requiring high voices must be sung by immature boys. The only exception to this was from early times the singing of nuns in their own chapels. But here a special voice was cultivated, clear, high, sexless. Women did not sing in their natural voices.

The Protestant Church based its music not on the liturgy but on Luther's noble principle of congregational singing. For this selected strains of folk music were converted into hymns. These are the basis of Bach's chorales. To ensure a high quality of church music, the Lutherans established schools for boys, like St. Thomas' in Leipzig, where Bach served. No schools trained girls to be official singers, organists, or composers for the church.

In the Calvinist churches in Switzerland and France there may have been trained women's choirs. Goudimel, in 1565, set eight psalms for four high voices. In the preface to his collection he says that he composed the music for both home and church use. But in England the authorities spared no pains to prevent the participation of women and girls in choirs. Henry VIII issued warrants permitting boys with good voices to be impressed for service in the cathedral choirs. In Queen Elizabeth's time boys were taken from their parents without compensation to serve as Children of the Chapel. At the time of the Restoration, 1660, there were no trained choirboys available at all, owing to the fact that the choirs of the Anglican Church had been disbanded during the Commonwealth. The soprano part was played on what was called a cornet. Men, who habitually took the alto parts and still do in many places in England, at that time often sang the soprano in falsetto, rather than allow a woman to use her natural voice in religious song.

In America the early settlers were torn with dissension over the question whether a woman should be allowed to sing to God. One of the questions to be decided by the Massachusetts Bay Colony was: "Whether the people join in singing the Psalms, or the Minister alone?" It was agreed that the congregation should join, and then the age-old question came up for decision—"Whether women sing with men, or men alone?" [3] Even the bravery and fortitude of women bearing the dangers and toil of a pioneer life could not do away with the long prejudice that classed them as inferior in matters ecclesiastical and juridical. The intrepid Anne Hutchinson succeeded in persuading John Cotton, minister of the Boston Congregational Church in 1637, to allow women to sing in his church. Before the other colonial settlements took the liberal point of view, however, Mrs. Hutchinson was expelled from her community for her theological and political dissent. The matter of the church singing was one of the grievances cherished against her by the Puritan authorities.

In most Protestant churches, women's participation in congregational singing became accepted as a matter of course. But for the participants, hymn singing in church has a far greater social than musical value. Inspiring though congregational music is, it has never been developed by any religious group in our culture beyond the elementary stage of unison singing accompanied by all-pervasive organ playing. The trained choir, however, demands a special skill, and the exclusion of women and girls from it had a direct bearing upon their relation to music.

This exclusion has continued in part down to the present day, despite many efforts on the part of liberals to do away with it. When William Tuckey came from England in 1752 to be choirmaster at Trinity Church, New York, he first organized a choir of boys and girls from a near-by charity school, but, as Grove's Dictionary expresses it, he soon "succeeded in eliminating the female element" and established choir singing in the proper English manner. Although some Episcopalians favored liberality in the matter, the revival of medievalism by the Oxford Movement in England in the nineteenth century tended to restore the taboos of the Dark Ages, and checked any move to sanction girl choristers. When about 1850 the Reverend Dr. Haweis, a Church of England minister, put surplices on women choristers, he was vehemently attacked by one faction of his parishioners. The Roman Catholic Church made a few compromises, even permitting a Catholic newspaper to publish a favorable comment on Brahms' beautiful religious motets for four women's voices. "No offense could be taken by even the most pious on the *setting* of the liturgical texts," the critics conceded. But instead of following the modern trend, the Catholics reacted against the participation of women in the formal church choir, and explained why in the *Motu Proprio* of Pope Pius X (1903). After stating that women may not be admitted to the priesthood, the edict says: "On the same principle it follows that singers in Church have a real liturgical office, and that therefore *women, being incapable of exercising such office, cannot be admitted to form part of the choir.* Whenever, then, it is desired to employ the acute voices of sopranos and contraltos, these parts must be taken by boys, according to the most ancient usage of the Church."

To this day, women do not sing in every church as a matter of course, nor are they regarded as having an inalienable right to be there. In conservative groups the opposition against women is strong. G. S. Stubbs, organist of St. Agnes' Episcopal Chapel, Trinity Parish, New York City, represents a considerable body of opinion as he writes about women choristers in vestments: "While it is not certain that these choirs will increase to an alarming extent, steps may have to be taken to check their growth." [4] A long correspondence on the subject of mixed choirs was recently carried on between various dignitaries of the Catholic Church. It was finally decreed that men and women could sing with propriety in a religious choir—but not in a strictly liturgical choir—provided they sat in galleries at the back of the church as far as possible from the altar, and provided the sexes were separated by some physical barrier, such as an organ or a railing.[5]

In spite of the new policy of the Catholics toward congregational singing—which includes the participation of women even in a cathedral—the ecclesiastical authorities still object to *choruses* of women within the most sacred precincts. During the year 1938, Mme Lila Pereira, professor of singing at the Conservatory of Santiago in Chile, organized a choir of sixteen women with the intention of singing at certain special services in the cathedral. The choir's repertoire was limited chiefly to religious motets by Palestrina, Victoria, and other great composers of church music. Although Mme Pereira was respected in her city as an individual and as a musician, she had to appeal every three months for permission to take her choir into the cathedral. The women were not allowed to sit in the choir stalls, but had to sing from seats placed in the nave. Eventually, the *vicario* notified Mme Pereira that the pope had forbidden the women to take any part in the religious ceremony. This order effectively prevented the choir from functioning and caused it to disband.

Even the Protestant National Cathedral Chapter, in Washington, D. C., excludes women from its formal choir. A new custom could readily have been established here, since a girls' school and a boys' school are both situated on the cathedral grounds. Both schools are supported by the cathedral chapter. The girls receive musical instruction adequate to qualify them as choristers, but they take no part in the formal musical activities of the cathedral. Conducting their commencement exercises in the crypt is the extent of their participation.

The National Cathedral is sponsored by men and women of all denominations in the United States. It purports to be a national shrine for all people of our country, a center for the dissemination of American democracy and Christian ideals. Yet the authorities allowed Dorothy Maynor to sing from the chancel, while they will not allow mothers and daughters who regularly attend the services to join the choir. Spiritual pastors and masters prefer to exalt the prima donna rather than the women who are the bulwark of our civilization. They cannot yield on the fundamental principle on which all the vested interests of religious hierarchy are based, that the human being who creates half the child and nourishes it from her own body in love and duty is, *by reason of this,* unfit to sing to the Source of all being.

This principle is supported by the cathedrals of all Jewish and Christian sects, whose function it is to set standards for the maintenance of tradition and for correct usage. The Orthodox Catholic Church, the Church of England, the Episcopalian and Lutheran Churches will not tolerate women in cathedral choirs.

People are prone to rationalize about women in church choirs by claiming that a boys' choir is musically "better" than one that includes women and girls; or they say that they prefer the "purity" of boys' voices. But the pure, sexless quality can be produced quite as well by young girls of high-school age. Unless the singers are seen, no musical inferiority, indeed, no difference in boys' and girls' voices can be detected. It is the guilelessness of youth, not the sex of the singers, that recalls the heavenly choir. But even if the boy choir were musically better, that would be no excuse for excluding girls or women. The church is not a place of entertainment, nor is it the primary function of the church to give performances of music. The question is: Who should sing in a representative capacity to the divine force? Is this the privilege only of the male—mature and immature? As for the boys, their young voices are lovely. But behind their present use in cathedral choirs lies a tradition that seems morbid to the modern mind. There is the refined homosexuality of Greece when young boys were substituted for girls as the romantic objects of a mature man's love. There is the long, revolting history of the castrati and their use in ecclesiastical services. The boys' voices should never sound sweet in any decent person's ears till they sing side by side with their sisters. The equally beloved daughters should sing together with the sons to the glory of life's mighty rhythm. The mature voices of mothers, of equal value with fathers, should sustain and support the fourfold human song.

In this attitude of the churches to woman's song much more is involved than the participation of any special group of singers in a special activity. For from the purely musical point of view, even if women and girls were still excluded from the choir of every church, it would today make little difference to them as far as participation in the performance of music is concerned. They are now able to take part in music through many other institutions and in affairs that are musically more important than any sponsored by the churches. But the point is that women and girls who have proved their competence in singing reverently the most sacred motets and masses at a concert, even in a church concert, are not allowed to sing the same music when it accompanies the ritual.

The churches are supposed to represent the organized feeling of the whole community about the relation of human beings to the realities and the mysteries of life. The word "religious" means the relation of individuals to a higher power and the expression of the relation in conduct. These organized religious groups—and the most powerful denominations agree in this matter—are perpetuating the disgraceful fallacy that women are of less value in the scheme of life than men. No primitive taboo upon the free use of human energy was ever more damaging than this dogma. Its result is to deprive women of a reverence for their own way in life and of the confidence that comes only from genuine self-respect. As long as women are denied public recognition of the fact that they are spiritually of *equal value* with men, *equally* able to advance civilization to a higher level, as long as women are not expected to find in worship their most appropriate outlet for musical expression, just so long will they fail to take their rightful place in society and in the art of music. Just so long will our whole communal consciousness be vitiated by this morbid fallacy at its heart.

4.

Though both music and modern learning appear to be secular in origin and tone, the patterns set by Greek classical thinking and by the Church influence professional men to this day. A careless, slighting attitude to women has come down through the ages in clerical and scholarly circles. In the sixteenth century the monk Acidalius announced that women were not human beings, and were therefore incapable of thinking in terms of the spirit. Rousseau reflected current eighteenth-century ideals in his famous saying: "Once it is demonstrated that men and women are not and ought not to be constituted alike in character and temperament, it follows that they ought not to have the same education. Let girls be trained definitely for wifehood and motherhood. *The whole education of women should be relative to men.*" [6] A hundred years later Schopenhauer was saying that women remained big children all their lives. In this opinion he was supported by a group of German scientists who, in the Breslau Conference of 1884, produced what they considered proof of woman's closer resemblance to animals and her resultant deficiency in the higher human faculties.

As recently as 1940, Catholic Church dignitaries, meeting in Kansas City at an educational conference, discussed the familiar affair of Adam and Eve and the apple. Adam was held responsible for the act of disobedience; Eve was pronounced blameless. Because she was a woman, she was incapable of knowing right from wrong. In the thousand and a half of another thousand years, woman has progressed—if one wishes to call it "progress"—from an aggressively evil power to a negative quantity, innocent only because *powerless.*

Many people regard the Catholic Church as too conservative to be representative of the modern spirit toward women. But the same attitude of denial of woman's power can be found in the latest editions of dictionaries. Under the word "woman," for example, the editors of Webster's Unabridged Dictionary quote a passage from Shakespeare—"Women are soft, mild, pitiful, and flexible"—in order to explain the way the word is used. So also in the new language of Esperanto, the word for "mother" has been formed as *patrino,* a derivative of *patro*, father. If generally adopted, this new language term would forever divest "mother" of its connection with independent activity and authority. What theologians formerly did to the goddess symbols, university professors are now trying to do to language symbols.

Even the psychologists, who should be saving woman from the outward mandates of theologians, emphasize the early Christian's negation of womanhood. Only yesterday, in 1944, a group of doctors meeting at Atlantic City concluded that women lack creative imagination. What new name they expected to coin when referring to the many tangible forms of that faculty as demonstrated by many women was not announced. Their conviction that they were right— which significantly enough was not shared by the women doctors present—is evinced by their general use of the words "masculine" and "feminine." All activity is called masculine. Passivity is feminine. A woman is told that any activity she undertakes is a development of the "masculine" part of her nature. In this terminology, the strength —even the existence—of feminine urges and desires is given no recognition.

From the psychologists, too, comes the devastating condemnation of mothers as a beneficent influence over their sons. Not content with a *negation* of woman's power, they give it a *positive*, evil aspect. Because young soldiers and sailors far from home called, in loneliness and fear, for their mothers, doctors pronounced this love à damaging thing. Like the early Church Fathers, they dogmatize reverence for "Mom" as "silly and devoid of reason."

It follows from the peculiar wisdom that the males of our culture have revealed to males that musical art is exclusively masculine. A French critic said of Augusta Holmes, one of the foremost of the women composers of her time: "Why do these women try to make people forget that they are women?" He was only one of many to insist upon the disqualification of women for creative work in music. George Upton claimed that women lacked "objectivity," the power of projecting themselves outwardly and expressing themselves in terms of symbols. Anton Rubinstein, on the other hand, thought that women were lacking in "subjectivity" and initiative, wanting, indeed, courage and conviction. Rubinstein, who like his brother Nicholas managed one of the large Russian conservatories, extended his distrust of women into the field of performance. In this opinion he was supported by Carl Reinecke, who said openly that he believed there was a point where women stopped developing. Even as a performer, he claimed, a woman was prevented by her timidity and indecision from satisfactory demonstration of the composer's intention. Did they not all fail to realize that the timidity and indecision they noticed resulted directly and inevitably from the very denial of the value of women's independent ego?

There is no end to the careless gratuitous insult that these wiseacres heap on the function of giving birth. In 1945 the harp player Salzedo told his girl pupils at his summer school in Maine that only men compose music. "Women," he said, "are born to compose babies." [7] That women are born to compose babies is true enough. The difficulty lies in the silly and illogical deduction that men make from this obvious biological fact. Why, because one lives through— or is physiologically prepared to live through—the most vivid experience life can offer, should one be incapacitated from using the strength and wisdom gained through that experience in other fields? "When old and familiar things are made new in experience—there is art," [8] says John Dewey, and many women have proved and are proving today that this is so. To teach a girl the contrary is, indeed, as death-dealing to her spirit as any doctrine of the early Church Fathers.

5.

Against this the woman struggles, suppressed and reticent. But even so, it might have been possible for her to do something more in music if anything like fair opportunity had been open to her to acquire the training and experience necessary for the production of modern music. In early Greece, women were just beginning to develop real music out of their personal experience, with a steady accretion of knowledge and a refinement of art. But modern music is another creation altogether. It has developed in circumstances that prevented women from sharing the experience that men were accumulating or from obtaining any institutional support for the development of their inspiration. For when the complex forms of modern music were in the making, professional musicians received their training and much of their experience through contacts with the Church. They often combined religious and secular musical posts. Practically all of the great composers of the Renaissance period were primarily composers of church music. Their madrigals and other forms of secular music were merely by-products, written in the same idiom. A favorite device was to clothe a religious text, such as Salve Regina, in a distinctly gay, unecclesiastical setting, and to present the incongruous whole at a social gathering. The organization for Christian music was self-sufficient and, as we have seen, made only special demands upon the natural woman musician.

The obvious result of this new development of polyphonic music was to render the composition of music infinitely more difficult and complicated than in the days when the troubadours sang their melodies to the simple strumming accompaniment of the lute. No one could now attempt serious musical composition without long training and experience. Many rules evolved or were invented—some natural, some arbitrary—that had to be learned, observed, and incorporated into a musical production that would be both correct and pleasing.

Even after the power formerly wielded by the Church began to pass to the university system, every such institution adapted the organization of the Church to further its scholarly, social, or political aims. Women had no corresponding institutions. Even many of their monasteries had been dissolved and their revenues diverted to the universities. Not till late in the nineteenth century did it occur to anyone to found colleges for the higher education of women.

The reason women took to performing men's music rather than creating their own was, of course, not because the intricacies of contrapuntal writing were beyond their powers, but because they were excluded from the Church, and later from the schools, where the knowledge could be obtained and the art practiced.

In one field only has woman's opportunity and recognized function in music been equal to that of men—in the solo performance of the prima donna. But the modern institution of the public concert or stage production for a price has widened the cleft between performer and composer. The teaching of expert performers became the principal justification of the institutions where girls were taught. Virtuosity was the end and aim of the student's interest. Every girl approached music as if she expected to become a concert performer. Since leadership was regarded as being out of their sphere, girls were discouraged from entering classes for conducting. As a general rule, they were excluded from classes in theory and composition—independent thinking being regarded as the prerogative of men. Until late in the century, women could not compete for prizes or receive diplomas at European conservatories.

Although Elizabeth Stirling's orchestral setting for psalm 130 passed every musical requirement for earning the degree of Musical Bachelor at Oxford University (England), in 1856 her application for it was rejected. No authority existed in the university for conferring the honor upon a woman. For the same reason, years later, in 1918, Lili Boulanger was disqualified from receiving the Prix de Rome, which she won at the age of eighteen in an anonymous competition. The donors of the prize had limited the applicants to the class of unmarried men under thirty—this class being the one in their experience most likely to produce a great composer. Far from advising girls to concentrate on music as an intellectual discipline, even serious men musicians treated aspiring pupils with levity. Sibelius once resorted to a trick to rid himself of two girl composition students. When, at his suggestion that they go for a walk outdoors, they had left the room, he turned to the young men and said: "It would be a pity if the young ladies' cheeks were to lose their beautiful country color!" [9] With a characteristic roguish smile, he began to instruct his men students in the theory of music. Such attitudes were effectual in stifling germinating talent. For the composition of major works, a knowledge of counterpoint and orchestration was essential, as well as the faith that intellectual discipline could be borne. Many girls acquired an inferiority complex about their musical imagination, allowing the easy habit of listening and the ideal of virtuosity to dominate their musical lives. Thinking in terms of even the simplest forms of music long ago fell into the discard. Even in eighteenth-century Venice, where the rich ladies in their salons were composing songs and instrumental music and where some of the convents allowed the nuns to spend most of their time at music, the talented girls of the conservatories received but little encouragement to be creative. Pupil and nun-teacher often substituted for the professional director of music, it is true, and pupils were taught to resolve a figured bass at sight. Their authority, however, stopped short of the point where incentives for composition began. The musical directors were always professional men musicians who happened to be in Venice at the time as organists of the large churches. These conductors promised to produce a new suite, motet, cantata, or oratorio at regular intervals. Theirs was the opportunity and incentive for creative work. Women had no such incentive because they had no similar outlet for an achievement.

It was the same story in the newly founded colleges for women, where musical activity was generally limited to a glee club conducted by a man. Young girls neglected to seek training in musical thinking, and young college women apparently made no concerted effort to establish forums for musical experimentation. Their symbol of music was not Artemis with her lyre.

Throughout the nineteenth century the stage, educational system, church, and even home all restricted the musician in some manner. And although singing in a chorus, dancing in a ballet, playing in an orchestra, even teaching and conducting music do not necessarily lead to the development of outstanding musical imagination, yet any restriction upon participation is a barrier to composition. Participation in music is a condition precedent to creative work in music, as it is in any other language. No one would expect to write a book in a strange language, but would first learn the words, construction, and idioms. Any artificial limitation to acquiring familiarity with a language and ease in its use automatically lowers the number of competent craftsmen ready to use it. Women achieved their outstanding measure of success in composing piano pieces and songs— the two types of music with which the greatest number had the most familiar and the most satisfactory experience.

Nor can there be any dispute that leadership in music definitely increases the chances for a musician to find occasions for the exercise of creative imagination. The great body of religious music—hymns, anthems, motets, compositions for organ alone—came from the organist, who was also the choir director, and not from musicians outside the circle. Choral literature for women's voices in the nineteenth century can be traced in almost every instance to the conductors of the choruses—to the men who carried the responsibility of finding music for the group to perform. When women had the responsibility, they too had the practical urge to compose appropriate music, and often did. Luise Reichardt, in the early part of the century, and Mabel Daniels, in the latter part, are examples of conductors who composed music for their own women's choruses to sing. It was while she was the conductor of an orchestra that Emma Steiner seized the opportunity to present a program of her own works. Alma Grayce Miller is a present-day example of a composer whose talents have been stimulated by a definite task. Organist and choir director of St. Agnes' Church, Arlington, Virginia, she has written three Christmas masses and also other music for the use of her choir. As she herself expresses it, whenever she cannot find appropriate music, she composes it. Even the most casual glance at contemporary publishers' catalogues reveals at least ten times as much music composed by women in various positions of responsibility as there was twenty or twenty-five years ago. To the extent, then, that women are excluded from positions of leadership, they are automatically limited in adding a substantial number of women to the ranks from which a possible genius might emerge. Superlative achievement comes only from an already high plateau of experience. And as long as women are regarded as a class apart from men, they will have to build their own plateau.

Persons of discernment never fail to realize that the women composers of the eighteenth, nineteenth, and twentieth centuries possess talent, sometimes to a marked degree. Critics of the women's compositions often concur and, in their judgments, add to information that the composers lacked adequate training and experience in working with contemporary musical idiom. Not being in the class or group from which music was expected, the women of our era had neither the emotional nor the intellectual foundation to enable them to assert freely their own conception of music. What they achieve in creative work is in spite of, not because of, the way of their world. Granting the suppression and the deliberate shaming of woman in connection with her unique mission of motherhood, granting her exclusion from spiritual authority and equality by the institutions of our civilization, granting the persistent discrimination against her by those who held the keys to knowledge and gave the permission to participate in music; granting all this, many people maintain that genius cannot be downed. If a feminine Mozart had been born, they say, she would have been immediately recognized. But these same people ignore the fact that genius in a man is not always recognized, if there is no demand at the time for his particular type of genius. A great general, for instance, does not appear in time of peace; he rises to power only when there is a demand for military efficiency. Even Napoleon could not have manufactured a war if his people had not been in the mood to follow his lead.

Musical talent, too, has often been blocked in men by barriers inherent in the way of life of a particular group. For example, though the Quakers of the seventeenth century at first sang fervent hymns at their meetings, they shortly abandoned the use of music altogether. In neither the religious ceremony nor in community life did they allow music. It is only within the last few years that Quakers in

America have introduced music into some of their schools and colleges. Is it a matter for surprise that, despite their deep spirituality and their high intellectual attainments, neither Quaker men nor Quaker women have been creative musicians?

Again, the America of the eighteenth and nineteenth centuries was clearly not the place for a sophisticated musician. Americans, intent upon developing a new country, had but little time for the arts. They gave their highest rewards and recognition to those who were successful in theological pursuits, or landed or business enterprise. In fact, they definitely discouraged and looked down upon artists and musicians. Consequently, no important musicians of native American stock appeared. At a later period, when the pioneer stage was over, people began to feel the need of music and turned to Europe for their musicians. Only Europeans were expected to be musicians. Even those seriously engaged in the profession of music were forced to adopt foreign names, speech, and manners. As late as fifty years ago, American performers and composers attained only grudging recognition. In the face of these barriers, American men—many of them of German stock—were helpless as musicians. Their native musical talent lay latent. They had to wait until the general background had changed, until the pioneer period was over, until Puritan asceticism had died, until people had time, energy, and money to develop genius along artistic and musical lines.

In Europe composers of the highest stature appeared and disappeared in response to environments that fostered or failed to foster them. Eighteenth- and nineteenth-century western European civilization provided, on the whole, the inspiration and incentives for men to create and to produce music. But despite the general background of a favorable environment, conditions varied locally.

In Germany, environment and racial temperament converged fortuitously to bring out native talent. Hence the Germans were able to carry musical art to its highest expression. Italian and English names, so conspicuous in former centuries, largely disappeared from the lists of great composers. The fact is that barriers against any kind of musical activity by men are always effective in preventing men from performing that activity. Moslem mosques, for example, make no use of music. No Mohammedan Bach has risen to compose great choral and orchestral works.

Wide misunderstanding, indeed, exists as to what constitutes the so-called "musical talent." Different musical capabilities may be in-

herited—an instinct for rhythm, the melodic impulse, a sense of harmony and of counterpoint. Nonmusical qualities also essential to a
great composer—persistence, infinite capacity for taking pains, a
sense of artistic proportions—may also be inherited. One might call
those gifts of the fates. An individual, however, may possess all these
gifts and yet never produce any music of importance. In addition to
the possession of native talent, a potential musician must be brought
up in an environment that demands music as an integral part of life,
must be also one of a class that is expected to create music so that he
or she may normally obtain the intensive training essential for serious musical composition.

Many unthinking people whose musical experience is limited to
listening assume that a divinely inspired musical genius can pour
out a song with the naïveté of a bird. The nightingale, however, has
absolutely no talent for musical composition. No note of his unchang-
ing melodic phrase is composed by him, but was unconsciously
evolved for him by countless generations of ancestors. While these
same people recognize vaguely the mysteries of counterpoint and of
orchestration, they assume that to learn to compose a simple song
requires little more training than to learn to run an automobile. As
a matter of fact, the training in musical composition required for a
simple song of importance would more nearly approach that required to build an automobile, or to invent one, if none existed. The
compositions by Brahms with which he expressed himself as most
satisfied were simple-sounding piano accompaniments to forty-
nine folk songs. To the student, these piano parts are marvels of
artistic construction and proportion, their simplicity achieved only
by the elimination of every superfluous note. Written near the end
of Brahms' life, but at the height of his powers, they were the result
of long years of artistic musical experience. None but a master could
possibly have produced them, yet to the uninitiated they seem as
easy as the sleight of hand of a magician's trick.

The more elaborate the composition—and modern compositions
become increasingly so—the more complex is its conception and
production. Hence longer and more intensive training is required.
The difficulties in connection with music are much greater than in
literature, where the potential poet or novelist becomes familiar from
earliest youth with the use of words. With us, thinking in terms of
music and the use of musical symbols by children is unusual. A
musical genius, of course, is able to absorb the necessary knowledge

and training and so to obtain the techniques infinitely faster than the person of average talent. However, it will be found that all great composers went through a rigorous grind of practice, experiment, and absorption of the musical past before they produced their masterpieces. Mozart, always held up as an example of spontaneous musical generation, was in fact intensively trained by his father as a musician from the cradle. His entire childhood was occupied with thinking, playing, and writing music under encouragement. Had he been born and brought up by unmusical parents on a farm in Kansas in 1880, would his genius ever have flowered?

Even if a girl has been born and brought up in a musical atmosphere, even if she has evinced creative talent, the chances are that she has not been expected by her parents and friends to become a composer, but that she has been directed into performance and taught accordingly. The general public attitude toward woman, and particularly toward woman and her music, effectively discourages confidence in her individual self as a composer and in her women contemporaries collectively as potential creators of music. It also precludes public demand for her to compose—a condition essential for production. Finally, it prevents a naturally endowed girl from procuring easily, and her parents from seeking for her, that early and intensive training necessary for the composition of important music. When combined, these three conditions result in an environment in which the creative musical imagination of only a few women can flower. Until it is changed, the sleeping beauty that is music in the feminine soul will not awaken.

When one sees how effective social barriers are in preventing men from composing music and realizes how many have been the barriers to composition by women, the comparative silence of women musicians during the last three hundred years can easily be understood.

Withal, the real core of the matter is not woman's failure to have created great music. It is what that failure, when analyzed, reveals of the constitution of our society and the deep denial of life on which it rests. Even if women participated equally in every current musical activity, our cultural pattern would still be against their creating music as a spiritual expression of their inner life. This inner life is half the spiritual life of humanity. In so far as it differs from that of men, it differs in the possession by women of a unique experience that touches the heights and depths of emotion and sensation, and calls on a deep and intuitive wisdom, a kind of at-oneness with all the processes of growth and decay, birth and rebirth, in the universe. Primitive woman had begun to put this experience into ritual and music, and had proceeded far enough to give us some hint of the direction woman's genius might have taken.

But just as her attempt to evolve her own religion and music from her own experience began to approach the forms of civilized art, woman received a death blow from man's schematic religions. The bases of her own dynamic relation to life were knocked from under her. The need for her music was not institutionalized. Mary, as a goddess, was a tentative and uncompleted conception. From the Protestants, woman received no symbols.

Nothing now remains of the woman's rites to make her proud and positive. At puberty she begins to go to social dances. And there she dances the dance of life only if a boy asks her. At marriage she is "given away" by her father to her husband. At death she kneels desolate, her old proud power to invoke the rebirth gone, while some man intones. What does he intone? Why should a woman care?

And still St. Cecilia hangs over the piano—insincere, ineffectual. How long now until women learn not to go near these altars from which they were cast down, and take courage to make their own religion and their own music anew, and beat out with faith the measure to which their daughters and their daughters' daughters may dance? (See Plate 61.)

CHAPTER XVIII

ARTEMIS STIRRING

1.

EVERY cultural pattern has its strength as well as its weakness, its place in time, its time for passing. The hour has now come when many different currents of thought and many new conditions are converging to bring about changes in our culture. As far as women are concerned, some of these new influences are tending to nullify the force of the old ideas that regarded women as of inferior value to men in an advancing civilization. If taboos compatible only with a primitive attitude and the equally childish superstitious dogma of the Church Fathers still live, they are threatened, like King Canute, by the swiftly rising tide of an articulate womanhood. It seems today that woman is about to assume a natural relation to life, that Artemis is about to be reborn.

The biological theories of Aristotle, who maintained that men alone possess the creative spark, are now disproved by science. Modern research has demonstrated that to the soul of the newborn child, to that particular bundle of inherited aptitudes and characteristics which will make her or him a distinct individual, mother and father have contributed equally. Science restores to woman her biological dignity and with it her sense of power, as a being creative in her own right.

Science tends also to give validity to women's groping explanation of the mystery of the universe. On the whole, the kind of thinking implicit in the early rites of the life cycle—thinking that was plastic, intuitive, and that sought its expression in the rhythm of birth and rebirth—is consonant with modern science and with our ever widening knowledge of the forces of the universe.

There is today a profound change in the thinking about the sym-

283

bolic relation of human beings to the invisible, yet perceived, higher powers. The rigid theological propositions of yesterday are losing their appeal. More and more we are returning to the primeval sense that all life is one and indivisible, different manifestations of the same life force. Scientists are daily offering new evidence of the intimate relation of plants, animals, and human beings. Now, too, there is again a tendency to believe that the path toward the spiritual is by way of reverence for all processes of life, in the world around and in both the physical and psychic life of human beings.

Belief in the unity of all life is itself a rebirth for women. The basis of their imagery was destroyed with the introduction of the idea that the spirit can develop only by denying the flesh. In primitive times women were always combining the imaginative with the real, always symbolizing personal experiences, always endowing natural states and normal human urges with spiritual significance. So women may now take up the *principle* behind their old rituals, knowing that the world's thinking will henceforth be with them and not against them.

2.

This changed relation of women to religion is not entirely new. It has been steadily developing for several centuries and coincides, significantly, with a change in men's and women's attitude toward musical activity, an attitude that has also taken some time to become general.

When Christian culture first dominated western Europe, a very small group of men fixed the rules for the use of music. Music was to be controlled by the hierarchy of the Church for the purposes of the Church and for no other purpose. After a thousand years of revolt against these rules, the people finally succeeded in establishing new customs for music. But under the patronage of the nobles, music was confined to the castle or the baronial hall. After 1700 the new hierarchy of professional musicians, which rose to power with the middle classes, carried music into public halls and into secular educational institutions where many more people could hear it and participate in it. The latest development in the social aspects of music is the reaction of amateur musicians against assumption by the professionals of an undue authority over the education and performance of music. Amateurs are again beginning to strive for a knowledge of the language of music for their personal use, for a more direct and intimate contact with it than can be derived from mere listening to the performance of professionals.

Slowly but surely education in music is being incorporated into the school system. It is the type of education that trains ear, eye, and mind for the acquisition of experience in the language of music. Instead of training every child as a possible virtuoso, educators are making sane attempts to train every child to be musically literate. Whereas people formerly supposed that to sing, one must be born with a "good voice," they now begin to realize that all voices are good enough to be trained for the satisfaction of one's self and for intelligent participation in group singing. Scores of girls and boys are demonstrating the feasibility of acquiring enough skill on a musical instrument to join a school or college orchestra. Above all, in the forward-looking schools, musical education is including practice in creative work, with the result that more players and singers are able to make music available socially. This does not mean ability to play or sing "art music" as soloists for an audience, but to be capable of transposing, adapting, and improvising—in other words, to be musically articulate.

It is nothing new, of course, for non-professional musicians to play and sing skillfully for their own satisfaction. The innovation in modern musical custom is to give community encouragement and support to amateur musical activity. This is a return to the Greek idea that "music" belonged to the "Muses," or to the arts and culture in general, and that it should be an integral part of a liberal education. But the foundation upon which the intricate art of our music rests was formerly given to children spasmodically and accidentally only in homes in which the parents happened to be "musical." Now the elements of the language of music are taught to children, and even to adults, in institutions such as schools or summer camps, some being organized especially for the purpose of musical culture.

It is not only educators who are establishing new customs for musical activity. Amateurs already skilled in the performance of music are here and there beginning to give organized effect to their urge for participation in group music.

The adverse conditions of wartime England could not deter thirty of forty men and women from meeting during their summer vacation for the purpose of playing together in an orchestra. Living in tents or lodging in neighbors' houses, they played morning, noon, and night for the sheer delight of it, for the refreshment of their spirits.[1] The experiment of organizing groups larger than a quartet is followed by a New England "musical house party" that is held annually for a ten-day session. Both groups place emphasis upon the fact that the orchestra is organized for the benefit of the players rather than the players existing for the prestige of the orchestra. In England the conductor is an amateur; in America he is a professional, but in the employ of the amateurs and temporarily devoted to their interest.

Meeting in a private house in Merion, Pennsylvania, for the purpose of performing choral music *but with no intention of preparing for a concert*, a hundred and more skilled singers and instrumentalists form the "Accademia dei Dilettanti di Musica." This group is conducted by an amateur—the host—whose only demand upon these expert sight readers is that they love music and that they have had the training to enable them to understand and execute, without previous drilling, such compositions as Bach's cantatas and Brahms' Requiem. The Accademia has been meeting for twenty years, eight or nine times a season. The total number of men and women who have attended these "singing parties" now reaches nearly two thousand. Professionals come as amateurs. No one requires an audience, but each is impelled to come solely by the privilege of participating in great music.[2]

These societies of amateurs are probably as yet unique. Their success has depended upon the strong personalities who originated them and now carry them on. They are pioneer ventures, not yet institutionalized. But a precedent for forming permanent societies to encourage amateurs and choral music can be seen in both England and America. Various organizations serve the purpose of introducing musicians to each other, but of leaving them free to function in any way they wish. As a rule, the benefiting members pay dues, but patrons and patronesses in the community supplement the dues with contributions, thus giving the sanction of society at large to nonprofessional activity in music.

In many ways the musical renaissance of today is a repetition of the rebirth of music in the thirteenth and fourteenth centuries. Then people were overthrowing the restrictive regulations of the Church. Now people are finding the framework for musical activity erected by professional musicians too narrow—again, they are opening new paths for music lovers. When the nobles in their castles instituted new customs in music, they did not interfere with the older customs of the Church but created a demand for more trained musicians. In the same way today, amateurs are not curtailing the need for the virtuosi and other professionals but are adding to the occasions when music can be enjoyed.

The results of these changing musical customs cannot yet be foretold. One trend, however, is already determined—the trend to emphasize the primitive use of music as an affective power for a specific occasion and purpose. In certain uses, music today retains its former application. Music in churches still has this affective purpose—it is supposed to influence the higher powers and also to bring the people into harmony with each other. And who has not felt the power of waltz or rumba rhythm—far more potent an invitation to the dance than the spoken word—or the irresistible command of fife and drum to march behind the flag? Now music is reattaining its primeval value, which in no way interferes with the value of concert giving and virtuosity. Music, which produces an inner harmony, is being introduced into homes, schools, colleges, moving pictures, and theaters, and especially into hospitals for its direct power over emotionally disturbed people.

The need for musical therapy received impetus in the great wars of our times with their aftermath of wounded men and women. The important point made by the experts in this field is that the music used should be of the type that reduces emotional strain. In an age when people are already overtaxed with disruptive forces, they require tones and rhythms that will give them a feeling of security and a sense of harmony with their surroundings. Equally important is the type of person employed as a musical therapist. Virtuosi, or amateurs trained in the spirit of virtuosity, cannot do this work. Many gifted musicians are unsuited to perform music in the sympathetic, adaptable way essential for success in favorably influencing a patient. Different musical qualities from those developed by most musicians are therefore demanded; another set of musical talents is now given community support. How provocative to the imagination it is to learn that scientists have recently discovered the magic in the "sonorous fluid" that primitive men and women have known for countless years! Music has been scientifically proven to be capable of influencing people to think, feel, and act. Music actually can give access to depths in the unconscious where nature and spirit are one. So now a new type of music has the possibility of developing upon the principle behind the great musical art of primitive societies.

3.

Increasing recognition of women's human capabilities, converging with public insistence upon variety in musical enterprise, has radically altered the relation of women to music. Women and girls are at last on the way to approaching music in a free and natural attitude, untrammeled by taboos and superstitions.

It is one thing, however, to make the categorical statement that barriers between women and music no longer exist; it is rather like the boast of a Chinese visitor to this country that his government has forbidden illiteracy. He made the claim as a *fait accompli!* But everyone knows that long years of planning and of hard work on the part of Chinese leaders and teachers combined with the co-operation of the people will be necessary before China can become a nation of literate men and women. So it is now with women and the creative aspects of music. The falling of the barriers is only the beginning of the reform. An attitude of affirmation toward women as potentially creative musicians, accompanied by community backing and intensive training for all who desire it, must lay the foundation, build the plateau from which the creative woman musician can eventually take her natural place in the musical life of her society.

The next step for the friends of women musicians to take is the planning of practices for the future benefit of talented women and the opening up of opportunities for women already trained in leadership and in the composition of music. Obviously, men are firmly intrenched in most of the established musical enterprises of today. For the proving of their capability women will therefore do better to find new fields and untrodden paths. Happily, several opportunities already await further leadership and initiative on the part of women.

The home is the oldest institution we have and the one most closely associated with woman's authority and her creative music. In the home women's songs were sung. Much of our wonderful heritage of folk literature originated in connection with daily work, love, and death. Today these associations have largely ceased to exist. Modern life has robbed this center of many of its former activities. So has the modern utility of music changed. Song is now rarely used as a direct, affective agent. Even the lullaby has been condemned by child specialists. The relation of women to music in the home is now entirely different and comparatively without meaning.

Since the days of the melancholic Robert Burton, fathers have been complaining that the money they spent on their daughters' musical education was largely wasted. Once a girl was married, she neglected her music and appeared content to do without it. This complaint remains true for the twentieth century. Far too often girls "give up" their music. But is it not because custom decrees that it shall lead nowhere except to concertizing? All playing and singing become a concert in miniature, instead of being indispensable to woman's principal business of bringing and fostering life.

But now the idea that music benefits oneself or one's child has captured the imagination of at least some parents. An annually increasing number of young people with a practical musical equipment are becoming parents, and upon the young mother falls the full impact of the demand to make music an integral part of the child's preschool education. Here, in the home, or in the nursery school and kindergarten, is the opportunity for creative work—arranging, adapting, and inventing appropriate rhythms and melodies to be used in giving little children an inner harmony of spirit.

In the larger life of the community, outside of school and home, women have their music clubs. Choral literature for modern women is sadly in need of replenishment and invigoration. What better medium could there be for the woman musician than in the supplying of this demand, bringing fresh musical ideas to her companions, to be sung and played upon convenient occasions, according to women's own interpretation of their spiritual needs?

Some communities have already provided a new outlet for the woman musician in the practice of therapeutic music. Eva Viscelius and Agnes Saville contributed invaluable work toward building morale in the sick and wounded by means of music. Then came Harriet Ayer Seymour, a prime mover in the movement to give music a practical, affective use. During the First World War she had charge of music in army hospitals, and afterward was the chairman of the Hospital Music Committee, where she gave courses for the training of "musical doctors." The last few years of war have greatly increased the demand for women qualified to play and sing "healing" music in hospitals. In the Philadelphia area an experiment was undertaken under the auspices of the Southeastern Pennsylvania Chapter of the American Red Cross to supply instrumentalists and singers.

Selected from the association of Gray Ladies, about twenty women qualified as competent to go about the wards of several hospitals. Working separately or together, each one modifies beautiful, simple melodies into music of therapeutic value adapted to the emotional state of the different patients.[3] (See Plate 63.)

The institutionalization of affective music, already underway in education and in the moving-picture industry, is now taking place in the field of therapy. After the First World War, the National Foundation of Musical Therapy was founded by Mrs. Seymour, and through it scores of devoted musicians have since been working in hospitals and other institutions. At the present time, therefore, both professionals and amateurs are drawn into a common musical cause, the importance of whose social consequences no one can predict. Together they are blazing a path for a new class of official women musicians. The intimate knowledge these pioneers are gaining through experience of the action of music upon the subconscious mind, purifying it of evil influences and revitalizing it, may well be the foundation upon which some gifted woman will create new and wonderful music.

Among our rural people an opportunity for creative work awaits a woman of talent and initiative. By turning her eyes to the Grange and to the now popular festivals celebrating the principal agricultural crop of a country area—such as the Apple Blossom Festival in Virginia and the Potato Blossom Festival in Aroostook County, Maine—a country music teacher may make her position the steppingstone to original composition.

The Grange is one of the most remarkable institutions of American folk life. In it the culture of our country districts centers. Because of the secrecy of its rituals, few outsiders are aware of its importance. Founded in America in 1867 by a group of Masons, the Grange draws on old agricultural rituals that have come down from antiquity through the Masonic orders. Here can be found the old idea of birth and rebirth, reformulated by our American farm population for itself with a Christian coloring but with the use of the old symbols. Nothing is more American than the Grange; yet nothing in our modern life has deeper roots in the earth and in that early religion of nature of which woman was once the priestess and musician.

The opportunity offered by the Grange to the woman composer arises chiefly from the fact that, in this organization, women have a status equal to that of men. While they are still in grammar school,

girls and boys are taught the lore of the Grange and learn its traditional motions with songs from the *Grange Song Book.* Girls and boys
walk in couples in the processions, and grow up with a full recognition of the honored place of each in the great scheme of life. Women
and men also attend the ceremonies in complete equality—"matron" and "patron" of husbandry. The "chaplain" is often a woman.
The post of "lecturer" is also often filled by a woman. From the
point of view of music, the "lecturer" is the more important of the
two, for upon her falls the responsibility of providing entertainment,
which must be of educational value and uplifting to the group. So
eager are the people of the Grange for anything that enriches their
simple ceremonies that a talented woman would undoubtedly find
reward for creating appropriate music, perhaps a new and mighty
song of rebirth springing from the heart of our fertile land and from
the religious spirit of our American farmers.

Community ritual and music has been developed in an entirely
new way by Dr. Rachel Davis Dubois, formerly professor of inter-
cultural education at New York University. In co-operation with
Dvora Lapson, a musician and mime-dancer, she has made experiments in the cure of socially sick groups and now offers training in
the techniques involved at the New School for Social Research in
New York.

Rachel Dubois' services as an expert in analyzing social industrial
discords are called for where there is trouble in crowded industrial
or urban areas, race riots or other disorders beyond the control of
regular social agencies. Sometimes she works under the public
school system. Sometimes she is called in by a group of churches—
usually Protestant, Jewish, and Catholic churches in combination.
Sometimes she is sponsored by the Quakers, being herself a Quaker.
Sometimes she works in connection with a social agency.

Her mainstay, and the original element in her experienced and
competent handling of social disorder, is a new kind of social gathering that she calls a "neighborhood-home festival." With the help of
her co-operators in the district, about thirty assorted individuals representing all the types and cultures that cannot or will not mix socially are persuaded to gather at some convenient center. The chosen
place is always dressed up for the occasion with the flowers or fruits
or evergreens of the season, and with informal seating arrangements.
At such a gathering held just before Christmas at the Friends' Meet-
inghouse in New York City, the vestibule was transformed by ever-

green trees and candlelight, the cushions dragged out of the pews inside and placed in a circle on the floor. Flowers, fruits, candlelight, and firelight are the beginning of the magic.

After the people have come and have been charmed into relaxing and waiting to see what will happen next, Dr. Dubois starts a conversation with an observation on something connected with the weather or the seasons. She has discovered a sure social solvent—reminiscence of early childhood connected with seasonal activities. On an autumn day Dr. Dubois gets the group to talking about preparation for Thanksgiving or for Jewish or national harvest festivals, always pushing the reminiscence back to earliest childhood, centered in home and mother. Then Rachel Dubois introduces the critical questions: "Did your mother sing while she was doing this? What did she sing?" And out of the group she begins to draw the old songs they heard or learned in childhood, songs going back to many lands, in many parts of the world. The smooth varnish of Americanism is rubbed off. These people begin to meet on aboriginal levels of folk memory and folk song.

It is amazing to see that any thirty Americans, gathered at random, in our racially mixed city areas, will have among them three or four people who can sing the whole of some unique song. It is a great moment in such a gathering when some unadjusted old woman of foreign birth lifts up her voice and sings. She often breaks down in joyful tears when neighbors upon whom she had looked with distrust draw around her, admiring and obviously moved.

Within an hour after she starts to talk to an apparently dull and uninterested group, Dr. Dubois and her trained musician assistant have the people circling with clasped hands, walking in processionals with lighted candles, singing folk songs and hymns of all faiths, even reverently repeating prayers together. Nine hundred of these "festivals" were given in New York City one season mainly in the least "privileged" part of the city. A visitor to many of them says that each one was entirely different from the others and that every one had some moments of startling and poignant beauty. An artist observer said, "If one could get the secret of this, one would have a new art that would cure almost everything that ails us." [4]

In Rachel Dubois can be seen an educated woman of modern times not only creating a new art, in which music is integrated, but doing so in order to provide rites practical and effective enough to solve a social problem brought about by modern conditions. This is precisely the way her remote ancestors made rituals thousands of years ago when women were creative musicians. Dr. Dubois' remarkable initiative in developing this technique by reviving old rites and music, buried in the memories of people indiscriminately chosen, and by improvising an affective integration of motions and melodies capable of smoothing out the souls of skeptical participants, is significant to the modern woman musician. Not only does it demonstrate that woman's inherent ability to use music creatively is as potent as it ever was; it also suggests that, while women still find it difficult to compete with men in the conventional practice of music, there is now opening to them the opportunity to create healing, beneficent music of immense social value. (See Plate 64.)

But in spite of the giant strides taken by women toward a fuller participation in the musical life of our times, an outworn attitude still holds them back from the full realization of their new opportunities. Women, unfortunately, have long regarded their women's activities as *unimportant* and as *unworthy* of artistic effort. Musicians have a predilection to strive for recognition in men's arenas by writing symphonies and operas—forms invented and used by men for centuries in their own organizations. But if women would sing first for themselves, sincerely and enthusiastically, ignoring critics with preconceived notions about either women or music, their song would eventually burst out of the bounds of home, sickroom, or club and would flow into that stream of rhythm, melody, harmony which is forming the music of tomorrow. (See Plates 65 and 66.)

4.

The woman musician of today is at the crossroads Her relation to music depends upon her relation to the society in which she lives and to the religious expression of that society. This relation transcends any specific barriers that may have been erected in the past between given groups of women and their participation in music. And since all civilization is now in the throes of rebirth, woman's place in the musical life of the new world is dependent upon what new religious ideas will be formulated, what new customs will be made.

Woman's apparent sterility in musical creation, in comparison with man's of our times, is not at all due to any inherent deficiency in her ability to think symbolically. Given the proper environments, where her culture demands music and where her contemporaries confidently expect her to produce it, where she receives from early childhood the training necessary to make her a creative musician, woman has already been at least the equal of her man in composing the type of music required by that culture. And this flowering of woman's natural musical talent has been by no means confined to aborigines of early cultural levels. The Tuareg poetess-musicians, Sappho and her colleagues, the Arabians, Hildegarde and other nuns, many ladies of the Renaissance, as well as the Russian and Lithuanian peasants are witnesses proclaiming woman's power to express herself in the language of music.

Scientists agree that the innate capacity of the human brain for creative, artistic, and intellectual accomplishment has not materially changed during the past sixty thousand years. Neither can the *relative* capacity for men and women for such activity have changed. When we find, therefore, that at many times and in many places, women have equaled their men in music making, we may be sure that the comparative silence of modern women in musical expression is not the result of inherent incapacity or of spiritual inferiority to men.

Nor is woman's comparative silence in music due to the fact that our music has become overintellectualized. Scores of modern women have demonstrated intellectual capacity of the highest order. The intelligence quotient of the average girl is fully equal to that of her brother. Both are equally educable, as has been recently discovered, in the abstractions of mathematics. No chimpanzee could be taught to multiply three by four or to resolve a dominant seventh chord. The existence of many women of high intellectual capacity, of superior artistic imagination, and of ability to express themselves in the modern idiom of music conclusively disproves the possibility that the female sex is disbarred from the sacred circle of creative musicians.

As we have seen, woman's silence in musical expression is, on the contrary, due to historical causes that have brought about a nonpermissive environment for the woman musician. The music of our culture was originally bound indissolubly to organized religion and limited to church use. Women were disbarred from official participation in the religious ceremony and so became automatically cut off from opportunity to create music. Nuns, who had a specified place in the hierarchy, composed only liturgical and extraliturgical music, and within the limits of their opportunities. When men and women freed themselves from the heavy restrictions placed upon the free use of music by the churchmen and began to use music apart from ritual and liturgy, women were *theoretically* able to function again as musicians. But the leaders in music were still those connected with, or employed by, religious officials, and according to the established custom of over a thousand years, were all men. Effective musical education and training was still in the church. Since the supply of men musicians was sufficient, women were not in demand but were expected rather to patronize and to perform men's music. Furthermore, even though ecclesiastical authority waned, authority in church, state, educational system, and home remained largely in the hands of men. And it was an authority reinforced by the religion that women were spiritually and intellectually inferior to men.

The Fathers of the early Church said: "Every woman should be ashamed of the thought that she is a woman."

This is the pernicious doctrine that has determined the relation of women to the body politic and to religious expression, and that has stifled woman's collective imagination. Its poison has survived even in the most up to date of men's teaching. The terms "masculine" and "feminine," when used in association with "activity" and "passivity," tend to give women the same sense of powerlessness and so carry over into modern education the idea that feminine attributes cannot be active and beneficent; that, in order to develop creative imagination, a woman must ignore her sex and build upon attributes and qualities now associated with men. This is as negative and as emotionally conflicting a creed as that taught by the early Christian Church.

How different is the faith in a spirit-bearing womanhood expressed by a great woman of the nineteenth century, Rahel Varnhagen: "I am at one with myself and consider myself a good, beautiful gift." [5]

Here is the clarion call to women—the holy dogma for the affirmation of collective womanhood. In it is implicit all that women need to give them that spiritual independence and self-assertion essential for any kind of creative work. Most of all for the rearing of good and beautiful children.

By regarding herself as a good, beautiful gift, any woman can be sure that she is endowed with every attribute of brain power and spirituality now possible for human beings. She need have no more misgivings about the inherent power of women to evince imagination.

In the words "I am at one with myself" lies the assurance that childbearing, even the female equipment for bringing life, provides one of the most driving incentives to develop imagination that the world has ever seen. Believing this, a mother knows that evidence of creative imagination, or a desire to develop it, does not make her less of a woman and an ineffective imitation of man. She knows that she can accept her natural role without emotional conflict and with the assurance that womanhood is a creative role in the scheme of life.

New ideas are always slow in gaining momentum. Throughout history, they can be traced back far beyond the time they became a force, running parallel to older conceptions of what is right until they either disappear or become the core of another religion. The idea that women are a creative and beneficent power is actually one of the oldest in the world and appears today in the great majority of primitive societies. It reached its most beautiful expression in the oldest known civilizations of antiquity. Wherever the creative power of women is a factor in the making of religious and social institutions, women have authority in such institutions, in the magic arts of healing body and spirit, and in music. From their rites, their music, and from their own leaders (both real and symbolic), women draw the inspiration to revitalize, at fixed intervals, their own powers.

Running parallel to the religion that regards woman as creative and beneficent is the diametrically opposed belief that she is evil, or, in some cases, merely powerless. Even in a few of the most primitive tribes, there are evidences of a movement to degrade the value of the female and to challenge her humanity. This movement reached its climax around the years 400 to 800 A.D., and has had a dominating influence upon the schematic religions founded by men from about 800 B.C. to 600 A.D. Such religions include Brahmanism, Buddhism (although to a lesser extent), Confucianism, Orthodox Judaism, ecclesiastical Christianity, Mohammedanism, and Nazism. It has been the religion of modern civilization. Wherever and whenever the value of womanhood is degraded, women neglect to emphasize the life-bringing value of their natural ways and allow men to pre-empt the creative arts of healing body and spirit, and of music. Although today, in our society, these arts have become separate departments and specialized, they are still endowed with a quality of mystery and magic. Religion, medicine, and music are still the three fields from which men would like to exclude women and in which they most resent women's influence.

It is only very lately that women have taken organized steps to replace themselves in a creative, beneficent relation to life and to reassert their own values. But hardly yet do many face boldly and honestly the crux of the woman problem: religious ideas, symbols, ceremonies, and economic customs that place women in the position of receiving bounties, even the gift of life, from men can never bring women into the right relation to life and free the subconscious for creative thinking.

For women to attain the state of collective spiritual independence, to be reborn as adult human beings, their inner lives must be given the spiritual sustenance so long withheld, and given it more intensively on account of their long starvation.

Instead of those symbols and religious ceremonies that allow a woman only a vicarious relation to the life force, others, giving her a realization of her own potentiality for activity, must be substituted. In ritual, the great truth should be reiterated that woman is a beneficent manifestation of the rhythm of all life. As girl, mate, mother, worker at life's tasks, and finally as one ripe with experience, she should be told and told again that each stage of her life span has its own peculiar wisdom that is needed in the community; that, without her, the torch of life would flicker and die.

So are women now needed to assert their leadership over women, and over men who would work with them, in those departments of life in which women have experiences denied by natural laws to men. Men have great areas in life where their leadership can be properly exercised. But in all matters pertaining to women's female function and to her inner emotional life, the assumption by men of exclusive authority does the feminine psyche grave harm and stifles its free expression. Today it is scientists, doctors, and psychiatrists who possess the modern magic. The exclusion, or the discouragement, of women in these fields is as damaging to women as the exclusion of women from the priesthood was in early Christian times. Healing, religion, and music are the three fields in which woman is pre-eminently fitted by nature and by experience to express herself and to serve her fellows. Unless women are trained in modern methods and equipped with the learning of the ages to be doctors and psychiatrists, able to advise girls in adolescence, in the period of sex relations, in childbirth, and at the threshold to middle age, women will never have the foundation for formulating the new faith, for developing the new rituals and customs that will give spiritual integrity—the foundation of creative expression in music.

Once leadership by women trained in scientific thinking has been established and recognized, women can then make a concerted effort to release their imagination from the age-long repression. They must find their own symbols to remind themselves of their own peculiar power for good. They must find rituals and music to reinforce their own spirits in the crises of womanhood. And they must have representation in the larger life of the community for the authority of the natural woman; then can the Daughters of the Moon proceed boldly and confidently to the task of objectifying their experiences in whatever way they find opportunity and incentive.

Even now, the crescent moon is rising in the sky. One day it will grow again to its full splendor. And Artemis is reaching for her lyre, courageously striking the opening chords of woman's ageless song:

Here, Queen Goddess, light-bringer, divine Moon,
Who move in a path of night, wandering in the darkness.
Torch-bearer of the mysteries, Moon-maiden, rich in stars,
You who gave and diminish, who are both female and male,
All-seeing, enlightener, fruit-bearer, Mother of Time,
Splendor of amber, soulful, illuminator, you who are Birth.
Lover of all-night wakefulness, fountain of beautiful stars!
Whose joy is the tranquil silence of the blissful spirit of night,
The lustrous one, giver of charms, votive statue of night,
You who bring fruit to perfection, visions and sacred rites!
Queen of stars, in flowing veils, who move on a curving path,
All-wise maiden, blessed one, keeper of the treasury of stars,
May you come in beautiful gladness, shining in all your brilliance;
And saving the youthful suppliants who turn to you, Maiden Moon! [6]

NOTES

The very large number of books and articles necessary as a background for the story of women, religion, and music is naturally too great for inclusion here. Only those from which direct references have been taken are listed in this volume. In several instances, I have omitted original sources and have given instead the name of a book in which the source material is used. Such books themselves throw light on the relation of women to music and broaden the base of my approach to this provocative subject.

CHAP. I

1. J. G. Frazer, *The Magic Art* (New York: The Macmillan Co., 1935), I, 125.

2. C. Troyer, *Traditional Songs of the Zuñis*, Wa-Wan Series of American Compositions (Newton Center, Mass.: Wa-Wan Press, 1904), Vol. III, second series.

3. K. Bücher, *Arbeit und Rhythmus* (Leipzig: B. G. Teubner, 1909), p. 401.

4. Personal letters from J. G. Giorgiades, Athens, Greece.

5. Katherine Swan, *The Participation of Russian Women in Music* (MS. at Smith College and at University of Pennsylvania), p. 40.

6. *Records Nos. 12B and 13B Jemima Gibson (Cayuga)* (Six Nations Reserve, Canada, Jan. 23, 1941). Fenton Collection I in Library of Congress from an unpublished MS. of Dr. W. N. Fenton, Bureau of American Ethnology.

7. J. R. Swanton, *Social Organization and Social Usages of the Indians of the Creek Confederacy* (Bureau of American Ethnology, 1924), XLII, 324.

8. Fenton, *op. cit.*

9. F. H. Cushing, *Outlines of Zuñi Creation Myths* (Bureau of American Ethnology, 13th Annual Report, 1891-92), p. 446.

10. Swan, *op. cit.*, p. 10.

11. Alice Fletcher and F. LaFlesche, *The Omaha Tribe* (Bureau of American Ethnology, 1905-06), XXVII, 426.

12. D. A. Talbot, *Women's Mysteries of a Primitive People: The Ibibios of Southern Nigeria* (London: Cassell & Co., Ltd., 1915), p. 205.

13. M. Walters, *Le Peuple Letton* (Riga, 1926), p. 112.
14. F. R. Boas, *The Social Organization and the Secret Societies of the Kwakuitl Indians* (Report of the U. S. National Museum, 1895), p. 584.

ADDITIONAL REFERENCES

Böckel, O. *Psychologie der Volksdichtung.* Leipzig, 1913.

Brinton, D. G. *Nagualism: A Study in Native American Folklore and History.* Philadelphia, 1894.

Frazer, J. G. *The Golden Bough.* New York: The Macmillan Co., 1935.

Katzenelenbogan. *The Daina: An Anthology of Lithuanian and Latvian Folksongs.* Chicago: Lithuanian News Publishing Co., 1935.

Lumholtz. *Through Central Borneo.* New York: Charles Scribner's Sons, 1920. Pp. 310, 350.

Routledge, W. S. & K. *With a Prehistoric People.* London: Edward Arnold & Co., 1910. Pl. CXVI.

CHAP. II

1. T. Michelson, *Autobiography of a Fox Indian Woman* (Bureau of American Ethnology, 1918-19), XL, 319.

2. Personal communication from Marion Szekely Freschl.

3. J. C. Lawson, *Modern Greek Folk Lore and Ancient Greek Religion* (Cambridge: Cambridge University Press, 1910), p. 547.

4. L. von Schröder, *Die Hochzeitsbräuche der Esten* (Berlin: 1888), p. 186.

5. G. H. Dalman, *Palästinischer Diwan als Beitrag zur Volkskunde Palästinas Gesammelt und mit Ubersetzung und Melodien* (Leipzig: 1901), p. 312.

6. E. Martinengo-Cesaresco, *Essays in the Study of Folksongs* (London: 1886), p. 385.

7. B. I. F. Laubscher, *Sex, Custom, and Psychopathology* (London: G. Routledge & Sons, Ltd., 1937), p. 147 & Pl. XI.

8. H. Trilles, *Les pygmées de la fôret equatoriale* (Paris: Bloud et Gay, 1932), p. 412. English translation of the poem by Katherine Garrison Chapin.

9. Swan, *op. cit.*, p. 28.

10. J. T. Bent, *The Cyclades* (London: 1885), p. 183.

11. A. Hauffen, *Die deutsche Sprachinsel Gottschee* (Graz, 1905), Example 105.

12. M. T. de Lens, "Sur le chant des moueddin et sur les chants chez femmes a Meknès," *Revue de Musicologie*, Nov. 1924, pp. 152-63.

13. M. C. Fauriel, *Songs of Greece*, tr. by C. B. Sheridan (London: 1825), p. 230.

14. D. Corkery, *The Hidden Ireland* (Dublin: M. H. Gill & Son, 1925), p. 39.

15. J. G. von Hahn, *Albanesische Studien* (Vienna: 1853), II, 135.

16. *Ibid.*, p. 136.

17. Poem translated by Frances Herskovits, *New Republic*, Sept. 4, 1935.

18. P. H. Buck, *Vikings of the Sunrise* (New York: Frederick A. Stokes Co., 1938), p. 205.

19. Marjorie Kennedy-Fraser, *Songs of the Hebrides* (London: Boosey & Co., 1917), I, 115.

20. M. J. Herskovits, *Dahomey: An Ancient West African Kingdom* (New York: J. J. Augustin, 1938), II, 320.

ADDITIONAL REFERENCES

Buschan, G. *Illustrierte Völkerkunde.* Stuttgart: Strecker und Schröder, 1926.

Coomaraswamy, R. K. *Catalogue of the Indian Collection at the Boston Museum of Fine Arts.* Boston: Harvard Press, 1926. Part VI, Pl. IV, pp. 14, 657.

Hall, Mr. & Mrs. S. C. *Ireland, Its Scenery Characteristics.* London: 1841.

Herzog, G. *Jabo Proverbs from Liberia.* London: Oxford University Press, 1936.

McConnel, Ursula. "Mourning Ritual on the Gulf of Carpenteria," *Oceania*, 1936-37. Vol. 7.

Ortoli, J. B. F. *"Les voceri de l'ile de Corse,"* Collection de chansons et de contes populaires, 1887, Vol. 10.

Rathery, E. J. B. *"Les chants populaires de l'italie,"* Revue des Deux Mondes, 1862, Vol. 38.

Warmelo, N. J. von. *Contributions toward Venda History, Religion and Tribal Ritual.* Union of South Africa, Dept. of Native Affairs, Ethnological Publicators, Vol. III.

CHAP. III

1. Kennedy-Fraser, *op. cit.*, II, 110.

2. J. Combarieu, *La Musique et la magie: étude sur les origines populaires de l'art musical: son influence et sa fonction dans les sociétés* (Paris: Picard, 1909), p. 123.

3. C. Velten, *Gebräuche der Suaheli* (Göttingen, 1903), p. 17. Poem translated by Henry S. Drinker.

4. Wm. Thalbitzer and H. Thuren, *On the Eskimo Music in Greenland* (Copenhagen: 1914-23), p. 155.

5. F. La Flesche, *The Osage Tribe* (Bureau of American Ethnology, 1927-28), XL, 687.

6. Swan, *op. cit.*, p. 18.

7. Talbot, *op. cit.*, p. 77.

8. G. W. Stellers, *Beschreibung von dem Lande Kamschatka* (Leipzig, 1774), p. 332.

9. M. Friedlaender, *Brahms' Lieder*, tr. by C. L. Leese (London: Oxford University Press, 1928), p. 248.

ADDITIONAL REFERENCES

Earthy, Dora. *Valenge Women.* London: Oxford University Press, 1933.

Hála, Ján. *Pod Tatrami.* Mikuláśi: Vydal "Tranoscius" v Liptovskom Sv., 1942.

Kheiri, M. A. *Indische Miniaturen der Islamischen zeit.* Berlin: Ernest Wasmuth. Pl. 42.

Sachs, C. *Die Musikinstrumente Indiens und Indonesians.* Berlin: G. Reimer, 1915.

CHAP. IV

1. H. A. Junod, *The Life of a South African Tribe* (London & Neuchatel: David Nutt, 1912).

ADDITIONAL REFERENCES

Evans, I. H. N. "Notes on the Religious Beliefs, Superstitions, Ceremonies, and Tabus of the Dusuns of the Tuaran and Tempassuk Districts of British North Borneo," *Journal of the Royal Anthropological Institute*, Vol. XLII, 1912.

Jochelson, W. *The Koryaks of Siberia.* New York: Publication of the Jesup North Pacific Expedition, 1908. Vol. 6, Pl. III and IV.

"Lieder u. Sangesweisen u. Geschichten der Wanyamwezi," Berlin Universitat Ausland Hochschule Mitteilungen. Berlin and Stuttgart, 1901.

Nioradze, G. *Der Schamanismus bei dem siberischen Völkern.* Stuttgart: Strecker und Schröder, 1925.

Underhill, Ruth. "The Autobiography of a Papago Woman," *Memoirs of the American Anthropological Association*, No. 46, 1936 (supplement to *American Anthrop.*, Vol. 38, No. 3, Pt. 2).

CHAP. V

1. S. N. Kramer, *Sumerian Mythology: A Study of Spiritual and Literary Achievement in the 3rd Millennium, B.C.* (Philadelphia: American Philosophical Society, 1944), Chap. II, section 3.

ADDITIONAL REFERENCES

Frobenius, L. *Mdsimu Dsangara.* Berlin: Atlantis-Verlag, 1931. Pl. 36 and 51.

Gusinde, M. *Die Feuerland Indianer* (Ona tribe). Vienna: Anthropos-Bibliothek Expeditions, Series 1-2, 1931-32.

Hentze, C. *Mythes et symboles lunaires: Chine ancienne, civilisations anciennes de l'Asie, peuples limitrophes du Pacifique.* Edition "de Sikkel," 1932.

Obermaier, H. *Fossil Man in Spain.* New Haven: Yale University Press, 1925. Pl. IX.

Stow, G. M., and Bleek, Dorothea. *Rock Paintings in South Africa.* London: Methuen & Co., Ltd., 1930. Pl. 71.

Tongue, M. Helen. *Bushman Paintings.* Oxford: Clarendon Press, 1909. Pl. XXVIII.

CHAP. VI

1. G. M. Haardt and L. Audouin-Dubreuil, *Across the Sahara by Motor Car* (London: T. Fisher Unwin, Ltd., 1924), p. 229.

2. Denham and Clapperton, *Narrative of Travels and Discoveries in North and Central Africa* (London: 1826), p. xiii.

3. Haardt and Dubreuil, *op. cit.,* pp. 212, 231.

4. R. Briffault, *The Mothers: A Study of the Origins of Sentiments and Institutions* (New York: The Macmillan Co., 1927), I, 385.

5. *Ibid.,* I, 385.

6. Janet R. Buttles, *The Queens of Egypt* (London: A. Constable & Co., 1908), p. 168.

7. A. Erman, *The Literature of the Ancient Egyptians,* tr. by A. M. Blackman (London: Methuen & Co., Ltd., 1927), p. 279.

8. *Ibid.,* p. 12.

9. A. Erman, *Zaubersprüche für Mutter und Kind: aus dem paprus 3027 des Berliner Museums* (Berlin: 1901).

10. A. Erman, *Life in Ancient Egypt,* tr. by H. M. Tirard (London: The Macmillan Co., 1894), pp. 320, 387, 389.

11. S. Langdon, *Tammuz and Ishtar* (Oxford: Clarendon Press, 1914), p. 11.

12. *Lyra Graeca* (London: Loeb Classical Library, 1922-27), I, 265.

ADDITIONAL REFERENCES

Bull, L., and Scott, Nora. *The Tomb of Rekh-mi-rē.* New York: The Metropolitan Museum of Art, 1943. Vol. II, Pl. LXVI.

Davies, Nina de G., and Gardiner, A. H. *The Tomb of Amenemhet.* Egypt Exploration Fund, 1915. Pl. XIX.

Evans, A. *The Palace of Minos.* The Macmillan Co., 1931-35. Vol. I, Fig. 167; Vol. II, p. 2, Sup. Pl. XXV; Vol. III, Pl. XVIII, Figs. 38, 39.

Fyzee-Rahamin, A. B. *The Music of India.* London: Luzac & Co., 1925.

Galpin, F. W. *The Music of the Sumerians and Their Immediate Successors, the Babylonians and Assyrians.* Cambridge: Cambridge University Press, 1937.

Gombosi, O. *Music in the Old Aegean World.* American Musicological Society, March, 1940.

Sachs, C. *"Musik der Antike,"* Handbuch der Musikwissenschaft. Wildpark-Potsdam: 1931. Pl. 7.

CHAP. VII

1. Briffault, *op. cit.,* I, 358.
2. Briffault, *op. cit.,* I, 346.
3. Clarisse Bader, *Women in Ancient India* (London: K. Paul, Trench, Trubner & Co., 1925), p. 9.
4. H. H. Wilson, *Rig Veda,* Vol. V, Hymn 28.
5. Briffault, *op. cit.,* I, 346.
6. Jane E. Harrison, *Themis: A Study of the Social Origins of Greek Religion* (London: Cambridge University Press, 2nd ed., 1927), p. 205.
7. G. Murray, *The Bacchae of Euripides* (New York: Longmans, Green & Co., 1919), p. 14.
8. *Ibid.,* p. 12.
9. *Loc. cit.*
10. *Ibid.,* p. 10.
11. *Ibid.,* p. 42.
12. Nilla Cook, unpublished translation of an Orphic hymn.
13. H. T. Wharton, *Sappho* (New York: Brentano, 1920), p. 102.
14. *Ibid.,* p. 111.
15. *Ibid.,* p. 110.
16. D. M. Robinson, *Sappho and Her Influence* (Boston: Marshall, Jones Co., 1924), p. 89.
17. Athenaeus, *The Deipnosophistae,* tr. by C. B. Gulick (London: Wm. Heinemann Ltd., Loeb Classical Library, 1927-41), VI, 331.
18. Clarisse Bader, *La Femme Grecque* (Paris: 1872), p. 45.
19. F. Poulsen, *Delphi,* tr. by G. C. Richards (London: Gyldendal, 1920), p. 264.
20. *Lyra Graeca,* I, 73.
21. *Lyra Graeca,* III, 13.
22. J. A. Platt, "Sappho," *Encyclopaedia Brittanica,* 1926.
23. C. R. Haines, *Sappho: The Poems and Fragments* (New York: E. P. Dutton & Co., 1926), p. 77 and Pl. XII.
24. J. F. Rowbotham, *A History of Music* (London: K. Paul, Trench, Trubner & Co., 1885), II, 91.
25. A. E. P. B. Weigall, *Sappho of Lesbos: Her Life and Times* (New York: Frederick A. Stokes Co., 1932), p. 220.
26. Haines, *op. cit.,* p. 138.

ADDITIONAL REFERENCES

Encyclopédie Photographique de l'art. Paris: Musée de Louvre, Editions TEL. II, 172.

Furtwängler, A. *La Collection Sabouroff.* Berlin: 1883. Vol. I, Pl. LI.
——. *Griechische Vasenmalerei.* Munich: 1932. Vol. III, Pls. 125 and 171.

Kinsky, G. *Geschichte der Musik in Bildern.* Leipzig: Breitkopf und Härtel, 1929.

Poestion, J. C. *Griechische Dichterinnen.* Wien: 1876.
——. *Griechische Philosophinnen.* Bremen: 1882.

Thomson, G. *Aeschylus and Athens: A Study in the Social Origins of Drama.* London: Lawrence & Wishart Ltd., 1941.

Weniger, L. *Über das Collegium der Thyiaden, Delphi: über das Collegium der sechszehn Frauen und der Dionysos in Elis.* Weimar: 1883.

CHAP. VIII

1. R. T. H. Griffith, *The Hymns of the Reg-Veda* (Benares: 1897, 2nd ed.), II, 596.

2. Hanna Rydh, "Symbolism in Mortuary Ceramics," *Bulletin of the Museums of Far Eastern Antiquities* (Stockholm: 1929-30).

3. J. Langdon-Davies, *A Short History of Women* (New York: Literary Guild of America, 1927), p. 148.

4. *Ibid.,* p. 59.

5. Jane E. Harrison, *Mythology and Monuments of Ancient Athens* (London: The Macmillan Co., 1890), p. lxxxv.

6. *Ibid.*

7. Weigall, *op. cit.,* p. 82.

8. This phrase is used by Hélène Deutsch in *Psychology of Women.*

ADDITIONAL REFERENCES

Endzelins, J., and Klaustini, R. *Latvjutautas Dainas.* Riga: Izdevusi "Literatura," 1928. Vol. XI, Frontispiece.

Gerhard, E. *Auserlesene Griechische Vasenbilder.* Berlin: 1840. Vol. III, Pl. XXIX.

Lenormant, C. *Elites des monuments ceramographiques.* Paris: 1844. Vol. II, Pl. 7.

Perrot, G., and Chipiez, C. *Histoire de l'art dans l'antiquité.* Paris: Librairie Hachette & Co., 1911. Vol. III, Pl. VII; Vol. VIII, Fig. 24.

CHAP. IX

1. M. Granet, *Chinese Civilization* (New York: Alfred Knopf, 1930), p. 146.

2. M. Granet, *Festivals and Songs of Ancient China* (New York: E. P. Dutton & Co., 1932), p. 41.
3. A. C. Burnell, *The Ordinances of Manu* (London: Trubner & Co., 1884), pp. 130, 131.
4. *Ibid.,* p. 247.
5. Judges 5:3.
6. Judges 5:12, 27.
7. Exodus 15:20.
8. Exodus 15:21.
9. Judith 15:12, 13; 16:1, 2.
10. Ecclesiastes 2:8.
11. Ezekiel 26:13.
12. A. Z. Idelsohn, *Jewish Music: in its historical development* (New York: Henry Holt & Co., 1929), p. 97.
13. Euripides, *The Bacchae,* phrase translated by Henry S. Drinker.
14. G. Murray, *The Bacchae of Euripides* (New York: Longmans, Green & Co., 1919), p. 62.
15. *Ibid.,* p. 53.
16. Aeschylus, *The Eumenides.*
17. S. N. Kramer, "A Sumerian 'Paradise Myth,'" *Crozer Quarterly,* July 1945, XXII, 3.

CHAP. X

1. Matthew 22:37; Mark 12:30.
2. John 15:5.
3. W. O. Clough, *Introduction and Notes to Gesta Pilati: The Reports, Letters and Acts of Pontius Pilate* (Indianapolis: 1885), p. 155.
4. E. A. T. W. Budge, *History of the Blessed Virgin Mary* (London: Luzac & Co., 1899), p. 99.
5. F. Legge, *Forerunners and Rivals of Christianity: Being Studies in Religious History from 330 B.C. to 330 A.D.* (London: Cambridge University Press, 1915), p. 300.
6. G. R. S. Mead, *Fragments of a Faith Forgotten* (London and Benares: Theosophical Society, 1906), p. 419.
7. T. Gérold, *Les pères de l'église et la musique* (Paris: Librairie Felix Alcan, 1931), p. 196.
8. G. R. S. Mead, "Ceremonial Game Playing and Dancing in Mediaeval Churches," *The Quest,* Vol. IV, Oct. 1912.
9. W. Bright, *Age of the Fathers* (London: Longmans, Green & Co., 1903), II, 275.
10. J. S. Black and K. Lake, "Mary," *Encyclopaedia Brittanica,* 1926.
11. L. Fendt, *Gnostische Mysterien: Ein Beitrag zur Geschichte des Christlichen Gottesdientes* (Munich: 1922), p. 51.

12. J. Donaldson, *Woman, Her Position and Influence in Greece, Rome and Early Christianity* (London: Longmans, Green & Co., 1907), p. 166.

13. R. Lanciani, *Pagan and Christian Rome* (Boston: Houghton Mifflin Co., 1893), p. 357.

14. J. Quasten, *Musik und Gesang in den Kulten der heidnischen Antike und Christlichen Frühzeit* (Munster in Westfalia, 1930), p. 181 and Pl. 9.

15. Gérold, *op. cit.*, p. 156.

16. Langdon-Davies, *op. cit.*, p. 182.

17. *Pseudo-Matthew*, Chap. VI, Apochryphal Gospels, Ante-Nicene Christian Library, XVI.

18. Donaldson, *op. cit.*, p. 160.

19. Chrysostomus, *Exposito in psalmum XLI* in Migne. Patr. gr. LV, 157.

20. J. Julian, *Dictionary of Hymnology* (London: John Murray, 1925), p. 206.

21. Gérold, *op. cit.*, p. 109.

22. *Ibid.*, p. 34.

23. Clement of Alexandria, *Protrepticus*.

24. M. L. MacClure and C. L. Feltoe, *The Pilgrimage of Etheria* (London Society for Promoting Christian Knowledge, 1919), p. 45.

25. K. Meyer, *Der Chorische Gesang der Frauen* (Leipzig: Breitkoff und Härtel, 1917), p. 1, note 3.

26. Ephraemus Syrus, *Select metrical hymns and homilies*, ed. and tr. by H. Burgess (London: 1853), Hymn XVII.

ADDITIONAL REFERENCES

Abbott, N. "Pre-Islamic Arab Queens," *American Journal of Languages*, July, 1941.

Baumeister, K. A. *Denkmäler des klassichen Altertums zur Erleuterung des Lebens der Griechen und Römer in Religion, Kunst, und Sitte.* Munich: 1885. Vol. I, Fig. 218.

Eckenstein, Lina (revised by Celia Roscoe). *The Women of Early Christianity.* London: The Faith Press, Ltd., 1935.

Ramsay, W. M. *The Church in the Roman Empire before A.D. 170.* New York: G. P. Putnam's Sons, 1893.

Rush, A. C. *Death and Burial in Christian Antiquity.* Washington: Catholic University of America Press, 1941.

Sachs, C. *The History of Musical Instruments.* New York: W. W. Norton & Co., Inc., 1940. Pl. VIII.

Vucasovic, V. V. "Funeral Customs and Rites among the Southern Slavs in Ancient and Modern Times," *The International Folk-Lore Congress of the World's Columbian Exposition.* Chicago: Sergel Co., 1898. Vol. I.

CHAP. XI

1. Luke 23:28, 31.
2. Tertullian, *Decultu feminarium* in Migne, Series Prima, Vol. II, col. 1305.
3. Clement of Alexandria, *Paedagogus*, LL, 2.
4. Luke 1:38.
5. Bright, *op. cit.*, I, 523.
6. G. Reese, *Music in the Middle Ages* (New York: W. W. Norton & Co., 1940), p. 65.
7. S. Glennie, "Traditions of the Archaic White Races," *Transactions of the Royal Historical Society, 1889.* Quoted from von Bunsen, *Egypt's Place in Universal History,* IV, 396.
8. W. Christ and M. Paranikas, *Anthologic-Graeca Carminum Christianorum* (Leipzig, 1871).
9. A. W. Chatfield, *Songs and Hymns of the Greek Christian Poets* (London: 1876).
10. W. Wright, *Apochryphal Acts of the Apostles* (London: Williams & Norgate, 1871), II, 155.
11. Meyer, *op. cit.*, p. 13.
12. L. M. O. Duchesne, *Early History of the Christian Church: From Its Foundation to the End of the Third Century* (New York: Longmars, Green & Co., 1909), p. 110.
13. Meyer, *op. cit.*, p. 10.
14. *Ibid.*, p. 10, note 2.
15. Bright, *op. cit.*, II, 33.
16. Quasten, *op. cit.*, p. 109.

CHAP. XII

1. Lina Eckenstein, *Women under Monasticism: Chapters on Saint Lore and Convent Life between A.D. 500 and A.D. 1500* (Cambridge: Cambridge University Press, 1896), p. 60.
2. *Ibid.*, p. 65.
3. Gregory of Nyssa, *The Life of St. Macrina,* tr. by W. K. L. Clarke (London: Society for Promoting Christian Knowledge, 1916), I, 34.
4. *Ibid.*, pp. 50-2.
5. *Ibid.*, p. 68.
6. *Ibid.*, p. 59.
7. Eckenstein, *op. cit.*, p. 390.
8. D. I. Lanslot, *Handbook of Canon Law* (Rome: Ratisbon, 1911), p. 277.
9. Eckenstein, *op. cit.*, p. 317.
10. *Ibid.*, p. 326.

11. Rush, *op. cit.*, pp. 182, 204.

12. Eckenstein, *op. cit.*, p. 253 and Appendix.

13. L. von Strauss und Torney, *Deutsches Frauenleben in der Zeit der Sachsenkaiser und Hohenstaufen* (Jena: Eugen Diedrichs, 1927), p. 80.

ADDITIONAL REFERENCES

Bobillier, Marie. *La Musique dans les convents de femmes depuis le moyen age jusqu'à nos jours.* Paris: Schola Cantorum, 1898.

Gmelch, J. *Die Kompositionen der heiligen Hildegard.* Düsseldorf: 1913.

Nisard, C. *"Des Poesies de Radegunde attribuées jusqu'ici à Fortunat,"* *Revue Historique,* 1888.

Ursprung, O. *"Katholische Kirchenmusik,"* *Handbuch der Musikwissenschaft.* Fig. 19.

CHAP. XIII

1. Eckenstein, *op. cit.*, p. 260.

2. Von Strauss und Torney, *op. cit.*, p. 68.

3. J. Combarieu, *op. cit.*, p. 52.

4. E. K. Chambers, *The Mediaeval Stage* (Oxford: Clarendon Press, 1903), III, 235.

5. Alice Kemp-Welch, *Of Six Mediaeval Women: to which is added a note on mediaeval gardens* (London: The Macmillan Co., 1913), p. 32.

6. Dorothy Gardiner, *English Girlhood at School: A Study of Women's Education through Twelve Centuries* (London: Humphrey Milford, 1929), p. 59.

7. *Ibid.*, p. 59.

8. Collection of Jean Beck.

9. J. H. Smith, *Troubadours at Home: Their Lives and Personalities, Their Songs and Their World* (New York: G. P. Putnam's Sons, 1899), pp. 102, 105.

ADDITIONAL REFERENCES

Farnell, Ida. *Lives of the Troubadours.* London: Nutt, 1896.

Ploss, H. H., and Bartels, M. and P. *Woman: An Historical, Gynaecological and Anthropological Compendium.* St. Louis: C. V. Mosby Co., 1936. Vol. II, Fig. 545.

Rokseth, Yvonne. *"Les femmes musiciens, du XII aux XIV siècle,"* *Romania,* Oct. 1935.

CHAP. XIV

1. O. Böckel, *Deutsche Volkslieder aus Oberhessen* (Marburg: 1885), p. 13.

2. E. Lovett, "The Vessel Cup," *Folklore,* March 1902, XIII, 1.

3. M. A. R. de Maulde la Clavière, *Women of the Renaissance: A Study of Feminism* (New York: G. P. Putnam's Sons, 1900), p. 450.

4. *Ibid.,* p. 274.

5. A. Solerti, *Ferrara e la Corte Estense* (Citta di Castello, 1899), p. 134.

6. O. Kinkeldy, *Orgel und Klavier in der Musik des 16 Jahrhundert: ein Beitrag zur Geschichte der instrumental Musik mit Notenbeilagen* (Leipzig: Breitkopf und Härtel, 1910).

7. Solerti, *op. cit.,* p. 134.

8. C. Ricci, *Vita Barocca* (Milano Cogliati, 1904), p. 59.

9. Gardiner, *op. cit.,* p. 182.

10. Meyer, *op. cit.,* p. 64.

11. L. C. Elson, *History of American Music* (New York: The Macmillan Co., 1925), p. 8.

12. C. Burney, *The Present State of Music in Germany, the Netherlands, and United Provinces* (London: 1773), p. 125.

13. De Maulde la Clavière, *op. cit.,* p. 261.

14. Nesta de Robeck, *Music of the Italian Renaissance* (London: The Medici Society, 1928), p. 91.

ADDITIONAL REFERENCES

Rokseth, Yvonne. "Antonia Bembo, Composer to Louis XIV," *Musical Quarterly,* April 1937.

Rubsamen, W. H. *Literary Sources of Secular Music in Italy.* University of California Publications in Music. Vol. I, No. 1, 1943.

Schubring, P. *Cassoni: Truhen und Truhenbilder der Italienischen Fruhrenaissance.* Leipzig: 1915.

Treverrow, Ruth C. *The Beginnings of Virtuosity in the Italian Madrigal of the 16th Century.* Smith College: May 1945.

CHAP. XV

1. W. H. Hadow, "The Viennese Period," *Oxford History of Music* (London: Oxford University Press, 1929), V, 25.

2. J. N. Burk, *Clara Schumann: A Romantic Biography* (New York: Random House, 1940), p. 243.

3. *Ibid.,* p. 244.

4. Personal communication to Marjorie Barstow Greenbie.

5. B. Litzmann, *Clara Schumann: An Artist's Life,* tr. by Grace E. Hadow (Leipzig: 1913), I, 313.

6. *New York Times,* Oct. 20, 1946.

7. *New York Times,* Oct. 20, 1946.

8. *Philadelphia Evening Bulletin,* May 19, 1938.

9. Friedlaender, *op. cit.,* p. 167.

CHAP. XVI

1. Corkery, *op. cit.*, p. 170.

2. Imogen Holst, *Gustav Holst* (London: Oxford University Press, 1938), p. 217.

ADDITIONAL REFERENCES

Bennett, W. "The Celebrated Women Chorus Singers of Lancashire," *The Choir*, Feb. 1936, p. 27.

Krille, Anna Marie. *Beiträge zur Geschichte der Musikerziehung und Musik ubung der deutschen Frau (von 1750 bis 1820)*. Berlin: 1938.

Locke, A. W. *Selected List of Choruses for Women's Voices.* Smith College Monographs, No. 2, 1927. New Edition, 1946, containing 514 compositions for women's chorus, 10 of which are by women.

Les Spectacles à travers les âges. Paris: Editions du Cygne, 1932. P. 122.

CHAP. XVII

1. John Milton, *Paradise Lost*, ed. A. W. Verity (Cambridge: Cambridge University Press, 1921), Bk. IV, line 299.

2. S. Baring-Gould, *The Lives of the Saints* (Edinburgh: John Grant, 1897).

3. Elson, *op. cit.*, p. 8.

4. G. E. Stubbs, "America, the Music of the Episcopal Church." Gardner and Nicholson, *A Manual of English Church Music* (London: Society for Promoting Christian Knowledge, 1923).

5. L. Bonvin, "Women in Church Choirs," *The Caecilia*, Sept. 1934, Vol. 60, No. 8, p. 339.

6. W. Boyd, *History of Western Education* (London: A. & C. Black Ltd., 1921, 3rd ed. 1932).

7. *Time*, July 16, 1945.

8. J. Dewey, *Art as Experience* (New York: Minton, Balch & Co., 1934), p. 267.

9. K. Ekman, *Jean Sibelius* (New York: Alfred Knopf, 1938), p. 136.

CHAP. XVIII

1. Bernard Robinson, Bothamstead, Berkshire, in 1927 started Music Camp.

2. Mr. and Mrs. Henry S. Drinker, Merion, Pennsylvania, in 1928 organized the Accademia dei Dilettanti di Musica.

3. Mary Padgett, "Gray Ladies Praised for Hospital Music." *Philadelphia Inquirer*, Jan. 16, 1944; *The Inquirer's Everybody's Weekly*, Feb. 20, 1944, with illus. taken at Valley Forge Army Hospital.

4. Rachel Dubois, *Get Together Americans* (New York: Harper & Bros., 1943).
"Try a Neighborhood Festival," ed. by Marjorie Greenbie, *Parents' Magazine,* Sept. 1943.
5. Mary Hargrave, *Some German Women and Their Salons* (London: T. W. Laurie, 1912), p. 107.
6. Nilla Cook, unpublished translation of an Orphic hymn.

ADDITIONAL REFERENCES

Barnes, E. N. C. *American Women in Creative Music.* Washington, D.C.: Music Education Publication, 1936.

Ebel, O. *Women Composers: A Biographical Handbook of Woman's Work in Music.* Brooklyn: F. H. Chandler, 1902.

Elson, A., and Truette, E. E. *Woman's Work in Music: Being an account of her influence on the art, in ancient as well as modern times; a summary of her musical compositions, in the different countries of the civilized world; and an estimate of their rank in comparison with those of men.* Boston: L. C. Page & Co., 1931.

Hughes, R. *Contemporary American Composers.* Boston: L. C. Page & Co., 1900. Chap. V.

Sutro, Florence C. *Women in Music and Law.* New York: Author's Publishing Company, 1895.

SOME BOOKS AND ARTICLES DENYING THE CREATIVE POWER OF THE WOMAN MUSICIAN

Barbacci, R. *"La Inferioridad mental de la mujer y su reflejo en la actividad musical."* Lima: *Revista Musical Peruana,* Ano 1, no. 9, Sept. 1939, pp. 1-5.

Brower, Edith. "Is the Music Idea Masculine?" *Atlantic Monthly,* March, 1894.

Drewes, H. *Maria Antonia Walpurgis als Komponistin.* Leipzig: 1934.

Ladd, G. *Why Women Cannot Compose Music.* New Haven: Yale Publication Association, 1917.

Towers, J. "Woman in Music," *Musician,* April, May, and June 1897.

Upton, G. R. *Woman in Music.* Chicago: A. C. McClurg & Co., 1909.

INDEX

A

Abbess, 192, 193; *see also* Herrad, Hildegarde, Macrina, Radegund, Scolastica
Académie Française, 236
Accademia dei Dilettanti di Musica, 286
Adesdi Choir, 259
Adonia (Festival), 100, 101, 102
Adonis, 100, 101, 102, 111
Aetheria, 161
Africa, *see* Akikúyu, Ashanti, Ba Ronga, Bavenda, Bantu, Bushmen, Dahomey, Fan, Hottentot, Ibibio, Jabo, Matse, M'Komis, Pygmy, Sherbro, Tuareg, Valenge, Wanyamwezi, Yoruba
Ahaal, 72
A'h-Mose Nofret-iri, Queen, 73
Aiora (Festival), 100
Akikúyu tribe, 58
Albania, 16, 39
d'Albret, Jeanne, 206
Alkonóst, 49, 118
Al-al, 27; *see also* Alleluia, Cry of Joy
Alleluia, 27, 93, 99, 151, 153, 159
Altar, 23, 84, 145, 170
Alto and soprano voice, 180
Amateur, 246-60, 285; *see also* Camillae, Dilettanti
Amatores, 227
America, *see* North and South American Indians, *and* United States
Amzad, 72
Anahita, 120
Andaman Islands, 29
Anderson, Marian, 235
Annamites, 58
Anne of Cleves, 225
Anthesphoria (Festival), 100
Anthesteria (Festival), 100
Antónovna, Anna, 52

Apatouria (Festival), 100
Aphrodite, 111, 140, 142
Apollo, 119, 120, 142
Apsaras, 116, 120
Arabians, 39, 161; *see also* Saracens
Archilei, Vittoria, 220
Arians, 161
Aristotle, 138, 139, 283
d'Arragona, Giovanna, 220
Artemis, 96, 117-22, 167-9, 174, 298
Artemisia (Festival), 100
Aryans, *see* India
Ashanti tribe, 15, 31
Aspasia, 141
Athalie, 252
Athene, 113, 115-7, 142
Australia, *see* Tasmanians, Tribes of the Cape York Peninsula, Wikmunkan Ghost Clan
Aymara, 22
Azada, 117, 140

B

Babylonia, 80
Bacchae or Bacchantes, 93, 94, 117, 120
Bacchae, The, 93, 138
Bali, 59
Ballads, *see* Songs
Ballo dello Ingrata, 231
Bamboo Tubes, 5, 63
Banquet of the Ten Virgins, 174, 175
Bantu tribe, 42, 84
Bārah-Māsas, 47
Barking, 196, 198
Ba Ronga tribe, 15, 38, 51
Barriers, to musical creation, *see also* Prohibitions; customs against men, 55-7, 190, 279; customs against particular uses, 178, 279; customs against practice of music, 278, 279; customs against women, 56-60, 79, 232, 235, 239, 252, 269, 270, 276,

313

AFTERWORD

SOPHIE DRINKER'S ACHIEVEMENT

Ruth A. Solie

IN 1965, near the end of her life, Sophie Hutchinson Drinker wrote a memoir for her children and their descendants. The final chapter describes her busy schedule, even in her seventies, as a writer and popular lecturer: of these activities she says, "my theme is ever the same: the repression of women by the patriarchal culture pattern."[1] This view, from the Olympian perspective of her last years, sums up a life's work that would, I think, have surprised a younger Sophie. The intellectual course that her life took, and the work that she did, seem startling for someone of her particular background and upbringing, so they pose interesting questions for students of women's lives.

What would have been more likely for her, a woman of high social standing and comfortable means with a particular devotion to music, was a career dedicated to the familiar sort of artistic patronage. The direct sponsorship of some musical institution or of one or more individual composers, or the explicit commissioning of musical compositions, would have given her, as it gave to Elizabeth Sprague Coolidge or Isabella Gardner, an active role in the production of new music or in the tending of the high-culture mainstream. But Sophie Drinker took a different route. Her patronage—or "matronage," as she would surely prefer us to say—encouraged ordinary people, especially women, to participate in music-making; she underwrote a lifelong campaign to inform the wider world about women's achievements in the history of culture, and to persuade modern women to reclaim those roles.

Sophie Hutchinson was born in 1888, into a condition as near to hereditary aristocracy as is possible in the United States; her forebears had, as she remarks in her memoir, "played a conspicuous part in the life of Philadelphia" since the seventeenth century, and when in later life she joined the Colonial Dames, she found that she "could fill the admission requirements many times."[2] Her family was not remarkably wealthy, but Sophie and her siblings had a thoroughly genteel upbringing, with nurse-maids, finishing schools, and coming-out parties; her sister-in-law Catherine Drinker Bowen later described her as "cousin to half of well-bred Philadelphia."[3]

Sophie notes that she had piano lessons as a child, could sight-read well, and practiced on "Mamma's upright piano . . . by the hour." But she nonetheless disparages her own early musical education, assessing it from the perspective of her later philosophy of music training: "At that time, group singing in school was unheard of and the idea that one's ear and sense of rhythm could be developed by singing had not yet influenced music education."[4]

After graduating from St. Timothy's School in Maryland, Sophie decided against college, although she had been admitted to Bryn Mawr: a sure mark of the distance between her adolescent and mature selves. No bluestocking, she maintained that neither she nor her parents ever thought of her going to college, although the seventy-seven-year-old author of the memoir observed later that it "would have suited me far better than the attempt [at] being a debutante."[5] But this recognition was a long time coming, and for many years her references to her missed college education have just a tinge of the sour grape. In 1927, at the age of thirty-nine, she wrote in her diary that she sometimes wondered

> whether it is not the refinement of cruelty to send poor innocent girls to college & train them to believe that they can have careers & "express themselves"—& then marry them to some nice unsuspecting man who is trying to do the same thing himself, and expect the girl to completely re-orientate herself.[6]

One of the preoccupying questions for anyone who studies Sophie Drinker is her ambiguous understanding of social class. As the remainder of this essay will reveal, attempts to match her published writing to her private life bring to light a persistent tension between egalitarian assertions and the assumption of privilege. Nor does she seem to have thought very deeply about the complex interactions of class and gender even as she herself experienced them. Drinker's description of this period in her life is perfectly characteristic:

> I cannot condemn too harshly the customs for girls of my set at the time I grew up. The idea that a girl's place was in the home helping

her mother was too limiting, since there was nothing to do at home. Manufacturing had long since gone to factories out of the home and servants did the household chores. I had no training in anything at home or outside in the business world, such as girls have now. All I could do was to play tennis very feebly and the piano very poorly.[7]

While she clearly identifies her entrapment as a daughter, she makes no comment about the leisure time provided for her by those servants. In any event, for five years after her graduation from finishing school, she endured the stifling life of a "young lady" at home with her mother, a life enlivened only by parties and by participation in the expected round of volunteer service activities, before she met and married Harry Drinker.

The Drinker family was similar to Sophie's own in terms of its history—the memoir traces connections between them dating to a time before the American Revolution—although it was understood to be somewhat lower on the social scale, having originally been Quaker.[8] Although Harry and Sophie began their married life in 1911 on the proverbial newlywed shoestring, they were living extremely well by the time their five children were growing up, with several live-in servants and a brand-new, large and well-appointed house on the "Main Line" in Merion. But a feature of their backgrounds just as important as wealth is the striking sense of *entitlement,* no doubt a product of what used to be called "breeding," that marked all their activities. It was this almost inexhaustible self-possession that permitted both of them to assume commanding roles in a musical world in which, after all, neither of them had anything approaching serious training.

Harry brought with him into the marriage the Drinker family temperament—boisterous, emotional, and hyperactive—and his own passionate, almost excessive love of music. By all accounts he was equally passionate about his professional calling, the law, but various family documents portray him, from a very young age, as nearly always at the keyboard when he was at home. He loved to play chamber music, first with his youngest sister Catherine, then with Sophie and their children. At various times in their lives, both Sophie and Harry were known to hire musicians, from the Curtis Institute or from the Philadelphia Orchestra, to play with them. Once, living away from home during an extended court case, Harry had a rented piano brought to his hotel room. One of the many curiosities about them as a couple is the unusual position Harry Drinker seems to have negotiated vis-à-vis the vivid gender-typing of this post-Victorian generation. He was unperturbed by the feminine associations that music then carried in American culture, sharing his emotional response to it with all who would listen; like all the Drinker men, he was known to weep under the influence of strong emotion (Sophie, made of sterner stuff, detested "sentimentality").[9] Perhaps in compensation, Harry also devoted considerable amounts of time to hunting, shark fishing, log splitting, and a general frenzy of masculine physical activity redolent of the "strenuous life" that had been prescribed in Teddy Roosevelt's famous 1899 speech.[10]

The Drinkers' household was musical from the start; indeed, four-hand piano playing had formed a significant part of their courtship and continued for many years afterwards. All of their children were given daily music lessons by their father, and participated regularly in family singing. Harry and Sophie subscribed to the Philadelphia Orchestra concerts for twenty-five years, and often attended the opera and a variety of other concerts, much as would be expected of a couple in their "set," but their commitment to music went far beyond what might be discounted as routine social activity. They went to Washington for the Coolidge Festival, and kept up with the musical offerings on all the area college and university campuses. Sophie's diaries, which she kept in 1913 and from 1923 to 1934, detail many performances they attended and record her reactions, illuminating for us her musical growth as well as contemporary social attitudes. "How we wish Salomé would be given here! Now that we are safely married nothing could prevent our going," she wrote in March of 1913—challenging, if cautiously, the prevalent attitude that no virtuous American woman could witness Strauss's scandalous opera; and ten years later, "My conversion to Brahms is certainly complete. It is probably maturity."[11]

Although my focus is not on Harry Drinker, a brief recounting of his independent musical activities seems appropriate here to indicate the full extent of the family's absorption with music. In his early adulthood he did some composing, including a trio and several songs; he became rather well-known in the musicological world for his extensive series of singing translations of cantata and lied texts, for his index of Bach chorale tunes with a solfège finding system, and later for the huge Drinker Library of Choral Music—multiple reproductions with his English translations inserted—that circulated at minimal cost among college choral groups. He organized concert and recital series in Philadelphia as a member of the Musical Fund Society; he took an activist role—how welcome is not always clear—in the design of music curricula at both the University of Pennsylvania and Haverford College, and on the Board of Trustees of the

Juilliard School. Whenever he and Sophie traveled in Europe, they went armed with the names and addresses of prominent musicologists they wished to meet; they visited Solesmes to hear Gregorian chant sung "authentically," and on one trip Harry tracked down and purchased a set of partbooks that had been used by the women's chorus Brahms conducted in Hamburg.[12] These activities remained intensely meaningful to Harry throughout his life, notwithstanding the awkwardness of their fit into his life as a successful corporate lawyer; in one heartfelt letter he complained to a friend, "Nobody seems to be able to take my music work as seriously as I do."[13]

More prophetic than their concertgoing and other public activities, however, was the music-making that increasingly went on in their home. Ironically, as it later turned out, the first visitors were a long line of professional performers. Apparently, some of these were paid for their services as ensemble players or accompanists, but it is impossible in family documents to distinguish such hired musicians from the equally prominent ones who were sometimes received as guests in the house. This confusion, hinted at occasionally in Sophie's diaries, seems to me symptomatic of the somewhat ambiguous social relations of an American patronage class and the largely European remnants of what Nancy Reich has called an "artist-musician" class.[14]

Gradually the musical activity sharpened its focus on amateur participation, as together the Drinkers developed what they came to call their "philosophy of music" and turned their attention very particularly to large-scale participatory music-making. Sophie describes the philosophy this way in a 1933 diary entry:

> In fact, our ideas about music have diverged considerably from the accepted point of view. Most people regard it as an ART, something held apart, sacred for professionals who perform with varying ability to a more or less critical audience. Musical education concentrates on two phases, ability to perform & ability to create. Whereas we regard music as a language, as a means of self-expression to be enjoyed by the amateur & to be an integral part of life.[15]

In the same vein, she later wrote in *Music and Women* that "the glorification of performing artists out of all proportion to their real service to society leads us to a secondhand and vicarious participation in music," one of the principal themes of her feminist analysis.[16]

The Drinkers' new house, built in 1928, had been inspired largely by the abiding wish for a music room which, I think, symbolized for both of them the opportunity to translate their philosophy into audible form. When completed, the room measured forty-five by twenty-three feet and contained two grand pianos, a Hammond organ, and space for as many as one hundred fifty musicians. Then began the thirty-year tradition of "singing parties"—readings of Bach cantatas and other choral literature —for which Harry and Sophie ultimately became so widely celebrated.

The parties originated, so the story goes, with a visit by Augustus Zanzig, a prominent music educator and promoter of amateur participation in music. Listening one day to Harry's frustration at his own inability to play a piano piece well, Zanzig observed that an amateur choral group would produce more satisfactory musical results.[17] Pleased by the idea, the Drinkers began to invite singers—and, later, orchestral players as well—for Sunday evenings of singing and buffet suppers.[18] In keeping with the principles of a nonprofessional, participatory activity, none of the repertory was rehearsed with the group or "performed" before any audience. Although many professional musicians—from the Curtis, the Philadelphia Orchestra, and other local institutions—and many musicologists came regularly to the parties, most came to sing rather than to provide their own professional expertise (although a few were apparently hired as "ringers" to support the efforts of the amateurs in the orchestra). Over the years, the family calculated, probably three thousand people took part.[19]

Culture, Feminism, and the Sacred

Early on, Sophie Drinker began to articulate the philosophy underpinning these events in the particular ways that would influence her later work so strongly.

> That this idea fulfills an actual need is demonstrated by the success of our singing parties. We now have over 100 people, amateurs & professionals together about five times in the winter. They are heart & soul interested & the result is amazing.[20]
> We never give a concert, but we meet music directly for its benefit upon us. Weeks of talking could not show you our philosophy about music in life as well as three hours of participation in an activity of this kind.[21]

There are clues here about the sources of her musical philosophy in her references to fulfilling a "need," the participants' "heart and soul" interest, and the benefit of the music upon the singers. At the same time, these point toward Drinker's own later, much more radical, feminist beliefs.

It is impossible to trace this family commitment to amateurism to any specific source; Catherine Bowen reports that even in her childhood her brother Harry supervised her violin lessons in a way compatible with the amateur ideal (rather to the irritation of successive violin teachers).[22] The idea was freely circulating in bourgeois American culture at the time, championed especially for school music programs by a number of pedagogues, including Thomas Whitney Surette, who was later a close friend and frequent houseguest of the Drinkers. Surette was the source, along with Archibald T. Davison, Augustus Zanzig, and others, of the Concord Series of school and community song books;[23] in his own writing he promoted musical participation in order to exercise the "higher functions of the soul." He scorned "music by proxy," music that is "bought and paid for"—a recurring phrase. He, too, focused upon what seemed to him a real need whose fulfillment was thwarted partially by gender ideology: "Men, in particular—all potential singers, and *very much needing to sing*—look upon it as a slightly effeminate or scarcely natural and manly thing to do. Music is, in short, too much our diversion, and too little our salvation."[24]

Amateur music was a national campaign at the time. But I would observe, at the same time, that neither the rhetoric nor the energy expended on developing amateur performance in the United States carried any invitation to amateur or vernacular composition; on the contrary, all the hundreds of pages exhorting Americans to moral uplift by means of choral singing or ensemble playing ring with invocations of "the best" music and "the great" composers of the tradition. As Harry himself wrote, "the musical understanding attainable by the participants in a reverent and enthusiastic, though technically inferior, performance of a masterpiece of music is far greater than that resulting from listening to a technically perfect rendering by others."[25] Suspicion arises that much of the effort was intended to shore up the musical mainstream against encroachment from other kinds of music in which people's participation was more spontaneous. Thus the last Victorian generation handed on what Judith Tick has called "the covenant between the European past and the [American] upper classes."[26]

In any event, the effectiveness of the Drinkers' contribution was undoubtedly great; there exist dozens of tributes, recollections, and celebrations of the singing parties by those who attended. By mutual agreement the parties continued through World War II, for the sake of the solace they provided, and there is an especially moving account of the impact one party had on the journalist Nora Waln immediately after her return from reporting on the Korean War.[27] The aspect of these activities that is particularly important in understanding the development of Sophie Drinker's own work is that she and Harry thought of music first and foremost as a matter of spiritual sustenance. It was that conviction that prompted their intense interest in music as an activity for everyone and kept the parties going through times of national turbulence, and it was the same belief that led Sophie subsequently to demand wholly new religious and societal structures on behalf of the well-being of women.

It must be said, however, that the high-mindedness of this contribution to musical life had its dark side: their commitment to general participation was somewhat compromised, perhaps, by their determination to maintain rigid controls over the proceedings; furthermore, the warmly pro-amateur sentiment could sometimes reveal itself as a slightly rancorous antiprofessionalism. Nothing captures the Drinkers' paradoxical musical politics better than the organization of the singing parties. On the one hand, their quasi-populist dedication to general participation led them to devote the gatherings purely to sight-reading, to invite anyone with a genuine love of music (regardless of talent), and to disdain performances before nonparticipating spectators. Catherine Bowen tells the story of an unfamiliar gentleman who arrived one Sunday to participate in the reading of Ralph Vaughan Williams's Mass in G minor, and was identified only afterward over supper as the composer himself.[28]

On the other hand, their personal conservatism and aristocratic assumptions assured that attendance was by invitation only,[29] and their financial underwriting of the entire operation was intended, according to Sophie's memoir, to assure their total control over the repertoire and operation of the group. She writes, "the point was to make the evening's music a success. To this end, we spared no trouble or expense. Professional instrumentalists and vocalists received adequate compensation for their services. They liked to come to our house and cooperated with us on our terms"; or, "during the first few years of the chorus, members of it used to ask [for] particular pieces. Also, impromptu male quartets sang close harmony at supper time. As we established control, this ceased entirely and our guests came to trust us to construct the evenings' programmes"; and again, "we made it very clear that no one was a 'member' but that everyone was our guest. We bore the entire expense of the entertainment. There was, therefore, no doubt about the control over the proceedings."[30]

By the same token, distaste for professional soloistic display sometimes ran at cross purposes to the music itself and seems ultimately incompatible with claims of reverence for the works, for example in Harry's habit of "omitting the florid solos and having the others done by all the altos, all the tenors, etc."[31] Catherine Bowen's experience—like her niece Cecilia's years later—bears witness to Harry's assertion: "I have advised each of my musically ambitious young friends not to become a professional *if they can possibly help it*."[32] When reading between the lines of these stories and discussing them with family members, it is impossible to ignore the sense of unease about the social status of professional musicians—the same unease that made decisions about whom to pay so awkward. It is a mental and aesthetic sleight of hand, surely, that positions the amateur performer *above* the professional—apparently because of superior class status—while at the same time professing reverence for the work of composers who, after all, also belonged to artisanal classes.

Let me be clear that I do not raise these issues in order to cast aspersions on the Drinkers' musical work. On the contrary, it seems always to have been marked by deep commitment, seriousness of purpose, and genuine thirst for musical knowledge, and to have been warmly respected by all who knew the couple; their achievements were considerable. Rather, I want to mark the traces here of a number of curious contradictions that seem rooted in the cultural psyche of Americans at that moment in history, and of which the ambiguities in the Drinkers' philosophy are only symptomatic. How, in a presumptively democratic culture, could the claims of gifted individuals and those of "ordinary people" be arbitrated? How do you justify and promote an elite high-culture art form as against vernacular manifestations, in a country whose official ideology was egalitarian? How do you explain the extraordinary artistic gifts of some members of lower classes, practitioners of distasteful religions like Judaism and Roman Catholicism—and immigrants, at that—whom the American bourgeoisie were accustomed to regard as inferior and even suspect? How could women and men, so recently (and so tentatively) released from the bondage of Victorian "separate spheres," negotiate appropriate interactions in the cultural realm? All of these questions resonate not only in the Drinker family's collective musical activities, but also in the activities, and ultimately the scholarship, of Sophie Drinker alone.[33]

Soon after the singing parties were established, Sophie began to sing with a much smaller group as well, a women's chorus called the Montgomery Singers. She joined it in 1930, in search, she says, of the spiritual enrichment the music could provide, but almost immediately her need for control asserted itself. She recruited Thomas Surette to speak to the chorus about performing only "the best music," and "after that, the women seemed willing to accept my leadership. I moved the club to our house and held the meetings there for the next fifteen years."[34] This group provided the final catalyst for Drinker's career as a feminist and amateur scholar. Having taken charge of the repertory and programming, she set to work searching out music for the chorus. In her view it had to meet two criteria: first, it had to be musically authentic—that is, written originally for treble chorus and not arranged from some other format; second, both music and words had to express what she thought of as genuinely female sentiments. This latter demand proved especially problematic, since much of what little there was for treble voices turned out to be music for children, or liturgical music that would originally have been sung by boys' choirs. She also noticed what will not astonish today: that none of what she found had been composed by women. Drinker reacted first with surprised frustration and finally with rage: where were the authentic musical expressions of women's artistry and spirituality? What had happened to women in modern Western culture, that they were so bereft of artistic life?

Note particularly that these questions as Drinker articulated them bear the traces of the family's amateur philosophy: the belief that musical expression was an intimate part of spiritual life, and that it must therefore be accessible to everyone and not entrusted to a handful of cultural superstars. Her search for repertory for the Montgomery Singers gradually led Drinker to suspect that half of all humankind had been systematically deprived of this crucial means of expression. With this observation, the die was cast for the next two decades of her life, as she set about the work of answering the questions that nagged her. Her massive collection of data about women's musical activities culminated in *Music and Women*. Like many products of obsession, the book is both rich and strange. "Strange" because, unschooled and angry as she was, Drinker used methods wholly unmodulated by the customary practices of disciplinary musicology or by traditional academic commitments to objectivity and personal distance. But "rich," even more, because she collected material about women's musical lives that is to this day unavailable in any other source, and because in the process of writing the book Drinker formulated powerful theories about the effects of patriarchy and about the cultural construction of gender.

In *Music and Women*, Drinker examines a wide variety of cultural patterns, past and present. Her work is archaeological, anthropological, and historical, all at once: a method that forced her to see the arbitrariness of sex-role assignments. What she learned in researching the book is that women will behave according to the expectations their societies have for them. This does not seem surprising today, since feminist scholarship has resoundingly taught us that gender—for both males and females—is constructed by culture, but in the 1930s and 40s people still thought largely in terms of "naturally" gendered behavior and capacities. Drinker also found that her multicultural study confirmed her assumptions about the intimate link between musical and spiritual practice. She concluded that women had lost musical power when they lost religious power—that is, when the great monotheistic world religions were established. How, she asked, could women be expected to exercise artistic creativity in cultures where the only god—the only transcendent source of creation—was male?

It seems to me that the notion of the "sacralization of culture," as recently expounded by Lawrence Levine, helps to explain some of the more egregious paradoxes of belief and behavior evident in the Drinkers' crusade for amateur music-making and later in Sophie Drinker's particular brand of feminism.[35] If the principal period of their activity—1930 to 1960—seems a bit late for this quasi-religious ideology to hold continuing sway it is at the same time true that the couple was personally conservative in a number of respects and rather stringently isolated from broad cultural currents—almost entirely so from popular culture in any form.[36]

Levine argues that, during the nineteenth century, a split gradually appeared between "high" and "popular" culture in the United States: a gulf formed between "cultural worlds moving farther and farther apart; worlds with less and less tolerance for or understanding of each other."[37] From a vigorous common culture that was comfortably familiar with the European artistic heritage without taking it overseriously—and without abdicating its own right to critical judgment—the country moved toward the emergence of an acutely self-conscious "cultured" class, and then finally to the assumption by that class of responsibility for cultural missionary work among the masses. A prominent aspect of this new attitude was the increasing tendency to perceive and describe artistic experiences as quasi-religious ones, as "uplifting," and as a necessary part of moral development.

Thus by the early decades of this century the changes that had either begun or gained velocity in the last third of the nineteenth century were in place: the masterworks of the classic composers were to be performed in their entirety by highly trained musicians on programs free from the contamination of lesser works or lesser genres, free from the interference of audience or performer, free from the distractions of the mundane; audiences were to approach the masters and their works with proper respect and proper serious-ness, for aesthetic and spiritual elevation rather than mere enter-tainment was the goal.[38]

Only the stipulation of "highly trained musicians" distinguishes this program from the Drinkers' and those of the music pedagogues who, as we have seen, shared their goals. In that one respect, the gospel of ama-teurism might be seen as a "reaction to the reaction" to nineteenth-century cultural democracy. Once the period that Joseph A. Mussulman describes as the "Cultured generation"—the generation born during and just after the Civil War, that of Harry and Sophie's parents—had suc-ceeded in establishing the European high art forms, with professionally accomplished performers, as the standard toward which the aspirations of cultural mobility should reach, how were the privileged classes to fulfill their obligations of cultural stewardship?[39] It was impossible to return to the kind of classless situation Levine describes in the early nineteenth century, which allowed the marketplace to give audiences what they wanted.[40] Instead, conceiving the arts as a sacred experience, a mode of spiritual expression for which all human beings had a deep need (whether or not they realized it), suggested a new form of social action in which the people were to be raised to the level of the art.

Let me attempt to tease out four ideas that seem to be entailed by this notion of sacralization, and which importantly shaped Sophie Drinker's scholarship. First, it is abundantly clear that, to the Drinkers, the purpose of art was spiritual uplift, but no orthodox or institutionalized form of reli-gion was necessarily implied; rather, their sense of the sacred partook of what Jackson Lears has called the "therapeutic world view."[41] After read-ing an array of new psychology books (she does not name them), Sophie mused in her diary about "what kind of religion people will want when all this teaching shall have been absorbed by the next generation."[42] Her his-torical work suggested to her that music itself might appropriately play this role: on the first page of her research notebook labeled "20th cen-tury," Drinker has written that, since organized religion has lost its hold over contemporary society, "music is now as free as the air."[43] By this she does not mean free from spiritual imperative, but rather free of extrane-ous institutional demands on its expressive capabilities, free to contain within itself the means for fulfilling this imperative: music has itself become religious practice.

Indeed, this was always the implication of Harry's incessant campaign against the ancient suspicion of musical enjoyment that still haunted

Philadelphia. In 1916, when the Presbyterian Ministers' Association tried to halt Sunday performances by the Philadelphia Orchestra, Harry wrote in protest to the *Public Ledger* that on Sundays "the spirit should be fed by beautiful thoughts":

> How any one can think that there is anything unholy in either making or listening to beautiful music I am unable to imagine.
> There are, of course, some unfortunate people to whom music makes no appeal, but one would think that even these could understand that to many others a sermon of eloquence and spiritual uplift may be preached by Mr. Stokowski and his fellow-artist[s] equal to any preached from the pulpit.[44]

The presuppositions underlying Sophie's argument in *Music and Women*—and thus the form her feminism took—are grounded in this same creed. Women, she thought, were closer to "the life force," and, in a civilization correctly arranged according to natural principles, would have special uses for musical expression: "Everywhere in the world simple, unlettered women who live more under the open sky than under roofs, without men's books, without men's churches and universities, feel their being as women peculiarly linked to the celestial being of the moon."[45] The generalization she brought to bear on her study of all civilizations was that "healing, religion, and music are the three fields in which woman is pre-eminently fitted by nature and by experience to express herself and to serve her fellows," but it is clearly from the rhetoric of sacralization in the culture around her that she learned to conflate the three. Apart from amateur music-making, the most hopeful sign of female ascendancy that Drinker noted during the 1940s, when she was writing, was the development of therapeutic uses for music.[46]

Second, the sacred is not notably a democratic category. It suggests the need for some form of priesthood—at the very least, for procedures of initiation and of interpretation—and, in the Western context at any rate, it invites the establishment of canons. Under this rubric, it seems to me that the Drinkers' controlling behaviors can be understood as the felt necessity for the already-enlightened to supervise the performance of ritual and the transmission of dogma, and they were frank about the role their financial underwriting played in legitimating the transaction.

Levine has identified this emphasis on order and hierarchy as part of a class-based "quest for cultural authority" around the turn of the century.[47] His description of the increasingly authoritarian behavior of orchestral conductors—Toscanini, Stock, Damrosch, Stokowski, and their fellows around the country—could serve (reading "participants" for "audiences") as the recipe for Harry Drinker's management of the Merion singing parties: "The thrust of the conductors' efforts was to render audiences docile, willing to accept what the experts deemed appropriate rather than play a role themselves in determining either the repertory or the manner of presentation."[48] And Mary Beard, Sophie's friend and colleague in the writing of women's history, understood well that the financial privilege of upper-class status could purchase the same cultural authority in the preparation of "her amazingly rich book on Women in Music," as "she has been able to buy precious books costing $50 and pay for expert help by musicologists, among other assets."[49]

Third, the spiritually uplifting qualities of music may not be evident to everyone; indeed, one might surmise that—as with religion itself—those most in need of its benefits may be the last to recognize and rectify the deficiency in their lives. "How hard it is," Sophie lamented in her diary, "to convince the average person that *good* music is pleasant & enjoyable."[50] Sophie's efforts were further complicated by what she considered the deadly interaction of professionalism and current gender ideology. In the 1950s she served as an adviser to a chapter of Delta Omicron, the national music sorority, but was not happy with the outcome:

> In truth, it was a case of incompatibility, since I am not interested in professional musicians or in trying to secure engagements for them. After several years, I resigned but I still occasionally write for their magazine *The Wheel*, trying (in vain) to impress upon the sorority leaders the value of following up the girls who do not become professionals but marry and "give up" music, instead of using their talents to enrich their lives.[51]

Ironically, sometimes even the beloved compositions themselves might be compromised in the effort to bring them closer to those who needed them: Harry Drinker labored for years over his English singing translations because he valued the singers' access to the emotional content of the texts over any sound properties they might have brought to the pieces.[52]

Fourth, if the spiritual function of art is expressive as well as edifying, and if the modern sense of the "spiritual" partakes of the psychological, it is crucial in a healthy society that all people have access to it. Drinker's experience with the Montgomery Singers had already awakened in her mind the recognition that American women—indeed, she gradually realized, *all* Western women in modern times—had either been deprived of this expressive medium or had, through some monstrous coincidence, collectively eschewed it. She could not, naturally, believe the latter explanation, and instead went in search of the causes of women's spiritual silencing and disempowerment.

It will already have become apparent that some important tensions lurk between and among these four principles. I believe that these tensions—contradictions that seem to be part and parcel of the aesthetic faith—help to explain many of the paradoxes and curiosities we have noticed in the playing out of the Drinkers' musical agendas. First, there is the inevitable clash between the belief that individuals must have access to musical sustenance, must experience it and participate in it on their own behalf, and the priestly claims of the initiated.[53] In the Drinkers' activities, the assignment of the clerical role to composers rather than to virtuoso performers was a strategy that helped to bridge this gap.

Closely related to the awkward relationship between professional and amateur is an unresolvable tension between the belief that everyone wants and needs to participate in uplifting cultural activities, and the necessity to persuade, perhaps even to impose upon, those unfortunates who cannot recognize their need. In the classic American meliorist tradition, both Harry and Sophie remained perpetually astonished whenever they encountered resistance to their program of spiritual betterment.

Finally, for Sophie Drinker's feminist scholarly work, yet a third painful contradiction is inherent in this complex belief system: the great masterpieces of the canonic tradition, the very works whose transcendent freedom and meaning are to provide aesthetic salvation for the many, are precisely the characteristic products of the "patriarchal culture pattern" that prevent women from exercising their own creative powers. That Drinker herself never fully appreciated this contradiction is evident in her description (years after the fact) of the repertory she sought for the Montgomery Singers: "My idea was to find music that had been written by the foremost composers and that also had been originally written for women's voices and that furthermore had some meaning to the inner life of women."[54] She never recognized the contradiction, and yet it pervades the book. In her discussions of non-literate cultures, and of virtually all the non-Western cultures she describes, Drinker takes for granted that women's spirituality, their intimate connection to "the life force" and its expression in distinctly feminine emotional experience, must and "naturally" would be articulated in musical compositions made by women themselves; indeed, this linkage between composition and female religious ritual that she found in so many cultural situations was the principal goad to her assertion that modern women needed to institute their own goddesses and forms of worship. But when her historical account moves into the era of the European common practice, she takes as simple fact that no women composers of stature existed in this tradition, and shifts her focus to women's development as amateur performers. The implication lingers that, despite her arguments, Bach, Beethoven, and her beloved Brahms could indeed capture the "inner life of women" in musical forms useful for women performers.[55] Somehow, it seems, the revered composers of the sacralized repertory could not be found deficient in their ability to fulfill modern spiritual needs, even those of women.

Like so many of us, Sophie Drinker found it impossible to make that last leap from theory to practice, from what seemed inevitable on the page to what would be undeniably painful in life.[56] But, despite logical tensions perhaps clearly visible only forty years later, Drinker's research for *Music and Women* enabled and empowered her future writing projects. Her interest shifted from music to larger questions about creativity in general, leading her ultimately to ponder the impact of cultural formations on human expressive behavior. She wrote later:

> I will now reiterate that a culture dominated by patriarchal values does not allow a woman to be proud of womanhood or to adopt an affirmative attitude toward her sex or to develop all of her native powers. We are faced to-day with the predicament that if a woman adjusts herself to a patriarchal religion, or way of life, or to a patriarchal marriage, she is forfeiting her natural right to develop her brain and her creative imagination.[57]

She apparently did not need to articulate the other horn of the dilemma— what happens to the woman who does not so adjust herself.

In recent years Sophie Drinker has been taken to task by some feminist musicians for not practicing her patronage in a more conventional manner: would it not, they say, have been more consistent with her own beliefs to have used her financial resources for the support of women musicians?[58] In truth, Drinker sometimes does seem almost unaware of the existence of contemporary women composers, and this willful ignorance is certainly disconcerting to anyone who has spent time reading her wonderfully polemical speeches. But, in the last analysis, such criticisms do not take into account the historical forces and class assumptions at work within the Drinker family circle which shaped Sophie's thought so definitively. Her personal spiritual commitment to the great music that had meant so much in her life, her distrust of professional music careers, a confused but conspicuous populist strain that caused her to privilege communal over individual activity, her dislike of the modern[59]—all conspired to blind her to the struggles as well as the accomplishments of women who actually were creating music even as she was lamenting their absence.[60] Finally, Sophie Drinker's was not a patronly but a *scholarly* activism. In ways that speak with a particular poignancy to students and teachers, she radicalized herself through scholarship.

Music and Women as Music Historiography

Music and Women is particularly interesting as an example of an alternative historiographic paradigm within an established discipline. In particular, it raises suggestive questions about how canonic practices and values have to be different in order for the participation and experience of women to appear in the history of Western music. The book provides an occasion for asking both "What is history?" and, more specifically, "What is music history?" During the period of its writing, as it happens, these were questions that much occupied practitioners of both disciplines. What sorts of questions should history ask, what are its data, and how does it properly conduct its research?

Perhaps predictably, despite Drinker's twenty years of research and the raft of distinguished scholars who helped her with the project, *Music and Women* remained virtually invisible to the musicology community, notwithstanding the fact that it was very widely reviewed—in the daily newspapers of many major cities including Philadelphia, Chicago, Cleveland, and San Francisco; in the Sunday book review sections of both the *New York Times* and the *Herald Tribune*; in *Newsweek,* the *New Yorker,* and the *Saturday Review*; and in music journals covering the spectrum from the *International Musician* to *Notes* and the *Musical Quarterly.* Surprisingly, not one reviewer questioned the research underlying the work, and indeed virtually all credited it with sound scholarship and a rich contribution to knowledge.[61] Reviewers expressed bemusement that so much material about women and music even existed; most interesting to feminist historians, a virtually obligatory opening paragraph assured readers that the book was more serious and respectable than its title might suggest. One expects, even searches for, condescension from these writers, but in fact very little is discernible.

Partly this is because in the United States, history, more than most other academic disciplines, had a long tradition of amateur participation. Indeed, it had become professionalized only at the end of the nineteenth century;[62] and during the 1930s and 1940s, when Drinker was writing, the publication of historical works in this country was still fairly evenly divided between those who wrote history for a living and those who wrote as a hobby or from personal interest. One notes as well that these amateur American historians had for generations come almost exclusively from the well-to-do classes, and this is the point at which Sophie Drinker's patrician background links her clearly to a long-standing tradition.[63] The writing of history was perhaps a form of noblesse oblige for members of this group; for instance, their work characteristically took the form of local history, involved with their own genealogies and the history of family property. The main point to be made, however, is that, as an activity, amateur research had a recognizable place within the American tradition of historiography.

Such was not the case, however, with musicology, passed on from German hands already acclimated to the academy, but struggling for intellectual and professional respectability in the United States during these decades. Indeed, as Charles Seeger noted in 1946, American scholars were explicitly engaged in defending the term *musicologist* from encroachment by amateurs.[64] In a strikingly anxious comment, Curt Sachs declined the title altogether: "Any girl that manufactures a newspaper article by transcribing Grove's Dictionary without too many misspellings presents herself as a musicologist." He preferred the term *music historian*, no doubt for the security of its association with an older and more firmly established field.[65]

For whatever reason, no musicologist felt then—or has felt until now—any need to come to grips with Drinker's book, to contend with it, or to incorporate either its data or its argument into business-as-usual musicology. It was not treated in the manner we have learned to expect for "controversial" works (which it surely was), because it was not recognized as a participant in musicological discourse at all. Its alien quality as music history is capsulized in a question raised in Jacques Barzun's review—"What has all this to do with the history of art?"—and in Drinker's response, in a letter to Barzun, that "it has to do with the relation of women to music, which is quite enough for one book."[66] The near-miss of the exchange with Barzun is typical of the whole relation of Drinker's book to American musicology.[67] *Music and Women* bears the imprint of American historiography—in particular that school of democratic, economically-oriented history called "progressive"—rather than that of still-Germanic American musicology, at least in part because of Drinker's association with the pioneer historian of women Mary Ritter Beard. Charles Beard, Mary's collaborator on several books, and who shared her liberal philosophy, was a leader in this particular historiographic movement in the early decades of the twentieth century.[68] Among other similarities between Beard's work and Drinker's is a common interest in what the Beards called "long history," or the investigation of long-standing semipermanent structures underlying the flux of events—a notion espoused both in American progressivism and in the French historiographic school that emerged in 1929 in the journal *Annales*. The world of musicology was heading in a different direction during the 1930s and 1940s; the long-history perspective had largely been superseded by focus on the great names of recent centuries, and even when occasionally practiced—for instance, by Curt Sachs—it tended to locate itself not within the discipline of historical musicology but in musical ethnography, or what was then called comparative musicology.[69] For Drinker, however, the consideration of long history followed naturally from her rather prescient understanding, fixed now in feminist theorizing, of the cultural structuring of gender roles and their tendency to persist over long periods of time.

Another way in which a discipline can recognize and acknowledge a scholarly project is to approve and share its apparent goals. In 1970 Vincent Duckles wrote that "the object of the historiography of music is the mind of the learned musician, whether he be historian, theorist, aesthetician, critic, or pedagogue."[70] His comment describes a practice familiar to academic professionals: a discourse among peers, each scholarly piece of it intended as grist for the mill of another scholarly purpose. By contrast, Sophie Drinker's goals are explained in her foreword: "I present my message, therefore, in the hope that it will remind every woman—and especially my own little granddaughters . . . that they have deep, and as yet in our world, untapped reservoirs of imaginative power."[71] This is history not for the disengaged contemplation of other historians, but with the intention of doing political consciousness-raising among its readers. She addresses a general public rather than Duckles's "learned musician," and she implicitly rejects that academic fetish, disinterested objectivity.[72]

Drinker's book is both broader in historical scope and more personally engaged in style and intent than contemporary musicological work. There are other, more fundamental differences as well, differences that go to the heart of historiographic method: first, in the definition of the subject that is under investigation; and second, in the principles of historical explanation that are invoked.

The first issue, then, is "What is music history about?" If the question seems oversimple, reflect that it took the discipline about one hundred years to change its mind the last time, to abandon its old commitment to the lives of "great" composers. At just about the same time Drinker was writing, Manfred Bukofzer observed that

> the strange emphasis on biographical writing reflects very clearly the hero worship characteristic of the nineteenth century. What is even more amazing is the fact that the life of a composer frequently received a more thorough treatment than his musical works. . . . As a reaction against the overemphasis on the personal aspect, a shift of emphasis has occurred in musicology that has brought a concentration on the music itself.[73]

This concentration is very firmly established in the profession at the moment. In his famous plea for a rigorously reasoned history of music in 1961, Arthur Mendel commits himself absolutely to the achievement of a history of works, despite the fact that there is nothing in his allegiance to positivism that entails this posture; indeed, such a commitment creates problems, since it hopelessly entangles the apparently "objective" facts of history with the imponderables of aesthetic judgment. It is a mark of the strength of this commitment that it persists under such circumstances. Carl Dahlhaus's *Foundations of Music History* (1967) wrestles for pages with this dilemma—how to view the musical work simultaneously as an aesthetic experience and a piece of historical data—but he too comes out in the same place: the goal of music history, for him, is a history of works. So it is with the definition of musicology given in the *New Grove Dictionary of Music:* "The prime object for the historian is the individual work of art." Within the last decade or so, we have begun to see evidence that the discipline is restless and may wish to change this definition again, perhaps to take more thorough cognizance of the social contexts of music-making.

One might also ask, "*Whom* is music history about?" Until a fairly recent date, historians of art in the West have been concerned largely with the production of individual members of societies; these are individuals of such culturally atypical skills that it is difficult to be sure how we may posit a connection between their works and the cultural backgrounds from which they are said to "arise." Warren Allen reminds us that the tradition of individualism is particularly strong in Germanic historiography—indeed, he remarks that German scholarship in the 1930s saw "communalism" as a Mediterranean, Oriental, and Semitic trait[74]—

and so it is understandable that musicology as a discipline has adopted a sharp focus on the heroic individual as its principal mode. There is a more important reason, though: if what you are interested in is a history of "great works" of art, then of course this individual focus is inevitable and, indeed, appropriate.

But it should be immediately clear that an individualistic focus will never surface much information about the history of women. Because Sophie Drinker was entirely aware of the various phenomena of history and of cultural organization that combine to render women's activities invisible, she focused her work on communal, socially-based musical production. Hers is a history not of works but of musical activities and cultural practices. Her chapters concern themselves with the nature of participation in music-making, as differentiated in various types of social structures; the effect on this participation of changes in religious thought and in attitudes toward women; and, most importantly, the links between such participation and women's sense of power and authority within their given cultural frame. Indeed, insistence upon these links was the aspect of her book that most surprised and impressed many of its reviewers, some of whom had apparently never thought of music in this way at all. For *The Musical Quarterly,* Doris Silbert noted that the book "sounds the fundamental tones of social and spiritual forces from which all artistic expression emanates," and Karl Geiringer commented, in his review for *Notes,* that her message—"not to think of music as a matter of technical proficiency possessed only by a few, but as a natural form of expression and a vital force in the lives of everyone"—was "well worth heeding."[75]

Curiously, the same point—that Drinker had in effect turned her back on individual accomplishment—was understood, though differently interpreted, by Jacques Barzun. He objected to this stance and to the underlying political purpose he clearly recognized in her systemic view: "Mrs. Drinker does not see that women's liberation was not exclusively, collectively, politically, from men, but from a network of once useful social relations. This is proved by the fact that men, too, had to fight for individual rights and are still doing so." Barzun does not ask *to whom* those social relations were once so "useful," a question that might have prompted him to see that gender roles are societal and systemic, not a matter of individual negotiation.

While *Music and Women* for the most part concerns itself with the musical expression of collectivities of women—typically hypostatized as "woman"—Drinker is nonetheless aware of the problematic effects of this commitment. As one seriously interested in music and deeply moved by the familiar masterworks in her own life, she understands the need to think about the emergence of individual genius and what it tells us about the health of a musical culture as a whole. What in some respects becomes a tension in her work, as we will see farther along, becomes instead an opportunity for interrogating social structures. Her discussion of Sappho—of whom she says, "hers was the last perfect flowering of thousands of years of women's song"[76]—exemplifies an explanatory gesture that is repeated many times in the book and, indeed, summarizes her basic argument:

> Here in this tiny island city-state of Lesbos, women had the high social, political, literary, and religious status then common in the Aegean world. They owned their own property and were free to come and go as they pleased. Well educated, especially in poetry and music, they enjoyed the companionship of both men and other women, taking part, as a matter of course, in political and literary discussions. As priestesses in the temples of Lesbos, they served especially Hera, Aphrodite, Demeter, and Artemis. . . . [I]n this environment Sappho was born, matured, and asserted her leadership.[77]

Thus, cultures as a whole must answer for the failure of female talent to appear in substantial quantity, especially when, as she says of a later period of history, "what was yielded to an individual woman of genius or charm was not yielded to women collectively and as a right."[78] This particular formulation of the dichotomy between individual and collective musical production calls up another one that disciplinary musicology has long taken for granted—the distinction between amateur and professional musician. The Drinkers' deep and serious commitment to amateur musicianship, which flowered into a full-scale philosophy of life, marks Sophie Drinker's history as well. Although she acknowledges the appropriate leadership role of those who are especially gifted (and specially educated), she writes with skepticism of the modern ethos of performance by professionals before "masses of nonparticipating spectators," and she dwells feelingly on the desirability of "using music as a normal activity."[79]

Disciplines that expend their energies primarily upon canonic works and individual achievement also tend, for obvious reasons, to focus on those groups and social classes that produce and consume those works and achievements. Here the situation of women in history is particularly interesting, since they belong, of course, to all socioeconomic classes and might be expected to be differentially affected by the invisibility that traditional historiography has inflicted upon non-elite groups. Strangely, such has not been the case, as conventional musicology is largely silent even on the subject of the considerable influence upper-class women have often had, through patronage, on the development of musical styles and genres. Apparently class as such is not an issue. But from the point of view of an interested and politically candid historian like Drinker—and one not particularly concerned with "high culture" as social practice—women share a structural position that is somewhat *caste*like, if not classlike; their role is culturally constructed, marked by generalized characteristics attributed to them by others, and birth-determined. Castes exist in order to exemplify and enforce hierarchical status, and they do not permit individual mobility from one to another—caste, like anatomy, is destiny—but, by the same token, they provide a locus of identification for their members and do not set up expectations of change achieved through individual effort. It is for this reason, as Drinker saw it, that a history of "music and women" was a viable project.

I would like to turn now to questions of explanation, beginning with matters of large-scale historical organization. Historiography in the Western tradition has for a long time been dominated by one or another of the available models demonstrating the "progress" of civilization. Since the nineteenth century, the favored language for discussing this progress has been evolutionary. It has been common for some time now to decry the practice, but as Leo Treitler's review essay "The Present as History" reminded us, this manner of historical organization was still prevalent in the 1960s.[80]

Such a form of organization, though it must have been so familiar as to appear "natural" in 1948, could not have served for a project like Drinker's because she knew then what women's historians take for granted nowadays: that women do not always thrive when "civilization" progresses; in fact, the reverse has often been true.[81] Drinker's attitude toward this hard reality—which, we remember, she discerned from her evidence without benefit of the pool of theorizing that exists now—reflects some personal ambivalence. She did believe in the onward march of civilization or, at least, in some related theory that enabled her to distinguish "levels of culture" in the old comparatist manner; but she pointed out that male historians failed to acknowledge that women had, through long history, paid for this "progress" by relinquishing their power. Because she could not imagine herself having to live without such products of Western high culture as her beloved Brahms, she wrote conventional evolutionary accounts of Western music, such as "Creative musical imagination was . . . stimulated to proceed along the modern line of harmony and counterpoint."[82] Because, on the other hand, she understood what such evolution had cost us in terms of the fundamental orientation of cultural values, she wrote such phrases as "China was thus 'civilizing' itself, by repressing women's rites and music."[83]

Drinker chooses to model her history not on "progress" but on phases of the moon, a figure that has been associated with the female from time immemorial and in many cultures. This image is, of course, every bit as dependent upon notions of natural necessity as evolutionary history ever was. She describes the matrix of values with which her book is concerned as "three mighty facts of nature" originally enfolded within representations of the great goddesses:

> One was the waxing and waning of the moon. . . . The second was the fact that, in nature, death is the prelude to new birth. . . . And the third was the kinship of the woman—in all those biological details that distinguish her from the male—to the moon cycle and to something that gives birth throughout all nature.[84]

Her diachronic historical structure is thus borrowed from a synchronic nexus of cultural meanings that she takes (problematically, but characteristically) to be universal. This model allows her to do a number of things at once: to insist that what she calls the "patriarchal culture pattern" has not always prevailed but came into existence at a specific historical moment; to write a book that is, although very angry, optimistic at the end—the moon is again on the wax, she believes—but at the same time to argue that for the last two thousand years or so women have lived through a very dark time. And the inescapable conclusion her structure suggests is that the world has been living in an "unnatural" condition since the period roughly twenty-five hundred years ago when the Jews, Chinese, Greeks, and Indians simultaneously developed patriarchal societies that deprived women of their naturally ordained cultural functions in music, in religion, and in healing—or, the management of life and death.

Because Drinker took this naturalized view of gender, her understanding of the dark time—the waning phase of the moon—has to do with the usurpation of women's "proper" roles and forms of artistic expression by men or by "unnatural" women fashioned according to men's interests and fantasies. She sees such male appropriations as perverse, even morbid, just as she sees the distortion of women's art into "*seductive* music, rather than . . . a genuinely *feminine* expression."[85] Thus neither the male nor the "unnatural" female speaks for (or sings for) womankind. What happened in history, Drinker writes, is that "for the mother-musician, singing naturally in rituals of her own making, out of the fullness of her own vital experience, they substituted young boys, castrated males, and the courtesan."[86] Elsewhere she speaks scornfully of "men in skirts," her term for priests.[87]

Her sexual politics, then—which I shall elaborate in the next section—acknowledge gendered roles in music as in social life: what she wants from long history is not for women to wear the pants, but only to get the skirts back. Nor is her essentialism merely metaphysical. The angriest portion of her book, and a pillar of her argument as a whole, dwells on her belief that the Catholic Church—and thus all subsequent formative institutions in Western music history—discriminates against women precisely and explicitly on biological grounds. She speaks of motherhood as the essential distinguishing feature of women, and goes on: "for no other reason, God, who is male, will not have a mother stand and speak at the altar. The door of the holy of holies, with its symbols of regeneration derived from her own function as life bringer, is closed to her, who brings the child into the world."[88]

The agenda of *Music and Women*—what it is a "history of"—can now be more clearly seen. As part historian, part anthropologist, Drinker wanted to know, in what kinds of societies can there be women musicians? (Which is to say, in what kinds of societies do women have approximately the same power and status granted to music?) As my account of her appropriation of the moon-phase model suggested, the book has a certain synchronous quality that is enhanced by her universalizing assumptions about the nature of women. From scholars of an earlier generation she adopted what anthropologists call the "contemporary-ancestor" theory, now discredited but not yet entirely supplanted in the 1940s: she took current cultures, especially nonliterate ones, to be exemplars of hypothetical human ancestors in cultures whose artifacts are no longer available for study. This belief informs the overall structure of the book as well. The opening "Full Moon" section explores a putatively timeless and "natural" relationship of women to music (and to men), illustrated cross-culturally and cross-historically; the notion of culture as such enters the narrative only at the fourth chapter, which broaches the idea of "taboo" to explain the arbitrariness of cultural variation; finally, in the fifth chapter, history (diachrony) arrives on the scene.[89]

Drinker's book differs from standard histories of music on a more local scale as well as with respect to long-term models. What marks music-historical epochs? Here, too, there has been methodological discussion among musicologists, and there also has been change over the last century or so. Music history used to be defined by the life spans (or career spans) of "great composers"—a habit that, as Philip Bohlman has pointed out, worked against any inclination to study music history on a worldwide or multicultural scale.[90]

By the turn of the century, though, a different version of music history had already begun to emerge—particularly in the work of Hugo Riemann and Guido Adler—which focused on the emergence of musical forms and styles as more or less autonomous representations of culture, to be considered and understood together with a range of other cultural products. Such a history is Hugo Leichtentritt's 1938 textbook *Music, History, and Ideas*, where epochs are identified by cultural traits: "reformation," "rationalistic traits," "classical tendencies," and so forth. No doubt the impulse is related to Heinrich Wölfflin's famous call for "history without names."[91]

This practice rests absolutely, of course, on the underlying notion I have discussed above: that what one wants to understand in music history is the works that have been produced—and in particular those that have, as we say, "survived." But we have already seen that Sophie Drinker will not be interested in a history of works or in music-historical epochs named for compositional styles, much less for great composers. She believes, and wants her history to demonstrate, precisely that women have been prevented by social arrangements and the structural features of civilizations from leaving their names upon epochs or book chapters, or from leaving behind those works that led Arthur Mendel to remark that in music history the documents themselves *are* the deeds.[92] Not so, says Drinker: most of women's musical deeds were never destined for posterity, have no *Wirkungsgeschichte* (history of influence), but were deeds of human and musical significance nonetheless. She will not, that is, define historical "importance" either in terms of the survival—the presentness to us in the standard repertory—of certain works or in terms of their influence on later generations of composers; music's importance, on the contrary, is for Drinker a matter of its spiritual and expressive function for human beings, not an occasion for musical analysis. There is no critical discussion here, and so far is she from autonomous aesthetic values that she is inclined to take them as pernicious; her caption for a photograph of Martha Graham's ballet "Primitive Mysteries" comments that "while the

Sherbro women *live* their rituals, these dancers merely *act* them on the stage."[93] The book as a whole is flavored with the assumption that highly aestheticist values are a sort of usurpation of the general artistic power of a people.[94]

So her history builds its epochal framework around social structures, expectations, the uses to which music is put. Thus she says, for instance, "The cultural pattern in which women as musicians function today was set at the beginning of the seventeenth century. At that time modern society, with new and revolutionary uses for music, began to take form."[95] The twelfth century is described in terms of social changes having to do with the relation of women to music; among them, for example, Drinker mentions "the limitation of the woman to the position of being the object of men's music, instead of the creator of music of her own" and "the exaltation of the woman as the inspirer and sponsor of men's music."[96] In a similar gesture, she remarks that "the romantic movement sounded the death knell of artificiality,"[97] thus defining the period in terms of one of its most characteristic psychological traits, which gave women new and unheard-of musical opportunities because its ideology required emotional authenticity.[98]

Music and Women departs from standard music-historical practice not only in its methods of organizing time periods, but also in its sense of what we might call the "mechanisms" of history. Efforts during the last century and a half to make history "scientific," and the more recent debates about the appropriateness of those efforts, has entailed at the same time a debate about whether and how history may be explained in terms of causality, or general laws.

The discipline of history in the United States fought its battle with positivism at the turn of the twentieth century.[99] By 1946, R.G. Collingwood was able to claim that the program of positivist history had failed. It fulfilled the first part of its mission—the collection of facts with what he called "infinite scrupulosity" and a vast increase in the sheer amount of information amassed—but that it had more or less given up on the possibility of ever reaching its further goal, the formulation of general historical laws.[100] In a 1946 report by the Committee on Historiography of the Social Science Research Council, J.H. Randall and George Haines found that by the 1920s, the critics of "scientific history" had won their battle and were "free to write the kind of history they wanted, economic interpretations, social and cultural history, intellectual history."[101] And, writing about this issue in 1944 from his cell in the Nazi prison in Lyon, Marc

Bloch warned against the tribe of historiographic Beckmessers: "Are we then the rules committee of an ancient guild?"[102] But, as Joseph Kerman has reminded us, musicology lagged behind this development, and it was not until well after World War II—after Drinker had completed her nearly twenty-year project—that it became clear that positivist influence would no longer dominate.[103] It was to be expected, then, that the strong sense of historical causality would persist longer in musicological writing, particularly in its focus on style transmission and influence and on histories of form positing "inner laws" of musical evolution.

Drinker's notion of causality, however, is markedly different. Causes, for her, lie in spiritual and psychological factors, in the relations of individuals to their communities and their deities, and of course, in the relations of women and men. It is worth noting that such an explanation of causality is a far cry from the familiar, abstract account in which musical compositions and whole genres may appear to give birth to one another almost without the intervention of human beings; on the contrary, Drinker's sense of historical explanation is explicitly political, organizing itself around the location and exercise of power. In *Music and Women*, social change creates musical change, as when the development of capitalism altered the nature of people's spiritual relation to music and hence the kinds of music they made, or when the advent of Protestantism enhanced the participatory role of the congregation in liturgical singing.[104]

Given the large-scale framework Drinker uses, with its cyclic waning and waxing of the moon, it stands to reason that she will be interested primarily in the causes of the loss of women's power and the decline in their music-making and in the causes of the regeneration she saw beginning. With regard to the former, her understanding of human spirituality as an essentially holistic force underpins the argument. "For creative expression in music," she writes, "there must be a free flow between the plane of daily experience and the plane of thought and fantasy. One must be able to transfer into universal and ideal terms one's vital personal experience."[105] This opportunity for idealization was once available to women, she argues, before the formulation of the patriarchal religions restricted them to "a single male god." Her comment on the subject is telling: "From the psychology of the Jews came the omnipotent Father-God of our own religion today, with no daughter, no mate, and even no mother."[106] That is, a kind of psychosis about women underlies the whole Judeo-Christian tradition.[107]

Particularly interesting is the playing out of this idea in Drinker's later account of the resurgence of women's musical authority. She predicts the arrival of something that sounds like what we know of as New Age spirituality, which she describes as a holistic sensibility appearing in science and culture. "Belief in the unity of all life is itself a rebirth for women," she writes, especially since at the same time it emphasizes "the primitive use of music as an affective power for a specific occasion and purpose."[108] It would seem, in other words, that Drinker expected an end to Western high culture's insistence on art as autonomous and transcendent, and that she read that development—as an essentialist naturally would read it—as tending toward the incorporation of female sensibility.

> Now music is reattaining its primeval value, which in no way interferes with the value of concert giving and virtuosity. Music, which produces an inner harmony, is being introduced into homes, schools, colleges, moving pictures, and theaters, and especially into hospitals for its direct power over emotionally disturbed people.[109]

It may seem, since Drinker's book is finally so alien to the musicological tradition, that an interrogation of ethnomusicology and its history would be a surer route to the sources and the natural disciplinary home of *Music and Women*. It seems clear that many of the book's presuppositions—about communal values, caste and class, and the embedding of musical expression within culture—will appear considerably more familiar to scholars of anthropological bent than they do to Western musicologists. Drinker certainly considered her work to be at least partially anthropological, as she explains in her foreword. But what would we know about ourselves if we learned that Drinker's book *does* sit more comfortably there than in historical musicology; that women have an anthropology but no history? And that *that* difference, perhaps, is part of what it means to be the quintessential Other?

Music and Women in the Context of Contemporary Feminisms

In a talk she gave late in her life on "the dilemma of the woman artist," Sophie Drinker offered her listeners the empowering skill of feminist rereading.

> Often two versions of the same myth with the same goddess as heroine exist side by side.
> Take, as an example, the familiar Pandora whom we think of as an inquisitive adolescent opening a box that did not belong to her

and letting out all the troubles of the world. But, according to the women's creed, Pandora was a beautiful Earth Mother whose treasure chest was filled with nature's good gifts.

Or, take the famous Eurydice and her lover Orpheus. The usual interpretation of their legend depicts Orpheus as a divine musician and Eurydice as a passive shadow, tossed back and forth from earth to hell by men desirous of her. How different is the myth that describes Orpheus as merely an expert human singer and Eurydice as the embodiment of the deep wisdom of music never attainable by mortals.

These anecdotes were part of a lecture delivered before Philadelphia club women, in which Drinker summarized her goal as demonstrating that "patriarchal ideals are not necessarily natural and inevitable,"[110] the same goal that lies at the heart of *Music and Women*.

Of what stories is Drinker's book itself a rereading? Certainly of all those recounted in contemporaneous texts in music history, as we have seen. And perhaps of current stories of the history of women as well, since Drinker's finished work foreshadows ideas later developed by prominent feminist scholars like Gerda Lerner, Joan Kelly, and Linda Nochlin. While *Music and Women* did not seem to make much impression on either of these disciplines at the time of its publication, there is evidence that it has subsequently sometimes played the same empowering role in women's lives that was intended by her myth retellings. The book has been described as "the object of a cult among women musicians" and "the Bible of the women-in-music movement" since the late 1970s, and it has more recently been cited as a catalyst for the development of feminist consciousness in an autobiographical piece by a British woman of middle years.[111]

Just as we have examined Drinker's book as an alternative music historiography, we can also fruitfully include it in the ongoing discussion about the history of feminism and the definition of its various strands, especially the forms it took in the United States after suffrage. The debate seems to me important, both for our efforts to understand historical disagreements among leaders of women's causes, and also in helping untangle what may appear to be contradictions in their thought. This latter point is especially striking in the case of Sophie Drinker.

Music and Women is most effectively understood as a classic instance of what Karen Offen has called "relational feminism."[112] Drinker's historical polemic celebrates gender difference, claiming for women the right to regain preeminence in cultural arenas she thought were theirs by nature—religion, healing, and music. Though she seems to have thought little or not at all about current political issues, she came to a vividly clear understanding of the systematic ways in which social institutions had deprived women of this birthright. Like Offen's relational feminists, Drinker assumed—and indeed idealized—the family unit predicated upon a symmetrical (nonhierarchical) heterosexual couple, generalizing outward from that foundation to locate women's most important roles in society.[113] She always argued on the basis of women's capacity for motherhood:

> Withal, the real core of the matter is not woman's failure to have created great music. It is what that failure, when analyzed, reveals of the constitution of our society and the deep denial of life on which it rests. . . . In so far as [women's inner life] differs from that of men, it differs in the possession by women of a unique experience that touches the heights and depths of emotion and sensation, and calls on a deep and intuitive wisdom . . .[114]

Notwithstanding the fact that Offen's project is to construct internationally comparable categories and that her own scholarly focus on French history intersects only obliquely with the debated characterization of twentieth-century American feminisms, I have found her description of this particular vein of thought irresistibly accurate in Drinker's case.

At the same time, though, I accept the points made by some who have taken issue with Offen's categories, and find these to be helpful as well. Nancy Cott has contended that the "relational" school of thought is one inherently protective of the status quo in its stark definition of gender roles, and only inappropriately termed "feminism" at all.[115] Sophie Drinker identified herself as a feminist, with increasing certainty during her career, and I see no compelling reason to deprive her after the fact of an allegiance so fervently chosen. But at the same time, Cott's argument prompts our recognition that feminisms based on "elaborations of womanliness"[116] may play out in opposing political directions: in their reformist and "social housekeeping" identities, toward the conservative; in their celebration of the essentially feminine, toward the radical. In any event, considering this ambiguity as part of the definition of "relational feminism" helps us to understand a split that is egregious in the case of Drinker, between the historiographic radicalism of her text and the unbudging conservatism of her personal life.[117]

Drinker's book also represents a unique intersection of women's history and music history, a conjunction that in itself produced a particular and idiosyncratic narrative. Culturally sanctioned (but highly nonprofessional) and period-specific beliefs about music profoundly colored her interpretation of the historical information she unearthed about women, while at the same time an increasingly feminist but equally period-specific set of attitudes about women reflected back upon her musical tastes and allegiances.

There is a sense in which Drinker's book is a "herstory," an attempt to recover the lost story of women's music-making. Yet she was not at all interested in describing the careers of those "women worthies" who surfaced during her research; indeed, her notebooks are filled with the names of composers, relatively few of whom appear in the finished book. She even had difficulty making an index for the book, worrying that an "index of *names* is misleading as too much importance is placed on individuals . . ."[118] Several years after *Music and Women* was published, Jane Grant wrote to ask her why she had included no information about Fanny Mendelssohn Hensel. Drinker replied:

> I did not include Fanny in my book . . . since it was not my purpose to enumerate women composers. What I was trying to do was to show the *environment* in which women composers lived, whether the environment was favorable or unfavorable to women with creative musical imagination. That was the point of the whole book: that the environment of our culture is not permissive to the creative woman.[119]

She saw, that is, the social and religious structures of patriarchal culture as her real topic, because these were far more significant in understanding women's musical history than the careers of exceptional individuals. By the same token, throughout the book she looks askance at the successful prima donna and indicates that the cult of virtuoso performance was a "step in the wrong direction,"[120] since the favorable environment she wished to champion would be one in which all women—or, more accurately, communities of women—would learn to use music in what she considered a natural way. Another aspect of *Music and Women* prefigures the kind of argument later made by Joan Kelly, that historical eras generally regarded as progressive were often not so for women.[121]

In these respects, Drinker's work seems prescient of later feminist historiography. It must be said, however, that it also bears the traces of an unschooled and somewhat naive authorship. As we have seen, its large-scale organization is predicated on a sort of "state of nature" (described in her first three chapters) in which women and men lived in a healthy relationship to one another, to spiritual authority, and to music. Here Drinker is insouciant about cultural difference and subscribes to the notion that the prehistory of European civilization may be witnessed in various presently existing cultures. After establishing this basis, however, Drinker does go on to introduce the idea of cultural variation, construing it as a matter of "taboo" (her fourth chapter) and stressing its arbitrariness, a gesture I take to be her understanding of cultural construction, which is thereafter developed as one of the central themes of the book and which she claims to have learned from anthropologist Ruth Benedict.[122]

Drinker's history is characteristic of its time—or perhaps of a slightly earlier time—in the manner in which its putatively global beginning gradually narrows its focus to "the unfolding pages of western European civilization."[123] However, Drinker's anthropological commitment—her refusal to limit her investigation to the obvious realm of Western music history—results from a feminist insight, albeit one that did not receive much emphasis in the writing of women's history until the middle 1970s, and is still contested.[124] Like Gerda Lerner after her, Drinker saw the implications of the politics of the *longue durée*: if patriarchal culture as we know it is a historical construct, it can be changed. Also like Lerner, she focused attention on the representations of female power and authority inherent in the goddess traditions, and on their implications for what the gender systems in those cultures must have been.[125]

For Drinker, this chapter of the story had a heightened meaning. In keeping with familiar cultural tropes of her own era, and with significant aspects of her own life experience, she assumed a direct and powerful link between spirituality and music. As a human activity, she argued, music is "designed to do something,"[126] and that "something" is fundamentally expressive of the inner life. Goddess traditions, then, provided for her a window into cultural situations where women's religious expression by definition must have given rise to women's musical expression.[127]

Among the problematics of *Music and Women* are two especially interesting contradictions. For one thing, Drinker's feminist philosophy was entirely based on an idea of the "natural" woman, and this essentialist commitment warred against her evident understanding of the role of culture in shaping women's behavior and desires. Ignoring this insight of her own, she took for granted, as did many feminist writers of her generation, that women's childbearing capacity must result in a special concern for children, families, and nurturant values, and that this special concern must be a universal and cross-cultural trait of women. Building on this assumption, Drinker took the "eternal feminine" to imply that the experi-

ence of motherhood must, as a central life experience, be the primary
focus of women's music-making. She understood this to be an iconoclastic
point of view in scholarship, as it surely was among music historians; in a
1949 letter to Marjorie Greenbie, she remarked with frustration that
"*everybody* is unaware of the spiritual implications of childbirth."[128] The
original advertising flier for *Music and Women*, distributed by Coward-
McCann, proclaimed that its author, a wife and mother of five, wrote "out
of the fullness of a normal woman's experience";[129] the claim provided a
protective shield for the publisher, of course, during a period of largely
quiescent feminism, but it also represented quite accurately Sophie
Drinker's own thinking about her book.

This stance, it must be said, gave Drinker a good critical purchase on
certain particularly outrageous impersonations in music history—the *castrati* of Italian opera who sang women's roles, the priests in long skirts who
recited Mary's words in various liturgical situations—but at the same time
it prompted her to regard performing courtesans and even nuns with a
kindred skepticism. From time to time it ensnared her in the course of
her own narrative, as in her somewhat peevish attempt to come to terms
with Sappho's reputation:

> There appears to have been much affection and pretty displays of
> endearments among these girls and between them and their slight
> dark-haired leader and teacher, Sappho. These ways, which are nat-
> ural enough in any group of girls, later received an unpleasant inter-
> pretation among the fourth-century male intelligentsia of Athens,
> who were openly carrying male homosexuality to a high degree of
> refined exhibitionism and celebrating it even in works as dignified as
> the dialogues of Plato. Most modern scholars believe the so-called
> "Lesbianism" of Sappho and her girls to be only the gossip over
> wine cups in Athens . . .[130]

She comes to the gingerly conclusion that "the actual records of Sappho
seem to indicate a normal woman's life." It is important to understand,
however, that Drinker does not merely wish to "exonerate" Sappho
because she admires her poetry; rather, she is forced to this conclusion
because the philosophical commitment to women's music as a necessary
outcome of their special physical and spiritual relation to the life force—
which, for her, surely entailed heterosexuality—is the underpinning for
her book as a whole. The contradiction between this assumption and her
own understanding that women would do whatever their culture and
environment encouraged seems never to have troubled her.

The second paradox at the center of Drinker's work is a certain contestation of values between the European musical canon, to which she was deeply attached, and the forms of collective music-making that she studied in prehistoric and traditional societies and appears to preach for everyone. Utterly devoted to the great musical masterworks, Drinker inclined toward the sentimental post-Victorian belief that if everyone were given the chance to learn to love Brahms, many of the world's social ills would be ameliorated. It was a source of pain to her that these works were, as far as she knew, all composed by men; but it would never have occurred to her to give them up and replace them with the communal folk-culture artifacts she wrote about in her book.

> It should be understood without laboring the point that women musicians of primitive and peasant societies are not to be compared to Bach, Beethoven, Brahms, and other musical giants of our civilization. These belong to an entirely different cultural level and cultural ideal. Primitive men are not creating harmony and counterpoint any more than are the women. But the music that women do create is of a quality and type entirely satisfactory to them and to their men, and is the highest that their culture knows. It requires for its composition, moreover, the same germ of emotional and artistic potency—the same capacity for symbolic thinking—that is required for the development of musical imagination at any time.[131]

No aesthetic democrat, Sophie Drinker settled the "canon war" in her own mind by setting up as her criterion the participation of women in music-making at a level equal to that found among men in the same social and cultural group.

As art historian Griselda Pollock has explained, "to discover the history of women and art at all means accounting for the way art history is written,"[132] and thus necessarily entails raising impolite and political questions. Though Sophie Drinker doubtless did not think of her book as challenging current historiographic method, *Music and Women* as a historical document inevitably transgressed in an era in which now-common questions about gender and history were scarcely intelligible. Jacques Barzun's hostile question—"What has all this to do with the history of art?"—is in many respects a perfect echo of J. H. Hexter's 1946 review of Mary Beard's *Woman as Force in History*, in which he comments disingenuously that historians, searching as they do for "changes in the framework [of history] itself, . . . have been forced by fact, not by prejudice, to

talk mainly of the work of men."[133] Barzun's "art" and Hexter's "framework
of history" identify just the kinds of abstractions that represent tacit
methodological commitments, the mystified objects of study that had
made women invisible in history in the first place. Together, the two
responses paint a dismal picture of the inhospitable environment into
which these pioneers of women's history launched their works.

The decades during which Sophie Drinker was doing research for *Music
and Women* were fairly complacent ones for the American patriarchy, a
time during which feminism was generally thought to be a thing of the
past, since suffrage had been achieved. The pace of social and economic
upheaval, however, continued to produce a troubled discourse about
women's natural capacities and appropriate roles. Characteristic is a special issue of the *Annals of the American Academy of Political and Social
Science* devoted to "Women's Opportunities and Responsibilities"; the
volume covered the political spectrum with representative contributions
ranging from an essay by Katharine Elizabeth McBride, president of Bryn
Mawr College, on the need for serious education for women, to one by
Margaret Perry Bruton arguing that it should be "frankly recognized that
the majority of women find their greatest happiness in the successful fulfillment of their role as wife and mother."[134]

The era has typically been interpreted as one of energetic misogynist
backlash. After all, 1944 saw the publication of Helene Deutsch's study
of women's psychology, which defined the "essential traits of femininity"
as "narcissism, passivity, and masochism."[135] In 1947 a worse blow fell:
Modern Woman: The Lost Sex, based on the clinical work of Marynia
Farnham, defined as deeply neurotic and even dangerous to the race any
woman who had too few children or—worse still—was childless, anyone
who worked professionally in a field not associated with nurturance and
child care, and indeed any woman who challenged the status quo in any
manner whatsoever. (Farnham and her coauthor Ferdinand Lundberg
argued that "spinsters" should be barred by law from teaching children,
on grounds of ipso facto emotional incompetence.)[136] Recent work
reminds us, however, that although domestic and family-values rhetoric
was strong during the period, Lundberg and Farnham's book nonetheless occupied a position at the far-right edge of public discourse on the
topic,[137] and indeed, during the period itself the most interesting and
thoughtful books were those that sought to interpret the wildly compet-
ing arguments and understand the source of the furor itself. Viola Klein
and Mirra Komarovsky are typical exemplars of such complex and careful

arguments, and their work may stand as evidence of the centrality of the "woman question" as such during the postwar years.[138]

In this atmosphere of ferment, the writing of women's history continued its more or less subterranean development, producing, as Joan Hoff-Wilson tells us,

First a compensatory or remedial stage around the turn of the century, then a preconscious feminist stage following the second World War, and finally a conscious feminist stage beginning in the late 1960s.[139]

Though little systematic women's history was written during this time, the era saw the creation of a kind of ideological continuum along which such works would range themselves as they appeared. At one end we might locate the work of Mary Ritter Beard, who argued that women had always been present as a "force in history," and that the notion of their domination or silencing by men was a mistake perpetrated by misguided feminists; at the other end was, famously, Simone de Beauvoir's *The Second Sex*, which appeared in 1949 and argued that women had always been the victims of male oppression and had, essentially, accomplished nothing.[140]

The general press, however, did not distinguish very effectively between these positions. It is clear that during the 1930s and 40s "feminism" was a sin that anyone could be accused of who wrote about women, regardless of her actual argument. The prevailing understanding of the term was more or less in accord with Beard's interpretation: a philosophy that denied any significant differences between women and men, whose political goal was an absolute equality rooted in that denial. The term could thus carry a negative and slightly mad connotation even for moderate commentators with considerable interest in advancing women's causes. Viola Klein, for instance, comments that "the claim for differential treatment of women in industry has been recognized by everyone except the doctrinaire feminists . . . ," and Esther Harding complains that the feminist *over*-values men in seeking to emulate them:

She no longer has any standpoint for criticism of him, because she has sold her birthright, her feminine inheritance, her uniqueness, by cancelling the difference arising from the fact that she is female.[141]

The accusatory tone of such arguments carries over into several of the reviews of *Music and Women*, despite the evident fact that Sophie Drinker's purpose is far from any such "cancelling of difference." Jacques Barzun accuses her of waging a "sex war," and James Lyons regrets that she "sets down her story in a tone so reminiscent of latter-day suffragette tracts." The blunt hostility and total lack of nuance are redolent of Lundberg and Farnham's astonishing list of social movements organized on principles of "hatred, hostility, and violence: socialism and Communism, anarchism, nihilism, anarcho-syndicalism, feminism, anti-Semitism and general pseudo-biological racism."[142] These commentators seem to be more concerned about the assertion of difference than about its denial, but in either event are responding to the suggestion that men—or the patriarchal organization of society in general—might in some way be at fault. In Sophie Drinker's case, her repeated assertion that what she called the "patriarchal culture pattern" disempowered and dispossessed women embodied just this kind of threat; despite its naiveté it might well, I would argue, be seen as something more than a preconscious feminism. How could a woman of Drinker's background and experience arrive at an analysis capable of so outraging patriarchal sensibilities?

While many of the ideas in *Music and Women* can doubtless trace their origin to the Drinker family's musical activities, the question how Sophie Drinker came by her alternative musicology in its fullest extent will probably never be answered entirely. Surely her lack of higher education was part of it; in her research she combines material from an amalgam of what would ordinarily—especially in her day—be considered separate disciplines: classics, anthropology, archaeology, mythology and folklore, and music history. Because she never went through a standard doctoral program, she never learned to recognize the boundaries between fields and never absorbed the methods by which "normal scholarship" in the field of musicology was carried on.

The sources of her feminism are equally mysterious. How was such a woman able to construct an understanding of the world so far removed from anything in her own immediate environment or experience? In a remarkable eighteen-page diary entry in January 1927, Drinker makes a list of "the sort of things expected of a married woman of our set living in the environs of a large city." There is a kind of edginess to it, as she insistently notes areas where she and Harry depart from the norm—they didn't drink, didn't go to church, didn't accept invitations to parties—but complains that there still is not enough time to do the things that are really important. While Harry seemed to strike a satisfactory balance by limiting himself stringently to a few activities, notably the law, music, and strenuous outdoor recreation, Sophie found that the tasks demanded by wifehood and motherhood (despite five live-in servants) made no such solution available to her; when her sister-in-law, a professional woman, asked her what she did to "express herself," she had no answer. At this point in her life, however—just approaching the age of forty—she saw no equity questions, no causes or solutions in social structures; instead, she resorted to a familiar upper-class complaint about the quality of available household help.[143] It was the amateur research activity she later undertook that eventually provided her with a more satisfactory analysis.

By virtue of her class status and wealth, Drinker was isolated from many of the modernizing currents around her. In an era when household help was disappearing from most homes—and live-in servants almost unknown—she was an anomaly: neither a professional woman nor fully a "housewife" in the new, psychologically- and emotionally-charged sense, she missed the gradual acculturation to new mores that would have come, for instance, from doing the family shopping.[144]

The most widely-told family story about Sophie Drinker is that her hysterectomy in 1931, at the age of forty-three, "started her brain working."[145] On the face of it, this assertion is positively ironic for one whose intellectual work is founded on the biological essence of women as bearers of children. Yet I believe that her experience—her faith in the efficacy of this surgery—can be explained by the fact that Drinker had always been mildly unwell as a young woman. Behind the times in this area as in so many others, she seems to have suffered from an array of classic Victorian neurasthenic ailments, perhaps associated in her mind with the rigid gender doctrines she had been imbued with as a girl. Somehow the hysterectomy released her from the destiny of her own anatomy.[146]

In any event, consciousness gradually came to her, and her identity as a feminist gradually solidified. Commenting, near the end of her life, on the changes in outlook she had undergone, she seems a little puzzled herself:

> I had never been a feminist nor had anyone in my family tutored me in this train of thought. I took no part in the struggle for women suffrage. In fact, I was hardly aware that it was going on. At that point, I was absorbed in childbearing, in the management of household affairs, and in my husband's companionship. But the time came when some sleeping part of me awoke and had to be heeded.[147]

She attributed the change, and indeed the restlessness of all women against patriarchy, to a "divine discontent."[148]

Despite the unlikeliness—even the impossibility—of "explaining" Drinker's achievement, some important influences on her can be identified. We know from diary entries, for instance, that in 1934 she read *The Way of All Women: A Psychological Interpretation* by M. Esther Harding, a Jungian analyst, and it seems to have made a considerable impression just when Drinker was beginning to think seriously about gender issues.[149] Harding made much of the opposition of essentially masculine and feminine types, and stressed that women could only "come to consciousness" by understanding and developing their own true nature. She outlines a program much like that put forth in *Music and Women*:

> The anima-woman must find her supra-personal value not through an intellectually accepted ideal, but through a deeper experience of her own nature, which leads her into relation to the woman's spirituality, the feminine principle itself.[150]

But Harding was no Marynia Farnham; she made clear her belief that human beings are not contained within two oppositional categories, but exist psychologically and spiritually along a continuum, each with a unique blend of gender-type characteristics. Women also need, she emphasized, to bring to awareness their own masculine qualities.

Later on, after her research was under way, Drinker's voluminous though scattered correspondence suggests that she became part of a small circle of women who had interests like her own, most of whom were themselves writers at work on related projects. Drinker's daughter Ernesta Ballard tells me that while her mother spent no time socializing and had few "friends" in the ordinary sense, she made extensive intellectual connections and "wrote to everybody."[151] Ballard describes her frequent experience of coming home to find her mother deep in conversation with one of the many women who came to call as the result of such correspondence, to share information and compare notes on ongoing work.

Correspondence circulated among a group including Mary Beard, Marjorie Greenbie (the writer who was hired, at Beard's suggestion, to help Drinker prepare the manuscript of *Music and Women*), Marjorie White (the executive secretary of the ill-fated World Center for Women's Archives), and Margaret Grierson (archivist at Smith College and director of the newly-established Sophia Smith Collection). Another mysterious figure, Mary Milbank Brown, seems to have been a sometime correspondent and was frequently the topic of conversation herself. Apparently a classicist or archaeologist, she did some research and translating for Drinker, but she was discussed among the women as the author of voluminous writings expounding a conspiracy to destroy the world's women, with Albert Einstein at its center.[152] Though there was much dismay about aspects of her thought, which included a "raging anti-Semitism" according to Beard, and which Drinker at one point described as the product of an "unhealthy mind,"[153] the women were impressed by Brown's erudition and its apparent confirmation of their shared assumption that matriarchal cultures of considerable accomplishment had preceded the ascendancy of patriarchy.

Primarily, of course, these women were interested in spreading the word about women's accomplishments in various areas of history. A group of them, however, gradually developed a particular interest in prehistory—that is, in the search for the prepatriarchal moment: whether it existed, what such a culture might have been like in contradistinction to the societies they were familiar with, why it was lost. They discussed Robert Briffault, whose 1927 book *The Mothers: A Study of the Origins of Sentiments and Institutions* was influential on both Beard and Drinker,[154] and there was also intense interest in Bachofen's *Das Mutterrecht* (1897)—at one point Drinker apparently considered making a translation of the book, in collaboration with a German friend, but nothing came of the plan.[155] They also discussed current books concerning women, including the infamous Lundberg and Farnham sermon, de Beauvoir's *The Second Sex*, Mirra Komarovsky's work, and Philip Wylie's misogynist tract, *Generation of Vipers*.

Sophie Drinker's most significant connection among this group was surely Mary Ritter Beard, whose books provide one of the very few sustained investigations into women's history during the 1930s and 40s. Drinker and Beard knew each other fairly well—they corresponded on a first-name basis and evidently visited occasionally, often accompanied by husbands, at each other's homes—but I have not been able to determine when or under what circumstances they first met. Beard offered encouragement and advice on Drinker's book project, and may have written to some editors on her behalf. The two were associated in the effort to found the World Center for Women's Archives, and worked together later— along with several others—as that abortive project was gradually transformed into efforts on behalf of the establishment of the Schlesinger Library at Radcliffe and the Sophia Smith Collection at Smith.[156] Beard also included Drinker in her effort to have articles on women included in the 1946 edition of the *Encyclopædia Britannica*.[157]

Despite their relationship during the 1940s, however, the closest analogy to Drinker's book among Mary Beard's writings is her 1931 volume,

On Understanding Women, from a period before there is any documented connection between them.[158] I have no particular evidence that Drinker knew it and used it consciously as a model for *Music and Women,* but the two books are alike in that both take a global view of their subjects and write a sort of history closely akin to cultural anthropology.[159] The intellectual politics of the two women had much in common, despite the important difference that Sophie Drinker considered herself a feminist while Mary Beard rejected that term. They shared a certain essentialism, a belief that all women of the world had inclinations and interests in common and a particular responsibility as well as an affinity for life-giving and life-sustaining activities. They shared the belief that women, when studied over "long history," could be shown to have contributed greatly to the development of culture, and that male historians had distorted and minimized this history, but they disagreed about the degree of autonomy and success women had had in these endeavors; Drinker wrote in her memoir, "Mary Beard had a theory that women had always done everything. She would not believe that our ideals and customs stood in women's way as composers of music."[160] That is, although Drinker, like Beard, wished to celebrate what women had accomplished, she primarily wished to investigate and expose the oppressive effects of what she came to call "the patriarchal culture pattern." Mary Beard, in her turn, confided in a letter to Margaret Grierson that she feared Drinker's project was on the verge of "ultrafeminism"; in Beard's vocabulary, a code word for belief in women's oppression.[161]

Drinker created for herself another sort of community of women, as well. *Music and Women* reveals in its bibliographies a far higher proportion of women authors than is typical for a scholarly book in the area of music at the time—indeed, few would have suspected the existence of so many published women. The notebooks reveal even more, in their inclusion of sources that went uncited in the final product and of authorities to whom Drinker wrote for advice and information. Apparently this was at least a partially deliberate strategy on her part, for she assumed that women's testimony on the questions that interested her would be more reliable than men's.[162]

However it came about, we see Drinker cite in her book anthropologists like Frances Herskovits and Marjorie Kennedy-Fraser, historians including Lina Eckenstein and Alice Kemp-Welch, and musicologists Yvonne Rokseth and Marie Bobillier (who used the male pseudonym Michel Brenet), among others. She obtained from Germany a copy of a dissertation on the history of women's choral singing by musicologist Kathi Meyer, who later moved to the United States and became a close friend of Drinker. Drinker relied on the scholarly authority of numerous women for the interpretation of obscure information, including Ruth Benedict, ethnomusicologist Frances Densmore, and sociologist Katherine Swan, with whom she conducted correspondence in the course of her research.[163]

How do women's history and music history interact in Drinker's work? If you are personally involved with the arts, writing a "herstory" of women's production is an inescapably poignant process. Sophie Drinker would not have sympathized with, perhaps would not even have understood, today's commonplaces about questioning the canon. The negative aspect of her commitment to music, then, was a certain emotional ambivalence. In addition, given the historical evidence then available to her, she could not have produced an affirmative account of women's contributions like Mary Beard's even had she been so inclined.

The positive aspect, however, was more far-reaching in her work. In the effort to find a way to study music history that would turn up customarily suppressed information, Drinker focused her attention on the need to understand creativity and the universal human urge to artistic expression; this commitment in turn led her to a very basic reorientation of thought from any book on the subject that had heretofore been written. She came to understand women's muted artistic voices as reflections of their intellectual and spiritual deprivation in patriarchal culture.

Except for a handful of brief pieces for *Music Clubs Magazine* written during the 1930s, Drinker's publishing career began with *Music and Women* when she was sixty years old. Once having tasted success, she continued to write for the remaining nineteen years of her life, turning to subjects beyond music, in particular to the experiences and the legal situation of women in the colonial United States. By the end of her life she had achieved some very important intellectual milestones: she had formulated an overarching theory of patriarchy and espoused an explicit and public feminism.[164]

This theory is evident in one of her last pieces of writing, a 1963 review of three new books on women, one of them Betty Friedan's *The Feminine Mystique*.[165] She applauds all three as being "unanimous in condemning the patriarchal culture pattern as a satisfactory mode of life to-day," and articulates several aspects of that pattern which are inimical to women's development: the habit of speaking of men and women as "opposites" rather than as individuals with a variety of different traits and talents; the failure of patriarchal society to provide support structures for women's particular needs; and its refusal to encourage or even enable women to develop their talents and brains to the fullest degree.

During her last years Drinker wrote several articles about patriarchal culture with pointedly provocative titles, such as "How Language Terms Reinforce Patriarchally-Inspired Images of Womanhood," or "Patriarchal Values in Women's Education."[166] Her feminist research had gradually become the focal point of her life; her daughter Ernesta described to me the determination with which her mother, dying of cancer during the summer of 1967, refused to be separated from the cardboard box that contained her latest project, a history of colonial laws concerning women.

. . . the sicker she got, [as] she would be moved from the bed to the sofa, she'd always say, "move the box." The box had to be right where she could see it, all the time.[167]

Sophie Drinker had learned the lesson with which, in the talk quoted earlier, she challenged her no doubt startled audience of Philadelphia women in 1960: "Do you believe that you must adjust to the patriarchal culture pattern? If you do, you might as well shut up shop and go home."[168]

NOTES

I wish to express my particular gratitude to Sophie Drinker's daughters, Cecilia Drinker Saltonstall and Ernesta Drinker Ballard, for their gracious assistance with my work concerning their mother. They and their husbands offered me warm hospitality and wonderful conversation, freely sharing photographs, home movies, manuscripts, and family reminiscences. I would also like to thank Susan Grigg and the staff at the Sophia Smith Collection (Smith College) and Eva Moseley of the Schlesinger Library (Radcliffe College) for their assistance in working with Sophie Drinker's papers.

Many colleagues have offered help in numerous ways, principally by their generous gifts of time and criticism; among them I wish particularly to thank Joyce Avrech Berkman, Philip Bohlman, Philip Gossett, Helen Lefkowitz Horowitz, Lawrence W. Levine, Ralph P. Locke, Judith Tick, Leo Treitler, and Elizabeth Wood.

1. Sophie Hutchinson Drinker (SHD), unpublished memoir, untitled typescript, 195. I am most grateful to Dr. Henry Drinker of Northampton, Massachusetts, for obtaining a copy of this memoir for me, and to members of the family for permitting me to quote from it. A copy is also available in the Sophie Hutchinson Drinker Papers, carton 1, addendum 84-M182. Schlesinger Library, Radcliffe College, Cambridge, Massachusetts.

2. Memoir, 26.

3. Catherine Drinker Bowen, *Family Portrait* (Boston: Little, Brown, 1979), 62.

4. Memoir, 29.

5. Memoir, 35. Her daughter Cecilia Saltonstall believes that Sophie's parents refused to allow her to attend college (interview by author, 16 October 1990, 7); transcripts of this interview and of one with Ernesta Drinker Ballard are in the Sophia Smith Collection, Smith College, Northampton, Massachusetts.

6. SHD, diary entry for 23 January 1927 (all of Drinker's diaries are unpaged). The diaries are in the Sophie Hutchinson Drinker Papers, carton 1, addendum 84-M96, folders 3–6 Schlesinger Library, Radcliffe College. Quoted by permission.

7. Memoir, 36.

8. Sophie and Harry's children grew up under the considerable pressure of belonging to two prominent families. Their daughter Ernesta Ballard wryly explained to me that the Drinkers were important because they were achievers, and the Hutchinsons because of their blue blood (personal interview by the author, 6 December 1990, 5).

9. See Bowen, *Family Portrait*, chapter 4. On the association of music with the feminine, see Judith Tick, "Charles Ives and Gender Ideology," in Ruth A. Solie, ed., *Musicology and Difference: Gender and Sexuality in Music Scholarship* (Berkeley: University of California Press, 1993), 83–106, and the extensive bibliography provided there. That Harry Drinker's father was concerned, for just this reason, about his absorption in music is revealed in Bowen, *Family Portrait*, 60–61.

10. "The Strenuous Life," speech before the Hamilton Club, Chicago, 10 April 1899; available in many collections of Roosevelt's speeches. In 1899 Harry Drinker was a senior at Haverford College and a football star. In this period "a rage for competitive athletics and for out-of-doors activities of all kinds was sweeping the campuses of the nation" (John Higham, "The Reorientation of American Culture in the 1890s," in John Weiss, ed., *The Origins of Modern Consciousness* [Detroit: Wayne State University Press, 1965], 26). Similarly, Tom Lutz suggests that, in contrast to the rest cures prescribed for "nervous" women of the period, American men were "sent to the Dakotas for rough-riding exercise cures" (see his *American Nervousness, 1903: An Anecdotal History* [Ithaca and London: Cornell University Press, 1991], 32).

11. SHD, diary entry, late March 1923. These records also offer tantalizing glimpses of the endless curiosities of cultural self-improvement presented to (mostly) women of Drinker's class in this period: she attended, among countless other offerings, a lecture on jazz by Olga Samaroff (26 January 1930) and "an exhibition of dancing & singing as it is supposed to have been done in Aeschylus' time" given by "an American lady . . with bare feet" (15 April 1928). On Salome, see Lawrence Kramer, "Culture and Musical Hermeneutics: The Salome Complex," *Cambridge Opera Journal* 2 (1990): 269–94.

12. The partbooks are now in the Sophia Smith Collection, Smith College. They

are the basis of SHD's 1952 book, *Brahms and His Women's Choruses*, privately published.

13. HSD to Sydney Greenbie, 8 May 1947. Sydney and Marjorie Greenbie Collection, Special Collections, Knight Library, University of Oregon. I am grateful to the Knight Library staff for their assistance in finding materials for me, and to J. Fraser Cocks III, curator, for permission to quote from them and from the papers of Jane Grant. Of Harry's service on the Juilliard Board, from 1941 to 1961, Sophie writes, "his chief contribution there was, as elsewhere, interest in broadening the base of musical experience and culture by treating the non-professional music lover seriously. He retired when the policy of the Directors changed and when the Juilliard School gave up their department for training amateurs" (Memoir, 147).

14. See Nancy B. Reich, "Women as Musicians: A Question of Class," in *Musicology and Difference*, 125–46.

15. Diary, 16 June 1933.

16. *Music and Women*, 244.

17. Memoir, 111.

18. The singing parties are described in SHD's memoir, pp. 111–116; Bowen, chapter 11; HSD, "Singing Together for Musical Experience," *Music & Letters* 14 (1933): 364–368; and Nora Waln, "The Sunday after Korea," *The Atlantic Monthly* 187 (May 1951): 23–26. After 1960, when they ended, the Drinkers also privately published a list of those who had participated over the years, with the repertory they performed, entitled *Accademia dei Dilettanti di Musica, 1930–1960*.

19. Memoir, 152.

20. Diary, 16 June 1933.

21. SHD to Marjorie Greenbie, 12 September [1946], Greenbie Collection, University of Oregon.

22. Bowen, *Family Portrait*, 58–59.

23. The Drinkers used these books regularly in family singing (Ballard interview by author, 4).

24. Thomas Whitney Surette, *Music and Life: A Study of the Relations between Ourselves and Music* (Boston and New York: Houghton, Mifflin, 1917), 107, 103, and xii; emphasis in original.

25. HSD, "Amateurs and Music," address delivered at the North Central Music Educators Conference, Indianapolis, 19 March 1935, 11.

26. Judith Tick, "Charles Ives and Gender Ideology," 102.

27. Waln, "The Sunday after Korea."

28. Bowen, *Family Portrait*, 201.

29. When I asked Ernesta Ballard if regular participants could bring friends or houseguests along with them, she replied that "nobody ever did that more than once" (Ballard interview, 7).

30. Memoir, 113–14. HSD describes the ground rules similarly in "Singing Together for Musical Experience." Note that if Sophie's phrase "close har-

mony" refers to barbershop-style singing by the "impromptu male quartets," this prohibition supports the suspicion that vernacular musics were not thought by the Drinkers to advance their campaign of uplift. It points as well to their willingness to substitute their taste for the presumably unenlightened preferences of their guests.

31. HSD, "Singing Together," 365.

32. Memoir, 14; emphasis in original. Cecilia Saltonstall intended to pursue a career in performance at the Juilliard School or the Curtis Institute, but was strenuously discouraged by her parents (Saltonstall interview by author, 3, 8).

33. On the preoccupation with democracy, see for instance Burton W. Peretti, "Democratic Leitmotivs in the American Reception of Wagner," *19th-Century Music* 13 (1989): 28–38. With regard to American cultural jingoism, Lawrence Levine quotes a 1902 newspaper review commenting favorably on John Philip Sousa's band because "the average man can pronounce the names of the members of the organization" (Lawrence W. Levine, *Highbrow/Lowbrow: The Emergence of Cultural Hierarchy in America* [Cambridge, Mass.: Harvard University Press, 1988], 238). T. J. Jackson Lears has written about the intense ambivalence arising from, among other causes, problematic gender identities around 1900: "the loss of equipoise made selfhood seem more diffuse and problematic than ever before" (*No Place of Grace: Antimodernism and the Transformation of American Culture, 1880–1920* [New York: Pantheon, 1981], 222). It is striking that throughout her memoir, correspondence, and diaries, Sophie Drinker repeatedly uses the word "poise"—not in the beauty-pageant sense familiar now, but to describe a kind of mental and spiritual equilibrium she found difficult to maintain when tired or to reestablish after some upheaval in the family. She found it, later in life, in her intellectual work.

34. Memoir, 116.

35. Levine, *Highbrow/Lowbrow*. Of course, the conflation of art with the sacred so characteristic of romanticism and its offshoots has been long recognized and extensively studied, but Levine's particular focus on shifts in American culture, and his explication of the sacralization phenomenon in association with changing class relations, make his a particularly useful model for my purposes.

36. Harry and Sophie neither went to the movies nor owned a radio; they heard no popular music or jazz, nor did they attend Broadway musicals. Though they both read exhaustively, Ernesta Ballard reported to me that they had no interest in novels (Ballard interview, 9).

37. Levine, *Highbrow/Lowbrow*, 213.

38. Levine, *Highbrow/Lowbrow*, 146.

39. Joseph A. Mussulman, *Music in the Cultured Generation: A Social History of Music in America, 1870–1900* (Evanston: Northwestern University Press, 1971).

40. In any event, Levine points out that twentieth-century Americans have

never understood this aspect of their cultural past (*Highbrow/Lowbrow*, 241).

41. Lears, *No Place of Grace*, 53.

42. Diary, 11 May 1931.

43. Sixteen bound (unpaged) notebooks containing Drinker's research notes for *Music and Women* are in the Sophia Smith Collection, Smith College. The same notes, organized somewhat differently and bound in eighteen volumes, are housed in the Special Collections of the Van Pelt Library, University of Pennsylvania. The notes are in typescript, and both sets appear to be carbons although they also contain inserted newspaper clippings, programs, correspondence, and so forth. The Pennsylvania set are especially full of original documents, including a letter from the Boston composer Amy Beach written just before her death. It is known that Drinker prepared these notebooks especially for deposit at Smith College and that she employed a secretary at this time.

44. Letter quoted in full in the memoir, 46–47. Sophie's diaries occasionally mention the conductor Stokowski's controversial reception in Philadelphia, but I have not seen any indication of the Drinkers' own opinions of him.

45. *Music and Women*, 3–4.

46. *Music and Women*, 297, 289–93. Music therapy came into extensive use during World War I for the treatment of wounded veterans. Illustration 63 in *Music and Women* (a volunteer "Grey Lady" singing and playing the autoharp in a hospital room) is characteristic of this practice.

47. Levine, *Highbrow/Lowbrow*, 211.

48. Levine, *Highbrow/Lowbrow*, 189.

49. Mary Ritter Beard to Margaret Storrs Grierson, 6 March 1944. Mary Beard Papers, Sophia Smith Collection, Smith College; quoted by permission. In fact, notes scattered throughout Drinker's notebooks indicate the same uncertainty about who should be offered payment that marked the family's earlier interactions with performers. There is no doubt, however, that Sophie Drinker's financial situation was crucial in enabling her to work as an amateur on *Music and Women*. In a later letter, Mary Beard identified one of those "other assets" of Sophie's that were perhaps unavailable to herself and her husband Charles in their own publications: "She will have 64 illustrations too! This feature is made possible by her husband's aid and comfort —so costly you know" (MRB to MSG, 25 July 1947).

50. As a member of the board of The Sheltering Arms, a home for unwed mothers, Sophie had hired from her own pocket a choral conductor for the "girls," who, however, did not appreciate the favor (diary, undated entry sometime in August 1926). This conviction had also informed all of Harry's work with the various institutions he proselytized on behalf of music; in a 1942 statement of his hopes for the music curriculum at Haverford, he urged the college to hire "a musical ball of fire who believes, with unquenchable faith both in the power of great music to influence conduct and in the certainty that if only it be given to college boys and girls with discrimination and conviction, they will prefer it to any other kind" (Memoir, 134).

51. Memoir, 179.

52. A more thorough discussion of Harry Drinker's intentions in making these translations appears in Samuel R. Rosenbaum, "Henry S. Drinker: An Amateur of Music," a talk given on the occasion of HSD's receiving the 1958 Annual Tripos Award of the American Concert Choir and Choral Foundation (published as a Supplement to the Bulletin of the Foundation, "as a tribute from a small group of friends"). Many thanks to Ralph Locke for bringing this talk to my attention.

53. Levine remarks that "sacralization increased the distance between amateur and professional. The blurring of that distinction had been one of the characteristics of music in America for much of the nineteenth century. But by the end of the century the gap had widened." Levine, *Highbrow/Lowbrow*, 139.

54. Memoir, 117.

55. To be fair, Drinker at no point abandons her critique of the "patriarchal culture pattern" in which it is formidably difficult for women to obtain the training they need to become composers. But it is also true that she never subjects the composers of the great tradition to the scornful dismissal she otherwise reserved for men who usurp women's cultural roles.

56. In a similar way, Drinker's strong and outspoken feminism seems not to have found its way into family life. Both of her daughters remember being "sick and tired" of hearing "women, women, women" from their mother, and yet both make clear that the most conventional of gender systems prevailed in their upbringing and in expressed expectations for their future lives.

57. Untitled manuscript in the Sophie Hutchinson Drinker Papers, carton 1, addendum 84-M96, folder 29, Schlesinger Library, Radcliffe College: page 15, quoted by permission.

58. See for example Jeannie G. Pool, "The Legacy of Sophie Drinker," *Paid My Dues: Journal of Women & Music* 3 (1979): 28–29, 40–41.

59. The Drinkers evidenced many of the characteristics Lears has enumerated in *No Place of Grace* as associated with antimodernism; indeed, it can be argued that Sophie in young adulthood exhibited them more markedly than Harry did—a certain *ennui* about daily life and worries about the authenticity of the tasks it demanded, a tendency toward vaguely neurasthenic ailments, and the incessant search for meaningful spiritual roots. Lears makes no provision for gendered differences in his account, but considering the starkly different forms that life and work took for men and for women during the period in question, it seems to me a possibility that might be studied with profit. On neurasthenia, see Tom Lutz, *American Nervousness, 1903*.

60. During the years Drinker was working on *Music and Women*, a number of women composers were conducting active careers in the United States: Amy Beach, Marion Bauer, Ruth Crawford Seeger, Rebecca Clarke, Florence Price, and many more. Indeed, pieces by Edith Braun, Katherine Danforth Fisher, Mary Howe, and Marina Wister are listed in the repertory of works performed at the Drinkers' singing parties (HSD and SHD, *Accademia dei dilettanti*, 10–14).

61. This holds true even for the two negative reviewers, James Lyons for the

New York Times Book Review (4 July 1948, 6) and Jacques Barzun for the *Herald Tribune Weekly Book Review* (22 February 1948, 4).

62. Ernst Breisach observes that this professionalization was signaled by the discipline's espousal of Leopold von Ranke's principles; the "divorce" of professional from amateur history writing also meant, then, the eclipse of old-fashioned narrative history and of "history with a direct public purpose"; see his *Historiography: Ancient, Medieval, and Modern* (Chicago: University of Chicago Press, 1983), 287–88. While the amateur history-writing tradition was unlikely to address the grand themes Drinker takes on here, it did tend to concern itself, as she does, with the common life of people; the amateur tradition is discussed in Whitfield Bell, Jr., "The Amateur Historian," *New York History* 53 (1972): 265–81, and Theodore C. Blegen, *Grass Roots History* (Minneapolis: University of Minnesota Press, 1947).

63. Among her own immediate family there is little evidence of any history-writing proclivity; perhaps she absorbed it from the Drinkers, nearly all of whom wrote history in one form or another—or, in the case of their aunt, Cecilia Beaux, painted it in portraits.

64. Charles Seeger, "Music and Musicology in the New World 1946," in *Studies in Musicology: 1935–1975* (Berkeley: University of California Press, 1977), 216.

65. Curt Sachs, "The Music Historian," *Music Educators' Journal* 31:6 (May–June 1945), 78. This meddlesome "girl" is, of course, the only female referred to in Sachs's talk; the "music historian" is described as "he." One wonders, too, what sort of "girl" is engaged in preparing a newspaper article.

66. Sophie Drinker to Jacques Barzun, 27 February 1948, copy in Sophie Drinker Papers, addendum, box 1, folder 85-M53, Schlesinger Library, Radcliffe College. Quoted by permission.

67. Barzun is not strictly speaking a musicologist, but he has functioned as one and shares most of the presuppositions of the discipline. For a sense of the intellectual environment at the time Drinker's book appeared, in the disciplines that most closely concern us here, consider the following contemporaneous books. In general history we have R.G. Collingwood, *The Idea of History* (1946), Theodore Blegen, *Grass Roots History* (1947), Morton White, *Social Thought in America: The Revolt against Formalism* (1947), and Karl Jaspers, *The Origin and Goal of History* (1949). In anthropology and ethnomusicology Melville Herskovits's *Man and His Works: The Science of Cultural Anthropology* and Curt Sachs's *Our Musical Heritage: A Short History of World Music* were exact contemporaries (1948). In historical musicology, 1947 saw the publication of Alfred Einstein's *Music in the Romantic Era*, Manfred Bukofzer's *Music in the Baroque Era*, and Karl Geiringer's *Brahms*; Ernst Toch's *The Shaping Forces in Music* and Eric Walter White's *Stravinsky* appeared in 1948 and Einstein's *The Italian Madrigal* in 1949.

68. See Richard Hofstadter, *The Progressive Historians: Turner, Beard, Parrington* (New York: Alfred A. Knopf, 1968).

69. It should be borne in mind that in this period historical musicology and eth-

nomusicology were still in the process of formation as separate disciplines, gradually dividing between them custody of the various aspects of musical knowledge, much as anthropology and history had done about a century before. This situation appears poignant from the vantage point of the 1990s, when so much of the talk in both divorced couples is of reconciliation.

70. Vincent Duckles, "Patterns in the Historiography of Nineteenth-Century Music," *Acta Musicologica* 42 (1970), 76.

71. *Music and Women*, xix.

72. As for Drinker's particular political engagement, the reactions of her reviewers are instructive; only two object to her feminism. One of these writes anonymously in *The New Yorker* of February 1948; the other, James Lyons in *The New York Times*, adopts a disingenuous tone, complaining that Drinker proves "what no intelligent person disputes anyway: that women are the artistic equals of men."

73. Manfred Bukofzer, "Historical Musicology," *Music Journal* 4 (1946): 51.

74. Warren Dwight Allen, *Philosophies of Music History: A Study of General Histories of Music, 1600–1960* (New York: Dover, 1962), 163.

75. Doris Silbert, review of *Music and Women*, *Musical Quarterly* 34 (1948): 285; Karl Geiringer, review of *Music and Women*, *MLA Notes*, 2nd ser. 5 (1948): 235.

76. *Music and Women*, 107.

77. *Music and Women*, 104. Drinker here anticipates the argument later used with great power by Linda Nochlin in 1971 in her influential essay, "Why Have There Been No Great Women Artists?," reprinted in *Women, Art, and Power and Other Essays* (New York: Harper and Row, 1988), 145–78.

78. *Music and Women*, 238.

79. *Music and Women*, 137, 261.

80. Leo Treitler, "The Present as History," *Perspectives of New Music* 7 (1969): 1–58.

81. The classic study of this phenomenon is Joan Kelly, "Did Women Have a Renaissance?," originally written in 1977 and reprinted in *Women, History, and Theory: The Essays of Joan Kelly* (Chicago: University of Chicago Press, 1984), 19–50. Again, Drinker's formulation is prescient.

82. *Music and Women*, 215.

83. *Music and Women*, 129.

84. *Music and Women*, 109–10. Drinker originally intended to entitle her book *Daughters of the Moon*, but her publisher insisted upon the more straightforward title.

85. Sophie Drinker to Marjorie Greenbie, 20 September [1946], Sydney and Marjorie Greenbie Papers.

86. *Music and Women*, 140.

87. Catherine Bowen offers a further example: "How, Sophie asked furiously, could Mary's joyful words [i.e., the *Magnificat*] be pronounced before the altar by little boys in surplices?" (*Family Portrait*, 181.)

88. *Music and Women*, 266.

89. For a discussion of earlier examples of such comparative-method music histories and their implications, see Ruth A. Solie, "Melody and the Historiography of Music," *Journal of the History of Ideas* 43 (1982): 297–308. An organizational feature Drinker's book has in common with many of its predecessors is a comparative, global beginning that gradually narrows to a Western focus by the end. According to this familiar trope, only the West is "modern" or has a present.

90. Philip V. Bohlman, "The European Discovery of Music in the Islamic World and the 'Non-Western' in Nineteenth-Century Music History," *Journal of Musicology* 5 (1987): 155.

91. This phrase Kunstgeschichte ohne Namen has generally been used as a capsule description of Wölfflin's philosophy of art history, despite the fact that it appeared only in the preface to the first edition of his Kunstgeschichtlichen Grundbegriffe (Principles of Art History, 1915) and was thereafter suppressed.

92. Arthur Mendel, "Evidence and Explanation," in *IMS: Report of the Eighth Congress*, ed. Jan LaRue (Kassel: Bärenreiter, 1962), 14.

93. *Music and Women*, plate 62, facing p. 232.

94. An important influence on Drinker—and apparently a personal friend—was Kathi Meyer, whose *Bedeutung und Wesen der Musik* (1932) Vincent Duckles characterized as "among the few studies that have been devoted to the cultural meaning of music" ("Musicology and the Mirror: A Prospectus for the History of Musical Scholarship," in *Perspectives in Musicology*, ed. Barry S. Brook, Edward O. D. Downes, and Sherman Van Solkema [New York: W. W. Norton, 1972], 34.) But "meaning" is a slippery business. In *Man and His Works: The Science of Cultural Anthropology* (New York: Alfred A. Knopf, 1948), Melville Herskovits, writing contemporaneously with Drinker, attaches great importance to music in the study of culture, but sees it as a structural system analogous to language in the kind of information it can provide. As a result, his anthropological commitment, rather than embedding the music in culture, yields up another reason for formalist analysis.

95. *Music and Women*, 228.

96. *Music and Women*, 211.

97. *Music and Women*, 233-34.

98. Nineteenth-century naturalism had, in this view, an ironic outcome in twentieth-century musical institutions. While it created opportunities for women performers in areas like opera and ballet, where they were needed *as women*, it did nothing to overcome the barriers (and indeed may have led to their reactive fortification) in organizations like symphony orchestras, where their sex gave them no obvious advantage. See chapter 15 of *Music and Women*, especially 238-40.

99. Jurgen Herbst, *The German Historical School in American Scholarship: A Study in the Transfer of Culture* (Ithaca: Cornell University Press, 1965), 53ff.

100. R. G. Collingwood, *The Idea of History* (Oxford: Oxford University Press, 1946), 127. At just about the same time, Melville Herskovits noted that the comparative method in anthropology had failed by virtue of producing too many facts torn out of context, so that their meaning was not intelligible (*Man and His Works*, 475).

101. John Herman Randall, Jr. and George Haines IV, "Controlling Assumptions in the Practice of American Historians," in *Theory and Practice in Historical Study: A Report of the Committee on Historiography* (New York: Social Science Research Council, 1946), 27.

102. Marc Bloch, *The Historian's Craft*, trans. Peter Putnam (New York: Alfred A. Knopf, 1962), 21.

103. Joseph Kerman, *Contemplating Music: Challenges to Musicology* (Cambridge, Mass.: Harvard University Press, 1985), 40; also see Leo Treitler, "The Power of Positivist Thinking," *Journal of the American Musicological Society* 42 (1989): 375–402.

104. *Music and Women*, 229–30, 266.

105. *Music and Women*, 108.

106. *Music and Women*, 143.

107. It is particularly interesting to note how many of Drinker's reviewers grasped and accepted this link between art and spirituality without demur. This suggests a striking change in cultural beliefs between the 1940s and the 1990s, and surely indicates a lingering trace of the nineteenth-century sacralization of art described above.

108. *Music and Women*, 284, 287.

109. *Music and Women*, 287. I doubt she would have retained this faith had she lived to see the ubiquity of "elevator music" and the commercial triumph of Muzak and its clones. Like many who pin their hopes on communitarian values, Drinker gave little thought to the politically totalizing aspects of imposed public music.

110. See note 57 above. The quotation is taken from page 12 of the untitled manuscript. Drinker apparently gave the talk several times between 1960 and 1962, just at a time when social scientists J. A. and Olive Banks were reporting that "to all intents and purposes [feminism's] whole lifetime is complete," and that it could "be counted alongside vegetarianism and nudism as bordering on the cult" (J. A. and Olive Banks, "Feminism and Social Change—A Case Study of a Social Movement," in *Explorations in Social Change*, ed. George K. Zollschan and Walter Hirsch [Boston: Houghton Mifflin Co., 1964], 548.) While many have commented on the Banks's unawareness of resurgent feminism, Sophie Drinker represents a feminism born in the 1930s and continuing unabated through the following arid decades.

111. Jeannie G. Pool, "The Legacy of Sophie Drinker," 29. Marjorie Duncan Lawrie, "Claiming a Self—Insights from a Complex Marriage," in *A Wealth of Experience: The Lives of Older Women*, ed. Susan Hemmings (London and Boston: Pandora Press, 1985), 79–87; Ernesta Ballard supplied me with a copy of Lawrie's essay.

112. Karen Offen, "Defining Feminism: A Comparative Historical Approach," *Signs* 14, no. 1 (1988): 199–157. I am grateful to Elizabeth Wood for pointing out to me the fit between Offen's category and Drinker's text. At the same time, it also bears a considerable resemblance to the pattern of thought that Naomi Black has described in *Social Feminism* (Ithaca: Cornell University Press, 1989), but without the pervasive interest in social reform and political participation.

113. Offen, "Defining Feminism," 136.

114. *Music and Women*, 281–82.

115. See Cott's response to Karen Offen's essay in *Signs* 15, no. 1 (1989): 203–5, and also her "What's in a Name? The Limits of 'Social Feminism'; or, Expanding the Vocabulary of Women's History," *Journal of American History* 76, no. 3 (1989): 809–29.

116. Offen, "Defining Feminism," 124.

117. There is also evidence within Drinker's text of the kind of attempt at "feminist synthesis" suggested by Wendy Sarvasy, "Beyond the Difference versus Equality Policy Debate: Postsuffrage Feminism, Citizenship, and the Quest for a Feminist Welfare State," *Signs* 17, no. 2 (1992): 329–62. While nothing could be farther from the mind of Sophie Drinker as a private citizen and staunch Republican, than a welfare state, a clear and often angry understanding of the force of social arrangements marks the work of Sophie Drinker as a historian of women.

118. Undated letter [probably 21 May 1947] to Marjorie Greenbie. Sydney and Marjorie Greenbie papers.

119. Jane Grant to Sophie Drinker, 13 November 1952, and Drinker to Grant, 15 November 1952. Jane Grant papers, Special Collections, Knight Library, University of Oregon. Jane Grant was founder of the Lucy Stone League in 1921 and cofounder (with Harold Ross) of the *New Yorker* in 1925.

120. *Music and Women*, 244.

121. *Music and Women*, Chapter 14, esp. 213.

122. *Music and Women*, xviii–xix.

123. *Music and Women*, 61. Also see note 89 above.

124. See Phyllis Stock-Morton, "Finding Our Own Ways: Different Paths to Women's History in the United States," in *Writing Women's History: International Perspectives*, ed. Karen Offen, Ruth Roach Pierson, and Jane Rendall (Bloomington and Indianapolis: Indiana University Press, 1991), 61, 59.

125. See Gerda Lerner, *The Creation of Patriarchy* (New York: Oxford University Press, 1986), especially chapter 7. In the course of her research for *Music and Women*, Sophie Drinker became a recognized expert on goddess lore. The *Encyclopædia Britannica* commissioned an article from her for its 1946 edition, although it was never printed. In *Woman as Force in History*, Mary Beard acknowledges "Mrs. Henry S. Drinker" as her bibliographic source on goddesses, "a fundamental part of her long and intensive study of women in music." (Mary R. Beard, *Woman as Force in History: A Study in Traditions*

and Realities [New York: Macmillan, 1946], vii.) During the early 1950s, Drinker planned a book for teenagers called *Girls and Goddesses*, but the project was never completed.

126. This idea is stressed repeatedly throughout the first chapter of *Music and Women*. Drinker's attitude is decidedly anti-aestheticist; she has little interest in formal values or in the beauty of music as such, but is preoccupied with its efficacy in spiritual life. See note 107 above.

127. An interesting essay by Janet T. McCrickard suggests that this arena is another in which the conservative and the radical may become unexpected bedfellows. See her "Born-Again Moon: Fundamentalism in Christianity and the Feminist Spirituality Movement," *Feminist Review* no. 37 (Spring 1991): 59–67.

128. Sophie Drinker to Marjorie Greenbie, 9 March [1949], Sydney and Marjorie Greenbie papers, University of Oregon.

129. A copy of the flier is included in the donor correspondence of Sophie Drinker with Margaret Storrs Grierson, Sophia Smith Collection.

130. *Music and Women*, 105.

131. *Music and Women*, 15.

132. Griselda Pollock, "Vision, Voice and Power: Feminist Art Histories and Marxism," in *Vision & Difference: Femininity, Feminism and Histories of Art*, ed. Griselda Pollock (London: Routledge, 1988), 18–49.

133. J. H. Hexter, review of *Woman as Force in History*, *New York Times Book Review* (17 March 1946), 5.

134. The special issue is volume 251, May 1947; McBride, "What is Women's Education?," 143–52; Bruton, "Present-Day Thinking on the Woman Question," 10–16, esp. 14.

135. Helene Deutsch, *The Psychology of Women: A Psychoanalytic Interpretation* (New York: Grune & Stratton, 1944), xiii.

136. Ferdinand Lundberg and Marynia Farnham, M.D., *Modern Woman: The Lost Sex* (New York: Harper & Brothers, 1947), esp. 364.

137. See Joanne Meyerowitz, "Beyond 'The Feminine Mystique': The Discourse on American Women, 1945–1950," paper presented at the Eighth Berkshire Conference on the History of Women, Douglass College, June 1990; I am grateful to the author for providing me with a typescript copy of her paper.

138. Viola Klein, *The Feminine Character: History of an Ideology* (London: Kegan Paul, Trench, Trubner, 1946); Mirra Komarovsky, *Women in the Modern World: Their Education and Their Dilemmas* (Boston: Little, Brown, 1953).

139. Joan Hoff-Wilson, "Righting Patriarchal History," *Women's Review of Books* 3, no. 2 (1985): 17–19.

140. On the contrast between these positions, see Berenice A. Carroll, "Mary Beard's *Woman as Force in History*: A Critique," in *Liberating Women's History: Theoretical and Critical Essays*, ed. Berenice A. Carroll (Urbana: University of Illinois Press, 1976), 29. Mary Beard was in the habit of noting in the margins of correspondence the points that she intended to include in

her reply. On a letter from Drinker asking her opinion of de Beauvoir's work, Beard has jotted "abominable book" and "she is crazy." Drinker herself had commented in her letter, "I thought I was a feminist, but she outranks us all!" Charles and Mary Beard Papers, De Pauw University Archives, Greencastle, Indiana. I am grateful to Cynthia I. Mucha, Archives Assistant, for her help in locating relevant materials, and to Wesley W. Wilson, Coordinator of Archives and Special Collections, for permission to quote from them.

141. Klein, *The Feminine Character*, 15; M. Esther Harding, *The Way of All Women: A Psychological Interpretation* (London: Longmans Green, 1933), 3.

142. Lundberg and Farnham, *Modern Woman*, 25.

143. Diary entry, 23 January 1927.

144. On these general issues, see Bettina Aptheker, "Domestic Labor: Patterns in Black and White," in her *Woman's Legacy: Essays on Race, Sex, and Class in American History* (Amherst: University of Massachusetts Press, 1982), 111–28; Lois W. Banner, *Women in Modern America: A Brief History* (New York: Harcourt Brace Jovanovich, 1974), especially section II; Sara M. Evans, *Born for Liberty: A History of Women in America* (New York: Free Press, 1989), especially chapter 7; and Ruth Schwartz Cowan, "The 'Industrial Revolution' in the Home: Household Technology and Social Change in the Twentieth Century," in *Women's America: Refocusing the Past*, 3rd ed., ed. Linda K. Kerber and Jane Sherron De Hart (New York: Oxford University Press, 1991), 372–85.

145. Drinker tells the story in her own memoirs and elsewhere, her sister-in-law tells it in her collective biography of the Drinker family, and both of her daughters told it to me in interviews. In her diary, Drinker comments that after the surgery she felt "a vigor & intensity such as I have never before experienced in my life" [16 June 1933]; the older Sophie of the memoir, more than thirty years later, agrees that the operation "did better for me than restore my youth, since I never had had good health" (Memoir, 177). See also interview with Cecilia Saltonstall, 2, and interview with Ernesta Ballard, 4; and Catherine Drinker Bowen, *Family Portrait*, 273.

146. It should also be pointed out, though, that this surgery coincided with Drinker's first experience of real freedom as her children grew and left home. While it is difficult in the 1990s to understand what kinds of constraints could have been meaningful to a woman with a live-in staff of five, again I suspect the heavy hand of slightly outdated Victorian ideology. On the relation of neurasthenia to the policing of the gender system, see Tom Lutz, *American Nervousness, 1903*.

147. Memoir, 198.

148. Memoir, 199.

149. Drinker's diaries often mention her current reading, but unfortunately she only kept diaries in 1913 and between 1923 and 1934.

150. Harding, *The Way*, 281.

151. Interview with Ernesta Ballard, 4.

152. Several typescripts of Brown's writings, including one entitled "An Inquiry into the Movement to Confiscate the Wealth of the American Women as Substruct of a World Government," are included among Sophie Drinker's papers in the Schlesinger Library, Radcliffe College (carton 1, folders 12–17). The same collection contains correspondence between Brown and Drinker during the period from 1949 to 1956, when Brown was assisting with Drinker's research for a project on goddesses (folders 11 and 18). They reveal Mary Milbank Brown to be a near-hysterical right-wing extremist, the connection of whose thought to any variety of feminism is murky at best— though it seemed compellingly clear to Brown herself.

153. Mary Beard to Marine Leland, 8 January 1948, Beard papers, Sophia Smith Collection, Smith College. Marjorie White to Mary Beard, 14 November 1949, Charles and Mary Beard papers, DePauw University Archives.

154. For Beard's use of Briffault, see *A Woman Making History: Mary Ritter Beard through Her Letters*, ed. Nancy F. Cott (New Haven: Yale University Press, 1991), 32.

155. Mary Beard reports this intention, with some skepticism, in letters to Margaret Grierson of 28 October 1949 and (apparently) 1 November 1949. Beard papers, Sophia Smith Collection, Smith College. See also Marjorie White to Mary Beard, 14 November 1949, Charles and Mary Beard papers, DePauw University Archives.

156. See *Mary Ritter Beard: A Sourcebook*, ed. Ann J. Lane, 2d ed. (Boston: Northeastern University Press, 1988; rpt. of Schocken, 1977), 38; Barbara K. Turoff, *Mary Beard as Force in History* (Dayton: Wright State University Press, 1979), 65; and Anne Kimbell Relph, "The World Center for Women's Archives, 1935–1940," *Signs* 4, no. 3 (1979): 597–603.

157. On the *Britannica* project, see *A Woman Making History*, 51.

158. Mary R. Beard, *On Understanding Women* (London: Longmans Green, 1931).

159. On this aspect of Beard's work, see Turoff, *Mary Beard as Force*, 41–42.

160. Memoir, 184.

161. "I greatly hope that she has not spoiled what was originally and through a revision which I carefully read a truly vital historical story of women in music. But she has been tinkering [with] that manuscript for two years and now I have no idea how it reads but almost fear the worst as ultrafeminism." Mary Beard to Margaret Grierson, 20 October 1945, Beard papers, Sophia Smith Collection.

162. "Men," she comments, "are not psychologically competent to make observations about women. Approaching their task with preconceived notions about women, men too often . . . miss the point of the data they accumulate." Research notebook #1 (labeled "Introduction—Prehistoric"), Sophie Drinker Papers, Sophia Smith Collection. All sixteen of the notebooks are unfortunately unpaged.

163. In his review of Beard, Hexter makes the disingenuous observation that "more than half" of the books in her bibliography were written by men; while he takes this statistic to dispute her claim that male historians ignore

women, we may consider more interesting its corollary, the fact that nearly half her sources were authored by women. It is possible that writers like Drinker and Beard simply surfaced more women scholars because of the kinds of questions they were asking. Women were then far better represented in anthropology and the social science disciplines in general than in other areas of scholarship. Helen Carr has offered an ingenious interpretation of this phenomenon, based on social tropes that equated women with colonized peoples and a resulting sense of identification women scholars may have felt with anthropological subjects. See her "Woman/Indian: 'The American' and His Others," in *Europe and Its Others*, vol. 2 [Proceedings of the Essex Conference on the Sociology of Literature, 1984], ed. Francis Barker et al. (Colchester: University of Essex Press, 1985), 46-60.

164. Nearly all of Drinker's writings, both published and unpublished, are included in the Drinker Papers in the Schlesinger Library.

165. *Women Speaking* 1, no. 18 (1963), 22. The other two books were Morton M. Hunt, *Her Infinite Variety*, and Marion Bassett, *A New Sex Ethics and Marriage*. The review does not discuss the books individually, thus giving no hint that Drinker recognized the explosive potential of Friedan's work. She did comment about Friedan, though, in a letter to Margaret Grierson, that "she surpasses even me in feminism." Drinker to Grierson, 17 February 1963. Donor correspondence file, Sophia Smith Collection, Smith College.

166. The former was published in *Women Speaking* for July of 1963; the latter, written with Josephine Schreier, appeared in the *Journal of Higher Education* in March 1954.

167. Interview with Ernesta Ballard, 6.

168. Untitled manuscript [see note 57], 17.

The Feminist Press at The City University of New York offers alternatives in education and in literature. Founded in 1970, this nonprofit, tax-exempt educational and publishing organization works to eliminate stereotypes in books and schools and to provide literature with a broad vision of human potential. The publishing program includes reprints of important works by women, feminist biographies of women, multicultural anthologies, a cross-cultural memoir series, and nonsexist children's books. Curricular materials, bibliographies, directories, and a quarterly journal provide information and support for students and teachers of women's studies. Through publications and projects, The Feminist Press contributes to the rediscovery of the history of women and the emergence of a more humane society.

New and Forthcoming Books

Always a Sister: The Feminism of Lillian D. Wald. A biography by Doris Groshen Daniels. $12.95 paper.

A Rising Public Voice: Women in Politics Worldwide. Edited by Alida Brill. Foreword by Gertrude Mongella. $17.95 paper, $35.00 cloth.

The Answer/La Respuesta (Including a Selection of Poems), by Sor Juana Inés de la Cruz. Critical edition and translation by Electa Arenal and Amanda Powell. $12.95 paper, $35.00 cloth.

Australia for Women: Travel and Culture, edited by Susan Hawthorne and Renate Klein. $17.95 paper.

Black and White Sat Down Together: The Reminiscences of an NAACP Founder, by Mary White Ovington. Edited and with a foreword by Ralph E. Luker. Afterword by Carolyn E. Wedin. $19.95 cloth.

Changing Lives: Life Stories of Asian Pioneers in Women's Studies, edited by the Committee on Women's Studies in Asia. Foreword by Florence Howe. Introduction by Malavika Karlekar and Barbara Lazarus. $10.95 paper, $29.95 cloth.

The Castle of Pictures and Other Stories: A Grandmother's Tales, Volume One, by George Sand. Edited and translated by Holly Erskine Hirko. Illustrated by Mary Warshaw. $9.95 paper, $23.95 cloth.

Challenging Racism and Sexism: Alternatives to Genetic Explanations (Genes and Gender VII). Edited by Ethel Tobach and Betty Rosoff. $14.95 paper, $35.00 cloth.

China for Women: Travel and Culture. $17.95 paper.

The Dragon and the Doctor, by Barbara Danish. $5.95 paper.

Japanese Women: New Feminist Perspectives on the Past, Present, and Future, edited by Kumiko Fujimura-Fanselow and Atsuko Kameda. $16.95 paper, $45.00 cloth.

No Sweetness Here, by Ama Ata Aidoo. Afterword by Ketu Katrak. $10.95 paper, $29.00 cloth.

Seeds 2: Supporting Women's Work around the World, edited by Ann Leonard. Introduction by Martha Chen. Afterwords by Mayra Buvinic, Misrak Elias, Rounaq Jahan, Caroline Moser, and Kathleen Staudt. $12.95 paper, $35.00 cloth.

Shedding and Literally Dreaming, by Verena Stefan. Afterword by Tobe Levin. $14.95 paper, $35.00 cloth.

The Slate of Life: More Contemporary Stories by Women Writers of India, edited by Kali for Women. Introduction by Chandra Talpade Mohanty and Satya P. Mohanty. $12.95 paper, $35.00 cloth.

Solution Three, by Naomi Mitchison. Afterword by Susan Squier. $10.95 paper, $29.95 cloth.

Songs My Mother Taught Me: Stories, Plays, and Memoir, by Wakako Yamauchi. Edited and with an introduction by Garrett Hongo. Afterword by Valerie Miner. $14.95 paper, $35.00 cloth.

Streets: A Memoir of the Lower East Side. By Bella Spewack. Introduction by Ruth Limmer. Afterword by Lois Elias. $19.95 cloth.

Women of Color and the Multicultural Curriculum: Transforming the College Classroom, edited by Liza Fiol-Matta and Mariam K. Chamberlain. $18.95 paper, $35.00 cloth.

Prices subject to change. Individuals: Send check or money order (in U.S. dollars drawn on a U.S. bank) to The Feminist Press at The City University of New York, 311 East 94th Street, New York, NY 10128. Please include $4.00 postage and handling for the first book, $1.00 for each additional. For VISA/MasterCard orders call (212) 360-5794. Bookstores, libraries, wholesalers: Feminist Press titles are distributed to the trade by Consortium Book Sales and Distribution, (800) 283-3572.